독자님들께 깊이 감사드립니다.
박스오피스

좀비국시즌 82-18

9

좀비묵시록 82-08

9
박스오피스

MOON PHASE

9
좀비묵시록 82-08

초판 1쇄 인쇄	2025년 11월 06일
초판 1쇄 발행	2025년 11월 27일
ISBN	979-11-7315-087-6 [04810]

지은이	박스오피스
기획	이하늘
교정·교열	김경희, 윤화리
디자인팀장	공가을
디자인책임	공가을
편집디자인	임은영
타이틀제작	진유성

펴낸이	문상철
펴낸곳	주식회사 바이프로스트
주소	서울시 강남구 선릉로 549, 에본빌딩 3층 (역삼동 694-35)
출판등록	제2020-000007호, 2020년 1월 9일
대표전화	070-8833-7312
전자우편	bifrostkr@gmail.com

이 책은 저작권법의 보호를 받는 저작물로서 무단 복제 및 재배포를 금지합니다.
잘못된 책은 구입처에서 교환하여 드립니다.

BIFROST SERIES

CONTENTS

Chapter 70
건대 쉘터 함락 ·· 007

Chapter 71
박 이병, 쉘터 구하기 ······························ 076

Chapter 72
1+700 VS. 1,200 ······································ 163

Chapter 73
파멸의 그늘 ··· 217

Chapter 74
더 킹 오브 건대 ······································· 258

Chapter 75
규모 여섯 접근 중! ·································· 316

Chapter 76
째깍째깍! ··· 361

Chapter 70
건대 쉘터 함락

01

8월 15일, 아침이 밝았다.

잠실에서는 다른 사람들보다 일찍 아침 식사를 마친 백인대 15-1조부터 15-10조까지가 야구장 주차장으로 나와 이동 연습을 시작했다. 목숨이 걸린 일이니만큼 지시하는 쪽도, 지시받는 쪽도 다들 기합이 바짝 올라 있다.

건대와 한양대를 비롯한 위성 쉘터들에서는 차출된 전차들이 출발 준비를 마쳤다. 각 중대 병력에 할당되었던 최고의 화력이 사라지는 만큼 배웅하는 병사들의 얼굴에는 미래에 대한 두려움이 가득했다.

용산의 태양 그룹 본사에서는 섀도 실드 요원들을 태운 헬리콥터가 차례로 떠올랐다. 파멸의 마녀에게 모레까지 상납하기로 한 인원을 채워 놓으려면 오늘도 바쁘게 인간 사냥을 해야 한다.

유빈과 보안관, 삼식이, 진우, 태권 소녀는 모두의 배웅을 받으며 지하철 선로를 통해 이동하기 시작했다. 전투 요원인 진우와 보안관, 태권 소녀는 비교적 가벼운 짐을 멨고, 유빈과 삼식이는 묵직한 배낭을 짊어졌다.

그리고 도망자 콤비인 고 하사와 강 소위는 아직 잠이 완전히 달아나지 않은 눈을 비비며 아침 식사를 하고 있었다.

"참 이상해. 밤에는 상처도 엄청 쑤시고 무서워서 빨리 아침이 되기만 바라거든. 근데 막상 아침이 되면 그렇게 눈뜨기가 싫어지네. 막 잠이 달게 느껴지고."

강 소위가 하품을 하면서 말했다.

"저는 잠보다도 뜨끈한 국물 좀 먹으면서 해장하고 싶습니다. 어우, 배부른 소리 하다가 벌 받을까 봐 무섭지만, 목이 콱콱 메는 건 어쩔 수가 없네요."

고 하사가 입 안에 든 음식물을 꿀꺽 삼키면서 중얼거렸다.

데우지 않은 즉석밥에 스팸, 참치…….

처음에는 그저 감사하면서 먹었지만, 비슷한 식단이 며칠이나 반복되자 슬슬 물린다.

이 집에 살던 사람들이 먹었을 장아찌 통조림 종류들이 하나같이 빈 통인 채로 굴러다니던 게 다 이유가 있는 일이었다.

"그래, 그러니까 어디 가서 냄비하고 일회용 가스레인지 좀 찾아와 봐. 그러면 저 라면들 뽀글이 해 먹을 수 있잖아."

박스째 쌓여 있는 라면들을 보며 강 소위가 말했다. 이 집에는 이상하게도 취사도구 자체가 없다. 먹을 것을 이만큼 모아 놓았으면서 그 흔한 버너조차 갖춰 두지 않았다는 것이 참 별나다.

물론 생라면을 오독오독 씹어 먹어도 그럭저럭 맛이 있지만, 라면은 역시 국물이 주인공이니까. 밤에 둘이서 이야기를 나누며 소주 한잔 기울일 때마다 얼큰한 국물 생각이 간절했다.

"에이그, 안 돼요. 가스레인지 찾으러 다니는 것도 일이지만, 물이 너무 귀해서…… 저걸로 뽀글이를 해 먹을 순 없잖습니까."

먼저 말을 꺼낸 당사자이면서도 고 하사가 고개를 저으며 가리킨 것은 각종 음료수들이다. 수분 섭취를 못 해서 죽을 일은 없을 것 같지만, 순수한 물은 그리 넉넉하지 않다. 뽀글이 따위를 해 먹으며 물을 낭비했다가는 나중에 콜라로 양치를 해야 한다. 얼마나 오랫동안 도망자 생활을 유지해야 할지 모르니 신중에 또 신중을 기하게 된다.

"다녀오겠습니다. 담배 눈치껏 피우시고, 문 잘 잠그고 계세요."

밥을 다 먹고 난 뒤, 강 소위의 총상 부위를 소독해 준 고 하사가 나갈 준비를 한다.

강 소위로서는 참으로 면목 없는 순간이다. 자신은 아무것도 하지 않고 빈 건물에 앉아 시간을 보내는데, 고 하사는 좀비들이 돌아다니는 거리로 나가야만 하는 것이 여간 미안하지 않다.

"무리하지 마. 그리고 별거 없으면 그냥 일찍 들어오고. 이상한 놈들 만나지 않게 조심해."

음료수와 싸구려 망원경을 가방에 챙기고 있는 고 하사에게 강 소위가 당부를 했다. 고 하사는 그렇게 하겠다고 말하며 문을 나섰다.

만날 쳐다보고 있어 봐야 별다른 건 없지만, 그래도 건대 쉘터 쪽에 신경은 써야 한다. 그가 가장 눈여겨보는 것은 전차다.

중대장은 전차를 타고 잠실로 갔었다. 올 때에도 전차를 타고 올 것이다. 그러니 전차가 사라졌다가 다시 모습을 드러내면, 그것이 바로 중대장이 돌아왔다는 의미다.

"어디 보자……."

거리로 나온 고 하사는 사방을 힐끔거렸다. 주변에는 좀비가 눈에 띄지 않는다. 고 하사는 전속력을 다해서 대로 쪽으로 뛰었다. 이렇게 한산할 때 눈치껏 빨리 이동을 해야 한다.

코너를 돈 고 하사는 멀티플렉스 극장 안으로 뛰어 들어갔다. 그러고는 무수히 많은 계단을 오르고 또 올랐다. 계단을 몇 층이나 더 오르내려야 하고 거리도 좀 떨어져 있지만, 은신처 가까이에 있는 10층짜리 건물보다 여기가 훨씬 더 정찰하기가 좋다.

"하아~ 하아~ 젠장, 이놈의 계단…… 어째 무지하게 건강해지고 있는 것 같은 기분이다."

팽팽해진 허벅지를 두드리며 쉘터가 보이는 방향의 난간에 다가선 고 하사는 망원경을 꺼내 들었다.

가스버너 하나 없는 집에 이런 건 또 비치되어 있었다는 게 우스웠는데, 실제로 그가 밖을 돌아다녀 보니 이만큼 요긴한 물건이 없다.

"에그, 너희들도 고생이 많다. 오늘도 뺑이 열심히 치는구나."

건물 옥상에 배치되어 있는 병사들을 훑어보며 고 하사는 혼잣말을 중얼거렸다. 그러고는 망원경의 방향을 옮겨 가면서 쉘터의 이곳저곳을 살폈다.

배율이 낮아 선명하게 보이지는 않지만, 그래도 맨눈으로 살피는 것보다야 훨씬 낫다.

한동안 정찰을 하던 고 하사의 얼굴이 점점 기대와 흥분으로 굳는다. 고 하사는 떨리는 손으로 담배를 피워 물고, 다시 한번 차근히 건대 쉘터를 눈으로 훑었다.

아무리 찾고, 또 찾아봐도 전차가 눈에 띄지 않는다.

"······드디어!"

고 하사가 감격에 찬 목소리로 중얼거렸다. 드디어 전차가 사라졌다. 중대장을 실어 오기 위해 잠실로 간 게 분명하다. 그럼 이제 이 길고 긴 도망자 생활도 끝이다. 이제 길어야 하루나 이틀만 지나면, 중대장이 돌아온다.

중대장이 돌아왔다는 걸 확인만 하면 돌아갈 수 있다. 현명한 문 대위라면 분명 이 더러운 누명에서 그들을 해방해 주고, 억울하게 죽어 간 이 원사의 한을 풀어 줄 것이다. 그러면 자신 때문에 이런 일에 휘말려 버린 임수정의 희생도 비로소 의미를 얻게 되리라.

"박 소위, 육만배······ 이 개새끼들, 두고 보자. 너희들 이제 좆 됐어. 우리 목숨이 이렇게 질긴 줄 몰랐지?"

고 하사는 놈들의 얼굴을 떠올리며 이를 부득 갈았다. 설레는 마음으로 한동안 더 쉘터를 살피던 고 하사는 이윽고 짐을 챙겨 옥상에서 빠져나왔다. 강 소위에게도 한시바삐 이 기쁜 소식을 알려 주고 싶었다.

"음…… 가스버너라……."

극장 건물을 나선 고 하사는 걸음을 멈추고 주변을 둘러봤다. 조금만 돌아가면 닿을 수 있는 곳에 식당들이 몇 개나 보인다. 찌개나 전골 종류를 파는 곳이라면, 당연히 휴대용 가스레인지를 구비해 놓고 장사를 했을 것이다. 물론 냄비와 식기도.

라면을 냄비에 팔팔 끓여 먹을 수 있다. 평소였다면 무슨 사치스러운 소리냐고 하겠지만, 오늘은 꽤나 기분 좋게 특별한 날이다. 이제 며칠 지나지 않아서 건대로 돌아갈 수 있다는 걸 확인했으니, 축배를 들어도 괜찮다.

강 소위와 소주 한잔을 기울이면서 얼큰하게 끓인 라면 안주를 곁들이면…… 그건 또 대단한 별미일 것이다. 어차피 길어야 사흘 내로 쉘터에 복귀할 테니, 물이 아까워서 발발 떨지 않아도 된다.

"그래, 오늘 기분 좀 내자. 살아 있기 잘했다는 걸 자축하는 의미로……."

고개를 끄덕인 고 하사는 주변을 두리번거리며 음식점들이 모여 있는 쪽으로 방향을 바꿨다. 익숙하지 않은 지역이라 후달리기는 하지만, 얼른 가스레인지와 냄비만 챙겨서 빠져나오면 될 거라 생각했다.

"오오, 김치찌개 집! 저기라면 100퍼센트지!"

몇 군데인가 셔터에 자물쇠가 잠긴 건물을 지나쳐서 골목 안으로 들어간 고 하사는 금세 적당한 가게를 찾았다.

'김치찌개'라는 단어를 떠올리고, 얼큰한 국물이 보글보글 끓어오르는 모습을 상상하는 것만으로 입 안에 침이 그득 고인다.

"기다려라. 나도 아주 기막히게 맛있는 라면을 끓여 먹을 거야!"

가게 안으로 들어간 고 하사는 테이블에 세팅되어 있던 휴대용 가스레인지를 점화해 봤다.

찰칵—!

화르륵~!

가스레인지에서는 금방 맹렬한 파란 불꽃이 피어올랐다.

"오, 좋아! 그래!"

고 하사는 비 오듯 흘러내리는 땀을 닦아 내고 주방 안으로 들어갔다. 살짝 열린 냉장고 문틈으로 썩은 김치와 돼지고기가 정말이지 끔찍한 냄새를 풍겨 댄다.

으읍, 고 하사는 코를 막고 냄비와 국자를 집었다.

"예비 가스도 하나 가져가야지?"

고 하사는 가스레인지에 냄비를 얹고 그 안에 예비 가스와 국자를 담아 두 손으로 소중하게 들고 식당 밖으로 나왔다.

오늘 점심은 간만에 국물 있는 요리다! 그것도 아주 좋은 기분으로 먹을 수 있다!

그렇게 들떠서 문을 나섰을 때, 골목 안으로 전혀 반갑지 않은 손님이 걸어 들어왔다.

두 마리의 좀비. 뿌옇게 흰 막이 씐 놈들의 눈동자가 고 하사 쪽을 돌아봤다. 그리고 곧바로 놈들의 포효가 골목 안으로 쩌렁쩌렁 울렸다.

그롸아아아!

"으아아아! 야이 씨!"

고 하사는 가스레인지와 냄비를 바닥에 내던지고 곧바로 뒤돌아 뛰었다.

쨍그렁!

냄비가 바닥에 튕기는 소리가 잠잠해지기도 전에 그롸아악— 좀비들의 울부짖음이 놈들의 발소리와 함께 점점 가까워진다.

"왜! 왜? 이런 쌍!"

고 하사는 오만상을 찌푸리며 전속력으로 내달렸다. 그때, 맞은편 골목에서 또 다른 좀비가 나타났다. 이번에는 세 마리나!

앞뒤가 모두 막힌 상황! 강제로 방향 전환을 할 수밖에 없어졌다. 고 하사는 마주 달려오는 좀비를 피해서 오른쪽으로 돌았다.

"아으으! 커헉!"

놈들보다 빨리 뛰려다 보니 순식간에 턱 끝까지 숨이 차오른다. 이대로는 몇 초 더 버틸 수 없다. 고 하사는 눈을 부릅뜨고 달아날 수 있는 곳을 찾았다.

대로와 인접한 모퉁이의 건물. 2층 문이 활짝 열려 있는 게 보였다.

우당탕—.

고 하사는 앞을 가로막는 입간판을 뒤쪽으로 밀어 던지고, 계단 안쪽으로 몸을 날렸다. 계단 모서리에 부딪친 정강이에서 뼈끝까지 울리는 통증이 느껴졌지만, 그런 데 신경 쓸 여유가 없다.

그는 네발로 기어서 계단을 뛰어올랐다. 그러고는 2층의 주점 안으로 뛰어든 뒤, 묵직한 유리문을 확 밀쳐 닫았다.

쾅—!

그가 유리문을 닫자마자 바로 뒤쪽에서 쫓아오던 좀비가 박치기를 한다.

"으악!"

고 하사는 깜짝 놀라 하마터면 문을 잡고 있던 손을 놓을 뻔했다. 유리문이라서 돌진해 오는 좀비의 얼굴이 그냥 선명하게 보인다.

쿵— 쿵—.

박치기 세 번 만에 녀석의 이마 피부가 벗겨지며 찐득하게 굳은 검은 피가 유리문에 묻어난다.

"야…… 좀! 제발……!"

문을 꽉 밀고 있던 고 하사는 울상을 지으며 애원했다. 녀석이 전력으로 들이받을 때마다 몸 전체가 뒤로 밀릴 만큼 강력한 충격이 전해져 왔다.

이 유리문…… 얼마나 튼튼한 건지는 모르겠지만, 이렇게 계속 박치기를 해오면 결국은 버티지 못하고 박살이 날 것이다.

"이런 씨발, 또 왔어?"

고 하사의 입에서 우는소리가 터져 나왔다. 한 놈을 버티고 있는 것만으로도 힘에 부치는데, 녀석의 뒤로 또 한 놈이 모습을 드러낸다.

쿵— 쿵—.

두 마리가 번갈아 가며 들이받아 대니 잠시도 힘을 뺄 틈이 없다. 그나마 놈들이 머리가 나쁘기에 망정이지, 만약 이놈들이 타이밍을 맞춰 한 번에 밀쳐 댄다면…….

고 하사는 이를 악물고 버티면서 주변을 둘러봤다. 계속 이렇게 좀비들과 힘싸움을 해 봐야 답이 안 나온다. 뭔가 수를 내서 여기를 고정해두고, 유리문이 박살 나기 전에 이 자리에서 벗어날 필요가 있다.

"이이익! 이이이…… 좀…… 닿아라!"

고 하사는 한쪽 옆구리에 체중을 실어 문을 버티면서 한쪽 발을 뻗어 뒤쪽의 의자를 끌어왔다.

몇 번이나 의자를 자빠뜨리고 다시 끌어오는 동안에도 좀비는 온몸으로 유리창에 달려들었다. 그 소리와 흔들림에 혼이 다 빠지는 것 같다.

"으윽! 으윽!"

유리문에 몇 번이나 어깨를 강타당하면서도 고 하사는 이를 악문 채 버텼고, 그러면서 길쭉한 고리처럼 생긴 문손잡이에 의자 다리 한쪽을 꽂아 넣는 데 성공했다.

까창—.

좀비가 들이받는 힘에 금속제 의자 다리가 요란한 소리를 내며 울렸다.

까창— 까창—.

충격이 가해질 때마다 사선으로 끼워진 의자 다리가 점점 더 단단히 고정된다. 이제는 맥없이 떨어져 내릴 것 같지 않아서 고 하사는 살짝 손을 떼어 봤다.

쿵—.

좀비가 들이받는데도 의자 다리에 의해 고정된 문은 열리지 않았다.

"됐어…… 됐어!"

일단 급한 불을 끈 고 하사는 얼른 맥주 박스들을 끌어다가 유리문 아래에 받쳐 뒀다. 그게 무슨 의미가 있는지 계산해 보기도 전에 무조건 막아야 한다는 생각뿐이다.

"하아~ 하아~."

고 하사는 숨을 몰아쉬며 창가로 달려가서 창문을 열었다. 2층이니까 뛰어내려서 다시 도망갈 수 있을 거라고 생각했다.

그롸아아아아!

그러나 창문을 열자마자 또 다른 좀비 세 마리가 경고하듯 울부짖어 댄다. 놈들은 가게 아래쪽에서 배회하며 그가 내려오기만을 기다리고 있었다.

쿵—.

뒤쪽에서는 금방이라도 부서질 듯 흔들리는 유리문, 아래쪽에는 아가리를 쫙 벌린 채 먹잇감을 노려보고 있는 좀비들.

고 하사의 얼굴은 절망감으로 굳어 갔다.

"망했네……."

아래로 도망갈 수 없을 바에야 문이라도 보강해야겠다 싶어진 고 하사는 유리문 앞으로 뛰어가 손에 닿는 대로 무조건 가져다 쌓았다.

쇼케이스를 끌어와 넘어뜨리고, 그 위에 박스들을 쌓아 무게를 더하면서 고 하사는 끊임없이 후회했다.

미친…… 그까짓 라면을 뭐 그렇게 먹고 싶다고…… 이런 바보 같은 새끼가…….

"아주 벌을 제대로 받는구나…… 음식 타박한 벌을 아주 제대로 받고 있어……."

순간적인 바보짓 때문에 진퇴양난의 상황에 갇혀 버린 스스로를 탓하면서, 고 하사는 자신의 머리통을 쥐어박았다.

이제…… 도대체 어떻게 이 난관을 벗어날 수 있을지 상상이 안 간다. 지금은 좀비 다섯 마리지만, 이놈들이 계속 이렇게 울부짖어 대면 곧 점점 더 많은 놈들이 몰려올 것이다.

"여기서 안 보여…… 젠장, 소리는 들릴까……."

4차선 도로 건너편을 바라보던 고 하사가 고개를 저었다. 강 소위와 그가 숨은 은닉처는 극장 건물을 포함한 여러 겹의 건물들에 가려져 보이지 않는다. 거리도 꽤나 돼서 도와달라고 소리를 쳐도 닿을 것 같지 않다.

그리고 사실…… 강 소위가 도와주러 온다고 해도 그가 가지고 있는 탄알 몇 발과 별로 정확하지 않은 사격 실력으로는 이 다섯 마리 쉽게 못 잡는다.

놈들이 쏴 죽여 달라고 가만히 서 있으면 모를까, 저렇게 흥분해서 길길이 날뛰고 있으면 다섯 발 중에 한 발도 꽂기 어려울 것이다.

"젠장, 꼼짝없이 갇힌 건가……. 지금까지 잘 버텼는데, 하필이면 중대장님 돌아올 때쯤 돼서…… 후우~."

창밖을 살피던 고 하사는 얼굴을 감싸 쥐었다. 사실 갇힌다는 것도 그의 바람일 뿐이다. 당장에라도 저 유리문이 박살 나면 그는 창밖으로 나가서 건물 벽을 타고 위층으로 올라가야 한다.

그렇게 낙담하고 있을 때, 저 멀리 지하철역에서 뭔가가 움직이는 것이 보였다.

"저 덩치는…… 어제의……."

급하게 망원경을 갖다 댄 고 하사가 중얼거렸다. 어제 좀비들을 때려잡던 덩치와 시꺼먼 개가 앞장을 서고, 그 뒤로 말도 안 되는 아크로배틱 사격을 선보였던 녀석이 따라온다. 한데 오늘은 몇 명이 더 있다.

'도와달라고…… 해야겠지?'

이 상황에서 가만히 있으면 죽을 확률이 거의 100퍼센트. 저놈들이 나쁜 놈들이어서 고 하사를 해칠 확률은 반반, 50퍼센트다.

밑져야 본전이니 도와달라고 부탁하는 게 맞다. 일단 이 좀비들에게서 벗어나야 미래고 뭐고 있는 거니까.

"사…… 살려 줘! 살려 줘요…… 살려 주세요!"

고 하사는 마음을 단단히 먹고 큰 소리를 지르며 팔을 내휘둘렀다. 명색이 대한민국 군인이 민간인들에게 살려 달라고 사정을 하는 것이 영 폼 나지 않는다는 걸 알고 있지만, 달리 방법이 없다. 좀비 다섯 마리가 그에게는 태산처럼 높고 위험한 역경이니까.

"살려 주세요! 여기! 저 좀 살려 주세요!"

고 하사는 소리를 지르고 또 질렀다. 혹시라도 들리지 않을까 봐 가게 안에 있던 의자들까지 창밖으로 내던지며 난리를 피웠다. 저 덩치 일행이 중간에 다른 곳으로 가 버리기라도 하면 말 그대로 죽을 수밖에 없다.

그때, 보안관 일행은 새로 아지트를 삼을 건물에 셔터가 부착되어 있는지, 없다면 어떤 방식으로 안전한 출입구를 만들 것인지에 대해 이야기를 나누는 중이었다.

두 번째 와 보는 길이니만큼 보안관과 진우는 별 긴장을 하지 않았고, 뒤쪽에서 따라오는 유빈과 삼식이, 태권 소녀가 생각하기에도 그리 무서워할 만한 구석은 없어 보였다.

친구들이 이러구러 이야기를 나누고 있을 때, 멀리에서 외치는 소리가 작게 들려왔다. 다섯 명의 일행은 서로 얼굴을 마주 봤다.

일―.

삼숙이가 그쪽을 보고 낮게 짖는다. 이미 지하철역 안에서부터 녀석은 한차례 그렇게 짖어 댄 적이 있다.

"너…… 어제부터 건대 보고 짖은 게 아니구나. 여기에 사람이 있다는 걸 알았나 보네……."

진우는 새삼 감탄을 하면서 소리가 나는 쪽으로 고개를 돌렸다. 다른 친구들이 소리의 진원지를 찾아내기도 전에 매의 시력, 삼식이가 중얼거렸다.

"흐음, 옷 보니까 군인 아저씨 같은데? 근데 철모는 안 썼어."

"군인? 어디? 어디에 있는데?"

"저기 보이잖아. 쭉 멀리 가서 길가에 2층 호프집 있는 데 까만색 유리창. 거기 보면 군인 아저씨가 살려 달라고 팔 흔들어. 어? 의자 집어 던진다. 아하…… 골목 안쪽에 좀비들이 있나 보다. 여기에서 슬쩍 팔이 보였어."

뗑그렁—.

삼식이의 말과 동시에 철제 의자가 요란스러운 소리를 만들어 내며 바닥을 구른다. 일행은 그가 일러 준 건물 쪽으로 시선을 집중했다.

"진짜네……. 이 새끼, 사람 눈이 아니란 말이지……. 여기에서 맨눈으로 저 소매 접은 것만 보고 군복이란 걸 알았다는 게 말이 되나?"

조준경으로 고 하사의 위치와 상황을 파악한 진우가 삼식이를 괴물 바라보듯 한다.

"군인…… 혹시 그 사람 아냐? 수정이 누나 일행! 근데 왜 혼자지?"

보안관이 걸음을 서두르며 중얼거렸다. 유빈은 근심스러운 눈으로 주변을 돌아봤다.

"군복을 입었다고 하고, 여기 위치가 군자역이니까 수정이 누나가 헤어진 일행일 가능성도 높긴 한데…… 혹시 속임수나 뭐 그런 거면 어떡하지? 구하러 가까이 가면 숨어 있던 한패들이 확 달려들거나……."

그럴듯하다고 생각해서 진우는 고개를 끄덕였다. 하긴 충분히 가능한 일이긴 하다. 미친놈들이 은근히 많으니까. 삼식이가 싱거운 웃음소리를 내며 고개를 저었다.

"하하하, 말도 안 돼. 하루에 한 명도 안 지나다니는 곳에서 뭐 하러 저런 짓을 해? 우리가 여기에 올 걸 미리 알고 있었던 것도 아니잖아."

듣고 보니 이놈 말이 더 맞는 것 같아서 진우는 또 고개를 끄덕였다. 매복일 가능성은 없어 보인다. 그랬다면 삼식이든, 삼숙이든 인간을 초월하는 감각을 가진 두 짐승이 뭔가 낌새를 눈치챘을 것이다.

"야, 여기에서 계속 시간 보낼 거야? 이러다가 저 사람 죽는다."

네 친구의 만담을 듣고 있던 태권 소녀가 답답해한다. 진우는 K-2를 잡고 사격 자세를 취하며 말했다.

"그래, 얼른 가서 구해 주자. 뭐…… 설사 매복을 한 한패가 있더라도 사실 별 무서울 건 없고……."

몇 걸음을 더 걷던 진우가 문득 멈춰 서서 친구들을 돌아봤다.
"야, 근데 너희…… 나 군인이라는 거 말하면 안 된다. 그랬다가는 괜히 끌려가. 알았지?"

02

진우의 경고를 들은 친구들은 동시에 고개를 끄덕였다. 이미 예전에도 한 번 강원도에서 탈영병 취급을 받았다는 이야기를 들었던 터라 녀석의 걱정이 충분히 이해가 가고도 남는다.
"빨리 가자. 저 사람 저러다가 애타서 좀비한테 물리기도 전에 죽겠다."
보안관과 진우가 앞장을 서고, 그 바로 옆으로 삼숙이가 달린다. 물론 짐이 무거운 유빈이와 삼식이는 그만큼 빨리 달리지 못하니까 태권 소녀가 보호를 하면서 속도를 맞춰 뛰었다.
"조금만 기다려요! 구해 줄게요!"
"아! 아! 고맙습니다! 살려 주세요!"
친구들이 가까이 오는 것을 보고 고 하사는 더 크게 소리를 질렀다. 이제 살았구나 싶어 안도의 한숨을 막 내쉬던 바로 그 순간!
와장창—.
아슬아슬해 보이던 유리문이 결국 박살 나 버렸다. 고 하사는 간이 뚝 떨어지는 것 같은 공포를 느끼며 문 쪽을 돌아봤다.
콰창—.
문을 박살 낸 좀비가 앞으로 고꾸라지고, 그 뒤의 놈은 쇼케이스에 올려 둔 박스를 타 넘으려 하고 있다.
"으아! 야이!"

고 하사는 미친 사람처럼 소리를 지르며 의자를 집어 던졌다.

텅—.

날아간 의자는 문 옆 기둥에 맞고 떨어졌다. 명중하지도 않았지만, 위력도 더럽게 약하다. 저 정도 충격에 죽을 놈들이 아니다.

그롸아아아—.

문과 장애물을 타 넘은 두 마리의 좀비가 가게를 가로질러 뛰어온다. 고 하사는 앞뒤 가릴 새 없이 창틀 위로 올라섰다.

다른 곳으로는 도망갈 방법이 없다. 물론 뛰어내릴 수도 없다. 그랬다가는 대번에 아래에서 기다리고 있는 세 마리 좀비의 먹이가 될 테니까.

"크흑! 끄으으!"

고 하사는 미친 사람처럼 눈을 굴리고 사방으로 손을 뻗어 잡을 만한 곳을 찾았다. 그동안 좀비들은 탁자를 엎으며 더 가까운 곳까지 와 있다.

이제 한 호흡만 지나면 저놈들의 갈퀴 같은 손이 그의 다리를 움켜쥘 상황이다.

"제발! 제발!"

창틀을 밟고 이동하던 고 하사가 겨우 붙잡은 건 3층 가게의 간판이었다. 그런데 별로 튼튼한 것 같지가 않다. 그가 체중을 반만 실어서 매달렸는데도 벌써 뿌드득거리며 어딘가 부러지고 나사가 빠지는 것 같은 소리가 들려왔다.

그래도 그에겐 다른 선택지가 없었다. 일단은 매달려서 좀비들을 피해야 한다.

"이이익!"

고 하사는 두 손으로 간판을 붙잡고 창틀에서 발을 뗐다.

끼이이잉—.

불길하고 기분 나쁜, 얇은 쇠가 휘는 소리가 그의 머리 위에서 울린다.

그롸아아—.

그를 쫓던 두 마리의 좀비 중 한 마리는 몸을 날려 창문 아래로 떨어져 버렸고, 또 한 마리는 유리창을 두 손으로 있는 힘껏 후려쳤다.

쾅창―.

깨진 유리창 조각이 떨어져 내리며 좀비의 팔목을 가른다. 놈은 살점이 잘려 나가 덜렁거리는 팔을 열심히 휘두르며 고 하사의 발목을 잡아 보려 애썼다.

"야! 야! 이 개새끼가!"

고 하사는 두 다리를 바짝 오므려 놈의 손아귀를 피했다.

끼이이이잉―.

그러는 사이에도 간판은 계속 휘고 있다. 아래쪽의 좀비들은 한층 더 흥분해서 날뛰고 있다. 조금 전 아래로 떨어진 놈도 어느새 일어나 거기에 합류했다. 바닥에 떨어지면서 부러진 갈비뼈가 가죽을 뚫고 나와서 놈이 활개를 칠 때마다 좌우로 움직인다.

"야, 저 사람! 저거! 쏴야겠는데?"

해머를 들고 뛰어가던 보안관이 진우를 향해 소리쳤다. 웬만하면 총소리 내지 않고 조용히 처리하려 했는데, 이래서야 저 가게까지 닿기도 전에 저 사람이 물리는 꼴을 구경하게 될 것 같다.

"지금 쏜다!"

벌써 조준을 마치고 있던 진우는 보안관에게 경고를 하고 나서 곧바로 방아쇠를 당겼다.

타앙― 탕― 탕, 탕!

네 발의 총성, 그리고 네 마리의 좀비 시체. 펄쩍펄쩍 뛰며 포효하던 좀비들이 거의 동시에 바닥에 쪽쪽 뻗었다. 몇 번을 봐도 신기하기만 한 재주였다.

'내가 쏴 보니까 전혀 이렇지 않던데…… 이 새끼, 진짜…… 총을 쏘는 건지, 초능력을 쓰는 건지 모르겠네…….'

신기하다는 눈으로 진우를 힐끔 돌아본 보안관이 물었다.

"저기 가게 안쪽에도 뭐가 있는 것 같은데? 저건 왜 안 쏴?"

"이 각도에서는 창문 밖으로 나온 팔밖에 안 보이니까 쏴도 무의미해. 그리고 저 아저씨가 저렇게 발버둥을 치고 있어서 오발 사고 가능성도 높고."

진우는 총구를 아래로 내리며 대답했다. 그러고는 곧바로 고 하사를 향해 외쳤다.

"뛰십쇼! 밑에 좀비들 전부 사살했습니다! 클리어! 클리어!"

보안관은 또다시 진우를 돌아봤다. 자신이 군인이라는 걸 말하지 말라는 놈이…… 말투며 어휘를 전부 군인처럼 사용하는 게 너무 어처구니가 없어서였다.

"네? 네? 하아~ 하아~."

간판에 매달린 고 하사는 고개만 뒤로 돌려 보려 애를 썼다. 총소리가 난 건 알겠는데, 아래쪽의 좀비들이 어떻게 되었는지 잘 확인이 안 된다. 두 마리의 시체는 보이는데, 나머지 두 마리는 그의 시야 밖이다.

다 죽었나? 아닌가?

뛰어오던 슈퍼 히어로들이 뭐라고 외쳐 대는 것도 잘 들리지 않았다. 그의 눈앞에서 너덜너덜해진 팔을 휘두르며 포효하는 이 좀비 놈이 하도 혼을 빼놓고 있기 때문이다.

와장창―!

찌이익!

깨진 창문 사이로 내밀고 휘젓는 손이 가까워질 때마다 고 하사는 온 힘을 다해 다리를 당겨서 배에 붙였다.

끼기기깅―.

우드드득―.

간판의 위쪽이 뜯겨 나가면서 아래로 기우뚱하게 기운다. 아래에 매달려 있던 고 하사의 몸은 자연스럽게 창문 쪽에 가까워진다. 이대로라면 잠시 후 저 좀비의 손아귀에 닿을 상황이다!

"뛰라고! 뛰어! 손 놔!"

등 뒤에서 들려오는 우렁찬 소리!

보지 않고도 알 수 있다. 이 천둥소리 같은 목소리는 해머를 든 덩치의 것이다.

"으아아!"

고 하사는 바보 같은 비명을 지르며 손을 놓고 아래로 떨어져 내렸다.

덩치의 말을 100퍼센트 신뢰해서가 아니다. 더 버텼다가는 좀비에게 붙잡혀 끌려 들어갈 것 같았기에 이판사판으로 내린 결정이다.

털썩—!

바닥에 떨어져 내린 고 하사는 중심을 제대로 잡지 못하고 옆으로 한 바퀴 크게 굴렀다.

턱—!

그의 두 다리가 뭔가 보도블록보다 물컹한 것을 때린다. 좀비다. 머리가 터져 나간 좀비의 시체가 그의 두 다리를 받쳐 준 것이다.

"흐으으으~!"

물론 그게 시체라는 것을 인식하기도 전에 고 하사는 기겁을 하고 일어나 뒤돌아 뛰었다. 30여 미터 떨어진 곳에서는 그를 구해 준 덩치와 K-2 사수가 달려오고 있었다.

처음으로 가까이에서 보는 그들의 얼굴이 얼마나 반갑고 듬직해 보이는지…….

"숙여!"

비틀거리며 네발로 기다시피 달리고 있던 고 하사에게 진우가 소리를 지른다. 그러고는 고 하사가 반응하기도 전에 조준 자세를 취했다. 고 하사는 본능적으로 머리를 감싸 쥔 채 엎어졌다.

왜 시키는 것인지는 몰라도, 총 든 사람이 명령하면 그대로 해야 한다. 이 친구처럼 명사수인 경우에는 더욱 그렇다. 빠른 속도 탓에 중심을 잃고 넘어지며 팔꿈치의 살갗이 벗겨졌다.

타앙—.

머리 위로 공기를 꿰뚫으며 지나가는 총탄의 파열음. 그리고 그 지긋지긋하던 좀비의 포효가 뚝 끊겼다.

풀썩—.

좀비의 시체가 바닥을 치는 소리. 고 하사는 겁에 질린 눈동자로 뒤를 돌아보았다. 조금 전까지 2층에서 그를 붙잡아 보려던 좀비가 이마에 구멍이 뚫린 채 보도에 쓰러져 있다.

날카로운 유리가 박힌 채 살점이 엉망으로 잘려 나가는 동안에도 쉴 새 없이 움직이던 놈의 두 팔이 드디어 얌전해졌다.

"하아~ 하아~ 이 새끼, 어느새…… 뛰어내렸었지?"

고 하사는 가쁜 숨을 몰아쉬며 땅을 짚고 일어났다. 하늘이 핑 돈다. 어지간히도 숨차고…… 힘들고, 온몸에 기운이 다 빠졌다.

"괜찮으십니까? 다치신 데는 없습니까?"

진우가 얼른 부축을 하며 고 하사의 이름과 계급을 살펴봤다. 임수정이 말하던 그 일행 맞다. 휘청거리던 고 하사는 바짝 얼어서 고개를 끄덕였다.

"아…… 네, 고맙습니다. 정말…… 고맙습니다. 이렇게 살려 주셔서……."

가까이에서 본 K-2 사수의 나이가 생각했던 것보다 어려 보여서 고 하사는 새삼 놀랐다. 해머 든 덩치도 마찬가지다.

이제 겨우 스물한두 살이나 되었을까…… 건대 쉘터의 병사들과 비슷한 또래일 것 같다.

킁킁킁킁—.

시꺼멓고 커다란 개가 그의 허벅지에 코를 박고 냄새를 맡는다. 이놈은…… 이놈대로 또 꽤나 무시무시하다.

고 하사는 개의 호감을 사기 위해 억지로 미소를 지으며 몸을 뒤로 뺐다.

"너무 늦지 않게 만나서 다행입니다, 고 하사님. 강 소위님은 어디 계십니까?"

고 하사의 상처들을 살펴보던 진우가 물었다. 고 하사는 눈이 휘둥그레져서 진우와 보안관을 번갈아 보았다.

자신의 이름은 명찰을 보면 알 수 있다고 해도 대체 강 소위는 어떻게…….

고 하사는 진우의 눈치를 살피며 물었다.

"저…… 저희를 알아요?"

"수정이 누나로부터 말씀 들었습니다. 고 하사님이 총상을 입은 강 소위님을 부축하고 도주하셨다고…… 윽!"

갑자기 뒤통수를 얻어맞은 진우가 앞으로 휘청하며 말이 끊겼다. 때린 사람은 보안관이었다.

"야! 왜 때려!"

"시끄러, 이 바보 새끼야! 군인이란 말 하지 말라더니, 자기가 티를 팍팍 내고 앉았네!"

보안관은 인상을 쓰면서 목소리를 낮춰 진우를 윽박질렀다. 보자 보자 하니까 무슨 군인이었던 티를 내고 싶어서 안달이 난 놈처럼 군인 말투를 쓰고, 꼬박꼬박 계급 뒤에 존칭을 붙이는 게 하도 한심해서 저절로 손이 올라갔다.

이 추세대로라면 곧 자기 관등성명이랑 군번까지도 줄줄이 댈 기세다. 아마도 군복을 보자마자 반사적으로 저 말투가 세팅되는 모양이다.

"내가 언제?"

진우도 목소리를 죽여서 항변한다.

"네가 계속 그랬거든? 어쨌든 비켜 봐. 내가 이야기할게."

뒤늦게 합류한 유빈과 삼식이 쪽으로 진우를 밀어내 버린 후에 보안관은 고 하사의 앞에 섰다.

"쟤 이야기 듣고 대충 감 잡으셨겠지만, 수정이 누나 우리랑 같이 있어요. 아저씨 이야기도 다 들었고요. 누나가 걱정 많이 했었는데, 그래도 이렇게 살아 있어서 다행……."

"수정이 누나? 임수정 씨 말하는 거예요? 그분 어디 계세요? 무사합니까?"

고 하사는 보안관의 말을 끊으며 다급하게 물었다. 이제 다시는 못 볼 거라고만 생각했었는데, 좀비들이 설치는 지하철 선로 안에서 결국 살아남지 못한 모양이라고 생각했었는데…… 이게 대체 무슨 감사한 일인지…….

"아, 수정이 누나는 안전한 데 잘 있으니까 그 걱정은 하지 않아도 되고요…… 어차피 이따가 다 만나게 될 거예요. 그나저나 다른 한 분은 어디 계세요? 후딱

후딱 구하러 갑시다. 우리도 할 일 있는데."

보안관이 장갑 낀 손으로 해머 자루를 두드리며 말했다. 고 하사는 힘없이 손을 들어 극장 건물 방향을 가리켰다.

"저기…… 극장에서 골목 안쪽으로 좀 들어가야 돼요."

전체적인 분위기나 임수정을 보호하고 있다는 말로 미루어 볼 때 나쁜 놈들은 아닌 것 같다. 강 소위도 이들의 보호를 받는 편이 지금보다 훨씬 안전해질 듯하다.

물론 마음속에 아주 조금 부끄러운 감정은 느껴졌다.

군인이 민간인들의 보호를 받는다고? 그 반대여야 정상인데…….

은신처로 가는 동안 고 하사는 이 기묘한 그룹의 면면을 살펴보았다. 덩치와 K-2 사수도 눈길을 끌지만, 지금이 좀비 세상이 아니라면 키가 훌쩍 크고 존나게 잘생긴 놈과 그 옆의 모델 같은 여자애가 시선을 집중시켰을 것이다.

둘 다 어지간히 늘씬하다. 무거운 짐을 짊어진 채 땀을 흘리며 걷고 있는 유빈이라는 사람은 아마도 이 특출한 그룹의 짐꾼이나 심부름꾼쯤 되는 모양이다. 쥐어 터진 얼굴을 보니 여차하면 손찌검도 하는 것 같다.

"여기입니다. 조금만 기다리세요. 갑자기 사람들이 여럿 눈에 띄면 놀랄 수도 있으니까, 제가 먼저 말을 해서 알릴게요."

고 하사는 다섯 명과 개를 뒤쪽에서 기다리게 하고 건물 앞에 서서 강 소위를 불렀다. 그가 부르는 소리에 강 소위가 5층의 창문을 열고 고개를 내밀었다.

"뭐야? 왜 안 들어오고 거기에서 불러? 그보다 조금 전에 총소리 들었지? 어제 그 흉악한 놈들이 근처에 또 왔나 본데? 아, 젠장…… 개가 냄새 맡고 이리로 오면 어쩌지?"

강 소위는 주변을 두리번거리며 말했다. 그가 말하는 '흉악한 놈들'이라는 건 물론 진우와 보안관이다.

어제 고 하사가 좀비를 벌레처럼 쉽게 죽이는 이상하고 흉악한 놈들을 봤다고 알려 줬던 것이다. 고 하사는 얼른 강 소위의 말을 끊었다.

"아니, 아니…… 저기 그 총소리는 어떤 분들이 저 구해 준 거예요. 그분들이 수정 씨도 보호하고 있답니다."

"그래? 정말? 그럼 그분들은 어디 계셔? 임수정 씨는?"

"그분들 여기 계세요. 놀라실까 봐 제가 먼저 알려 드린 겁니다."

그런 후, 고 하사는 유빈 일행을 향해 나와 달라는 손짓을 했다. 덩치 큰 해머, 이상하게 개조된 K-2 사수…… 어제 고 하사가 말했던 그 흉악한 놈들이다. 그 뒤로 개와 세 사람이 더 모습을 드러냈다.

강 소위는 이게 지금 무슨 일인지 잘 이해할 수가 없었지만, 고 하사가 자신까지 위험에 빠뜨릴 인물은 아니라는 걸 알기에 더 말하지 않고 순순히 문을 열었다.

"총도 저리 치우세요. 어차피 잘 쏘지도 못하시잖아요."

건물 안으로 들어온 고 하사가 강 소위에게 말했다. 절룩이는 다리로 버티고 서서 차마 총을 손에서 떼지 못하는 강 소위의 심정도 이해는 하지만, 그를 구해 준 은인들과 공연히 마찰을 빚고 싶지 않았다.

그리고 사실 진우라는 이 K-2 사수가 마음만 먹으면 강 소위가 무장을 하고 있든 아니든 상대도 안 된다.

"……안녕하세요."

보안관 일행들이 고 하사를 따라 들어오며 살짝 고개를 숙인다. 모두를 앉게 하고 목을 축일 음료수를 나눠 준 뒤, 고 하사는 강 소위에게 이들을 만나게 된 과정을 설명해 줬다.

"근데…… 아저씨는 왜 길 건너까지 가서 좀비들한테 쫓겼어요? 여기에 먹을 것도 이렇게 많은데?"

삼식이가 주변을 둘러보며 물었다.

"에…… 그게…… 매일 정찰을 하거든요. 건대 쉘터 쪽에 무슨 변화가 없나…… 우리 지나온 극장 있죠? 그 옥상에 올라가서……."

"극장이랑 아저씨 있던 데랑 거리가 꽤 되던데요? 그리고 도로도 건너야 하고……."

태권 소녀가 물었다. 고 하사는 조금 부끄러워하며 솔직하게 대답했다.

"거기는…… 정찰 다 마치고 휴대용 가스레인지를 구하러 나갔었어요. 이 집에는 이상하게 불을 피울 만한 게 없더라고요. 먹을 건 꽤나 갖춰져 있었는데, 그래서 라면 하나도 마음대로 못 끓여 먹으니까……."

"허! 이렇게 갇힌 구조에서 불을 피우면 그 열기가 꽤 오래갈 텐데? 이 동네에는 좀비들 안 돌아다녀요?"

"다닙니다. 거의 수시로 돌아다닌다고 보면 될 거예요. 이 앞으로도 가끔 지나가고……."

"그런데 불을 피우려 했다고요? 고작 라면 때문에…… 그게 뭐야? 자살하고 싶은 사람도 아니고……."

태권 소녀가 믿을 수 없다는 듯 고개를 저었다. 고 하사도, 강 소위도 그녀가 무슨 말을 하는지 이해하지 못했다.

"불을 피우면 안 됩니까? 왜 그게 문제가……."

"아, 불을 피우면 그 열기에 좀비들이 끌립니다. 군에서는 그런 사항을 전달해 주지 않는데, 대낮에 개방된 공간에서가 아니면 웬만해서는 불을 피우지 않는 게 좋습니다."

창가에 기대서 있던 진우가 알려 줬다. 고 하사와 강 소위가 거의 동시에 의심 가득한 목소리로 물었다.

"설마? 그거 지금 우리 놀리는 겁니까?"

"농담 아니에요. 그나저나 이 집에 가스레인지가 없어서 그래도 지금까지 무사하셨네요. 운이 좋았어요. 보니까 담배도 꽤 피우신 것 같은데……."

소주병 안에 들어 있는 담배꽁초들을 가리키며 유빈이 말했다. 강 소위와 고 하사는 갑자기 자신들이 바보가 된 것 같은 기분이 들었다.

담배는 그래도 조심해서 피웠다. 민구가 밤톨에게, 밤톨이 또 고 하사에게 전해 준 야매 지식이 있었으니까. 그런데 불은…… 불과 열기가 좀비들을 불러들인다는 이야기는 금시초문이다. 그렇다면 대체 지금까지 군에서는 뭘 해 왔던 건가 싶어진다.

"그런 이야기는 차차 하기로 하고, 여기 위치 알아 놨으니까 돌아가서 수정이 누나랑 다 데리고 올까? 엄청 반가워할 텐데. 여기 넓고, 음식도 좀 있고 괜찮네. 우리 짐도 무거운 건 아예 여기에다가 두고 가지 뭐."

보안관이 건물 내부를 둘러보며 말했다. 강 소위는 머뭇거리다가 아까부터 도무지 이해할 수 없었던 것을 물었다.

"저기…… 초면에 이런 걸 물어봐서 미안합니다만, 어딘가 안전하게 지낼 만한 곳이 있는 모양인데, 왜 여기까지 온 겁니까? 그리고 저분…… 저분은 태도며 말투가 딱 현역 병사 같은데…… 물론 옷이랑 장비만 보면 아닌 것 같기도 하고……."

지목당한 진우는 속이 뜨끔해서 고개를 홱 돌렸다.

어떻게…… 대체 어떻게 알았지? 엄청나게 예리하구나. 유빈이 뺨치는 추리력인걸?

그의 심장이 빠르게 뛴다. 얼굴이 빨갛게 된 진우 대신에 태권 소녀가 슥, 나섰다.

"우리는 잠실로 갈 거예요. 아저씨들이 원하면 함께 가도 되고요. 수정이 언니 말이, 아저씨들은 억울한 누명을 덮어썼다면서요? 그리고 거기에 가면 누명을 풀어 줄 똑똑한 대장인지도 있다고 들었어요. 그러면 되잖아요. 다른 사소한 문제 때문에 신경 쓰이게 하지 마세요."

예쁘장한 얼굴에 어울리지 않게 무뚝뚝한 말투다. 트집을 잡자면 말투도 싸가지 없다. 하지만 현재의 권력관계에서 그녀의 말을 거역하거나, 토를 달 수는 없는 상황이다. 강 소위는 고개를 끄덕여 동의의 뜻을 표현했다.

"아! 맞다! 그 이야기 하는 걸 까먹고 있었네! 그놈의 좀비 때문에 혼이 나가서……."

누명 이야기가 나오자 기억이 되살아난 고 하사가 갑자기 손뼉을 치면서 외쳤다. 그러고는 강 소위에게 말했다.

"오늘, 전차가 사라졌습니다! 중대장님이 아마 곧 돌아오실 모양입니다!"

"정말? 진짜로?"

강 소위는 감격에 찬 표정으로 주먹을 꽉 쥐었다. 그러고는 고 하사의 어깨를 짚고 일어나려 했다.

"나도 직접…… 내 눈으로 보고 확인하고 싶어. 정말로 전차가 없어진 건지…… 그리고 앞으로도 한동안 계속 눈을 떼면 안 될 것 같아. 중대장님 돌아오시는 걸 보기 전까지는 말이야."

이번에는 보안관 일행이 영문을 모르는 상황이 되었다. 강 소위를 부축해 주던 고 하사가 대강이나마 설명을 해 줬다.

"지금까지 쉘터에 배치된 전차가 자리를 비웠던 건 딱 한 번뿐입니다. 중대장님을 태우고 잠실로 갔다가 왔을 때죠. 그러니까 이번에 사라진 것도 중대장님과 관계가 있는 거예요. 오늘이든, 내일이든 그분을 태우고 다시 돌아올 겁니다."

"흐음, 그러면 아저씨들은 굳이 고생해 가면서 잠실까지 가실 이유가 없겠네요."

보안관이 물었다. 고 하사와 강 소위는 천천히 고개를 끄덕였다.

"중대장님만 돌아와 주시면 굳이 거기까지 힘들여 가지 않아도…… 그리고 여러분도 마찬가지입니다. 비록 이번에 불미스러운 사건이 발생했었지만, 이제 재발할 일 없을 거고요. 제반 처우 면에서도 잠실보다 건대가 나아요."

"저희는 거기에 일행이 있어서 가는 거예요. 잠실로 꼭 가야 합니다."

유빈이 딱 잘라 결론만 말했다. 여기에서 이 사람들에게 테라가 어쨌다는 둥의 쓸데없는 이야기를 하고 싶지도 않고, 해서도 안 된다. 임수정의 일행들이니까 앞뒤 계산하지 않고 일단 구했지만, 군인과 민간인은 살아가야 하는 궤적이 다르다.

"밖에 나가도 괜찮을까요? 강 소위님이 저렇게 직접 보고 싶어 하시니까."

고 하사가 보안관과 진우를 번갈아 보며 물었다. 다리가 편치 않은 강 소위와 함께 이동한다는 것은 여러모로 제약이 많고, 부담스러운 일이다. 좀비가 나타나면 싸워 줄 사람이 동의해 줘야 실행에 옮길 수 있다.

"그렇게 하죠. 어차피 저희도 돌아갔다 와야 해요. 수정이 누나에게 알려 드려야 하니까."

보안관이 고개를 끄덕였다. 진우와 보안관이 앞장서고, 고 하사는 강 소위를 부축했다. 유빈과 삼식이, 태권 소녀가 그 뒤를 따랐다. 삼숙이는 자유롭게 그들 사이를 오가며 동네 여기저기에 오줌을 뿌려 놓고 다녔다.

"끄으응~! 끄으응!"

극장 계단을 오르면서 강 소위는 금방이라도 쓰러질 사람처럼 신음을 뱉어 댔다. 고 하사가 부축을 해 준다고는 하지만, 아직 온전히 아물지 않은 다리를 가지고 14층이나 되는 높은 건물 계단을 오른다는 건 여간 고통스러운 일이 아니었다.

"후우우~ 후우우~ 올라오긴 왔는데, 이제 갈 때가 걱정이네. 여기서 또 어떻게 내려가지?"

옥상으로 올라가 파란 하늘 아래에서 큰대자로 뻗은 강 소위가 숨을 헐떡인다. 마지막엔 그를 업고 오다시피 했던 고 하사도 엎어져서 도리질을 한다.

"아이고, 그냥 여기서 찬 이슬 맞고 주무세요. 나는 이 짓 두 번은 못 합니다. 하아~ 하아~."

두 군인이 숨을 헐떡이는 동안, 친구들은 14층의 극장 대기실에 짐들을 가져다 놓았다. 여기 정도라면 일행 전원이 며칠을 보내도 충분할 만큼 넓다.

"여기에서 움직이지 마세요. 수정이 누나 데려올게요."

망원경으로 쉘터 쪽을 살피느라 여념이 없는 강 소위와 고 하사를 내버려 두고, 친구들은 다시 선로를 이용해 코스트코로 돌아왔다.

"허! 정말로? 둘 다 살아 있다고? 유빈 군, 지금 나 놀리는 거 아니야? 몸은 어때 보여?"

고 하사와 강 소위를 구했다는 이야기를 전했을 때, 임수정은 믿을 수 없다는 듯 입을 가리고 물었다. 제니는 자신의 일처럼 기뻐했다. 유빈도 웃었다.

"두 분 다 건강해 보였어요. 총 맞으셨다는 분도 꽤나 잘 걸어 다니셨고. 이제 직접 가서 만나셔야죠. 아, 그런데요…… 한 가지만요. 테라 이야기는……."

"응, 무슨 말인지 알겠어. 당연히 비밀로 해야지. 그렇게 하는 편이 그 사람들에게도 더 좋을 거야."

유빈이 한마디만 꺼냈는데도 임수정은 바로 알아듣고 고개를 끄덕였다. 테라가 면역자라거나, 그녀를 잠실 쉘터에서 데리고 탈출할 거라는 이야기 따위는 할 수 없다. 그렇게 하면 군인들에게 자신들의 임무와 의리 사이에서 갈등하도록 만드는 것밖에 안 된다.

그리고 이 친구들은…… 군이 막아선다고 해서 뜻을 굽힐 만한 순둥이들이 아니다. 당연히 충돌이 일어날 것이다. 다만, 임수정의 마음속에는 한 가지 숙제가 남기는 했다. 이 친구들을 따라 잠실로 갈 것인가, 아니면 고 하사와 함께 건대에 남을 것인가. 막상 선택의 순간이 눈앞으로 다가오자 그게 꽤 고르기 어려운 문제라는 걸 깨달을 수 있었다.

"자, 다들 자기 짐 챙기고, 움직일 준비 해. 오늘부터 며칠 동안 계속 왔다 갔다 하면서 짐을 가져다 날라야 하니까 필요한 거 있으면 미리 가방에 넣어 둬."

코스트코에서 기다리고 있는 일행들에게 보안관이 말했다. 첫날은 어디까지나 멤버 전원의 이동이 가장 중요한 임무니까 가방을 무겁게 챙기지는 않았다. 다만, 진우의 탄창 가방과 검은 군복들에게서 빼앗은 총기류들은 가지고 가기로 했다. 놔두고 다니기에는 너무 소중한 장비다.

"젠장…… 잘 있어라. 내 코스트코…… 이 안에 있던 게 다 내 거였는데."

셔터를 내리고 자물쇠를 잠그기 전에 신입이 한숨을 섞어 가며 작별 인사를 한다. 유빈이 신입의 어깨를 두드리며 웃었다.

"야, 그렇게 영영 이별하는 것처럼 굴지 마. 며칠 내에 테라만 데리고 돌아올 거야. 당장 내일도 몇 번이나 왔다 갔다 해야 돼. 여러 사람이 들락거릴 거라서 자물쇠도 일부러 번호 키로 해 놨구만."

일행들은 설레는 마음으로 지하철 선로로 내려갔다. 플래시 여러 개가 한꺼번에 비춰 대니, 그리 어두컴컴하다는 생각도 들지 않을 만큼 시야가 확보된다.

"괜찮아? 덜컹거려서 머리 흔들리지? 그냥 업어 줄까?"

카트를 밀고 가던 삼식이가 규영이에게 물었다. 안전성을 높이기 위해 규영이를 카트에 태우고 카트 아래쪽에 녀석의 휠체어를 실었는데, 자갈밭을 지날 때마다 영 걱정이 됐다. 담요를 여러 겹 깔아 놓았어도 진동이 고스란히 전해질 것 같다. 하지만 규영은 도리질을 하며 웃었다.

"괜찮아요. 후후후, 조금 멀미가 나기는 하지만…… 이까짓 것! 니체도 말했잖아요. '나를 죽이지 못하는 고통은 나를 더 강하게 한다.'라고. 나는 이 과정 속에서 조금 더 강해지는 거죠."

그 허세 가득한 말을 들은 모두가 웃음을 터뜨렸을 때까지는 좋았지만, 결국 두 정거장을 채 지나지 못해서 녀석의 안색은 파랗게 질렸고, 선로 구석에서 한참 토악질을 한 다음에야 겨우 안정을 되찾았다. 아무래도 충격 완화 장치가 달린 이동 수단이 필요할 것 같았다.

결국 총기와 탄창 가방을 카트에 넣어 유빈이가 밀고, 규영이는 삼식이가 업고 가는 것으로 했다. 발밑이 불편하고 숨쉬기가 어려워서 몇 번 쉬어 가기는 했지만, 진우가 미리 좀비들을 잡아 뒀기에 이동 자체는 별 어려움이 없었다. 일행은 그리 오래 걸리지 않아 군자역에 도착했다.

"하아~ 고 하사님…… 정말……."

"수정 씨……."

극장 옥상에서 다시 재회한 임수정과 고 하사는 잠시 서로의 손을 마주 잡고 아무 말도 하지 못했다. 강 소위가 감사 인사를 하는 동안에도 두 사람은 벅찬 숨만 몰아쉬었다. 죽었을 거라고만 생각했던 상대가 이렇게 멀쩡하게 나타나다니…… 이런 거짓말 같은 기적이…….

"아아! 수정 씨! 정말 고마워요!"

마침내 고 하사가 임수정을 와락 껴안았다. 그러고는 그녀의 뺨에 키스를 퍼부었다. 모두가 보는 앞이었지만 임수정도 그의 체온을 느끼면서 허리를 더 꽉 껴안았다. 사랑했던 사이라고는 할 수 없을 설익은 관계였지만, 다시 만날 수 있어서 너무 기뻤다.

"야…… 유빈아, 저기…… 수정이 누나랑 저 군인 아저씨 방 잡아 줘야 하는 거 아닌가……."

삼식이가 유빈의 곁으로 와서 귀엣말을 건넸다. 유빈은 높이 있는 녀석의 귀를 잡고 자신의 얼굴 가까이로 끌어당겨 속삭였다.

"제발 부탁이니까 그런 식으로 배려하는 거 하지 마. 다들 너처럼 뻔뻔하게 대놓고 섹스하지 않아. 그냥 내버려 두면 알아서 한다고. 은밀하게……."

"으음, 그런가…… 하긴 이 건물에 방이 몇 개인데."

삼식이도 납득을 하고 물러났다. 임수정과 고 하사, 그리고 강 소위가 재회의 회포를 실컷 풀도록 내버려 두고, 보안관 일행은 바로 아래층에 짐을 풀었다. 이제 한동안 이곳을 베이스캠프 삼아 잠실로의 이동을 노려봐야 한다.

"대체…… 저 사람들은 어떻게 저렇게……."

임수정과 제니, 그리고 규영을 번갈아 보면서 고 하사가 중얼거렸다. 대단한 명사수가 있다고 해도 고작 한 명뿐이다. 그런데 그 많은 인원이 어떻게 그토록 과감하게 서로를 보호하면서 생존하고, 이동할 수 있었던 건지 잘 상상이 가지 않았다. 제니나 규영이가 저렇게 밝은 상태로 유지될 수 있다는 것도 도통 믿기지 않는 일이었다. 그런 사실들에 비하면 유명 아이돌이 이 팀의 일원이라는 점은 그리 놀랄 만한 일도 아니었다.

"네에, 정말 대단하죠? 저도 많이 놀랐어요. 엄청난 친구들이에요."

임수정은 고 하사의 손을 잡고 고개를 끄덕였다. 지금 다시 돌이켜 봐도 보안관 일행을 만난 것은 정말이지 대단한 행운이었다. 그들이 그녀를 구하고, 고 하사를 구하고, 그들을 다시 만나게 했다.

"여기에서 뭘 보고 계셨던 거예요? 건대 쉘터가 보여요?"

바닥에 놓여 있던 망원경을 보고 임수정이 물었다. 강 소위는 얼른 망원경을 집어 그녀에게 건넸다.

"한번 보세요. 조금 흐릿하기는 하지만, 그래도 꽤나 멀쩡하게 보입니다. 우리 있던 건물들, 앞쪽에 쳐 놓았던 철책이랑 게이트들…… 그리고 대형 장벽까지 다 보실 수 있습니다."

임수정은 고개를 끄덕하고 그 망원경을 받았다. 한동안 그녀가 절망적인 기분을 느끼며 그저 '생존'해 있던 공간이 눈앞에 펼쳐진다.

저 철책들…… 그리고 경계하는 군인들…….

뭔가 아련하면서도 동시에 막막하다. 보안관 일행과의 생동감 넘치는 삶을 경험하고 나니, 저런 곳에서 혼자 견딜 수 있을 것 같지가 않았다.

"어머……."

한동안 망원경으로 주변을 훑던 임수정이 가벼운 탄식을 하며 말했다.

"저 사람들…… 왜 저렇게 줄을 양쪽으로 세웠죠?"

"줄을 세워요?"

강 소위가 묻자 임수정은 망원경을 넘겼다.

"그…… 주차장에 민간인들을 죽 세워 놨어요. 그리고 차례차례 두 그룹으로 나누고 있는데요……."

강 소위는 굳은 얼굴로 망원경을 잡았다. 듣도 보도 못한 이야기다. 그런 행동을 할 하등의 이유가 없다. 하지만 건대 쉘터 주차장에는 정말로 모든 수용자들이 도열해 있었다. 총을 든 군인들이 바쁘게 오간다.

"뭐지? 박 소위, 이 새끼…… 무슨 꿍꿍이지……."

멍해진 강 소위가 눈살을 찌푸리며 중얼거렸다. 장교가 하나밖에 남지 않은 지금, 건대 쉘터에서 뭔가 이상한 일이 벌어지려 하고 있다.

03

"순서대로 앞으로 나옵니다! 거기 옆 사람과 떠들지 않습니다! 거리 유지합니다!"

총을 굳게 잡은 병사들이 딱딱한 말투로 지시를 한다. 건대 쉘터의 수용자들은 이 난데없는 변화를 어떻게 받아들여야 할지 미처 판단하지 못한 채 명령을 따르고 있다.

"허허, 이게 대체 뭔 일이랍니까, 이요셉 형제님."

뒷줄에 서 있던 육만배가 거짓 웃음을 지으며 물었다.

"음⋯⋯ 전염병이랍니다. 이럴 줄 알았습니다. 어쩜 그렇게들 음탕해서, 성적으로 문란하게 굴어 대더니⋯⋯."

이요셉은 잘난 척하며 아랫입술을 근엄하게 내밀었다. 육만배에 의해 교인 대표로 추대된 이후, 이놈의 근거 없는 교만함은 아주 하늘을 찌른다. 하지만 언젠가 써먹을 날이 있겠지 싶어 육만배는 녀석을 계속 얼굴마담으로 내세워 쓰고 있다.

십일조 명목으로 거둔 음식들이 거의 대부분 이미 만배파 조직원들의 배 속으로 사라져 버렸다는 것조차 이놈은 모르고 있다. 그저 비어 있는 박스 개수만 맞춰 보고 고개를 끄덕일 정도로 허술하다. 만약 식량 때문에 곤란을 겪게 되는 날이 온다면, 십일조를 빼돌린 혐의는 고스란히 이 바보 녀석에게 돌아갈 것이다.

"전염병이라⋯⋯ 뭐, 병이 돌 수도 있지요. 근데 그걸 대체 어떻게 알았을까요?"

"저기 저 박 소위라는 장교가 화장실에서 아주 지독한 혈변을 발견했답니다. 지금 들리는 이야기는 뭐 대충 그렇습디다. 흐음⋯⋯ 무슨 병이 피똥을 싸게 하지? 고약하네."

"그래서 그 혈변 본 사람은 누구랍니까?"

"그걸 모르니까 찾아내려고 이 난리겠죠. 허허, 육 장로님. 참 답답하십니다. 그 연세 드시고도 그렇게 둔하셔서야 이 모진 세상 살아가시겠습니까?"

이요섭은 또 잘난 척을 하며 육만배를 비웃었다.

'혈변이라고?'

육만배는 얇은 입술을 핥으며 앞쪽에서 사람들을 검사하고 있는 박 소위를 몰래 노려봤다. 딱 꼬집어 말하기는 어렵지만, 뭔가 수상한 냄새가 물씬물씬 풍긴다.

'초희 년이 밤이슬 맞고 돌아다니던 것과 상관이 있는 걸까?'

육만배는 자신의 뒤쪽에 서 있는 초희를 돌아보았다. 평소와 마찬가지로 아무 생각이 없는 년처럼 옆 사람과 노닥거리고 있던 초희가 그의 시선을 느끼고 얼른 고개를 숙인다.

하지만 박 소위와 초희라…… 거기에는 아무런 인연이 없다. 박 소위에게는 이미 가희가 있고, 그렇게 미련곰탱이 같은 인간이 감히 두 여자 사이에서 줄타기를 할 것 같지는 않았다. 순정이랍시고, 오로지 가희만 죽자 사자 괴롭힐 놈이다.

'그럼 대체 뭔 개수작이지, 저놈?'

육만배는 뱀 같은 눈을 번뜩였다. 혹시라도 자신을 전염병자 취급 하면 어떻게 해야 할지를 미리부터 대비해 둬야 할 필요가 있다.

"다음 분! 앞으로!"

병사들이 손짓을 하면 민간인 수용자는 앞에 쳐진 줄 위에 선다. 그러면 파일을 들고 있는 병사가 질문을 던진다.

"성함, 연세, 말씀하세요!"

"장정식…… 에…… 서른일곱입니다."

수용자가 이름과 나이를 말하면 파일에 기입한다. 그 과정을 다 거치면 박 소위의 차례다.

"여기 보세요. 이 라이트 따라서 눈을 움직이세요."

박 소위는 라텍스 장갑을 낀 손으로 수용자의 눈꺼풀을 벌리고 소형 플래시를 비췄다. 그러고는 플래시를 좌우로 움직인 뒤, 몇 가지 질문을 던진다.

"설사합니까?"

"의무대에서 요즘 약 받아 가셨어요? 어이, 의무병. 기록 확인해 봐라, 무슨 약 드렸는지."

"열이 나거나 오한 있습니까?"

물론 대부분의 질문에 사람들은 아니라고 대답했다. 까딱했다가는 전염병자로 분류될 상황에서 곧이곧대로 대답할 사람은 별로 없다. 하지만 박 소위는 동공 반응 검사를 기반으로 냉엄하고 권위적으로 판단을 내려 버렸다.

"의심!"

그에 의해 의심 환자로 분류되면 곧바로 왼쪽 줄로 밀려난다. 앞으로 며칠 동안 다른 건물에서 격리 수용 되어야 하는 대상이다.

"아니, 근데 박 소위님이 무슨 의학 상식이 있습니까? 저렇게 진단을 할 만큼?"

"몰라. 자기가 안다니까 아는 거겠지. 에휴~ 하는 꼬라지 보면 영 미덥지 않은 인간이기는 한데, 이거는 조심해야 하는 문제니까……. 뭐, 잠실 쪽에서도 일단 격리하고 소독은 시키라고 했으니 따라 보자."

근처에서 구경하고 있던 부사관들끼리 수군댄다. 혈변도 이미 깨끗이 소독을 했다고 하고 영 이상한 구석이 많지만, 전염병이라는 문제는 일단 조심해서 나쁠 게 없다. 현재 그들이 가지고 있는 의료 체계 수준에서 치명적인 병이 한번 돌게 되면 그냥 거의 다 죽는다고 봐야 할 테니까.

"자! 다음!"

호명하는 병사가 손가락질을 한다. 육만배도 자신의 이름과 나이를 말하고 박 소위의 앞에 섰다.

"자, 이거 보세요."

박 소위가 플래시를 비추고 얼굴을 들이대는 순간, 육만배는 가짜 재채기를 크게 했다.

"에치! 에이치!"

갑자기 얼굴 가득 침 세례를 받은 박 소위는 이를 악물고 장갑으로 침을 닦는다. 육만배는 쑥스러워하며 실없는 웃음을 흘렸다.

"어, 어이쿠, 이거…… 미안합니다. 이 재채기가…… 허허, 이거, 제 침이 다 튀어서 어쩌죠?"

"괜찮습니다. 여기 보세요."

박 소위는 끓어오르는 화를 꾹 눌러 참으며 플래시를 좌우로 돌렸다. 육만배는 놈의 눈을 잠시 노려보다가 시키는 대로 따라 줬다.

"안전!"

안전 판정을 받은 육만배는 오른쪽 줄을 향해 움직였다. 그러면서 박 소위를 돌아보았다. 이 세상에 전염병 검사를 저렇게 하는 놈은 없다. 의심 판정 받은 놈을 주무르던 장갑으로 다음 놈을 또 주무르고, 아직 상태가 어떤지 모르는 녀석으로부터 침 세례를 받았는데도 제대로 소독하려는 의지조차 없다.

이 전염병 검사는 가짜다. 생쇼다. 아마 혈변이니 뭐니 하는 것도 다 저 미친 놈이 꾸며 낸 개소리에 불과할 것이 틀림없다. 한데…… 아직도 이해가 가지 않는 것이 있었다.

'왜 이런 미친 지랄을 거국적으로 하고 있는 거지? 대체 뭘 위해서?'

처음에는 살인 사건을 목격한 자신을 환자 취급 하며 격리해 놓고, 모종의 해코지를 하려는 건가 싶었다. 하지만 안전 판정을 받았으니 그런 것도 아니다.

그럼 대체 뭐가 남은 거지?

복잡한 머릿속의 퍼즐들을 맞추기 위해 육만배가 인상을 찌푸리고 있을 때, 먼저 검사를 받고 오른쪽에 서 있던 기동이가 다가와 반갑게 인사를 한다.

"회장님도 안전 판정 받으셨군요. 헤헤, 다행입니다. 저는 은근히 걱정했는데, 저희 식구들 대부분 세이프입니다. 무엇보다도 회장님이 건강하시다니까……."

"……기동아."

육만배는 나지막한 목소리로 녀석의 말을 끊어 버렸다.

"예, 옛! 회장님!"

육만배 눈치 보는 것 하나만큼은 잘하는 놈답게, 기동이는 얼른 입을 다물고 고개를 숙였다. 육만배는 앞쪽을 응시하면서 조그맣게 속삭였다.

"헛소리 지껄이지 말고, 신경 바짝 곤두세우고 있어라."

"예? 아니, 대체 뭣 때문에 그렇게……."

기동이는 이해가 가지 않는다는 표정으로 물었다.

이렇게 답답한 놈이 내 오른팔 자리에 있다니…….

육만배는 답답해서 한숨을 내쉬었다. 하지만 어쨌든 간에 가지고 있는 걸 최선을 다해서 써먹는 수밖에 없다. 주변을 둘러본 육만배는 기동이에게 몸을 기울여 조용히 속삭였다.

"이 줄 세우는 거 끝나고 나면, 두섭이 놈 데려와."

두섭이는 지금 이 쉘터 내에 있는 만배파 조직원 중에서 유일하게 군 생활을 마친 놈이다.

"끄음……."

육만배는 박 소위를 노려보며 다시 입맛을 다셨다. 그간 몰래 숨겨 놨던 강 소위의 소총을 써먹어야 할 시점이 온 것 같다.

건대 쉘터의 의심 환자 분류가 거의 끝나 갈 무렵, '안전' 판정을 받은 오른쪽 줄에는 불과 50여 명만이 남았다. 그 외 나머지 압도적인 대다수는 '의심' 혹은 '위험'으로 분류되어 왼쪽 줄로 밀려났다.

의심이나 위험 환자 중 3분의 2 이상이 남자들이었다. 그중에서도 위험 환자들은 살아 있는 병균처럼 취급받아 가장 구석으로 몰렸다.

"쿨럭, 쿨럭! 나는 그냥 몸살이에요! 아니, 찬 바닥에서 자느라 기침 좀 한다고 그걸 무슨 죄인 취급 하면 어쩝니까?"

위험 환자군에서 살려 달라는 식의 애원이 빗발친다. 불운하게도 때맞춰 감기에 걸렸거나, 사소한 복통에 시달려 약을 타 먹은 사람들이었다. 하지만 박 소위는 매정하게 고개를 저었다.

"혈변을 본 사람이 자백을 하지 않기 때문에 일어난 일입니다. 제가 몇 차례나 기회를 드렸는데도 꼭꼭 숨어 계시잖습니까? 그러니 여러분 모두가 연대책임을 질 수밖에 없습니다. 억울하다고 말하기 전에 책임감을 좀 가져야 합니다! 여러분의 소중한 가족이나 친구, 동료가 여러분 때문에 목숨을 잃을 수도 있어요!"

"그…… 그러면 우리는 언제 여기서 나갈 수 있나요?"

중년 여자가 눈물을 그렁거리며 물었다.

이 분위기, 주변의 곱지 않은 시선, 사방에서 콜록대는 소리까지…….

죽음이 바로 머리 위에 드리워진 듯한 기분이다. 기침 같은 걸 해선 안 되는 분위기 때문일까, 직전까지 멀쩡하던 사람들도 괜스레 목구멍이 간질간질하며 자꾸만 큼큼거리게 되었다.

"잠실 이동 당일 군의관이 함께 온다고 했으니, 그때 나오시면 됩니다."

무고한 사람들을 공포로 옭아매 둔 박 소위는 그들을 쉘터 남쪽 끝의 건물로, 그러니까 그가 이 원사를 쐈던 건물로 몰아넣었다.

정비가 채 끝나지 않아 전기도 들어오지 않는 건물이지만, 괜찮다. 어차피 며칠만 참으면 잠실에서 보낸 장갑 트레일러가 그들을 태우러 올 테니까.

혼란스럽기는 의심 환자들도 마찬가지였다. 이들은 대부분 이렇다 할 증상도 없는 상황에서 그저 박 소위의 판단에 의해 이쪽으로 밀려나 버린 경우였다. 당연히 억울하고, 부당한 대우를 받을까 봐 두렵다.

"저기…… 우리 어떻게 되는 겁니까? 우리요…… 안 아파요. 설사도 안 하고……."

잔뜩 겁에 질린 의심 환자들이 병사들 쪽으로 다가오며 물었다.

"거기서 움직이지 않습니다! 선 넘지 않습니다!"

병사들은 강경한 말투로 의심 환자들을 저지했다. 그들과 몸이 닿는 것조차도 꺼림칙하고 싫다. 이미 좀비라는 강력한 전염병을 직접 목도한 바 있기 때문에 전염에 대한 두려움은 엄청나게 커져 있는 상황이었다.

"여러분, 진정하세요. 진정하십쇼! 괜찮습니다!"

위험 환자 분산 수용을 끝낸 박 소위가 의심 환자들 쪽으로 걸어가 확성기를 잡고 소리를 질렀다.

사람들은 겁에 질린 눈동자로 박 소위의 입만 바라보았다. 그가 말하는 대로 자신의 운명이 결정지어질 것이기 때문이다. 이 살벌한 분위기 속에서는 항변조차 하기도 어렵다.

"동공 반응과 체온 때문에 격리되셨기는 하지만, 아직 여러분은 환자라 확정된 게 아닙니다! 인솔자의 명령에 따라 접촉을 최소화하시고, 안정을 취하시면 다시 정상으로 돌아가실 수 있습니다! 잠복기가 지날 때까지도 아무 일이 없으면 되는 겁니다. 알겠습니까?"

박 소위는 제멋대로 떠들어 댔다. 어차피 자신이 만들어 낸 가상의 전염병. 이 사람들도 가상의 전염병 의심 환자들이니 무서울 게 없다.

물론 아무도 죽지 않는다. 다만, 그가 육만배를 죽이고 가희, 초희와 함께 자신만의 하렘을 꾸미는 데 발판 노릇을 시키기 위해 약간의 불편을 주었을 뿐이다.

"어후, 나는 진짜 안 아픈데…… 아픈 사람들이랑 같이 있다가 옮으면 어떡해."

"우리 물건은요? 개인 소지품을 다 놔두고 왔는데?"

희망적인 이야기를 듣자 의심 환자들은 술렁이며 안도감을 표시한다. 박 소위는 얼른 그들을 조용히 시키고 계속 이야기를 이어 갔다.

"쉘터를 깨끗하게 살균하고 소독하는 동안 여러분은 임시 거처에서 지내시게 될 겁니다. 거기에서도 청결을 신경 쓰셔야 합니다! 락스 희석액을 나눠 드릴 테니까, 자신의 주변을 계속 소독하시고, 다른 사람과의 접촉을 최대한 피하세요! 개인 소지품은 소독이 끝난 뒤에 돌려 드립니다. 자! 이제 설명 다 드렸으니까 이동하십쇼! 이동!"

박 소위는 그들을 몇 개의 건물에 분산 수용했다. 겁을 잔뜩 줘 놨으니, 이제 며칠 동안 주는 밥만 먹고 나면 열심히 락스칠을 하느라 다른 생각은 아무것도 못 할 것이다.

"위험 환자들도 그렇지만, 저 의심 환자들도 밖으로 나오지 못하도록 해 주세요. 전염이 번지기 시작하면 이거 감당이 안 됩니다. 그렇게 되면 아마 잠실에서도 우리를 안 받아 줄 겁니다."

철책 문을 잠그고 나서 박 소위는 김 중사에게 신신당부를 하고 돌아섰다. 김 중사는 떨떠름한 얼굴로 고개를 끄덕였다. 이 망나니 같은 새끼가 주도권을 잡고 휘두른다는 게 마음에 들지 않지만, 그 역시도 전염병이 두렵기는 하다.

사실…… 제대로 씻지도 못하는 여름철에 이 정도의 인원이 단체 생활을 하고 있으니, 전염병이 돌 가능성은 매우 높다. 그리고 제대로 된 치료도 기대할 수 없다.

"자, 여러분은 현재 안전하다고 판정을 받으셨습니다! 하지만 잠복기라는 게 있으니까 완전히 안심할 수는 없습니다. 이 물탱크에 있는 물은 안전이 확인될 때까지 사용하지 않습니다! 그러니 물을 최대한 아껴서 사용하세요! 그리고 쉘터 본관은 지금부터 철저히 소독을 해야 하니까 여러분도 숙소를 옮깁니다."

안전 판정을 받은 소수의 인원 앞에 선 박 소위는 근엄한 얼굴로 떠들어 댔다. 태양 그룹으로 보낸 수감자들이 묵던 숙소로 그들을 데려간 박 소위는 경비병들을 양옆에 세워 두고 단호하게 선언했다.

"혹시라도 지시를 어기고 임의로 외부 출입하는 사람이 있으면 곧바로 신병 구속하고 의심 환자 숙소로 보내겠습니다. 여러분이 외부로 나올 수 있는 건 별도의 지시를 받고 인솔자와 함께하는 경우뿐입니다."

그렇게 모든 준비 과정을 성공적으로 마친 박 소위는 득의만면해져서 건대 쉘터 본관으로 돌아왔다. 텅 비어 버린 체육관과 주차장에는 잠이 덕지덕지 붙은 채 멍한 표정을 짓고 있는 병사들만 남았다.

어제 야간 근무를 마치고 돌아와 몇 시간 자지도 못한 상황에서 갑자기 깨어나 그 난리를 쳤으니, 당연히 피곤하고 졸리다.

"아…… 얘들 이거, 완전히 뻗기 직전이네……. 큰일입니다. 쉘터 소독도 해야 하고, 할 일이 산더민데…… 저 물탱크, 저건 이제 불안해서 못 쓴다고? 뭐지?

필터가 문제인가? 정수제 넣지 않았어요? 야, 이제 정수제도 못 믿는 건가?"

부사관들에게 다가간 박 소위는 짐짓 걱정하는 체하며 운을 띄웠다. 부사관이 막막하다는 듯 대꾸했다.

"소독은 차차 한다고 해도, 물탱크는…… 저거라도 마시지 않으면…… 지금 가지고 있는 포장 생수만으로는 이 더운 날, 한나절도 못 버틸 텐데요."

"외부로 나가서 징발을 해 와야죠, 뭐. 지금 잠시 몸뚱이 좀 편하자고 저 물 먹었다가 우리 애들 피똥 쫙쫙 쏟아 내기 시작하면 누가 책임집니까?"

외부……라는 단어를 들은 부사관들의 얼굴이 굳는다. 게이트 밖으로 나가는 건 아무래도 찜찜하다. 게다가 다음 징발 대상 가게는 장벽 너머에 위치해 있다. 어린이대공원역 너머까지 멀리 빙 돌아 나가야 하는 위험한 길. 까딱했다가는 대형 좀비 무리에 휘말린다.

멀쩡한 정신에 체력이 좋을 때라도 긴장이 될 일인데, 지금 저렇게 잠도 다 깨지 않은 애들을 데리고 나갔다가는…….

"에이그, 어쩔 수 없구만. 제가 어떻게 해 볼 테니까 그만들 걱정하십쇼. 보고 있기도 힘드네요."

부사관들의 두려움을 읽은 박 소위가 능청스럽게 이야기를 시작했다.

"주간 근무조에서 한 서너 명만 빼서 제가 직접 데리고 나가겠습니다. 이 애들은 일단 조금이라도 자 둬야 야간 근무 설 것 아닙니까?"

박 소위는 인자한 장교 연기를 하며 자신의 가슴을 두드렸다. 부사관 중 하나가 걱정스레 한마디 했다.

"아니…… 서너 명이라고 해 봐야 물의 무게가 있으니까 여기 있는 사람들 다 마실 만큼 차에 실으려면 너무 시간이 한참 걸릴 텐데요."

"그거는 생각이 있습니다. 안전 판정 받은 민간인분들 손을 좀 빌려야죠. 그분들 중에서 몇 명만 일꾼으로 좀 부리겠습니다. 웬만하면 그렇게까지 안 해야 맞는 거긴 하지만, 지금 비상사태니까요. 서로 도와야죠."

부사관들은 찜찜해하면서도 박 소위의 말에 토를 달지 않았다. 그의 결정을 반대해 봐야 '그러면 당신이 직접 애들 데리고 하라.'라는 말밖에 나오지 않을 것임을 잘 알고 있어서다.

"그럼, 그렇게들 알고 계세요. 아 참, 야간 근무 서시려면 잠깐이라도 좀 주무십쇼."

박 소위는 부사관들에게 통고를 하고 수감자 숙소 쪽으로 걸음을 옮겼다. 그렇게 그는 존재하지도 않는 전염병을 핑계로 모두의 혼을 쏙 빼놓았다. 이제 다음 단계로 넘어가면 된다.

박 소위가 희미한 미소를 짓고 있는 동안 수감자들의 숙소에 갇혀 버린 육만배는 불만스러운 표정으로 눈동자를 굴리고 있었다. 수감자들을 가둬 두던 곳이다 보니 문도 튼튼한 자물쇠로 잠겨 있고, 창문의 유리도 모두 빼놓았다.

제대로 한 방 맞았다. 숨겨 둔 총은커녕 간단한 연장조차 꺼낼 틈도 없이 맨몸뚱이인 채로 이곳에 밀려나 버렸으니…….

이래서야 꼼짝없이 우리 속에 갇힌 짐승 신세다. 마음대로 출입도 안 되고, 큰 소리를 내 봐야 들어 줄 사람도 몇 명 안 된다.

"여기 우리 애들 몇 명이나 있냐?"

육만배는 기동이를 구석으로 불러 조용히 물었다.

"네, 회장님. 총 여섯 명입니다. 아, 회장님이 찾으시던 두섭이도 옆방에 있습니다."

대답하는 기동이의 목소리는 평온했다. 녀석은 아직까지도 위기의식이 생기지 않은 모양이다.

'여섯이라…….'

참으로 애매한 숫자여서 육만배는 또 고개를 갸웃거릴 수밖에 없었다. 그까지 합해서 일곱 명. 그러면 전체 조직원들의 반도 안 된다. 박 소위가 만배파를 타깃으로 삼고 이런 짓을 벌이는 건 아니라는 말이다.

'그럼 대체 이런 희한한 짓의 목적이 뭐지?'

육만배는 관자놀이를 꽉 누르며 고민에 잠겼다. 뭔가 좋지 않은 촉이 온다. 그런데 왜 그렇게 되어 버린 건지를 모르겠다.

"안 되겠다. 초희 년 잡아다가 좀 족쳐 봐야겠어."

답을 찾지 못한 육만배는 혼잣말처럼 기동이에게 명령을 내렸다.

"초희요? 데리고 올까요?"

"음, 일단 몇 대 쥐어박고 끌고 와. 얼굴은 건드리지 말고."

"알겠습니다, 회장님."

소리 죽여 인사를 한 기동이가 방문을 나섰다. 그가 한 발짝을 떼자마자 확성기 소리가 왱— 하고 울린다.

"방에서 나오지 않습니다! 돌아갑니다!"

복도 끝에 앉아 감시를 하고 있던 경비병들의 경고가 복도 전체를 울린다. 기동이는 인상을 찌푸리면서 손을 저었다.

"아니! 밖에 나가려는 게 아니오! 잠깐 요 위층에 가서 이야기만 좀 하고 오려고 해요! 내 아는 동생이 지금 걱정을 하고 있을 것 같아서!"

사실 남자와 여자를 층을 나누어 분리 수용 했다는 것도 웃기는 일이다. 여기가 정말로 교정 시설이나 군대도 아니고, 이게 뭐 하자는 건지……. 하지만 경비병들은 흔들리지 않았다.

"방으로 돌아가십쇼! 여자분들은 운동 시간에 만나실 수 있습니다! 더 경고하지 않겠습니다!"

"젠장, 갑자기 뭐 이렇게 까탈스러워! 우리는 안전 판정을 받았다고! 왜 죄지은 새끼처럼 취급해, 씨팔!"

기동이는 불만스러운 얼굴로 쾅! 소리가 나게 쇠문을 닫아 버렸다. 그러고도 분이 풀리지 않아 벽을 걷어찼다.

커다란 덩치의 그가 욕설을 입에 담고 씩씩대자 방 안의 분위기는 금세 경직됐다. 사람들은 기동이의 눈치를 보며 시선을 마주치지 않기 위해 고개를 숙였다.

복도에 경비병들이 배치된 것과 달리, 방 안은 아무런 치안 보장이 없다. 가벼운 사고 정도는 신경 써 주지 않겠다는 의미다. 그러니 알아서 몸을 사려야 하는 상황이다.

"앉읍시다, 기동 씨! 다른 분들 불편해하십니다."

육만배가 무감정한 말투로 명령을 내리면서 자신의 옆자리를 두들겼다. 기동이는 얼른 고개를 숙이며 그의 옆으로 가 얌전히 앉았다.

잠시 동안 불편한 침묵이 방 전체에 깔렸다. 그 고요함이 깨진 것은 10여 분이 지난 뒤였다.

"이 방 인원, 전원! 밖으로 나옵니다!"

경비병이 문을 열고 외쳤다. 방 안에 들어 있던 10여 명의 남자들은 경비병의 눈치를 보며 천천히 문 쪽으로 걸어 나갔다. 육만배는 거의 입술을 움직이지 않으면서 기동이에게 속삭였다.

"올 게 왔다. 기동아, 기합 바짝 넣고 있어라."

그들은 내부 게이트 밖의 공터로 인도되었다. 먼저 나와 있던 다른 방의 남자들이 두리번거리며 어설픈 목례를 건넨다. 잠시 후, 여자들도 나와 옆줄에 선다. 가희와 초희도 그중에 포함되어 있다.

"일손이 모자란 긴급 상황이라 건강한 분들께 협조 좀 구하겠습니다! 지금부터 작업을 해야 합니다. 두 조로 나누겠습니다. 한 조는 쉘터에 남아 내부 소독 작업을 하고, 다른 한 조는 외부로 나가 우리가 마실 식수를 징발해 와야 합니다. 둘 다 반드시 필요한 작업이니까 지시에 잘 따라 주십쇼! 지금부터 호명하는 분들은 쉘터 소독 작업입니다."

말을 마친 병사는 확성기에 대고 이름을 부르기 시작했다. 주변에 서 있던 사람들이 하나씩 둘씩 옆줄로 빠져나가는 걸 보면서 육만배는 사나운 눈동자를 굴렸다.

결국 그의 조직원들의 이름은 하나도 불리지 않았다. 가희 년과 초희 년까지도 호명되지 않은 걸 보면 저년들과 무관한 것 같기도 하고…….

점점 더 수상해진다. 대강 나누는 게 아니라 대체 왜 이름을 불러서 특정하는 걸까?

"이름이 호명되지 않은 분들은 외부 작업조입니다! 저희 군이 안전하게 여러분을 이송하고 호위하는 동안 여러분은 저기 보이는 트럭에 식수와 기타 필요한 물품을 적재하시면 됩니다! 남자분들은 트럭의 화물칸에, 여자분들은 승합차에 승차하십쇼!"

남아 있던 남자들은 트럭에 차례로 올랐다. 워낙 짐칸의 차고가 높아 짧은 사다리를 걸쳐 놓아야 한다.

육만배는 재촉을 받으면서도 뒤쪽으로 계속 물러났다. 초희 년과 가희 년이 어찌 반응하는지 지켜보고 싶었다.

가희는 평소처럼 고귀한 척하며 차에 올랐다. 그리고 초희는 희희낙락 밝은 얼굴로 순서를 기다리고 있다. 그녀가 차에 오르려 할 때, 옆에서 기다리고 있던 박 소위가 손을 내밀어 잡아 준다.

'오호라!'

육만배는 마음속으로 탄성을 질렀다. 저 하루 종일 찡얼대기 좋아하는 초희 년이 불평 한마디 없이 외부 작업에 끌려가는 것만으로도 충분히 수상했는데, 두 연놈이 손을 덥석 잡을 때 주고받는 눈빛으로 확실해졌다. 저년들은 이미 박 소위가 모종의 흉계를 꾸미고 있다는 걸 알고 있었던 거다. 다 한패다.

"빨리 타십쇼! 해가 지기 전에 돌아오려면 서둘러야 합니다!"

병사들이 육만배를 사다리로 몬다. 그는 어쩔 수 없이 트럭 짐칸에 올랐다.

"두 군데에 들러서 식수를 징발할 겁니다! 여러분 중 절반이 먼저 내려서 작업을 하고, 나머지는 그다음 가게까지 이동합니다! 이동 중에 흔들리니까 손잡이 꽉 잡으십쇼!"

주의 사항을 일러 준 병사가 사다리를 트럭 안에 올려 두고 문을 닫는다. 양쪽으로 짐칸의 문이 닫히는 순간, 육만배는 모든 것을 깨닫고 고개를 끄덕였다.

'이거였나……'

박 소위의 계획이 눈앞에 그려진다. 두꺼운 쇠로 위아래와 사방이 다 막힌 이 짐칸은 그야말로 움직이는 관이다. 달아날 수도 없고, 반항할 수단도 없다.

'아마도 두 번째 가게까지 가서 우리를 죽일 생각이겠지. 먼저 한 무리가 빠져 나가고, 여기에 나와 기동이, 두섭이…… 우리 식구들 일곱 명만 남았을 때.'

문을 살짝 열고 박 소위가 방아쇠를 당기면 무방비 상태로 꼼짝없이 맞게 된다. 일곱 명이든, 70명이든 그냥 죽는 거다. 아니, 뭐 하러 총을 쏘겠어. 수류탄이나 하나 까 넣으면 그냥 끝나는데…….

'그래…… 결국 나를 제끼고 싶어졌구나……. 워낙 골 빈 년들이라 그 정도 생각은 못 할 것 같았는데, 딴에는 애썼군.'

육만배는 입술을 꾹 깨물었다. 그년들 농간에 호락호락 놀아난대서야 그동안 쌓아 온 그의 이름 석 자가 아깝다. 절대 여기서 죽지는 않을 것이다.

04

"어, 어이쿠! 어지간히 흔들리네. 이거 괜찮나……."

트럭이 출발하자 손잡이를 붙잡으며 이요섭이 앓는 소리를 한다. 육만배는 이 바보 놈을 이용하기로 했다.

"이요섭 대표님, 근데 이거 좀 너무하지 않습니까?"

육만배가 말했다. 어차피 짐칸에는 군인이 타고 있지 않으니까 목소리를 죽일 필요도 없다. 이요섭은 식은땀을 닦아 내며 고개를 끄덕인다.

"음, 너무하기는 하는데…… 뭐, 일손이 없다니까요."

"아니, 누구는 안전한 쉘터에 남아서 걸레질이나 하면 되는데, 우리는 왜 이 무서운 데를 끌려 나와야 합니까? 게다가 이걸 좀 보십쇼. 이 트럭 안에 탄 사람들, 거의 다 교인들입니다. 이거는 일종의 차별이고, 박해입니다."

육만배는 자신과 이요섭, 그리고 조직원 놈들을 차례로 가리켰다.

"으음, 그러고 보니 그렇게 생각할 수도……."

이요섭이 고개를 끄덕인다. 트럭에 탄 열댓 명의 사람들 중 아홉 명이 함께 모여 기도하는 사람들이다. 물론 그 본인과 육만배 쪽 무리 일곱을 제외하면 실제로는 교인이 한 명 더 섞여 있을 뿐이지만, 이요섭은 그런 전후 사정 같은 건 모른다.

"문이 열리면 대표님이 엄하게 좀 꾸짖어 주시면 좋겠습니다. 항의를 안 하고 그냥 넘어가면 다음에도 또 이렇게 우리 형제들만 위험한 곳으로 내몰릴 테니까요. 네? 부탁 좀 드리겠습니다, 대표님."

"저희도 부탁드립니다, 대표님!"

육만배의 눈짓을 읽은 조직원 놈들도 한목소리로 말하며 허리를 굽혔다. 우쭐해진 이요섭은 턱을 쓸며 말했다.

"허허, 참…… 그렇게까지 부탁을 하니까 한마디 하기는 해야겠습니다. 허, 이 놈들 참…… 잘 좀 할 것이지, 이렇게 우리 형제들 마음을 상하게 하나……."

"따끔하게 야단을 치셔야 합니다, 따끔하게. 우리의 운명이 대표님께 달린 거나 마찬가지니까요."

육만배는 계속 놈의 기분을 추켜세우며 심리적인 압박을 주었다. 그리고 기동이와 나머지 놈들에게는 눈빛으로 신호를 보냈다. 이판사판의 순간이 다가온다.

끼이익—.

트럭이 멈췄다. 만배파 조직원 중 한 놈이 사다리를 얼른 걸었다. 그런 후, 뒤쪽에서 철컹거리는 소리가 난다. 짐칸 문을 여는 소리다. 육만배는 눈을 부릅뜨고 그쪽을 노려보았다.

"이동하면서 힘드시지 않았습니까? 이제 사다리부터 내리고, 저희가 호명하는 분들은 내리십쇼. 그분들이 1조입니다."

문을 양쪽으로 활짝 연 상병이 말했다. 총으로 무장을 하고는 있지만, 단 두 명. 게다가 일병 한 놈은 명단이 적힌 종이에 시선이 꽂혀 있다.

이 태평한 태도로 보아 이 군인 놈들은 지금이 어떤 상황인지 까맣게 모르는 모양이다. 육만배로서는 더할 수 없는 호기다.

"아니, 근데! 내가 교인 대표로서 뭐 한마디 좀 해야겠습니다!"

육만배에게 등을 떠밀린 이요섭이 병사들에게 다가가 항의를 시작한다. 박해니, 차별이니…… 하는 단어들을 이요섭이 나열하기 시작하자, 상병은 짜증스러운 얼굴로 대꾸했다.

"무슨 교인 차별을 한다는 겁니까? 말도 안 되는 소리 하지 말고 물러나세요! 작업에 방해됩니다."

병사들의 시선이 이요섭에게 집중되어 있는 동안 사다리를 대는 척하던 조직원은 힘차게 뛰어내리며 가까이에 있던 일병의 얼굴을 사다리로 후려쳤다. 그와 동시에 만배파 조직원들은 한꺼번에 트럭 문을 향해 달려갔다.

"으악!"

일병의 비명. 철제 사다리에 강타당한 그의 얼굴은 처참하게 찢겨 피가 낭자하다. 상병은 뒤로 물러나며 총구를 겨눴다.

"이야! 이 씨발 놈아!"

기동이가 이요섭의 허리를 차서 트럭 아래로 밀어 버렸다. 황망한 표정으로 허공에 떠올라 총 든 상병을 덮치는 이요섭! 상병의 총에서 발사된 총알은 당연히 그의 몸을 꿰뚫을 수밖에 없었다.

투투투— 투투투—.

이요섭의 몸뚱이가 벌집처럼 너덜너덜해진다. 앞서 있던 만배파 조직원 하나도 목을 관통당해 쓰러졌다. 하지만 그러는 사이 일병을 공격했던 조직원이 뛰어와 상병의 손을 사다리로 후려갈겼다.

"컥!"

손가락이 짓뭉개진 상병이 총을 떨어뜨린다. 목덜미에 다시 한번, 그리고 어깨와 다리에 날카로운 쇠사다리 공격이 퍼부어졌다.

상병은 끔찍한 고통 속에서 앞으로 쓰러졌다. 바로 옆에서는 기동이가 빼앗은 대검으로 일병의 목을 긋고 있었다.

푸슛—!

붉은 핏줄기가 솟아올랐다. 아무 죄도 없는 선량한 젊은이의 피였다.

"끄으으~! 왜? 왜?"

죽음의 문턱을 넘기 직전까지도 두 병사는 자신들이 왜 공격당하는지 알 수 없었다. 그냥 슈퍼에서 물을 실어 오는 일일 뿐이었다. 무시무시한 전과자들도 아니고, 대부분이 교인인 수용자들이었는데…… 이 미친놈들은…… 대체 무슨 생각으로…….

"두섭아, 총 집어라!"

육만배가 명령했다. 두섭이와 또 한 놈의 조직원이 죽은 병사들의 총을 빼앗아 들고 탄창을 챙겼다. 총으로 무장을 끝낸 두 놈이 조수석 방향으로 돌아가는 동안 육만배는 어안이 벙벙해 있는 민간인들을 방패 삼아 앞세우고 트럭에서 내렸다.

투투투— 투투둑—.

"야! 이 개새끼들아!"

투투둑—.

총소리와 사이드 미러를 통해 뒤늦게 상황을 파악한 운전병이 짐칸 쪽을 향해 총알과 욕설을 함께 퍼부었다.

팅— 티팅—.

짐칸에 맞고 튄 총알이 날카로운 쇳소리를 만들어 낸다. 움찔하게 만드는 소리지만, 직접적인 위험은 없다. 어차피 짐칸 뒤는 운전석 쪽에서 사각이고, 거기에 문까지 양쪽으로 활짝 벌려져 있으니까.

육만배와 조직원들은 달아나려는 민간인들의 머리채를 잡아 세웠다. 그러고는 재빨리 눈을 돌려 박 소위 놈이 탄 승합차의 방향을 좇았다. 승합차에 군인이 몇이나 타고 있는지, 그 부분에 대한 정보가 없다.

"회장님, 여기!"

기동이 놈이 다가와 두 자루의 대검 중 하나를 쥐여 준다. 물론 군인들의 시체에서 빼낸 것이다.

 육만배는 자신이 방패로 삼은 민간인의 목덜미에 칼날을 딱 붙이고 뒤에 숨으며 뱀 같은 목소리로 말했다.

 "형제님, 움직이지 마세요. 나는 두 번 말하지 않습니다."

 "유, 육, 육 장로님, 대체 왜…… 이게 무슨……."

 인질로 잡힌 민간인은 덜덜 떨며 물었다. 육만배는 칼날로 놈의 피부를 꾹 눌렀다. 금세 얕은 상처가 나고 피가 맺힌다.

 "움직이지 말라고 했지 않나. 주둥이도 털지 마."

 얼굴이 파랗게 질린 민간인 인질들은 뻣뻣하게 굳어 버렸다. 상상도 못 했던 끔찍한 일에 휘말려 버렸다. 지금 이 상황은 좀비들이 서울에 퍼지던 그날의 기억만큼이나 무섭다.

 투투둑— 투투투—.

 트럭 앞쪽에서는 운전병과 만배파 조직원들이 벌이는 총격전이 한창이었다. 서로 그리 대단한 명사수도 아니고, 몸을 사리며 쏴 대는 것이라 쉽게 결판이 지어지지 않는다.

 씨이이이이잉—.

 박 소위의 승합차는 트럭을 향해 전속력으로 달려오고 있었다.

 "밟아! 트럭 뒤에 비스듬히 대!"

 박 소위는 미친놈처럼 고함을 질렀다. 그의 옆자리에 앉은 운전병도, 뒷자리에 앉은 또 다른 병사도 뜻밖의 상황에 놀라 사색이 되어 있다. 여자들의 비명은 말할 것도 없다.

 꺄아악— 꺄아악—.

 총소리와 피를 보고 놀라서 다들 째지는 소리를 질러 댄다.

 '대체 어떻게 눈치를 채 버린 거지? 뭘 보고 알았지?'

 박 소위는 K-2 손잡이를 꽉 쥐며 이를 악물었다. 애써 짠 계획이 틀어져 버렸다는 게 영 기분 좋지 않다. 하지만 좋게 생각하자면, 저놈들은 이제 군인을 죽인 살인범들이다. 증인도 무지하게 많다. 무조건 쏴 죽여 버려도 아무 탈이 없다.

트럭에서 사선으로 20여 미터 떨어진 곳까지 접근했을 때, 박 소위는 승합차를 세우고 병사들과 함께 하차했다.

투투투— 투투둑—.

트럭 앞쪽으로 위치를 옮긴 운전병이 응사하고 있는 게 보인다. 활짝 열린 짐칸과 인간 방패가 된 채 잡혀 있는 민간인들도, 그리고 그 옆에 피투성이가 되어 누워 있는 병사들의 시체도 보인다.

트럭에 타고 있던 병사가 셋이었으니, 적에게 두 정의 총이 넘어간 거다.

"엄호해! 내가 잡는다!"

박 소위는 두 병사에게 외친 뒤, 주차되어 있는 차들 사이로 뛰어 들어갔다.

투투투— 투투투투—.

병사들은 아무 망설임 없이 트럭의 짐칸을 향해 방아쇠를 당겼다. 억지로 서 있는 민간인들이 인질일 거라는 생각도 할 수 없다. 눈앞에서 전우가 죽어 나갔으니 그들이 보기에는 그냥 한패고, 다 똑같은 미친 살인마들일 뿐이다.

"으윽!"

민간인 인질 중 한 명의 심장에서 피가 솟구치고, 또 한 명이 팔에 총을 맞고 앞으로 고꾸라졌다. 맞은 놈보다 육만배가 더 놀랐다. 설마…… 인질까지 쏠 거라고는 생각하지 않았다. 박 소위, 저놈…… 생각보다 더 미친놈이다.

"회장님! 이쪽으로 오십쇼! 이쪽!"

기동이 놈은 인질들과 육만배를 끌고 커다란 슈퍼 안으로 뛰어 들어갔다. 애초에 식수를 징발하려던 가게다.

펑— 퍼벙—.

입구에 세워져 있던 과자 박스며 두루마리 휴지가 정신없이 터져 나간다. 박 소위의 솜씨다.

"야! 이쪽으로 쏴! 앞에 새끼는 내버려 두고 박 소위랑 승합차 저 개새끼들을 쏘라고!"

기동이가 두섭이에게 소리를 질러 댔다. 두섭이 놈이 황급히 뒤쪽으로 뛰어온다. 그러고는 승합차를 향해 난사했다.

투투투투투― 투투투투투투―.

승합차의 유리가 깨지고, 병사들이 다급히 고개를 숙였다. 안에 있는 여자들은 비명을 질러 대고 울부짖는다. 주변은 완전히 아수라장이 되었다.

"끄응~ 이거 어째…… 영 안 좋은데?"

육만배가 머리 위로 쏟아진 과자 부스러기들을 털어 내며 중얼거렸다. 이쪽도 총을 가졌다고는 하지만, 상대는 앞에 하나, 뒤에 셋, 모두 네 명이나 된다. 그리고 요즘 계속 사격을 하던 놈들이다. 반면에 그의 편 사수들은 둘뿐이고, 그나마 한 놈은 엽총이나 쏴 보던 놈이다.

"저놈이 지원 요청을 하거나 하면 끝이란 말이지……."

자동차 사이에 숨은 박 소위를 힐끔 엿보며 육만배는 바쁘게 머리를 굴렸다. 지금 승산을 높이려면 일단 박 소위 놈의 마음을 흔들고, 주위의 병사들이 놈을 의심하게 만들어야 한다.

방법을 궁리한 육만배는 썩은 야채들 곁에 떨어져 있던 확성기를 집어 들었다.

"박 소위! 이 개새끼야!"

확성기를 통해 증폭된 육만배의 목소리는 도로 전체를 쩌렁쩌렁 울릴 만큼 컸다. 육만배는 배에 힘을 꽉 주고 계속 소리를 질렀다.

"이 원사 죽인 걸 덮어 주고, 네가 시키는 대로 강 소위에게 누명까지 덮어씌워 줬더니! 나한테 보답이 이거냐? 응? 네가 이러고도 사람이야?"

"닥쳐! 이 개새끼야!"

얼굴이 새빨개진 박 소위가 거품을 물고 방아쇠를 당긴다.

투투투― 투투둑― 투투투―.

퍼부어진 총알들은 슈퍼 입구의 물건들을 박살 냈다. 육만배는 벽 뒤에 더 바짝 붙어서 계속 외쳤다.

"증인들을 다 없앨 생각이었냐? 우리만 죽여 버리면 완전범죄가 될 것 같았어? 하하하하, 그렇게는 안 될걸! 네가 그날 이 원사랑 강 소위 쏜 거 본 사람은 우리 말고도 더 있어!"

"닥치라고! 닥쳐!"

"하하하하! 바보 같은 군인 놈들아! 잘 들어! 저기 저 박 소위 놈이 진범이다! 너희 대장이 살인범이라고!"

육만배의 심리전은 효과가 있었다. 다른 군인들은 신경 써서 듣지 않고 있지만, 제 발이 저린 박 소위만은 다급해져서 이성을 잃었다. 박 소위는 다시 승합차 쪽으로 뛰어가 병사들에게 소리를 질렀다.

"저 말 믿지 마! 개소리야! 저 새끼 지금 다급해져서 거짓말하는 거다!"

예…… 예…….

병사들이 멍하니 고개를 끄덕였다. 그사이에도 육만배는 쉬지 않고 떠들어 댔다.

"내가 강 소위 총을 숨겼어! 발전기 아래 빈 공간에 비닐로 꽁꽁 싸서 넣어 뒀다고! 너희가 확인해 보면 알잖아! 박 소위 부탁을 받고 했단 말이야! 저 새끼가 범인이야!"

"닥치라고 했지! 난 그딴 총 알지도 못해!"

박 소위는 미친놈처럼 악을 써 가며 트럭을 향해 3점사를 퍼부었다.

끄아악!

응사하려던 두섭이 놈이 손을 부여잡고 쓰러진다. 녀석의 왼손 손가락 세 개가 한꺼번에 날아가 버렸다.

부하 놈이 피를 철철 흘리고 쓰러져 비명을 질러 대는 동안에도 육만배는 눈도 깜짝하지 않고 계속 큰소리로 지껄였다.

"너희 대장 조심해! 박 소위, 저 새끼는 수틀리면 너희들도 쏠 놈이야! 미친 개새끼라고! 이 원사 쏠 때도 그랬지! 가희, 저 더러운 년이랑 붙어먹다가 걸리니까 그걸 감추려고! 너희도 다 알잖아! 저 새끼가 그때 밤마다 떡 치면서 신음 소리 내고 다녔다는 거…….”

"으아아아아! 으아아아아!"

자신의 치부가 드러나려 하자 박 소위는 미친 듯이 외마디 비명을 지르면서 K-2를 난사했다.

"으아악!"

또 다른 민간인 인질이 총을 맞고 쓰러진다. 하지만 가게 안에 들어가 벽 뒤에 숨은 육만배에게는 닿지 않았다. 놈은 집요하게 확성기를 잡고 외쳤다.

"생각해 봐라! 박 소위 저놈이랑 강 소위랑 둘 중에! 누가 성질이 나서 사람을 죽일 만한 인간인지! 박 소위 아니냐? 응? 누가 봐도 박 소위라고!"

"듣지 마! 듣지 마!"

박 소위는 미친놈처럼 악을 쓰며 승합차 조수석에서 자신의 배낭을 꺼냈다. 탄창을 잔뜩 채워 넣었기 때문에 엄청나게 묵직하다. 그러고는 승합차 뒤쪽으로 돌아가서 가희와 초희를 잡아끌었다.

"내려! 너희 둘 내려!"

"왜 이래요? 무서워요, 박 소위님!"

가희와 초희는 그가 시키는 대로 차에서 끌려 나오면서도 겁에 질린 표정을 지었다.

이 새끼…… 무슨 대단한 계획이라도 있는 양 우쭐대더니, 어째 영 불안해. 멍청한 새끼…….

두 여자가 내리는 것을 본 승합차 안에 있던 다른 여자들은 앞뒤 사정도 모르면서 덩달아 뛰어내리려고 든다.

"박 소위님! 어디 가십니까?"

트럭을 향해 응사하고 있던 승합차 운전병이 물었다. 장교가 갑자기 여자 둘만 끌고 다급하게 뛰어가려 드니 이상해 보이는 게 당연하다. 박 소위는 뒤도 돌아보지 않은 채 외쳤다.

"저 새끼 목적이 이 여자들이다! 보호해야 돼! 계속 엄호해!"

맥락도 닿지 않는 변명이었다. 두 병사의 눈빛이 흔들린다.
'미쳤어…… 어쩌면 저 확성기로 떠들어 대는 소리가 맞는 건지도 모르겠어.'
전투가 벌어졌는데, 아군 장교가 제일 무섭다.
이런 좆 같은 상황이 또 있을까…….
"으아아악!"
트럭 쪽에서 또 비명이 울려 퍼진다. 트럭 운전병이 자신과 대치하고 있던 만배파 조직원을 명중시킨 것이다. 적 사수가 쓰러졌다는 걸 확인하자마자 트럭 운전병은 재빨리 트럭을 벗어나 승합차 쪽으로 뛰어오기 시작했다.
가지고 나온 탄창을 이제 거의 다 소모했기 때문에 그 자리에서 더는 버틸 수 없다.
"엄호해 줘! 엄호!"
승합차 쪽으로 달려오며 트럭 운전병이 애타게 소리를 질렀다. 승합차 뒤에 몸을 숨긴 병사들은 열심히 트럭을 향해 총알을 날려 대며 트럭 운전병의 복귀를 도왔다.
"저 새끼 잡아야 돼! 쏴! 아무라도 좀 쏴!"
트럭 운전석에 키가 없다는 걸 확인한 기동이가 외쳤다. 그리고 그 역시도 떨어져 있는 총을 집어서 마구 갈겼다. 동남아 사격 연습장에서 쏴 본 가닥이 있어서 방아쇠 정도야 당길 수 있다.
"으흐으으! 끄으으!"
손가락이 날아간 왼손을 감싸 쥐고 있던 두섭이 놈도 다시 총을 잡았다. 상처 부위가 총에 닿을 때마다 정신이 아득해질 만큼 고통스럽지만, 이판사판에 뛰어들었으니 이를 악물고 방아쇠를 당겼다.
투투투— 투투둑— 투투투—.
양쪽에서 쏴 대는 총소리가 어지럽게 울린다.
"커헉!"
트럭 운전병이 앞으로 고꾸라지며 비명을 지른다. 그의 허벅지는 흘러나온 피로 금세 붉게 물들었다. 기동이와 두섭이, 두 놈이 쏴 대던 여러 총알 중 한 발이 명중한 것이다.

"끄아아아! 아아악!"

트럭 운전병은 허벅지를 움켜쥐고 울부짖었다. 10여 미터만 더 달려갔으면 승합차까지 닿는 건데…… 바로 코앞에 안전한 곳을 두고 여기에서…….

핑— 핑—.

그의 주변으로 총알들이 튄다.

으하하하하!

기동이 놈의 웃음소리가 총소리 사이사이마다 울려 퍼졌다.

"죽어! 죽어, 이 개새끼야!"

두섭이 놈도 고통을 잊을 만큼 흥분해서 계속 방아쇠를 당긴다.

"씨발! 저런 개새끼들이!"

승합차 병사들은 이를 악물고 응사했다. 전우가 바로 몇 미터 앞에 쓰러져 있고, 그 주변으로 적의 총알이 빗발치는 상황!

애가 타고 속이 터지는 것같이 답답하다. 당장에라도 구하러 가고 싶지만, 그들 역시 목숨이 하나뿐이라 선뜻 행동에 나서기가 두렵다.

05

그러는 동안에도 박 소위는 두 여자를 붙잡고 씨름하는 중이었다.

"박 소위님, 이러지 말아요……. 이상해 보인다고요. 우리 그냥 다른 여자들이랑 같이 있도록 내버려 두고 육만배부터 잡아요. 네? 박 소위님."

가희와 초희가 무릎을 꿇고 애원을 했다. 하지만 박 소위는 힐끔 승합차 쪽의 병사들을 돌아보고 나서 단호하게 고개를 젓는다.

"아니야……. 후우~ 지금 저 새끼들 눈빛을 보니까 벌써 의심하기 시작했어. 위험해……. 육만배도 문제지만, 나는 저 새끼들도 못 믿어. 후우~ 가희야, 초희야, 나를 믿고 따라와. 내가…… 지켜 준다. 우리의…… 낙원으로 가자."

박 소위는 숨을 헐떡인다. 가희와 초희는 눈물이 그렁거리는 눈으로 서로를 바라보았다.

망했다……. 이 새끼, 드디어 완전히 미쳐 버린 것 같다…….

"빨리 일어나! 내 눈 돌아가는 거 보고 싶어? 응? 시키는 대로 안 할 거야? 안 할 거냐고!"

박 소위의 눈은 핏발이 서 있고, 목소리는 갈라져서 쇳소리가 난다. 가희의 팔목을 잡기 위해 박 소위가 허리를 숙이자, 한쪽 어깨에 대충 걸쳐 뒀던 그의 배낭이 바닥에 떨어졌다.

그 순간, 배낭 윗부분이 열리면서 탄창이 와르르 쏟아졌다.

병사들에겐 여분이 없다는 핑계를 대며 그동안 빠듯하게 지급해 주었는데…….

비밀을 들킨 박 소위의 얼굴에서 핏기가 싹 가신다.

"박 소위님…… 왜 탄창을 그렇게 많이…….''

승합차 운전병이 멍한 얼굴로 물었다. 박 소위는 녀석의 얼굴을 다짜고짜 개머리판으로 후려쳤다.

"의심하지 말라고 했지!"

바닥에 쓰러진 승합차 운전병의 코와 입에서 붉은 피가 뚝뚝 떨어져 내렸다. 또 한 명의 병사는 이 상황을 이해할 수 없었다.

왜? 대체 왜 박 소위 이놈은 아군을 조지는 걸까?

그는 자기도 모르게 뒷걸음질을 쳤다.

"멈춰!"

박 소위는 목이 찢어져라 고함을 지르며 총을 들어 올렸다. 병사는 멈추지 않고 상가 건물 안으로 뛰어 들어갔다. 그 자리에 그대로 있다가는 목숨을 잃게 될 것이라는 감이 왔다.

투투투— 투투둑—.

아니나 다를까, 총알이 상가의 벽과 문을 박살 낸다. 병사는 가게 안으로 더 깊숙이 달아났다. 박 소위의 사격 실력은 익히 알고 있다. 도망가지 않으면 죽는다.

"으아악! 대체 왜 이래요?"

승합차 안에 타고 있던 여자들이 울부짖는다. 그들의 원망 가득한 목소리를 들으면서 박 소위는 다시 배낭을 승합차 조수석에 던져 넣었다. 그러고는 시계를 보았다.

슬슬 대피해 있어야 하는 시간이다. 조금 있으면 좀비들이 몰려올 거다. 애초에 그런 시간에 맞춰 여기로 나왔다. 혼란 속에서 두 여자와 함께 사라져 버리기 위해서…….

"어딜! 이 개새끼야!"

박 소위가 도로 쪽을 향해 3점사를 날린다.

투투둑— 투투둑—.

그가 다른 곳에 정신이 팔린 틈을 타서 트럭 운전병의 열쇠를 훔쳐 보려던 만배파 조직원이 움찔하며 트럭 뒤로 물러난다.

팅— 티팅—.

총알은 그의 머리 근처를 아슬아슬하게 스치고 지나갔다.

"너희는 여기에서 다 죽었어! 감히 나를 우습게 봤어? 응? 이 깡패 새끼들아!"

박 소위는 계속 방아쇠를 당기며 소리를 질러 댔다. 탄창의 개수로 보아도, 사격 실력으로 보아도 그가 압도적으로 유리한 싸움이다.

"너를 우습게 봤다고? 하하하! 우스운 게 뭔지는 아나, 이 등신 새끼야!"

육만배가 또 확성기를 잡고 도발을 해 댔다.

"그년들이 뭐라고 너를 꼬드기더냐? 응? 그 걸레 같은 년들이 너를 정말로 좋아하는 줄 아나? 사랑해서 매일 그렇게 떡을 쳤다고 생각해? 이용당하는 줄도 모르는 천하에 멍청한 놈!"

"가희를 그런 식으로 말하지 마! 죽여 버리겠어!"

"하하하하, 가희? 가희 좋지! 그년이 너랑 처음 떡 치던 날 뭐라고 하며 너를 홀렸었는지 내가 이야기해 줄까? 비가 오는 날이었지! 네놈이 죄수 새끼를 죽여서 질질 짜던 날이었어!"

가희와 초희, 박 소위의 얼굴에서 거의 동시에 핏기가 빠져나갔다. 박 소위의 침묵이 당황한 증거라는 걸 알아챈 육만배는 신이 나서 계속 떠들었다.

"가희 년이 너에게 뛰어가서 그랬겠지! 네가 나오는 꿈을 꿨다고! 그래서 와 봤다고! 그러면서 너밖에 안 보인다고 했었지! 안 그래, 박 소위? 하하하!"

박 소위는 뻘게진 눈으로 가희를 돌아보았다. 가희는 다급하게 고개를 저었다.

"아니에요, 아니에요……. 저거, 저거…… 다 설명할 수 있어요…… 그게……."

박 소위가 숨을 헐떡인다. 그의 들썩거리는 어깨 너머에서는 육만배의 목소리가 쉬지 않고 울려 댔다.

"내가 어떻게 그런 이야기를 아느냐고? 당연한 거잖아! 내가 가희 년한테 시킨 거니까! 그날 밤에 거기 가라고 한 것도 나고! 그런 말로 꼬시라고 한 것도 나다! 알겠어? 박 소위, 이 새끼야! 너희는 사랑하는 사이가 아니야! 그저 내 손바닥 위에서 놀아난 거지! 가희, 그년은 한 번도 널 사랑한 적 없어! 매일 밤마다 너랑 붙어먹고 와서 나에게 보고를 했어! 오늘도 더럽게 아팠다고! 그 개새끼랑 언제까지 이 짓을 해야 하느냐고!"

"아니에요…… 아니에요……. 저는…… 아니, 가희는…… 박 소위님 사랑해요……. 이것 보세요…… 지금도 이렇게……."

다급해진 가희는 박 소위의 품에 안기려고 다가갔다. 하지만 박 소위는 그녀를 사납게 밀어 쳤다.

쿵—.

승합차 운전석에 호되게 머리를 부딪친 가희가 비틀거리자 초희가 그녀를 부축해 일으킨다.

"왜 이래요! 이러지 말고 제발 저 새끼를 죽이라고!"

가희를 안고 초희가 울부짖었다. 박 소위는 얼이 빠진 표정으로 고개를 저으며 낮게 중얼거렸다.

"이 더러운 년들…… 나를, 나를 가지고 놀았어……. 나는 진심으로 사랑했는데……."

박 소위가 갑자기 대검을 뽑아 들었다. 번뜩이는 칼날을 본 초희와 가희의 눈이 더욱 커졌다. 승합차 안의 여자들은 비명을 지르며 움츠러들었다.

"안 돼! 안 돼!"

두 여자의 비명이 하늘을 가른다. 박 소위는 사정없이 대검을 휘둘렀다.

"끄윽!"

가희의 쇳소리!

그녀의 가슴이 사선으로 붉게 물든다. 박 소위는 다시 칼을 그었다. 이번에는 초희가 팔을 움켜쥐고 쓰러졌다.

어젯밤 그와 체온을 나눴던 두 여자가 모두 피를 흘리며 쓰러졌는데도 박 소위의 분노는 가라앉지 않았다. 사정없이 휘두르는 대검이 다시 가희의 목에 깊은 상처를 남겼다.

"아아악!"

가희는 울부짖으며 쓰러졌다. 박 소위가 귀신 같은 얼굴로 중얼거린다.

"죽여 버릴 거야…… 네년들, 조각조각 내서 고통스럽게 죽일 거야……."

박 소위는 다시 대검을 들어 올렸다.

"하아~ 하아~."

흥분해서 거친 숨을 내뱉는 박 소위의 가슴은 심하게 들썩이고, 그의 피 묻은 칼끝은 가볍게 떨렸다.

눈앞에서 울부짖는 초희와 고통스러워하는 가희의 모습을 보면서도 동정심 따위는 들지 않았다. 오로지 그녀들의 비명을 원하는 폭력적인 욕망만이 그의 마음속을 가득 채우고 있었다. 이 더러운 년들의 온몸을 갈기갈기 찢어 버려야만 상처받은 그의 자존심이 회복될 것 같다.

"이러지 마요! 그간 쌓은 정을 생각해서라도! 제발…… 사랑한다면서요!"

초희가 가희를 부축하며 애원한다. 박 소위는 눈을 부릅뜨며 악을 써 댔다.

"아가리 닥쳐! 이 개같은 년들아! 나는 모든 걸 버리려고 했어! 가희, 저년을 위해서 살인까지 했다고! 그런데…… 그런데 너희는! 너희는 끝까지 나를 가지고 놀았어! 이 천하의 쌍……."

광인처럼 울부짖으며 힘차게 칼을 내리찍으려던 박 소위가 멈칫한다. 얼굴을 강타당해 바닥에 쓰러져 있던 승합차 운전병이 총을 집어 들려는 모습을 보았기 때문이다.

"이 새끼야! 무슨 짓을 하고 싶어서!"

박 소위는 이미 피투성이인 운전병의 얼굴을 세차게 걷어차고 녀석의 개인화기를 멀리 밀어 버렸다. 얼굴과 가슴, 옆구리를 잇달아 걷어차인 운전병은 끙끙 앓기만 할 뿐, 제대로 일어나지도 못한다.

그를 완전히 제압했다고 생각한 박 소위는 다시 가희 쪽으로 돌아섰다. 그때였다.

투투투— 투투둑— 투투둑—.

총소리가 요란하게 울려 대고, 자동차와 근처 상가의 유리들이 박살 난다. 박 소위는 다급하게 허리를 숙여 승합차 뒤에 숨었다.

투둑— 투투둑—.

두섭이와 기동이는 서로 교대해 가며 계속해서 총알을 퍼부었다. 손가락이 날아간 두섭이가 지시를 하면, 만배파 조직원이 탄창을 갈아 끼워 준다.

기동이와 두섭이는 그걸 받아 번갈아 가며 방아쇠를 당겨 박 소위의 목숨을 노렸다. 박 소위의 등과 하이바 위로 깨진 유리 조각들이 쏟아졌다.

"이…… 이런 개새끼들! 어디서 감히!"

거북이처럼 잔뜩 움츠리고 있으면서 박 소위는 이를 빠득, 갈았다. 두 여우 년들에게 놀아났다는 것도 분하지만, 그 배후에 쓰레기 같은 깡패 새끼들이 있었다는 것이 더욱 화가 나는 일이다. 덕분에 그의 인생도 놈들과 같은 수준으로까지 끌어내려졌다.

키리리릭, 부우우웅—.

트럭에 시동이 걸리고 엔진이 풀가동되는 소리가 들려온다. 쏟아지는 총알을 피하기 위해 박 소위가 자동차 뒤에 고개를 처박고 있는 동안 트럭 운전병으로부터 열쇠를 빼앗아 온 육만배 일당이 달아나는 소리였다.

"도망가지 마! 덤벼! 이 겁쟁이 새끼들아!"

뒤늦게 상황을 깨달은 박 소위는 벌떡 일어나 트럭을 겨냥했다. 그러고는 사정없이 난사했다. 어차피 건대 쉘터에 남아 있는 총알을 거의 다 쓸어 왔으니, 실탄은 충분히 여유가 있다.

팅팅팅팅— 팅팅—.

그가 쏜 총알들이 대형 트럭의 두꺼운 강판에 맞고 튕겨 나온다.

콰직—! 콰직—!

부우웅—.

트럭은 거리의 여기저기에 부딪치고 총알 세례를 받으면서도 어느새 유턴을 마쳤다. 쇠파이프로 덮어 놓은 앞 유리창 너머로 조폭 새끼들의 얼굴이 보인다.

박 소위는 급하게 탄창을 갈아 끼우고 다시 방아쇠를 당겼다.

팅— 팅팅—.

트럭의 사이드 미러가 날아가고, 유리창에 여러 개의 총알구멍이 생겨났다.

거미줄 같은 실금이 쫙 간 운전석 유리!

그러나 타고 있는 놈들을 맞히지는 못했다. 좀비들의 공격에 대비해서 보강하느라 박아 둔 쇠파이프가 보호해 준 탓이다. 트럭은 순식간에 박 소위의 옆을 지나쳐 건대 쪽으로 달려간다.

"으아아아아아!"

도로로 뛰어나간 박 소위는 트럭을 쫓아 달려가며 계속 방아쇠를 당겼다. 바퀴라도 맞혀서 트럭을 멈추려는 생각이었다. 그렇게 놈들의 기동력을 마비시킨 뒤, 기어 나오는 녀석들을 하나하나 사살해 버리면 된다.

팅— 티잉—.

퓨욱! 피슉~!

박 소위의 노력은 보상을 받았다. 총알에 꿰뚫린 트럭의 오른쪽 뒷바퀴에서 둔중한 소리가 울리고, 바람이 빠져나간다. 금세 트럭의 중심이 기울어 비틀거리고, 휠이 바닥에 끌렸다.

"죽어어~! 죽어! 이 개새끼들!"

약간의 성공을 거둔 박 소위는 더욱 흥분해서 날뛰며 사정없이 총구를 휘둘렀다. 난사된 총알이 트럭 짐칸과 왼쪽 뒷바퀴를 때린다.

팅— 터텅—!

휠에 갈린 타이어 조각이 너덜너덜해진 채 튕겼다. 하지만 양쪽 뒷바퀴의 공기를 잃고 휘청거리면서도 트럭은 계속 달렸다. 뛰어서 쫓는 박 소위의 속도로는 이미 따라잡을 수 없을 만큼 거리가 벌어져 버렸다.

"야, 이 비겁한 쓰레기들아! 덤벼 보라고!"

박 소위는 멀어져 가는 트럭을 향해 욕설을 퍼부었다.

그의 간절한 바람이 이뤄지려는 것일까, 저 멀리 달아나던 트럭이 제대로 코너를 돌지 못하고 철책을 들이받으며 비틀거리는 모습이 보인다.

콰드드득! 우두둑!

트럭의 무게와 속도 때문에 철책은 모기장처럼 뜯겨 나갔다. 계속 미끄러지던 트럭은 장벽을 들이받고 넘어지면서야 겨우 멈춰 섰다.

우르르르—.

부서진 장벽의 파편들이 흙먼지와 함께 쏟아져 내린다. 막아 놓았던 쉘터의 외곽 한쪽에 커다란 균열이 생겨난 것이다.

하지만 그런 심각한 상황을 마주하면서도 박 소위의 머릿속에는 놈들을 모두 사살할 수 있다는 환희의 감정만이 떠올랐다. 뒷문을 열고 기어 나오는 육만배 일당이 모두 벌레처럼 하찮게 보인다.

"으하하하하! 이 개새끼들아! 도망갈 수 있을 줄 알았나? 으하하!"

광기 가득한 웃음소리를 터뜨리며 박 소위는 K-2의 탄창을 뽑아 잔탄 수를 확인했다.

남은 실탄의 수는 세 발. 새 탄창을 장착하기 위해 전술 조끼를 더듬던 박 소위가 잠시 멈칫했다.

"……벌써 다 썼나?"

예비 탄창이 없다. 전술 조끼에 장착하고 있던 여섯 개의 탄창을 모두 사용했다니…… 순식간에 엄청나게 퍼부은 셈이다.

"뭐, 탄창은 얼마든지 있어."

자신의 배낭에서 탄창을 보충하기 위해 돌아선 박 소위의 눈에 승합차에서 뛰어내리려는 민간인 여자들이 보였다.

그렇게는 안 되지. 못 도망가.

박 소위는 승합차 쪽으로 다시 뛰어가며 총구를 하늘로 겨누고 두 발을 쐈다.

타앙~! 타앙!

"꺄아악!"

여자들이 비명을 지르며 멈칫한다. 박 소위는 목에 핏대를 세우며 소리를 질렀다.

"동작 그만! 거기 서! 움직이면 다 사살할 거야! 멈추라고!"

박 소위는 승합차를 향해 달려가며 탄창에 들어 있던 마지막 한 발로 앞쪽 건물의 유리창을 부쉈다.

여자들은 그 자리에 주저앉으며 쇳소리를 냈다. 공포로 얼어붙은 여자들을 잡아 일으켜 세우며 박 소위가 악을 썼다.

"왜 도망가? 응? 당신들이 왜 도망가느냐고? 나를 믿고 보호해 달라고 해야 할 것 아니야? 빨리 차에 타!"

여자들은 공포에 질려 박 소위를 바라보았다.

너를 믿으라고? 살인에, 아군 폭행에, 사방에 총질을 하고, 가희와 초희에게 칼을 휘두르던 미친놈을 믿으라고?

이 정신병자는 조금 전까지 자신이 어떤 말을 하고, 어떤 짓을 저질렀는지조차도 제대로 인식하지 못하는 모양이다.

"그 두 년은 어디 갔어? 응? 어디 갔냐고?"

여자들을 승합차에 싣고 주변을 두리번거리던 박 소위가 가까이에 있는 파마머리 여자의 멱살을 움켜쥐고 물었다.

"두 년이라니…… 누구요?"

"가희, 초희, 그 개같은 년들 말이야! 어디 갔어? 봤잖아?"

박 소위가 마구 윽박질러 대자 파마머리는 눈물이 가득 고인 채 고개를 저었다.

"제가…… 제가 어떻게 알아요?"

이이익—!

파마머리를 승합차 안에 밀어 처넣은 박 소위는 배낭을 조수석에 던지고 운전석에 올랐다. 두 년이 도망친다고 해 봐야 갈 수 있는 거리라는 건 어차피 빤하다. 전차로 차량들을 밀어 길을 터 둔 지역 내에 숨어 있을 것이다.

그러니 일단 차를 타고 쫓아가 육만배를 죽인 뒤, 그년들은 천천히 잡아 조지면 된다. 그년들이 충분히 후회하고 뉘우칠 수 있을 만큼 천천히…… 아주 고통스럽게…….

박 소위는 기어를 후진으로 바꾸고 힘차게 가속 페달을 밟았다. 그런데…… 승합차는 도무지 움직일 기미를 보이지 않는다. 아무리 기어를 바꾸고, 모든 페달을 다 밟아 봐도 소용이 없다.

"이게 왜 이래! 씨발, 차까지 왜 이 지랄인데!"

성질을 이기지 못해 핸들을 두드리던 박 소위의 눈에 뭉게뭉게 피어오르는 수증기가 보였다. 보닛 아래 엔진에서 뿜어져 나오는 수증기였다.

다급하게 뛰어내려 확인해 보니, 이미 엔진룸 부근에는 무수한 총알구멍이 나 있다. 총격전을 주고받는 동안 입은 대미지다.

"이런…… 이런 좆 같은…….."

당황한 박 소위는 시계를 보았다. 좀비들이 이 부근을 지나가기까지 남아 있는 시간은 아무리 길게 잡아도 이제 겨우 20여 분. 그렇게 위험한 시간대를 골랐던 이유는 그가 다른 병력들로부터 고립되고자 했기 때문이다.

밀려드는 좀비 때문에 모든 것이 혼란스러워질 때, 자신은 트럭 뒤쪽의 일곱 놈을 죽이고, 가희, 초희와 함께 두 번째 목표인 슈퍼마켓 주변으로 사라질 계획이었다.

그러면 아무 걱정 없이 먹고 자면서 계속 뜨거운 사랑만을 나눌 수 있다고 생각했었다. 아주 오랫동안…… 구조대가 그들을 찾아낼 때까지.

사라진 인원이 민간인과 군인을 포함해서 30명 가까이 되니까 구조대는 반드시 올 거라고 믿었다. 군이 포기하더라도 태양 그룹은 구조대를 보내 줄 것이라 생각했다. 만일을 대비해 위치를 표시하기 위한 연막탄도 두 개나 챙겨 왔으니까.

그런데…… 모든 계획은 수포로 돌아갔고, 자동차마저 박살 났다. 박 소위는 승합차의 바퀴를 신경질적으로 걷어찼다. 이제는 복수고 뭐고 따질 것이 아니라, 당장 좀비들로부터 살아남는 것이 시급한 과제가 되었다.

"내려! 다 내려!"

박 소위는 배낭을 메고 여자들의 목덜미를 잡아 끌어냈다. 계획 변경. 지금부터는 이 슈퍼마켓 주변에서 음식을 빼 오며 버텨야 한다.

마침 여자들도 잔뜩 있으니 성적으로 굶주릴 일이 없다. 자물쇠가 튼튼한 집만 찾으면 그가 원래 세웠던 계획과 얼추 비슷해진다.

"따라와! 빨리!"

"그냥…… 그냥 저희 놓아주시면 안 돼요? 예? 제발 살려 주세요!"

거리로 끌어 내려진 여자들은 눈물범벅이 되어 박 소위에게 사정을 했다. 무릎을 꿇은 그녀들을 억지로 일으키며 박 소위는 도로의 서쪽을 가리켰다.

"살려 주려고 이러는 거잖아! 이 멍청한…… 이 소리를 들어 봐! 이 소리! 안 들려? 좀비들이 온다고! 몇천 마리나 되는 놈들이란 말이야!"

 여자들의 얼굴에 공포가 덮쳐든다. 흥분과 두려움 때문에 미처 인지하지 못했지만, 그 말을 듣고 보니 귓가를 자극하는 이 소리는…… 좀비들의 포효다. 그 악취가 느껴질 만큼 꽤나 가까워져 있다.

 "알아먹었으면 일어나! 노닥거릴 시간이 없어! 피해야 돼!"

 박 소위는 여자들을 이끌고 슈퍼마켓 건물의 계단을 뛰어 올라갔다. 2층의 저축은행 사무실은 유리문이지만, 스테인리스 셔터가 올려져 있었다.

 그만하면 충분히 튼튼하다고 판단한 박 소위는 앞뒤 가리지 않고 여자들을 전부 안으로 밀어 넣었다.

 "더 안으로 들어가! 아무 사무실로라도 들어가라고! 문가에서 얼쩡거리지 말고! 빨리!"

 박 소위는 여자들에게 소리를 지르며 셔터를 내렸다. 그러고는 유리문을 잠갔다.

 찌이잉—.

 또 엄청난 강도의 두통이 뇌를 흔든다. 낮에 이따금씩 이렇게 머리가 쪼개지는 것 같고, 아무 생각도 없어진다. 마약의 부작용이지만, 박 소위는 그것을 알지 못했다. 그저 자신이 너무 격무에 시달리고 스트레스를 받아 몸이 경고를 하는 것이라고만 생각했다.

 "으으으~ 젠장! 으으!"

 박 소위는 욕설을 내뱉으며 여자들이 숨은 사무실 안으로 들어갔다. 배낭을 바닥에 내려놓은 박 소위는 수통을 꺼내 목을 축였다. 대체 얼마 동안이나 이렇게 악을 써 가며 싸웠었는지 잘 가늠조차 되지 않는다.

 "하아~ 하아~."

 입가를 훔친 박 소위는 여자들을 노려보았다. 그의 섬뜩한 시선이 향하자 여자들은 더욱더 바짝 한 덩어리로 달라붙으며 벽 쪽으로 물러났다.

 "훗! 내가 무서워?"

박 소위는 코웃음을 치며 여자들에게 물었다. 아무도 대답하지 않자, 그는 창가로 걸어가 블라인드를 확 걷어 버렸다.

"내가 싫은 사람은 지금 말해. 나가게 해 줄 테니까. 조금 있다가 이 아래로 좀비들이 지나갈 때, 창문 밖으로 던져 주지."

으흐흐흑~!

여자들 사이에서 흐느끼는 소리가 들려온다. 그 소리가 박 소위의 상할 대로 상한 기분을 조금은 달래 준다. 가희와 초희에게 못한 앙갚음을 대신할 수 있을 것 같다.

박 소위는 여자들이 울도록 내버려 둔 채 그의 수중에 들어온 여섯 명의 여자를 찬찬히 훑어보았다.

가희, 초희만은 못하지만, 이 여자들과 식량이 다 떨어질 때까지 새로 알게 된 쾌락의 세계 속에서 군림하리라.

그 생각을 하는 것만으로도 그의 두통은 한결 가벼워지는 듯했다.

극장 옥상의 고 하사 일행이 육만배와 박 소위 간에 일어난 총격전을 알아차린 것은 이요섭이 사망한 첫 총성이 울릴 때였다.

당시 옥상에는 두 군인 외에 네 사람이 더 있었다. 규영이와 신입, 태권 소녀, 그리고 임수정. 나머지 인원은 음식을 날라 오기 위해 고 하사가 숨어 있던 건물로 가 있는 상황이었다.

타앙— 타타타타타—.

평소보다 가까운 곳에서 들려온 총소리에 깜짝 놀란 강 소위는 재빨리 망원경을 들어 올렸다. 그들이 위치한 극장에서 300미터도 떨어져 있지 않은 곳에 멈춰 선 트럭과 승합차 사이로 총알들이 날아다니고, 사방의 유리창이 박살 나는 모습이 눈에 들어왔다.

트럭 짐칸 뒤에서 무슨 일이 벌어지고 있는지는 각도 때문에 파악되지 않지만, 좀비와 싸우는 게 아니라는 것만은 분명했다. 피범벅이 된 아군의 시체가 쓰러져 있는 모습도 보였다.

"뭐, 뭐야? 왜 갑자기 서로 총질을 해?"

강 소위는 깜짝 놀라 외쳤다. 장벽 외부까지 트럭이 나와 있다는 것도 놀라웠지만, 아군끼리 총질을 해 댄다는 게 더 황당했다.

망원경을 돌리던 강 소위는 승합차 뒤에서 사격하고 있는 박 소위를 알아보았다.

"박 소위……."

강 소위가 가증스러운 놈의 이름을 불렀다.

박 소위, 저 미친놈이 또 뭔가 저지르고 있는 모양이다. 승합차 내부에는 울부짖는 여자들이 잔뜩 타고 있다.

"박 소위요? 저도 좀 봅시다, 강 소위님!"

고 하사의 말에 강 소위는 망원경을 넘겼다. 박 소위와 두 명의 병사가 한 방향으로 쏴 대고 있다는 걸 확인한 고 하사는 트럭 쪽으로 시선을 돌렸다. 슬쩍, 그가 아는 얼굴이 나타났다가 사라진다. 기동이 놈이다.

그렇다는 건…… 아마도 육만배라는 놈 역시 연관이 있을 것 같았다. 고 하사는 강 소위에게 다시 망원경을 건네며 말했다.

"저기…… 그 두 잡놈이 서로 싸우는 것 같은데요? 박 소위랑 육만배랑 말입니다. 왜일까요? 뭔가 저희들끼리 사달이 났을까요?"

"가희, 그 여자도 있네……."

고 하사의 말을 들으며 망원경을 꽉 움켜쥐고 있던 강 소위가 중얼거린다. 그래도 이때까지는 어느 정도 객관적 시각을 유지할 수 있었다. 개같은 놈들끼리 서로 원수진 것처럼 쏴 대 봐야 이쪽에서는 그저 반가울 뿐이니까.

"억! 저 미친 새끼가!"

그런데 박 소위가 승합차 운전병을 후려치는 걸 본 강 소위는 깜짝 놀라 하마터면 망원경을 떨어뜨릴 뻔했다. 이미 놈에게는 아군도, 적군도 없는 상황인 것 같다.

도로에 아군이 쓰러져 있는데 도와주기는커녕, 박 소위는 오히려 곁의 병사들에게 총부리를 겨누는 중이었다.

"더는 못 참겠어!"

망원경을 내려놓은 강 소위는 자신의 총을 가지고 계단 쪽으로 걸음을 서둘렀다. 고 하사가 그의 뒤를 쫓는다.

"강 소위님! 어디 가십니까?"

"트럭 있는 곳으로! 저 미친놈을 막아야지!"

강 소위는 뒤도 돌아보지 않고 외쳤다.

고 하사가 그의 앞을 막아섰다.

"안 됩니다! 그 몸으로 어딜 간단 말입니까? 박 소위랑 맞싸워서 이기시겠습니까? 어떻게요? 우리는 총알도 몇 발 없어요!"

"그렇다고 여기에서 구경만 할 수는 없잖아! 저 새끼 손에 죄 없는 사병 애들이랑 민간인들 죽어 나가는 걸 보고만 있으라고? 그럼 저 새끼랑 나랑 다를 게 뭐야?"

얼굴이 붉게 상기된 강 소위가 단호하게 말했다. 그의 말을 들은 고 하사도 어쩔 수 없다는 듯 고개를 저으며 어깨를 내밀었다.

"자요, 기대요! 혼자 못 가시잖습니까!"

고 하사는 강 소위를 부축하고 계단을 내려갔다. 임수정과 태권 소녀가 달려와서 외친다.

"가면 안 될 것 같아요! 저 사람들 있는 곳, 오른쪽에서 좀비들이 오고 있다고요. 꽤 가까워서 시간 여유가 별로 없어요!"

"저희도 봤습니다! 서두를게요! 아흐으으!"

기세 좋게 대답하던 강 소위가 부상당한 다리를 움켜쥐며 비명을 지른다. 서두르는 마음과 달리 불편한 다리를 이끌고 14층이나 되는 높은 건물의 아래까지 내려간다는 건 힘들고, 아프고, 시간이 걸리는 일이었다.

1층에 내려섰을 때, 강 소위의 온몸은 땀으로 범벅이 되어 있었다.

"아무리 봐도 무리예요!"

뒤따라 내려온 임수정과 태권 소녀가 만류한다. 강 소위도 무리라는 걸 잘 알고는 있었다. 하지만 피가 끓어서 도저히 손 놓고 보고만 있을 수가 없다.

"왜 내려오셨습니까?"

진우의 목소리.

강 소위는 뒤를 돌아보았다. 거기에는 총소리를 듣고 은신처에서 달려온 보안관 일행이 서 있었다.

얼— 얼—!

삼식이는 오르막 도로의 남쪽을 향해 짖어 댄다. 태권 소녀가 손뼉을 치며 진우를 맞았다.

"어! 그래, 진우! 너 잘 왔어! 이 아저씨 좀 말려. 아니다. 네가 도와줄 수 있으면 좀 도와줘. 좀비들도 몰려오고…… 아주 난리야!"

"무슨 일인데…… 총소리 뭐야?"

상황 파악이 안 된 진우에게 고 하사가 간단히 설명을 해 줬다. 바로 몇백 미터 앞에서 미친 박 소위가 민간인과 아군 병사들을 무차별적으로 공격해 댄다고. 강 소위가 고 하사의 말을 가로막았다.

"고 하사! 그만! 다른 것도 아니고, 군 내부에서 총격전이 벌어진 상황인데 민간인을 끌어들이면 안 돼!"

그런 후, 강 소위는 진우에게 말했다.

"진우 씨, 고 하사랑 나 살려 준 것 고마워요. 사격 실력이 뛰어나다는 이야기도 들었고요. 하지만 이건…… 이야기가 달라요. 군인들끼리 해결해야 하는 일입니다. 그래도 정 돕고 싶으면, 탄창만…… 탄창 몇 개만 부탁할게요."

후우~ 진우는 한 번 크게 숨을 들이마셨다. 무관한 사람들이랑 얽히는 것도 싫고, 군인들과 얽히는 것도 싫다.

하지만 제정신이 아닌 지휘관 때문에 목숨을 잃는 사병이 생기는 게 훨씬 더 싫었다. 그런 이유로 죽어 간 동료들의 얼굴이 눈앞을 스쳐 간다.

결심을 굳힌 진우가 무겁게 입을 열었다.

"……내 신분에 대해서는 우리 서로 입을 다물고 있는 것뿐이잖습니까. 가시죠, 군인들끼리 해결하러……."

Chapter 71
박 이병, 쉘터 구하기

01

진우의 난데없는 군밍아웃에 강 소위는 침을 꿀떡 삼켰다. 다른 일행들도 마찬가지였다.

"그…… 그래, 가자."

강 소위는 고개를 끄덕였다. 고 하사는 그제야 좀 살 것 같아 안도의 한숨을 내쉬었다. 사람이 좋고 나쁜 것을 떠나 강 소위의 사격 실력은 절대 박 소위의 상대가 되지 못한다는 걸 잘 알기 때문이다.

"야, 기다려 봐. 너만 가려고?"

보안관이 진우를 붙잡는다. 진우는 엷은 미소를 지었다.

"군인들만 쉘터 안으로 보내 주고 금방 올게."

"금방 올게 같은 소리 하고 있네. 우리 만난 지 며칠이나 됐다고. 또 찢어지는 건 안 돼, 이 새끼야."

보안관은 진우의 전술 조끼를 탁, 두드리며 말을 이었다.

"조심해서 싸우고 있어. 내가 금방 규영이 업고 와서 뒤따라갈 테니까, 우리 기다려. 절대로 너 혼자 저 부대 안으로 들어가지 마."

"좀비들이 가까이 오고 있다던데……."

"그러니까 더 같이 있어야지. 네 탄창 가방이랑 먹을 거 챙겨서 늦지 않게 따라잡을게."

"그래, 알았어!"

진우는 힘차게 고개를 끄덕이고는 달리기 시작했다. 그의 뒤를 고 하사와 강 소위, 삼숙이와 임수정이 쫓아갔다.

"이것 봐. 이렇게 양쪽으로 부축을 해 줘야 뛸 수 있는 양반이 뭘 싸운다고!"

임수정과 함께 강 소위를 양쪽에서 부축하고 달려가며 고 하사가 핀잔을 준다. 하지만 그 역시도 강 소위의 의로움이 싫지는 않았다. 아마 고 하사가 강 소위의 위치에 있었더라도 비슷한 행동을 했을 것이다.

"사람이 있어요! 여자 둘이고, 부상을 입었습니다!"

앞서 달리던 진우가 외쳤다.

고 하사와 강 소위도 보았다. 길 한쪽으로 밀어 둔 자동차와 가로수 사이에 피투성이가 된 초희와 가희가 웅크리고 앉아 있었다.

가희는 이미 빈사 상태였고, 초희는 그런 가희를 부둥켜안아 어떻게든 일으켜 세워 보려 애를 쓰고 있었다.

"가희야, 정신 차려! 여기! 여기 좀 막아! 피 나잖아! 아우, 야! 목 좀 꽉 붙잡으라고!"

초희는 눈물과 피가 범벅이 된 얼굴로 울부짖으며 가희를 깨우려 애를 썼다. 하지만 가희는 피가 끓는 소리를 내며 이따금씩 숨을 내쉬는 것만으로도 이미 기운에 부치는 상황이다.

"하아아~ 초……희야…… 미안……해…… 어서 가…… 그냥…… 너라도…… 도망…… 하아, 하아~!"

"안 돼! 이 기집애야! 우리 둘이 자유롭게 살자고 했잖아! 이제 그렇게 됐어! 너만 정신 차리면 돼! 조금만! 조금만 더 가자, 응? 가희야!"

가희를 둘러업어 보려고 안간힘을 쓰던 초희는 그제야 진우 일행을 보았다.

다른 사람들은 눈에 들어오지 않았다. 오직 한 사람, 고 하사의 모습만이 그녀의 눈에 콱 박혔다.

"어! 의사 오빠! 군인 의사 오빠!"

초희는 간절히 손을 흔들며 고 하사를 불렀다. 그가 요즘 왜 쉘터에서 사라졌는지, 그 사건의 배후에 누가 있던 건지 따위는 머릿속에서 계산되지 않았다.

하마터면 그가 죽을 뻔했던 사건의 원흉이 바로 자신의 곁에 있는 가희라는 것도 까맣게 잊어버렸다.

지금 초희가 기억하고 있는 것은 오직 한 가지, 이 군인 의사가 총에 맞아 피를 철철 흘리며 다 죽어 가던 강 실장 오빠를 살려 낸 사람이라는 사실뿐이다. 이 사람이 도와주면…… 가희는 살아날 수 있다.

"초희 씨……."

그녀들의 앞에 멈춰 선 고 하사가 힘없이 대꾸했다.

너무도 끔찍하고 의외인 광경.

영원히 뺀질거릴 것만 같던 두 여자의 온몸은 피로 흠뻑 젖어 있다. 초희의 팔에도, 가희의 가슴에도 깊게 파인 칼자국이 나 있다. 하지만 피의 대부분은…… 가희의 목에서부터 흘러나온 것으로 보였다.

한때 곱고 하얗던 그녀의 목덜미는 잘린 경동맥에서 뿜어진 피로 온통 검붉게 물든 채다. 피부 자체의 색깔도 푸른색을 띨 만큼, 출혈은 심각했다.

"군인 의사 오빠! 가희 좀, 가희 좀 살려 주세요! 박 소위가 칼로 찔렀는데…… 얘가 좀 이상해요! 너무 차갑고…… 자꾸 쓰러져요……. 흐으윽, 네? 제발 부탁할게요! 제발요!"

고 하사는 고개를 저었다. 이런 상황에서 가희를 살리려면 종합병원급의 의료 시설과 인력이 필요하다.

"이미 너무……."

"안 돼요! 제발! 제발 살려 주세요! 이렇게 죽는 건…… 너무…… 흐윽!"

초희는 고 하사의 손을 잡고 애원하다가 앞으로 고꾸라졌다.

"아…… 언니…… 끄르륵~!"

천천히 눈을 깜빡거리던 가희가 임수정을 알아보고 힘없이 입을 연다.

가장 무서웠을 때, 가희가 마음을 열고 잠시나마 기대 보려 했던 사람. 그런데 자신 때문에 죽은…… 죽었다고만 믿었던 사람이 그녀의 눈앞에 있다.

"다행이에……요. 커흑~ 계속 미안……했는데……."

가희는 역류한 피 때문에 그륵거리는 목소리로 힘겹게 말을 이었다.

"가희 씨……."

임수정은 가희의 앞에 앉아 그녀의 눈을 보며 이름을 불렀다. 뭐라고 말을 해야 할지 모르겠다.

그날 밤 옆자리에 앉아 덜덜 떨며 몰래 담배를 피우던 약한 여자. 그렇지만 여러 사람의 목숨을 빼앗고 위기에 처하게 만든 악녀.

추억도 있고, 원한도 있다.

"끄으윽! 세 번…… 다 지나갔었나 봐요……."

가희가 고개를 모로 떨군 채 중얼거린다. 처음에 임수정은 그녀가 무슨 말을 하는지 이해하지 못했다. 가희는 칼에 베여 옷이 벌어진 자신의 가슴을 힘겹게 손으로 쓸며 다시 말했다.

"그…… 부적이요……. 후우~ 벌써…… 세 번 다…… 썼었던 건가 봐요……. 어쩐지…… 영 불안……하더라……."

가희의 눈에 눈물이 또르르 맺혔다가 흐른다.

"끄으으으~! 후우우우~ 얘는…… 그 일하고…… 아무 관련이 없어요……. 후우우~ 초희, 얘는……."

초희를 향해 고개를 돌리려던 가희의 목이 힘없이 뒤로 넘어간다. 힘겹게 울리던 그녀의 숨소리가 멈췄다.

"야! 가희야! 이년아! 안 돼! 그러지 마!"

초희는 오열하며 가희에게 팔을 뻗었다. 고 하사가 그녀의 어깨를 붙잡고 일으켜 세운다.

"다 끝났어요! 그만! 이제 여기에서 벗어나야 돼요!"

뭔가 사연이 있는 것 같아 보여서 잠시 멈춰 서 있던 진우는 고 하사가 초희를 끌고 움직이는 것을 확인하고 다시 남쪽으로 달리기 시작했다. 소름이 끼치지 않는 것을 보면, 아직 좀비가 바짝 다가와 있지는 않은 모양이다.

100여 미터를 더 내달린 진우의 눈에 도로가에 쓰러져 있는 병사의 모습이 보였다. 꿈틀대는 걸 보면 아직 살아 있다.

"우리 부대 애야!"

비지땀을 쏟으며 뒤따라오던 강 소위가 말했다. 만배파가 쏜 총에 맞아 쓰러져 있던 트럭 운전병이다.

어찌 된 영문인지 트럭도, 박 소위도 자취를 감췄고, 주변에는 시체만 잔뜩 널브러져 있다.

"야! 정신 차려! 나 강 소위야……."

일단 트럭 운전병을 향해 달려가려던 강 소위를 진우가 붙잡았다.

"쉿!"

진우가 왼손으로 조용히 하라는 표시를 한다. 그러고는 그를 끌고서 길가의 오른편으로 가 밀쳐져 있는 자동차들 뒤에 몸을 숨겼다.

"왜? 뭔데?"

강 소위는 이해할 수 없다는 표정을 지으면서도 목소리를 낮췄다. 이 어린 친구들의 재주가 워낙 신기에 가깝다는 말을 고 하사로부터 계속 들어 왔기 때문이다. 자신이 느끼지 못하는 뭔가를 이 녀석들은 느끼고 볼지도 모른다.

"저쪽에…… 개인 화기로 무장한 사람들이…… 어쩌면 한 사람일 수도 있지만, 있습니다. 아마 저 슈퍼 건물이나 그 옆 음식점 건물 주변에……."

진우는 자신이 지목한 건물들을 계속 눈으로 훑으면서 조용히 설명을 해 줬다. 강 소위는 눈을 크게 뜨고 그의 시선을 따라가 봤다.

무슨 흔적이라도 있는가 싶었지만…… 개뿔, 아무 단서도 없다. 그냥 주변과 다를 바 없는 난장판이다.

"그걸…… 어떻게 알았어? 뭘 보고 그런 판단을 내린 거야?"

강 소위가 물었다. 진우는 총을 들어 조준경을 눈에 가져다 대고 나서 왼손으로 삼숙이를 가리켰다.

"얘가 거길 향해 서서 낮게 짖었습니다."

이야기가 점점 더 황당해지는 바람에 강 소위의 표정이 기묘하게 일그러졌다.

확실히 시꺼먼 개새끼는 침을 뚝뚝 떨어뜨리면서 의젓하게 그쪽을 바라보고는 있다. 마치 사냥감을 노리는 사냥개처럼. 하지만 이게 논리적으로 무슨 헛소리란 말인가.

"여기에 왜 숨었습니까? 도로에 쓰러져 있는 병사…… 우리 중대 애인 것 같던데, 구해야 하지 않습니까?"

임수정과 함께 초희를 끌고 합류한 고 하사가 강 소위의 등 뒤에 쪼그려 앉으며 속삭였다.

"저쪽에 뭐가 숨어 있대…… 저 개가 알려 줬다고…….."

강 소위는 바보 같은 대답밖에 할 수 없었다.

"찾았습니다. 슈퍼 건물 2층 남쪽입니다. 저 사람이 누구입니까?"

진우는 총을 그 자리에 고정한 채 다가와서 눈을 대 보라고 신호를 보냈다.

강 소위는 몸을 기울여 조준경에 오른쪽 눈을 갖다 댔다. 무성하게 자라난 초록색 가로수 사이로 창문이, 그리고 그 안쪽에 너무도 낯익은 얼굴이 드러났다가 시야 밖으로 사라진다.

"박 소위, 이 개자식……."

강 소위는 이를 꽉 물며 중얼거렸다. 계속 훌쩍거리고 있던 초희가 박 소위라는 이름을 듣고 눈을 부릅뜬다.

"박 소위! 죽여야 돼요! 그 개새끼! 가희, 불쌍한 애를!"

"알았어요, 알았어. 조용!"

고 하사가 얼른 그녀의 입을 막았다. 고 하사의 손 위로 초희의 뜨거운 눈물이 흐른다.

"민간인들도 있습니다. 제가 본 건 여자만 세 명. 어떻게 합니까?"

진우가 물었다. 잠시 고민하던 강 소위는 초희에게 물었다.

"박 소위가 일행이 있었습니까? 그러니까 저놈에게 한패가 있었냐는 말입니다."

"몰라요……. 그냥 미친 새끼처럼 개지랄을 했었어요. 자기 부하도 막 까고…… 아마 혼자일걸요?"

고 하사가 손을 떼자 초희는 훌쩍거리며 대답했다. 강 소위는 진우에게 말했다.

"후우~ 그럼 저 민간인들은 인질인 모양이야."

"지금은 박 소위라는 사람이 시야에 잡히지 않습니다. 블라인드가 걷혀 있는 저 창문 앞으로 와야 하는데……."

조준경을 통해 창문을 겨누며 진우가 말했다. 강 소위가 초조한 얼굴로 물었다.

"만약에 내가 창문 쪽으로 불러내면 제압할 수 있겠나?"

"제압, 어렵습니다. 하이바도 쓰고 있고, 창문으로 보이는 면적이라야 얼굴과 어깨 정도뿐인데…… 어설프게 부상을 입혔다가는 내부의 민간인들에게 어떤 화풀이를 할지 장담 못 합니다."

진우는 단칼에 고개를 저었다.

역시 맞히기는 어렵겠지…….

강 소위도 충분히 납득할 수 있는 말이었다.

"하긴 너무 어렵지? 삭도도 그렇고, 그늘이 진 상태에서 저 작은 표적을 순간적으로 맞힌다는 건…… 저 새끼도 총을 쏴 댈 텐데. 하아~ 그럼 어떻게 한다……."

조준경에서 눈을 뗀 진우는 강 소위의 얼굴을 똑바로 보며 원래 뒤에 이으려던 이야기를 마저 했다.

"사살할 수는 있습니다."

냉정하게 그 말을 하는 진우의 얼굴 위로 아무런 감정의 변화가 드러나지 않아서 강 소위의 목덜미에는 소름이 돋았다. 이 녀석은 제압과 사살을 다른 의미로 썼던 모양이다.

후우~ 한 번 숨을 내쉬어서 목소리를 가다듬은 강 소위가 고개를 끄덕였다.

"그, 그럼 부탁해. 내가 말을 건네볼게……. 여의치 않다고 판단되면 곧바로 당겨 줘. 아…… 꼭 맞혀야 돼, 실수 없이. 여러 사람의 목숨이 달린 일이니까 꼭."

"실수하지 않습니다."

진우는 다시 조준 자세로 돌아갔다. 엄청난 압박감이 느껴질 만도 한데, 녀석의 총구는 조금도 흔들리지 않는다.

강 소위는 진우로부터 두어 발짝 옆으로 자리를 옮겨서 차량 위로 고개를 내밀고 슈퍼 건물을 향해 소리를 질렀다.

"박 소위! 나다! 강 소위야! 박 소위!"

그의 고함 소리는 박살 난 창문들을 통해 박 소위의 귀에 닿았다.

강 소위?

이미 죽었어야 할 녀석의 목소리가 난데없이 들려오자, 박 소위는 깜짝 놀라 블라인드가 내려진 창 쪽으로 다가갔다.

웅성거리는 여자들을 조용히 시킨 박 소위는 블라인드의 틈을 살짝 벌려서 밖을 내다봤다. 정말로 강 소위가 그 자리에 서 있다.

대체 어떻게 살아남은 거지? 저 어리바리한 새끼가? 그리고…… 왜 하필 이때 여기에 와 있지?

이해할 수 없는 일들이 너무 많이 한꺼번에 몰아서 일어났다. 이쯤 되면 우연이라고 보기에는 무리다.

"……애초부터 다 한패였던 건가?"

눈알을 굴리며 생각에 잠겨 있던 박 소위가 멍청한 결론을 내리고는 입술을 깨물었다.

가희, 초희, 육만배, 그리고 강 소위 저 얍삽한 새끼까지…… 다 한패였던 거다. 그래서 육만배 패거리가 저놈을 빼돌린 뒤…….

그다음 단계의 추리는 제대로 이루어지지 않았다. 왜 그랬는지 그 이유를 찾는다는 건 너무 복잡하고 어렵다.

하지만 그런 건 중요하지 않았다. 박 소위의 마음속에서는 순식간에 자신을 피해자로 둔갑시키는 이상한 논리의 비약이 이루어졌다.

그래, 저 개새끼도 한통속이었어…… 나만 이용당한 거야…….

그렇게 원망하기 시작하니 죄책감은 사라지고 분노가 끓어오른다. 그동안에도 강 소위는 계속해서 소리를 질러 대고 있다.

"박 소위! 이제 그만둬! 아직 돌이킬 수 있다! 더 문제를 일으키지 마라!"

"닥쳐, 이 개새끼야! 뻔뻔하게 어디서 그따위 소리를 지껄여? 나를 이 지경으로 만들어 놓고?"

박 소위는 발끈해서 악을 썼다. 그러고는 위치를 옮겨 유리가 깨져 있는 창문 밖으로 총구를 내밀었다. 육만배도, 가희도 다 놓쳤지만, 강 소위 저 개새끼는 대갈통에 바람구멍을 내 줘야 분이 풀릴 것 같다.

박 소위는 손가락을 방아쇠에 걸치면서 가늠자에 강 소위의 머리가 걸리도록 총구를 내렸다.

타앙—.

주변 건물들 사이로 메아리를 만들며 퍼져 나가는 한 발의 총소리.

그와 동시에 박 소위의 오른쪽 눈이 뻥 뚫렸다. 박 소위의 눈꺼풀을 찢고, 안구를 터뜨린 뒤, 사선으로 뼈를 꿰뚫고 들어간 총알은 그의 뇌를 사정없이 휘저으며 반대편의 두개골을 뚫고 나갔다.

퍽—.

박 소위의 하이바에 가로막혀 더 비행하지 못한 총알의 운동에너지 때문에 그의 머리와 몸 전체가 휘청거렸다.

바로 옆의 창문에 두 줄기의 피가 튀었다. 박 소위의 시체는 머리로 창틀을 들이받은 뒤 튀어나와 한 바퀴 빙— 돌면서 창문 아래로 기울어 떨어졌다.

털썩.

바닥에 떨어져 내린 박 소위의 하이바가 벗겨져 데구루루 구른다. 하이바 내부에 갇혀 있던 뼛조각들과 피, 뇌수가 왈칵 쏟아지며 보도를 적셨다. 뻥 뚫린 박 소위의 눈이 하늘을 향해 있다.

"꺄아악―!"

2층에서 반 박자 늦게 터져 나온 여자들의 비명을 들으며, 강 소위는 멍한 얼굴로 박 소위의 시체와 녀석이 떨어져 내린 창문을 바라보았다.

순식간이라는 말로는 부족할 만큼 찰나의 일이었다. 박 소위가 창밖으로 몸을 기울인다고 느낀 순간 이미 총소리는 울렸고, 그 한 방에 모든 상황이 종료되어 버렸다.

'대체…… 언제 조준을 한 거지? 저 많은 창문 중에서 저곳으로 얼굴을 내민다는 보장도 없었는데…… 뭐, 저런 괴물이…….'

눈으로 보고도 믿을 수 없다는 게 어떤 기분인지, 강 소위는 비로소 알 수 있을 것 같았다.

푸하아~ 잠시 잊고 있던 호흡을 다시 하면서 강 소위는 진우 쪽으로 고개를 돌렸다.

"야, 나쁜 놈 잡았어? 다 끝난 거?"

그제야 합류한 보안관이 진우에게 물었다. 벌써 자리에서 일어나 있던 진우는 아무렇지도 않다는 듯 고개를 끄덕인 뒤, 강 소위에게 말했다.

"가시죠, 강 소위님."

"……간다고?"

아직도 흥분이 가라앉지 않은 강 소위가 멍한 반응을 보이자, 보안관이 목소리를 높여 진우를 거들었다.

"그래요, 아저씨! 저 울부짖는 여자들 데리고 빨리 더 위층으로 도망가자고요! 2층은 너무 가까워요. 좀비들이 눈치챌 겁니다!"

"나는 쟤들 챙길게! 누구 한 사람만 더 도와줘!"

고 하사는 도로가에 쓰러져 있는 트럭 운전병과 승합차 뒤의 병사를 챙기기 위해 뛰어갔다. 삼식이가 얼른 그를 돕기 위해 나섰다.

"제니야."

슈퍼 건물로 들어가기 전에 유빈이 조용히 제니를 불렀다. 그러고는 얼굴을 좀 가리라는 시늉을 했다. 앞으로 얼마나 더 많은 사람을 만나게 될지는 모르지만, 제니가 이 무리에 있다는 소문이 군인들 사이에 퍼지면 비밀스럽게 움직이기는 다 트는 거다.

"아! 알았어요, 오빠."

제니는 유빈의 목에 걸려 있던 수건을 당겨 뺀 뒤, 자신의 코와 입을 가렸다.

"자요, 이제 못 알아보겠죠?"

수건의 매듭을 묶고 후드 티의 모자를 푹 뒤집어쓴 제니가 물었다.

"아니, 그런 것보다…… 그거 내가 종일 땀 닦던 거라…… 냄새가 어마무시할 텐데…… 그걸 코에……."

"좋아요, 오빠 냄새."

제니는 작게 속삭이며 엄지손가락을 척 들어 보인다.

뭐, 어쩌겠어. 자기가 좋다는데야…….

유빈은 더 말하지 않고 진우를 따라 계단을 올라갔다.

2층에서는 여러 가지 소리들이 시끄럽게 울려 댔다.

여자들의 비명과 울부짖음, 모두 진정하라는 진우의 외침.

정신이 하나도 없다.

"여기서 시간 끌지 말고 맨 위층까지 쭉쭉 올라가자! 내가 앞장설게! 너희도 거기에 너무 모여 있지 말고 따라와!"

보안관이 해머를 꽉 쥔 채 계단을 뛰어 올라갔다. 규영이를 카트에서 내린 뒤 등에 업은 신입과 태권 소녀가 그 뒤를 따르고, 유빈과 제니도 줄줄이 쫓아갔다.

"삼식이가 짊어지고 온 짐도 갖고 와야 돼!"

최고층인 6층의 사무실 안에 탄창 가방과 MP5 가방을 내려놓은 유빈은 다시 계단을 되돌아 내려갔다.

좀비들의 악취는 아주 가까워져 있다. 서둘러야 한다. 고 하사는 부상당한 병사들을 부축하고 오느라 정신이 없고, 2층의 여자들은 이제야 강 소위를 따라 올라온다.

"다 왔나?"

미친 듯이 서둘러서 6층으로 피난을 마친 유빈이 바쁘게 손가락을 꼽아 가며 인원 점검을 했다. 의식이 가물거리는 두 명의 부상병에, 얼이 빠져 있는 초희까지 구석에 앉아 훌쩍이는 걸 보면 누락된 인원은 없는 것 같다.

"후우우~ 젠장, 난리네."

그제야 유빈은 안도의 한숨을 내쉬며 창밖으로 시선을 돌릴 수 있었다.

잠시 후, 도로를 가득 메우고 수천의 좀비들이 걸어온다. 서쪽에서 접근해 온 좀비들은 방향을 꺾어 남쪽으로 전진했다. 어제 보안관과 진우가 보았던 그놈들이다.

"저놈들, 건대 쉘터로 가는 건가요?"

유빈이가 강 소위에게 물었다. 강 소위는 고개를 끄덕였다.

"음, 그런데 큰 위협은 안 돼. 어차피 철책 앞에서 좀 시끄럽게 굴다가 돌아가니까."

조준경으로 남쪽 건대 쉘터 방향을 살피던 진우가 그 말을 듣고 걱정스럽게 중얼거렸다.

"철책…… 다 뜯어지고 없습니다."

진우의 말을 들은 강 소위는 잠시 멍해져 있다가 더듬거리며 물었다.

"처…… 철책이 없다고? 그, 그럴 리가…… 다른 데를 잘못 본 거 아니야? 이 도로에서 곧바로 남쪽이야."

"그 위치 맞습니다. 철책 세워져 있던 흔적도 보입니다. 그런데 지금은 거의 다 뜯겨 나가 버렸습니다. 아마도……."

진우는 총구를 약간 위쪽으로 올리며 말을 이었다.

"……저 트럭이 부수면서 올라간 모양입니다."

"트럭? 트럭이 쉘터 쪽으로 돌아갔어? 그럼 지금은 누가 타고 있지?"

"트럭은 벽을 들이받고 전복된 상태입니다. 그 주변에 병사들이 나와 보수공사를 하고 있었던 것 같습니다."

말을 마친 진우는 조준경이 달린 K-2를 강 소위에게 넘겼다. 강 소위는 서둘러 쉘터 방향을 찾았다. 철책이 있던 위치를 확인한 강 소위는 마른침을 삼켰다. 진우의 말이 맞다.

철책은 다 뜯겨 나가 있고, 장벽이…… 그가 쉘터에서 도망 나와 있던 기간 동안 완성된 장벽의 일부가 박살 난 상태다. 거대한 트럭이 그 위에 쓰러져 있어서 빠른 시간 내에 보수한다는 것도 불가능할 것이다.

좀비들은 그쪽을 향해 빠른 속도로 접근하는 중이고, 새로 벽을 쌓기 위해 나와 있던 병사들은 사이렌 소리에 놀라 퇴각하고 있다. 양쪽 간의 거리는 채 100미터도 안 된다.

건대는 지금 철책도, 장벽도 없이 저 좀비들을 맞이해야 하는 상황인 것이다. 퇴각하는 병사들이 급하게 쳐 놓고 간 레이저 와이어 바리케이드가 바람에 흔들리는 모습이 어쩐지 애처로워 보인다.

강 소위는 흘러내리는 땀을 닦으며 진우에게 총을 넘겼다.

"후우~ 좋지 않은데…… 안 좋아……. 전차도 없는 상태에서 저 많은 놈들을 다 막을 수 있을지 모르겠군. 자던 애들까지 싹 다 긁어모아서 닥치는 대로 쏟아 부으면…… 내부 게이트 앞에서 어찌어찌 막아지려나?"

그들이 이야기를 나누는 창가 뒤쪽에서는 보안관이 민간인 여자들을 조용히 시키고 있었다. 만약 큰 소리를 지르거나 담배를 피워 대거나 하면 이 정도 높이라고 해도 좀비들의 관심을 끌기에 충분하다. 그러니 숨만 쉬면서 쥐 죽은 듯 조용히 좀비들이 지나가기를 기다려야 한다. 태권 소녀는 가방에서 물병 두 개를 꺼내 그녀들에게 나눠 줬다.

"박 소위에게 두들겨 맞은 애는 턱뼈가 아마 금이 간 모양입니다. 코도 다 뭉개졌고. 걔는 그래도 좀 나은 편이에요……. 총 맞은 병사는…… 너무 오래 피를 계속 흘리도록 방치돼서 아슬아슬해 보입니다. 지금이라도 쉘터 의무대를 이용할 수 있으면 좀 나을 텐데요."

부상당한 병사들에 대한 치료를 마친 고 하사가 보고를 한다. 이미 도로에서 두 구의 아군 시체를 본 마당에 더 이상 무고한 희생이 일어나도록 하고 싶지 않은데, 지금 이곳에서는 할 수 있는 게 거의 없다. 고 하사의 손에 들린 붕대와 소독약을 보고 강 소위가 물었다.

"갑자기 그런 건 다 어디에서 났어?"

"저기 저 친구가 가방에서 꺼내 주더라고요. 만약에 대비해서 가지고 다닌다면서…… 덕분에 진통제도 받아 먹였습니다."

고 하사가 유빈을 가리키며 대답했다.

백발백중에, 슈퍼 파워에, 유비무환에…… 겪으면 겪을수록 놀랄 일이 많아지는 녀석들이다.

강 소위가 경외에 찬 눈빛으로 유빈 일행을 돌아보도록 내버려 두고, 고 하사는 초희에게 다가갔다.

"좀 진정됐어요?"

지칠 대로 지친 초희는 멍한 얼굴로 고개를 끄덕였다.

"나는 괜찮아요……. 소리도 안 지를 거고요. 걱정하지 않아도 돼요."

"그래요, 잘하고 있어요. 자, 이제 상처 좀 볼게요."

고 하사는 초희의 소매를 찢어 버리고 칼에 베인 상처를 살폈다. 그리 깊은 상처는 아니지만, 일단 소독을 해 주고 붕대를 감았다. 고 하사의 지시에 순순히 따르며 치료를 받던 초희가 물었다.

"……군인 의사 오빠도 이제 내가 개년인 거 다 알았잖아요. 근데도 왜 이렇게 잘해 줘요?"

"잘해 주는 거 아니에요, 그냥 제가 맡은 일 하는 겁니다. 전장에서 다친 사람 치료하는 게 제 일이니까. 그리고…… 자기를 그렇게 나쁜 말로 부르지 마요."

붕대를 단단히 묶은 고 하사가 일어나려 할 때였다.

타타타타― 타타타― 타타타타―.

쉘터 쪽에서 총소리가 울려오기 시작했다. 밀려드는 좀비들을 향해 공격이 시작된 것이다. 그리고…….

콰아앙― 콰아앙―.

설치해 둔 크레모어가 폭발하는 소리도 거기에 더해졌다. 밖을 내다보기 위해 조금 열어 뒀던 창문이 가볍게 흔들린다.

민간인 여자들은 더욱 움츠러들어서 구석에 바짝 달라붙었다. 훌쩍거리는 소리가 여기저기서 들려오기 시작한다.

"괜찮아요! 그렇게 당황하지 않아도 됩니다. 좀비들을 쏘는 총소리예요! 우리랑 무관합니다!"

패닉이 일어나기 전에 강 소위가 나서서 여자들을 진정시켰다. 이들의 심리가 이해 안 가는 바도 아니었다. 조금 전까지 그녀들은 미친 박 소위 때문에 죽음의 위기를 겪고 있었으니까.

울음소리가 좀 잦아졌을 때, 강 소위는 진우의 곁으로 돌아와 물었다.

"어때? 잘 막고 있나?"

조준경을 통해 건대 쪽을 바라보고 있던 진우가 고개를 저었다. 별로 효율적이지 않았다. 명중률이 형편없는 것은 뭐 그러려니 하고 지나갈 수 있다. 애초에 모든 병사가 명사수인 것은 아니고, 지금은 꽤나 당혹스러운 상황이므로 어찌 보면 당연한 일이다.

하지만 쏴 대는 방향도 다 제각각이고, 폭발물이 오히려 악영향을 미쳐서 장벽을 더 크게 망가뜨린 것은 변명의 여지가 없어 보였다. 차라리 좀비들이 더 밀고 들어오기를 기다렸다가 밀집한 대열의 허리를 끊었어야 했다.

"제대로 된 지휘가 이뤄지지 않는 것 같습니다."

진우의 말을 들은 강 소위는 한숨을 내쉬었다. 뼈아픈 지적이다 지휘한 사람이 별로 남아 있지 않다. 이제 건대 방어 중대 안에는 단 한 명의 장교도 없으니, 부사관들에게만 의존해야 한다. 그런데 그 인원이 절대적으로 부족할 것이다.

"어쩌겠어…… 잘 막기를 비는 수밖에……."

진우의 옆에 주저앉은 강 소위는 한숨을 내쉬며 창밖을 내다보았다. 폭발물이 터진 이후 더욱 속도를 높인 좀비 무리는 맹렬한 파도처럼 건대 쉘터를 향해 밀려 들어가고 있었다.

이제 그 꼬리 부분이 강 소위 일행이 숨은 건물 앞을 막 지나가려는 참이다.

02

박 소위와 만배파 사이에 총격전이 일어나기 직전, 건대 쉘터의 김 중사는 졸린 눈을 비비면서 주차장에 커다란 들통들을 꺼내 놓고 물을 끓이고 있었다.

박 소위가 물을 징발해 오겠다고 나갔지만, 슈퍼 한두 개를 털어서 나오는 생수의 양으로는 이 많은 사람들이 며칠을 버틸 수 없다는 걸 잘 알고 있어서다.

이요섭이 죽던 순간의 총소리가 울릴 때까지만 해도 그다지 큰일이라고는 생각하지 않았다. 사제 물품을 징발하러 나갔다가 소수의 좀비들을 만나는 것은 자주 있는 일이었기 때문이다.

하지만 쉼 없이 이어지는 3점사 소리가 점점 그의 불안을 키워 갈 즈음, 옥상에 배치되어 있던 저격조가 달려와 보고를 했다.

"김 중사님, 박 소위님이 지금 민간인들과 총격전을 벌이며 대치 중입니다!"

"뭐어?"

김 중사는 자신이 보고받은 내용을 믿을 수가 없었다. 도대체 어떻게…… 민간인이 총기를 입수한단 말인가. 아니, 그런 것보다도 우선 왜, 도대체 왜 민간이 총기를 가지고 군인들에게 도전을 한단 말인가.

하지만 병사들이 아무 근거도 없이 허튼소리를 늘어놓을 리는 없었다.

주차장의 병사들에게 불이 꺼지지 않도록 장작을 계속 넣으라고 지시를 한 뒤, 그는 직접 쉘터 옥상으로 올라가서 망원경으로 장벽 너머를 바라보았다.

"이게…… 무슨 일이야? 야! 너, 너, 그리고 너희 둘, 따라와!"

총격전 현장을 눈으로 확인한 김 중사는 저격조 병력들을 차출했다. 지원팀을 꾸리기 위해서였다. 영문은 모르지만, 군에게 도전하는 일은 용납되어선 안 된다.

쉘터에 남아 있는 마지막 차량인 SUV를 타고 서문으로 출발하면 조금 돌아가기는 해도 3분 안에 도착해서 현장을 정리할 수 있다. 계단을 내려가면서 김 중사가 물었다.

"너희, 지금 예비 탄약 몇 발 휴대하고 있어?"

"장착하고 있는 걸 제외하면 예비 탄창은 하나뿐입니다."

그때까지만 해도 김 중사는 이상하게 생각하지 않았다. 탄약 보급이 제대로 이뤄지지 않아서 벽을 쌓은 이후부터는 공급량을 제한했었다.

"그것 가지고 안 돼. 탄약고부터 들러야겠군."

김 중사는 병사들을 이끌고 지하의 탄약고 쪽으로 달려갔다. 그러고는 자물쇠에 열쇠를 꽂았다.

"허! 이, 이게…… 왜?"

탄약고 문을 연 김 중사의 입에서 힘없는 탄식이 터져 나왔다. 그 자리에 있어야 할 탄약들이…… 깨끗이 비워져 있다. 물론 원래 남아 있던 양이 많지는 않았지만, 적어도 천 발 이상은 재고가 있었다. 불과 한나절 만에 그 천 발이 모두 사라진 것이다.

"이런…… 이런 씨빌……."

김 중사는 아찔해져서 머리를 감싸 쥐었다. 탄약고 열쇠를 가지고 있는 것은 이제 단 두 명뿐, 주간에는 박 소위가, 야간에는 자신이 관리를 한다. 그러니 이런 짓을 한 범인이 누구인지는 너무도 분명하다.

"박 소위, 그 정신병자 새끼…… 아무리 전염병이 무서워졌어도 그렇지…… 여기를 통째로 버리고 달아나려 했단 말인가……."

"젠장!"

벽을 후려친 김 중사는 이를 악물고 계단을 올라가 눈에 보이는 대로 병사들의 예비 탄창을 빼서 저격조에게 넘겼다. 이제는 대치 중인 병사들을 구하러 가는 게 아니라 박 소위, 이 개새끼를 잡으러 가야 한다.

"무장한 놈들 다 적이라 간주해야 하지만, 그중에서도 박 소위가 제1타깃이다! 눈에 보이는 대로 무조건 당겨! 경고고 뭐고 다 필요 없다! 무조건 쏘라고! 알겠나?"

자동차 시동을 걸면서 김 중사는 몇 번이나 같은 명령을 내렸다. 상식 밖의 명령을 받으면서도 병사들은 감히 되물을 엄두를 내지 못했다. 그만큼 김 중사의 표정이 심각하고, 말투가 다급했다.

그때였다.

와지지직— 끼이이익— 쿠우웅—.

불안을 증폭시키기에 충분한 굉음!

김 중사와 병사들은 깜짝 놀라 소리가 난 방향으로 고개를 돌렸다.

외부 게이트 너머, 장벽 쪽이었다.

"뭐야? 무슨 소리야? B동 저격조, 보고해!"

자동차에서 내린 김 중사는 외부 수감자 숙소 옥상을 향해 소리를 질렀다. 곧바로 대답이 돌아왔다.

"트럭이 들이받으면서 벽이 무너졌습니다!"

"뭐라고? 얼마나? 많이 무너졌어?"

"길이가 3미터 이상 됩니다!"

핑— 김 중사는 머릿속 신경이 끊어지는 것 같았다. 돌아 버릴 만한 일들이 너무도 연속으로 급박하게 일어나고 있다. 게다가 점점 더 심각해진다.

이제 박 소위를 잡는 일보다 더 심각하고 위급한 일이 생겨 버렸다. 좀비들이 몰려들기 전에 장벽을 보수해야 한다.

"너희들 따라와! 레이저 와이어 챙겨서 와! 야, 게이트 열어! 외부 게이트도 열라고! 아…… 아니다! 비상부터 걸어!"

게이트 경비병에게 명령을 내린 김 중사는 부사관들을 불러오라는 말을 남긴 뒤, 근처의 병사들을 모두 이끌고 장벽을 향해 달려갔다. 평소처럼 뒤에서 말로 명령만 내릴 수 있는 상황이 아니었다.

무너진 장벽의 균열은…… 심각했다. 무엇보다도 골치 아픈 게 트럭의 처리다. 벽을 무너뜨린 뒤 쓰러져 버린 트럭을 치울 방법이 없었다. 너무 크고 무겁다.

'좀비들이 이리로 밀려오면 막을 수 있을까…… 실탄도 몇 발 남지 않았는데…….'

김 중사는 불안한 시선으로 뚫려 있는 장벽 너머를 바라보았다. 줄곧 야간 근무만 해 왔기 때문에 그는 주간의 좀비들이 어떤 시간대에 접근해 오는지 정확하게 알지 못한다. 하지만 분명한 것은 놈들은 반드시 온다는 것이다.

"난리 났네, 난리 났어……."

옆으로 누운 채 문이 열려 있는 트럭 운전석을 바라보며 김 중사는 같은 말을 되풀이했다.

대체 이걸 몰고 온 새끼들은 무슨 생각으로 장벽을 다 작살내고 도망쳐 버린 걸까…… 중대장님이 계셨다면 어떻게 했을까…… 그였다면 뭔가 가장 효율적인 정답을 내놨을 텐데…….

아무리 고민을 해 봐도 묘수는 떠오르지 않는다.

"여기에 레이저 와이어라도 걸어! 이쪽으로 통과하지 못하도록!"

김 중사는 병사들에게 트럭과 무너진 장벽 사이에 이중, 삼중으로 철조망을 치도록 명령했다. 그렇게 하고도 불안이 가시지 않아 50여 미터 후방에 크레모어를 설치했다. 도로의 양쪽 가장자리 가로수 흙에 서로 마주 보듯이.

그렇게 해 두면 장벽에 영향을 주지 않고 좀비들을 꽤 많이 날려 버릴 수 있을 것 같았다. 더 많이 물러난 위치에 설치했다가는 아군의 게이트마저 날려 버릴 상황이어서, 뭔가 위태로워 보이는데도 다른 위치를 고를 수 없었다.

"쏘지 마! 도와줘!"

레이저 와이어를 한창 걸치고 있을 때, 도로 북쪽에서 병사 하나가 달려오며 간절하게 외친다. 김 중사는 녀석을 장벽 안으로 끌어 올려 주게 하고 물었다.

"너 뭐야? 어디에 있다가……."

"승, 승합차를 타고 바, 박 소위님 따라 나갔다가…… 하아~ 도망쳐 왔습니다! 민간인들이랑 총격전이 벌어졌는데…… 박 소위님이 갑자기 동료 병사를 후려치고, 제게도 총을 겨눠서……."

"다른 애들은 놔두고 너만 도망쳤다고? 혼자서?"

화가 난 김 중사가 다그치자, 녀석은 비어 있는 탄창 주머니를 두드렸다.

"실탄이 없습니다! 이렇게라도 알려야…… 아! 그리고…… 이 원사님을 쏜 게 실은 박 소위님이라는 말도 들었습니다. 여자들 때문이라는 말도……."

구조된 병사는 알 수 없는 이야기들을 두서없이 잔뜩 늘어놓았다. 김 중사는 어디까지 믿어야 할지 그걸 판단하기 어려웠다. 그때였다.

애애애애앵— 애애애앵—.

장벽 보수 작업을 시작한 지 얼마 되지도 않은 것 같은데 벌써 사이렌이 울려 댄다. 망원경으로 전방을 살피는 저격조의 시야에 좀비 무리가 들어왔다는 의미다.

"다 빠져! 전원 퇴각해!"

김 중사는 구조된 병사의 등을 밀며 외쳤다. 레이저 와이어 설치를 마친 병사들이 게이트 쪽으로 되돌아 달려간다. 김 중사는 땀을 뻘뻘 흘리면서 폭발물 설치를 마치고 크레모어 격발용 전선을 풀며 뒤로 물러났다. 그 역시도 이걸 실제로 설치하고 터뜨려 보는 건 처음이다.

"짧네……."

김 중사는 이미 길이가 다한 전선을 바라보며 침을 꿀꺽 삼켰다. 이 상태대로라면 게이트 내부로 들어가 격발기를 누를 수 없다. 애초부터 너무 먼 곳에 크레모어를 설치해 둔 탓이다.

"엄폐물…… 엄폐물……."

김 중사는 자신이 몸을 숨길 수 있을 만한 곳을 찾아 고개를 돌렸다. 쇠구슬은 전면으로만 퍼져서 날아가지만, 내부의 폭약이 폭발하는 것은 방향을 가리지 않는다. 개활지에서 격발시켰다가는 그 역시 좀비들과 함께 날아가 버릴 것이다.

"김 중사님! 퇴각하셔야 합니다!"

두 명의 병사가 달려와 그를 붙잡는다. 김 중사는 녀석들에게 격발기를 보여 줬다.

"여기에서 눌러야 돼! 전선이 짧다!"

병사들의 얼굴이 굳는다. '그냥 모른 척하고 갈걸.' 하는 표정이다. 하지만 이미 알아 버렸으니 완전히 외면만 할 수는 없다.

병사들은 김 중사와 함께 길가의 상가로 들어가 벽에 기댔다. 크레모어를 터뜨린 후 퇴각할 때, 그를 호위하기 위해서다.

탕— 탕탕— 타타타타— 타타타타—.

외부 게이트 쪽에서 발포를 개시했다. 김 중사는 눈을 부릅뜨고 장벽 쪽을 노려봤다. 레이저 와이어 바리케이드가 너무도 부실해 보일 만큼 압도적인 수의 좀비들이, 벽이 무너진 사이로 몰려들고 있다.

그롸아아아— 그롸아아아—.

좀비들은 미친 듯이 포효하며 온몸을 내던져 레이저 와이어를 밀어낸다. 팽팽하게 당겨진 레이저 와이어의 칼날이 좀비의 얼굴과 몸통에 박혀 들어가고 난 뒤에도, 뒤의 놈들이 계속 밀려 들어온다.

투투투— 투투투— 투투둑—.

다급해진 게이트의 병사들은 미친 듯이 3점사를 쏟아부었다. 해가 지기 시작하는 거리는 빗발치는 총알들과 예광탄 때문에 불꽃놀이라도 펼쳐지는 것처럼 보였다.

"젠장! 총알을 좀 아끼라고, 이 새끼들아!"

김 중사는 안타까운 마음에 가슴을 쳤다. 보수공사를 하러 나오기 전에 병사들에게 탄약이 바닥났다는 걸 알리지 않은 게 실수였다. 지금 휴대하고 있는 예비 탄창까지 모두 소비하고 나면 그때부터는 빈총을 꼭 붙잡고 기도하는 수밖에 없다.

그롸아아아아—.

레이저 와이어 바리케이드는 이미 너덜너덜해진 좀비 시체들로 거의 무력화되어 있었다. 그 위를 타고 넘어온 뒤쪽의 좀비들은 도로로 내려서자마자 내달리기 시작했다.

처음 한두 마리는 옥상의 저격조들에 의해 저지되었지만, 점차 그 수가 늘어나기 시작하면서 걷잡을 수 없어졌다.

"김 중사님! 이제는 정말 가야 합니다! 눌러야 합니다!"

수십 미터 앞까지 다가온 좀비들을 향해 방아쇠를 당기면서 두 명의 병사가 울부짖었다. 김 중사 역시 심장이 쿵쾅거려 제대로 호흡을 할 수 없을 만큼 두려웠다.

철책과 장벽도 없이 저렇게 많은 좀비들과 지근거리에서 마주하는 경험은…… 정말이지 상상하던 그 이상이었다. 막연하게 두려워했던 것보다 훨씬 더 무섭고 끔찍하다.

"엄폐해! 뒤로 빠져! 누른다!"

김 중사는 두 병사를 건물의 벽 뒤로 잡아당겼다. 그러고는 힘차게 격발기의 스위치를 눌렀다.

콰아앙— 퍼버엉—.

양쪽에서 발사된 수천 개의 쇠구슬과 후폭풍이 도로를 뒤흔든다. 달려오던 좀비들은 쇠구슬에 온몸이 꿰뚫린 채 사지가 끊겨 벽에 처박혔다.

열기와 흙먼지가 한차례 주변을 휩쓸고 지나간 뒤, 김 중사는 병사들과 함께 건물을 빠져나왔다.

"야! 이쪽이야! 어디로 가?"

제대로 귀를 막지 않아 방향감각을 잃은 병사를 게이트 쪽으로 잡아당기면서 김 중사도 뒤를 돌아보았다. 처참하게 날아가 버린 좀비들 사이로 또 새로운 대열이 달려오고 있다. 게다가…… 장벽의 균열은 더욱 심해졌다. 점점 상황이 악화되어 간다.

"뛰어! 뛰어!"

김 중사는 두 명의 병사와 함께 이미 경비병들이 철수한 외부 게이트를 향해 달렸다. 돌아서서 응사를 할 만한 여유조차 없다. 사실 그래 봐야 무의미할 정도로 이미 도로 위는 좀비들로 뒤덮였다.

"하아~ 하아~."

게이트 안으로 피신한 김 중사는 가쁜 숨을 몰아쉬었다. 하지만 그의 호흡이 정상으로 돌아오기도 전에 절망적인 외침이 여기저기에서 울려왔다.

"탄창! 탄창!"

게이트 경비병들도, 여러 건물에 분산되어 있는 저격조들도…… 모두 실탄이 떨어졌다는 신호를 보낸다. 그러나 이 쉘터에는 예비 탄약이라는 게 존재하지 않는다.

"조준해서 쏴! 연사하지 말라고! 실탄 아껴!"

김 중사는 확성기를 꽉 붙잡고 목이 터져라 소리를 질렀다. 하지만 그런다고 해서 없던 실탄이 솟아나지는 않는다.

그롸아아아악! 크롸아아아!

어느새 코앞까지 거리를 좁힌 좀비들이 외부 게이트 철책에 매달리며 포효해 댄다.

으드드득— 퐈드드득—.

수많은 좀비들이 한꺼번에 게이트에 체중을 싣자, 철책이 휘고 뜯겨 나가는 소리가 났다. 김 중사는 가슴이 먹먹해지는 것을 느끼며, 눈물을 흘리지 않기 위해 이를 악물었다.

이제 이 쉘터에는 두 가지가 없다.

……탄약과 희망.

03

"뭐지? 갑자기 왜 안 쏴?"

창밖을 바라보고 있던 강 소위가 이해할 수 없다는 듯 중얼거렸다. 한동안 계속 고막을 자극하던 총소리가 끊겼다. 좀비들의 울부짖음 사이를 뚫고 아주 간간이 한두 발씩만이 울릴 때는, 그 메아리가 어딘가 처량하게까지 느껴진다.

"무슨 준비를 하고 있나? 응? 어때? 무슨 특별한 작전이라도 하는 것처럼 보이나?"

강 소위는 진우에게 물었다. 진우는 조준경에서 눈을 떼고 강 소위를 돌아보며 입을 열었다.

"옥상에 배치된 병력들이 실탄이 없다는 신호를 계속 보내고 있습니다. 그런데도 보급이 이뤄지는 것 같지가 않고요. 뭔가 이상합니다. 건대 쉘터에 탄약이 부족했습니까?"

"도망 나와 있던 동안에 어떻게 되었는지는 모르겠지만 내가 있을 때에는 좀 부족하긴 했어……. 중대장님이 잠실로 가시기 전에도 보급 문제 때문에 회의를 한 번 했었거든. 하지만 암만 그래도 그렇지, 저렇게 실탄이 뚝 떨어질 때까지 아무도 몰랐다는 건 말이 안 되는데……."

강 소위는 고개를 저었다. 아무리 멍청한 박 소위라도 탄약 재고 관리를 그렇게 할 수는 없다.

"그럼 이게 원인일 수도 있겠습니다."

진우는 자신의 곁에 놓아두었던 배낭을 들어서 탁자에 올려놓고 열었다. 탁자가 가볍게 울릴 만큼 묵직하다. 안에는 탄창과 실탄이 잔뜩 들어 있다.

"이…… 이게 어디에서 난 거야?"

"2층에, 민간인들이 갇혀 있던 사무실에서 회수해 왔습니다. 정황상으로는 아마 사살한 그 장교의 물건으로 보입니다."

박 소위 물건이었다고?

강 소위는 배낭 안에 손을 넣어 뒤져 봤다. 적어도 천 발 이상의 실탄이 그 안에 들어 있다.

이런 미친놈…….

강 소위는 자신이 겪는 이 상황을 도저히 이해할 수가 없었다.

대체 인간이 얼마나 사악해지면 중대원 전체에게 돌아가야 할 탄약을 모두 가지고 도망 나올 수 있단 말인가. 자기 혼자 살아 보겠다고 100명이 넘는 병사들의 목숨을 희생시키려 한다는 게 도대체…….

증오로 손을 부들거리며 탄창을 헤아리던 강 소위는 문득 이상한 걸 느꼈다.

진우라는 이 친구는…… 왜 이런 중요한 문제에 대해 굳게 입을 다물고 있었던 것일까?

"이걸…… 왜 말해 주지 않았나?"

강 소위는 진우를 보며 물었다. 혹시라도 그것이 타박이나 책임 추궁으로 느껴질까 봐 조심스러워서 그는 최대한 부드럽게 목소리를 내기 위해 노력했다.

"이런 문제가 없었다면 제가 가지려고 했었습니다. 군부대에 실탄이 부족할 거라고는 생각하지 않았으니까요."

진우가 조금도 거리낌 없이 대답해서, 강 소위는 그게 또 약간 놀라웠다. 사실 그렇게 어려운 일을 해 줬으니 이 정도 전리품을 챙긴다고 해도 강 소위로서는 만류할 수 없는 문제긴 했다. 하지만 지금은 일반적인 상황에서 많이 동떨어져 있다.

강 소위는 어정쩡하게 고개를 끄덕였다.

"어…… 그래, 그랬었군……. 근데 지금은 이게 우리 애들의 유일한 생명줄이야. 이걸 어떻게 해서든 전달해 줘야 돼."

"어떻게 말입니까?"

감정 없이 던지는 진우의 질문이 폐부를 찌르는 것 같아서 강 소위는 입을 다물었다.

저렇게 잔뜩 몰려 있는 좀비들을 뚫고 들어가 탄약을 전달해 준다?

말하기는 쉽지만, 사실은 거의 불가능한 일이다.

"그게…… 나도 모르겠어……. 그냥 그렇게 하고 싶다는 말이었던 거지."

강 소위는 솔직하게 털어놓고 이마의 땀을 훔쳤다. 그런 그를 바라보던 진우가 다시 물었다.

"저 안에 몇 명이나 있습니까?"

"민간인이 총…… 550명 정도…… 수감자 위탁받은 게 50명에서 조금 빠졌고, 거기에 이리저리 차출되고 남은 우리 애들 100여 명…… 대략 700명쯤 되는군. 젠장, 그 많은 사람들이 다……."

700명…… 예상했던 것보다 더 많아서 듣고 있던 진우의 표정도 굳었다. 솔직히 말해서 더 이상 타인들의 일에 얽히고 싶지 않다. 그런데 그 많은 사람들이 꼼짝없이 좀비들에 갇혀 죽어 가도록 내버려 둘 만큼 무신경한 인간은 또 못 된다.

후우~ 한숨을 내쉰 진우가 강 소위에게 말했다.

"유빈이와 이야기를 해 봐야겠습니다, 어떻게 하는 게 좋을지."

처음 그 말을 들었을 때, 강 소위는 진우가 이름을 잘못 말했다고 생각했다.

유빈이? 그 멍든 얼굴? 설마…… 중요한 상의를 한다면 저 덩치 큰 보안관이라는 친구 쪽이랑 해야 하는 거 아닌가?

"잠깐만."

진우가 손짓을 하며 친구들을 모았다. 유빈과 보안관, 태권 소녀가 진우 쪽으로 다가왔다.

"무슨 일인데?"

보안관이 물었다. 진우는 자신이 알고 있는 사실들을 이야기해 줬다. 박 소위가 훔쳐서 도망 나온 실탄 가방을 지금 진우가 가지고 있다는 것, 그런데 그 실탄들이 건대 쉘터의 마지막 총알이었다는 것, 좀비들에게 포위된 700명이 총알이 없어 죽게 될 거라는 이야기까지…….

이야기를 다 듣고 난 태권 소녀가 고개를 저었다.

"어휴~ 어째 점점 더 골치 아픈 문제로 끌려 들어가는 것 같은 기분이네······."

박 소위라는 놈만 잡으면 끝날 줄 알았는데, 이제 수천의 좀비를 뚫고 들어가 총알을 전달해 달라니······ 게다가 이건 그놈들을 다 죽여야 비로소 끝이 날 일이다. 처음부터 아예 모르고 지나가느니만 못해졌다.

"심각하구만······."

보안관도 미간을 찌푸렸다. 어느 쪽을 선택한다고 해도 정말 부담스러운 일이다. 수천의 좀비와 맞서는 일도, 수백의 사람들이 죽어 가는데 외면해 버리는 일도······.

"거기 상황이 정확히 어때? 나는 못 봤으니까 대충이라도 좀 알려 줘 봐. 좀비들 위치라든가, 사람들은 어디에 있는지."

생각에 잠겨 있던 유빈이 물었다. 진우는 손바닥에 손가락으로 그림을 그리며 대답했다.

"지금 좀비들은 거의 다 벽 너머에 들어가 있지. 벽에서 게이트까지 한 200미터 이상 떨어져 있거든. 게이트 안에 또 한 겹 철책이 있고, 건물은 그 안쪽에 있어."

"건물이 하나야? 그럼 좀비가 빙 에워싸게 되는 건가?"

"에······ 옥상에 저격수들이 여러 건물에 나눠져 배치된 걸 보면 그렇지는 않은 모양이야. 가운데 커다란 체육관이 있고, 그 주변에 작은 건물들 몇 개가 이렇게 흩어져 있어. 좀비들이 철책 안으로 들어가면 오히려 건물들이 좀비를 둘러싸는 모양새랄까?"

"음, 그러면 아직 시간 여유가 있어 보이네. 좀비들이 아예 깊숙이 들어갈 때까지 말이야. 어차피 우리가 총알을 가져다준다고 해도 두 번째 철책 안으로까지 들어가야 하는 거잖아. 저 안에 있는 사람들도 당장 총알이 없더라도 문 잠그고 버티는 정도는 할 수 있겠지."

네 명이 이야기를 나누는 동안 강 소위는 잠자코 듣기만 했다. 자신이 할 수 있는 게 거의 아무것도 없으니 결정에 관여하기가 힘들다. 그리고 유빈이라는 녀석의 말이 맞는 것 같다. 아직 다급한 문제가 아니었다. 시간이 좀 걸리더라도 결국 총알만 전달해 주면 된다.

"여유가 있어서 다행이네. 준비해야 할 것도 있는데."

유빈은 조금이나마 안도하는 표정을 지었다. 진우가 물었다.

"준비? 무슨 준비를 해야 하는데?"

"페인트 묻은 좀비들. 그놈들이 나타나는 주기가 열 서너 시간 정도였으니까, 오늘 저녁부터 밤 사이에 한 번은 반드시 이 부근으로 올 거야. 그러니까 그 전에 그놈들의 방향을 다른 곳으로 바꿔 둬야 해. 지금은 그게 제일 중요한 일이야."

유빈이 대답했다. 그제야 모두들 얼굴을 마주 보며 놀란 표정을 지었다. 당장 눈앞에 보이는 좀비 떼들에 질려서 까맣게 잊고 있었다. 그들이 페인트로 칠해 뒀던 무지개 좀비들 역시 이 부근으로 지나간다는 것을…….

벽이 무너져 있으니 놈들도 자연스럽게 쉘터를 향해 접근할 것이고, 만약 그렇게 되면 죽여야 하는 좀비들의 수가 배도 넘게 늘어나 버린다. 그때는 천 발 정도의 총알로는 어림도 없다.

"어떻게 방향을 바꿔? 계속 한 루트로 돌던 놈들인데."

"역시…… 불을 질러서 꼬셔 봐야겠지? 좀 거리가 있고 돌아가야 하는 위치에."

"그렇게 해서 놈들이 방향을 바꿔 주면 다행이지만, 안 되면…… 그때는 어떻게 할 거냐?"

태권 소녀가 물었다. 유빈은 무감정한 어조로 말했다.

"그때는 우리 힘으로 구조가 어려운 거야. 그 상황이라면 조금이라도 빨리 잠실 쪽으로 가서 알려 주는 게 차라리 더 나을 거라고 생각해. 괜히 우리까지 저기에 휘말려 들어가 봐야 달라지는 게 별로 없어."

유빈의 말에 모두 얼굴을 마주 봤다. 매정하게 들릴 수도 있지만, 옳은 말이다. 친구들과 강 소위의 침묵을 동의로 받아들인 유빈이 한 가지 당부를 더 했다.

"저 많은 좀비들을 다 죽이는 건 한두 시간 만에 끝날 일이 아니야. 군인 아저씨들 예상대로 중대장을 태운 탱크가 오늘내일 중에 돌아와 주는 게 제일 좋은 경우고, 만약에 우리 힘만으로 끝내야 한다면 며칠 동안 꾸준하게 싸운다고 생각해야 돼. 그러니까 마음을 급하게 먹지 마. 빨리 구하고 싶다는 욕심 때문에 우리 목숨을 걸지 말자고. 저 사람들도 참아 내야 돼."

계획이 생겼으니 실행 준비를 위해 다들 바쁘게 움직였다.

보안관, 태권 소녀, 유빈, 삼식이, 고 하사, 이렇게 다섯 명이 아래층의 슈퍼에서 인화물질을 잔뜩 카트에 담아 가지고 군자역 사거리로 가서 오른쪽에 불을 지르기로 했다. 꼬리를 물고 서 있는 자동차들에 불이 옮겨붙으면 아마 꽤나 오랜 시간 동안 거리 전체를 활활 태울 수 있을 것이다.

"나는? 나도 같이 가야지."

진우가 물었다.

"어, 진우, 너는 이 작전에서 훨씬 더 중요한 임무를 맡아 줘야 돼. 불장난 정도는 명사수가 없어도 할 수 있는 거니까 괜찮아."

"중요한 임무?"

"그래. 지금부터 너는 저 사람들에게 희망을 줘."

유빈은 열린 창문 밖으로 손을 내밀어 건대 쉘터 쪽을 지목했다. 야구 배트를 챙겨 바로 옆을 지나가던 태권 소녀가 유빈의 등짝을 때린다.

"야! 멋지게 돌려 말하려고 하지 말고 그냥 똑바로 일러 줘! 대체 무슨 소리야, 희망을 주라니? 쟤가 무슨 요정이야?"

"아야야!"

인상을 찌푸리며 등을 쓸고 나서 유빈은 다시 입을 열었다.

"그 조준경으로 보고 있으면서 위험하다 싶은 상황이 있으면 좀비들을 죽여 달라고. 엄청 많으니까 다 죽이려고 애쓸 필요는 없어. 그냥 저 쉘터 안에 갇힌 사람들이 누군가 그들을 돕고 있다는 걸 알게 해 주면 돼. 그게 희망을 주는 거고, 너만이 할 수 있는 일이야. 알았지? 부탁한다!"

진우의 어깨를 두드린 유빈은 삼식이와 함께 계단 쪽으로 뛰어 내려갔다.

"갔다 올게!"

시야 밖으로 사라지기 전에 삼식이는 가볍게 손을 흔들어 친구들에게 인사를 했다. 진우는 두어 번 숨을 몰아쉰 뒤에 창가로 가서 섰다.

'희망을 주라고?'

진우는 모드를 단발로 놓고 총구를 천천히 돌리며 쉘터의 상황을 살폈다. 이미 두 개의 철책은 거의 다 무너졌고, 총알이 떨어진 옥상의 저격조들은 허망한 눈으로 끊겨 버린 퇴로를 바라보는 중이다.

유빈의 말이 맞았다. 저 병사들에게는 버티면 나아질 거라는 희망이 총알보다도 더 절실해 보인다.

진우는 방아쇠울에 손가락을 넣고 외곽 건물의 문에 달라붙어 포효하는 좀비의 머리를 겨눴다. 가장 극성맞고, 가장 위협적으로 보이는 놈이다.

"······주지."

진우는 혼잣말을 중얼거리며 방아쇠를 당겼다.

타앙—.

총소리가 귓가를 울린다.

툭, 탄피가 바닥에 떨어지는 것과 거의 동시에 400미터 이상 떨어진 표적의 관자놀이가 꿰뚫렸다. 좀비의 머리에서 터져 나온 뇌수가 석양이 깃들기 시작한 하늘에 퍼진다.

예리해진 눈빛의 진우는 다시 총구를 옆으로 돌렸다. 이번 목표는 휘어진 철책을 밟고 올라가 2층을 노리는 좀비다.

"어떻게 합니까? 저······ 저 많은 놈들을······."

수감자들 숙소 옥상에서 아래를 내려다보던 병사가 김 중사에게 물었다. 김 중사는 아무 대답을 할 수 없었다.

체중을 실어 철책을 무너뜨린 좀비들은 밀물처럼 쉘터 내부로 쏟아져 들어오고 있다. 너무 많아 그 수를 다 센다는 것도 불가능해 보였다. 절망적이다. 이젠 다 끝났다고 할 수밖에…….

그롸아아아— 끄와아아아—.

아래에서 좀비들이 외쳐 대는 소리 때문에 귀가 윙윙 울린다.

타아앙—.

그리고 좀비들의 소음 사이로 간간이 단발의 총성이 들려온다. 사방을 가득 채운 포효에 묻혀서 그런지, 총성은 유난히 멀게 느껴졌다.

"아직 실탄이 남은 놈이 있었네……. 나도 아까 그렇게 3점사 하지 말고 단발로 끊어 쏠걸……."

한 병사가 아쉬움이 가득한 목소리로 중얼거렸다. 다른 병사가 헛웃음을 짓는다.

"훗, 그래 봐야 몇 발이나 된다고…… 그냥 마찬가지야. 달라지는 게 없어."

한동안 퀭한 눈으로 아래의 좀비들을 내려다보던 병사들이 하나씩, 둘씩 주저앉았다. 그러고는 두 손으로 머리를 감싸 쥔다. 김 중사도 그들처럼 주저앉아 버리고 싶었지만, 떨리는 다리에 힘을 주면서 억지로 버티고 있다. 보급에 실패한 죄인의 마지막 책임감이다.

미친 짓을 저지른 건 박 소위지만, 그 역시도 책임에서 자유롭지 않다. 탄약고 열쇠를 가지고 있는 사람으로서 더 신경 쓰고 조심했어야 한다. 놈이 게이트 밖으로 나가겠다고 했을 때, 실탄을 몇 발이나 꺼내 가는지 바로 옆에서 지켜봤어야 했다. 설마 이 좀비 세상에서까지 그런 배신을 할 리는 없다고 안일하게 생각했던 것이 문제다.

"어우, 이게 무슨 난리야……. 어휴, 이제 다 죽는 거구만."

"으흐윽! 우우우……."

쉘터 소독을 하다 말고 옥상으로 피난 온 민간인들 사이에서 한탄과 울음소리가 섞여서 들려온다. 갑자기 전염병 분류를 하며 공포 분위기를 조성해 대더니, 이제는 아예 좀비들이 쉘터 안으로 밀고 들어와 버렸다. 그런데 군인들은 빈

총을 들고 눈만 껌뻑거리고 있을 뿐이다. 당연히 눈물과 원망이 쏟아질 수밖에 없다.

"담배…… 피울래?"

김 중사는 담배를 꺼내 물고, 옆의 병사들에게도 권했다. 몇몇이 그늘이 잔뜩 드리워진 얼굴로 담배를 받는다.

"후우우~ 기분 진짜 더럽네……."

깊이 연기를 빨아들였다가 내뱉으며 김 중사는 고개를 저었다. 어느새 주차장은 좀비들로 가득 차 버렸고, 쉘터와 외곽 건물들을 분류하기 위해 쳐 놓았던 허술한 철책들이 하나씩, 둘씩 무너지고 있다. 그 불안한 경계마저 무너지면 이제 좀비들은 각 건물을 향해 돌진할 것이다.

그때가 되면 옥상의 병사들을 좀비로부터 지켜 줄 수 있는 건 너무도 허술한 옥상 문이 전부다. 몇 마리만 체중을 실어 제대로 부딪치기만 해도 옥상 문은 버티지 못할 것이다.

'저게 대체 얼마나 버텨 줄까?'

문 쪽을 돌아보며 김 중사는 생각했다. 옥상으로 대피하자마자 문을 잠그고 그 앞에 에어컨 실외기를 몇 겹으로 겹쳐 쌓았지만, 여전히 불안하다. 그러나 그들에게는 아무것도 더 덧대어 놓을 만한 것이 없다.

'젠장, 버텨서 뭐 어쩌겠다는 거야? 그래 봐야 죽는 건 달라질 게 하나도 없는데…….'

자신이 얼마나 바보 같은 욕심을 부리고 있는지 깨달은 김 중사는 얼굴을 찌푸리며 고개를 저었다. 자신과 다섯 명의 병사를 포함해서, 지금 이 건물의 옥상으로 피신해 온 사람들은 모두 30여 명. 그런데 가지고 있는 물을 다 더해도 채 2리터가 되지 않는다. 그러니 저 옥상의 문이 아무리 튼튼하게 보강되어 있더라도 결국은 목이 말라 죽게 될 것이다. 물론 먹을 것은 전혀 없다.

"젠장…… 물 다 끓여 놨는데……."

김 중사는 이미 엎어져 버린 들통들을 내려다보았다. 열심히 불을 피우던 자리는 좀비들에 의해 엎어지고 밟혀 이제 재만 남았다. 좀비들은 바닥을 흥건히 적신 물을 밟고 부지런히 돌아다니고 있다.

이제 그들에게 남은 선택은 언제 어떻게 죽을 것인가 하는 것뿐이었다. 이 지독한 좀비들의 악취를 견뎌 내면서 목마름과 배고픔을 꾹 참고, 저 옥상의 문이 결국 무너질 때까지 악으로 버텨 낼 것인가…… 아니면 이쯤에서 슬슬 정리를 해야 할 것인가…… 참으로 유쾌하지 않은 선택이다.

"야, 여기에서 떨어지면 즉사하겠냐?"

한 병사가 아래를 보며 자신의 후임에게 물었다. 후임은 눈물을 훔치고 고개를 젓는다.

"크윽, 잘…… 모르겠습니다."

4층이라는 건물의 높이는 애매했다. 머리부터 아래로 떨어져 보려고 해도 한 방에 깨끗하게 죽을 수 있을지 장담이 안 된다. 만약에 즉사하지 않고, 저 아래의 좀비들 한가운데로 떨어진다면…….

그 공포를 감당할 자신이 없다. 사방에서 아가리가 날아들고 팔다리가 찢기는 상상만으로도 오줌을 지릴 것 같다.

"어! 어! 저기! 쟤들!"

건너편의 쉘터 본관 건물을 바라보고 있던 병사가 다급하게 외마디 비명을 지르며 손가락질을 한다. 모두의 시선이 그쪽으로 쏠렸다. 네 명의 병사가 체육관 옥상으로 기어 올라와 구석을 향해 뛰어가고 있다.

"쟤들 뭐야? 왜 아직도 저기에 묶여 있었어?"

구경하는 병사들은 안타까운 표정으로 중얼거렸다. 체육관에 배치되었던 K-3 사수와 부사수들인 모양인데, 동료들을 지원하기 위해 마지막까지 버티다가 미처 퇴각하지 못한 모양이다.

"아아!"

외부 계단에 좀비들의 모습이 나타나자 주변의 다른 건물들에서도 일제히 탄식이 터져 나온다. 다들 고립된 채 죽음을 기다리고 있으면서도 가장 첫 번째 옥상의 희생자가 나타나게 될 이 상황을 안타까워하는 것이다.

쉘터 옥상의 병사들은 구석에 몰린 채 외부 계단과 아래쪽을 번갈아 보고 있다. 물론 달아날 수 있는 방법은 없고, 그러는 동안에도 좀비들은 계단을 올라온다.

"세 마리밖에 안 돼! 싸워!"

김 중사는 자신도 모르게 외쳤다. 물론 그 싸움에 큰 승산이 없다는 건 그도 잘 안다. 좀비들은 사람보다 더 빠르고 강하다. 그저 저 녀석들이 산 채로 좀비에 물어뜯기는 걸 보고 싶지 않은 것뿐이다.

그와아아아—.

야외 계단을 다 뛰어 올라온 좀비가 큰 소리로 울부짖으며 구석의 병사들을 향해 달려간다. 지켜보고 있던 모두가 다 이제 끔찍한 살육이 벌어질 거라고 생각하며 미간을 찌푸렸다. 그때였다.

타아앙—.

또다시 들려오는 그 단발의 총성.

동시에 달려가던 좀비의 머리 주변에서 녹색 액체가 팍 터져 나왔다. 머리가 꿰뚫린 좀비는 중심을 잃고 체육관 아래로 곤두박질쳤다.

그리고 또다시 타아앙—.

뒤따라 달려가던 두 번째 좀비의 뒤통수에서도 뇌수가 터졌다. 여러 개의 건물 옥상에서 지켜보던 사람들은 주변을 둘러보기 시작했다.

"누구야? 누가 이렇게 잘 쏴?"

그러는 사이, 세 번째 좀비가 계단을 올라왔다. 이번에는 총성이 더 빨리 울렸다.

타아앙—.

머리만 삐죽 옥상 위로 내밀었던 좀비는 목이 뒤로 꺾인 채 계단 아래로 굴러떨어져 버렸다.

"우와아아아!"

여기저기서 함성이 터진다. 수천의 좀비 중에서 겨우 세 마리를 잡았을 뿐이지만, 마치 대승을 거둔 것 같은 분위기로 바뀌었다.

"우리…… 우리 중대에 이런 특등 사수가 있었습니까?"

"지금 어디에서 쏘는 거예요?"

조금 전까지 눈물을 훌쩍거리던 병사들과 민간인의 얼굴에도 조금이나마 생기가 돈다. 멍한 얼굴의 김 중사는 멀리 무너져 버린 장벽 쪽을 가리켰다.

"저 밖에서 쏘는 건데…… 각도가 말이야."

04

김 중사가 가리킨 장벽 밖, 그들로부터 400미터 이상 떨어진 6층 건물의 사무실에서 진우는 천천히 총구를 움직여 가며 방아쇠를 당겼다. 건물의 문을 부수고 난입하려는 좀비들과 외부 계단을 타고 기어오르는 좀비들이 제1타깃이었다.

타아앙―.

총알이 발사될 때마다 한 마리씩, 좀비들이 머리에 구멍이 뚫린 채 고꾸라진다. 기계처럼 사격을 하던 진우는 문득 시간을 확인했다.

불을 지르고 오겠다고 나간 유빈이 떠난 지 어느덧 두 시간이 넘게 흘렀다. 그 사이 하늘도 꽤나 어두워져 버렸다. 시간이 조금 더 지나 밤이 되면 희망을 준다는 이 스나이퍼 짓도 할 수 없게 된다.

'괜찮은 건가…… 이놈들.'

진우가 걱정스러운 표정으로 탄창을 갈아 끼우고 있을 때, 밖에서 자동차 엔진 소리가 들려왔다.

"응? 뭐야?"

강 소위가 깜짝 놀라 창문 밖으로 고개를 내밀었다. 군자역 방향에서 중형차 한 대가 요란한 엔진 소리를 내며 달려오고 있다. 어둑해진 도로 위에서 반짝이는 헤드라이트가 너무도 이질적으로 보인다.

"오빠들이네요."

쉰내 나는 수건으로 얼굴을 가리고 있던 제니가 반가운 목소리로 일러 준다. 신입과 규영, 임수정도 별로 놀라는 기색 없이 짐을 챙길 준비를 하고 있다. 진우도 안심한 듯 엷은 미소를 짓고 다시 저격 준비에 들어갔다.

그들의 예상이 맞았다. 중형차는 슈퍼마켓 앞에 멈춰 섰고, 불을 지르러 갔던 다섯 명이 문을 열고 뛰어내린다.

"아, 오래 기다렸? 하아~ 하아~ 좀비들이…… 계속 나타나지를 않아서…… 그놈들 기다리느라고."

가장 앞서 뛰어 올라온 유빈이 친구들에게 손을 흔들어 주며 참았던 숨을 몰아쉬었다.

"불 잘 질렀어요?"

제니가 유빈에게 바짝 다가서며 물었다. 유빈은 고개를 끄덕였다.

"응, 화끈하게 질러 버렸지. 기가 막히게 큰불 났어. 아마 한…… 두 블록 정도는 다 타 버리지 싶은데. 차들이 워낙에 잔뜩 멈춰 서 있어서 다 옮겨붙었어. 아마 옥상으로 올라가면 여기에서도 보일걸? 하늘이 훤할 거야."

불장난에 성공한 어린아이처럼 들뜬 표정의 유빈이 자랑스럽게 말했다.

"좀비들은요?"

"군자역 사거리에서 우회하는 거 확인하고 오는 거야. 거기다가 불을 질러 놨거든. 앞으로도 계속 그쪽으로 가 주면 좋겠는데……."

유빈은 땀을 닦아 내고 나서 자신의 배낭과 짐을 들었다. 수천 마리 좀비들의 방향을 틀어 놓았으면서도 별로 대수롭지 않다는 투다.

그사이 보안관과 나머지 일행들도 문을 열고 들어섰다. 큰불을 보고 온 직후여서 그런지, 다들 잔뜩 상기되어 있다. 강 소위가 멍한 얼굴로 물었다.

"수고했어. 그런데…… 차는 대체 어디에서……."

"열쇠 꽂혀 있는 차를 골라서 다른 차 배터리와 바꿨어요. 도로가 뻥 뚫려 있는 걸 보니까 걸어 다니기에는 너무 아깝더라고요."

유빈은 간략하게 대답을 해 주고 창가의 진우에게 다가갔다.

"잘하고 있냐? 희망 많이 쐈어?"

진우는 바닥에 늘어놓은 빈 탄창들을 들어 보였다.

"아낌없이 듬뿍 안겨 줬지. 근데 이제 잘 안 보여. 너무 어두워서."

"아, 그럴 시간이 벌써 한참 지났겠네. 가방 챙겨, 진우야. 아…… 그리고 탄창도 다시 채워. 이젠 다음 단계로 가자."

"다음 단계?"

탄창을 꺼내 자신의 전술 조끼에 채워 넣으며 진우가 물었다. 유빈은 진지하게 고개를 끄덕였다.

"음, 이번에는 돌파야. 그러려고 차도 가져왔고. 강 소위님도 준비하세요."

유빈은 자신과 진우, 보안관과 고 하사, 그리고 강 소위를 첫 번째 승차팀으로 지목했다. 진우 가는 곳에 언제든 따라가는 삼숙이가 함께 나가고 싶어 했지만, 제니와 태권 소녀가 붙잡아 만류시켰다.

"안 돼, 안 돼. 이놈, 여기 언니랑 같이 있어야지. 응? 그렇게 해 주라."

제니는 삼숙이의 얼굴을 주무르며 혼을 빼놓았다. 태권 소녀가 든든하게 지킨다고는 해도 이 많은 사람들을 통제하기 위해서는 사나운 개 한 마리쯤 있는 편이 여러모로 유리하다.

"헥, 헥, 헥……."

삼숙이는 눈을 껌벅거리면서 진우와 제니를 번갈아 본다.

"금방 다시 만나자. 그때까지 친구들 부탁할게."

진우는 삼숙이의 등을 쓸어 주고 나서 문을 나섰다. 삼숙이 녀석은 그제야 포기한 듯 그 자리에 엎드린다.

"너무 걱정하지 말고 있어. 잘되든 안 되든 오래 끌지 않고 돌아올 거니까."

유빈도 친구들에게 인사를 했다. 부축을 받고 계단을 내려오면서 강 소위가 유빈에게 물었다.

"저기…… 자네는 원래 그렇게 걱정이 없는 성격인가?"

풋, 그 말을 듣자마자 보안관과 진우가 빵 터졌다. 영문을 몰라 하는 강 소위에게 보안관이 말했다.

"정반대죠. 삶 자체가 걱정인 놈이랄까. 딱 보기에도 늘 미간이 찡그려져 있잖아요."

그런가…….

강 소위는 옆에서 부축을 해 주는 유빈을 돌아보았다. 말을 듣고 보니 퍼렇게 멍든 얼굴이 어딘가 수심이 가득해 보이기도 했다.

"그런데 어떻게…… 이런 일을 하면서 그렇게 무덤덤할 수가 있지? 목숨이 걸린 위험한 상황인데 별로 망설이지도 않고, 척척 판단을 내리고 있잖아."

"그렇게 이상할 일 아니에요. 그냥 쟤네들 능력을 믿으니까 그렇게 할 수 있는 거예요. 그리고 정 무서운 일은 아예 할 생각도 안 하고요. 머리 조심하세요."

유빈은 강 소위를 뒷좌석에 앉히며 대답했다. 그러고는 얼른 운전석을 차지한다. 보안관과 고 하사가 강 소위를 가운데 끼고 앉았다. 진우의 위치는 조수석이다.

"어? 이거…… 야! 내 자리, 문이 없는데?"

조수석의 문이 아예 뜯겨 나간 걸 보고 진우가 놀라서 소리를 지른다. 유빈은 또 별거 아니라는 투로 대답했다.

"아, 그거 내가 부탁해서 보안관이 해머로 부쉈어. 너 총 쏘려면 문이 없는 편이 나을 것 같아서. 벨트 매면 돼. 어차피 그렇게 멀리 갈 건 아니니까."

조수석도 어지간히 뒤쪽으로 쭉 빼 놨다. 진우는 조금 긴장하며 조수석에 앉아서 벨트를 조였다. 문이 없는 자동차에 앉는다는 건 정말 이상한 경험이었다. 그런데 사격을 위해서는 꽤나 편한 환경이기는 하다.

"어때? 적응됐어? 달리는 동안에 쏠 수 있을 것 같아?"

진우가 몇 번 몸을 옆으로 기울여 조준 자세를 취할 동안 기다리고 있던 유빈이 물었다.

"음, 대충······."

진우는 자세를 바꿔 보며 대답했다. 오른손잡이니까 왼쪽이 조수석이라면 더 편하긴 했을 테지만, 여기에서도 비스듬히 틀어 앉아서 왼쪽 다리를 뻗어 중심을 잡고 몸을 내밀면 된다.

"계획은 간단해요. 게이트인지 철책인지까지 차를 타고 들어갈 겁니다. 거기까지 갔는데 가장 외부에 있는 건물 안으로 들어갈 수 있다고 판단이 되면, 진우랑 보안관, 군인 두 분이 내려서 그 건물을 차지하는 거예요. 여기 총알 가방도 있으니까 거기에 있는 군인들이랑 같이 싸우면, 그 정도는 충분할 겁니다. 그러는 사이에 저는 다시 여기로 와서 다른 사람들을 마저 쉘터 쪽으로 태워 갈게요."

"그······ 만약에 건물 주변이 다 좀비들이라면 어쩌지?"

고 하사가 물었다. 유빈은 대수롭지 않게 곧바로 대답했다.

"그럼 몇 마리 잡고 곧바로 빠질 거예요. 낚시해 봐서 안 되면, 나중에 다시 가면 됩니다."

"어이, 덩치 큰 친구. 나도 총이 있는데······ 내가 그쪽에 앉을까?"

뒷좌석 중간에 끼어 앉은 강 소위가 보안관에게 물었다. 보안관은 고개를 저었다.

"그냥 진우, 쟤가 쏘게 내버려 두세요. 총 솜씨가 영 별로시라면서요?"

"뭐······ 그게 사실이니까 화는 안 내겠지만, 그럼 나는 대체 왜 여기에 끼어 있는 거야? 고 하사도 그렇고."

강 소위가 묻자, 유빈이 고개를 뒤로 돌리며 대답했다.

"지금 강 소위님이 저기 남아 있는 유일한 장교라고 했잖아요. 강 소위님 역할은 통솔이에요. 안정을 주셔야죠."

"아니······ 무슨, 작전이 뭔지도 하나도 모르는 사람한테 통솔이 다 웬 말이야? 계획은 자네 머릿속에 다 들어 있잖아. 난 그냥 내려오라니까 내려왔고, 차에 타라니까 탄 수준인데…… 무슨 말로 안정을 시키라고?"

"그냥 무조건 걱정하지 말라고 하세요. 다 구조할 거니까 차분히 꾹 참고 기다리라고."

유빈은 핸들을 꽉 잡고 기어를 바꾸며 말했다.

"그거면 충분합니다."

그런 후, 유빈은 가속 페달을 밟았다.

부우우웅―.

자동차는 도로 위의 어둠을 뚫고 기세 좋게 달려 나간다.

"우와!"

바로 아래쪽에서 노면이 휙휙 지나가는 걸 보며 진우는 가벼운 탄성을 질렀다. 문 하나 있고 없고가 이렇게 다른 기분을 느끼게 해 주다니…… 막힘없이 불어오는 바람이 속도감을 몇 배로 높여 준다.

장벽까지는 금방이었다. 트럭의 충돌과 크레모어 폭발 후폭풍으로 구멍이 뻥 뚫린 장벽 앞에서 유빈은 살짝 속도를 줄이며 말했다.

"그냥 돌파할 겁니다! 꽉 잡으세요!"

흩어져 있는 벽돌과 돌 조각을 밟고 지나면서 자동차가 덜컹거린다. 하지만 크게 위협이 될 정도는 아니었다.

끊겨 나가 있는 레이저 와이어 더미와 좀비들의 시체를 지나친 자동차는 무너진 게이트를 밟고 비스듬히 멈춰 섰다. 조수석의 진우가 쉘터 쪽과 마주 볼 수 있는 각도로.

"와아아! 저거 뭐야!"

옥상에 피신해 있던 사람들에게서 환성이 쏟아진다. 어둠을 환하게 밝히는 불빛과 자동차의 속도, 그리고 좀비들이 밀집해 있는 지역까지 접근해 오는 용기까지…… 전부 다 그들을 흥분시킬 만한 것들뿐이다.

마음 같아서는 당장에라도 그들에게 손 한번 흔들어 주고 싶지만, 그럴 여유는 없다. 주변을 어슬렁거리던 좀비들이 고개를 돌리고 뛰어오기 시작한 탓이다.

그롸아아아아—.

좀비들은 아가리를 쩍 벌리며 헤드라이트의 환한 빛 속으로 달려온다. 일단 눈에 보이는 것만으로도 열댓 마리가 훨씬 넘었다. 거리는 채 40미터도 안 된다.

"진우야! 온다! 무리다 싶으면 빼라고 말해!"

하이 빔을 켜서 전방을 환하게 밝힌 유빈이 진우에게 외쳤다. 유빈은 벌써 기어를 후진으로 두고 언제라도 뒤로 빠질 수 있도록 준비를 마쳤다. 진우는 몸을 돌려 총구를 밖으로 겨누며 대답했다.

"사실 너 별로 걱정하지도 않잖아."

그런 후, 진우는 방아쇠를 당겼다.

타앙—.

가장 앞서서 달려오던 덩치 큰 좀비가 목이 꺾인 채 뒤로 넘어간다. 터져 버린 놈의 뒤통수가 바닥에 부딪치기도 전에 진우는 곧바로 다음 놈과 그 옆의 좀비의 미간을 향해 총알을 날렸다.

탕— 탕, 탕, 탕, 타앙— 탕, 탕, 탕, 탕— 탕, 탕, 탕—!

벼락같은 총소리.

순식간에 열 마리가 넘는 좀비들이 쓰러져 버렸다. 하지만 그 뒤로도 좀비들은 계속해서 달려온다.

탕, 탕, 탕, 탕— 탕, 탕—!

진우는 침착하게 하나씩 놈들의 머리를 꿰뚫었다. 이 정도쯤이야 사실 그리 어려운 과제도 아니다.

자동차의 불빛을 향해 달려들다가 자빠지는 좀비들의 시체가 점점 늘어갈수록 주변 건물들의 옥상에서 울려오는 환호성의 크기는 더욱 커졌다.

"왜 이것밖에 모여들지 않지? 그 많은 놈들이 안에 있는데……."

유빈은 계속 앞뒤를 번갈아 보며 좀비들의 수를 헤아렸다. 내부 게이트를 뚫고 달려오는 놈들의 규모가 아무리 봐도 너무 적다. 계속 끊임없이 달려들고 있다고는 하지만, 그래 봐야 십 단위다.

좀비들의 총수가 천 단위 이상이라는 걸 알고 있는 상황에선 고개를 갸웃거릴 수밖에 없었다. 쉘터 건물에 가려져 보이지 않는 주차장 안쪽에서 대체 어떤 일이 일어나고 있는 것일까…….

탕, 탕, 탕— 탕, 탕—.

유빈이 고심을 하고 있는 사이에도 진우는 꾸준하게 좀비들을 향해 방아쇠를 당겨 댔다. 벌써 탄창 두 개를 비웠으니, 적어도 50마리 이상의 좀비들을 잡은 것이다. 철책이 무너진 게이트 주변에는 놈들의 시체가 수북하게 쌓였다.

"게이트에서 가장 가깝다는 건물이 저거 맞죠?"

왼쪽의 수감자 숙소를 가리키며 유빈이 강 소위에게 물었다. 강 소위는 고개를 끄덕였다.

"그래! 저기는 애초부터 민간인들이 묵던 곳이 아니라서 경비가 허술한 곳에 세워졌어!"

유빈은 차창 밖으로 얼굴을 내밀어 수감자 숙소를 살펴봤다. 건물 안에 난입해 있던 좀비들이 돌아다니는 모습이 3층 건물의 깨진 창문들 사이로 보인다. 놈들은 진우를 반기기 위해서 엄청난 속도로 계단을 뛰어 내려오고 있었다.

타당, 탕, 탕— 탕, 탕—.

하이 빔의 사각에서 뛰어드는 놈들을 향해 진우가 총알을 퍼부어 준다. 수감자 숙소 주변에도 좀비들의 시체가 쌓이기 시작했다.

하지만 그때까지도 주차장 안쪽의 대규모 좀비들이 합류해 달려오는 듯한 기미는 없었다. 달리 표현하자면, 뛰어들 기회였다.

"진우가 저걸 다 잡으면 안으로 들어갈 거예요! 진우랑 보안관이 앞장을 서고, 고 하사님이 강 소위님을 부축해 주시고요! 옥상까지 쳐서 4층을 쉬지 않고 올라가는 거니까 마음 단단히 먹어야 돼요!"

유빈은 몸을 뒤로 돌려 고 하사와 강 소위에게 계획을 일러 줬다. 이렇게 허술할 때 진입하지 못하면 분명 후회하게 될 것이다.

두 군인은 고개를 끄덕였다. 유빈은 고 하사에게 박 소위의 탄창 가방을 꼭 챙기라고 말하며 타이밍을 살폈다.

탕— 타탕— 탕, 탕—.

그런 대화를 나누는 동안에도 진우는 기계처럼 꾸준한 페이스로 사방에서 달려드는 좀비들을 차례차례 쓰러뜨렸다.

무너진 벽 틈을 돌파해서 쉘터 내부로 들어온 지 몇 분 지나지도 않았는데, 그는 벌써 100여 마리의 좀비들을 죽였다.

"안 온다! 가려면 지금이야!"

진우는 안전벨트를 풀며 소리쳤다. 비록 소수이기는 해도 쉼 없이 몰려들던 좀비들의 웨이브가 잠깐이나마 뚝 끊기는 순간이 마침내 온 것이다.

해머를 꼭 쥔 채 준비하고 있던 보안관과 고 하사, 그리고 고 하사에게 기댄 강 소위가 차에서 내렸다. 진우도 바닥에 발을 디디며 자동차에서 재빨리 빠져나왔다.

"플래시는?"

유빈이 물었다. 보안관은 머리에 쓴 헤드 랜턴을, 진우는 레일의 왼쪽 측면에 부착한 플래시를 가리킨다.

하이 빔 헤드라이트가 주변을 활짝 밝히고는 있지만, 일단 건물 내부로 들어간 뒤에는 빛의 사각을 비춰보기 위한 개인 조명이 필수적이다.

"우린 올라간다! 넌 가서 애들 데려와!"

수감자 숙소 입구의 좀비들을 향해 총알을 날리면서 진우가 말했다. 그의 뒤에 바짝 붙어 보안관과 두 군인이 따른다.

"만약에 내가 경적 울리면 조심하라는 신호야!"

유빈은 네 사람에게 행운을 빌어 주고 자동차의 방향을 조금 틀어서 목표 건물을 더 잘 비춰 주었다.

05

투투둑— 투투툭—.

3점사로 모드를 바꾼 진우는 주변에서 얼쩡거리는 좀비들을 모두 쓸어 버리며 수감자 숙소 건물 안으로 들어갔다.

좀비 잡는 병력이 갑자기 네 명이나 자신들이 숨은 건물로 들어오는 걸 확인한 옥상의 병사들은 신이 나서 환호성을 질러 댔다.

"하아~ 하아~."

눈과 귀가 모두 어지러운 상황 속에서도 진우는 침착하게 한 발, 한 발을 내디뎠다. 벽에 막힌 헤드라이트 불빛이 사각에 아주 짙은 음영을 만들어 내는 바람에 복도와 계단의 풍경은 굉장히 기괴했다. 눈이 부신 동시에 심연처럼 짙은 그늘이 여기저기 드리워져 있다.

시각에 온전히 기댈 수 없게 된 진우의 발걸음이 더 느려진다. 이 쉘터 안에 들어온 이상, 소름으로 좀비를 감지하는 디텍터는 사용할 수 없다. 벌써 아까부터 진우는 좀비들의 냄새와 느낌 때문에 온몸의 신경이 다 곤두서 있는 상태였으므로.

사방이 좀비들의 바다라고 해도 과언이 아니다.

콰창—.

복도 저 멀리 안쪽의 유리창이 깨지는 소리가 났다. 진우는 총구를 소리가 난 방향으로 돌렸다. 얼굴에 유리 조각들을 박은 두 마리의 좀비가 계단을 향해서 미친 듯이 달려오고 있다.

탕— 탕!

진우는 놈들의 미간에 총알구멍을 하나씩 내 줬다. 그래도 마음이 놓이지 않아서 잠시 제자리에 서서 더 뛰쳐나오는 놈들이 없는지 기다렸다. 혹시라도 계단 중간에서 두 층의 좀비들로부터 협공을 당할까 봐 두려운 것이다.

"다른 데 신경 쓰지 말고 일단 올라가는 것만 해! 내가 뒤를 받쳐 줄 테니까 뒤통수 걱정은 하지 말고! 저런 거 몇 마리는 내가 잡으면 돼!"

진우가 복도에 관심을 버리지 못하는 걸 본 보안관이 녀석의 어깨를 두드리며 전진하라고 외쳤다.

진우도 그 말을 따라 빠르게 계단을 뛰어올랐다. 일단 그가 길을 터야 고 하사와 강 소위가 따라올 때 어려움을 겪지 않는다.

탁탁탁— 탁탁—.

수감자 숙소 계단에서 네 사람의 발소리가 불규칙한 리듬을 만들어 내며 메아리친다. 위아래로 흔들리는 플래시 불빛은 마치 그 리듬을 따라 춤을 추는 것 같다.

탁탁탁— 탁탁탁— 탁탁—.

3층에 도착했을 때, 앞서 달리던 진우는 자기도 모르게 뒤를 돌아보았다. 리듬이 너무 빨라졌다. 계단을 두드리는 발소리가 너무 많다.

이건…….

진우는 계단 아래의 세 사람에게 손짓을 하며 다급하게 외쳤다.

"빨리 올라와요! 뒤에서 쫓아오고 있습니다!"

빠아앙—.

유빈이 울리는 경적 소리가 어둑어둑한 복도 전체에 메아리친다.

"올라가고 있어! 끄으응!"

강 소위는 이를 악물고 걸음을 서둘렀다. 보다 못한 보안관이 그를 덥석 둘러메고 가서 3층 복도에 올려놓았다.

"이건 뭐야, 젠장!"

위층, 그러니까 옥상으로 이어진 계단 주변이 온통 집기들로 어지럽혀져 있는 것을 보고 보안관이 짜증을 부렸다. 의자, 탁자, 침대까지…… 뭔가 엄청나게 다양하고 많기도 하다. 발도 제대로 디딜 수 없다.

하지만 1초도 지나지 않아서 그도 이해할 수 있었다. 옥상으로 도망친 사람들이 어떻게든 방어를 강화해 보려고 짐을 쌓아서나마 계단을 막아 본 것이다. 그런데 그게 역으로 구조대의 발목을 잡고 있는 상황이다.

"치우려면 시간 좀 걸리겠는데······."

난간을 잡고 가쁜 숨을 몰아쉬며 강 소위가 중얼거렸다.

탁탁탁탁— 탁탁—.

아래층 계단에서 울려오는 좀비들의 발소리, 그리고 3층 복도 저 안쪽에서도 포효가 울려 퍼지고 있다. 진우가 보안관에게 물었다.

"어느 쪽을 맡을래?"

"더 적은 쪽."

"그럼 복도."

진우는 고개를 끄덕이며 보안관을 지나쳐서 계단 끝자락에 섰다. 보안관이 장갑의 벨크로를 꽉 조이고 해머를 잡으며 복도 쪽으로 돌아 나간다.

그롸아아아아—.

긴 복도의 이 방, 저 방에서 좀비들이 하나둘 기어 나오기 시작했다. 얼핏 봐도 대여섯 마리는 훨씬 넘는다. 게다가 조명이라고는 머리에 달린 헤드 랜턴 불빛뿐.

천하의 보안관이지만 마른침이 꿀꺽 넘어간다. 보안관은 해머를 높이 치켜들면서 소리쳤다.

"······야, 이쪽이 더 적은 거 확실하냐?"

"무슨 말 했어? 안 들려!"

이미 열심히 방아쇠를 당기고 있던 진우가 큰 소리로 물었다.

투투둑— 투투둑— 툭— 투투— 투투둑.

총소리와 좀비들의 울부짖음, 그리고 총에 맞은 좀비들이 굴러떨어지는 소리까지, 진우가 마주한 계단은 이미 아수라장이다.

힐끔 뒤를 돌아보던 보안관은 얼른 앞으로 고개를 돌리며 다시 중얼거렸다.

"······아니다. 신경 쓰지 마라."

그런 후, 보안관은 앞으로 뛰어나가며 좀비들을 향해 힘껏 해머를 휘둘렀다.

뻐걱—!

갈비뼈가 부서지며 날아간 좀비가 유리창을 박살 내며 3층 아래로 떨어져 내린다. 그 뒤의 놈이 아가리를 벌린다. 보안관은 해머를 반대 방향으로 후려쳐서 놈의 머리를 박살 냈다.

쿵—!

벽에 부딪친 좀비가 맥없이 고꾸라지는 동안에도 보안관은 쉬지 않고 해머를 돌리고 그 운동에너지를 따라 스텝을 밟았다.

그롸아아아—.

세 번째 좀비, 네 번째, 다섯 번째 좀비가 거의 동시에 두 팔을 벌리고 달려든다. 보안관은 옆으로 물러서며 한꺼번에 두 놈의 머리를 후려쳤다.

팔 전체에 묵직한 임팩트가 고스란히 전달된다. 그사이 달려드는 다섯 번째 좀비의 옆구리로 보안관의 묵직한 킥이 날아가 꽂혔다.

콰득!

잔뜩 말라붙어 있던 놈의 피부가 찢기고, 갈비뼈가 부서진다. 발차기로 거리를 확보한 보안관은 해머를 높이 치켜올렸다가 놈의 정수리에 내리꽂았다.

지끈!

두개골이 움푹해질 정도로 큰 충격을 받은 좀비는 목이 아래로 꺾인 채 바닥에 쓰러졌다. 그사이 다시 일어난 세 번째 좀비의 관자놀이를 향해 보안관은 힘차게 해머 풀스윙을 날렸다.

"우리도 도울게!"

강 소위와 고 하사는 혼자서 계단 전체를 상대하고 있는 진우의 옆에 서서 방아쇠를 당겼다.

투투투— 투투둑— 투투투—.

정신없이 날아간 총알들이 계단 이곳저곳에 맞고 튄다. 명중되는 비율은……극히 낮다. 특히 부상당한 트럭 운전병의 K-2를 가지고 와서 쏘는 고 하사의 사격 솜씨는 형편없었다.

피잉―.

어딘가를 빗맞고 튄 도탄이 다시 고 하사의 머리 주위를 스치고 지나간다. 얼굴이 파랗게 질린 고 하사는 방아쇠에서 손을 떼며 헉, 하고 거친 숨소리를 내뱉었다.

"여기는 저에게 맡기고, 복도의 보안관을 도와주십쇼!"

진우가 탄창을 갈아 끼우며 두 군인에게 외쳤다. 사실 별로 도움이 되지 않던 강 소위가 진지한 얼굴로 되묻는다.

"정말이야? 괜찮겠어?"

진우는 고개를 끄덕이고는 곧바로 다시 계단 아래를 향해 방아쇠를 당겼다.

투투둑― 투투투―.

그롸아아아―.

거리를 줄여 보려던 좀비들은 머리가 박살 난 채 굴러떨어져서 동료들의 시체 더미 옆에 처박혔다. 진우의 솜씨를 재차 확인한 강 소위와 고 하사는 복도 쪽으로 걸어 나가서 보안관에게 외쳤다.

"물러나! 우리가 쏠게!"

"아직! 아직! 이 새끼들 잡고요!"

보안관은 이미 근접해 있던 두 마리의 좀비를 해머로 쳐서 밀치고, 한 놈씩 대갈통을 박살 냈다. 주변에는 그가 쓰러뜨린 좀비들의 시체가 줄줄 엎어져 있다.

"자! 쏴요!"

급한 불을 끈 보안관이 강 소위와 고 하사의 사이로 빠지면서 소리쳤다. 두 군인은 모드를 연사로 두고 K-2의 방아쇠를 힘차게 당겼다.

투투투투― 투투투투투― 투투투투투―.

쨍강― 와장창― 쨍강―.

눈에 보이는 창문이란 창문은 다 깨지고, 심지어 천장에 달려 있던 형광등까지도 박살 나며 터졌다. 벌집이 된 복도 내부에서 달려오고 있던 좀비들도 온몸이 처참하게 꿰뚫린 채 바닥을 뒹군다.

"하아~ 젠장, 그래도 안 죽었어. 지독한 새끼들······."

강 소위가 지긋지긋하다는 표정을 지으며 탄창을 교환했다. 팔다리가 부러지고 내장이 다 튀어나온 뒤에도, 머리가 뚫리지 않은 좀비들이 비틀거리며 다시 일어서고 있다.

보안관도 가볍게 한숨을 쉬었다. 이 둘이 마구 쏴 재끼는 걸 보니 왜 이곳 셸터에 총알이 부족했었는지 대충 알 것 같다. 좁은 복도 안에서 둘이 합쳐 몇십 발을 쐈는데, 다섯 마리도 못 죽였다. 그나마 그중 두 마리는 일어나서 내장을 쏟으며 다가오는 중이다.

"나머지도 맡길게요! 부탁합니다."

보안관이 두 사람의 어깨를 두드리며 계단 쪽으로 이동했다. 어차피 두 마리만 남았고, 그것도 다 사지가 어지간히 훼손되어 있는 상태라서 위험하다거나 하지는 않다.

보안관은 진우에게 다가갔다. 녀석의 방아쇠 당기는 속도도 이제는 꽤나 줄어 있다.

"거의 다 잡았냐?"

보안관이 물었다. 시체들 사이를 비집으며 뛰어 올라오던 마지막 놈의 머리통을 뚫어 주고 나서 진우가 보안관을 돌아본다.

"대충······ 그런 것 같은데? 이제 올라오는 게 확실히 뜸해. 복도는?"

"저기도 다 끝났어. 두 마리 남기는 했는데, 좀비들 상태가 워낙 안 좋아서······."

투투둑— 투투둑— 투투투—.

보안관이 말을 하고 있는 동안에 복도 쪽에서는 다시 강 소위와 고 하사가 사격을 시작했다. 3점사가 끝도 없이 이어지자 진우가 깜짝 놀란다.

"두 마리라며?"

"그래, 맞아. 저 아저씨들…… 총 잘 못 쏜다고 했던 게 그냥 겸손이 아니더라."

말을 마친 보안관은 옥상을 향해 난 계단으로 올라가 막혀 있던 집기들을 아래쪽으로 던지기 시작했다. 야전 침대며 책상 따위의 부피가 큰 물건들을 치우고 한쪽으로 좁은 길이나마 만들어 냈을 때, 비로소 강 소위의 총소리가 끝이 났다.

"다 죽은 거 맞아요?"

철제 사물함들을 아래로 집어 던지며 보안관이 물었다. 강 소위는 진땀을 닦으며 고개를 끄덕였다.

"아, 이거…… 내가 말이지, 하아~ 원래 이 정도까지는 아니었는데…… 지금 다리가 영 불편해서……."

"아우, 강 소위님! 그런 건 됐으니까, 빨리 문이나 열라고 해 보십쇼!"

뭔가 변명을 해 보려고 하는 강 소위의 어깨를 부축하며 계단을 오르던 고 하사가 외쳤다. 강 소위가 계단 끝까지 다 올라오기를 기다려 보안관은 옥상 문을 발로 두들겼다. 대체 뭘 얼마나 잔뜩 쌓아 놨는지, 아무리 밀어 봐도 도무지 열릴 기미가 없다.

"나다! 강 소위야! 문 열어! 구조하러 왔다!"

강 소위는 살짝 벌어진 문틈에 대고 목청껏 소리를 질렀다. 안에서 웅성대는 소리가 들려온다.

"강 소위면…… 이 원사님 죽인 그 장교잖아? 구조한다고?"

"죽지 않았어? 도망 나갔다가?"

"야, 지금 그만 게 뭐가 중요해. 구조한다잖아. 아래에서 계속 총소리 나더구만."

뭔가 쓸데없는 이야기들만 잔뜩 늘어놓으면서 손이 놀고 있다는 느낌.

"탕— 타앙—."

아직도 진우는 계단 아래를 향해 사격을 하고 있다. 간간이 올라온다고는 하지만, 어둠 속에서 뛰어오르는 좀비들이라는 건 역시 꽤나 신경을 날카롭게 만드는 사안이다. 문은 아직도 열릴 기미가 보이지 않는다.

이것들이 장난하나.

답답해진 강 소위는 다시 빽! 소리를 질렀다.

"문 앞에 막아 놓은 거 치워, 이 새끼들아! 5초 준다! 하나!"

쿵— 쿵—.

문 너머가 분주해지고, 묵직한 쇠로 만든 물체를 움직이는 소리가 울린다. 강 소위가 넷을 세었을 때, 비로소 문 앞을 막아 뒀던 에어컨 실외기들이 모두 치워졌다.

보안관은 얼른 문을 밀었고, 강 소위와 고 하사가 옥상으로 뛰어들었다.

"우와아아아! 와아아!"

수감자 숙소의 옥상 문이 열리고 강 소위 일행이 뛰어나오자, 근처 건물의 옥상에서 숨죽인 채 지켜보고 있던 사람들이 일제히 환호성을 지른다. 이제 곧 자신들도 구조될 수 있을 거라는 기대와 희망 때문이었다.

하지만 가까이에서 얼굴을 알아본 수감자 숙소 피난자들의 반응은 그들과 좀 달랐다.

"……강 소위님!"

옥상에 고립되어 있던 병사들이 일제히 소리쳤다. 하지만 반가움보다는 실망이 더 크게 느껴지는 듯하다.

방벽 밖에서 날아온 기적 같은 저격 때문에 잔뜩 기대가 부풀어 있고, 자동차를 타고 달려와 좀비들을 갈기는 모습에 가슴이 두근거렸는데…… 정작 나타난 게 강 소위라니……. 그것도 다리를 다쳐서 부축을 받아야만 할 정도로 쇠약해진 강 소위라니…….

모두가 무슨 생각을 하고 있는지 강 소위 본인도 분명하게 알 수 있는 분위기다. 이들이 가졌던 기대를 충족시키려면 뭔가 과장이 필요할 듯했다.

탕— 탕— 탕, 탕—.

아래층의 좀비들을 마저 잡고 가장 마지막으로 옥상에 올라선 진우가 병사들에게 말했다.

"일단 문 다시 닫아야 합니다!"

그런 후, 진우는 보안관과 함께 실외기를 들어 옥상 문 앞을 막았다. 병사들의 시선이 두 명의 낯선 이방인에게 집중되어 있다.

"명령 들어! 이분들은 비밀 임무를 수행 중이던 특수 공작원들이다! 특별히 너희를 구하기 위해서 잠시 개입하셨다! 나랑 고 하사도 이분들에게 구조됐다."

꿀꺽, 침을 삼킨 강 소위는 보안관과 진우를 가리키며 소리쳤다. 어째 영 아닌 것 같은 뻥이기는 했지만, 진우의 사격 솜씨를 보면 누구라도 속아 넘어갈 수밖에 없을 거다.

"에?"

어처구니없어서 잠시 강 소위를 돌아본 보안관과 진우는 곧 유빈의 차가 서 있는 방향 난간으로 달려갔다. 유빈은 여전히 하이 빔을 켠 채 후진해서 달리는 중이었다. 앞쪽에는 그의 차를 쫓는 좀비들이 빠른 속도로 뛰고 있다.

"우리 올라왔어! 다 무사해!"

보안관이 무전기를 입에 대고 외쳤다. 곧바로 답이 돌아온다.

— 치이익, 잘했어! 치이익, 나도 애들…… 마저 데려올게! 치이익.

"유빈이한테 빨리 빼라고 해 줘. 걔 쫓아가는 좀비들은 내가 잡는다고."

이미 조준을 마친 진우가 보안관에게 말했다. 보안관은 녀석이 시키는 대로 유빈에게 다시 무전을 보냈다.

— 치익, 알았어! 지금 속도 낸다! 치이익.

무전으로 답을 하자마자 유빈은 전속력으로 후진을 하며 크게 원을 그렸다. 좀비들과 유빈의 거리가 벌어지고 각도가 틀어지는 순간, 진우는 빠르게 방아쇠를 당겼다.

탕— 탕, 탕— 탕, 탕—.

유빈을 쫓던 좀비들은 뒤통수가 구멍이 난 채로 어둠이 내려앉은 도로에 나뒹군다.

유빈의 자동차가 한 번 방향을 틀었다가 180도 턴을 해서 방벽 밖으로 나가 버리자 헤드라이트 덕에 잠시 환하게 밝혀졌던 쉘터는 진우가 해치운 좀비들의 몸뚱이를 고스란히 내보여 주곤 곧장 어둠에 확 덮쳐졌다.

"저 사람들이었구나······."

가까이에서 진우의 사격 솜씨를 확인한 군인과 민간인들은 그제야 감격한 표정으로 중얼거렸다. 바로 옆에 해머를 들고 서 있는 남자는 무슨 이유에선지 개인 화기를 가지고 있지 않지만, 저 압도적인 근육만 보아도 충분히 '특수'해 보이긴 한다.

하지만 김 중사는 이게 무슨 도깨비장난인지 이해할 수 없었다. 사격 솜씨가 귀신같다는 건 잘 알겠는데, 도저히 특수 공작원을 할 수 있는 나이가 아니다. 딱 봐도 여기 애들이랑 비슷한 또래인데, 공작원은 무슨 개뿔.

거기까지 생각하던 김 중사는 얼른 머리를 저어 쓸데없는 생각들을 털어 버렸다. 어쨌든 저 이상한 K-2를 들고 있는 사람이 이 쉘터에 가져다준 긍정적인 효과는 두말할 필요조차 없다. 그러니 지금은 일단 강 소위의 장단에 맞춰 주는 게 나을 것 같다.

사람들의 시선을 받으며 보안관과 진우는 쉘터 주차장이 보이는 방향으로 걸어가 플래시를 비췄다.

주차장은 좀비들로 가득 차 있고, 그중에서도 동쪽 벽 주변에는 비정상적일 만큼 많은 좀비들이 몰려 있다.

"저기 저건 뭡니까? 뭔데 저렇게 좀비들이 저 주변에만······."

보안관이 고 하사에게 물었다. 미간을 찌푸리고 어둠 속을 바라보던 고 하사가 대답했다.

"발전기야······ 저기에 두 대가 있거든."

"발전기? 그러면 기름으로 돌아가는 건가요?"

고 하사는 고개를 끄덕였다. 보안관과 진우는 자동차를 향해 달려들던 좀비들이 그리 많지 않았던 이유를 납득했다. 놈들은 발전기에서 피어오르는 뜨거운 열기에 아주 깊이 심취해 있던 것이다.

그들이 주차장의 좀비들을 살피고 있는 동안 김 중사는 강 소위에게 다가가 경례를 붙였다.

"강 소위님…… 고생 많으셨죠? 그…… 박 소위랑 같이 현장에 있던 애에게서 대충 이야기는 들었습니다. 이 원사님을 죽인 게 실은 박 소위였다고……."

"아, 박 소위 그놈…… 애들 듣는 데서 그런 이야기도 했답니까? 그렇구나…… 예, 그거 사실입니다."

"돌아오신 건 다행이지만, 지금 상황이 안 좋습니다. 박 소위, 그 원수 같은 인간이 남아 있던 실탄을 싹 다 챙겨서 도망가 버린 바람에……."

"박 소위는 사살했습니다."

강 소위가 단호하게 말했다.

"사살이요? 박 소위 사격 실력이……."

김 중사가 말을 하고 있는 동안에 강 소위는 고개를 끄덕이며 난간 쪽에 서 있는 진우를 가리켰다.

"네, 박 소위 사격 실력 좋았죠. 제가 상대하기에는 어림도 없고요. 저 요원이 한 방에 처리했습니다. 괜히 특수 공작원이 아니더군요."

하아~ 강 소위의 뻥을 듣고 김 중사는 바짝 다가와 귀엣말을 건넸다.

"강 소위님, 저기…… 저 장난감 티가 풀풀 나는 무전기부터 어떻게 좀 가리라고 하고 특수 공작원이니 뭐니, 그런 말씀을 하시는 게…… 지금 깜깜해서 잘 안 보이니까 망정이지, 가까이에서 밝을 때 보면…… 그냥 완전히 애들 완구라는 걸 다 알게 될 텐데요."

오오~.

강 소위는 그걸 생각 못 했다는 듯 자신의 이마를 두드렸다. 하지만 허풍을 들키고 나서도 부끄러워하는 기색 없이 김 중사에게 속삭였다.

"그래도 그냥 총 잘 쏘는 민간인들이라고 하는 것보다 그렇게 말하는 편이 우리 애들 기를 살리는 데에는 더 유리하잖습니까. 뭔가 계획도 있을 것 같고. 그러니 바람 좀 잘 잡아 주십쇼."

김 중사가 고개를 끄덕이자, 강 소위는 고 하사에게 눈짓을 보냈다. 고 하사는 메고 있던 배낭을 바닥에 내려놓았다. 강 소위는 배낭을 열어 보이며 말을 이었다.

"그리고…… 박 소위, 그놈이 가지고 도망쳤던 탄약은 모두 회수해 왔습니다."

딴딴딴따안―!

배낭 안에 꽉 찬 총알들을 바라보는 동안 김 중사의 머릿속에서는 베토벤의 '운명'이 배경음으로 깔렸다.

이런! 이게…… 이런 기적이…….

김 중사는 숨을 헐떡거리면서 탄창 하나를 집어 눈 가까이로 들어 올렸다. 보석보다 더 아름답다. 마치 사라져 버릴까 봐 두려운 사람처럼 그는 몇 번이나 탄창을 꽉 쥐고 쓸었다.

이건…… 환상이 아니다.

"싸울 수 있다! 우리 살았어! 이것 봐! 이게 다 실탄이야! 이 새끼들아! 으흐흑~!"

김 중사는 병사들 쪽으로 돌아서서 실탄을 들어 보였다. 다섯 명의 병사는 물론, 계속 훌쩍거리고 있던 민간인들까지도 함께 환호성을 질렀다.

"고맙습니다! 고마워요!"

김 중사는 보안관과 진우를 잇달아 껴안으며 몇 번이나 고맙다는 말을 되풀이했다. 그때였다.

"구해 줘요!"

"여기도 살려 줘요!"

멀리 '위험' 분류 환자들이 갇혀 있던 건물부터, 바로 맞은편에 위치한 쉘터 본관에 이르기까지 모든 건물들에서 도움을 요청하는 외침들이 빗발치기 시작했다.

사람들은 가지고 있던 모든 조명을 수감자 숙소 쪽으로 비추며 자신들이 아직 살아 있다는 걸 알리기 위해서 노력했다.

"어떻게 할까요? 계획이 있습니까?"

김 중사가 강 소위에게 물었다. 마음 같아서는 당장에라도 저 애타는 구조 요청에 부응하고 싶다. 이제 이쪽에는 총알도 갖춰졌으니까.

하지만 전투 가능한 인원이 열 명도 채 안 된다. 반면, 좀비들은 천 단위. 말 그대로 일당백의 전투에서 승리해야만 모두를 구할 수 있는 것이다. 잠시 망설이던 강 소위가 난간 쪽으로 고개를 돌렸다.

"특수 공작원들에게 물어봅시다. 쟤들은 생각 없이 움직이는 애들이 아니더라고요."

강 소위와 김 중사는 보안관과 진우의 옆으로 다가가 목소리를 낮추어 물었다.

"이제 계획이 뭔가? 어떻게 해야 하는 거야? 나가서 싸워?"

"예? 아, 내 정신 좀 봐. 좀비 새끼들 구경하느라고 유빈이가 하라고 말해 줬던 걸 까먹었네."

보안관은 허벅지를 탁, 치고 나서 강 소위에게 말했다.

"합창을 하든 뭘 하든, 저 사람들에게 알려 주세요. 문을 잘 잠그고 참아 내면 모두 구해 주겠다고."

"확성기가 있어! 그걸 가져올게!"

김 중사는 얼른 뛰어가 확성기를 가져와서 강 소위의 손에 쥐여 줬다. 그러는 동안에도 플래시 불빛은 계속 반짝거리고, 살려 달라는 아우성은 밤하늘을 채웠다.

강 소위는 연설을 하기 전에 잠시 머뭇거렸다. 사방에서 들려오는, 살려 달라는 외침을 마주하고 있으니, 예상 속에 없던 두려움에 압도된 것이다.

"정말…… 다 구할 수 있을까? 헛된 희망만 주는 걸까 봐 무섭기도 해……. 저 많은 좀비들을 대체 어떻게 다 죽인다는 건지 모르겠어."

강 소위는 떨리는 목소리로 중얼거렸다. 그때까지 계속 좀비들을 노려보고 있던 진우가 그 말을 듣고 고개를 돌렸다.

"그 방법은 유빈이가 와서 찾아낼 겁니다."

"그 친구를…… 그 정도로 믿나?"

강 소위가 떨리는 목소리로 물었다. 바보 같은 질문을 들은 보안관과 진우는 조금의 망설임도 없이 고개를 끄덕였다.

하긴…… 강 소위도 이내 납득할 수 있었다. 보안관과 진우는 오직 유빈의 계획만 믿고 좀비들이 가득한 쉘터의 건물 안에 스스로 뛰어들어서 함께 갇히는 걸 선택했다. 이 녀석들에게는 목숨을 맡기고도 남을 만큼의 강한 신뢰가 있는 것이다. 평범한 사람들도 아니고, 괴물처럼 강한 이 두 녀석이 믿을 정도라면…….

"알겠어! 나도 믿어 보지!"

마음을 단단히 먹은 강 소위는 목소리를 가다듬고 나서 확성기의 스위치를 눌렀다.

삐이익—.

확성기에서 한차례 째지는 소리가 울리자, 주변 건물들이 순식간에 조용해진다. 강 소위는 사방에서 쏟아지는 플래시 불빛을 받으며 큰 소리로 외쳤다.

"강 소위입니다! 긴급 공수된 특수 요원들과 함께 여러분의 구조를 위해 왔습니다! 이제부터 제가 이 쉘터의 인솔자입니다!"

"우와아아아—!"

사방에서 박수와 함성이 쏟아진다. 대부분은 그가 누구인지조차 알아보지 못하고 있지만, '구조'라는 한마디에 그들의 심장은 빠르게 뛰었다. '특수 요원'이라는 말도 어딘가 믿음직하다.

한편, 조금 전까지는 '특수 공작원'이었다가 갑자기 '특수 요원'이 된 진우와 보안관은 그 단어가 너무 민망해서 손발이 다 오그라드는 것 같았다. 보안관은 얼굴을 감싸 쥐며 진우에게만 들리도록 중얼거렸다.

"저 아저씨…… 멀쩡하게 생긴 사람이 계속 실없는 허풍을 치네……. 어휴, 민망해."

진우도 쑥스럽기는 마찬가지였다. 근데 문제는 그 실없는 허풍이 꽤 먹히는 것처럼 보인다는 거였다. 그러니 섣불리 그만두라고 할 수도 없는 상황이다.

"제아무리 고도로 훈련된 특수 요원들이라고 해도 모두를 안전하게 구조하기 위해서는 여러분의 협조가 반드시 필요합니다! 민간인, 군인 예외가 없습니다. 작전의 성패가 여러분에게 달려 있습니다!"

강 소위는 상기된 얼굴로 열심히 소리쳤다. 조금 전까지 떨리던 마음은 간데 없고, 신내림 받은 사람처럼 머릿속에 없던 소리들을 즉석에서 잘도 지어내고 있다.

"지금부터 제가 하는 말을 명심해야 합니다! 우리 모두의 목숨이 걸린 이야깁니다! 우리는 반드시 여러분 모두를 구하겠습니다! 그게 제가 드리는 첫 번째 약속입니다!"

"우와아아아!"

또다시 환호성이 쏟아진다. 그야말로 모두가 간절히 듣고 싶었던 이야기. 강 소위는 박수 소리가 잦아지길 기다린 뒤, 다시 입을 열었다.

"하지만 그 구조 작업이 오늘 하루 만에 끝나진 않을 겁니다! 워낙 거대한 작전이기 때문입니다! 여러분은 이제부터 별도의 지시가 있을 때까지 옥상 문 주변에 장애물들을 보강하고 버텨야 합니다! 그것이 여러분에게 주어진 임무입니다!"

들떠 있던 분위기가 가라앉으며, 실망한 사람들끼리 수군대는 소리가 들리기 시작했다. 물 한 모금 못 마시고, 총알 한 발 없는 이 상태에서 밤을 새워야 한다는 이야기만으로도 기가 확 꺾인 것이다.

젠장, 이럴 줄 알기는 했지만…….

강 소위는 이를 악물었다. 여기에서 기 싸움에 밀리면 안 된다.

"무섭고 싫어도 버텨야 합니다! 저 요원들은 여러분을 구하기 위해 여기에 목숨을 걸고 뛰어들었는데, 그 정도 각오도 없습니까? 스스로 먼저 포기할 겁니까?"

강 소위가 핏대를 올려 영혼을 다 불사르며 연설을 하고 있는 동안, 진우는 총에 부착된 플래시를 쉘터 본관 쪽으로 비췄다. 아까부터 이 쉘터의 모든 건물들 중에서 가장 취약했던 옥상이 저곳이다.

거리가 있어서 어둑하게 보이지만, 쉘터 밖의 건물에서는 보이지 않던 각도를 확인할 수 있었다. 옥상으로 통하는 계단이 외부로 나 있다. 당연히 잠글 만한 문도 없다.

'아, 저래서 그렇게 자꾸 좀비들이 기어 올라올 수 있었구나.'

진우는 납득을 하면서 계단 주변에 돌아다니는 좀비가 더 없는지 살폈다.

현재는 아무거나 잔뜩 가져다가 쌓아 두기는 했지만, 여전히 아슬아슬한 상태다. 두어 마리만 전력으로 달려들면 언제라도 뚫릴 수 있다.

타앙— 타앙—.

진우는 두 발을 당겼다. 일단 그 주변을 어슬렁거리는 놈들의 씨를 말려 둬야 쉘터 본관 옥상의 병사들이 오늘 밤을 무사히 넘길 수 있을 것 같아서다.

총소리가 들려오고, 진우의 플래시를 통해 아래로 떨어져 내리는 좀비들의 모습이 보이자 사람들의 흥분도는 다시 올라갔다.

반짝— 반짝—.

어둠에 묻힌 옥상에서 새빨간 불빛이 반짝인다. 담배다.

아, 맞다. 이 사람들 담배도 모르고, 불도 모르지······.

진우는 강 소위에게 다가갔다.

"강 소위님."

진우가 부르는 소리에 강 소위는 얼른 확성기를 끄고 소리 죽여 물었다.

"응, 왜?"

"지금 당장 담배 끄라고 해 주십쇼. 불도 피우면 안 됩니다. 그리고 저 플래시들······ 한두 개씩만 켜고 나머지는 배터리를 아껴야 합니다. 갑자기 다 꺼져 버리기라도 하면 무서워서 난리가 날 겁니다."

"······그래, 그렇지. 불······."

강 소위는 다시 자신 있는 리더의 역할로 돌아가서 확성기를 켰다. 물론 곧이곧대로 좀비들이 담배 냄새에 끌린다는 황당한 이야기를 이 자리에서 설득하고 싶지는 않았다. 때로는 낯선 진실보다 그럴듯한 거짓말이 더 효율적이다.

"잠시 후에! 특수 요원 후발대가 도착할 겁니다! 그때까지 해야 할 일이 세 가지입니다! 먼저 담배부터 다 끄세요! 특수 요원들이 우리의 위치를 파악하는 데 심각한 지장을 줍니다! 모닥불도 안 됩니다……."

06

 한편, 유빈은 친구들이 기다리고 있는 6층 건물로 돌아와서 태우고 갈 사람과 여기 머물 사람들에게 각각 다른 지시를 하는 중이었다.
 태권 소녀와 제니, 삼식이가 진우의 탄창과 고립된 사람들에게 줄 물과 식량 조달을 위해 함께 간다. 신입, 규영이, 임수정은 여기서 다른 사람들과 함께 기다리기로 했다.
 "너 잘해야 돼, 신입. 담배는 좀비들 안 보일 때에만 옥상에서 피우고…… 저 사람들 통솔도 좀 부탁해. 그거…… 되겠어?"
 유빈은 신입에게 몇 번이나 부탁을 했다. 모두 다 데려가면 제일 좋겠지만, 그러려면 차로 세 번을 더 왕복해야만 할 뿐 아니라, 부상당해서 제대로 움직이지도 못하는 병사 두 명을 4층까지 업어서 올려야 한다. 그것도 좀비의 습격을 피해서 신속하게.
 그건 옮기는 사람에게도, 옮겨지는 사람에게도 정말 못 할 짓이었다.
 "하, 그 새끼 참…… 걱정도 오지게 많아. 내가 누구냐? 내가 우리 기지 지켰던 게 한두 번이냐? 심지어는 혼자서도 잘 지켰구만."
 신입이 별것 아니라는 투로 간단하게 대답했다. 알겠다고 고개를 끄덕이면서도 유빈은 여전히 불안했다. 삼숙이를 두고 간다고는 하지만, 불안에 빠진 사람들이라는 게 언제 어디로 튈지 모르니까 걱정이 되는 것이다.
 "저기요…… 우리, 우리는 어떻게 되는 거예요?"

살아남은 여섯 명의 민간인 여자 중 몇 명이 짐을 꾸리고 있던 삼식이에게 다가와 조심스레 물었다.

"여기서 기다리고 있으면 돼요. 며칠 내로 다시 데리러 올 거니까 아무 걱정 하지 말고요."

삼식이는 별 계산 없이 솔직하게 말했다. 그게 이 여자들을 두려움에 빠뜨릴 거라고는 생각해 보지도 않았다.

"아니…… 왜 버리고 가려고 그러세요……. 그냥 우리도 아까 그 총 잘 쏘는 아저씨랑 같이 가게 해 주세요……. 지금 여기에는 군인들도…… 이 다친 사람들밖에 없는데……."

여자들은 삼식이의 팔을 붙들고 애원을 해 댔다. 삼식이는 곤란한 표정을 지으며 고개를 저었다.

"아니…… 같이 가는 게 몇 배나 더 위험해요. 지금 우리가 어디로 가는 줄 알고…… 우리 지금 그 쉘터라는 데로 가는 거예요. 좀비들이랑 싸우러. 여기에서 큰 소리 내지 않고, 쟤랑 저 누나 말만 잘 듣고 있으면 절대로 안전해요. 아래층에 슈퍼 있겠다, 여기에 셔터도 달렸잖아요."

"안전한 게 다 무슨 소리예요……. 군인들이 지키는 쉘터도 뚫렸다면서…… 여기는 그냥 보통 건물이잖아요?"

여자들은 눈물까지 쏟으며 애원을 해 댔다. 거절할 줄 모르는 삼식이는 땀을 뻘뻘 흘리며 그녀들에게 휘둘렸다. 이러다가는 밤이 새더라도 계속 여기에 잡혀 있을 기세다.

"아, 등신 새끼! 갑질 존나 못하네!"

지켜보고 있던 신입이 답답하다는 듯 삼식이를 밀어내고 여자들 앞에 섰다. 그러고는 무지하게 싸가지 없는 말투로 여자들을 향해 외쳤다.

"뭐! 뭐! 왜 바쁜 애 귀찮게 하는데? 살려 줬잖아! 그런데 무리한 요구도 아니고, 그 정도 말을 안 들으려고 해? 응? 말 안 들으면 어떻게 되는지 보여 줄까?"

그러고는 갑자기 유빈을 끌어당겨서 플래시로 그의 멍든 얼굴을 비췄다.

"이렇게 되고 싶어서 그래? 응? 이렇게 만들어 줄까?"

여자들은 헉, 하고 숨넘어가는 소리를 내며 한 걸음 뒤로 물러났다. 과장된 음영이 더해지자, 유빈의 얼굴은 실제보다 더 끔찍하게 보인다.

기세가 오른 신입은 유빈의 셔츠를 확 걷어 올렸다. 온몸에 골고루 퍼져 있던 보랏빛 멍 자국은 아직도 다 가라앉지 않았다.

"이렇게 해 줘야 말을 들을 거냐고? 대답을 해 봐! 사람이 말이야, 좋게 좋게 이야기해 주니까 아주 호구로 보이지?"

빽! 소리를 지른 신입은 플래시로 옆의 테이블을 내려쳤다. 여자들은 순식간에 조용해졌다.

"봤지? 믿고 갔다 와. 내 별명이 마왕이었다니까?"

한껏 업된 신입이 유빈에게 귀엣말을 하며 엄지손가락을 자랑스럽게 들어 보인다.

"젠장……."

졸지에 매 맞는 놈 모델이 된 유빈은 어지간히 쪽팔렸지만, 그냥 더 말을 보태지 않기로 했다. 어쨌든 지금 필요한 건 저 여자들이 순순히 물러나는 거고, 신입은 이걸로 자신이 며칠간 리더 역할을 할 수 있다는 걸 보여 줬다.

"대기업 취직했으면 여럿 잡았을 놈이네……."

임수정과 삼숙이에게 규영이를 부탁하고 있던 태권 소녀는 그 모습을 보고 코웃음을 쳤다.

어쨌든 신입의 숨겨진 재능 덕에 겨우 민간인들에게서 풀려난 유빈 일행은 재빨리 계단을 뛰어 내려갔다. 뒤쪽에서 셔터를 내리는 소리가 들려온다.

친구들이 짐을 싣고 차에 오르는 동안, 유빈은 뒤를 한 번 돌아보았다. 그들이 불을 지르고 온 군자역 방향의 하늘은 아직도 벌겋다. 꽤나 한참 동안 활활 타고 있는 모양이다.

"아 참, 담배는? 챙겨 놨어?"

운전석에 앉은 유빈이 삼식이와 태권 소녀에게 물었다. 삼식이가 커다란 천으로 된 장바구니를 들어 보인다. 유빈은 고개를 끄덕이고 시동을 걸었다. 친구들을 태운 자동차는 완전히 어두워진 밤거리를 빠르게 질주했다.

— 치이익, 야, 왜 이제야 출발해? 치이익, 무슨 일 있어?

장벽에 거의 다 다가갔을 때, 보안관의 목소리가 무전기를 타고 전해진다. 유빈이 대답했다.

"아무 일 없어. 그냥 준비하느라고 좀 늦었어. 우리 보이지?"

— 치익, 당연한 거 아니냐? 치이익, 지금 도로 전체에 불빛이라고는 그 차 한 대뿐인데. 치익.

"그래, 금방 들어간다. 진우에게 좀비들 좀 잘 잡으라고 말해 줘."

말을 마친 유빈은 핸들을 꽉 쥐었다. 속도를 살짝 줄여 무너진 방벽 사이를 통과하자, 총소리가 들리고 저 멀리 일렁이는 그림자들이 보인다. 당연히 좀비들이다.

"너무 많은데……."

조수석에 앉아 언제라도 배트를 휘두를 준비를 하고 있던 태권 소녀가 미간을 찌푸리며 중얼거렸다. 유빈의 눈에도 아까 진우 일행이 올라갔을 때보다 게이트 주변이 북적거리는 것 같았다.

— 치이익, 멈춰! 진우가 밑에 정리하고 있어. 치익.

무전기에서 보안관의 말이 전달되는가 싶더니, 총성이 울리기 시작했다.

타앙— 탕, 탕, 탕— 탕, 탕!

아래쪽을 향해 불꽃들이 내리꽂히고, 좀비들이 픽픽 쓰러진다. 하지만 그래도 게이트 주변은 여전히 꽤 많은 좀비들로 덮여 있다. 저래서야 도저히 답이 나오지 않는다.

시체가 더 쌓이면 건물 입구로 들어가기도 어려울뿐더러 지금 진우의 각도에서는 저격할 수 없는 위치에 숨은 놈들도 꽤 된다.

"보안관, 담배라도 몇 갑 모아서 반대 방향으로 좀 던져 봐. 저놈들 좀 흩어뜨려야 될 것 같아."

멈춰 선 채 헤드라이트만 비추고 있던 유빈이 무전기에 대고 말했다. 곧바로 대답이 돌아왔다.

— 치이익, 알았어. 좀 기다려. 치이익.

보안관은 강 소위와 고 하사의 담배, 그리고 김 중사의 담배를 한군데에 모았다.

"이걸 어디다가 다 집어넣고 던지지?"

담배를 넣을 만한 용기를 찾아 보안관이 좌우를 둘러보고 있자, 김 중사가 자신의 수통을 내밀었다. 뭘 하고 있는 건지는 모르겠지만, 어쨌든…….

"이…… 이거면 될까?"

"물기가 있으면 담뱃불이 꺼질 텐데요……."

보안관이 망설이자, 김 중사는 수통을 거꾸로 들고 털었다.

"바짝 말랐어. 이 더운 날, 이걸 몇 명이 나눠 마셨는데…… 한 방울이라도 남았을 리가 없지."

보안관은 고맙다고 하고 수통을 받아 들었다. 진우가 총을 쏴서 수통 아래쪽에 바람구멍을 하나 더 냈고, 수십 개비에 달하는 담배들에 불을 붙여 수통 안으로 집어넣는 일은 세 군인이 맡았다. 주변은 금세 담배 연기로 자욱해졌다.

"쿨럭! 쿨럭! 자, 한참 타고 있어!"

담배가 더 활활 타오르라고 주둥이에 몇 번이나 입김을 세게 불어넣은 뒤, 강 소위는 수통을 보안관에게 넘겼다. 주둥이와 총구멍에서 모락모락 연기가 피어오른다.

"야! 이 새끼들아! 너희 좋아하는 거다!"

보안관은 게이트 반대쪽을 향해 힘차게 수통을 집어 던졌다. 연기를 피우며 날아간 수통은 좀비의 머리를 맞고 바닥으로 떨어졌다. 이내 그 주변으로 좀비들이 모여들기 시작했다.

"효과 있다! 그런데도 남은 새끼들이 좀 보이네!"

보안관이 무전기에 대고 외쳤다.

— 치이익, 그럼 남은 놈들은 내가 낚시를 좀 해서…… 치이익, 이끌어 낼게. 진우에게 하나씩 잡아 달라고 해! 치익.

말을 마친 유빈은 가속 페달을 밟고 철책 쪽으로 내달렸다. 하이 빔을 켜고 있는 자동차의 환한 빛과 요란한 엔진 소리, 그리고 자동차에서 뿜어져 나오는 열기는 대번에 철책 주변을 서성이던 좀비들의 관심을 끌었다.

그롸아아아—.

좀비들이 유빈의 자동차를 향해 울부짖으며 달려온다. 유빈은 놈들이 충분히 가까워질 때까지 마주 달리다가 곧바로 핸들을 확 돌렸다.

끼기기긱—.

불과 10여 미터를 앞두고 자동차가 유턴을 하자, 좀비들은 더욱 신이 나서 속도를 높인다. 도로에서는 한 대의 자동차와 수십 마리의 좀비들이 벌이는 추격전이 시작되었다.

"지금이야! 잡아!"

정신없이 핸들을 돌려 대던 유빈이 무전기를 잡고 외쳤다. 대답 대신 총소리가 들려온다.

탕— 탕— 탕, 탕, 탕—, 탕—.

"진짜 깜깜해!"

뒤를 돌아보고 있던 삼식이가 당연한 사실을 목청 높여 외친다. 하지만 진우는 자동차 후미등의 붉은 조명에 의지해서 좀비들을 눈으로 쫓았다.

캄캄한 거리에서 오로지 진우가 비추는 플래시 불빛만이 바쁘게 움직였다. 플래시 불빛에 좀비가 걸리면 방아쇠를 당긴다.

타앙—.

그러면 좀비는 쓰러지고, 진우는 다음 타깃을 찾아 총구를 돌렸다.

그리고 또 타앙—!

그런 식의 낚시를 세 번 반복하고 나니, 비로소 외부 게이트 주변이 조금 한산해졌다. 이 정도면 수감자 숙소 안으로 진입할 수 있는 상황이다. 유빈은 땀으로 범벅이 된 얼굴을 쓸며 친구들을 돌아보았다.

"들어갈게. 다들 내릴 준비 해."

유빈의 말을 듣고 모두들 헤드 랜턴의 스위치를 켰다. 이제 몸을 부딪쳐야 하는 시간이다. 속도를 높여 달리던 자동차는 수감자 숙소 부근에서 비스듬히 멈춰 섰다.

"내려!"

태권 소녀가 기운차게 뛰어내리며 힘차게 배트를 휘둘렀다. 바로 부근에 있던 좀비가 턱이 돌아가며 바닥으로 나뒹군다.

그리고 또 한 마리, 태권 소녀는 놈의 다리를 후려쳐서 앞으로 쓰러뜨리고, 그 넘어지는 머리를 배팅 볼처럼 후려갈겼다.

따앙―.

아주 날카로운 알루미늄 타격음이 철책 주변에 울린다.

탕― 탕, 탕, 탕―.

진우는 그 나름대로 열심히 방아쇠를 당겼다. 내부 게이트 철책이 있던 자리가 그가 지정해 둔 경계다. 그 밖으로 나가려는 놈들이 보이면 어김없이 머리에 구멍을 뚫어 저지했다.

"으아! 무거워!"

진우의 탄약 가방을 어깨에 메고, 음식이 든 배낭까지 짊어지면서 유빈의 입에서는 앓는 소리가 저절로 나왔다. 삼식이도 비슷한 무게를 책임졌다.

"올라가자!"

유빈이 태권 소녀의 어깨를 툭, 치며 계단을 가리켰다. 짐을 적게 든 그녀가 앞장을 서야 한다. 그녀가 물러난 자리는 지난 며칠 동안 진우의 사격 교실에서 가장 좋은 성적을 거뒀던 우수 제자, 제니가 MP5를 들고 대체했다.

"후우~ 후우~."

입을 가린 수건을 통해 유빈의 땀 냄새가 섞인 공기를 들이마신 제니가 방아쇠를 당겼다.

투투투— 투투둑— 투투투— 투투둑—.

제니는 한바탕 3점사를 퍼부어 주변의 좀비들을 한 박자 저지한 뒤, 방아쇠에서 손가락을 떼고 유빈이 기다리고 있는 건물 입구 쪽으로 뛰어들었다. 그러고는 한 층 계단을 올라간 뒤, 아래쪽을 향해서 또 한 번 총알 세례를 퍼부었다.

투투둑— 투투둑— 투투투—.

이것이 제니에게는 총을 사용한 첫 실전이었다. 방아쇠에서 손을 떼고 난 뒤에도 가슴이 계속 콩닥거릴 만큼 흥분되면서도 무섭다.

하지만 정작 건물 안쪽으로 좀비들이 별로 넘어오지 못하고 있는 주원인은, 역시 진우의 저격이었다. 진우는 방향을 바꿔 가며 집요하고도 침착하게 달려드는 좀비들을 쏴 죽였다.

탁탁탁탁—.

태권 소녀가 긴장한 채 앞장서서 계단을 뛰어오르고 있을 때, 위층에서 검은 그림자가 드리워졌다. 태권 소녀는 배트를 휘두를 준비를 하며 위쪽을 올려다보았다. 그러다 곧바로 안도의 한숨을 내쉬었다. 거기에는 어느새 옥상에서 마중을 온 보안관이 있다.

"3층 올라오는 데에 좀비 시체랑 발에 걸리는 거 무지 많아! 넘어지지 않게 조심해!"

보안관은 좀비들의 시체와 아까 자신이 집어 던졌던 집기들을 한쪽으로 대충이나마 밀고, 친구들의 손을 잡아 끌어 올렸다.

후발대 네 명이 다시 옥상에 합류하자, 주변 건물에서는 또다시 환호성이 일었다. 진우는 친구들의 등에서 짐을 내리는 걸 도와주고 나서 제니에게 다가가 후드를 뒤집어쓴 그녀의 머리를 한 번 쓸어 줬다.

"잘 쏘더라. 무섭지 않았어?"

"하하, 네. 오빠가 가르쳐 준 대로 하니까…… 그냥 쉽던데요?"

제니는 당돌한 척 대답하고 억지로 한 번 가벼운 웃음소리를 냈다. 하지만 그 말을 하는 동안 그녀의 목소리와 총을 꼭 쥔 손은 계속 부들부들 떨렸다.

진우는 그녀의 MP5의 모드가 안전으로 되어 있는 걸 보면서, 역시 보통이 아니라는 것을 다시 확인했다. 물론 명중시켰다거나 정말로 잘 쏜 것은 아니지만, 처음 경험하는 긴장된 실전에서 사력을 다한 그녀의 용기를 진심으로 칭찬해 주고 싶었다. 조금만 더 연습을 하면 충분히 의지할 만한 전력이 될 수 있을 것이다.

"물이에요. 조금씩 드세요."

유빈은 배낭에서 2리터 생수 두 병을 꺼내 강 소위에게 건넸다. 30여 명의 인원이 갈증을 해결하기에는 턱없이 부족한 양이지만, 그래도 아예 마시지 않는 것보다는 훨씬 나을 것이다.

"고생 많았어……. 내일이라도 중대장님이 전차 타고 돌아오시면 그래도 해볼 만할 거야."

겨우 입술만 살짝 축이고 김 중사에게 물병을 넘긴 강 소위가 유빈에게 조용히 말했다. 확성기로 계속 떠들어 대느라 그의 목소리는 조금 갈라져 있다.

"중대장님이요?"

물을 마시려던 김 중사가 눈을 동그랗게 뜨고 되물었다. 강 소위의 눈도 불안 때문에 덩달아 커졌다.

"네, 전차가 안 보이더라고요. 중대장님 모시러 간 거 아닙니까?"

"허~!"

김 중사는 탄식하며 고개를 저었다.

"그런 게 아닙니다. 전차는 미리 차출돼서 이동한 겁니다. 이제 안 와요."

디잉—.

뒤통수를 세게 후려 맞은 것 같은 충격!

강 소위도, 고 하사도 제대로 말을 못 할 만큼 큰 충격을 받았다.

전차가…… 다시 복귀하지 않는다고? 그리고…… 중대장님도 돌아오는 게 아니라고?

"아니…… 왜…… 그러면 전차는…….."

강 소위는 눈을 껌뻑거리면서 말을 더듬었다. 김 중사는 그간 있었던 일을 간략하게나마 전해 줬다. 잠실로의 강제 이동 명령. 그에 앞서 전차부터 미리 차출한 것까지…….

"잠실이랑 무전 연락은 주고받았다는 이야기군요. 그럼 무전이 끊기면 무슨 문제가 있다고 생각해서 구조대를 보낼 수도 있지 않겠습니까?"

강 소위의 질문에 김 중사는 어림없다는 표정을 지었다.

"멀쩡하게 지키고 있던 전차까지 미리 끌어갔습니다. 그 말인즉슨, 잠실도 지금 어지간히 다급하다는 걸 겁니다. 여기에서 곡소리가 날지도 모른다는 걸 빤히 알면서도 전차 한 대가 아쉬운 상황이다, 이거죠. 그런데…… 새삼스럽게 구조대 같은 걸 보내겠습니까? 허허, 꿈같은 이야깁니다."

김 중사의 말을 듣고 난 강 소위는 힘없이 중얼거렸다.

"그러면…… 외부 병력이 여기에 오는 건 결국 닷새가 지난 뒤의 일이라는 말이군요. 후우~ 그…… 장갑 트레일러가 이송을 위해 도착하는 날 말입니다."

"네. 그 전까지 여기는 아무도 신경 써 주지 않을 겁니다."

김 중사는 무겁게 고개를 끄덕였다. 강 소위의 목덜미는 땀으로 흠뻑 젖었다. 닷새 동안 물 한 모금 제대로 못 마시고 좀비들에게 시달린다면…… 장갑 트레일러가 도착할 때쯤은 현 인원의 절반도, 아니, 3분의 1도 생존하지 못할 것이다. 천 발 이상의 실탄을 가지고 왔지만, 명중률 100퍼센트로 쏜다고 해도 좀비들의 수가 더 많다.

"후우우~!"

강 소위는 깊게 한숨을 내쉬었다. 마음 같아서는 담배부터 한 대 빨아야 할 것 같은데, 그마저도 안 된다고 하니…… 바로 옆에 있는 유빈이라는 어린 친구의 얼굴을 돌아볼 용기가 안 난다.

유빈과 친구들에게 전차가 돌아올 거라는 말을 몇 번이나 했던 게 뒤늦게 후회가 되었다.

'젠장, 내가 아까운 사람들 목숨까지 여기에 끌어들여 죽이게 생겼군…….'

강 소위는 자책을 하고 나서 힘겹게 유빈 쪽으로 고개를 돌렸다. 유빈은 강 소위와 김 중사가 대화하는 동안 한마디도 보태지 않고 묵묵히 듣기만 했다.

"아…… 저기…… 들었지? 미안하게 됐어. 전차는…… 돌아오지 않는다고 하네. 후우우~ 내 말만 믿고 여기까지 뛰어들었을 텐데…… 참, 뭐라고 할 말이 없어."

강 소위는 유빈을 제대로 쳐다보지 못하고 말했다. 당장 멱살잡이를 당하고 좀비들에게 던져진다고 해도 이상하지 않은 상황이다. 그런데 유빈은 그의 예상과 전혀 다른 반응을 보였다.

"전차는 아무 상관 없어요. 지금 여기에 없는 것은 애초에 계산에 넣지 않았으니까요."

그 어조가 너무도 당당해서 그게 오히려 더 위화감이 들었다. 강 소위는 고개를 들어 유빈의 얼굴을 마주 봤다.

대체…… 이 녀석은 뭘 믿고 이렇게…….

"꼭…… 이 상황이 무섭지 않다는 것처럼 들리는군. 정말로 그런가? 안 무서워?"

강 소위가 물었다. 유빈은 듣자마자 손사래를 친다.

"어휴, 당연히 무섭죠. 저는 보안관이나 진우랑은 달라요. 좀비 한 마리도 겨우 상대를 할 수 있을까 말까 하는 놈인데요. 그런데 저렇게 많은 좀비들에 둘러싸여 있으니…… 무서운 게 당연하죠."

유빈이 솔직하게 말했다. 강 소위가 보기에도 그래 보인다. 덩치도 보통이고, 총을 잘 쏠 줄 아는 것 같지도 않고…….

그런데도 아직 녀석에게는 여유가 있다. 주변 옥상에서 반짝이는 플래시 불빛들을 한 번 빙 둘러본 유빈이 말을 이었다.

"하지만 무서운 것과 별개로, 승산은 있다고 생각해요. 그것도 아주 높이요."

이건 또 무슨…….

강 소위는 유빈의 얼굴을 빤히 쳐다봤다. 진지하다. 허풍인 것 같지 않았다.

강 소위는 다시 물었다.

"어째서 그렇지? 무슨 방법으로 이긴다는 건지 모르겠어. 여기에 실탄을 장착하고 싸울 수 있는 인원은 열 명 정도뿐이고, 나머지 저기 다른 건물에 있는 병사들은 빈총이야. 그리고 실탄의 수도 좀비 머릿수보다도 적어."

"민간인까지 합치면 총인원이 700명 이상이라고 하셨잖아요. 좀비들은 천 마리가 넘고. 한 사람이 한 마리만 죽인다는 각오를 하면 돼요. 총알은 그다음 문제고요. 그리고 우리에게는 진우가 있어요. 보안관이랑 혜주도 있죠."

유빈은 뒤쪽 난간에 서서 쉘터 본관의 외부 계단을 비추고 있는 진우 일행을 가리켰다. 태권 소녀와 보안관이 플래시로 좀비의 움직임을 찾아내면, 진우가 그 방향으로 총구를 돌려서 저격하는 중이다.

타앙ㅡ.

보란 듯이 한 발에 한 마리씩. 그것은 진우의 의도가 담겨 있는 사격 방식이었다. 이 정확도가 어둠 속에서 두려움에 떨고 있는 사람들에게 언제라도 지원해 줄 화력이 있다는 안도감을 줄 것이다.

"한 사람이 한 마리만이라고 하면 듣기는 그럴듯하지만, 실제로는…… 저 사람들은 자네들처럼 강하지 않아. 좀비들과 마주했다가는 대번에 전멸하게 될 거라고."

징징대고 싶지는 않지만, 강 소위는 그렇게 말할 수밖에 없었다. 이미 사람들에게 자신이 이곳을 책임질 거라고 말해 놓은 상황인데, 내일 당장 내려가서 맞서 싸우라는 명령을 할 수는 없는 노릇이니까.

그런 명령을 해 봐야 아무도 따르지 않을 것이다. 특히 민간인들은…….

"마주할 필요는 없어요. 우리는 최소한 좀비들보다는 머리가 좋으니까요. 싸울 수 있는 방식은 얼마든지 찾아낼 수 있을 겁니다. 이 건물에 있는 우리가 먼저 시작해서 살아남고 싶다는 의지에 불을 붙이기만 하면 돼요."

유빈은 여전히 자신 있다는 말투다. 강 소위로서는 감이 잘 오지 않는 이야기지만, 지금 이 순간만큼은 그의 말을 믿고 싶었다. 자신이 믿지 않으면 다른 민간인들에게도 그 불안감이 고스란히 전달될 테니까.

"부탁드리고 싶은 게 두 가지예요. 먼저, 지금 이 옥상에 있는 군인들 중에서 제일 사격 솜씨가 좋은 사람, 두 분만 저희 쪽으로 보내 주세요."

유빈이 손가락 두 개를 펴 보이며 말했다. 강 소위는 뒤쪽의 병사들을 다시 한 번 돌아보고 고개를 저었다.

"병사가 겨우 다섯 명인데, 그중 제일 잘 쏘는 애라고 해 봐야 그냥 그래. 우리 중대…… 아니, 여단 전체를 다 통틀어도 진우 같은 솜씨는 없어. 비슷하지도 않을걸?"

"엄청 잘 쏠 필요는 없어요. 지원군이 있어야 진우 혼자 밤을 새우지 않아도 되니까요."

유빈은 침착하게 말했다. 강 소위는 알겠다고 했다. 어차피 싸우려면 방아쇠를 당겨야 하고, 그 명령을 누구에게서 듣는가 하는 건 중요하지 않은 문제다. 유빈은 두 번째 부탁을 말했다.

"일단 교대로 돌아가면서 쪽잠이라도 자야 해요. 가뜩이나 힘든 상황에서 몸까지 피곤하면 아무것도 못 할 겁니다. 두 명 보내 주시고 강 소위님이랑 고 하사님도 좀 쉬세요. 내일 해가 뜨고 나면, 그때부터는 전쟁 시작입니다."

말을 마친 유빈은 친구들이 있는 쪽으로 걸어갔다. 그의 뒷모습을 보면서 강 소위는 조금 부끄러워졌다. 자신보다 몇 살이나 어린 민간인이 저렇게 버티는데, 자신은 명색이 장교로서 아직 싸워 보기도 전에 패배를 받아들이려 하고 있었다.

'그래, 아직 포기할 때가 아니지……. 이건 항복한다고 해서 포로로 받아 주는, 그런 전쟁이 아니야.'

새삼 깨달은 강 소위는 고 하사의 부축을 받아 김 중사와 병사들의 앞에 가서 섰다.

"이 중에서 누구 사격 실력이 제일 낫습니까? 내가 알기론 황 일병이랑 저기…… 구 상병 아닌가?"

강 소위가 물었다. 질문을 들은 김 중사와 병사들은 잠시 가벼운 토론을 했다. 결국 강 소위가 처음에 지목했던 두 명이 뽑혔다.

어차피 도토리 키 재기인 상황에서 졸지에 명사수로 지목된 두 병사의 얼굴에는 불안감이 가득했다. 혹시 무슨 결사대로 우리를 내보내는 건 아닐까…… 하는 두려움 때문이다.

"너희 둘은 지금부터 저기 계시는 특수 요원분들에게 가서 그분들 지시를 받으면 된다. 움직여."

"저기……."

구 상병이 두려움 때문에 잔뜩 일그러진 얼굴로 머뭇거리며 말을 꺼낸다.

"뭔가?"

"저분들 호칭을 뭐라고 해야 합니까? 계급도 모르고 있는데……."

아아…….

강 소위는 고개를 끄덕였다. 확실히 누군가에게 뻥을 치려면 좀 주도면밀하게 준비를 했어야 하는데, 그저 생각나는 대로 지껄이다 보니 이렇게 설정에 구멍이 숭숭 뚫린다.

"저분들 직위나 소속 자체가 극비다. 알려고 하지 말고, 그냥 요원님이라고 부르면 된다."

이미 호랑이 등에 올라탄 심정으로 강 소위는 또 구라를 보탰다. 두 병사가 자신의 개인 화기를 챙겨 이동하고 나서, 강 소위는 나머지 병사들에게 유빈이 해 준 말을 그대로 전했다.

"밝아진 다음부터 열심히 싸워야 하니까 불침번 세우고 일단 좀 자 두자. 우리가 지금 총 여섯 명이니까 두 명씩 한 시간 반만 깨어 있으면 동이 틀 거다. 민간인들에게도 비슷한 방식으로 쉬라고 말해 두고."

그의 말을 들은 병사들은 말없이 서로를 돌아보다가 다시 강 소위를 빤히 쳐다본다. '이런 상황에서 잠이 올 리가 없잖아…….'라고 말하는 것 같은 표정들이다.

지금도 이따금씩 옥상 문은 쿵! 하고 울리는 소리를 내며 들썩이곤 한다. 바로 발아래에 좀비들이 돌아다니다가 문을 들이받고 있는 것이다. 그런데 어떻게 잠을…….

"괜찮아. 어차피 지난 몇 시간 동안도 저 문은 열리지 않았다. 우리가 쌓아 둔 장애물을 믿어라."

강 소위는 애써 침착함을 가장하고 옥상의 한쪽으로 이동해서 자는 척하며 팔베개를 하고 누웠다. 물론 눈은 말똥말똥하다.

옆자리에 누운 고 하사도 마찬가지다. 두 사람이 군자역의 은신처에 숨어 있을 때에도 소주 한 병은 마시고 나서야 겨우 잠깐 눈을 붙일 수 있었으니까.

그롸아아아― 그와아아아―.

주차장을 돌아다니는 좀비들은 잠시도 쉼 없이 포효해 댄다. 이 지독한 악취와 저 끔찍한 소리. 신경이 온통 갉아 먹히는 것 같은 기분이다.

"참…… 저 녀석들 대단하죠? 어휴~ 아까 저 진우라는 애 총 쏘는 거 보셨습니까? 으아…… 저는 창문 너머로 보기만 해도 오줌이 나올 것 같았거든요. 사방에서 두서없이 막 달려드는데, 그거를……."

고 하사는 빈손으로 총 쏘는 시늉을 하며 고개를 저었다. 강 소위는 피식 웃으며 고개를 끄덕였다.

"그래, 엄청나더라. 저기 저 덩치 큰 친구가 해머 한 자루 가지고 좀비들 다 때려죽이는 것도 그렇고…… 뭐…… 난놈들이네."

그 말을 하면서 강 소위는 진우가 있는 방향을 힐끔 돌아보았다. 그가 보낸 두 명의 병사가 바짝 긴장한 상태로 진우 일행과 함께 서 있다.

'잘 가르치겠지, 뭐. 모진 소리 할 친구들도 아니고…….'

강 소위는 억지로 눈을 꾹 감으며 잠에 들기 위해 노력했다. 그가 대범한 척 모범을 보여야 다른 병사들과 민간인들도 잠깐이나마 휴식을 취하려 할 것이다.

고 하사도 밤하늘을 올려다보며 잠을 청했다. 그렇게 그리워했었는데, 만나자마자 다시 이별하게 된 임수정의 얼굴이 자꾸만 떠올라 그의 마음을 어지럽

한다.

07

 그들로부터 10미터도 떨어지지 않은 곳에서는 졸지에 명사수로 차출되어 버린 두 명의 병사가 진우에게 신고를 하는 중이었다.
 "충~성! 구 상병 외 일 명, 요원님의 지휘를 받으라는 명령을 받았기에 이에……."
 "아니, 아니…… 그러지 마십쇼. 그런 절차 같은 거 필요 없습니다. 구 상병님…… 황 일병님, 저는 박진우 이벼…… 에……."
 하마터면 '박진우 이병'이라는 말이 버릇처럼 나올 뻔해서 진우는 황급하게 입을 다물었다. 이놈의 군인병…… 잘 낫지를 않는다. 진우는 말을 더듬었던 척하고 다시 인사를 했다.
 "저는 박진우입니다. 이번 전투, 두 분이 도와주시는 게 큰 힘이 될 겁니다."
 진우가 내민 손을 잡으면서도 두 병사는 어리둥절한 표정이었다. 이 귀신같은 사격 솜씨를 가진 사람이 자신들의 도움 같은 걸 바랄 것 같지가 않아서다. 게다가…… 강 소위가 꼬박꼬박 존칭을 쓸 만큼 높은 계급인 것 같은데…… 왜 이렇게 존댓말을 써 주는 건지도 모르겠다.
 "먼저 사격하시는 걸 좀 보겠습니다. 아까 김 중사님이 나눠 주시는 탄창 하나씩 받으셨죠?"
 진우의 말에 두 병사는 고개를 끄덕였다. 진우는 구 상병을 먼저 지목하고 난간 너머를 가리켰다.
 어둠 속에 깊이 잠긴 주차장. 유빈이 플래시를 비추고 있는 지섬만이 희미하게 밝다.

"구 상병님, 저 좀비 보이십니까? 머리 가죽이 절반 정도 벗겨진 녀석. 검은 티셔츠 말입니다."

구 상병은 좀 더 잘 보기 위해 눈을 가늘게 떴다. 밝혀진 범위 내에 보이는 수십 마리의 좀비들, 그중에 머리 가죽이 벗겨지고 검은 티셔츠를 입은 놈이 있기는 하다.

녀석은 쉬지 않고 다른 좀비들 사이를 헤집고 돌아다니는 중이다. 유빈의 플래시도 녀석의 움직임을 따라 천천히 함께 돈다.

"네, 보입니다."

"그놈을 맞히도록 하겠습니다. 모드는 3점사나 단발 중에서 편한 쪽에 두고 쏘시면 됩니다."

진우의 명령을 받은 구 상병은 마른침을 꿀꺽 삼켰다. 표적과의 거리는 그리 멀지 않았다. 대략 25미터 안쪽. 가늠자, 가늠쇠울에 맞춰서 당기기만 하면 되는, 그 정도의 난이도다.

그런데…… 초초일류의 능력자 앞에서 시험을 받는다는 기분이 어쩐지 너무 불편하고 쑥스럽다. 처음 사격 훈련장에 들어섰을 때보다 더 떨린다.

'못 맞히면 어쩌지? 예의 바른 사람에서 갑자기 개싸가지로 돌변해 가지고 막 쌍욕을 날리는, 그런 캐릭터면…….'

구 상병은 견착을 하고 나서도 좀처럼 방아쇠를 당기지 못했다. 물론 1초, 1초가 흐를수록 부담감은 더 커진다. 다들 자신만 바라보는 것 같다. 게다가 저 염병할 놈의 좀비는 왜 또 저렇게 빠르게 움직이는 건지…….

투투둑— 투투둑—.

진땀을 흘리던 구 상병은 결국 시간의 압박감을 이기지 못하고 방아쇠를 당겼다. 세 발씩 날아간 그의 총알들은 좀비의 머리를 꿰뚫었다. 표적이 아니라 그 옆의 놈을…….

머리 가죽이 벗겨진 문제의 좀비는 유유히 플래시 광원 밖으로 사라져 버렸다.

사격 실패!

"후우~."

자신에게 쏟아질 진우의 질책을 상상하면서 구 상병은 눈을 질끈 감았다. 얼굴이 화끈거린다. 좀비들에게 둘러싸인 이후 극한에 몰렸다고 생각했었는데, 그 와중에도 이렇게 창피한 감정이 남아 있었다니…… 스스로도 놀라울 지경이다.

"위치는 맞았습니다. 그냥 방아쇠 당기는 게 조금 늦어서 도망간 것뿐입니다. 잘 쏘셨어요."

에?

예상과 너무 다른 진우의 평가!

머쓱해하고 있는 구 상병에게 진우가 다시 한번 쏴 보라고 권한다.

"일부러 난도가 높은 놈을 지목한 겁니다. 놓치셔도 괜찮으니까 부담 갖지 말고 쏘시면 됩니다. 어쨌든 지금 한 마리 잡으셨잖습니까."

진우가 말했다. 옆에서 가만히 듣고 있던 보안관이 답답해하며 끼어들었다.

"어휴, 야! 어차피 다 또래인 것 같은데 뭘 그렇게 예의를 갖추다 못해서 넘쳐? 존댓말을 그렇게 하고 앉아 있는데 참 마음이 편하기도 하겠다. 그냥, 서로 말 놓고 편하게 이야기해! 너는 구 상병! 그리고 너는 진우야! 이렇게 불러! 나중에 목숨이 왔다 갔다 할 때도 존칭 쓸래? '구 상병님! 여기 좀 쏴 주시겠습니까? 부탁드리겠습니다!' 이럴 거냐? 참 효율적이기도 하겠다. 안 그러냐? 너도 그게 편하겠지?"

보안관은 구 상병에게 물었다.

이 커다란 덩치를 보라. 온몸의 근육이 티셔츠를 뚫고 나올 것 같은 압도적인 피지컬. 안 그렇다고 대답하면 곧바로 팔을 꺾을 것 같은 이 기세!

구 상병은 자기도 모르게 고개를 끄덕였다. 물론 그러면서도 도무지 이해는 안 됐다. 대체 무슨 요원이기에 존댓말을 금기시하는 문화가 다 있는 걸까…….

보안관은 마음에 든다는 듯 손을 내밀어 악수를 청하고 구 상병에게 말했다.

"진우, 저 새끼 솜씨에 쫄 거 없어. 어차피 저놈이 아무리 살 쏴 봐야 혼자서는 이 좀비들 다 못 죽여. 그러니까 도와준다는 마음으로 쏘라고. 시험받는다고 생각하지 말고!"

"도와준다고? 내가? 이 구리고 구린 실력으로?"

구 상병은 진우와 보안관을 번갈아 보았다. 진우도 그 말에 동의한다는 표정을 지었다.

"네…… 아니, 응. 도와주는 거 맞아. 그러니까 마음 편하게 먹고 다시 쏴 봐. 좀비들은 계속 움직이지만 방향을 급하게 바꾸지는 않으니까 조준이 끝나자마자 바로 당기거나, 아니면 진행 방향으로 아주 약간 치우쳐서 쏜다고 생각하면 좀 더 잘 맞을 거야."

"알겠습니…… 알았어."

구 상병은 입을 꾹 다물고 다시 총구를 들었다. 유빈은 플래시를 움직이며 다시 그 머리 가죽 좀비를 찾았다. 놈은 쉘터 본관을 향해 이동 중이었다.

어둑한 플래시 광원 안에 놈의 모습이 잡히자, 구 상병은 놈의 속도에 맞춰 총구를 돌렸다. 그러고는 가늠자에 놈이 들어오자마자 방아쇠를 당겼다.

투투둑―.

세 발 중 한 발이 놈의 뒤통수에 꽂혔다. 빠른 속도로 걸어가던 머리 가죽 좀비는 목이 꺾인 채 앞으로 고꾸라져 버렸다. 다른 좀비들은 무심하게 놈의 시체를 밟고 걸어 다닌다.

"잡았어!"

구 상병은 자신도 모르게 큰 소리를 냈다. 가까운 거리의 좀비를 아홉 발이나 쏴서 겨우 쓰러뜨린 것뿐이지만, 진우의 기대와 칭찬에 부응했다는 게 기분이 좋았다.

뭔가 대단한 사격의 달인으로부터 가르침을 받고 실력이 한 단계 업그레이드된 것 같은 느낌도 조금 있다.

"좋아! 좋아! 잘했어! 그 느낌이야! 제대로 겨냥했는지 망설이는 단계 거치지 말고, 곧바로 한 박자 빠르게 당기는 거! 다시 한번 가자!"

"알았어!"

진우와 구 상병은 또래의 젊은이들답게 웃으며 함께 다음 목표를 정했다. 몇 차례의 비슷한 연습을 반복하고 나서 진우는 황 일병을 불렀다.

그 역시 처음에는 긴장감 때문에 조금 삐걱거렸지만, 추천받은 병사답게 점차 표적을 맞혀 나갔다.

"잘했어! 그런 식으로 하면 돼!"

진우는 두 병사를 계속 격려해 줬다. 원거리 핀 포인트 저격은 아직 무리겠지만, 어차피 전장은 이 쉘터 내부로 한정되어 있으니 이 정도면 충분히 전력으로 삼을 수 있다. 구 상병과 황 일병의 표정도 한결 밝아졌다.

"자, 지금부터 우리가 함께할 일은 이거야! 저기 저 외부 계단 보이지? 여기에서 거리는 55미터 정도야."

진우는 자신의 K-2에 부착된 플래시로 쉘터 본관 옥상의 외부 계단을 비췄다. 주변 건물에서 다 보이는 위치에 있기에 아까부터 계속 그가 신경을 써 온 곳이다.

그런 후, 진우는 계단을 따라 플래시를 아래로 내렸다. 때마침 근처를 지나는 좀비가 몇 마리나 있다.

"저기는 문이 없으니까 좀비들을 못 막아. 그러니까 저 건물로 실탄을 전달해 주기 전까지는 우리가 지켜 줘야 돼. 서로 교대해서 플래시를 비춰 주고, 계단을 오르기 전에 미리 잡아 줘. 교전 수칙이라고까지 할 건 없지만, 세 발 이하를 사용해서 한 마리를 잡는 걸 목표로."

진우는 유빈이 들고 있던 플래시와 총 네 개의 예비 탄창을 황 일병에게 넘겨 줬다. 구 상병이 물었다.

"쏘라고? 지금?"

"음, 그래. 아무 때나 쏴도 돼. 따로 보고할 필요 없어."

진우의 말을 들은 두 병사는 고개를 끄덕이고 사격할 지점을 찾아 이동했다. 진우는 그제야 좀 휴식을 취할 수 있었다.

박 소위를 사살할 때부터 지금까지 쉼 없이 혹사해 온 어깨와 손가락, 그리고 눈이 어지간히 피곤하다. 그런 사실을 잘 알기에 친구들은 굳이 진우의 휴식을 방해하지 않았다.

탕— 탕— 투투둑—.

두 병사는 서로 플래시를 비춰 가며 사격을 시작했다. 그들의 총소리를 들으며 진우는 잠시 눈을 감았다. 오랜만에 다른 병사들과 이야기를 나눴다는 게, 그리고 서로에게 의지하게 될 거라는 게 진우로서는 기분 좋은 경험이었다. 자연스럽게 이 병장과 김 상병이 떠올랐다. 가슴이 아리다.

툭— 툭—.

아주 얕게 깜빡 잠이 들었던 진우가 눈을 뜬 건, 얼굴에 떨어진 차가운 빗방울 때문이었다.

툭— 툭— 투두둑—.

쏴아아아—.

한두 방울씩 떨어지던 빗방울은 점점 더 거센 기세로 퍼붓기 시작했다. 진우의 눈동자가 흔들린다.

왜?

왜 모두 몰살당했던 그때와 이렇게 똑같아지는 거지? 심지어 날씨까지도…….

"아…… 안 돼."

진우는 신음하듯 앓는 소리를 내며 얼굴을 감싸 쥐었다. 주변의 사람들이 갑자기 쏟아지는 비에 당황해하며 분주하게 움직이고 있는 동안에도 그는 돌처럼 굳은 채 앉아 있었다.

이 공교로운 때에 갑자기 퍼붓기 시작한 비 때문에 삼척 원전에서의 그날 밤이 너무도 생생하게 되살아난 탓이다.

그때와 너무도 유사한 상황이다.

원래는 다른 길로 가려던 동료들, 하지만 누군가를 구하기 위해 싸움에 뛰어들었고…….

정신을 차리고 보니 진퇴양난의 상황에 빠져 있었다.

눈을 똑바로 뜰 수도 없을 만큼 쏟아지던 폭우, 그리고…….

포위, 발악, 희생, 죽음, 몰살…….

부정적인 단어들이 끝도 없이 떠오른다.

이래서…… 이래서 모르는 사람들의 일에 얽히고 싶지 않았던 건데…….

심장은 빠르게 두근거리고 머리 저 안쪽에서 자신의 것이 아닌, 익숙한 목소리가 킬킬대는 소리가 들려오는 것만 같다.

'크크크크…… 크크크……'

기억난다…… 이 목소리…… 삼숙이를 만난 이후로 들려오지 않았던 또 다른 자아……. 그 얄미운 놈이 자신을 비웃고 있다.

"야! 진우야! 왜 그래? 어디 아파?"

탄창과 총이 든 가방들을 이중, 삼중의 비닐로 덮고, 그 위에 다시 다른 가방들을 덮어 놓고 있던 유빈이 깜짝 놀라 뛰어왔다.

"아…… 아니……."

진우는 가쁜 호흡 때문에 제대로 말을 잇지 못했다. 녀석의 얼굴을 보기가 미안해진다.

자신 때문에…… 근처의 모든 사람들에게 죽음을 가져오는 자신 때문에 공연히 친구들까지도 위험에 빠뜨리게 된 것 같아서 강한 죄책감이 밀려온다. 그리고 점점 숨이 차 온다.

"정신 차려! 숨 좀 크게 들이쉬어 봐!"

유빈은 진우의 배낭을 벗기고, 녀석의 등짝을 두들겼다. 안색은 딱 목에 음식이 걸린 사람처럼 파랗게 질렸는데, 지난 몇 시간 동안 먹은 거라고는 물뿐이다.

"그 자세가 아니야! 눕혀! 과호흡이구만!"

태권 소녀가 진우를 안아 천천히 바닥에 눕도록 했다. 그러고는 보안관에게 허리를 굽히고 머리맡에 앉으라고 해서 인간 우산의 역할을 시켰다.

"하아! 하아! 하아!"

진우는 친구들의 걱정스러운 얼굴을 보면서 계속 빠르게 숨을 들이쉬었다.

그런데도 산소량이 부족하다! 이러다가는 질식할 것만 같다.

"아니야! 좀 천천히 쉬어! 너 지금 엄청 빨리 호흡하고 있어!"

머리맡에 앉은 태권 소녀가 진우의 어깨를 다독거린다. 진우는 그녀의 말을 이해할 수 없었다.

이렇게 숨이 막히는 것 같은데…… 여기에서 더 천천히 숨을 들이쉬라고?

진우가 말을 듣지 않자, 태권 소녀는 자신의 두 손을 둥글게 모아서 진우의 코와 입 주변을 마스크처럼 감쌌다.

"그러면…… 죽을 것 같은데……."

삼식이가 걱정스럽게 말했다. 태권 소녀는 고개를 저었다.

"아니야! 그런 거 아니니까 일단 애 허리띠부터 풀어 줘! 저 조끼도 좀 풀어 버리고!"

유빈이 진우의 허리띠와 전술 조끼의 연결 고리를 풀어 줬다. 자신의 손바닥 안에서 헐떡이고 있는 진우를 향해 태권 소녀는 부드럽게 말했다.

"코로 들이마시고 입으로 내쉬어. 입 모양을 이렇게…… 이렇게 오므려서 천천히 내쉬어. 해 봐, 진우야. 할 수 있어. 후우~ 흐음, 후우~."

진우는 불안한 눈동자를 굴리며 그녀의 지시를 따랐다.

흐음~ 코로 숨을 들이쉬자, 태권 소녀의 체취와 온기가 느껴진다.

"옳지, 잘했어! 천천히…… 이제 입을 오므리고 천천히 내쉬어. 입술을 이렇게!"

태권 소녀는 아주 능숙하게 진우를 리드했다. 유빈은 그런 상황에서도 이 광경이 사람들의 주의를 끌까 봐 두려워서 제니와 함께 시선을 가렸다.

다른 사람이 다 무너지는 모습을 보여도 진우만은 안 된다. 지금 가뜩이나 절망에 빠져 있는 사람들에게 희망의 영웅이 무너지는 걸 내보이면, 분위기는 걷잡을 수 없어진다.

유빈은 뒤를 힐끔 돌아보았다. 이쪽을 향한 시선은 그다지 눈에 띄지 않는다. 비가 내리는 밤이니까 멀리에서 보면 그저 모두 둘러앉아 이야기를 하는 것처럼 보일 것도 같았다.

"잘하고 있어. 이제 그렇게 몇 번만 더 하자."

 태권 소녀는 진우와 눈을 마주 보며 천천히 고개를 끄덕였다. 진우의 호흡도 그녀의 끄덕임에 맞춰 차츰 진정되어 갔다.

"하아~ 고마워……. 이제 진정됐어."

 진우는 태권 소녀의 손을 두드리며 힘없이 중얼거렸다. 태권 소녀는 진우의 두 볼을 가볍게 쓸어 주고 나서 손을 뗐다.

"후우~ 진짜 무서웠어요. 진우 오빠 어떻게 되는 줄 알고…… 그리고 혜주 언니 정말 멋있어요."

 제니가 안도의 한숨을 내쉰다. 유빈도 남몰래 흘렸던 진땀이 한 바가지는 될 것 같다. 이 상황에서 진우가 덜컥 쓰러지기라도 하면…….

 어휴, 그건 생각하기도 싫은 일이다.

"근데 왜 이런 거야? 과로해서 그런가?"

 넓은 등으로 진우의 얼굴에 쏟아질 비를 막아 주고 있던 보안관이 태권 소녀에게 물었다.

"몸에 이상이 있을 수도 있지만…… 얘가 전에도 이랬어?"

"아니…… 가진 거라고는 몸뚱이 하나밖에 없던 놈이 그래서야 어떻게 밥 벌어먹고 살았겠어. 이러는 거 처음 봐."

"그럼 스트레스 때문인 것 같은데……. 매일 운동하는 애들도 큰 시합 나가기 전에 갑자기 이러는 거 가끔 보거든. 말하자면 머리가 너무 복잡해져서 호흡하는 요령을 까먹는 거야."

"그런데 입은 왜 꽉 틀어막았어?"

 이번엔 삼식이가 물었다. 태권 소녀는 손바닥을 다시 모아 들어 보였다.

"이 손바닥 안에 공간 있어, 이 바보야! 자기가 뱉은 숨을 다시 들이쉬라고 그러는 거야. 자꾸 산소를 너무 많이 마시려고 그래서 생기는 문제거든."

"그런 것도 다 있구나……. 처음 들어 본다…… 하아~."

 겨우 제정신을 찾은 진우는 일단 바지부터 제대로 갖춰 입었다.

세상에…… 이 나이 먹고 이렇게 많은 사람 앞에서 허리띠를 풀고 지퍼를 내린 채 누워 있게 되리라고는 상상도 못 해 봤다.

일어나 앉은 진우는 친구들의 얼굴을 돌아보았다. 가빴던 숨은 정상으로 돌아왔지만, 여전히 그들을 둘러싸고 있는 불안함은 사라지지 않았다. 다들 왜 갑자기 진우가 쓰러진 건지 궁금해하는 눈빛이다.

"사격을 너무 많이 해서 스트레스가 과했나 보다. 하긴 우리가 무심했지. 한 방도 놓치면 안 되는 걸 계속 쏘게 내버려 뒀으니…… 있지, 내일은 네가 좀 덜 쏘는 방향으로 갈게."

유빈이 말했다.

아, 아니야, 그런 게…… 너희를 위해서라면 하루 종일도 방아쇠를 당길 수 있어…….

진우는 천천히 손사래를 치고 솔직하게 이야기를 시작했다. 다른 핑계를 둘러대 봐야 공연히 친구들을 더 불안하게만 만들 것 같아서였다.

"……내가 삼척 원자력 발전소 무너진 날 도망쳤다고 했었잖아……. 우리 대대에서 나 혼자만 살아남았다고……."

"응, 들었지. 그런데 갑자기 그 이야기는 왜?"

"그때랑 지금이 너무 비슷해서…… 그게…… 갑자기 숨이 꽉 막히는 것 같았어. 그때, 우리 분대끼리 달아나려면 얼마든지 달아날 수 있었거든. 실탄도 훔쳤고, 차량에, 개인 화기에…… 근데, 갑자기 한 사람을 만났어. 그 사람이 제발 도와달라고 하는 걸 뿌리칠 수가 없었지."

아인슈타인…… 그를 만나지 않았더라면 적어도 그날만큼은 분대원 중 아무도 죽지 않았을 것이다. 하지만 일단 이야기를 듣고 나니 도저히 개입하지 않을 수가 없었다. 오늘 고 하사를 만났던 것처럼 말이다.

진우는 친구들에게 차분히 자신의 감정을 이야기했다. 그날과 오늘이 얼마나 닮았는지를…… 막 퍼붓기 시작한 이 비까지도…… 완전히 복사해 놓은 것 같은 상황이라고…….

"그래서…… 무서워진 거야. 운명이 나를 가지고 장난치는 것까지는 좋은데…… 나 때문에 너희들까지 죽게 만들까 봐서…… 그게 무서웠어. 유빈이가 걱정하는 얼굴을 보자마자……."

"하! 지랄!"

보안관이 허탈하게 웃으며 진우의 말을 끊었다. 그러고는 갑자기 진우의 어깨를 주먹으로 팍, 쳤다.

"아!"

진우는 어깨를 감싸 쥐며 가벼운 비명을 질렀다. 그러자 이번에는 태권 소녀가 보안관의 등짝을 손바닥으로 후려갈겼다.

"앗, 따가워! 이 계집애!"

보안관도 비명을 지르며 인상을 찌푸렸다. 태권 소녀는 그의 어깨를 한 차례 더 주먹으로 때리며 타박을 했다.

"왜 조금 전까지 숨도 못 쉬던 애를 때려!"

"바보 같은 소릴 하니까 그러지! 운명?"

보안관은 진우의 어깨를 잡고 멀리 어둠 속의 좀비들을 가리키며 말을 이었다.

"야, 저거 봐. 저기 천 명도 넘는 좀비들은 대체 무슨 죄를 지었기에 저렇게 좀비가 되는 운명을 타고난 거냐? 응? 저것들이 저렇게 된 건 그냥 이빨이 박히기 전에 피하지를 못해서 그런 거야. 운명? 운명 좆 까라 그래! 그런 건 안 믿는다고! 제니랑 나랑 만난 거 말고는 세상에 운명 같은 건 없어! 그런 것 때문에 무서워하지 말라고!"

"그만 소리 질러! 사람들 구경거리가 되고 싶어?"

태권 소녀가 옆구리를 한차례 가격하고 나서야 보안관의 열변은 끊어졌다.

"이 계집애가 아까부터 진짜!"

근접 타격전의 두 괴물이 서로 티격거리는 걸 보고 있노라니, 심란했던 진우조차도 헛웃음이 터졌다.

"그때랑 달라."

유빈이 제니와 함께 옆으로 다가와 조용히 말했다.

"그때는 우리랑 같이 있지 않았잖아. 이번에는 네가 이기는 거야."

"그래요. 그때는 저도 없었잖아요. 미래의 미녀 명사수. 엄청난 차이라고요."

제니가 수건을 내려 얼굴을 보이며 윙크를 해 준다. 진우는 미소를 지으면서 고개를 끄덕였다. 하지만 마음속에 불안이 완전히 가신 건 아니었다.

'아니…… 사실 너는 있었어, 제니야. 그것마저도 똑같아. 포스터 속에서 빨간 치어리더 복장을 하고 있었지……. 우리 분대원들이 매일 키스를 날리고 작업하러 나갔었는데…….'

진우의 머릿속에 다시 불길한 기분들이 차오른다. 하지만 이건 부끄러워 차마 말할 수 없다.

"진정됐으면 좀 쉬고 있어."

삼식이와 유빈이 진우의 어깨를 두드리고 가방 쪽으로 돌아간다. 두 사람이 떠나고 난 뒤에도 잠시 진우와 마주 보고 앉아 있던 제니가 그의 손을 꼭 잡고 차분하게 말했다.

"……만약 이게 오빠가 말하는 그…… 운명이라고 해도, 저는 이편이 더 좋아요. 그래서 고맙고요. 진우 오빠가 그날 한강에서 우리를 구해 주지 않았다면, 제 인생은 훨씬 비참하게 끝났을 거예요."

진우의 손을 한 번 꼭 쥐었다가 놓은 제니는 다시 수건으로 얼굴을 가린 채 친구들의 곁으로 뛰어갔다. 가방이 젖지 않도록 애를 쓰는 그들의 모습을 보고 있으니 가슴이 훈훈해지는 것 같았다.

'이 자식들, 진짜…… 존나 멋지단 말이지.'

진우는 빗물을 터는 척하며 고개를 저어 불길한 기분들을 털어 버렸다. 보안관의 말이 맞다. 이빨을 피하고 총알을 먼저 박으면 이길 수 있다. 운명 같은 건 그냥 엿이나 먹으라고 하면 된다.

'그건 그렇고, 아까 그 병사들은…….'

진우는 시선을 돌렸다. 구 상병과 황 일병은 퍼붓는 비에도 아랑곳하지 않고 셸터 본관을 향해 플래시를 비추고 총구를 겨누는 데 집중하고 있었다. 조금 전 익힌 요령을 잊게 될까 봐 두려운 사람들처럼 열심이다.

'내일은 훨씬 나아지겠군.'

단발로 끊어 쏴 보려는 그들의 시도를 보면서 진우는 조금 더 안심할 수 있었다.

그래…… 그때랑은 달라질 수 있다. 이번엔 이긴다.

Chapter 72
1+700 VS. 1,200

01

비는 밤새도록 그치지 않았고, 그래서 새벽은 더디게 왔다. 물론 아무도 편히 눈을 붙이지 못했다. 밤새도록 쏟아지는 비를 맞느라 옥상의 생존자들은 더욱 지친 채 아침을 맞았다.

그래도 한 가지, 비가 가져온 긍정적인 효과라고 하면 아무도 더 이상 갈증에 허덕이지 않게 되었다는 점이다.

사람들은 바짝 말라 있던 입술을 벌린 채 떨어지는 빗방울을 마셨고, 병사들은 수통과 하이바에 빗물을 받았다. 옥상에 물탱크가 있는 건물에서는 물탱크의 뚜껑을 열어 두었다. 이걸로 적어도 하루 이상의 시간은 번 셈이다.

"아우, 마시니까 시원하기는 한데…… 좀 찜찜하다. 이거, 괜찮을까?"

삼식이는 두 손에 받은 빗물을 마시면서 고개를 갸웃거렸다. 보안관과 유빈도 얼굴을 타고 흐르는 빗물을 혀로 핥아 먹어 봤다.

"괜찮지 않을까? 먼지 냄새 같은 것도 거의 안 나고."

유빈이 대답했다. 삼식이는 의외라는 표정을 지었다.

"예전 우리 복지 센터에 있을 때, 빗물 못 마시게 한 게 넌데? 더러운 게 잔뜩 섞여 있어서 배탈 날 거라고 하면서."

"그때랑 지금이랑은 또 다르지. 지금은 자동차도 안 움직이고, 공장도 안 돌아간 지 벌써 한 달이 넘었잖아. 그사이에 비도 무지하게 왔고. 어쨌든 일부러 너무 많이 마시지는 마. 그보다, 이제 슬슬 시작할까? 훤해졌으니까?"

유빈이 말하자, 보안관이 고개를 끄덕이며 고글을 썼다. 해머를 머리 위로 치켜든 보안관은 힘차게 아래로 내리찍었다.

쿠웅—!

해머가 시멘트를 부수는 소리가 크게 울린다. 첫 번째 타깃으로 점찍은 것은 버섯처럼 옥상 여기저기 튀어나와 있던 공조탑들이다.

보안관의 익숙한 해머질이 몇 번 반복되자, 공조탑들은 이내 시멘트 덩어리와 벽돌 조각, 쇳덩어리들로 해체되어 버렸다. 보안관은 위치를 바꿔서 두 번째 공조탑을 박살 내기 시작했다.

"뭐야? 무슨 소리야?"

쿵쿵거리는 소리가 반복되자, 주변 건물 옥상의 사람들이 관심을 보이기 시작했다. 그건 좋은 신호다. 일단 시선을 집중시킬 필요가 있다.

"다른 건물 사람들이 흉내를 내려고 해도 이렇게 시멘트나 콘크리트를 때려 부술 수 없을 텐데…… 해머가 없잖아."

고 하사가 걱정스럽게 물었다. 삼식이가 에어컨 실외기를 가리키며 말했다.

"할 마음만 있으면 저걸로만 계속 내리찍어도 될걸요? 워낙 여러 명이니까 힘은 충분해요. 물론 시간은 좀 걸리겠지만…… 에, 그리고 저런 쇠로 된 난간 있잖아요. 저런 것도 여러 명이 한꺼번에 몸무게를 실어서 당기면 빠져요. 저걸 빼서 휘둘러도 되죠."

삼식이의 말을 들은 고 하사와 강 소위는 주변을 둘러보았다. 옥상 한쪽에 놓여 있는 고정식 긴 의자. 부숴서 쇠로 된 기둥만 떼어 낸다면 정말로 연장으로 쓸 수 있을 것 같다. 그리고 옥상 정원을 꾸미기 위해 장식된 큰 돌들…….

그런 식으로 어느 건물이나 한두 개 정도는 연장 대신 사용할 수 있는 게 존재한다. 물론 때려 부술 난간도 존재한다.

"어디…… 한번 던져 볼까?"

해머를 내려놓은 보안관이 커다란 시멘트 덩어리를 두 손으로 들어 올렸다. 유빈이 얼른 만류한다.

"아니, 보안관. 그거 너무 크다. 혹시라도 사람들이 네 흉내 내다가 돌이랑 같이 떨어질라. 그냥 좀 한 손으로 던질 수 있을 만한 거, 그런 거 찾아봐."

"흠, 그런가?"

보안관은 시멘트 덩어리를 바닥에 또 내리꽂았다.

쿠웅―.

조각조각 난 시멘트 덩어리들은 한 손으로 던질 수 있을 만큼 작아졌다. 어린애 머리통만 한 덩어리를 들고 가볍게 위로 던져 올렸다 받기를 반복하며 난간으로 다가간 보안관은 아래쪽의 좀비를 향해 힘껏 내던졌다.

뻐억―.

엄청난 기세였지만, 머리통을 맞히진 못했다. 시멘트 덩어리를 맞고 다른 놈들 쪽으로 밀려났던 좀비는 다시 일어났다. 쇄골이 박살 나 버린 놈의 오른팔은 아래쪽으로 축 늘어져 있다.

"아이, 진짜……."

보안관은 혀를 끌끌 차며 두 번째 덩어리를 집어 들었다. 이번에는 조금 더 던지기 좋은 모양의 것을 골라서 겨냥도 신중하게 했다. 그러고는 힘차게 어깨를 돌려 집어 던졌다.

빠악―.

두 번째 시멘트 덩어리는 명중했다. 두개골이 뒤로 확 꺾이며 목이 부러져 버린 좀비는 한 발짝을 더 내딛다가 맥없이 고꾸라진다. 이 원시적인 싸움의 첫 번째 승전보다.

"좋아!"

"나도 간다!"

미리 입을 맞춰 뒀던 대로 고 하사, 그리고 몇 명의 병사들은 큰 소리로 환호를 하면서 잇달아 시멘트 덩어리를 아래쪽으로 집어 던졌다.

휘이익— 퍼벅—.

빗속을 가르고 날아간 시멘트 덩어리들은 대부분 좀비에 명중했다. 보안관처럼 일격에 좀비를 죽이지는 못했지만, 쓰러지는 놈이 몇이나 나왔다.

"오오~!"

주변 건물 옥상에서 들려오는 감탄사에 무덤덤한 척하면서, 모두는 다시 한 번 힘차게 시멘트 덩어리를 집어 던졌다.

퍼버벅—.

또 한차례 둔탁한 소리가 울리고, 어딘가가 박살 난 좀비들의 수가 늘어간다. 자빠져서 다른 놈들에게 밟히는 좀비들도 있다.

명중시키기 위해 특별히 빼어난 투구 감각이 필요한 것도 아니었다. 발아래 주차장은 이미 물 반, 고기 반의 상황. 좀비들로 빼곡하게 들어차 있기 때문에 그냥 땅을 때리기가 더 어려울 지경이다.

"으라앗차!"

보안관은 결국 큰 대포의 유혹을 이기지 못하고 10킬로그램은 족히 넘을 커다란 덩어리를 들고 와서 머리 위로 들어 올렸다가 두 손으로 힘껏 내던졌다.

퍼격—!

서너 마리의 좀비 머리를 동시에 때린 시멘트 덩어리가 반으로 쪼개진다. 물론 놈들의 대가리라고 해서 그 충격을 받고 멀쩡할 리가 없다.

한 번에 여러 마리를 잡은 보안관이 과장되게 어퍼컷을 날리며 환호했다.

"봤지! 이 개새끼들아! 너희는 다 죽었어!"

그리고 또 병사들의 돌팔매가 이어졌다. 꼭 머리를 단방에 박살 내지 않아도 된다. 어딘가의 뼈 하나만, 특히 하체의 뼈라도 하나 부러뜨릴 수 있다면 그게 다 고스란히 이쪽의 득점으로 쌓이게 된다.

"저 사람들도 슬슬 달아오르는 것 같은데?"

진우가 주변을 돌아보며 말했다. 모두들 숨을 죽인 채 수감자 숙소의 옥상에서 벌어지고 있는 이 원시적인 폭력의 향연에 집중하고 있다. 잊고 살았던 폭력적인 본성에 불을 지피기 충분한 구경거리다.

쿵―! 쿵―!

보안관이 돌팔매에 몰두하고 있는 동안 삼식이와 유빈이가 번갈아 가며 해머를 휘둘러서 장식용 화강암들과 북쪽 방향의 난간을 쪼갰다.

"나도…… 나도 도울게요! 가져다 나르는 건 할 수 있어요!"

가만히 지켜보고 있던 민간인들이 나서서 유빈이와 삼식이가 부순 난간 조각들을 옥상 반대편으로 들어다 줬다. 처음에는 두어 명이, 이내 열 명 이상의 인원들이 운반 작업에 동참했다.

"고맙습니다!"

고 하사와 병사들은 난간 조각들을 집어 들며 큰 소리로 인사를 했다. 유빈이 원하던 대로 점점 더 많은 사람들이 이 일에 동참하게 되었다는 게 신기하면서도 기쁘다.

"으라아앗차!"

병사들은 힘찬 기합 소리와 함께 난간 조각들을 아래로 집어 던졌다. 하나하나씩, 쓰러지는 좀비들이 나올 때마다 주변의 환호성은 더 커진다.

"분위기 꽤 올라갔네. 그럼 우리가 더 뜨겁게 해 줘 볼까?"

진우는 구 상병과 황 일병을 돌아보며 말했다. 두 병사는 눈빛을 번뜩이며 고개를 끄덕였다. 지난밤 동안 초초일류로부터 개인 트레이닝을 받았다는 자신감이 온몸에서 뚝뚝 묻어 나온다.

철컥―.

돌팔매질조로부터 떨어져서 나란히 선 세 명은 탄창을 끼우고 같은 방향을 겨누며 기다렸다. 이윽고 두 번째 돌팔매가 시작되자, 셋은 일제히 방아쇠를 당겼다.

뻐벅―.

탕, 탕, 탕— 탕, 탕, 탕—.

돌에 맞는 좀비들과 총에 맞은 좀비들이 동시에 쓰러지자, 시각적 효과는 몇 배나 커졌다. 구경하는 사람들의 환호가 우레처럼 크게 울린다.

"좋아! 잘하고 있어!"

진우는 상기된 얼굴의 두 병사를 칭찬해 주고, 다시 방아쇠를 당겼다.

타앙—.

그의 총알은 언제나처럼 빗나가는 법이 없이 좀비의 머리를 박살 냈다. 눈가로 흐르는 빗물을 닦아 내며 진우는 웃었다.

운명을 엿 먹여야 끝이 나는 이 긴 싸움은 이제 막 본편이 시작된 참이다.

처음 몇 차례의 돌팔매 이후, 강 소위는 확성기를 들었다.

"전 분대원에 알린다! 현재 본 건물에는 충분한 실탄이 있다! 기회가 생기면 그것을 각 건물에 반드시 전달해 줄 것이다! 다만, 그러기 위해서 몇 가지 사전 작업을 해야 한다!"

그런 후, 강 소위는 각 건물의 옥상에 피신해 있는 병사들에게 명령을 내렸다. 옥상에 연장이 있는 경우에는 그것을 사용하고, 연장이 여의치 않을 경우에는 주변의 물건을 적극적으로 활용하여 건물의 난간이나 기타 파괴 가능한 부분을 부수라는 명령이었다. 자신감을 심어 주는 말도 덧붙였다.

"좀비들의 수를 줄여서 실탄을 전달할 수 있게만 되면 이 싸움은 머지않아 우리의 승리로 끝이 난다! 공성전은 원래 지키는 쪽이 압도적으로 유리하다! 단단한 성은 열 배 규모의 적도 패퇴시킬 수 있는 힘이 있다! 우리는 지금 현대 건축물이라는 단단한 성의 위에 굳건하게 버티고 섰다! 하물며 저 좀비들에게는 전략이라는 것도 존재하지 않는다! 질 수 없는 싸움이다!"

강 소위의 말을 들은 병사들의 얼굴이 조금 상기되었다. 속수무책으로 도망왔다고 생각했었는데, 그걸 공성전으로 표현해 주니 뭔가 훨씬 유리해진 기분이 든 것이다.

확실히 좀비들은 발밑에 모여 있고, 그들은 높이에서 우위를 점하고 있기는 하다. 조금이기는 하지만, 마음 한구석에 해보자는 의욕과 용기가 생겼다.

"허, 강 소위님…… 진짜입니까?"

확성기를 내려놓은 강 소위에게 고 하사가 물었다. 강 소위는 무슨 말인지 모르겠다는 표정을 지었다.

"진짜냐니? 뭐가?"

"농성을 하면 10 대 1도 이긴다는 이야기 말입니다. 몰랐습니다. 그 정도로 유리합니까?"

"아, 그거…… 나도 말하면서 좀 아리까리하더라. 10 대 1이었던 것도 같고, 3 대 1이었던 것도 같고…… 세부적인 숫자는 정확하지 않은데, 하여간 그런 말이 있기는 해. 뭐, 이왕이면 10 대 1이라고 하는 편이 듣기에 더 낫잖아. 지금 우리 상황도 민간인 빼면 좀비 대 병사들 비율이 대충 그 정도인 것 같고."

강 소위는 다시 달변의 혓바닥으로 돌아와 뻔뻔한 얼굴로 대꾸했다.

이미 시작된 싸움이니까 최대한 병사들의 기를 살릴 수 있는 방법을 찾아야 한다. 그게 구라를 쳐서 될 수 있는 거라면, 100번이라도 쳐 줄 용의가 있다.

"단단한 물건? 뭐가 있지? 야, 찾아봐."

명령을 받은 주변 건물의 병사들은 곧바로 행동에 돌입했다. 병사들은 자신의 주변을 둘러보다가 좀 무겁고 단단하다 싶은 물건들을 찾아내서 연장으로 사용하기 시작했다.

옥상 창고에서 운 좋게 곡괭이 자루라도 하나 발견한 쪽에서는 그걸로 비에 젖은 난간을 후려쳤고, 그나마도 없으면 여럿이 체중을 실어서 물탱크 탑을 보호하는 철책과 사다리를 잡아 뜯었다.

"거기, 같이 잡아! 셋에 내려친다! 하나! 둘! 셋!"

커피 자판기를 양쪽에서 잡은 병사들이 화단 벽을 두들겨 부수고, 다른 건물에서는 뜯어낸 쇠파이프로 난간을 때렸다.

쿠웅— 쿵— 쿵—.

주변 건물들에서 둔탁한 소리들이 점점 크게 울리기 시작했다. 바닥과 옥상 문을 제외한 모든 것이 파괴의 대상이 되었다. 창고도 부수고, 화단도 부수고, 공조 장치도 박살 낸다.

가장 적극적으로 나선 것은 체육관 옥상으로 도망가 있던 네 명의 병사였다. 좀비 밥이 되기 직전, 진우의 도움으로 또 한 번의 삶을 부여받은 기쁨은 의지와 용기로 분출되었다.

그들은 그늘막의 뼈대를 이루는 철제 파이프를 지렛대 삼아 지붕 패널을 뜯어내기 위해 안간힘을 썼다. 철제 패널 하나의 크기가 상당하기 때문에, 던져서 살상 무기로 써먹기에 충분하다.

타앙— 탕, 타앙—.

그들이 패널을 뜯어내는 동안 외부 계단에 근접해 오는 좀비들은 진우가 처리했다. 체육관 외부 계단 아래에 좀비들의 시체가 즐비하게 깔려 있지만, 저놈들은 도무지 포기라는 걸 모른다.

쿠웅— 쿵!

타앙, 탕, 탕—.

건대 쉘터 전체에 시끄러운 소리가 울려 퍼졌다. 기합 소리와 함께 활기도 조금씩 차오른다. 하지만…… 그 정도 노력과 힘만으로는 단단한 건물 난간을 부수는 게 쉽지 않았다.

그리고 민간인들은 아직도 딱히 동참하지 않고 있다. 그들은 조금 뒤로 물러난 채 군인들이 진땀을 흘리는 걸 바라보고만 있는 중이다.

"잠깐만 있어 봐, 유빈아. 잠깐 해머 내려놔 봐."

보안관과 태권 소녀가 슬쩍 다가와 말을 걸었다.

"응? 왜?"

비에 흠뻑 젖은 채 난간을 부수고 있던 유빈이 얼굴의 물기를 닦으며 물었다. 포클레인도 없이 생으로 철거 작업을 하려니, 정말 힘늘기는 어시산히 힘들다. 조금 전까지 해머를 휘두르던 삼식이도 지쳐서 손바닥을 주무르고 있다.

"아니…… 저 사람들 말이야, 여기 말고 다른 건물에 있는 민간인들."

보안관은 눈짓으로 다른 건물들을 가리키며 귀엣말을 건넸다.

"저 사람들…… 전혀 움직이는 기미가 없어. 유빈이 네 계획대로라면 지금쯤 저 사람들도 아무거라도 집어 던지기 시작해야 하는 거 아니야? 난간도 막 때려 부수고? 우리가 좀비들을 돌로 죽이기 시작하면 따라 할 거라며?"

유빈은 오른쪽의 의심 환자들 숙소부터 그 너머의 위험 환자들 숙소까지, 여러 건물 옥상 위에 늘어서 있는 민간인들을 살펴봤다.

보안관의 말처럼 그저 구경만 하고 있을 뿐이다. 바로 옆에서 군인들이 낑낑 거리고 있는데도 돕는 사람은 손에 꼽을 정도다.

그러니 건물 부수는 일의 진도도 기대보다 느리다. 20명이 힘을 합치는 것과 200명이 합심하는 건 완전히 다르다. 막연히 예상하고는 있던 일이지만, 직접 눈으로 보니 참 정나미가 떨어지기는 한다.

"그게…… 아직 너무 막연해 보여서 그래. 자기도 나서 보겠다는 생각까지는 안 드는 거야. '저런 식으로 해서 언제 천 마리 넘는 걸 다 죽이겠어? 저걸로는 답이 안 돼.'…… 뭐, 그러고 있는 거지. 워낙에 여기에서 계속 군인들 보호만 받던 사람들이니까 자기 힘으로 싸운다는 생각을 못 하는 거 아닐까?"

"그렇기는 하지만, 그럼 어쩌라는 거야? 가만히 보고만 있으면 그건 답이 되고? 강 소위 아저씨한테 확성기로 방송이라도 하라고 말해 볼까? '민간인 새끼들아, 너희들도 일해!' 이렇게 말하라고?"

보안관이 물었다. 유빈은 잠시 생각해 보다가 고개를 저었다.

"지금 억지로 시켜 봐야 조금 해 보다가 힘들어지면 안 된다고 다 손 놓을 거야. 자기들이 끓어올라서 해야 돼."

"젠장, 발밑에 좀비들이 저렇게 치받치고 있는데도 안 끓어오르면, 그게 대체 언제 끓어오르냐고! 어휴, 답답해."

보안관이 성질을 못 이겨서 가슴을 두드린다. 하긴 언제나 폭발할 준비가 되어 있는 이 녀석의 시각에서 보자면 분명 속 터지는 반응이기는 할 거다. 하지만 모든 사람들이 다 보안관 같을 수는 없다. 같아서도 안 된다.

"그냥 못 본 체하고, 좀만 더 힘 좀 써 봐. 좀비들 시체가 눈에 띄게 늘어나면 그때는 저 사람들도 '이거, 뭔가 되겠구나.' 하는 느낌을 받게 될 거고, 그러면 굳이 이쪽에서 시키지 않아도 자기 손으로 뭐라도 해 보려고 들겠지. 그것보다도 성적은 어때? 좀비들 잘 죽어?"

유빈은 보안관의 어깨를 두드려 격려해 주며 물었다. 보안관은 고개를 갸웃거린다.

"잘…… 죽는다고는 못 할 것 같은데? 지금까지 죽인 좀비들…… 거의 다 진우랑 저 군인 애들 둘이 총으로 쏜 거지, 돌팔매로 잡은 건 정말 손에 꼽을 만큼밖에 안 돼. 그게…… 머리통을 맞힌다는 것도 쉽지는 않지만, 그보다도 크기랑 무게가 중요해. 한…… 이 정도 크기는 돼야 한 방에 죽더라. 이것보다 작으면 그냥 대가리 가죽만 찢어 놓는 거야."

보안관은 허공에 두 손으로 백과사전만 한 크기의 네모를 그려 보였다. 하긴 해머 풀스윙과 비슷한 충격을 줘야 하는 것이니까, 아무리 4층 높이에서 던지는 거라고 해도 작은 벽돌 따위로는 어림도 없는 이야기이긴 하다.

"알았어. 너무 잘게 부수지 않도록 할게. 너도 너무 무리하지 말고 안전도 신경 써 가며 던져. 길게 가야 하니까. 지금은 저 사람들이 흥미를 보인 것만으로도 반은 성공한 거야."

유빈이 말했다. 진심이었다. 이렇게 극한 상황이 왔을 때, 서로 힘을 합친다는 건 결코 쉬운 일이 아니다. 자기 손바닥이 찢어져 피가 흐르는 걸 감수해 가면서 기꺼이 돌로 난간을 부숴 보겠다고 마음먹는 건 더 어려운 일이다.

그러니 이쪽에서 먼저 희망을 충분히 보여 줘야 한다. 조금만 더 노력하면 이길 수 있다는 걸 절감하게 해 줘야 사람들은 땀을 흘릴 것이다.

"일단 내가 제니랑 같이 열심히 돕는 척을 해 볼게. 그러면 저 인간들도 뭔가 느끼는 게 있겠지. 연약한 여자도 저렇게까지 하는데…… 뭐, 이런 생각 말이야."

태권 소녀가 의견을 냈다. 보안관은 제니가 거친 돌을 만져야 한다는 걸 영 마뜩치 않아 하는 눈치였지만, 어쩔 수가 없다. 유빈은 태권 소녀에게 자신의 가방을 가리켰다.

"그래 줄래? 그럼 내 가방에 목장갑 있으니까, 그거 꼭 끼고 해. 제니한테도 그렇게 하라고 하고. 아, 저기…… 그리고 힘들면 참지 말고 티를 팍팍 내는 것도 괜찮겠다."

"나는 그건 좀 자신 없지만, 제니한테 계속 비명 지르라고 그럴게."

"기다려! 내가 이걸 뜯어 줄 테니까, 이 쇠다리 가지고 가."

보안관은 유빈에게서 해머를 빼앗아 들고는 옥상에 고정되어 있던 긴 의자를 두들겨 부수더니 잡아 뜯었다. 그러고는 긴 의자에 붙어 있던 쇠기둥을 태권 소녀에게 넘겨주었다.

"천으로 두껍게 감싼 다음에 쥐어. 그래야 손 안 다친다."

"알았어. 보란 듯이 저쪽 난간을 때려 부수겠어."

태권 소녀는 보안관에게서 기둥을 받아 들고 제니 쪽으로 뛰어갔다. 잠시 후부터 제니와 태권 소녀는 번갈아 가면서 쇠기둥을 휘둘러 난간을 때렸다. 물론, 그녀들의 힘 정도로 대번에 깨지지는 않는다.

다만, 그녀들이 이를 악물고 비명을 질러 가며 노력하는 모습만은 다른 사람들의 눈에도 확실하게 보였다. 일부러 주변에서 잘 보이는 위치를 골라서 일을 시작했으니까.

"아악! 이씨!"

제니는 이따금씩 연장을 바닥에 집어 던지면서 비명을 질러 댔다. 손을 붙잡고 온몸으로 고통스러움을 표현한다. 그러면서도 악바리같이 포기하지 않고 계속 달려들었다.

"젠장, 이름도 모르는 새끼들을 위해서 왜 이렇게까지 해야 하는 건지 모르겠네. 정작 저놈들은 구경만 하고 있는데…… 아무래도 제니랑 혜주는 데려오지 말 걸 그랬어. 에휴, 마음에 안 들어."

적극적으로 나서지 않는 사람들에 대한 분노를 해머질로 풀고 있던 보안관이 이를 꽉 깨물며 고개를 저었다. 유빈이 그런 그를 달랬다.

"말은 그렇게 해도 네 성격에 도와주러 안 오고는 못 견뎠을 거야. 좀만 더 참고 봐줘."

"몰라, 젠장! 계속 이런 식이면 진우랑 다 데리고 우리끼리만 도망가 버릴 거야. 의지하는 것도 어느 정도여야지! 으라압!"

보안관은 성질을 삭이지 못해서 얼굴을 붉힌 채로 다시 해머를 들어 올렸다.

콰아앙—.

그의 난폭한 해머를 두들겨 맞은 난간이 날카로운 조각들로 부서져 나간다.

02

다른 옥상들의 민간인들이 동참하기 시작한 것은 그로부터 한 시간가량이 더 흐른 뒤부터였다. 제니와 태권 소녀, 그리고 삼식이가 손을 잡고 데려온 몇 명의 민간인 여자들이 보잘것없는 연장으로 마침내 난간을 깨는 데 성공을 하자, 구경하던 사람들의 눈빛도 바뀐 것이다.

"누구나 할 수 있어요! 계속 때리면 결국 깨져요!"

태권 소녀가 깨져 나온 시멘트 조각을 높이 들어 올리면서 외쳤다. 젖은 목장갑을 끼고 계속 난간을 두드리느라 그녀의 손은 물집이 잡히고 피가 맺힌 상태였다.

보란 듯이 천천히 앞으로 걸어간 태권 소녀는 시멘트 조각을 힘차게 내던졌다.

빠악—.

거칠고 날카로운 단면이 좀비의 얼굴을 때리고 지나가자, 시멘트 조각을 맞은 좀비의 코와 입술이 떨어져 나간다. 곧바로 제니가 던진 돌도 다른 녀석의 얼굴을 맞혔다. 그리고 또 다른 여자들이 던진 돌도 주변을 어지럽게 난다.

퍼걱— 퍽! 뻐걱—!

결국 커다란 시멘트 조각 하나가 좀비를 죽이는 데 성공했다. 목이 꺾여 쓰러지는 좀비를 보면서 태권 소녀, 제니, 그리고 함께 작업했던 여자들은 환호하며 하이파이브를 나눴다.

특히 민간인 여자들이 기뻐했다. 비록 이제 겨우 한 마리를 죽인 것이지만, 두렵기만 하던 좀비를 그들만의 힘으로 죽였다는 건 대단히 놀랍고도 흥분되는 일이었다.

그리고 이 장면은 주변 건물, 다른 민간인들의 가슴속에도 뜨거운 불을 지피기에 충분한 사건이었다. 여자들 몇 명이 하는 일을…… 자신들이라고 못할 것 같지가 않았다.

"도와줄게요! 좀 쉬어요!"

구경하고 있던 민간인들이 자발적으로, 혹은 분위기를 타서 동참하기 시작했다. 그들은 열심히 난간을 깨 벽돌을 잡아 던지고 있는 군인들의 자리를 대체했다.

그 옆의 건물에서도, 그리고 그 옆의 건물에서도…… 한번 번지기 시작한 분위기는 쉘터 전체로 확산되었다.

와드득—!

군인들이 다져 놓은 기틀 위에 수십 명이 한꺼번에 달려들어 힘을 보태자, 금방 효과가 나타난다. 도무지 뜯어지지 않을 것 같던 쇠파이프들도 떨어져 나왔고, 금조차 가지 않을 것 같던 시멘트 난간도 박살이 난다.

쿠우웅—!

커다란 난간 조각이 아래로 떨어져 내리면서 좀비들의 머리를 덮쳤다.

예상치 않았던 1승!

사람들은 환호했다. 그리고 그 환호와 더불어서 열기도 더 높아진다.

"참…… 발동도 더럽게 늦게 걸리는 놈들이구만."

한참 애를 먹인 뒤에야 겨우 동참하는 다른 건물 민간인들을 보며, 보안관은 혀를 끌끌 찼다. 그래도 어쨌든 이제는 내버려 두고 도망가야겠다는 생각까지는 안 든다.

"으랏차아!"

보안관은 커다란 시멘트 덩어리를 두 손으로 들어 올렸다가 힘껏 내던졌다. 보통 사람들이 던지는 돌팔매보다 두 배가량 빠르게 날아간 시멘트 덩어리는 붙어 있던 좀비들을 두 마리나 동시에 끝장내 버렸다.

"이야아! 으와아아!"

주변의 건물 여기저기에서도 사람들이 돌과 쇠파이프 따위를 계속 집어 던진다. 대형 강철 패널이 대각선으로 날아가 좀비의 정수리를 찍었다.

수감자 숙소 한 군데에서만 투석했을 때와는 비교도 안 될 만큼 많은 돌 조각들이 사방으로 날아다니고, 그에 비례해서 대가리가 터진 채 쓰러지는 좀비들의 수도 늘어 간다.

"후후후, 이거 예상보다 더 좋은데? 한 사람이 한 마리씩은 못 죽인다고 해도 다섯 사람이 하나는 죽일 수 있을 것 같아. 아니…… 몇 시간 더 하다 보면 정말로 1인 1킬 시대가 오는지도……."

어지럽게 쏟아지는 돌 조각을 보고 사람들의 함성을 들으면서 강 소위는 만족한 미소를 지었다.

"뭐…… 그러면 좋겠지만, 그렇게까지 큰 성과는 내지 못하더라도 저렇게 이를 악물고 싸우기 시작한 건 좋은 거예요. 항상 싸움에 대한 생각을 하고 있게 될 테니까요."

해머를 삼식이에게 넘기고 잠시 숨을 돌리고 있던 유빈이 말했다. 수감자 숙소는 다른 건물에 비해 사람들의 수가 유난히 적기 때문에 그만큼 한 사람이 해야 하는 일의 양도 많다. 강 소위가 유빈을 바라보며 고개를 끄덕인다.

"그래, 맞는 말이야. 어쨌든 간에 사람들 마음에 이만큼 불을 질러 놓았으니, 자네들은 이제 뒤로 빠져서 잠시 쉬어. 어제부터 지금까지 계속 몸을 혹사

했잖아."

"특히 저 진우라는 친구 좀 쉬라고 해. 저러다가 덜컥 쓰러질까 봐 무섭구만."

김 중사도 강 소위의 의견에 동의하며 존경이 가득 담긴 시선을 진우 쪽으로 돌렸다. 진우는 아직도 두 병사와 함께 죽어라 방아쇠를 당기고 있는 중이다.

그가 한 번 총구를 겨냥했다가 멈추는 순간, 한 마리씩의 좀비가 죽어 나간다. 어제부터 계속 함께 연습한 두 병사도 이제 꽤나 실력이 나아졌다.

"으아아아! 죽어라! 이 개새끼들아!"

어느 건물인가에서 돌을 내던지며 저주가 가득한 기합을 내지른다. 그리고 사방에서 날아드는 시멘트 조각.

명중되는 비율은 높지 않지만, 그래도 한차례 돌무더기의 비가 쏟아지면 결국 몇 마리씩은 죽어 자빠지는 좀비들이 나온다.

그롸아아아—.

물론, 좀비들이라고 해서 멍청하게 어슬렁거리다가 쉽게 죽어 주지만은 않는다. 놈들은 계단을 타고 뛰어 올라가 바리케이드를 뛰어넘고, 옥상 문에 온몸으로 부딪쳐 가며 포효를 해 댔다.

"막아! 막아야 돼! 여기 좀 버텨 줘!"

병사들은 그들이 동원할 수 있는 여러 가지 장애물들로 옥상 문을 보강한 뒤, 체중을 실어 버텼다. 민간인들도 모두 나서서 장애물들이 흔들리고 넘어질 때마다 다시 일으켜 세운다.

700여 명이 1,200마리의 좀비들과 맞서는 모습을 바라보며 김 중사의 마음속에는 감동 비슷한 감정이 가득 밀려왔다.

어제저녁, 총알 한 발 없이 옥상으로 도망쳐서 덜덜 떨 때만 해도 이런 저항이 가능할 거라고는 생각하지 못했다. 그때와 비교하면…… 정말이지, 쉘터의 분위기는 완전히 달라졌다.

'믿기지가 않는군. 한 사람이 700명을 이렇게 바꿔 놓을 수 있다니……'

김 중사는 진우의 옆모습을 보며 고개를 끄덕였다. 따지고 보면 이 모든 변화는 장벽 밖에서부터 날아온 그의 총알 몇 방으로부터 시작된 것이다.

"진우야, 저 사람들 싸우고 있을 때 좀 쉬어. 어차피 24시간 계속은 못 쏴. 너희도 마찬가지고."

유빈이 진우와 두 병사에게 다가가서 말을 걸었다.

"아, 그럴까?"

진우도 힘겨운 숨을 내뱉으며 총구를 바닥으로 내렸다. 구 상병과 황 일병도 눈을 비비며 바닥에 주저앉는다. 몇 시간째 계속 조준을 하고 방아쇠를 당긴다는 게 말처럼 쉬운 일이 아니다.

그들이 겨냥했던 지역 부근에는 좀비들의 시체가 사방에 널려 있다. 그간 많이도 죽였다. 유빈은 그들에게 물병을 넘겨주며 말했다.

"고생 많았어. 한 두세 시간 정도 쉰다고 생각해. 보아하니까 저 체육관 옥상 군인들도 계단을 대충 막아 놓은 모양이네."

"후우~ 두세 시간? 그건 무슨 기준이야?"

얼굴에 쉬지 않고 흐르는 빗물을 닦아 내며 진우가 물었다.

"그 정도 시간이 지나면 저 사람들도 어지간히 지쳐서 더 이상 저렇게 돌팔매질을 못 할 거야. 뭐, 그때쯤이면 웬만한 건 아마 다 깨부숴서 던진 다음이기도 할 거고."

유빈이 대답했다. 진우는 고개를 끄덕이고 나서 주변 건물들을 돌아보았다. 빈총을 어깨에 멘 채 돌을 던지고 있는 병사들의 모습. 그들을 볼 때마다 한시라도 더 빨리 실탄을 전달해 주고 싶어진다.

주차장에 몰려 있는 놈들은 세 명이서 계속 열심히 쏴 대면 된다지만, 그 방식만으로는 각 건물 내부나 뒤쪽에 몰려 있는 좀비들을 다 잡는 건 불가능하다. 역시 더 많은 사수가 필요하다.

"그럼, 다음 단계는 역시 실탄 배달하러 가는 건가?"

진우가 유빈을 돌아보며 물었다. 밖으로 나간다는 말에 곁에 있던 구 상병과 황 일병의 눈은 공포로 질렸다.

배달을 나간다고? 저렇게 좀비들이 득시글거리는 주차장을 뚫고?"

"가능하면 그렇게 해야지. 너무 위험부담이 크지 않다는 게 확신이 들면. 그리고……."

유빈은 고개를 들어 먹구름이 가득한 하늘을 바라보며 말을 이었다.

"일단 이 비가 좀 그쳐야 돼. 그래야 기껏 가져온 담배도 써먹을 수 있고. 에휴~ 불질러 놨던 것도 다 꺼졌을 텐데, 어쩐다?"

"아, 아니, 저기…… 잠깐만……."

구 상병이 다급한 목소리로 유빈과 진우의 대화에 끼어들었다.

"두 분…… 아니, 너희들이 엄청 대단한 능력이 있다는 건 알겠지만, 그건 너무 위험한 것 같은데…… 저렇게 좀비들이 많은데, 어떻게 그 사이를 뚫고 나가려고?"

황 일병도 동시에 고개를 끄덕인다. 그건 미친 짓이라고밖에는 설명할 수가 없다.

"음? 우리 능력하고 무슨 상관이 있어? 어차피 너희들이 가는 건데? 우리 팀은 지시만 해."

유빈이 대답했다. 두 병사의 얼굴은 더욱 파랗게 질렸다. 구 상병과 황 일병 모두가 뭐라고 말을 해야 할지 몰라 어버버 하고 있는 걸 보며 유빈은 미소를 지었다.

"크큭, 농담이야, 농담! 우리가 가는 거 맞아. 근데 지금 가는 게 아니라, 저 사람들이 옥상에서 던질 수 있는 건 다 집어 던지고 난 뒤에 시작할 거야. 그때쯤 되면 좀비들도 꽤 줄어 있겠지. 그동안 너희도 많이 잡았잖아."

유빈은 두 병사의 어깨를 툭, 치며 웃었다.

"하…… 하하하."

간이 똥구멍까지 떨어졌다가 겨우 다시 올라가 붙은 두 병사도 화를 꾹 참으며 억지로 웃는 척을 했다.

이 새끼…… 이걸 지금 농담이라고 하는 건가…….

유빈이라는 요원의 얼굴이 왜 이렇게 명투성이인지 궁금했었는데, 이제야 어렴풋이 알 것 같았다. 분명히 저 덩치 큰 근육질에게 이따위 저질 농담을 던졌다가 한 번 호되게 두드려 맞았을 거다. 분명해…….

"저 건물 먼저 갈 거냐?"

오른쪽의 의심 환자 숙소 건물을 가리키며 진우가 물었다. 총알이 더 간절한 것은 체육관 옥상 쪽이겠지만, 거기는 병사가 네 명뿐이다. 지붕의 모양도 경사져 있기 때문에 실탄을 전달하기 어려움이 있다.

그에 비해서 의심 환자 숙소 건물은 수십여 명의 병사들이 있고, 옥상도 넓고 평평하다.

"음, 맞아."

유빈이 고개를 끄덕였다. 모두가 주목하게 될 작전이니만큼 성공 확률이 가장 높을 때 한 번에 이뤄 내고 싶다. 그래야 이렇게 어렵사리 끓어오른 분위기가 식지 않고 유지될 수 있을 테니까.

유빈은 주차장의 반대편에 있는 두 대의 발전기를 가리키며 말을 이었다.

"그리고 그다음에 좀비들 어느 정도 정리되면 저것부터 얼른 꺼야 돼. 아까부터 저 주변에서 김이 올라오는 것만 봐도 무서워. 페인트 좀비들 기껏 방향 바꿔 놨는데, 저것 때문에 다시 올까 봐."

아, 맞다. 발전기…….

진우는 자신의 이마를 가볍게 두드렸다. 저기에서 얼마나 열기가 나오는지 정확히는 모르지만, 일단 위험 요소는 제거해 줘야 한다. 제거해야 하는 건 맞는데…… 문제는 거리가 꽤나 멀다는 점이다.

"이야아아! 죽어!"

주변 건물의 옥상에서는 여전히 저주의 기합 소리가 들려온다. 파괴적인 쾌감에 깊이 몰입된 민간인들은 난간을 때려 부수고 돌 조각을 집어 던져 좀비들을 맞히는 일에 몰두해 있었다.

"젠장, 되게 안 죽네. 이거, 생각했던 것보다는 효율이 안 좋아."

보안관이 두 손을 털며 다가왔다. 녀석의 머리카락과 상의는 시멘트 가루들이 잔뜩 묻어 있다. 유빈이 자신의 옆자리를 두드렸다.

"잘 왔다. 너도 앉아서 좀 쉬어라. 삼식이는?"

"아아, 꽃밭에 푹 파묻혔어. 저 새끼, 하여간 재주도 좋다니까."

보안관은 바닥에 털썩 주저앉으며 뒤쪽을 가리켰다. 삼식이는 태권 소녀와 제니 옆에서 여자들에게 둘러싸여 있다.

녀석 주변의 여자들이 상기된 표정으로 좀비들을 향해 시멘트 조각을 집어 던져 댄다. 그녀들의 얼굴만 보면 어디 야유회라도 나온 사람들인가 싶을 만큼 들뜬 분위기다. 삼식이의 '잘생김 파워'는 이렇게 극한 상황에서도 통하는 모양이다.

"혜주도 좀 쉬어야 할 텐데…… 그래야 이따가 탄창 배달하러 갈 때 기운이 있지."

열심히 시멘트 조각들을 집어 던지는 태권 소녀를 보며 보안관이 중얼거렸다. 연약한 여자 코스프레를 하겠다고 했을 때의 마음은 다 어디로 가고, 그녀는 아주 에너지가 넘친다.

한 번씩 좀비들을 명중시킬 때마다 태권도 선수들이 득점했을 때처럼 오른 주먹을 하늘로 들어 올리며 괴성을 지른다.

"여자를 데리고 가는 건 아무래도 너무……."

황 일병이 자기도 모르게 말을 내뱉었다. 보안관은 어처구니없다는 표정으로 녀석을 돌아보며 웃었다.

"아니, 절대 위험하지 않아. 네 눈에는 쟤가 그냥 여자로 보이나 본데, 옆차기 한 대…… 아니다. 그냥 손바닥으로 등짝 한 번만 맞아 보면 그런 말이 쏙 들어갈 거다. 쟤는 믿고 등을 맡겨도 되는 애야."

"그렇다고? 아무리 그래도 여자인데?"

황 일병은 보안관의 말을 듣고 나서도 선뜻 믿기지가 않았다. 두 병사가 고개를 갸웃거리고 있을 때, 유빈의 배낭에서 치익거리는 소리가 울려왔다. 무전기에서 나는 소리다.

"벌써 낮 12시인가?"

유빈은 구석으로 가서 배낭 지퍼를 열고 무전기를 꺼냈다. 그러고는 손바닥으로 비를 가린 채 무전기를 귀에 가져다 댔다.

― 치이익, 유빈이 형! 유빈이 형! 대답해요! 치이익.

규영이의 목소리였다. 이곳으로 출발하기 전, 녀석에게 무전기를 주며 두 가지 부탁을 했다. 만약 어제 불을 질러 방향을 바꿔 놨던 페인트 좀비들이 혹시 이쪽으로 오면 알려 달라고. 그리고 별일이 없더라도 낮과 밤 12시가 될 때마다 한 번씩 무전을 보내 달라고.

그 무전이 오지 않으면 녀석들에게 무슨 일이 생겼다는 의미다.

"응, 나야! 별일 없지, 규영아?"

― 치이익, 네. 조금 전에 좀비들…… 치익, 어제 형들이 불 질렀던 그 길 따라 돌아갔대요. 치이익, 형들은요? 누나들은요? 치익.

그건 좋은 소식이다. 유빈은 안도하며 한숨을 내쉬었다.

"다 잘 있어. 그…… 좀비들은 누가 보고 온 건데? 신입?"

― 치익, 아뇨. 수정이 누나가 알려 줬어요. 치이익, 그 누나가 한 번씩 옥상에 올라가서 보고 와요. 근데 비가 오는 바람에…… 치이익, 불이 다 꺼져서…… 치익, 형이 필요하다고 하면 불도 지르고 오겠대요. 치익.

"그건 너무 위험해서 안 돼. 거기에서 사거리가 꽤 멀어."

유빈은 몇 번이나 건물 밖으로 나가지 말라고 당부를 했다. 임수정의 용기는 고맙지만, 그녀에게는 좀비를 만나게 되었을 때 그걸 뿌리칠 만한 수단이 없다. 총을 한 자루 맡겨 놓고 오긴 했어도 그녀의 사격 실력이라는 게 워낙 빤한 수준이다.

유빈은 뒤를 힐끔 돌아보고 근처에 아무도 없다는 걸 확인한 뒤, 말을 이었다.

"대신에 시간 맞춰서 좀비들 다니는 길은 꼭 봐 줘야 돼. 만약에 사거리에서 꺾지 않고 이쪽으로 온다 싶으면 그건 꼭 알려 줘. 알았지?"

몇백 미터 앞서 좀비들이 온다는 걸 알 수 있다는 건 중요한 자산이다. 만약 오늘 밤에 그런 상황이 온다면…… 여기 사람들에게는 미안한 이야기지만, 일단 친구들만 데리고 차로 도망칠 작정이다. 그런 뒤에 다른 방법을 모색하는 게 다 같이 옥상에 모여서 죽어 가는 것보다 훨씬 나으니까.

― 치이익, 네, 알았어요. 걱정 마세요. 치익.

"사람들은 얌전히 말 잘 듣고 있어? 말썽 피우는 사람은 없고?"

― 치익, 아, 네…… 다들 워낙 기가 죽어서…… 조용해요. 치익. 신입 형이 그건 또 잘하더라고요. 치이익, 좀비들 다 죽였어요? 치이익.

"아직, 좀 시간이 걸려. 워낙에 많아서. 삼숙이랑 잘 놀고 있어. 조심하고, 밤에 또 연락하자."

무전을 끊은 유빈은 무전기의 물기를 닦아 배낭 안에 넣었다. 그러고는 빨랫줄을 꺼낸 뒤, 매듭을 풀며 일행들이 있는 곳으로 돌아갔다.

"뭐래? 잘 있대?"

보안관이 물었다. 유빈은 고개만 끄덕이고 페인트 좀비들에 대한 이야기는 꺼내지 않았다.

구 상병과 황 일병에게 말이 들어가면 다른 병사들도 알게 될 테고, 그러면 가까스로 끌어올린 분위기가 걱정 때문에 또 가라앉게 될 거다. 그런 골치 아픈 일을 모든 사람들이 다 알 필요는 없다.

"그건 뭘 하려는 겁니…… 뭐 하려는 거야?"

풀어낸 빨랫줄의 길이를 재 보고 있는 유빈을 보며, 구 상병이 물었다.

"저 건물로 총알 배달할 때 쓸 거야. 이걸 이렇게 해서……."

유빈은 빨랫줄로 뭔가를 묶는 시늉을 하며 설명을 계속했다.

"이 끝을 잡고 돌리다가 던지려고. 그러면 그냥 어깨 힘만으로 던지는 것보다 훨씬 더 멀리 던질 수 있잖아."

"실탄을…… 던진다고?"

"음, 그래. 저 건물 옥상도 4층 높이니까 던져서 닿는 데에는 별문제 없지. 이쪽에는 어깨 힘이 장난 아닌 놈도 있고."

유빈은 보안관의 어깨를 두드리며 말했다. 보안관의 우람한 삼각근을 빤히 쳐다보던 두 병사가 다시 물었다.

"하긴, 저 어깨라면…… 그러면 굳이 빨랫줄로 묶고 하는 과정이 필요 없는 거 아닌가?"

"이게 더 멀리 간다니까. 저 좀비들이 설치는 주차장으로 내려가서 몇십 미터를 덜 접근해도 되는데, 그러면 엄청난 차이지. 에…… 십자 모양으로 묶으려면 이 정도는 되어야겠다."

유빈은 접는 칼을 꺼내 길이를 맞춘 빨랫줄을 잘랐다. 유빈이 준비를 하는 것을 보고 진우도 일어났다.

일행의 짐을 모아 둔 곳으로 유빈과 함께 걸어간 진우는 자신이 강원도에서부터 짊어지고 온 탄창 가방을 집었다. 이 안에 그가 목숨처럼 아껴 왔던 탄창들이 들어 있다. 총 2천 발가량 되는 실탄이다.

"으아, 처음부터 알고 있었는데도…… 막상 이걸 열어서 나눈다고 생각하니까…… 어후, 왜 이렇게 막 미치는 것 같냐. 내 피가 빠져나가는 것 같고……."

진우는 차마 지퍼를 열지 못하고 한숨을 내쉬었다. 애초에 이곳을 구하기 위한 싸움에 뛰어들었을 때부터 그는 각오를 하고 있었다. 어차피 박 소위가 가지고 나온 천 발만으로는 저 많은 좀비들을 다 잡지 못한다.

그러니 자신이 생명처럼 꼭 끌어안고 가져온 이 총알들 중에서 절반쯤은 뚝 떼어 내주어야 한다. 그러면 박 소위의 실탄과 합쳐서 약 2천 발. 아무리 돌팔매로 좀비들의 수를 줄인다고 해도 그쯤은 되어야 싸워 볼 수 있을 테니까…….

"와, 진짜…… 내가 이렇게 쪼잔하게 굴 줄 몰랐어, 유빈아."

탄창 가방을 꼭 붙잡고 진우는 어쩔 줄을 몰라 한다. 유빈은 그의 갈등을 충분히 이해할 수 있었다.

"왜 안 그렇겠어. 네가 그 총알을 가지고 오느라고 얼마나 고생을 했을 텐데. 나라도 그럴 거야."

그 정도밖에는 해 줄 수 있는 말이 없었다. 총알은 통조림이 아니라서, 아무 데나 슈퍼마켓을 턴다고 나오는 물건이 아니다. 그러니 진우로서는 더 아쉽고 아까울 수밖에 없을 게 당연하다.

바로 근처에서 폭탄이 터지고 총알이 머리 위로 날아다니는 동안에도 꼭 끌어안고 뛰었던 가방의 절반을…… 지금 완전한 타인들을 위해 내놓으려는 것이다.

"후우~."

진우는 눈을 꾹 감고 두근대는 가슴을 진정시켰다. 이 총알을…… 목숨 같은 총알을 내놓으려니 정말이지 미치는 것 같다. 그는 천 발의 실탄으로 자신이 할 수 있는 일을 생각해 봤다.

물론 할 수 있는 일이 무지하게 많다. 하루에 탄창 하나를 계속 소모하게 된다고 해도 한 달 이상을 쓸 수 있는 양이다.

'그냥 이걸 나눠 주지 말고, 내가 박 소위의 실탄을 가지고 계속 쏠까? 그러면 몸은 힘들어도 총알은 굳는 건데…….'

바보 같은 생각도 고개를 든다. 하지만 진우는 도리질을 해서 얼른 그 유혹을 떨쳐 버렸다. 혼자서 천 마리 이상의 좀비를 잡는다는 건, 그것도 원 샷, 원 킬의 사격을 천 번 반복한다는 건 미친 짓이다.

시간도 오래 걸리겠지만 언제 총열에 이상이 올지도 모르고, 몸도 견디지 못할 거다. 모두가 다 살아남기 위해서는 총알을 조금 낭비하더라도 가능한 한 빨리, 저 무서운 페인트 좀비들이 다시 이쪽으로 방향을 틀기 전에 일을 마무리 지어야만 한다.

"야, 유빈아. 나한테 무슨 좋은 말 좀 해 줘 봐라. 내가 이 총알들을 포기할 수 있을 만한 이야기 말이야."

진우는 유빈을 바라보며 애원하듯 말했다.

"내가 무슨 말을 할 수 있겠어. 나는 그 총알 구하는 데 아무 힘도 못 보탰는데……."

유빈이 머리를 긁적거리자, 진우는 고개를 젓는다.

"그래도 듣기에 그럴듯한 말들 많이 있잖아! 만약 내 친구가 저렇게 죽어 가고 있는데 누군가 총알을 아끼느라 구해 주지 않았다면 얼마나 그 사람이 원망스럽겠냐는 말이라든지…… 총알은 또 구할 수 있지만, 사람의 목숨은 그렇게 못 한다든지…… 그런 거!"

허허, 유빈은 쓴웃음을 지으며 진우의 어깨를 두드렸다.

"이미 네가 다 알고 있구만 뭘 그래? 그냥…… 네 말이 다 맞아. 맞는다는 걸 잘 알아도, 그걸 진짜 실행하기는 꽤 어려운 이야기지."

"아으, 젠장!"

진우는 이를 꽉 깨물고 가방을 열었다. 낡은 K-2, 총번 927307의 하부 총몸과 하이바가 먼저 모습을 드러냈다. 진우는 그것들을 옆으로 밀어 두고, 두 손으로 탄창을 집어 빈 가방 안에 차곡차곡 담았다.

"스물하나…… 스물둘, 스물셋……."

30발들이 탄창 서른네 개를 빈 가방에 채웠다. 그만큼의 실탄이 빠져나간 그의 탄창 가방은 홀쭉하게 줄어들어 있었다. 그 모습을 보고 있는 그의 마음도 덩달아 공허해진다.

"마음 변하기 전에 빨리 가자!"

진우는 탄창을 채운 가방을 들고 강 소위 쪽으로 걸어갔다. 그러고는 그에게 가방을 내밀었다. 내용물을 본 강 소위는 깜짝 놀랐다.

"이건? 박 소위의 탄창 가방은 고 하사가 메고 있는데……."

"제 겁니다. 생색내고 싶지는 않지만, 저한테는 정말 소중한 거였습니다. 하지만 필요하니까 내놓는 겁니다. 그러니까 저희가 실탄 배달을 하기 전에 강 소위님이 꼭 말씀을 해 주셨으면 좋겠습니다. 아껴 쓰라고…… 한 발, 한 발 목숨처럼 생각하고 함부로 쏘지 말라고 말입니다. 만약 이거 받고 그냥 생각 없이 연사로 갈기는 꼴을 보면, 제가 쏴 버릴지도 모르겠습니다."

진우는 진지한 얼굴로 대답했다. 쏴 버릴지도 모른다는 이야기 역시 농담이 아니었다. 강 소위는 감격과 당혹이 뒤섞인 얼굴로 고개를 끄덕였다.

이 친구의 사연이 뭔지는 정확히 모르지만, 총알을…… 엄연한 국방부 소유물을 두고 자기 거라고 주장하다니…….

하지만 어쨌든 이렇게 자기 손으로 척 내놓는다는 건 또 대단한 일이다.

"아, 정말 고마워. 저기…… 이 실탄은…… 내가…… 어떻게 해서든 꼭 갚도록 해 볼 테니까……."

자신도 모르게 입에 발린 소리를 하던 강 소위는, 진우가 자신을 빤히 쳐다보는 걸 느끼고 입을 다물었다.

말이 쉽지, 이렇게 보급이 끊긴 상황에서 일개 소위가 이 많은 총알을 빼돌려서 몰래 준다는 건 거의 불가능한 일이다. 보급이 불안하지 않은 상황이라 하더라도 총살감일 것이다.

"잠시 후에 이 중 절반을 저 건물의 옥상에 배달하고 오겠습니다. 다시 한번 부탁드리지만, 아껴 쓰라고 해 주셔야 합니다. 신중하게 한 발, 한 발 조준해서 쏘라고."

진우는 강 소위에게 다시 한번 부탁을 했다. 유빈도 그에게 부탁하고 싶은 게 있었다.

"저기…… 군인들의 군복 웃옷이 필요해요. 저 조끼 같은 것도."

"전술 조끼? 몇 벌이나?"

"그냥 여기 있는 사람들 장비만 빼놓고 다 벗어 주시면 좋겠어요. 탄창을 던져야 하는데, 충격을 완화시켜 줄 수 있는 게 별로 없어서 그걸로 가방 안을 감싸려고요."

유빈이 말했다. 강 소위는 그가 무슨 소리를 하는 건지 정확하게 이해하지 못했지만, 두말 않고 병사들에게 웃옷을 벗어서 주라고 명령했다. 이 친구가 필요하다면 필요한 거다.

"군복의 물기 좀 짜서 줘."

친구들에게 돌아온 유빈은 받아 온 군복과 전술 조끼들을 내밀었다. 구 상병과 황 일병도 자신의 웃옷을 벗어서 물기를 짜고 유빈에게 줬다.

유빈은 배낭의 안쪽 전체를 군복으로 감싼 뒤, 중앙에 탄창을 끼운 전술 조끼를 채워 넣었다. 이러면 탄창에 가해지는 충격이 훨씬 줄어든다.

"자, 이 정도 무게야. 들어 봐, 보안관."

유빈은 가방을 빨랫줄로 묶은 뒤에 길게 늘어진 꼬리 부분을 보안관에게 넘겼다.

물기를 짰다고는 하지만, 계속해서 내리는 비에 옷들이 젖어 있어서 무게가 꽤 된다. 꼬리를 잡고 투포환 선수처럼 빙빙 돌려 본 보안관이 물었다.

"별로 안 무거워. 이게 다야?"

"아니, 그게 배달할 양의 절반이야. 그거랑 거의 똑같은 무게로 하나 더 만들 거야."

"뭐 하러 그걸 반으로 나눠서 일을 두 번씩 해? 그냥 하나에 다 때려 넣어. 보니까 공간에 여유도 있구만."

"안 돼. 두 개로 나눠서 던져야 혹시라도 한 개가 다른 데로 날아가서 떨어져도 싸울 수 있어. 한 개로 만들었는데, 그게 만약에 건물 너머까지 날아간다고 생각해 봐. 그럼 진짜 난감해진다고."

유빈은 단호하게 고개를 저었다. 하여간 이 녀석의 걱정은 대단하다. 하지만 그럴듯한 이야기라서 보안관은 더 고집을 피우지 않았다.

보안관이 빨랫줄을 잡고 돌리다가 던지는 연습을 하는 동안, 유빈은 새 탄창 배달용 가방 하나를 더 만들었다.

"그건 뭐예요, 오빠?"

태권 소녀와 함께 다가온 제니가 물었다. 후드와 수건으로 얼굴을 반 이상 가리고 있는데도 꽤나 피곤해 보인다는 걸 알 수 있을 정도로 둘은 그사이 수척해졌다.

"으응. 이거, 탄창 배달용 가방. 너무 무리했다, 너희. 좀 더 일찍 와서 쉬지."

대답을 한 뒤, 유빈은 주변을 둘러보았다. 다른 건물들의 옥상에서도 사람들이 슬슬 지쳐 가는 게 보인다. 한동안 뜨겁게 쉘터 내부를 달궜던 돌팔매질도 이제 조금 있으면 소강상태를 맞을 것 같다.

그때가 되면 다시 새로운 방법으로 사람들의 마음에 불을 질러 줘야 한다. 희망이 활활 타오르도록.

03

그로부터 또 한 시간 이상이 지났다. 그간 부쉈던 것들을 다 집어 던져 버린 사람들은 완전히 탈진해서 주저앉아 있었다. 밥도 못 먹고, 그렇게 열심히 몸을 움직였으니 당연한 결과다.

주차장 여기저기는 내던져진 시멘트 조각과 좀비들의 시체들로 어지럽다. 하지만 그때까지도 비는 멎지 않았다.

유빈은 목표로 삼은 건물과의 사이를 가만히 바라봤다. 이 수감자 숙소와의 거리는 약 40미터. 그리 멀지는 않다. 게다가 중간에 멈춰 서서 보안관이 집어 던질 것을 감안하면, 실제 그들이 내달려야 하는 거리는 30미터 정도다.

좀비들이 가득한 30미터. 담배로 놈들을 현혹하는 방법은 이 비 때문에 그리 큰 힘을 못 쓸 거다. 그렇다고 해서 비가 그치기만을 마냥 기다릴 수는 없다. 빨리빨리 총알을 배달해 주고, 그다음 단계로 나아가야 한다. 그래야 이곳에 매여 있지 않고 잠실로 갈 수 있다.

"어때? 이제 나가 볼까?"

유빈이 친구들을 돌아보며 물었다.

"음, 그러자."

아래쪽 좀비들의 움직임을 한 번 훑어본 후, 진우가 고개를 끄덕였다. 보안관도 어깨를 돌리며 몸 쓸 준비를 한다.

총 네 명이 나간다. 선봉에는 진우, 보안관. 태권 소녀가 그 뒤를 따르고, 맨 뒤에 유빈이 탄창 가방들을 메고 따라갈 계획이다.

총알 배달 팀에 포함되지 못한 제니는 손으로 두 눈을 가렸다. 외부로 나갈 거라는 것을 알고 있었으면서도 막상 그 순간이 되니 불안해져서 견디기가 힘들다.

"괜찮아, 제니야. 금방 나갔다가 휙 던지고 돌아올 테니까."

보안관이 다가가 귀엣말을 하며 그녀를 달랬다.

"작전이 구체적으로 어떻게 진행될 건지…… 우리도 좀 들어 볼 수 있을까? 동선이라든지, 이런 거 말이야."

다들 무기와 짐을 챙기고 있을 때, 구 상병과 황 일병이 쭈뼛거리며 물었다. 유빈은 그들을 돌아보며 말했다.

"아까 그거 농담이었어. 부담 가지지 마."

구 상병이 고개를 저었다.

"부담 가지는 게 아니야. 뭐…… 거창하게 말하자면 우리 중대의 명예라든가, 사내새끼로 태어나서 어쩌고 하는 이야기들을 떠들 수도 있겠지만, 실은 그런 게 아니야. 그냥 너희들이…… 특히 진우가 무사히 총알을 배달하고 돌아와야 우리가 살아남을 수 있다는 걸 알아서 하는 말이야. 도울 수 있으면 도울게."

"구 상병님 말씀이 맞습니…… 맞아! 우리도 돕고 싶어. 너희 넷이 가서 할 수 있는 일이라면, 우리 둘쯤 따라간다고 해서 특별히 더 부담이 되거나 하지는 않을 거 아니야. 그게 아니라면…… 혹시 우리가 짐이 돼?"

황 일병도 적극적으로 동참 의사를 밝혀왔다.

얘네들을 어쩐다…….

유빈은 진우에게 눈짓으로 물었다. 원래부터도 개중 나은 인원을 뽑아서 진우와 함께 열두 시간가량을 함께 사격 연습을 했으니, 사격 솜씨 자체는 의심하지 않아도 될 것 같다. 그리고 화력이 보강된다는 건 물론 굉장히 좋은 일이다. 그런데…….

안전한 옥상에서 마음을 놓고 방아쇠를 당기는 것과 좀비와 같은 바닥을 밟고 서서 사방에서 달려오는 놈들을 상대하는 건 완전히 다르다.

전자가 가슴이 두근거리는 경험이라고 하면, 후자는 심장이 터질 것 같은 압박감을 준다. 경험이 없는 사람이라면 그 자리에서 패닉을 일으킨다고 해도 이상하지 않다. 이 쉘터의 병사들이 어떤 환경에서 전투를 치러 왔는지 잘 모르는 진우와 유빈은 잠시 고민할 수밖에 없었다.

"철책 없는 데에서 좀비들이랑 싸워 본 적 있어?"

진우가 물었다. 두 병사는 고개를 끄덕였다. 진우는 좀 더 자세하게 물었다.

"그래? 어떤 상황이었어?"

"외부 물자 징발해 올 때, 트럭 위에서…… 길거리에 좀비들이 한 열 마리 정도 돌아다니는 걸 잡은 적 있어."

트럭 위라…… 그건 엄밀히 말하자면 옥상 전투의 변형 정도일 뿐이다. 그리고 좀비들의 수도 매우 적었다.

진우는 두 용기 있는 병사에게 자신의 생각을 솔직하게 말했다.

"너희가 도와주면 우리에게도 큰 힘이 될 거야. 근데 내려가서 보면 알겠지만, 같은 높이에서 달려드는 좀비들을 마주하면 여기에서 내려다보는 것하고는 완전히 다르거든. 일단 거리 계산이 정확하게 안 되기 때문에 어떤 놈이 앞서 달려오는 건지, 어떤 놈이 뒤에 있는 건지 잘 분간이 안 돼. 그런 걸 할 수 있는 시간이 없어."

꿀꺽, 두 병사는 마른침을 삼켰다. 그 광경을 상상하는 것만으로도 오금이 달라붙는 것 같은 기분이다. 진우는 둘의 표정을 살피며 이야기를 계속했다.

"그리고 사방에서 좀비들이 시끄럽게 우니까 자꾸 뒤를 돌아보고 싶어져. 다 알잖아, 괜히 목덜미가 서늘한 느낌. 그런데 그러면 오히려 앞쪽도 제대로 신경을 못 쓰니까 마음을 단단히 먹고 자기 눈을 믿어야 돼. 그리고…… 사살한 좀비 시체들 사이를 비집고 뛰어다니는 게 은근히 힘들어. 비위도 상하지만, 사실 갑자기 팔을 확 뻗어 올까 봐 무섭다고."

구 상병과 황 일병의 미간이 점점 찌푸려진다.

그 모든 것들을 감수해 낼 수 있을까?

지금은 비도 이렇게 계속 내리고 바닥은 미끄러울 텐데…… 괜히 객기 부리며 따라 나갔다가 이 세상 하직하는 거 아닌가…….

"할 수 있을 것 같아. 하고 싶어. 좀비들 시체는 익숙해. 이 앞에 죽여 놓은 놈들 계속 치우다 보니까 그거는 어느 날부터 인이 박이는 것 같더라고."

잠시 생각에 잠겼던 구 상병이 먼저 대답했다. 황 일병도 곁에서 같이 고개를 끄덕였다.

"저, 저도 구 상병님과 같은 생각입니…… 생각이야! 이 작전이 실패하면 어차피 다 죽어!"

이렇게까지 말하는데 받아들이지 않을 이유는 없었다. 유빈은 난간 앞에서 그들이 가야 하는 루트를 설명했다.

"그럼 진우가 가운데 서고, 너희 둘이 양쪽에 서서 전진하자. 뒤에는 우리가 있으니까 뒤는 신경 쓰지 말고 가. 저기 저 커다란 시멘트 조각 보이지? 이 건물 나가서 저기까지 전진한 다음에 보안관이 탄창 가방을 던질 거야. 그러니까 시멘트 조각 앞에 도착하면 보안관이 던질 수 있도록 양쪽으로 벌려서 서. 두 개 다 던져 올리고 나면 곧바로 돌아오는 거야."

두 병사는 열심히 눈을 빛내며 유빈의 말을 머릿속에 담았다. 복잡할 것도 없는 작전인데, 몇 번이나 눈으로 투척 지점을 재확인했다.

막상 나가기로 결정한 뒤 다시 보는 주차장은 그야말로 좀비들의 밭이다. 뭐 저렇게 많이도 몰려다니는지…… 그렇게 많이 잡았는데도 어딘가에서 끊임없이 자꾸 기어 나온다. 두 병사가 바짝 얼어 있는 것을 본 진우가 그들의 어깨를 가볍게 두드리며 말했다.

"그렇게 긴장하면 오히려 실수해. 빨리 겨누고 곧바로 당기는 그 리듬만 기억해. 그리고…… 무리라고 판단되면 이 건물 나가기 전에 내가 다시 올려 보낼 거야. 그러니까 위험할 일은 없어."

격려로 시작된 말이지만, 냉철하기 짝이 없는 이야기로 끝이 났다. 하지만 진우는 농담을 하는 게 아니었다.

"알았어. 배운 대로 해 볼게."

구 상병과 황 일병은 입술을 꾹 깨물고 고개를 끄덕였다. 하이바 뒤로 식은땀이 주룩주룩 흘러내린다. 진우는 두 병사에게 탄창 다섯 개씩을 나눠 줬다.

"3점사로 한 놈 머리를 확실히 때린 후에, 다음 목표를 겨눠. 마음이 급하다고 이리저리 흔들면 결국은 한 마리도 제대로 못 죽이니까."

진우는 언제나처럼 무표정한 얼굴로 필드 사격의 요령에 대해서 설명했다. 그사이 유빈은 강 소위에게 확성기 방송을 부탁했다.

삐이익ㅡ.

강 소위는 확성기 스위치를 켜고 유빈의 말을 주변에 전했다.

"잠시 후, 14시 10분부터 특수 요원들과 우리 중대에서 선발된 두 명의 병사가 C동에 실탄을 전달하기 위해 접근할 계획이다. 모든 중대원들은 그들의 성공적인 작전 완수를 위해 최대한의 협조를 아끼지 않도록! 일단 그들이 본 수감자 숙소를 나서는 순간부터 모든 투척 행위는 별도의 허가가 있을 때까지 완전히 금지한다! C동에서는 투척되어 오는 실탄 가방을 언제라도 받을 수 있도록 만반의 준비를……."

그의 목소리는 추적거리며 내리는 비를 뚫고 쉘터 전체에 전달됐다. 강 소위가 계속 떠들어 대는 동안, 일행들은 옥상 문 앞에 모여 섰다.

쿵ㅡ 쿵ㅡ.

옥상 문을 막아 둔 에어컨 실외기는 계속해서 흔들려 대고 있었다. 좀비들이 온몸으로 부딪쳐 오고 있는 것이다. 그 앞을 막고 있던 병사와 민간인들은 총알 배달 팀이 밖으로 나가기 위해서 문을 열어야 한다는 것에 당황하고 있었다.

"이…… 이걸 열면 곧바로 좀비들이 들이닥칠 텐데……."

쉬지 않고 쿵쿵, 울려 대는 문을 보며 병사들이 겁먹은 목소리로 중얼거린다. 하긴 무섭기도 할 것이다. 문 너머에 있는 좀비의 수가 총 몇 마리나 되는지도 모르는 상황이니까."

"우리가 알아서 대처하겠습니다. 실외기만 치우고 물러나시면 됩니다."

진우는 에이스답게 흔들림 없는 어조로 말했다. 병사들은 할 수 없이 문 앞의 장애물들을 옆으로 밀어내고 뒤로 물러났다. 긴장한 민간인들이 가급적 멀리에 몰려서서 내쉬는 한숨 소리가 여기저기서 울려온다.

확성기를 든 강 소위는 실탄을 지급받으면 자신의 목숨처럼 아껴서 사용해야 한다는 말을 몇 번이나 반복해서 외치고 있는 중이다.

"연다. 준비해. 셋 세는 동시에 열게!"

다른 병사들이 총을 겨누지 않고 있다는 걸 확인한 뒤에, 유빈은 문 앞에서 손잡이를 잡고 진우와 두 병사에게 말했다. 세 명의 사수는 조준을 마치고 고개를 끄덕였다.

퉁—.

또다시 문이 흔들린다. 튼튼한 철문에 비해 빈약하기 짝이 없는 잠금장치는 당장에라도 뜯겨 나갈 것 같다.

"하나! 둘! 셋!"

유빈은 손잡이를 돌리고 문을 확 잡아당겼다. 몸을 부딪치려던 좀비가 중심을 잃고 앞쪽으로 고꾸라지듯 뛰어든다.

투투둑— 투투둑—.

구 상병과 황 일병의 총구가 거의 동시에 불을 뿜었다. 뛰어들던 좀비는 머리와 가슴이 엉망으로 박살 난 채 바닥을 뒹군다. 하지만 문가에서 어슬렁거리던 좀비들은 한 마리가 아니었다.

그롸아아아—.

제2, 제3의, 그리고 그 뒤에도 더 많은 수의 좀비들이 열린 문을 통해 뛰어나온다.

꺄아악—.

좀비들이 옥상으로 난입하는 것을 지켜보며 민간인들은 비명을 질러 댔다.

탕— 탕, 투투둑— 탕, 투투둑— 탕, 탕— 투두둑—.

진우의 단발과 두 병사의 3점사가 교차하며 요란한 총소리가 옥상 가득 퍼졌다. 그와 함께 빗물이 고인 바닥에 쓰러지는 좀비들의 수도 늘어났다. 총 아홉 마리의 좀비를 쓰러뜨리고 나자 비로소 옥상 문 앞이 조용해졌다.

"저거 치워 드려! 아예 아래로 던져 버려!"

김 중사가 나서서 병사들에게 좀비들의 시체를 치울 것을 명령했다. 병사들은 좀비의 시체를 양쪽에서 잡고 난간 쪽으로 끌고 갔다. 터져 버린 좀비들의 뒤통수에서는 부서진 뇌 조각들이 툭툭, 떨어진다.

"가자! 계속 긴장 유지해!"

진우가 어둑한 건물 안쪽을 향해 총구를 겨누며 말했다. 그의 레일 오른쪽에 달려 있는 플래시가 계단 내부를 환하게 밝혀 준다.

"이것 좀 봐. 어지간히 극성맞게 덤벼들었네, 개새끼들."

옥상 문 주변에 쌓아 뒀던 장애물들이 모두 무너져서 아래로 굴러떨어진 걸 보며 보안관이 진저리를 쳤다.

그들이 들어올 때 그렇게 많은 좀비들을 잡았었는데, 어느새 또 그보다 많은 놈들이 들어와 설쳐 대고 있는 것이다.

"이제 문 닫고 다시 막아 두세요."

맨 뒤에 선 유빈이 군인들에게 문단속을 시켰다. 병사들은 굳은 표정으로 고개를 끄덕였다.

"발밑 조심해."

앞장선 진우가 2층으로 내려가지 않고, 3층 복도 쪽으로 돈다. 매 층의 좀비들을 모두 잡고 내려가야 뒤를 걱정하지 않아도 되기 때문이다. 구 상병과 황 일병도 묵묵히 그 옆을 지키며 보폭을 맞췄다.

끄롸아아아— 그아아아—.

비가 내려 어둑한 복도에서 좀비들이 진우 일행을 발견하고 방향을 바꿔 달려온다. 진우는 플래시로 정면을 비추며 외쳤다.

"쏴!"

투투툭— 투투둑— 투두두—.

두 병사가 열심히 총구를 돌려 가며 3점사를 퍼붓는다. 진우는 방아쇠에 손가락을 건 채 기다렸다. 이런 압박 속에서 구 상병과 황 일병이 얼마나 침착하게 제 몫을 하는지 지켜보기 위해서였다.

달려오는 좀비들의 수는 아무리 많이 잡아도 스무 마리. 긴 복도의 길이를 감안하면 테스트하기에는 꽤나 좋은 환경이다. 게다가 좁은 각도만 살피면 되니까 난이도도 그리 높지 않다.

"왜? 왜?"

진우가 발포하지 않는 것을 깨달은 구 상병이 당황해하며 외마디 소리로 물었다. 그러면서도 녀석은 멈추지 않고 계속 3점사를 날린다.

이건 +1점. 그는 이 상황에서 진우의 총성을 신경 쓸 정도로 여유가 있다.

그롸아아악—.

탁탁탁—.

뒤쪽에서도 들려오는 좀비들의 포효와 발소리.

진우는 힐끔 고개를 돌렸다. 계단을 뛰어 쫓아 올라온 좀비가 네 마리. 보안관이 해머를 들고 때릴 자세를 취한다. 그러면 저쪽은 걱정 없다.

"여섯 시는 보안관한테 맡겨! 전방에 집중해!"

진우는 병사들에게 뒤돌아보지 말라고 소리쳤다. 도움 요청이 오기 전까지는 괜한 오지랖 부리지 말고 자신이 맡은 일에 집중하는 것도 중요한 능력이다. 구 상병과 황 일병은 진땀을 흘리면서 전방을 향해 총알을 날렸다.

투투툭— 투투투—.

열심히 3점사를 퍼붓던 두 병사의 총성이 거의 동시에 멎었다. 당황한 얼굴의 구 상병과 황 일병은 탄창을 빼고, 전술 조끼를 더듬어 새 탄창을 꺼내 끼웠다. 그러나 그 간격이 너무 길다.

그롸아아아—.

잠깐의 화력 공백기 동안 좀비들은 거리를 확 줄였다. 이대로라면 너무 아슬
아슬해질 것 같아서 진우는 한 번만 개입하기로 했다.

탕— 탕, 탕, 탕—.

근접해 있던 다섯 마리를 사살한 진우는 다시 방아쇠에서 손을 뗐다. 두 병사
가 마침 탄창 교체를 마쳤기 때문이다.

둘이 탄창 교체 시기를 조절하지 못한 건, 그리고 그 작업의 시간이 좀 길게
걸린 건 -1점. 하지만 이런 식의 전투 경험이 적은 병사들이라면 충분히 있을
수 있는 일이다.

투투두— 투투둑— 투투둑— 투투둑—.

복도에 남아 있던 모든 좀비들을 정리하고 나서 구 상병과 황 일병은 가슴을
들썩이며 숨을 몰아쉬었다. 복도 양쪽의 흰 벽은 온통 좀비들의 체액과 뇌수로
뒤덮여 있다.

조금 삐걱거린 지점은 있지만, 진우의 도움을 거의 받지 않고 20마리가량의
좀비들을 잡아냈다. 처음 근접전을 벌인 것치고는 나쁘지 않은 성적이다.

"후방은…… 하아, 하아~."

두 병사는 겨우 안정 상태로 돌아와서 뒤를 돌아보았다. 그들이 걸어온 방향
에는 대가리가 박살 나고 목이 꺾인 좀비들의 시체가 벽에 처박혀 있다. 보안관
의 해머에 당한 놈들이다.

"야, 너 아래층 내려가서도 계속 그런 식으로 개인 레슨 계속할 거야? 그렇게
시간 끌지 말고 그냥 후딱후딱 해치우고 돌아가자."

해머에 달라붙은 뼛조각을 벽에 문대서 털어 내고 있던 보안관이 진우를 보
며 투덜거렸다. 그런 후, 보안관은 곧바로 두 병사에게 말했다.

"아니, 너희들한테 뭐라고 하는 거 아니야. 그냥 진우, 이 새끼가 조교 노릇에
너무 심취해 있는 것 같아서 그래."

"2층에서 한 번만 더 연습하자. 그래야 아래로 내려가서 후회할 일이 없으
니까."

보안관의 타박에도 아랑곳하지 않고 진우는 모두에게 동의를 구했다. 비록 한 두 가지의 요령일 뿐이지만…… 자신이 가르쳤고, 두 병사는 충실히 따라왔다.

만약 그들이 실제 근접전에서 제대로 실력을 발휘한다면, 이 쉘터 내의 좀비들을 모두 섬멸할 때까지 중요한 역할을 해 줄 수 있을 것이다.

"사람들 잘 따라 주고 있네."

깨진 유리창 사이로 밖을 내다본 유빈이 말했다. 가장 먼 곳의 위험 환자 숙소와 그 바로 다음 건물에서는 좀비들을 자신들 쪽으로 유인하기 위해 계속해서 담배를 피워 대고 있었다.

떨어지는 빗줄기 사이로 모락모락 연기가 피어오르는 게 보인다. 모든 협력을 아끼지 말라고 하며 강 소위가 당부했던 사항을 이행하는 것이다.

많은 인원이 동시에 피워 대는 연기는 꽤나 강력했고, 덕분에 담배에 끌린 좀비들은 쉘터의 남쪽으로 몰려가고 있다. 주차장의 북쪽이 텅 비었다고 하면 과장이겠지만, 그래도 잠시나마 이 부근에 놈들의 수가 꽤나 줄어들어 있는 건 확실하다.

"저러다가 페인트 좀비들까지 끌어들이는 거 아닌지 몰라…… 그건 걱정 안 해도 돼?"

태권 소녀도 창밖을 기웃거리면서 물었다. 유빈이 고개를 저었다.

"아까 규영이랑 무전으로 이야기했어. 그놈들, 낮 12시 되기 조금 전에 어제 그 불 질렀던 방향으로 돌아갔다고. 아무리 짧아도 열서너 시간은 걸려야 한 바퀴 돌아서 이리로 오니까, 아직 시간 여유 꽤 있어."

"아, 그런가?"

태권 소녀가 다행이라는 표정을 지었다. 그사이에 보안관은 또 계단을 따라 뛰어 올라오는 좀비들을 둘이나 때려잡았다. 해머로 두개골을 쪼개는 박력을 가까이에서 지켜본 병사들은 뭐라 할 말을 잃은 것 같았다.

"대단하지? 저 무거운 걸 존나 빠르게 휘두른다니까? 너도 몇 번 봤지만, 도무지 이해가 안 가. 완전 괴물이야."

두 병사에게 보안관 자랑을 한 진우는 2층으로 내려가기 전, 다시 전열을 재정비했다. 이번엔 구 상병에게 후방을 담당하도록 지시했다.

계단을 내려가 코너를 돌자마자 진우와 황 일병은 전방을 보며 전진하고 구 상병은 뒷걸음질로 아래층 계단에서 올라오는 좀비들을 제압하는 방식이다.

"할 수 있을지 잘 모르겠는데…… 나 혼자서 후방을 다 감당한다니까 좀 불안하기도 하고."

구 상병이 흐르는 땀을 닦으며 말했다. 솔로로 한 방향을 제압한다는 것이 꽤나 큰 중압감으로 다가오는 모양이다. 진우는 그를 안심시켰다.

"조금 전 쏘는 거 보니까 충분히 할 수 있어. 그 불안함을 이기기만 하면 돼. 그리고 정 못하겠으면 '후방 지원!'이라고 외쳐. 내가 곧바로 지원할게."

진우의 인정을 받은 것만으로도 구 상병의 얼굴에서는 한결 긴장한 빛이 걷혔다. 진우는 두 병사와 함께 총구를 돌릴 때의 방향이나 각도 따위를 맞춰 본 뒤, 아래층으로 향했다.

"어으……."

좀비 시체들로 가득 덮여 있는 2층 계단을 지나면서 태권 소녀가 미간을 찌푸린다. 이렇게 물컹거리는 시체들을 밟고 움직인다는 건 영 익숙해지기 힘들다.

그에 비해 두 병사는 그다지 움츠러드는 기미를 보이지 않았다. 좀비 시체를 치우다 보니 적응이 된 것 같다는 게 헛말이 아닌 모양이다. 이만하면 간도 꽤 크다.

계단 중간까지 내려섰을 때, 복도와 아래층에서 동시에 좀비들이 덤벼들기 시작했다.

그롸아아아ㅡ.

앞장서 있던 좀비가 포효하며 몸을 날렸다. 놈의 머리통을 향해 황 일병의 총구가 불을 뿜는다.

투투둑ㅡ.

턱 위쪽으로 세 발의 총알이 박힌 좀비는 뒤로 밀려 날아가며 다른 좀비들을 깔아뭉갠다. 다시 일어나려 버둥거리는 좀비들을 향해 진우와 황 일병이 계속해서 3점사를 날렸다.

"오른쪽!"

2층 복도에 들어선 진우가 방향을 틀며 외쳤다. 황 일병은 전방에서 달려오는 좀비들을, 구 상병은 후방에서 뛰어 올라오는 좀비들을 상대했다.

투투둑— 투투투— 투투둑—.

복도와 계단을 타고 총소리가 요란하게 울린다. 옥상에서 내려온 이래, 계속해서 격하게 떨리던 두 병사의 총구가 이제는 꽤나 안정적인 상태로 유지되고 있다.

진우는 그 둘과 함께 아래로 내려가도 되겠다는 결론을 내렸다. 이 정도면 큰 힘이 되어 줄 만하다.

"아래로 내려가서도 계속 이렇게 해 줘. 당황하지만 않으면 충분히 상대할 수 있는 양이야. 알겠지? 모든 좀비들을 다 잡으려고 하지 마. 너희 정면에서 30도 이내만 상대해. 그거면 충분하니까."

2층의 좀비들을 다 잡고 나서 병사들에게 탄창을 교환하도록 한 진우는, 그들에게 한 번 더 당부를 했다.

특수 요원으로부터 인정받았다는 것에 적잖이 흥분한 구 상병과 황 일병은 붉게 달아오른 얼굴을 열심히 끄덕였다.

"아, 그놈들…… 진짜 어지간히 몰려오네. 좀 가만히 제자리에 있지. 그러면 저희들도 편하고, 나도 편할 텐데."

잊을 만하면 한두 마리씩 탁탁거리며 계단을 뛰어 올라오는 좀비들의 머리통을 후려치며 보안관이 중얼거린다.

"잠시 대기!"

유빈이 손을 들어 모두를 멈추게 한 후, 주머니에서 라이터를 꺼냈다. 그러고는 옆구리에 차고 있던 분유 깡통을 열었다. 그 안에는 라이터 기름을 끼얹어 둔 담배들이 가득 들어 있다.

비가 와서 효과가 제대로 나올 것 같지는 않지만, 그래도 동원할 수 있는 방법은 사용해야 한다.

"후읍~ 콜록! 콜록!"

그중 한 개비에 불을 붙인 유빈은 억지로 두어 모금을 빨아 불똥을 키운 뒤, 그걸 분유 깡통 안에 던져 넣었다.

화르륵~!

기름이 묻어 있던 담배들은 금세 붉은 불꽃과 함께 매캐한 연기를 피워 올렸다. 유빈은 얼른 분유 깡통의 뚜껑을 덮고 보안관에게 넘겼다.

"던져!"

보안관은 장갑을 낀 손으로 뜨겁게 달궈진 분유 깡통을 꽉 잡고 깨진 창문 밖으로 힘차게 집어 던졌다. 진우가 미리 대검으로 뚫어 둔 구멍 사이로 뿌연 연기가 모락모락 피어오른다.

멀리까지 날아간 분유 깡통은 지나가던 좀비의 대가리에 맞고 아래로 데구루루 굴렀다. 그 주변으로 좀비들이 몰려드는 게 확연히 보인다.

"좋아! 나가자!"

일행은 계단을 뛰어내려 1층에 도착했다. 어제저녁 급하게 옥상으로 대피했던 이후, 열다섯 시간 만에 밟아 보는 땅이다.

그롸아아아~!

싱싱한 인간이 한꺼번에 여섯이나 튀어나오자 근처의 좀비들은 하늘을 향해 울부짖으며 아가리를 벌리고 달려들었다.

"쏴!"

진우의 신호와 동시에 세 명의 사수가 방아쇠를 당겼다.

탕, 탕, 투투투— 탕, 투투둑— 투투둑— 탕, 탕—.

그롸아아아— 그웨에에에—.

뼛조각과 살점이 튀고, 연기가 피어올랐다. 물웅덩이로 나자빠지는 좀비들이 일으키는 물보라가 시야를 흐린다. 수감자 숙소의 입구 주변은 순식간에 아수라장으로 변해 버렸다.

04

"황 일병! 벽으로 붙어! 각도 줄여!"
 진우가 큰 소리로 외쳤다. 황 일병은 쉽사리 걸음을 옮기지 못하고 쭈뼛거린다. 계단을 내려오기 전에 미리 말해 뒀던 부분이지만, 막상 땅에 발을 딛고 사방에서 달려드는 좀비들을 보고 있으니 머릿속이 하얗게 변한 모양이다.
 투투툭— 투투둑— 투투투—.
 그롸아아아—.
 탕, 탕, 탕—.
 그와아아—!
 달려들던 좀비들은 머리에 구멍이 뚫린 채 뒤쪽으로 날아간다. 하지만 이내 뒷줄에 서 있던 놈들이 풀쩍 뛰어오른다.
 "엇쭈! 이 새끼들이 여기에 이렇게나 많이 숨어 있었어?"
 건물 뒤편과 아래에서 어슬렁거리던 좀비들이 달려들자, 보안관은 해머를 크게 휘둘러 녀석들의 대갈통을 후려쳤다. 태권 소녀도 각도를 벌려서 반대편의 좀비들을 상대했다.
 빠아악—.
 알루미늄 배트가 좀비들의 관자놀이를 강타할 때마다 얇은 뼛조각이 부러지는 소리가 크게 울린다.
 "황 일병, 움직여! 좌로 붙어!"
 진우는 다시 한번 소리를 질렀다. 지금처럼 소수의 인원으로 에워싼 좀비들을 돌파할 때, 벽을 탈 수 있다는 것은 대단한 전략적 이점을 준다. 그 작은 변화만으로도 신경 써야 하는 각도가 정확히 절반으로 줄어들기 때문이다.

"야이, 개새끼야! 뒈질래? 움직이라고! 벽 타!"

구 상병도 참다못해 소리를 버럭 질렀다.

"네, 넷! 움직이겠습니다!"

익숙한 고참의 호통이 귀에 콱 박히자 황 일병은 그제야 천천히 철책 쪽으로 걸음을 옮긴다. 각도를 반으로 줄이는 데 성공하자, 그것만으로도 훨씬 안정감이 든다.

진우는 약 90도가량을 커버하면서 한두 발짝씩이라도 전진하기 위해 노력했다.

"간격 유지해! 발을 계속 움직여!"

총알을 퍼부으면서 진우는 계속 진형을 유지하라는 명령을 내렸다. 이럴 때 누구 하나라도 흥분해서 너무 앞서 나가거나 뒤처지면 전열이 흐트러지고, 그걸 수습하려면 또 상당한 시간을 잡아먹게 된다.

투투툭— 탕— 탕, 탕— 투투둑, 투두둑—.

총소리가 요란하게 귀를 때리고, 그보다 더 큰 좀비들의 포효가 울려 퍼지자, 주변 건물 옥상의 사람들은 흥분한 기색을 감추지 못했다.

빠른 속도로 달려들던 좀비들이 진우에게 걸려 머리가 터진 채 뒤로 날아가기라도 하면 '오오오~!' 하는 거대한 함성이 터진다.

여섯 명의 실탄 배달조가 벌이는 전투는 고대 로마의 검투사들처럼 수많은 관객을 숨죽이게 만들었다.

쉘터 주차장은 순식간에 콜로세움이 되어 버렸다. 목숨을 건 전사들의 혈투를 지켜보며, 옥상의 민군들은 온 마음을 다해 배달조를 응원했다.

이 거대한 스케일과 박진감! 게다가 이 싸움에는 지켜보는 모든 사람들의 운명도 함께 걸려 있다. 여섯 영웅이 실패하면, 결국 700명이 다 죽는다.

"젠장! 위에서 지원사격 해 달라고 요청할 걸 그랬나 봅니다!"

황 일병이 탄창을 교환하며 앓는 소리를 한다. 그에게는 이제 실탄이 60발밖에 남지 않았다. 진우가 큰 소리로 그를 달랬다.

"괜찮아! 이제 다 왔어! 이게 더 나아!"

어차피 옥상에서 쏴 대는 지원사격이라고 해 봐야 대여섯 명이 날리는 부정확한 3점사일 뿐이다. 거기에 있는 군인을 통틀어도 그 정도 인원밖에 안 된다.

지금처럼 빠르게 달려드는 좀비들을 상대로 그런 식의 사격을 해 봐야 명중률은 10퍼센트를 넘기 어렵다.

오발 사고에 대한 걱정도 그렇고, 실탄에 여유가 없는 상황에서는 쓸 수 없는 작전이다. 그러니 아예 개입하지 말라고 한 판단이 옳다.

"D동! F동! 계속 담배 피워! 담뱃불 꺼뜨리지 마!"

수감자 숙소의 옥상에서 강 소위가 확성기를 통해 명령했다. 그 말을 들은 위험 환자 숙소의 사람들이 다시 열심히 라이터를 켜 댄다.

여섯 명이 좀비들과 벌이는 뜨거운 싸움을 숨죽인 채 바라보느라 담배 피우는 것조차 잊어버리고 있었던 것이다.

타앙— 탕, 탕, 탕— 타앙—.

진우는 사방으로 총구를 돌리며 달려드는 좀비들을 처치하고, 한 발짝씩 전진을 했다. 그런데 양옆의 두 병사는 그렇게 하는 게 꽤 버거운 상황이다.

목표로 삼았던 시멘트 덩어리까지는 아직도 10미터 이상이 남았다. 유빈이 던져 둔 담배 깡통이 어느 정도 좀비들을 잡아 두고는 있지만, 확실히 진도가 나가지 못하고 있다.

"뺄까? 나중에 다시 와도 돼!"

진우가 탄창을 교환하며 소리쳐 물었다. 다른 두 병사의 실탄이 30여 발밖에 남지 않았음을 깨달은 것이다.

지금까지 사용한 실탄의 수가 뼈에 사무치게 아깝지만, 무모하게 달려들다가 죽는 것보다는 재도전이 낫다. 보다 못한 보안관이 나섰다.

"야! 됐어! 그만 가도 돼! 이만하면 충분히 던질 수 있는 거리야! 그만 기도 되니까 비켜서!"

"진짜? 꽤 멀어!"

구 상병과 함께 각도를 벌려 서며 진우가 물었다. 거리는 20미터 이상, 목표물의 높이는 17미터. 묵직한 무게의 배낭을 던져 올리기에는 부담스러울 만한 거리와 각도다.

그롸아아아ㅡ.

잠시의 여유도 줄 수 없다는 듯, 좀비들이 맹렬하게 울부짖으며 아가리를 쩍쩍 벌린다. 진우는 미친 듯이 놈들의 미간에 총알을 박아 넣고, 보안관이 충분히 도움닫기를 할 수 있는 위치로 옮겨 섰다.

"줘! 빨리!"

보안관이 해머를 내려놓고 유빈에게 손을 내밀었다. 유빈은 청테이프로 표시해 둔 첫 번째 배낭을 건네며 소리를 질렀다.

"그거 던져 보고, 안 되면 곧바로 후퇴하는 거야!"

"안 될 일이 없다니까! 넘어가면 넘어갔지, 안 닿지는 않아!"

보안관은 호기롭게 외치면서 배낭을 묶어 둔 빨랫줄을 잡고, 팔을 크게 회전시키기 시작했다.

윙ㅡ 윙ㅡ.

물기 가득한 옷으로 완충재를 삼는 바람에 원래부터 무거웠던 배낭에 빗물까지 잔뜩 스며들었지만, 보안관은 그걸 한 손으로 아무렇지도 않게 돌려 댄다.

홍ㅡ 홍ㅡ.

허리 아래쪽에서부터 시작한 스윙은 금세 어깨 위로까지 올라왔다. 보안관은 자신만만한 표정으로 배낭을 회전시키면서 허리를 뒤로 젖혔다. 그러고는 힘차게 한 발을 내디디면서 배낭을 집어 던졌다.

휘이이이ㅡ.

빨랫줄을 꼬리처럼 길게 늘어뜨린 배낭이 하늘을 난다. 구경하고 있던 사람들의 입에서 안타까움과 기대, 그리고 두려움과 감탄이 섞인 탄성이 흘러나왔다.

빗속을 뚫고 날아가던 배낭은 목표로 삼았던 C동의 옥상을 절반 이상 가로질러 날아간 뒤에야 떨어졌다.

과연 대단한 힘! 성공이다!

"우와아아아!"

주변 건물에서 일제히 환호성이 터져 나왔다.

"들어갔어? 들어갔냐고?"

좀비들을 쓰러뜨리느라 잠시도 시선을 돌리지 못하는 진우가 격앙된 목소리로 물었다. 다른 병사들도 귀를 쫑긋 세운 채 방아쇠를 당기고 있다.

"그래! 들어갔어! 자, 보안관! 이것도 던져! 방금 전처럼만 해!"

유빈은 앞쪽의 사수들에게 기쁜 소식을 알리고, 미리 준비해 뒀던 두 번째 배낭을 보안관에게 넘겼다.

"껌이지! 이까짓 것쯤이야!"

기세가 오른 보안관은 빨랫줄을 꽉 움켜쥐고 힘차게 배낭을 돌렸다. 그리고 그의 두 번째 투구도 정확하게 C동 옥상으로 날아갔다.

"와아아아! 와아아!"

옥상의 민간인과 군인들은 이미 승리를 다 쟁취한 사람들처럼 큰 소리로 환호를 해 댄다. 진우와 두 병사의 총소리가 묻힐 정도로 뜨거운 반응이다.

"이제 가자!"

두 번의 미션을 성공리에 마친 보안관이 해머를 챙겨 들고 진우의 등을 두드리려 할 때, 유빈이 또 배낭을 내밀었다.

"아직 아냐! 이것만 던지고 가! 하나 더 해야 돼!"

"왜? 이건 뭐야? 두 개라고 했잖아!"

보안관은 배낭을 받아 들고 나서도 영문을 알 수 없다는 표정을 짓는다.

투투투— 투투둑—.

탕, 탕, 탕, 탕—.

열심히 사격하고 있는 진우와 누 병사노, 배권 소녀도 마찬가지였다. 왜 갑자기 배낭의 수가 늘었단 말인가. 유빈은 손을 내저으며, 일단 빨리 던지기나 하라고 채근했다.

"알았어. 이까짓 것, 힘든 일도 아니니까 던지기는 한다만……."

보안관은 갑자기 바뀐 작전을 못마땅해하면서도 열심히 배낭을 회전시키다가 있는 힘껏 내던졌다.

배낭이 제대로 날아가는지 지켜보기도 전에 유빈은 보안관에게 해머를 쥐여 주고, 진우의 등을 두드렸다.

"이제 가자!"

"저거, 제대로 날아가는지 보지도 않았잖아!"

뒤돌아 달려가면서 진우가 물었다.

"이미 다 던졌는데, 결과가 어떻든 마찬가지야! 다른 데 떨어진다고 해도 어쩔 수 없어! 빠져!"

유빈도 전속력으로 뛰며 대답했다. 그가 냉정하게 말하고 있는 동안 보안관이 던진 세 번째 배낭도 C동 옥상에 안착했다.

세 번의 연이은 스트라이크!

쉘터 건물들마다 축제 분위기가 끓어오른다. 하지만 아직 배달 팀 여섯 명은 수감자 숙소로 돌아가지 못한 상황이다.

탕, 탕, 탕, 탕—.

투투둑—.

진우와 두 병사가 가까이 달려오는 좀비들을 쏴서 자빠뜨리며 길을 텄다. 일행은 빠르게 내달려서 건물 입구로 들어섰다.

"안에! 안에! 좀비! 좀비!"

옥상에서 내려다보고 있던 사람들이 한목소리로 외친다. 그중에는 삼식이와 제니의 안타까운 외침도 섞여 있다.

"우리 나온 사이에 들어간 놈들 있나 봐! 앞에 조심해!"

후방에서 따라가던 태권 소녀가 미리 경고를 해 준다. 진우는 날카롭게 좌우를 훑었다. 로비에는 그다지 눈에 띄는 움직임이 없다.

"그롸아아아—."

계단 위에 올라가 있던 좀비들이 부웅, 몸을 날려 일행들을 덮친다. 전혀 예상치 않았던 동선. 하지만 진우는 당황하지 않고 재빨리 총구를 그쪽으로 돌리고 방아쇠를 당겼다.

탕, 탕, 탕, 타앙— 탕, 탕—.

번개처럼 빠른 조준, 그리고 그보다 더 빠른 격발.

진우와 두 병사를 향해 날아올랐던 세 마리의 좀비는 가슴과 머리에 커다란 구멍이 뚫린 채 계단 아래로 나뒹굴었다.

"어딜, 이 새끼야!"

보안관은 입구 앞에 딱 버티고 서서 쫓아오던 좀비들의 갈비뼈가 으스러지도록 호되게 해머로 후려갈겼다.

기세만으로 보자면 천하제일이지만, 현실은 어디까지나 현실. 수없이 계속 밀려드는 좀비들을 그 혼자서 상대한다는 건 불가능한 일이다.

젠장, 언제까지 꾸역꾸역 몰려들 거냐. 쯧!

"올라가! 보안관!"

두 명의 병사를 먼저 계단 위로 올려 보낸 진우가 자리를 잡고, 보안관을 부른다. 보안관은 한 번 더 크게 해머를 휘둘러 좀비들을 밀쳐 낸 후, 재빨리 돌아서서 뛰었다.

툭— 투둑— 투투두— 투투두— 투투— 툭—.

모드를 3점사로 바꾼 진우는 쉴 새 없이 방아쇠를 당겼다. 수감자 숙소의 입구에는 좀비들의 시체가 어지럽게 쌓여 간다.

이만하면 충분히 거리를 벌렸다 싶어진 진우는 마지막으로 계단을 뛰어올라 친구들의 뒤를 쫓아갔다.

"하아~ 하아~."

팔자에도 없이 특수 요원 부대의 선봉에 서게 된 十 상명과 황 일병은 거친 숨소리를 내뱉으며 계단을 올랐다. 그들의 탄창에는 정말로 몇 발 정도밖에 남아 있지 않다.

탄창을 빼서 확인해 볼 여유는 없지만, 아무리 후하게 잡아도 여섯 발을 넘을 것 같지는 않았다. 구 상병은 마음속으로 기도했다. 이제 진짜 더 이상은 좀비가 나타나지 않도록 도와달라고…….

그롸아아악— 끄와아아—.

이런 젠장! 기도가 끝나기도 전에!

구 상병은 이를 악물었다. 세 마리의 좀비가 아가리를 벌리고 복도 쪽에서 뛰어온다. 두 병사는 곧바로 총구를 들고 방아쇠를 당겼다.

투투둑— 투투투— 투투둑—.

둘이 합쳐 아홉 발의 총성이 울렸다. 그리고 두 마리의 좀비가 바닥에 나뒹굴었다. 하지만 한 마리가 빗발치는 총알들 사이를 꿰뚫고 그들을 향해 달려든다.

틱— 틱—.

공이가 빈 약실을 때리는 소리!

두 병사의 총에서 실탄이 바닥났음을 알리는 소리가 울린다.

헉, 그 대단한 싸움을 다 잘해 놓고 여기에서…….

구 상병과 황 일병의 얼굴은 당혹감으로 파랗게 질렸다. 좀비의 갈퀴 같은 손은 어느새 바로 코앞까지 덮쳐져 와 있다. 그때였다.

"아잣!"

두 병사의 어깨를 짚어 뒤로 당기며 튀어나온 태권 소녀가 날카로운 뒤돌려 차기를 좀비의 가슴팍에 날렸다.

끄웨에에—.

좀비는 자기 혀를 깨물며 뒤로 몇 걸음이나 밀려났다. 그사이 자세를 갖춘 태권 소녀는 야구 배트를 꽉 쥐고 허리를 돌렸다.

까앙—.

그녀의 풀스윙이 좀비의 이마를 정통으로 맞히자, 정말 야구장에서나 들을 법한 맑은 소리가 복도 전체에 울려 퍼진다.

목이 뒤로 꺾인 좀비가 다시 중심을 잡기도 전에 태권 소녀는 다시 한번 배트를 돌렸다. 이번에는 골프 스윙처럼 위로 쳐올려서 무방비로 노출된 좀비의 뒤통수를 갈겼다.

으쩍—.

뼈가 여러 개의 조각으로 박살 나는 둔탁한 소리!

좀비는 기묘한 각도로 목이 꺾인 채 힘없이 쓰러져 버렸다.

"하! 진짜네……."

황 일병의 입에서 감탄의 말이 터져 나왔다. 겉보기에는 그저 늘씬하고 길쭉한 여자였는데, 저런 힘과 스피드를 가지고 있을 줄이야…….

밖에 나가서 싸우는 동안 계속 전방만 주시하고 있던 그이기에, 태권 소녀의 몸놀림을 유심히 본 건 처음이었다.

그녀에게라면 믿고 등을 맡길 수 있다고 했던 보안관의 말이 그저 입에 발린 칭찬이 아니었다.

"일어나! 빨리 가야 돼!"

좀비를 쓰러뜨린 뒤에도 태권 소녀는 별 흥분하는 기색 없이 뒤로 넘어져 있는 병사들의 손을 잡아 일으켜 주었다.

보안관과 진우도 때마침 3층으로 올라왔고, 모든 상황이 정리된 걸 확인한 유빈이 옥상 문을 두드렸다.

쿵쿵쿵—.

딱 세 번 만의 노크에 곧바로 달칵, 하는 소리와 함께 문이 열렸다. 그리고 그 너머에는 감격한 표정의 병사와 민간인들이 기다리고 있었다.

"최굡니다! 진짜! 최고! 사랑해!"

유빈이 반응을 하기도 전에 사방에서 사람들이 덮쳐 온다. 잃어버렸던 가족을 만나기라도 한 것처럼 뜨거운 포옹이다. 두 병사에게도, 태권 소녀에게도, 보안관에게도 사람들은 두 팔을 벌리고 달려늘어 꽉 껴안났다.

"으, 읍! 이럴 때가 아니…… 뒤에……."

유빈은 볼과 입이 거의 틀어막힌 채로 열심히 떠들었다.
'이럴 때가 아닙니다! 지금 뒤에 좀비들이 쫓아오고 있어요! 다 끝난 게 아니라고요! 이제 겨우 막 시작된 거예요! 문을 닫아야 합니다!' 따위의 말들을 하려고 했는데, 워낙 꽉 끌어 안겨진 바람에 도통 말이 나오지 못했다. 말은커녕 숨을 제대로 쉬기도 힘들다.
투— 투투— 투투투— 투투둑—.
총소리가 요란하게 울리고 나서야 비로소 사람들은 깜짝 놀라 포옹을 풀고 뒤로 물러났다.
마지막까지 계단 앞을 지키던 진우가 뛰어 올라오는 좀비들을 향해 3점사를 퍼부어 준 소리였다.
"막아요! 아직 여유 있습니다!"
사격을 마친 진우는 재빨리 옥상으로 뛰어나와 문을 닫았다. 병사들이 달려와 실외기를 쌓아서 문을 받친다.
한 겹! 그리고 또 한 겹!
쿵—.
잠시 후부터 다시 문에 부딪치는 소리가 울리기 시작했다.
질긴 놈들……. 도무지 포기라는 걸 모르는 것 같다.
"괜찮습니다! 여기는 저희가 맡을게요!"
이를 악물고 문을 밀며 버티고 있던 진우에게 옆의 병사들이 한목소리로 외친다. 진우는 그들에게 문지기 역할을 맡기고 천천히 뒤로 물러났다.
"하아아~!"
진우는 깊은 한숨과 함께 일행들의 곁에 주저앉았다.
"고생 많았다. 정말 이 고마움을 뭐라고 표현해야 할지……."
강 소위와 김 중사가 다가와 실탄 배달 팀에게 치사를 하며 손을 잡았다.
"지금 보급된 실탄은 특수 요원들과 우리 전우들의 목숨을 걸고 전달된 것이다! 다시 한번 말하지만, 한 발, 한 발의 실탄을 내 목숨이라고 생각하고 쏜다!

각 분대장이 지목한 우수 실력자 우선으로 탄창을 지급하도록!"

 인사를 마치고 돌아간 강 소위는 확성기를 꽉 붙잡고 다시 목이 찢어져라 소리를 질러 대기 시작했다.

 그 역시 이번에 배달된 총알이 이 싸움을 승리로 이끌 수 있는 거의 유일한 기회라는 걸 잘 알고 있는 것이다.

 C동에는 현재 가장 많은 병사들이 피신해 있다. 저 많은 좀비들의 수를 감당하려면 그들의 전투력이 필요하다.

 "걱정 많이 했어요."

 잠시 친구들을 떠나보내고 마음을 졸였던 삼식이와 제니가 안도의 한숨을 내쉬며 그들의 어깨를 두드려 준다.

 "아야야……."

 한계까지 육체를 내몰았던 구 상병과 황 일병의 입에서 앓는 소리가 터져 나왔다.

 정말…… 숨도 제대로 못 챙겨 쉴 만큼 정신없이 흘러간 몇 분이었다. 아직도 눈앞에 좀비들의 끔찍한 몰골이 어른거리고, 귓가에는 놈들의 포효 소리가 남아 있다.

 "그 짧은 순간에 손바닥이 다…… 물집이 잡혔어…… 얼마나 총을 꽉 잡고 있었는지……."

 구 상병이 손바닥을 들어 보인다. 아직도 미세한 떨림이 가시지 않은 그의 손아귀는 물집이 터지고 찢겨 빨간 속살이 드러나 있다. 총이 부서져라 꽉 움켜쥐고 용을 쓴 탓이다.

 "진짜…… 아슬아슬했지 말입니다. 저는 마지막에 가방 던지기 직전까지도 이거 성공 못 할 줄 알았습니다. 하아아~."

 황 일병도 한숨을 내쉰다. 말을 하는 동안에도 윗니, 아랫니가 계속해서 딱딱 부딪칠 만큼, 그는 온몸을 심하게 떨었다.

 "크크크, 저 새끼 작전이…… 영 구렸어. 뭔가 너무 허술하게 준비하고 나갔던 거잖아. 가방도 두 개만 던지면 된댔다가, 실제로는 하나를 더 던지라고 하질 않나. 어이구~."

보안관이 유빈을 지목하며 놀려 댔다. 유빈은 손사래를 치며 진우에게 책임을 돌렸다.

"아니, 무슨 그런 섭섭한 말을…… 내 작전은 괜찮았어. 진우가 복도에서 총알을 너무 많이 쓰는 바람에 막상 주차장에 내려가서 총알이 부족했던 거잖아……."

"그게 아니라 보안관이 담배통을 너무 멀리 던졌어. 그래서 힘들었던 거야. 이 주변의 좀비들을 꼬시려고 던진 건데, 연기가 이쪽으로는 오지도 않았는데 뭘."

진우도 지지 않고 받아쳤다. 친구들끼리 주고받는 농담을 들으며 엷은 미소를 짓고 있던 태권 소녀가 유빈에게 물었다.

"근데, 아까 가방은 왜 세 개였냐? 분명히 두 개만 던진다고 했잖아."

"아아…… 그거. 그…… 맨 첫 번째 배낭은 벽돌로 무게만 비슷하게 만든 짝퉁. 그걸로 보안관이 제대로 던지는지 확인한 다음에 진짜 총알이 든 가방들을 줬지. 귀한 총알이 혹시라도 제대로 날아가지 않으면 큰일 나니까."

유빈은 별거 아니라는 듯 대답했다. 그야말로 걱정 전문가다운 발상이다. 보안관이 어처구니없어하며 중얼거렸다.

"허, 이런 바보. 중고나라 사기도 아니고…… 벽돌이라니. 그거 열어 본 사람들은 무슨 생각이 들었을까?"

"뭐, 어차피 그거 뜯고 있는 동안에 두 번째, 세 번째 배낭도 도착했으니까 거기에 집중했겠지."

유빈은 그닥 신경 쓰지 않았다.

잠시 후, C동의 옥상에서 누군가가 큰 소리로 외쳐 왔다.

"C동, 탄창 30개, 벽돌 네 장 수령 확인합니다! 30개 탄창 중 12개, 각 분대에서 선발한 우수 사수에게 지급했습니다! 발포 허가 바랍니다!"

벽돌 네 장?

강 소위는 자기가 뭘 잘못 들었나 싶었지만, 어쨌든 더 중요한 일에 집중했다.

그는 확성기의 스위치를 누르고 자신만만한 목소리로 외쳤다.

"발포 허가한다!"

"발포 허가 확인했습니다!"

C동의 병사도 큰 소리로 대답했다. 쉘터 내 모든 사람들이 숨을 죽이고 지켜보고 있는 가운데, C동 난간 밖으로 겨눠졌던 여섯 개의 총구가 일제히 불을 뿜었다.

타앙! 타, 탕, 타, 탕! 탕, 타앙!

머리가 뚫린 좀비들이 뒤로 넘어간다. 장관이다. 사람들의 환호가 그 뒤를 따른다. 잠시 재조준의 시간이 지나가고, 다시 한번 총성이 울려 댔다.

타, 탕! 타앙! 탕! 타아앙!

"아아~!"

강 소위는 희열에 가득 찬 표정으로 지그시 눈을 감았다. 맞은편 건물에서 울려오는 총성은 그야말로 아름다웠다. 승리의 기운을 쉘터 전체에 퍼뜨리는 기계신의 노래다.

타앙— 탕, 탕, 탕— 타앙—.

C동에서 들려오는 총소리를 들으며 진우와 두 병사도 만족한 표정을 지었다. 그렇게 기를 쓰고 좀비들의 파도를 뚫어 낸 보람이 있다.

"그렇게나 많았는데…… 이제는 그래도 한눈에 줄어든 게 보이네."

난간에 기댄 채 아래쪽을 내려다보고 있던 태권 소녀가 말했다. 유빈도 고개를 끄덕였다.

"그러게. 거의라고 하면 좀 구라일 것 같고, 한 2분의 1쯤은 잡은 모양이다. 애초에 저놈들 수가 우리가 눈대중으로 계산했던 것보다 더 많았나 보다."

주차장 여기저기에는 돌에 찍히고, 총에 맞아 죽은 좀비들의 시체가 점점 늘어난다.

특히 조금 전 총알을 배달하기 위해 진우와 두 병사가 뚫고 지나갔던 지역 부근은 좀비 시체들이 부채꼴로 뚜렷한 라인을 형성한 채 쓰러져 있다.

탕, 타앙— 타아앙— 탕—.

총성이 울릴 때마다 옥상의 민간인들은 큰 소리로 환호를 한다. 머리가 뚫려 자빠지는 좀비들의 수를 세는 사람들도 있다.

다른 건물의 옥상에서는 기운을 찾은 사람들이 새로 부순 난간의 조각들을 집어 던져 댄다. 전체적으로 분위기가 잔뜩 들떠 있다.

"우리도 동참할까?"

구 상병이 눈을 빛내며 물었다. 점점 커지는 박수 소리, 환호 소리를 듣고 있자니 피가 끓어오른다.

"저도…… 좀 쏴 줘야 할 것 같은 기분이 들었습니다."

황 일병도 상기된 표정으로 몸을 들썩거렸다. 하지만 두 녀석 다 실탄이 없다. 진우의 허락을 받아야만 고 하사에게 가서 실탄을 지급받아 올 수 있다.

"손부터 좀 치료해. 그거 그렇게 놔두면 곪아."

그 말을 하며 구 상병의 손바닥을 가리키는 진우의 왼손 검지는 손톱이 1센티 정도밖에 없다. 손바닥과 팔뚝에도 온통 찢기고 긁혔던 흉터들이 가득하다. 구 상병은 가볍게 웃으며 자신의 상처를 툭툭, 두들겼다.

"너희처럼 우수한 엘리트는 아니지만, 나도 군인이야. 이 정도쯤 괜찮아."

"쓸데없는 소리 하지 말고, 이걸로 감어. 군인은 안 아프냐?"

유빈이 배낭에서 거즈를 꺼내 주며 말했다. 구 상병은 비닐을 뜯고 거즈로 손바닥을 감싸며, 신기하다는 눈으로 유빈을 바라봤다. 이놈의 가방에서는 뭐든지 나오는 것 같은 기분이다.

"아직 나서지 말고 쉬운 건 저 건물 애들한테 맡겨. 몰려 있는 좀비들 얼추 처리하고 나면, 그다음에는 듬성듬성 서 있거나 빨리 뛰어다니는 놈들만 남을 거고, 그러면 명중시키기가 더 어려워질 거야. 너희랑 진우는 그때 쏘기 시작해 줘. 그때까지는 쉬어야 돼. 인간의 집중력이라는 게 그렇게 무한하지가 않아."

유빈이 말했다. 이 비가 그치지 않는다고 가정할 때, 앞으로 세 시간 정도 후면 사방이 다 어두컴컴해질 것이다. 그러니 그 전에 주차장의 좀비들을 얼추 정리하고 이 건물과 정반대 편에 있는 발전기부터 꺼야 한다. 그러려면 그때까지 진우와 이 병사들을 쌩쌩한 상태로 보존해 둬야 할 필요가 있다.

"유빈이 말이 맞아. 억지로라도 좀 쉬어. 지금은 흥분해서 밤새도록이라도 싸울 수 있을 것 같겠지만, 금방 손이 떨려 오기 시작할 거야. 피곤해지면 실수가 나오잖아. 그럼 총알 아깝고……. 그러니까 저렇게 몰려 있는 놈들 잡는 건 맞히기 쉬운 방향 쪽에 있는 저기 다른 애들한테 맡기고, 우리는 더 주목받을 만한 일을 하자."

영웅이 되고 싶어 엉덩이를 들썩거리는 두 병사에게 진우가 말했다. 수감자 숙소의 나머지 병사들과 C동의 병사들이 지금 남아 있는 좀비들의 75퍼센트 정도를 잡고 나면 그때부터가 진짜 어려운 게임이다.

건물 틈에 숨은 놈들을 일일이 찾아내고 유인해서 모두 죽여야 끝나는 징그러운 게임. 그리고 지금의 C동 사격 페이스로 볼 때, 그 어려운 게임은 약 두 시간 뒤부터 시작될 전망이다.

Chapter 73
파멸의 그늘

01

 오후 3시가 조금 지났을 때, 용산의 태양 그룹 본사에는 정말 반갑지 않은 손님이 들이닥쳤다. 두 대의 하얀 헬기. 그중 한 대는 이제 파멸의 마녀 전용기가 되어 버린 아구스타 AW109였다.
 "오 박사님! 지금 옥상에 황 사장님이!"
 당황한 목소리의 직원이 인터폰을 통해 마녀의 방문을 알렸을 때, 오 박사는 귀찮다는 듯 되물었다.
 "황 사장? 그게 누굴 말하는 거야? 어차피 황씨 집안 회사인데, 사장 자리에 있는 황씨가 한둘이야?"
 "황나연 사장님 말씀입니다."
 헉―!
 그제야 오 박사의 얼굴에도 당혹감이 번진다.
 "뭐야? 오늘 16일 아니었어? 맞잖아? 그런데 왜 갑자기?"
 오 박사는 자신의 시계를 보며 날짜까지 확인했다. 자신이 착각한 것이 아니었다. 실험 대상체들을 넘겨주기로 한 날은 내일이다. 파멸의 마녀, 이 미친년이 약속했던 것보다 하루 빨리 온 것이다.

"제2회의실로 모셔! 아, 아니다! 귀빈 라운지! 거기가 낫겠다."

"저…… 그게, 곧장 오 박사님 사무실로 가시겠다고……."

젠장!

오 박사는 성질을 이기지 못해 테이블을 내려치며 인터폰을 끊어 버렸다.

"하여튼 이 꼴 보기 싫은 년! 사람들이 싫어할 짓만 골라서 한다니까!"

오 박사는 대충이라도 머리를 빗어 넘기고, 책상의 재떨이를 쓰레기통 안에 던져 버렸다.

연구에 진도가 나가지 않으니까 그의 몰골 역시 점점 말이 아니게 변해 가고 있다. 하지만 그런 기색을 보이면 마녀 년은 기가 살아서 더 난리를 쳐 댈 것이다.

"큰일 났구만, 아직 대가리 수를 다 못 채웠는데…… 또 얼마나 잔소리를 지껄여 댈지……."

오 박사는 메이저가 정리해서 넘긴 자료를 급하게 뒤적거렸다. 자신이 사용해야 하는 샘플들을 제외하면, 대략 30명 정도가 부족하다.

'어쩌지? 내가 쓸 놈들까지 싹 다 넘겨? 아니…… 그래 봐야 어차피 숫자는 딱 맞추지 못해. 잔소리 듣는 건 매한가지인데…….'

그렇게 오 박사가 갈등하고 있을 때, 근육질의 보디가드가 문을 벌컥 밀고 들어온다. 노크 따위는 물론 하지도 않았다.

보디가드가 방 안을 빤히 훑어보고 나서 한쪽으로 비켜서자, 그제야 마녀는 하이힐 소리를 또각또각 울리며 사무실 안으로 들어온다. 오 박사는 얼른 자료들을 정리해 감췄다.

"익스큐즈 미! 후후후, 닥터 오! 굿 애프터눈!"

비가 이렇게 내리고 있는데도 마녀는 커다란 선글라스를 걸치고 있다. 아마그녀 혼자만의 망상 속에서는 오늘이 꽤 좋은 날씨인가 보다. 오 박사의 사무실은 그녀가 끌고 온 보디가드들로 가득 찼다.

"아, 예. 안녕하셨습니까. 연락이라도 미리 좀 주셨으면 제가 마중을 나가는

데…….”

오 박사는 성질을 꾹 억누르면서 억지 미소를 지어 보였다.

"노노노노, 서프라이즈한 필링을 선물하고 싶었어. 어때요? 놀라웠어?"

마녀는 책상에 놓여 있던 자료와 데이터 출력물들을 아무렇게나 들춰 보면서 대답했다. 예절이라고는 도무지 찾아보기 어려운 태도다.

"하, 하하…… 그렇군요. 그래도 놀라움보다는 반가운 감정이 더 컸달까요?"

"닥터 오가 나를 그렇게 반길 스타일이 아닌데…… 왜? 뭔가 익스펙트하고 있는 게 있나 봐?"

마녀가 의자에 다가서자, 보디가드가 얼른 의자를 뒤로 뺀다. 그녀는 의자에 깊이 기대앉으며 거만한 자세로 오 박사를 바라봤다.

"황 사장님처럼 기품 있고 아름다운 분이 방문해 주시는 건 언제나 기쁜 일일 수밖에 없죠. 곁에서 모시고 일하는 사람들이라면 다 공감할 수 있는 이야기일 겁니다. 아마 전에 같이 오셨던 그…… 음, 미스터 배였나요? 그분에게 물어본다고 해도 같은 대답을 하지 않을까요?"

오 박사는 뱀 같은 눈을 번뜩이며 마녀가 데려왔던 면역자의 이야기를 꺼냈다.

살아 있는 면역자…… 그가 정말로 질투를 느꼈던 물건이다. 그런데 이번에는 마녀와 함께 오지 않았다. 혹시라도 실험을 하다가 실수로 뒈져 버렸다거나 했다면 정말로 기쁠 텐데.

"후후후, 닥터 오, 마음을 숨기지를 못하겠나 봐? 에브리나잇 미스터 배를 드리밍했어? 후후후, 그 능력 어메이징하기는 하지. 닥터 오가 그리워하더라는 이야기는 미스터 배에게 전해 줄게요. 근데 미스터 배가 닥터 오를 기억이나 할까 모르겠네…… 워낙 요즘 핫한 사람이라서 바쁘거든."

"저 같은 거야 기억을 못 하신다고 한들 뭐 어떻겠습니까. 그저 건강하기나 했으면 좋겠습니다. 남부 연구팀이 영 못 미더워서 말이죠. 뭐, 마실 거라도 좀 내오라고 할까요?"

오 박사는 인터폰을 누르면서 자신의 의자에 앉으려 했다. 그러자 마녀가 차갑게 말했다.

"누가 싯 다운 해도 좋다고 했지? 닥터 오, 그대로 서 있어."

그녀의 말은 인터폰을 통해 직원들에게도 전달되고 있다. 오 박사는 모멸감을 느끼며 인터폰에서 손을 뗐다. 그러고는 반듯하게 섰다. 계속 억지로 미소를 유지하려다 보니 얼굴에서는 경련이 일어날 것 같다.

"예스, 그렇게 공손하게 서 있으니까 좋잖아? 컴퍼니라는 게 상하가 있어야지. 개나 소나 사장이랑 맞먹으려고 하면 안 되지. 두 유 해브 애니 프라블럼? 닥터 오?"

마녀는 성질을 긁기로 작정한 인간처럼 군다. 하지만 지금 이 상황에서 쓸데없는 반항을 해 봐야 생기는 건 아무것도 없다. 오 박사는 고개를 저었다.

"아무 문제 없습니다. 서 있는 게 편합니다."

"그래, 아랫것답게 굴라고. 나는 미스비헤이브하는 인간들은 도저히 못 봐주니까. 그건 그렇고…… 사우스 에어리어로 샌드하기로 되어 있던 샘플들은 다 준비되었나? 응? 아 유 레디?"

"황 사장님, 유감스럽지만 저희 기록에는 샘플들을 인도해야 하는 예정일이 8월 17일로 되어 있습니다. 제 기억도 그게 맞는 걸 보면, 아마도 황 사장님의 비서진들이 뭔가 착오를 일으킨 건 아닐지 의심스럽군요."

오 박사는 마녀를 빤히 바라보며 '너 약속보다 하루 일찍 왔어, 이 미친년아!'라는 말을 최대한 예의 바르게 전했다.

정상적인 인간이라면 당연히 부끄러워해야 할 상황이지만, 마녀는 그렇지 않았다. 정상적인 년이 아니니까.

"소 왓? 원 데이 차이가 난다고 해서 샘플이 부족하다는 말을 하고 싶은 거야? 오, 컴온! 닥터 오! 당신은 글로벌 리더, 태양 그룹의 간부라고! 올웨이즈 프리페어! 항상 준비가 되어 있어야지!"

"준비되어 있는 건 맞습니다. 다만, 항상 정시 출고를 목표로 하고 있기 때문에 불필요한 재고를 적체시켜 두지 않는 것뿐입니다. 샘플들을 먹이고 재우는 것 역시 전부 다 상당한 비용을 사측에 부담시켜야 하는 거니까요."

오 박사는 여유를 잃지 않으며 대답했다. 이런 멍청한 년과의 말싸움에서 논리적으로 질 일은 없다.

"저스트 인 타임이라 이거지? 후후후, 아주 잘나셨네? 잠실 방어 부대와 마찰이 있어서 원 위크에 200명은 도저히 임파서블하다고 사정을 하던 인간이, 저렇게 모가지를 빳빳하게 세우면 내가 도대체 뭐라고 해야 하지? 응? 닥터 오, 그 잘난 척하는 태도의 하프만큼이라도 프로핏을 좀 내봐!"

과연…… 오 박사의 여유가 마음에 들지 않았는지, 마녀는 갑자기 지난 일들을 끄집어내며 언성을 높이기 시작했다.

하고 싶은 말은 많지만, 오 박사는 그냥 입을 꾹 다물고 참았다. 이러다가 갑자기 이 마녀가 할당량을 늘려 버리기라도 하면 또 뒷감당이 힘들어진다는 걸 알고 있기 때문이다.

"당신은 당신이 생각하는 만큼 유능하지 않아! 스마트하기는 하지만, 낫 지니어스라고!"

마녀는 자리에서 일어나 오 박사의 얼굴에 삿대질을 해 가며 열변을 토했다. 깨끗했던 오 박사의 안경 렌즈에 그녀의 침방울들이 튄다.

"응? 뭐라고 앤서 좀 해 봐? 닥터 오, 당신이 이 많은 맨 파워를 가지고 지난 한 달 동안 이뤄 낸 리절트가 뭐가 있는지, 난 그걸 듣고 싶어. 마이 컴퍼니의 버짓이 대체 어디에 쓰였는지 말이야."

"면역자의 항체가 있다는 걸 밝혔고……."

"노노노노노, 그 이야기는 패스해야지. 당신은 그냥 그런 샘플이 있었다는 것만 말할 수 있지만, 나는 실제 면역자를 갖고 있어. 얼라이브한 상태로!"

또 미스터 배인가…….

오 박사는 속으로 한숨을 내쉬었다. 이 망할 년이 그놈의 면역자를 얻은 이후로 그룹 수뇌부가 이곳을 대하는 태도가 완전히 달라졌다. 점점 더 무례해지고, 지원이 줄어든다.

오 박사의 연구만이 백신을 만드는 거의 유일한 희망이었던 시절에는 이런 일이 없었다.

"황 사장님, 사실관계는 정확히 말씀하셔야지요……."

오 박사는 안경의 렌즈를 닦아 다시 쓴 뒤, 이야기를 이었다.

"수많은 샘플들을 실험하면서 얻은 저희의 데이터는 그렇게 무시하실 만한 수준의 것이 아닙니다. 황 사장님께서 우연히 면역자를 손에 넣으신 행운은 진심으로 축하드리지만, 남부의 연구소에는 아직 백신을 만들어 낼 만한 데이터도 없고, 그만한 능력을 가진 브레인도 없습니다."

거기까지 이야기하고 오 박사는 마녀의 반응을 살폈다. 마녀는 입을 다물고 있다. 그건 곧 그의 말이 맞다는 의미다. 손톱만 한 성과라도 하나 얻어 냈다면, 저년은 대번에 '노노노노노'를 외치며 자신이 얼마나 대단한 일을 해냈는지 신이 나서 떠들어 댔을 테니까.

"저는 머지않아 황 사장님이 그런 멍청이들을 버리시고 저희와 손을 잡는 결단을 내리실 거라고 믿습니다. 현명하신 분이니까요. 그리고…… 대를 이으실 후계자께서 본사에 계셔야죠. 이곳이 곧 태양의 심장 아닙니까?"

조금 여유를 찾은 오 박사는 자신만만한 미소를 지으며 마녀에게 유혹의 눈빛을 건넸다. 이 멍청한 년이 갑자기 변심을 해서 면역자를 데려오기만 하면, 연구는 놀라운 속도로 발전할 수 있다.

지금 그에게 필요한 건 단 하나. 살아 있는 면역자다. 그것만 있으면…… 백신도 꿈이 아니다.

"후, 후후후후, 하하하하!"

잠시 오 박사의 눈을 마주 보고 있던 마녀는 미친 듯이 웃어 대기 시작했다. 한참 동안 히스테릭한 웃음소리를 뱉어 내던 마녀는 갑자기 정색을 하고 오 박사에게 물었다.

"설레었어?"

"네? 무슨 말씀이신지……."

"내가 넘어갈 것 같은 페이스로 보고 있으니까 설레었냐고? 닥터 오, 나를 너무 우습게 보지 마요. 당신처럼 너드 같은 타입, 난 딱 질색인 사람이야. 하여간 대디도 참…… 나이브하다니까. 뭣 때문에 이런 라이어에게 미련을 두는지 몰라. 글로벌 그룹의 리더는 냉정할 필요가 있는데 말이야."

마녀가 지껄이는 말들 중 황 회장이 아직도 이 연구소에 미련이 남았다는 이야기만은 오 박사의 귀에 아주 선명하게 꽂혔다.

'그래, 역시…… 황 회장은 그래도 이곳을 믿고 있어. 다행이다…….'

오 박사는 몰래 안도의 한숨을 내쉬었다. 하지만 마녀는 곧바로 그의 심장을 얼려 버릴 이야기를 꺼냈다.

"닥터 오, 마이 대디한테 감사해. 그저 트러스트하기로 했다는 이유만으로 당신처럼 무능한 리서처를 단번에 내치지 못하는 나이스 맨이니까 말이야. 투 위크스!"

그런 후, 마녀는 손가락 두 개를 펴 보였다.

"마이 대디가 당신에게 주는 라스트 찬스예요. 앞으로 2주! 그동안 한 번 더 기회를 주고, 그래도 별다른 성과가 없으면 여기는 끝이야. 디 엔드! 내 밑으로 들어와서 매일 마이 슈즈를 핥으면서 하루를 시작하든지, 그게 싫으면 좀비들에게 물려서 뒈져 버려! 2주 뒤에는 더 이상 지원이라는 게 없을 테니까! 유 갓 미? 이건 파이널 노티스야!"

'이런 날벼락이…… 이년, 이 말을 하고 싶어서 이렇게 하루 빨리 달려온 건가?'

오 박사는 당황한 기색을 보이지 않으려고 이를 악물었다. 이년 앞에서 약한 모습을 내보이기 싫다. 그게 이 망할 년을 얼마나 기쁘게 만들 것인지 잘 알기 때문이다.

2주…… 지금까지 한 달이 넘도록 이뤄 내지 못한 성과를 앞으로 보름 만에 만들어 내야 한다. 게다가 면역자를 확보하고 있는 이 마녀 년과 경쟁을 해서 이길 만큼의 탁월한 성과여야 한다. 대단한 천운이 따르지 않는 한은 무리다.

"아하하하하! 닥터 오! 표정이 아주 배드해! 데스 센텐스 받은 사람 같다고! 근데 어쩌지? 나 그런 표정 좋아해! 하하하하! 괜찮잖아? 당신, 자칭 지니어스 아냐? 그러니 2주 만에 세상을 바꿀 수도 있겠지!"

마녀는 신이 나서 웃어 댄다.

'당황하지 마라…… 비굴해질 필요 없어. 괜찮아. 아직 기회가 있는 거야.'

오 박사는 단 며칠이라도 기한을 연장해 달라고 사정하고 싶은 본능을 억지로 눌렀다. 이 마녀 년은 타인의 눈물에 마음이 약해지거나 할 인간이 아니다. 그리고…….

최악의 상황이 되더라도 이쪽에는 작은 회장이라는 인질이 있다. 황 회장의 유일한 아들. 비록 좀비로 변해 버렸지만, 그 늙은이가 끝내 미련을 버리지 못한 채 붙잡고 있는 혈육. 그놈이 여기에서 밥을 처먹고 있는 동안에는 황 회장은 이 본사를 포기할 수 없다.

띠리릭—.

오 박사가 가까스로 약한 모습을 보이지 않으며 버티고 있을 때, 마녀의 보디가드가 가지고 있던 무전기가 울린다. 보디가드는 귀에 손가락을 대고 이어폰을 누르며 입을 열었다.

"음, 준비 끝났나?"

준비? 무슨 준비를 말하는 거지?

오 박사는 겁에 질린 눈동자를 좌우로 굴리면서 보디가드들의 눈치를 살폈다. 녀석의 귀에 꽂힌 이어폰에서 무슨 소리들이 나오는지 전혀 알지 못하니 답답하기만 하다.

"음, 알았어. 나가지."

보디가드는 무뚝뚝하게 무전을 끊었다. 그러고는 마녀에게 다가가 고개를 숙여서 귓엣말을 건넸다. 마녀는 잘난 척하는, 특유의 꼴 보기 싫은 표정을 지으면서 '아하, 아하, 오케이'를 연발했다.

"딕터 오, 나집시다. 쉘 위 고 나우?"

마녀는 벌떡 일어나서 오 박사에게 따라오라는 손가락질을 한 뒤, 앞서 걷기 시작했다. 보디가드가 문을 열고 잡아 준다.

"지금…… 어디로 가시는 겁니까?"

걸음을 서둘러서 마녀를 따라잡은 오 박사가 물었다. 마녀는 그를 힐끔 돌아보고 나서 선글라스를 끌어 올리며 대답했다.

"마이 브라더를 데리러 가는 거지. 당연한 거 아니에요?"

"자, 작은 회장님을?"

"그래, 사우스 에어리어로 데려갈 거야. 대디도 그놈을 보고 싶어 하는 것 같고…… 훗, 만나 보면 대디도 알게 되겠지. 얼마나 디스거스트한 몬스터가 되어 버렸는지."

"하지만…… 작은 회장님은 지금…… 그렇게 장거리 여행을 하실 만한 상태가 아닌데요."

오 박사는 애원하는 어조로 말하며 자신도 모르게 마녀의 팔목을 잡았다. 그만큼 다급했다.

"왓 더 퍽!"

신체 접촉이 일어나자 마녀는 입술을 앙다물고 욕설을 내뱉었다. 곧바로 보디가드들이 달려들어 오 박사의 손을 비틀고 그를 벽에 밀어붙인다. 주변에 서 있던 직원들이 두려움이 가득한 비명 소리를 낸다.

부하 직원들 앞에서 이 무슨 쪽팔린 상황이란 말인가…….

하지만 그보다 두려움이 몇 배나 더 크게 느껴졌다.

"아니…… 아니…… 실수입니다. 저도 모르게 놀라서 그런…… 죽을죄를 지었습니다. 용서해 주십시오. 이렇게…… 사과드리겠습니다."

벽에 얼굴이 눌린 오 박사는 치욕스러움을 꾹 참고 마녀에게 빌었다. 지금은 체면이고 뭐고 따질 때가 아니다. 에어컨이 가동되고 있지만, 비 오듯 쏟아지는 식은땀으로 그의 등은 금세 흠뻑 젖었다.

작은 회장은…… 자신의 생명줄이다. 이걸 그냥 줘 버리면…… 목숨을 부지하는 것도 어렵다.

"놔줘. 미스테이크라잖아."

충분히 오 박사에게 굴욕을 안겨 준 마녀는 인심 쓰듯 보디가드들에게 명령을 내렸다. 솥뚜껑 같은 보디가드들의 손아귀에서 벗어난 오 박사는 쿨럭거리며 옷매무새를 가다듬었다.

이제야…… 이 더러운 마녀 년이 하루 일찍 이곳에 찾아온 진짜 이유를 알겠다. 무력 충돌이 일어날 소지 자체를 없애려고…… 교활한 년!

본사에는 지금 무장 병력이 거의 없다시피 할 정도로 텅 비어 있다. 메이저를 비롯해서 대부분의 섀도 실드 대원들이 할당량을 맞추기 위해 인간 사냥을 나가 있기 때문이다. 마감 전이 가장 바쁘리라는 걸 알고서 그 비어 있는 틈을 노린 게 분명하다.

'젠장…… 망했군……. 이 돌대가리 년이 이런 깜찍한 짓을 할 줄이야……. 메이저가 있었으면 어떻게 한번 저항이라도 해 보는 건데…….'

오 박사는 한숨을 내쉬면서 그가 할 수 있는 게 뭔지 생각해 봤다. 이제 작은 회장을 넘겨주는 건 피할 수 없는 일이 되어 버렸다.

그럼…… 대체 뭘 해야 이 마녀 년에게 한 방 먹일 수 있는 걸까?

"제가…… 제가 준비를 하겠습니다. 그러니 잠시만 기다려 주시면……."

오 박사는 최대한 공손한 어조로 마녀에게 말했다. 마녀는 한쪽 입술을 찡그리며 웃었다.

"무슨 준비가 필요하지? 그저 마이 브라더 한 명만 데리고 가면 되는데? 그렇게 빅딜이 아니야."

"아…… 그게…… 지금 기상 상태도 그리 양호하지 않고…… 또 혹시라도 비행 중에 작은 회장님이 그…… 문제를 일으키실 수도 있으니, 고정 장치에 단단히 고정을 하신 뒤 움직이시는 게 좋지 않겠습니까? 계속 모시고 있었으니 작은 회장님 상태는 제가 제일 잘 압니다. 저는 어디까지나 황 사장님의 안전을 걱정해서 드리는 말씀입니다."

오 박사는 일단 시간을 벌고 싶었다. 운이 좋으면 메이저가 오늘의 인간 사냥을 일찍 마치고 돌아올 수도 있다. 그렇게만 되면 이 우락부락한 보디가드 놈들도 지금처럼 함부로 설치기는 어려울 거다.

그리고 그마저도 정 안 되면…… 작은 회장의 몸뚱이를 고정하는 틀의 나사를 몇 개 풀어 둘 생각이다. 헬리콥터 안에서 발버둥을 치다가 풀려날 수 있을 정도로 허술하게…….

이 마녀 년이 승자의 미소를 지으며 곱게 돌아가는 꼴은 못 본다.

고정을 핑계로 작은 회장의 몸뚱이에 쇠로 된 굵직한 나사를 몇 개 박아서 보내면, 황 회장은 분명히 훼손된 자기 아들의 신체에 대해 분노할 것이고, 그 감정은 고스란히 마녀에게 쏟아질 것이다.

"닥터 오, 실망이야. 너무 어글리하네."

마녀는 고개를 저으며 경멸하는 눈으로 오 박사를 노려보았다. 그의 마음을 다 읽었다는 식이다.

"당신이 익스펙트하는 게 뭔지 내가 모를 것 같아? 좀비 인 더 헬리콥터? 그래서 우리가 엑시던트에 휘말리면 좋겠어? 훗, 그런 일은 일어나지 않아. 이쪽은 당신들처럼 아마추어가 아니라고. 그리고 또, 고정을 해? 로열패밀리의 보디에 스크래치를 내겠다고? 미쳤어? 쓸데없는 소리 하지 말고 따라와."

마녀는 잘난 척을 하며 앞장서서 성큼성큼 걸어갔다. 엘리베이터를 타고 식사실이 있는 층으로 이동하자, 미리 와서 대기하고 있던 요원들이 그녀에게 허리 숙여 인사를 한다.

그중에서도 오 박사의 시선을 끈 것은, 두꺼운 보호복과 커다란 헬멧을 착용한 세 명의 요원이었다. 언뜻 보기에는 폭발물 제거반처럼 보인다. 그들의 옆에는 커다란 비닐 팩과 진공청소기처럼 생긴 기계가 있었다.

'이놈들은 뭐지…… 저건 또 뭐고…….'

오 박사는 폭발물 제거반 놈들의 복장과 장비를 노려봤다. 헬멧에도, 방호복에도, 그리고 기계에도 모두 일관되게 ABHT라는 로고가 새겨져 있다. 마녀는 요즘 남부의 연구소와 손을 잡고 이상한 팀들을 만들고 있는 모양이다.

"열어!"

마녀의 명령이 떨어지자, 식사실의 문이 열린다. 보디가드를 앞세운 마녀는 성큼성큼 걸어 들어가서 유리 바닥 앞에 가서 섰다. 아래층에는 이미 작은 회장이 나와서 그르렁거리고 있다.

"하이, 몬스터! 네가 마이 브라더라니, 정말로 수치스럽구나. 그냥 깔끔하게 뒈져 버렸으면 모두가 해피했을 텐데. 그리 어려운 부탁도 아니잖아. 얼라이브 할 때 그토록 잘난 척을 하더니, 나우, 베리 베리 디스거스트해. 네 인사이드가 그대로 드러나 버렸구나. 하하하!"

마녀는 작은 회장을 향해 증오가 가득 담긴 말들을 퍼부어 댄다. 그녀에게 가족에 대한 사랑이나 측은지심 따위는 존재하지 않는 모양이다. 반반한 그녀의 겉모습 안에는 지극히 이기적인 악마가 살고 있다. 하긴 그 반반함마저도 따지고 보면 돈으로 산 것이나 마찬가지지만…….

"황 사장님, 어떻게 데려가실 생각이십니까? 지금 이렇게 저희가 이 방에 들어선 것만으로도 저렇게 흥분하셨는데…… 작은 회장님 몸에 상처가 나면 안 된다고 하시니. 그냥 여기서 편하게 지내시도록 하시는 게…….."

미친 듯 포효해 대는 작은 회장을 가리키며 오 박사는 또 한 번 설득을 시도했다. 좀비를 붙잡는 것도 어렵지만, 저걸 상처 없이 남부까지 데려간다는 건 불가능에 가까운 일이다.

"응, 돈 워리. 그건 유어 비즈니스가 아니지. 우리는 다 준비해 왔어. 그러니까 저스트 와치. 테크놀로지의 격차가 어떤 것인지 보여 줄 테니까."

마녀는 오지게 잘난 척을 해 대면서 손가락을 탁, 튕겼다. 그녀와 보디가드들의 위용에 기가 질린 연구원이 스위치를 누르자, 발판이 열린다.

그롸아아악— 그롸아아아—.

개폐된 공간을 통해 작은 회장의 포효가 들려온다. 물론 놈의 지독한 악취도 동시에 진해진다.

"배드 스멜! 아우, 구역질 나!"

마녀는 자신의 코를 가리며 고개를 옆으로 돌렸다. 그리고 손가락을 휘휘 돌려서 폭발물 제거반 장비를 갖춰 입은 ABHT 팀 놈들에게 내려가라는 신호를 한다. 놈들은 서로의 헬멧과 보호 장갑이 단단히 고정되었는지 확인하고 크레인에 올랐다.

기이이이잉ㅡ.

평소 식사용 인간을 묶어 내려 주던 크레인에 두 명의 ABHT가 양쪽으로 매달린 채 천천히 아래로 내려간다. 그들의 다리가 보이기 시작하자, 작은 회장은 미친 듯이 달려들어 아가리를 쩍 벌리고 펄쩍펄쩍 뛴다.

콱ㅡ.

ABHT의 두꺼운 방호복 위로 작은 회장의 이빨이 덮쳐진다. 하지만 이중으로 케블라 코팅이 된 섬유는 그의 이빨이 도저히 끊어 낼 수 없는 물건이다. 그리고 이 두툼한 방호복 안에는 엄청난 양의 완충재가 들어 있다.

두 명의 ABHT 놈은 작은 회장의 도발을 전혀 신경 쓰지 않고 천천히 바닥에 내려섰다. 잠시 작은 회장의 공격을 받고 비틀거렸지만, 중금속 소재로 된 신발 밑창의 무게 덕에 이내 중심을 되찾을 수 있었다.

쿠쿵ㅡ.

두 발을 벌리고 우뚝 선 ABHT 놈들은 태클을 대비하는 레슬링 선수들처럼 자세를 낮춘 채 작은 회장을 상대했다. 작은 회장이 그중 한 놈에게 달려든다. 그래 봐야 대단한 위협은 되지 않았다. 방호복 안에 들어 있는 놈들이 워낙 거구인 데다 두꺼운 옷을 입고 있기 때문에, 작은 회장은 마치 작은 아이처럼 왜소해 보인다.

'쳇, 저게 뭐야. 어차피 저렇게 무거운 장비를 걸치고선 빨리 걷지도 못한다고. 게다가 체력도 엄청나게 빨리 소진될 거야. 마녀 년, 쓸데없는 장난질에다가 돈만 쏟아부었군.'

오 박사는 ABHT 놈들의 장비가 가진 문제를 단번에 꿰뚫어 봤다. 한두 마리를 상대로라면 그럴듯해 보이겠지만, 여러 마리가 달려들어 힘으로 잡아 뜯기 시작하면 그걸로 끝이다. 신발이 무거워서 달아나지도 못한다.

게다가 보조 동력 장치가 가동되는 것 같지도 않다. 한마디로 말해 질기고 두꺼운 솜옷을 입고 쇠 신발을 신어서 겨우 중심을 잡고 있는 놈들이다.

"기기 내려!"

ABHT 중 리더로 보이는 녀석은 아예 한쪽 팔을 미끼 삼아 작은 회장에게 내준 뒤, 놈이 열심히 물어뜯어 대고 있는 동안 크레인을 올려 보내며 지시를 했다.

그롸아아— 으으으— 갸으으으—.

작은 회장은 리더 놈의 왼팔에 매달려 고개를 이리저리 채 가며 짐승처럼 그릉거렸다. 놈은 좀비답게 이들을 상대로 아무리 깨물고 뜯어도 피가 터져 나오지 않는다는 걸 전혀 깨닫지 못하고 있다.

크레인에 세 번째 ABHT 팀원이 올라타고 내리라는 신호를 보낸다. 연구원은 얼른 그의 지시를 따랐다.

기이이잉—.

놈은 독특하게 생긴 기계를 등에 짊어지고, 옆구리에는 커다란 비닐 팩을 낀 채 유유히 아래로 내려갔다. 오 박사는 놈의 기계와 비닐 팩을 유심히 바라봤다.

"내려왔습니다. 한쪽으로 몰아 주십쇼."

세 번째 놈이 말했다. 녀석의 목소리는 헬멧 아래쪽에 뚫려 있는 작은 공기구멍들을 통해 다른 녀석들에게 전달된다. 그리고 녀석은 가지고 내려온 비닐 팩을 두 번째 팀원에게 넘겼다.

"준비해! 저쪽 벽으로 밀겠다."

리더는 팀원들의 위치를 살펴본 후, 아직도 왼팔에 매달려 있는 작은 회장을 잡고 벽 쪽으로 다가갔다. 그러고는 두꺼운 완충재로 덮여 있는 벽을 향해 작은 회장을 힘껏 밀어 쳤다.

그롸아아— 쿵!

손톱도, 이빨도 온전히 박아 넣지 못했던 작은 회장은 리더의 강력한 힘에 밀려 벽에 내동댕이쳐졌다. 하지만 곧바로 벌떡 일어나 다시 달려들었다.

휙—.

두 번째 팀원이 비닐 팩을 허공에 대고 확 털어 편 뒤, 작은 회장의 앞을 막아선다. 여러 겹으로 접혀 있던 비닐 팩은 순식간에 텐트보다 더 넓은 크기로 펴졌고, 작은 회장은 그 비닐과 두 번째 팀원을 동시에 덮쳤다.

엄청난 기세! 체구의 차이가 있다고는 해도 좀비와 인간의 차이를 극복할 만큼은 아니었다.

"으윽—!"

충돌의 충격을 이겨 내지 못한 두 번째 팀원은 비닐로 작은 회장을 감싼 채 뒤로 넘어가 버렸다.

쿠웅—.

그의 헬멧과 신발 뒤축이 바닥을 때리며 둔탁한 소리를 낸다.

그롸아아아아— 그롸아아아아—.

작은 회장은 미친 듯이 소리를 지르며 팔을 휘젓고 아가리를 벌려 댔다. 두꺼운 비닐에 그의 침이 잔뜩 묻어난다. 인간의 기운이 바로 코앞에 있는데, 그 신선한 살과 피를 맛볼 수 없다는 것 때문에 작은 회장의 움직임은 점점 더 격렬해졌다.

그렇게 발버둥을 치는 동안, 비닐은 벗겨지기는커녕 점점 더 작은 회장의 사지 주위를 휘감았다.

"서, 서둘러요! 이빨에 찢기겠습니다!"

몸 위에 올라타서 버둥거리는 작은 회장을 가리키며, 두 번째 요원이 소리쳤다. 리더가 요란한 발소리와 함께 옆으로 다가와 고개를 저었다.

"그럴 일은 없어."

그런 후, 리더는 작은 회장의 왼편에 있는 비닐을 잡고 쭉 잡아당겼다. 반대편에서는 기계를 장착한 세 번째 팀원이 리더와 같은 동작을 했다. 두 ABHT 팀원들은 서로가 잡은 비닐의 네 귀퉁이를 한데 모았다. 이제 작은 회장은 보따리 안에 싸인 것 같은 모양새가 되어 버렸다.

"으랏차!"

두 팀원이 동시에 힘을 주어 털자, 비닐 안에 든 작은 회장이 털썩거리며 튕긴다. 그 틈을 타서 바닥에 깔려 있던 놈도 가까스로 다시 일어났다.

그롸아아아— 그롸아아—.

비닐 안에 갇혀 버린 작은 회장은 극렬하게 저항을 하며 비닐을 물어뜯고, 어떻게든 벗어나 보려 발버둥을 쳐 댄다. 하지만 셋이나 되는 거구의 완력을 당해 낼 수 있을 정도의 힘은 그에게 없었다.

"붙여!"

작은 회장의 몸을 덮친 뒤, 무게로 누르면서 리더가 명령했다. 두 팀원은 비닐의 네 귀퉁이를 단단히 움켜쥐고, 플라스틱 부품들에 표기되어 있는 숫자와 화살표 방향을 따라 잡아당겼다. 플라스틱 부품들이 지나는 부위는 지퍼 백처럼 서로 맞물리며 공기를 가둔 채 닫힌다.

지이익— 지이익— 지이익—.

세 번의 실링 작업이 끝나자 작은 회장은 비닐 안에 든 샌드위치처럼 밀봉되어 버렸다.

끄드득— 끄드득—.

작은 회장은 비닐을 찢어 내 보려 손톱으로 열심히 할퀴어 댄다. 하지만 그래 봐야 아주 작은 구멍만 뚫어 낼 수 있을 뿐, 탈출할 수 있을 정도로 비닐을 찢지는 못한다. 그사이 세 번째 팀원은 등에 메고 있던 기계의 스위치를 켜고, 연장식 호스를 뽑아내서 비닐 팩의 플라스틱 부품에 부착시켰다.

우우우우웅—.

세 번째 팀원이 손잡이를 잡고 방아쇠처럼 생긴 레버를 당기자, 요란한 소리와 함께 기계가 가동됐다.

후우우우욱—.

그의 등 뒤쪽으로 팬이 공기를 뿜어낸다. 그와 반대로 비닐 팩 안의 공기는 급격하게 줄어들기 시작했다.

"잠깐! 멈춰! 멈춰! 기다려!"

리더의 명령에 세 번째 팀원은 곧바로 레버에서 손을 뗐다. 리더는 눈에 띄게 납작해진 비닐 팩 위로 손을 뻗어, 손바닥으로 작은 회장의 눈 주변을 꾹 눌렀다. 이렇게 해야 눈알이 빠져 버리는 걸 방지할 수 있다. 준비를 마친 리더는 다시 당겨도 좋다는 신호를 보냈다.

후우우우욱— 후우우우욱—.

다시 기계가 가동되고 팬이 돌아가자, 불과 몇 초 만에 커다란 비닐 팩 안의 공기는 거의 다 빠져나가 버렸다. 작은 회장의 몸 모양을 따라 우글거리며 남아 있던 적은 양의 공기마저 알뜰히 빼낸 뒤, 세 번째 팀원은 호스를 팩에서 떼어 내고 플라스틱 부품의 마개를 닫아 버렸다.

"뷰티풀! 정말 굿 잡이야!"

작업이 끝났다는 신호를 받은 마녀는 만면에 미소를 지으며 손뼉을 쳤다. 작은 회장은 진공 팩에 들어 있는 고기 꼴이 되어 빳빳하게 굳어졌다. 이제 그는 벌려진 입을 다물 수도, 두 다리를 꼼짝거릴 수도 없다. 손가락 하나, 눈꺼풀조차도 그의 뜻대로 움직이지 않는다.

네 귀퉁이에 무게 추를 달아 보강한 이후에는 마음대로 들썩거릴 수조차 없게 되었다. 그렇게 모든 움직임을 봉쇄당하고 나니, 작은 회장은 더 이상 위험한 존재가 아니었다. 그저 온전히 타인의 손에 운명을 내맡긴 고깃덩어리 수준이다.

"올려!"

진공 팩의 끝자락을 크레인의 고리에 건 리더가 엄지손가락을 위쪽으로 올리는 시늉을 하며 말했다.

기이이잉—.

크레인이 천천히 위로 올라온다. 거기에 매달려 있는 작은 회장도 좀비로 변한 지 한 달여 만에 처음으로 식사실의 위층으로 올라오게 되었다.

바로 앞에 사람들이 있는데도 포효조차 하지 못할 만큼, 작은 회장은 모든 운동 능력을 상실했다. 마녀의 보디가드들은 별로 두려워하는 기색도 없이 비닐 팩 안에 든 작은 회장을 크레인에서 떼어 내 바닥에 눕혔다.

"이제야 네가 내 앞에서 그 내스티한 마우스를 닫고 있구나, 마이 브라더. 몬스터가 된 이후에도 계속 샤우팅해 대더니 말이야."

비닐 팩을 통해 선명하게 비치는 작은 회장 좀비의 무력한 모습을 내려다보며 마녀는 기쁘다는 듯 미소를 지었다. 그의 입 주변에 묻은 핏자국, 흰 막이 덮인 눈동자, 부패한 상처…… 이 얼굴, 모든 것이 다 구역질 난다. 그중에서도 가장 싫은 건 역시…….

"후후후, 콱 터뜨려 버릴까? 어차피 이 컨디션에서는 써먹지도 못할 거 아니야? 응? 설마 대디가 옷을 벗겨서 마이 브라더의 누드를 보고 싶어 하지는 않겠지? 후후후."

마녀는 하이힐의 뾰족한 뒷굽을 작은 회장의 사타구니 위에 올려놓고 혼잣말을 중얼거렸다. 살짝살짝 힐을 돌려 가며 조금씩 압력을 가하는 동안 그녀의 흰 얼굴에는 광기가 가득했다.

"휴우~ 아니야. 잇츠 투 얼리. 마이 대디도 이 몬스터의 비주얼을 보고 나면 정이 똑 떨어질 거야. 그러면 두 번 다시 그놈의 아들 타령은 하지 않게 될 테지. 그래, 그럴 거야. 브라더, 너는 조금만 기다려. 대디가 너를 버리는 그 타이밍에 나는 너를 정말로 예뻐해 줄 거야. 내가 그동안 마이 판타지 속에서 너에게 했던 그 모든 일들을 실제로 해 줄게."

깔깔대고 웃던 마녀가 손가락을 튕기자, ABHT 팀원들은 작은 회장이 든 비닐 팩을 다시 플라스틱 케이스 안에 옮겨 넣었다. 마녀는 홍조가 가득한 얼굴로 오 박사를 돌아보며 물었다.

"어때, 닥터 오? 이제 테크놀로지의 격차를 알았어? 이 깨끗함, 노 블러드! 노 스크래치! 퍼펙트 컨디션!"

오 박사토시는 어처구니 없었다. 요란한 쇼를 선보이기는 했지만, 대체 이게 무슨 실용성이 있단 말인가. 셋이 달려들어 그 긴 시간 동안 겨우 좀비 하나를 포장했을 뿐이다.

상처가 나지 않는다고? 어쩌라고? 좀비는 이미 죽었는데?

마녀가 한 이 모든 돈지랄은 그저 작은 회장을 남부 지역까지 깨끗하게 이동시키기 위한 바보짓이었을 뿐이다. 저 조그만 대갈통 속에는 장기적인 미래에 대한 계획 따위는 존재하지 않는다. 그저 아버지인 황 회장으로부터 인정받겠다는 욕심, 그것뿐이다.

"약속했던 샘플들, 투모로우까지 수량 채워 돼. 컨트랙트 그대로 지켜! 하나라도 모자라면 그땐 2주도 보장 못 해 줘. 알겠어, 닥터 오?"

헬기에 작은 회장을 싣고 본사를 떠나기 직전, 마녀는 오 박사의 안경에 삿대질을 하며 한 번 더 철저히 당부를 했다. 오 박사는 그렇게 하겠다며 고개를 끄덕였다. 이제 생명줄을 잃은 그로서는 저항할 수단이 없었다.

"끄으으으! 시팔! 이 개년!"

마녀 일행을 태운 두 대의 헬기가 남쪽 하늘로 날아가 버린 뒤, 오 박사는 벽을 걷어차며 욕설을 퍼부었다. 물론 그래 봐야 달라지는 건 아무것도 없다.

"하아~."

오 박사는 깊은 한숨을 내쉬었다. 이제 동원할 수 있는 모든 수를 다 써야 한다. 직원들까지도 샘플로 쓰는 수밖에 없다.

02

가뜩이나 어수선한 잠실 쉘터의 분위기는 비가 내리면서 더욱 급박해졌다. 위성 쉘터에서 지원 온 전차들이 몇 대 보강되었지만, 그것도 어디까지나 예방책 정도에 불과하다.

혼전 상황이 벌어져 좀비들과 민간인이 뒤엉키게 되면 아무리 강력한 전차라고 해도 할 수 있는 것이 별로 없다. 결국 민간인들은 예전과 마찬가지로 빠르게 달려가야 한다.

넓은 주차장에서 100명씩 모여 이동 연습을 하고 있는 사람들의 얼굴에는 두려움이 가득했다. 대부분 학교에서 체육 교육을 받은 사람들이고, 특히 남자들은 군 경험이 있지만, 문제는 체력과 담력이었다. 그리고 날씨…….

오늘처럼 비가 오는 기상 상황은 이동에 최악이다. 그치지 않고 내리는 비 때문에 시야는 좁아지고 호흡은 힘들다. 젖은 옷은 몸에 휘감기듯 척척 달라붙고, 짊어지고 있는 짐은 점점 더 무거워진다.

이 모든 부정적 요소들 중에서도 사람들이 가장 무서워하는 것은 미끄러운 바닥이었다. 전차와 차량들이 지나다니면서 조금씩 흘린 기름들은 물기로 젖은 아스팔트에 기름 막을 형성했고, 달리기를 하다가 행여 거길 밟기라도 하면 곧바로 발이 쭉― 미끄러지면서 바닥에 나뒹굴기 십상이었다.

그러면 줄이 흩어지고 이동의 속도가 확 줄어든다. 좁은 간격을 유지하며 뒤에서 따라 달리던 사람들도 덩달아 발이 걸려 넘어지게 마련이다.

"어흑!"

호되게 넘어진 사람들에게 돌아오는 것은 동정이나 배려가 아니라, 원망과 의심이었다. 넘어진 사람이 부상 부위를 문지르고 있으면, 곧바로 군인이 달려와 큰 소리로 묻는다.

"계속 뛸 수 있습니까? 못 뛰겠으면 열외로 빠집니다!"

오전 이동을 했던 팀에서 몇 차례 사고가 발생했기 때문에 군인들의 목소리에도 날이 서 있다.

"네? 네! 뛸 수 있어요! 안 다쳤습니다!"

"지금은 연습이니까 다행이지만, 실제로 이동 중에 이렇게 넘어지면 큰일 납니다! 거기는 태풍이 왔을 때 쓸려 온 흙도 있어서 더 미끄럽습니다! 그러니 정신 바짝 차립니다! 알겠습니까?"

다그치는 병사들도, 거기에 시달리는 민간인들도…… 모두 두려움과 긴박함에 사로잡혀 있다. 변변치 않은 신발 때문에 여러 번 넘어지는 사람들은 다른 이들의 발목을 잡는다는 이유로 이동 대상에서 배제되었다.

배제……는 무서운 말이다. 열외로 구분된 사람들은 주차장 구석으로 내몰려 민간인들의 연습을 지켜보며 두려움에 떨었다.

모두가 빠져나간 뒤, 텅 빈 잠실에 혼자 남겨질지도 모른다는 막연한 두려움…… 그것이 사람들에게 한계 이상의 용기와 체력을 끌어내도록 강요했다.

"바닥을 잘 보고 뜁니다! 자기 주위의 사람들이 넘어질 것 같으면 최선을 다해서 돕습니다! 그렇게 해야 모두가 안전하게 이동할 수 있습니다! 자, 다시 한 번 연습해 보겠습니다! 제가 수신호를 보내면 달리는 겁니다! 준비!"

비록 짧게 주어진 연습 시간 동안이지만, 군인들은 자신의 분대가 맡은 100인의 민간인을 훈련시키기 위해 필사적으로 노력했다. 게이트 밖을 나가는 순간, 그들과 자신들의 운명이 하나로 묶인다는 것을 잘 알고 있기 때문이었다.

그렇게 이동 예정자들이 야구장 외부에서 안간힘을 쓰고 있을 때, 아직 내부에 남아 있는 사람들도 바쁘게 움직였다.

복도에서 러닝 연습을 하는 사람들의 수가 눈에 띄게 늘었다. 헐렁한 신발이나 샌들을 신은 사람들은 테이프를 얻어다가 발과 신발을 고정하기도 했다.

그리고 대부분의 사람들은 자신의 짐을 가방 하나 크기에 맞도록 정리해서 미리 싸 두고 있었다. 조금 불편한 걸 감수하더라도 늘 가방을 지고 다녔다. 언제라도 돗자리만 챙겨서 일어날 수 있도록…….

그렇게 사람들의 마음에서 여유가 사라진 데에는 군인들이 확 줄어 버린 야구장 내부의 상황이 크게 작용했다.

꽤 많은 병력이 철로로 먼저 이동해서 경비와 공사를 병행하고 있기 때문에 이제는 정말로 야구장 실내에서 돌아다니는 군인을 보기가 어렵다. 그러니 민간인들로서는 다들 비가 오든, 바람이 불든 간에 하루라도 먼저 이동하려고 노력하게 된다.

암시장도 마찬가지였다. 어차피 배낭 하나밖에 짊어질 수 없다는 걸 알기에 상인들은 더 이상 건빵이나 음료수 따위의 부피가 큰 물건들을 받지 않았다. 덕분에 시장을 찾는 발길도 확연히 잦아들었다.

물론 수요도 거의 없어서 거래 자체가 잘 이뤄지지 않았다. 예전의 절반 값으로 건빵을 내놓아도 도무지 팔리지가 않는다. 다들 이동을 위해 몸을 더 가볍게 만들려고 발버둥을 치는 중인데, 과자 따위를 살 이유가 없는 것이다.

투투투투투— 투투투투투—.

또 총성이 시작됐다. 철책 부근으로 접근해 오는 놈들의 수와 빈도가 늘어남에 따라 하루에도 몇 차례씩 총성이 울려 댔다.

야구장 내부의 사람들에게는 비록 좀비의 모습이 보이지 않지만, 그 길고 지루한 총성만으로도 분위기를 한없이 무겁게 만들기엔 충분했다.

"아, 젠장…… 아깝네. 이 주스들이랑 건빵…… 씨발, 갑자기 이동인지 뭔지 한다고 그래서 이렇게 남의 장사를 방해하고 지랄이야……."

애송이 암시장 상인이 건빵 박스를 발로 툭툭, 건드리며 짜증을 부렸다. 젠킨스의 만년필을 집어 던졌던 바로 그놈이다. 민구에게 칼을 판 놈이 자신의 배낭을 열어 보이며 웃는다.

"씨발, 그까짓 것 얼마나 된다고. 그냥 버려. 그런 거 생각하지 말고 이 가방 안에 든 것 좀 봐라."

놈이 자랑스럽게 들어 보이는 가방 안에는 휴지로 겉을 둘둘 말아 둔 시계들이 잔뜩 들어 있다. 놈은 열 개 이상의 반지가 꿰어진 굵은 목걸이를 흔들며 말했다.

"이게 다 얼마였겠냐. 이 지랄이 안 났으면 평생 이런 걸 만져나 봤겠어? 이런 시계 하나만 해도 천만 원이 넘었을 텐데. 이런 게 바로 자수성가라고 하는 거다, 이 새끼야. 우리가 해낸 거야."

"하긴…… 근데 암만 그래도 물건을 버리는 건 아까우니까 그렇지. 어라? 저거 봐라, 저 새끼 왔다. 크크크."

끌탕을 하던 애송이 놈이 갑자기 실소를 터뜨렸다. 놈의 옆에 서 있던 한패들도 남녀를 가리지 않고 다들 낄낄거리기 시작했다. 홍조 띤 얼굴로 나타난 젠킨스 때문이었다.

"하이~ 클리어런스 세일?"

젠킨스는 투실투실한 손을 잠시 흔들고 나서 곧바로 과자에 탐욕스러운 시선을 던졌다. 애송이 상인 놈들은 어이가 없다는 듯 고개를 저으며 저희들끼리 이야기를 주고받았다.

"아나, 이 새끼 진짜…… 큭큭큭, 오늘도 올 줄은…… 정말 한결같은 새끼네. 다른 사람들은 조금이라도 몸을 좀 가볍게 만들 수 있을까 해서 난리인데, 너는 진짜 꿋꿋하게 오로지 처먹는 거에만 관심이 있구나. 큭큭큭, 내가 볼 때 이 새끼는 뇌라는 게 아예 없는 것 같아."

"그런데 도대체 어떻게 그 많은 걸 다 처먹을 수 있지? 창자가 곧은창자인가?"

"곧은창자? 그게 뭐야?"

"그냥…… 창자가 일자로 쭉 뻗어 있어서 처먹으면 곧바로 똥으로 나오는 거지. 그게 아니면 나는 잘 이해가 안 돼. 이 새끼…… 건빵 한 박스 이틀 만인가 다 처먹은 적도 있었지? 큭큭큭, 말이 쉽지, 밥 세끼랑 배급 나오는 과자까지 다 처먹고, 또 건빵을 그만큼 배에 쑤셔 넣은 거야. 사람이냐?"

이미 표정이나 어조로 경멸의 의미는 충분히 전달받았지만, 놈들이 뭐라고 놀려 대든 간에 젠킨스는 조금도 기죽지 않고 신중하게 과자를 골랐다.

어차피 이런 시선쯤이야 익숙하다. 그런 것보다 단 며칠 동안이라도 먹을 것을 확보해야 한다.

조금 뒤, 젠킨스는 결국 가장 적은 비용으로 위장을 채울 수 있는 건빵을 골랐다.

"아이 원트 디스! 하우 매니?"

젠킨스는 최대한 우호적인 표정을 지으며 애송이들에게 자신이 가지고 온 담배를 펴 보였다. 두 개비. 흉터 사내의 붕대를 갈아 주고 모은 것이다.

"야, 이 새끼 담배 두 가치 가져왔는데, 건빵 몇 봉지 줄까?"

"그냥 다 줘 버려. 그까짓 팔리지도 않는 걸 뭘 세고 있어? 그리고 그래도 돼. 따지고 보면 저 새끼만 한 단골도 없잖아."

"하긴 저놈 시계랑 목걸이, 반지…… 뭐, 웬만한 건 다 우리가 챙겼지……. 야! 옛다! 그냥 박스째 가져가. 인심 썼다."

애송이 상인은 젠킨스의 손바닥에서 담배를 집은 뒤, 건빵 박스를 발로 툭, 차서 밀었다. 예상치 못한 양을 받게 된 젠킨스는 어리둥절해져서 애송이들을 둘러보았다. 놈들은 귀찮다는 듯 손을 내저으며 젠킨스에게서 받은 담배를 입에 문 채 지껄인다.

"갖고 꺼지라고, 새끼야. 어차피 가게 접는 마당에 주는 보너스라고 생각해라."

"오케이! 아이 갓 잇! 땡큐! 땡큐 소 머치!"

혹시라도 놈들의 마음이 변할까 봐 두려워서 젠킨스는 허둥지둥 건빵 박스를 들고 뛰었다. 물론 채 20미터도 벗어나지 못해 곧바로 숨이 차오르고 다리가 풀린다.

젠킨스는 벽에 기대 가쁜 숨을 몰아쉬며 자신이 달려온 거리를 뒤돌아보았다.

"하아~ 하아~ 나도 좀 하는군. 이렇게 멀리 뛸 수 있다니…… 하아~ 테라 양과 산책을 했던 게 그냥 허튼짓만은 아니었던 것 같아. 하아~."

어처구니없는 평가를 내리고 나서 젠킨스는 만족한 미소를 지었다. 담배 두 개비로 과자 한 박스를 통째로 얻었다. 이만하면 앞으로 나흘 동안 이곳에서 어느 정도 버틸 수 있다.

건빵을 소중하게 안고 이동하던 젠킨스는 사물함 섹션 앞에서 테라와 마주쳤다.

"어머, 젠킨스 씨. 그건 뭔가요?"

테라는 건빵 상자에 눈길을 주며 물었다. 젠킨스는 멋쩍은 미소를 지으며 웃었다.

"이, 히히…… 아무 것도 아니야, 테라 양. 그냥…… 암시장의 상인들과 비즈니스를 한 최종적 결과물이라고 할까?"

"설마…… 그거 다 과자인가요? 그걸 다 드시려고요? 요즘 겨우 식사량이 조금 줄어서 다행이라고 생각했었는데…….."

테라의 얼굴에 실망하는 빛이 스친다. 젠킨스는 얼른 거짓말을 했다.

"걱정하지 마, 테라 양. 이걸 한꺼번에 다 먹을 정도로 미련한 젠킨스는 이제 존재하지 않는다네. 다 귀하의 덕분이지. 이건 어디까지나 비상용 식량이야. 지금처럼 이렇게 식사 배급이 줄어들다가는 언젠가 뚝 끊어진다고 해도 이상하지 않잖아. 그때를 대비하려는 거라고."

그가 장황한 변명들을 늘어놓고 있을 때, 멀리 대민 지원 센터 방향에서 시끄러운 소리가 들려왔다. 분노한 여자들의 고함과 남자들의 목소리가 섞여 있다.

테라는 걱정스러운 눈으로 그쪽을 돌아본다. 젠킨스도 말을 끊고 함께 그쪽에 시선을 주다가 테라에게 물었다.

"굉장히 소란스럽군. 테라 양, 저 시끄러운 논쟁은 왜 발생하게 된 건가? 누가 저렇게 큰 소리를 내는 거지?"

"……도보 이동을 해낼 자신이 없는 분들이 모여서 태양 그룹 수용소로 보내 달라는 거예요."

테라는 조금 뜸을 들이다가 안타깝다는 듯 말했다.

"타이양? 거기로 이동하는 계획은 이제 무산된 거 아닌가? 그 흉터 남자와 사원들이 일대 난투극을 벌였다고 테라 양으로부터 들은 것 같은데…… 흠, 대중이란 원래 현명과는 거리가 먼 존재이긴 하지만, 그토록 폭력적인 기업에 자발적으로 가고 싶어 하는 사람들이 저렇게나 많을 줄은 몰랐군."

"저분들은 선택의 여지가 많지 않아요. 건강이 좋지 않으신 분들도 있고, 특히 아이 엄마들이 그래요. 혼자서 달리기도 벅찬데 어린아이를 데리고 뛰어야 하는 거잖아요. 그러니 헬기를 제공하고 배로 남부까지 수송해 준다고 했던 태양 그룹이 생각나는 모양이에요."

음, 젠킨스는 수염이 덥수룩한 턱을 긁으며 생각했다. 이해가 가지 않는 이야기는 아니었다. 만일 그 자신에게 누군가 2킬로미터 정도를 뛰라고 명령한다면,

그건 곧 죽으라는 말과 크게 다르지 않다. 그런 상황에서는 그 역시도 더 편안한 이동 수단을 찾기 위해 필사적인 노력을 했을 것이다.

"다 이해했어. 하지만 아직 테라 양의 그 아름다운 얼굴에 그늘이 가득한 이유만은 찾아내지 못하겠군. 귀하는 뭣 때문에 그렇게 걱정스러운 표정을 짓고 있는 거지? 설마 테라 양도 달리기에 자신이 없나? 하긴…… 그 장난감 같은 샌들에 젓가락처럼 가느다란 다리, 거기에 다친 발가락 조합이라면…… 장거리 이동이 무서울 만도 하군."

젠킨스의 질문에 테라는 고개를 저었다.

"달리는 것 자체는 무섭지 않아요. 발가락이 아픈 건 좀 불편하지만, 무대 위에선 언제나 이 정도 굽의 구두는 신고 춤을 췄으니까요. 전 그냥…… 저분들이 걱정스러워요. 소문에는 그 아저씨가 태양 그룹에 끌려가면 좀비 밥으로 죽게 된다고 말했다던데, 혹시 그게 사실이면 어쩌나 싶어서……."

뭐야, 이런 상황에서도 남 걱정을 하고 있었던 건가?

젠킨스는 아쉬운 표정을 지었다. 테라가 달리기를 무서워하는 것이었으면 좋았을 텐데…… 그랬으면 자신과 함께 JL로 갈 가능성이 더 높아지는 것이니까.

"불확실한 두 가지 중에서 한 가지를 고르고 나름의 이유를 대는 건 무의미하지만, 타이양이 자선단체가 아니라는 사실만은 확실해. 헌터 사내의 말은 배제하고 생각하더라도 위험부담은 분명하게 존재하지. 왜? 거기로 가지 말라고 말리고 싶은가?"

"음, 그런 생각도 많이 들어요. 그래서 몇 번 만류도 해 봤고요. 하지만 뭐라고 해도 잘 믿어 주지를 않아요. 저분들에게는 그냥 태양 그룹만이 유일한 희망인 것 같더라고요."

"그야…… 저 밖으로 뛰어나가야 하는 도보 이동이 워낙 위험하고 무서우니까 그 밖의 유일한 선택지를 강제로 사랑하게 되는 걸 테지. 사실 현재의 상황에서 100퍼센트 안전한 곳은 따로 있는데 말이야. 바로 JL이지."

젠킨스는 두루뭉술하게 대답하는 척하며 테라에게 JL로 함께 가자는 의미를 전달했다. 그러면서도 강요한다는 인상은 주지 않으려 노력했다. 자꾸 반복적으로 강권하면 반발을 불러일으키기 마련이다.

일단 6일째까지는 같이 있어 주겠단 약속을 받았으니, 그걸 지렛대 삼아 이 소중한 보석의 마음을 아주 조금씩 비집어 열어야 한다.

"젠킨스 씨는 확고하게 믿고 계시는군요. 다음에 올 메시지는 이 부근을 지목할 거라고 말이에요. 그런데 지금 생각해 보면 잘 납득이 가지 않는 게 있어요."

테라는 특유의 감정을 알 수 없는 눈동자로 젠킨스를 바라보며 말했다. 젠킨스가 물었다.

"뭐지, 그 납득이 가지 않는 거라는 건?"

"부메랑이라고 하셨던가요? 그 젠킨스 씨의 위치를 파악하기 위한 수신 장치요. 그게 어떤 방식으로 설치되는지는 모르겠지만…… 일단 사람들이 많이 모여 있는 곳 위주로 설치되어야 하는 게 아닐까요? 그리고 여기는 현재 서울에서 가장 많은 사람들이 모여 있는 곳 중 하나고요. 그러니 논리적으로는 이 주변에 가장 먼저 설치되었어야 할 것 같은데요."

테라는 조곤조곤 자신의 생각을 말했다. 흥미롭다는 표정으로 미소를 지으며 그녀의 이야기를 경청하던 젠킨스가 입을 열었다.

"그렇게 생각할 수도 있군. 재미있어. 하지만 실제로는 이렇다네, 테라 양. 무장 세력들이 보호하고 있는 곳은 일단 안전 구역으로 분류되지. 다시 말해서 안정적으로 유지될 수 있다는 의미고, 생명의 위협으로부터는 안전하다는 말이기도 해. 그러니 그 주변보다는 안전이 보장되지 않은 다른 곳을 우선으로 해서 구조 계획을 짜는 편이 더 효과적이야. 지금까지 세 번의 메시지는…… 음, 이런 비밀을 이야기하는 건 나답지 않은 짓이지만, 뭐, 우리 사이니까……. 서울의 중심부부터 외곽까지를 나선형으로 그리며 돌았어. 이제 테라 양의 말처럼 인구 밀집 지역을 선택할 차례지."

"그렇다고 해도 이곳에 부메랑이 설치되지 않을 가능성이 제로는 아니잖아요. 만약 그렇게 되면…… 그러니까, 여기 부메랑이 오지 않으면, 그 경우에는 어떻게 하실 계획이세요?"

테라는 아무렇지도 않게 물었지만, 그 질문은 젠킨스의 심장을 관통하는 것 같았다. 애써 외면하고 있던 그의 불안을 표면으로 끄집어냈기 때문이다.

그가 판단할 때, 인구 밀집 지역에 잠실이 포함될 가능성은 굉장히 높다. 아주, 꽤 많이, 무척 높다.

포커로 예를 들자면, 에이스 포 카드를 들고 있는 사람이 이길 수 있는 확률과 다를 바 없는 정도랄까. 에이스 포 카드를 잡고 있으면서 베팅을 불안해하는 플레이어가 몇이나 될까.

그러나…… 그럼에도 불구하고 에이스 포 카드는 무적의 패가 아니다. 만약 상대방이 스트레이트 플러시라면…….

아니, 아니…… 그런 생각을 하기 시작하면 끝이 없지. 막연한 두려움에 사로잡혀서 어쩌자는 거야…….

젠킨스는 얼른 그 부정적인 우려들을 떨쳐 버리고 허세 가득한 웃음을 지었다.

"그럴 가능성은 10만분의 1 정도라고 해 두지. 어때? 무시할 만한가?"

"글쎄요…… 그렇게 무시해도 될까요? 젠킨스 씨는 100만분의 1 확률로 존재하는 아나필락시스 진조차 그리 드문 경우가 아니라고 하셨잖아요. 그러니까 만일의 경우에 대해서도 생각해 두시는 게 좋을 것 같아요. 자, 운동하실까요?"

테라가 농담 반, 진담 반의 태도로 말했다.

젠장, 그렇군.

젠킨스는 확률이라는 것이 얼마나 무의미한지 그녀의 환기를 통해 새삼 깨달았다.

그녀는 자신이 아나필락시스 진인 줄로만 알고 있으니 저렇게 말하지만, 실은 널 키드인 그녀가 존재할 가능성은 1억분의 1 정도밖에 되지 않는다.

그리고 이렇게 그와 같은 공간에서 같은 언어를 사용해 대화를 나눌 수 있는 **확률은** 더욱더 낮게 떨어긴다.

"치안이 점점 나빠질 것 같아 불안하군. 이렇게 군인들 보기가 어려워서야 당장 강도를 당한다고 해도 아무도 도와줄 것 같지가 않아. 테라 양이 있는 곳은 위험하지 않나?"

비가 조금씩 들이치는 내야석 쪽으로 자리를 옮겨 걷던 젠킨스가 걱정스러운 표정을 지었다. 언제나 많은 군인들이 바쁘게 움직이던 그라운드 위조차 썰렁하게 비어 있다.

"아직까지는요. 아이들이랑 어머니들이 함께 계셔서 괜찮지만, 저분들이 어디론가 이동하고 나면, 그때는 정말 무서울 것 같기는 하네요."

테라는 이별을 생각하는 것만으로도 쓸쓸해지는지 고개를 숙였다. 그 많은 귀여운 아기들…… 위험한 곳으로 가려는 걸 보고 있으면서도 도울 수가 없다. 그게 괴롭다.

03

"그럼 어쩌라고요! 우리보고 애를 안고 죽어 버리라는 말이에요? 응? 우리가 여기에서 다 자살이라도 하면 만족할 건가요? 계속 똑같은 대답만 하지 말고, 윗사람들에게 물어보기라도 해 줘요! 아니면 그 사람에게 우리를 데려가 주든가! 목숨이 걸린 일이라고요!"

대민 지원 센터에서는 아직도 사람들의 악다구니가 계속해서 들려오고 있다. 악을 쓰는 사람부터 머리를 쥐어뜯으며 자해하는 사람까지 나온다.

사정만 들어 보면 다들 구구절절하다. 하지만 병사들은 그저 정해진 답변밖에 할 수 없다.

"이동이 어려운 분들께는 추후에 대책이 마련되는 대로 새로 통보를 할 겁니다. 그러니 좀 더 기다리셔야 합니다."

"기다리라는 말 좀 그만해! 당신들은 그냥 그 말만 하고 끝이지만! 이쪽은 목숨이 걸려 있다고! 이걸 봐! 당신들 시키는 대로 따라 뛰다가 발목이 돌아갔어! 부은 거 보여? 그런데 이 발목으로 뭘 어떻게 하라는 거야! 못 뛴다고!"

사람들은 격하게 항의를 하고, 또 애원을 하며 매달렸다. 견디다 못한 현장 책임자 소위가 항복 선언을 했다.

"알겠습니다. 여러분의 뜻이 그렇다는 걸 상부에 보고하도록 할 테니까, 하루만 기다려 주십쇼. 그리고 일단 이 종이에 서명을 해 주세요. 태양 그룹 수용소로 가시길 원하는 분이 몇 분이나 되는지 구체적으로 파악을 해야 상부에서도 이 일에 좀 관심을 가지실 겁니다."

소위의 말이 끝나자 항의하던 사람들의 목소리가 조금은 작아졌다. 그리고 분위기도 차츰 진정되어 갔다.

사람들은 대민 지원 센터 한구석에 모여 서서 자신의 이름을 적고, 사인을 했다. 이름 옆에 '꼭 태양 그룹으로 보내 주세요. 부디 살려 주세요.'라고 쓰는 사람들도 많았다.

"다들 필사적이군. 이동에 대해 걱정이 없는 건 나와 저 사내뿐인 것 같아."

내야석과 외야석의 경계 근처까지 걸어갔을 때, 젠킨스가 외야석의 흡연 구역을 가리키며 말했다. 거기에는 내리는 비를 그대로 맞아 가며 담배 연기를 내뿜는 민구가 서 있었다.

테라와 젠킨스를 알아본 민구는 잠시 고민하는 듯하더니, 곧바로 담배를 재떨이에 던져 넣었다. 그러고는 빠른 걸음걸이로 야구장 건물 안으로 들어가 버렸다.

"어떤가, 테라 양. 지금 귀하의 이웃들이 다 이주해 버리고 나면, 나와 저 사내가 있는 쪽으로 자리를 옮기는 게…… 나는 아무런 무력이 없지만, 저 난폭한 남자라면 테라 양을 지켜 줄 수 있을 테니까."

민구가 사라진 것을 보고 젠킨스는 테라에게 말했다. 테라는 쓸쓸하게 고개를 지었다.

"아니요. 저분은 제가 가까이 가는 걸 싫어해요."

"어째서? 미치지 않고서야 이 고귀하고 아름다운 아가씨가 다가오는 걸 싫어할 리가?"

거기까지 말했을 때, 젠킨스는 목덜미가 서늘해지는 기운을 느끼고 뒤를 돌아보았다.

흉터 사내다. 어느 틈에 가까이 다가온 흉터 사내가 고통스러운 듯 일그러진 얼굴로 테라에게 말했다.

"이야기 좀 하자."

"네……."

테라는 조금 긴장하면서도 반가움을 표현하며 미소를 지어 주기 위해 노력했다. 아기에게 주스 심부름을 시켰을 때, 이 남자는 분명히 말했었다. 도움이 필요하면 자기가 먼저 찾아오겠다고.

지금 그 순간이 온 것일지도 모른다, 테라로서는 마음의 빚을 갚을 수 있는 순간이.

"뭐라고 하는 거야, 이 남자?"

젠킨스가 테라에게 물었다. 테라는 조그맣게 대답했다.

"저와 이야기를 하고 싶대요."

"가까이 오는 게 싫은 사람이라곤 보기 어렵군, 테라 양. 내가 놀림당한 것 같아서 기분이 좋지는 않지만, 어쨌든 사생활의 영역이니까…… 난 이만 빠지지. 즐거운 대화 나누길."

젠킨스가 입술을 비죽거리며 그 자리를 피하려 하자 민구가 녀석의 뒷덜미를 턱, 잡았다.

"아니, 너도 여기에 있어. 네가 꺼낸 이야기 때문이니까."

그런 후, 민구는 다시 테라 쪽으로 시선을 돌렸다. 그녀의 하얀 얼굴과 앙상한 팔다리를 가만히 훑어보던 민구는 여전히 붕대가 감겨 있는 그녀의 새끼발가락을 응시하면서 입을 열었다.

"이놈 말이 네가 죽어 간다고 하더군. 물론 눈치로 넘겨짚은 거긴 하지만, 그 발가락이 도무지 낫지 않고 계속 피를 흘린다고 하는 것 같던데. 그러면서 자기 회사로 너를 데려가면 고칠 수 있다는 식으로…….”

민구의 시선을 보고 발가락 이야기가 나올 것을 깨달은 젠킨스도 황급하게 소리를 질러 댔다.

“테라 양! 내가 이 사내에게 거짓말을 했어! 이 사내가 수상했다고! 자꾸 귀하의 발가락에 흥미를 보이면서 물어보는 통에 거짓말을 할 수밖에 없었어! 귀하를 보호하기 위해서 어쩔 수 없었다고! 제발 그냥 그렇다고 해 줘! 나는 두드려 맞고 싶지 않아!”

“시끄러워! 좀 닥치고 있어!”

중간에 말이 끊긴 민구는 젠킨스의 뒷덜미를 한 번 호되게 흔들었다.

컥, 컥…… 셔츠에 목이 졸린 젠킨스가 헛기침을 해 댄다. 언뜻 보자면 폭행처럼도 여겨질 수 있는 장면이지만, 비 오는 날이라 주변에는 아무도 없었다. 민구는 다시 차분한 목소리로 테라에게 물었다.

“너를 자기 회사로 데려가면 낫게 할 수 있다고 했어, 그림까지 그려 가면서. 황당한 이야기 같았지만, 한 가지만은 말이 되는 것 같더군. 그 발가락의 상처. 그렇게 작은 상처가 이렇게 긴 시간 동안 낫지 않는다는 이야기는 들어 본 적이 없거든. 이놈이 한 말…… 사실인가?”

젖은 머리에서 빗물이 뚝뚝 떨어지는 민구를 보며 테라는 잠시 뜸을 들였다. 우호적인 태도로 부탁을 하러 온 것이 아니라는 점도 조금 실망스러웠지만, 그보다 난데없는 불치병 이야기에 어떻게 답을 해야 할지 그것이 너무 난감하다.

젠킨스의 장단에 놀아나는 거짓말을 하고 싶지는 않다. 그렇다고 발가락이 낫지 않는 이유를 사실대로 말하자니, 그러면 좀비에게 물린 것까지 모두 털어놓아야 할 판이다.

아직 아무에게도 말하지 않은 비밀…… 그것을 이 남자에게 이야기해도 되는 걸까? 강 실장이라는 호칭 외에는 이름조차 제대로 모르는 사람인데……

눈을 내리깐 채 생각에 잠겨 있던 테라는 민구를 올려다보며 입을 열었다.

"우리는…… 친구가 된 건가요?"

"뭐?"

그녀가 갑자기 엉뚱한 걸 물어본다고 생각한 민구는 미간을 찌푸렸다.

"그런 건 관계없잖아?"

"아니요, 관계있어요. 친구라면 누군가의 건강에 대해 물을 때, 진심으로 걱정하기 때문이겠죠. 그렇지 않고 타인이라면 그저 호기심일 뿐이고요. 호기심을 충족시켜 주기 위해서 제가 가진 상처를 내보이기는 싫어요. 지금 아저씨는 어느 쪽인가요?"

당돌한 계집애…… 걱정을 해 줬더니…….

사실을 듣고 싶으면 관계부터 다시 세우자는 거다. 민구는 테라의 까맣고 키다란 눈동자를 바라보며 대답할 말을 골랐다. 마침내 민구는 입을 열었다.

"……호기심은 아니야. 그 정도로는 부족한가?"

이번에는 테라가 또 침묵에 빠졌다. 젠킨스는 두 남녀가 주고받는 짧은 대화를 눈치로라도 이해하기 위해 필사적으로 눈을 굴렸다. 아직 이 흉터 사내가 화를 내지 않고 있는 걸 보면, 그의 거짓말이 들통난 것은 아니다.

"제가…… 잘못 물어본 것 같아요. 먼저 웃어 주라고 항상 엄마가 그러셨는데…… 제 속마음을 솔직하게 드러내지도 않으면서 친구니 뭐니 찾았네요. 그렇게 큰 도움을 받았으면서 뻔뻔하게…… 아저씨한테 그냥 솔직하게 말씀드릴게요."

테라는 힘없이 웃고 나서 작게 한숨을 들이쉬고 이야기를 이었다.

"제 발가락은…… 물려서 잘려 나간 거예요."

물렸다니…… 그 괴물들에게 물렸단 말인가? 하지만 그러면 당연히 변하는데…….

트럭을 훔치던 밤, 괴물들에게 물렸던 놈들이 하나씩 괴물로 변해 가는 모습을 똑똑히 지켜본 민구로서는 테라의 말이 도무지 믿기지가 않았다.

그가 입을 꾹 다물고 생각에 잠겨 있는 동안 테라는 차분하게 이야기를 계속

했다.

"이 작은 상처가 한 달 동안 낫지 않는 게 이상하죠? 저도 이해가 안 돼요. 그런데 젠킨스 씨 말에 의하면, 이렇게 물린 부위 근처가 아물지 못하는 게 어떤…… 유형의 특징이래요. 단 한 번의 면역을 가지는…… 그런 사람들이 가끔 나온다고요."

"한 번의 면역? 저놈은 그런 걸 어떻게 알고 있어?"

민구가 또 예민한 걸 물었다. 테라는 젠킨스의 허물을 드러내지 않는 범위 내에서 솔직히 대답했다.

"우리나라에 좀비들이 퍼지기 전에, 어떤 나라에서는 이미 그것에 대해서 연구를 하고 있었대요. 젠킨스 씨도 그런 분들 중 하나고요."

젠킨스의 회사에서 살아 있는 사람들을 데려다가 실험체로 썼으며, 따지고 보면 좀비 사태가 발발한 책임이 거의 전적으로 그쪽에 있다고 말할 수는 없다. 비밀을 지켜 주겠다고 젠킨스와 이미 약속을 한 이야기니까.

"음……."

민구는 짧게 신음하면서 흉터 주변을 긁적거렸다.

기묘한 이야기다. 이렇게 가냘픈 계집애가…… 몸에 힘이라곤 없게 생긴 여자가…… 괴물에게 물리고도 변하지 않고 살아남았다니…….

하지만 그렇게 놀라면서도 민구는 테라의 말을 받아들이는 데 크게 어려움을 겪지 않았다. 지금까지 아수라장을 헤쳐 오면서 수많은 일들을 경험한 그였기에, 세상에는 별 특이한 우연들이 다 있다는 것을 잘 안다.

이번에는 그 우연이 이 계집애에게 일어난 것뿐이라고 생각하면 별로 이상한 일도 아니다.

그런데…… 귀한 것은 언제나 욕망의 대상이 된다. 이 외모에, 그런 특이한 성질이라면…… 당연히 욕심내는 인간이 많을 수밖에 없다.

문득 걱정이 든 민구는 등 뒤와 위쪽을 돌아봤다. 멀리 내야석 상단 쪽에 한 놈이 앉아 있기는 하지만, 이 정도 소리가 들릴 만한 거리는 아니다. 그래도 민구는 목소리를 조금 낮춰 다시 물었다.

"이 일을 알고 있는 사람이 몇이나 되지?"

"아직 아무에게도 이야기하지 않았어요. 처음에는 그저 너무 무섭기만 해서…… 저를 구해 준 고마운 군인분들에게도 거짓말을 했어요. 첫날에…… 단지 물렸다는 이유만으로 맞아 죽는 사람들을 봤거든요. 그리고 그 뒤로도 계속 버릇처럼 거짓말을 했어요. 그렇게 하지 않으면 죽게 될 거라고 생각했었죠."

"하지만 여기 이놈에게는? 이놈은 뭔가 알고 있는 모양이던데?"

민구는 턱으로 젠킨스를 가리키며 물었다. 여전히 그의 손아귀에 뒷덜미를 잡혀 있는 젠킨스는 불안한 표정을 지으며 민구의 눈치를 살폈다.

"젠킨스 씨에게도 이야기하지 않았어요. 그냥 그분이 제 상처를 보고 눈치껏 추측하신 것뿐이에요. 하지만 전문가이니까, 어느 정도 짐작은 하고 있을 거라고 생각해요."

테라는 순진한 얼굴로 대답했다. 결코 노려보는 게 아닌데도 꿰뚫어 보는 것 같은 그녀의 눈빛을 응시하면서, 민구는 자신이 값비싼 답을 들었다는 걸 깨달았다.

부채 의식을 가지고 있는 그녀에게 진실을…… 아무에게도 말하지 않고 꾹 참아 왔던 비밀을 말하도록 강요한 것이나 다름없다.

'젠장, 불치병보다 더 곤란한 비밀을 알아 버렸군…….'

민구는 경솔했던 자신을 자책했다. 발가락에 대해서는 묻지 않는 편이 좋았을걸…….

앞으로 그녀를 볼 때마다 계속 마음이 더 쓰일 것이다. 어쨌거나 이제는 엎질러진 물. 주워 담을 수는 없다. 민구는 당황한 기색을 감추며 다시 물었다.

"그래…… 그건 알아들었어. 그럼 죽어 간다는 이 사기꾼 먹보의 말, 그것도 사실인가?"

"그 부분은 잘 모르겠어요……. 저에게 해 준 말과 아저씨에게 해 준 이야기가 서로 다르다고 하니, 어느 쪽에 사실을 이야기한 건지…… 젠킨스 씨가 저에게는 그런 말을 한 적이 없지만, 혹시 제가 천천히 죽어 간다고 해도 이상한 일은 아니겠죠."

'죽어 간다'는 단어를 말할 때, 테라의 눈에는 왈칵 눈물이 맺혔다. 침착하고 당당하게 말하자고, 자기 연민 같은 싸구려 감정에 빠지지 말자고 마음을 굳게 먹었었는데, 갑자기 너무 서러워져서 그런 결심이 힘없이 무너진다.

이런 상황에서 죽고 싶지는 않다. 엄마와 제니, 너무도 보고 싶은 두 사람의 얼굴을 끝내 못 보고…… 잘 모르는 사람들 사이에서 불안에 떨며…… 그런 죽음은 너무 외롭고 쓸쓸하다.

테라는 잠시 고개를 돌리고 눈물을 닦아 낸 뒤, 다시 말을 이었다.

"하지만 젠킨스 씨는 정직하다는 평가를 받을 만한 분은 아니에요. 만약 제가 죽는다는 말이 사실이었다면 저에게도 해 주시지 않았을까요? 물론 그런 이야기를 들었다 하더라도 저는 JL로 따라가지는 않았을 테지만요."

"흠, 이놈이 나를 가지고 놀았다는 말로 들리는군. 이놈 말만 믿고 따라갔었다가는 너나 나나 뭔가에 이용당하고 제명에 못 죽을 뻔했다, 이거지?"

민구는 쓴웃음을 지으며 중얼거렸다. 이놈의 말에 속아 넘어가 이렇게 바보 같은 일에 휘말려 버렸단 게 분하기도 하고, 어처구니가 없다.

민구는 왼손으로 잡고 있던 젠킨스의 뒷덜미를 거칠게 잡아당겼다. 120킬로그램은 우습게 넘길 커다란 몸뚱이가 중심을 잃고 휘청거린다.

"설마? 설마…… 테라 양, 유다처럼 나를 팔아먹은 거야? 내가 그렇게 부탁을 했는데도 내 말이 맞는다고 해 주지 않았단 말이야? 왜? 귀하를 보호하기 위한 거짓말이라고 했잖아. 그럼 내가 이 난폭한 사내에게 사실대로 이야기했더라면 좋았겠어? 귀하의 보석 같은 발가락은 역겨운 좀비들의 위장 속으로 사라져 버렸고, 일회성 면역자인 귀하의 상처에서는 끊임없이 기이한 증식과 파괴가 되풀이되고 있다는 이야기까지! 귀하가 나한테도 끝내 인정하지 않았던 그 이야기를! 전부 다 했어야 옳았다는 거냐고!"

민구의 성난 얼굴과 움켜쥔 주먹을 보고 잔뜩 겁을 먹은 젠킨스는 이성을 잃고 고래고래 소리를 질러 댔다.

폭력은 무섭다. 얼굴과 온몸에 가해질 고통이 너무도 두렵다. 특히 이 남자의 폭력성은 한층 더 무섭다.

"젠킨스 씨, 진정하고 목소리 좀 낮춰요. 사람들이 듣는다고요."

테라는 당황하며 젠킨스를 달래려 들었다. 하지만 젠킨스는 오히려 더 크게 소리를 질렀다.

"누가 듣는다는 거야? 이 부근에 귀하와 나, 그리고 이 난폭한 남자밖에 없잖아! 누구? 저기 저 멀리 있는 머저리 같은 녀석?"

젠킨스는 멀리 내야석 위쪽에 아까부터 앉아 있던, 야구 모자 쓴 남자를 손으로 가리키며 악을 썼다.

"저 녀석이 조금 전 내가 사용했던 은유적인 표현을 모두 알아들었단 말이야? 그럴 리가 없잖아! 자, 봐! 내가 고개를 이쪽으로 돌리고 저 녀석을 불러 보지. 그래도 놈은 모를 거야…… 윽!"

미친놈처럼 떠들어 대던 젠킨스가 비명과 함께 입을 다문다. 옆구리에 박힌 민구의 펀치 한 방 때문이었다. 숨이 콱 막혀서…… 제대로 쉬어지지가 않는다.

"끄허어억~ 끄허억!"

젠킨스는 눈물과 콧물을 줄줄 흘리며 버둥거렸다. 그래도 민구는 아직 녀석을 놔줄 생각이 없다.

"넌 아주 오랫동안 혼나야 할 것 같다. 내 지금 기분이 그래."

그는 젠킨스의 멱살을 꽉 잡은 채 의자 쪽에 밀어 놓고 중얼거렸다. 젠킨스는 각도 때문에 발도 온전히 딛지 못하고 캑캑거리기만 했다.

"제발 그만하세요. 그러다가 죽을까 봐 무서워요. 가뜩이나 심장이 약한 분인데…… 네? 제발요."

테라가 두 사람 사이에 끼어들며 간절히 만류했다. 민구는 잠시 더 젠킨스의 멱살을 틀어쥐고 꽉 조였다가, 녀석을 의자 쪽으로 밀어 버렸다.

쿵!

요란한 소리와 함께 엉덩방아를 찧은 젠킨스는 보랏빛으로 얼굴이 변해서 거친 숨을 몰아쉬었다.

"하아아~."

일단 더 이상의 폭행이 일어나지는 않을 거라는 걸 확신한 뒤, 테라는 안도의 한숨을 내쉬며 위쪽을 돌아봤다.

시끄러운 소리 때문에 잠시 고개를 아래쪽으로 돌렸던 야구 모자의 남자는 다시 무심한 얼굴로 금세 비가 갠 하늘에 시선을 던지고 있다.

젠킨스의 말을 알아들은 것 같지는 않았다. 또 설사 들었다고 해도 사람들이 믿어 주지 않을 테니까 그다지 문제가 될 가능성은 없기는 하다.

"너는 빠져. 나는 이놈이 무슨 짓을 하려고 그런 거짓말을 했는지 알아야겠으니까. 그리고 사람 가지고 놀았으면 사용료도 내야지."

민구가 테라에게 말했다. 감정 없이 차가운, 그러면서도 위압적인 목소리. 테라의 개입이나 간섭에 대해서 조금도 용납하지 않겠다는 의지가 확실하게 전해진다.

젠킨스는 공포에 질려 민구를 바라보고 있다. 물론 테라도 젠킨스가 밉기는 하다. 하지만 그렇다고 해서 그를 폭력에 맡겨 둘 수는 없다.

"화가 나시겠지만, 그냥 이 정도에서 넘어가면 안 될까요? 벌써 한 대 때리셨고, 그냥 어설픈 사기꾼 흉내였는데······."

테라가 조심스럽게 말을 꺼내자, 민구는 대번에 거절했다.

"안 돼. 너······ 웃기는 놈이구나? 화장실에서의 그놈들이 뒈지도록 맞을 때에는 아무 말도 안 했잖아?"

"그건······ 그때는······."

민구가 그날의 일을 꺼내자 테라는 말문이 막혔다. 민구는 젠킨스의 얼굴을 손가락으로 가리키며 물었다.

"이놈이 그 새끼들보다 착한 놈이라고 믿냐?"

그렇지 않다는 건 테라가 오히려 더 잘 안다. 화장실에서 그녀를 범하려 했던 남자들은 한두 명의 개인이 아니라 세상 전체를 지옥으로 만든 젠킨스에 비하면 정말 아무것도 아닌 조무래기들일 뿐이다.

젠킨스는 수많은 사람들을 실험대에 올려서 좀비가 되도록 만들었던 악마적인 실험의 주체 중 한 명이니까.

하지만 동시에 젠킨스는 새로 백신을 만들어서 이 사태를 진정시킬 만한 능력이 있는 사람이기도 하다.

그러니 여기에서 이 강 실장이라는 사람의 주먹에 맞아 죽거나, 혹은 미리부터 겁에 질려 심장마비로 죽어 버리면 안 된다.

"이분에게 스스로 속죄할 기회를 주세요. 부탁드릴게요."

그게 무슨 소리야? 속죄를 어떻게 한다는 거야?

민구는 테라의 말을 이해하기 어려워서 또 미간을 찌푸렸다.

그때, 젠킨스가 흥분한 목소리를 냈다.

"어, 어어!"

"시끄러워. 아가리 다물고 있어."

그를 돌아보며 위협하던 민구가 젠킨스의 시선이 향한 쪽으로 고개를 돌렸다. 가끔 한 번씩 모습을 드러내던 그 비행체가 다시 나타나 스타디움의 천장 구조물 사이로 날아오고 있다.

테라도 그쪽을 돌아보았다. 구조물에 가려져 아직 뒤쪽의 메시지는 보이지 않는다.

"왔구나! 그래! 구원의 손길이 때맞춰 왔어!"

젠킨스는 흥분한 목소리로 크게 외쳤다. JL의 전투 구조 요원들이 오면 이 헌터 사내에게 단단히 복수를 해 주리라고 생각하니, 이제 그리 무섭지도 않다.

그때, 첫 두 글자가 모습을 드러냈다.

"D...... K......"

젠킨스는 조금 실망한 어조로 중얼거렸다. 하지만 괜찮다. 아직 두 개나 코드가 더 남아 있으니…… 그리고 긍정적인 신호이기도 하다.

DK, 월드컵경기장이 있던 좌표였다고 기억하고 있다. 인구 밀집 지역을 선택할 것이라는 그의 추리가 맞았다. 곧바로 두 번째 코드도 눈에 들어온다.

"K…… M……."

두 글자 기호를 읽는 그 짧은 순간 동안 젠킨스의 얼굴에는 긴장이 가득했다.

이것도…… 아니다. 저건 아마…… 용산…… 용산에 대체 뭐가 있지?

어쨌든 점점 동쪽으로 이동하고 있다.

이제 남은 기회는 하나…… 그게…… 설마…….

마지막 코드가 눈에 들어온다. 젠킨스는 눈을 질끈 감고 아무렇게나 기도부터 했다. 아주 간절하게 몇 번이나 입 속으로 외우고 또 외웠다.

WF! WF! WF!

그러고는 떨리는 마음으로 눈을 떴다.

나는 포 카드야. 에이스 포 카드! 설마…… 상대가…… 스트레이트 플러시일 리는 없지……. 그런 우연은…….

"아니…… 잘못 본 거야…….'

젠킨스는 실성한 사람처럼 눈을 비볐다. 그러고는 떨리는 손을 꽉 모아 쥐고 다시 떴다. 몇 번을 봐도 YL이다. WF가 아니라…….

"으아아아아! 아아아!"

마지막 코드를 확인한 젠킨스는 의자에 머리를 짓찧으며 미친 듯이 울부짖었다.

WF가 아니라니! YL! 왜 저렇게 생뚱맞은 위치를 골랐단 말인가! 왜! 이렇게 사람들이 바글바글한 곳을 내버려 두고!

"뭐야, 이놈? 갑자기?"

갑자기 발작을 시작한 젠킨스를 보며 민구가 물었다. 공포에 질려 자해하는 놈들은 흔하게 봤지만, 이놈이 그런 타입일 줄은 몰랐다.

"젠킨스 씨! 진정해요! 괜찮아요! 그러다가 정말로 죽어요!"

테라가 젠킨스의 세 겹으로 접힌 목을 잡으며 소리쳤다. 어찌나 세게 의자를 들이받았는지, 그의 이마에서는 벌써 피부가 찢겨 피가 흘러나온다.

"이건 말이 안 돼! 왜! 왜 한강의 북쪽부터 훑어! 으아아아! 바보 같은 놈들! 나는 이제 시간이 없단 말이야! 끄으으으!"

젠킨스는 눈물과 침을 흘리며 울부짖었다. 민구는 잠시 놈이 지랄해 대는 대로 내버려 뒀다. 뭔가 캐야 할 게 아주 많아 보이는 놈이다. 이런 건 그냥 흔한 사기꾼의 모양새가 아니다.

그들이 그렇게 작은 혼란에 빠져 있을 때, 상단의 야구 모자 쓴 남자는 야구장 내부로 빠져나갔다. 혹시라도 자신을 알아볼까 싶어 남자는 세 사람의 시야에서 벗어나자마자 쓰고 있던 야구 모자를 쓰레기통 안에 던져 넣었다. 그러는 동안에도 누가 따라오기라도 할까 봐 그는 몇 번이나 뒤를 돌아보았다.

"씨발…… 놀라라. 테라가, 테라가…… 그랬었구나……."

남자는 가슴을 쓸어내리며 얼른 사람들 사이로 섞여 들어갔다. 혹시라도 그 흉터 남자가 자신에게 해코지라도 할까 봐 두려워서였다.

Chapter 74
더 킹 오브 건대

01

건대 쉘터에서 슬슬 총소리가 뜸해진 건 C동에 탄창을 전달해 준 지 한 시간 반 정도가 흐른 뒤였다.

신중하게 조준 사격을 하던 병사들이 좀처럼 방아쇠를 당기지 못하고 있다.

이미 좀비들의 수가 확연히 줄어들어 버린 지금, 잠시도 쉬지 않고 빠르게 뛰어다니는 좀비들만이 남았다. 밀집해서 제대로 움직이지 못하던 때와는 달라서 이 빠른 놈들은 맞히기 쉽지 않다.

"명중률이 확 떨어진 것 같은데…… 저쪽 사람들은 그만 쏘라고 해야 할 것 같다. 저러다 정작 실탄 필요할 때 또 모자라겠네."

주차장을 보고 있던 진우가 말했다. 비를 맞아 가면서 40분 정도나마 자고 일어난 후라 몸은 꽤 가뿐하다.

이제 빠르게 기동하는 정예 병력으로 고립된 각 건물들을 순회하며 해방시켜 줄 때가 왔다.

광장 진출에 앞서 강 소위가 C동의 병력들에게 사격 중지 명령을 내리는 동안, 유빈은 가방에서 먹을 것을 꺼내 세 명의 사수와 보안관, 태권 소녀에게 나

뉘 줬다.

"지금 먹어 둬."

"이거…… 어째 좀 민망한데…… 다들 굶고 있는 걸 빤히 알면서 우리만 먹는다는 게…….'

초코바와 물을 받아 든 구 상병이 옥상 반대편의 민간인들을 바라보며 멋쩍어한다. 벌써 포장을 벗기고 찐득한 초코바를 씹고 있던 진우가 말했다.

"마음은 알겠는데, 그래도 먹어. 같이 굶는 것보다 먹고 싸워 주는 게 저 사람들에게 훨씬 도움이 돼. 이 정도라도 먹어야 몸이 말을 들을 거야. 그리고 어차피 우리가 성공하면 저 사람들도 오늘 저녁에는 밥 먹을 수 있어."

구 상병도, 황 일병도 퀭해진 얼굴을 끄덕였다. 사실 음식을 보자마자 배 속에서는 꼬르륵 소리가 요란하게 울려 대기는 했다. 어제 점심을 먹고 나서부터 생난리를 겪는 통에 24시간 이상을 굶은 상황이니까 당연한 일이다.

여섯 사람은 둥글게 둘러앉아 초코바를 씹고 물을 나눠 마셨다. 민망하고 쑥스러운 마음을 꾹 눌러 참아 가며 달콤한 초코바 두 개씩을 먹어 치우니, 그래도 좀 살 것 같은 기분이 들었다.

잠시 후, 강 소위가 병력들을 다 모아 왔고, 작전 회의가 시작되었다. 이제 본격적인 완전 소탕 작전의 시작이다.

"동선은 이런 식입니다."

유빈은 배낭들을 각 건물의 위치에 맞춰 배치해 놓고, 작전에 투입될 모두에게 설명을 시작했다.

"여기 들어와 있는 좀비들 먼저 잡고 내려가서, C동으로 들어가 C동에 고립되어 있는 병력이랑 합류한 다음에, 주차장 완전 정리. 체육관의 병사 네 명 구출. 그다음 D, E동의 순서로 정리. 이 동안에 C동 병력은 주차장에 철책을 새로 치면서 경계하는 겁니다. 좀비들 다 잡고 나면 발전기 끌 거요."

진우와 구 상병, 황 일병, 개인 화기로 무장한 세 명이 앞장을 서고, 짐꾼인 유빈이는 중간에서 병력들과 함께 움직인다. 뒤를 담당하는 건 보안관과 태권 소녀. 실탄을 전달해 주러 나갔을 때 손을 맞춰 봤던 그 형태 그대로 간다.

"우리는 언제 합류하나?"

김 중사가 물었다.

"강 소위님하고 김 중사님, 그리고 나머지 군인분들은 저희가 3층으로 내려가서 복도 코너를 돌면 저 문으로 나와서 계단을 맡아 주세요. 더 내려오시지도 말고 2층에서 뛰어 올라오는 좀비들만 잡아 주시면 됩니다. 혹시 미처 다 잡지 못하고 지나치는 놈들이 생겨도 쫓지 마시고, 그 자리를 지켜 주셔야 해요."

"그럼 그 지나친 좀비들은 어쩔 생각인데?"

"그건 저희 쪽에서 처리할게요. 아, 물론 제가 아니고 얘네 둘이 잡는 거지만요."

유빈은 태권 소녀와 보안관을 가리키며 말을 이었다.

"저희가 3층을 다 잡고 나면 신호를 보내겠습니다. 그러면 처음 순서와 마찬가지로 저희는 2층에 가고, 강 소위님 쪽 병력은 3층 계단에서 2층 계단 쪽을 지켜 주시는 거예요. 계속 그런 식으로 반복하면서 내려가는 게 좋을 것 같아요. 좁은 데에서 다 같이 모여 다니기에는 연습이 전혀 안 되어 있으니까요."

"알겠어. 어째 너무 편한 일만 하는 것 같아서 좀 미안하기도 하군."

강 소위와 김 중사가 조금 민망해하며 말했다. 체면이 말이 아니긴 하지만, C동과 합류하기 전에는 가용 병력이 너무 적어서 별다른 대안도 낼 수 없다.

작전 회의를 마친 유빈은 내려가기 전, 진우와 두 병사에게 한 가지 더 당부를 했다.

"여기 숙소에 새로 들어온 놈들 잡는 동안에는 진우, 네가 최대한 빨리 처리를 해 줘야 돼. 총알 문제도 그렇지만, 얘네 둘이 긴장을 얼마나 오랫동안 유지할 수 있는지 모르니까 가능한 부담을 줄여 줘."

"알았어. 근데 이제 그렇게 걱정하지 않아도 될 것 같은데…… 눈에 보이는 놈들이라야 200마리 남짓이나 될까 말까잖아."

진우가 그야말로 진우다운 말을 하는 바람에 기합이 바짝 들어가 있던 구 상병과 황 일병의 입에서 어처구니없는 웃음이 터져 버렸다.

200마리밖에 안 된다니! 그냥 서 있는 200마리도 아니고, 존나게 뛰어다니는 놈들인데!

저 중 몇 놈만 저지선을 돌파해 뛰어들어도 사태는 걷잡을 수 없이 커진다.

"하하, 멋있는 말이긴 한데…… 모든 사람의 기준이 너랑 같지는 않으니까, 허들을 좀 낮춰. 대신 네가 한 발이라도 더 쏘고. 부탁할게."

유빈도 미소를 지으며 진우의 가슴을 가볍게 두들겨 줬다. 지금까지도 그랬지만, 이 작전도 진우가 없었다면 생각할 수 없는 종류의 것이다. 진우가 중앙에서 모든 난관을 총 한 자루로 돌파해 나가야 한다.

유빈은 원래 박 소위의 것이었던 K-2를 옆으로 비껴 멨다. 이미 배낭을 멘 채로 거기에 쏘지도 않을 총까지 짊어지고 다녀야 하니 꽤나 거추장스럽지만, 진우 총에 혹시라도 문제가 생길 경우를 대비해야 한다.

"C동, 지금 구조대 출발한다! 사격 중지한 상태로 대기하도록!"

옥상 문을 열기 전, 강 소위는 다시 확성기를 통해 외쳤다. 이미 수많은 기적을 경험한 모든 생존자들은 잔뜩 들떠서 다시 한번 큰 소리로 함성을 질렀다.

어젯밤, 헤드라이트 불빛으로 어둠을 뚫고 이곳에 도착한 특수 요원들은 그야말로 무적이었다. 적어도 그들의 시각에서는 그렇게 보였다.

"잘 다녀오세요! 파이팅입니다!"

"다치지 마시고 잘해요!"

"너무 멋있어요!"

진우가 옥상 문 앞에서 사격 준비를 하자, 수감자 숙소 옥상에 있던 민간인들이 뜨거운 응원과 박수를 함께 보내 준다. 진우네가 실탄 배달을 위해 처음 옥상 문을 열게 되었을 때의 두려움은 더 이상 생존자들에게 없었다.

그들은 문을 두들겨 대고 있던 좀비들이 자신의 바로 몇 미터 앞까지 뛰어든다고 해도 이제 하나도 두렵지 않았다. 특공 팀이 버티고 있는 한 자신들은 온전히 안전을 보장받았음을 추호도 의심하지 않게 되었기 때문이다.

오히려 바로 목전에서 생생한 카타르시스를 경험할 수 있다는 기대가 더해져 실탄 배달을 하러 갈 때보다 훨씬 더 열렬한 반응이다.

구 상병과 황 일병이 흥분해서 두 손을 불끈 쥐어 보이는 동안, 진우는 쑥스러워서 얼굴을 쓸어내리며 잠시 어쩔 줄을 몰라 했다.

"가자!"

가까스로 감정을 다잡고 진지한 얼굴로 돌아온 진우가 유빈에게 신호를 보냈다. 유빈은 카운트 셋을 헤아리는 것과 동시에 문을 확 잡아 열었다.

탕— 탕, 탕, 탕—.

네 발의 총성으로 네 마리의 좀비를 쓰러뜨린 진우가 건물 쪽으로 뛰어들었다. 구 상병과 황 일병이 그 뒤를 따랐고, 셋은 곧바로 계단을 뛰어 내려갔다.

그롸아아아악—.

달려드는 좀비들.

진우는 재빨리 총구를 좌우로 돌려 가며 방아쇠를 당겼다.

탕, 탕, 탕, 타앙— 탕, 탕—.

순식간에 복도 전체가 조용해졌다. 다른 두 병사가 눈으로 쫓는 것보다도 더 빨리 예닐곱 마리의 좀비들이 이마에 구멍이 뚫린 채 바닥에 나동그라진다.

꽈앙—.

보안관과 태권 소녀까지 합류한 걸 확인한 진우는 첫 번째 방문을 걷어차 열었다. 그러고는 곧바로 뒤로 물러나며 좀비들의 머리를 날렸다.

탕, 탕, 타앙—.

"이 방, 클리어!"

세 마리의 좀비를 잡고 난 뒤, 안쪽을 힐끔 엿본 진우가 외친다. 유빈은 앞선 세 명의 머리통에 시야가 가려져 아무것도 보이지 않는데, 벌써 일사천리로 쭉쭉 나아가고 있다.

투투둑— 투투투— 투투둑—.

계단 쪽에서는 강 소위가 인솔하는 병력들이 아래층에서 올라오는 좀비들을 향해 3점사를 퍼부어 대고 있다.

"3층 클리어!"

진입한 지 2분도 지나지 않아 진우가 3층의 모든 좀비들을 사살했음을 알렸다. 귀신같은 판단력과 야수 같은 몸놀림. 기계처럼 무감정하게 목표를 이루는 데에만 집중한다.

옆을 따라 걷던 구 상병과 황 일병은 다시 한번 진우의 솜씨에 감탄했다. 똑같은 총을 들고 있지만, 해낼 수 있는 것의 클래스가 완전히 다르다.

"내려가!"

진우를 앞세운 여섯 명의 선발대가 2층으로 내려가는 것을 확인하고 나서 강 소위도 병력들과 함께 3층으로 내려왔다. 그들이 전열을 갖추기도 전에 이미 2층에서는 진우의 총소리가 잇달아 울려 댔다.

탕— 탕, 탕, 타아앙—.

분명히 단발 사격 격발음인데, 연발로 쏴 대는 것만큼이나 빠르게 들린다. 게다가 말 그대로 백발백중. 어제부터 계속 보아 왔지만, 그야말로 신기라고밖에는 할 수 없는, 그런 능력이다.

강 소위는 난간을 짚고 서서 그들을 만날 수 있었던 행운에 감사했다.

"2층 클리어!"

좀비들의 시체가 덮인 계단 아래에서 진우의 목소리가 들려온다. 강 소위도 그 목소리에 화답했다.

"2층 클리어! 사격 중지!"

"이동하겠습니다!"

계단에서 총성이 멈추자 진우를 앞세운 여섯 명의 선발대는 1층을 향해 뛰어 내려갔다. 건물 안에서 난리를 피우던 수십 마리의 좀비들을 모두 처리하는 데 10분도 채 걸리지 않았다.

"젠장, 좋기는 한데, 이게 진짜 꿈인지 생시인지도 잘 모르겠습니다. 죽은 다음에 꿈속에 빠져 있는 건가…… 꼼짝없이 끝이라고만 생각했었는데……."

마침내 1층을 밟게 된 김 중사가 감격한 표정을 지으며 강 소위에게 말했다.

강 소위도 크게 다르지 않은 심정이다. 어찌나 흥분을 했는지, 총에 맞아 쑤시는 다리의 통증조차도 한결 덜한 것 같다.

어제 오전만 해도 그 역시 처량한 도망자 신세로 주인이 사라진 피난처에서 그저 하염없이 기다리고만 있었다. 고 하사가 구조된 그 순간부터 모든 것이 바뀌었다.

"세 시! 세 시 방향!"

강 소위는 미리 약속되어 있던 대로 병사들의 사격 방향을 오른쪽으로 돌렸다. 김 중사를 포함해서 네 명이 나란히 늘어서서 수감자 숙소의 우측을 향해 총구를 들어 올렸다.

그롸아아아아— 그롸아아—.

배회하던 좀비들이 튀어나온 인간들의 기운을 느끼고 방향을 바꿔 달려온다.

꿀꺽, 긴장한 병사들이 침을 삼키며 조준을 한다. 그런데…… 이게 꽤나 생각과 달랐다. 좀비들은 점점 가까워져 오는데, 손은 떨리고 마음은 급하다. 게다가 이놈들, 왜 이렇게 빠른 건지…….

"와아아아! 와아아!"

건물들 옥상에서 들려오는 엄청난 환호성과 응원 소리까지 더해지자, 병사들의 머릿속은 더욱 혼란스러워졌다. 사방에서 울리는 총소리는 귀를 흔들고, 눈은 좀비들에 홀려 정신이 없다.

달려오는 놈들은 수십인데, 어떤 것부터 먼저 죽여야 할지, 자신이 맡아야 하는 놈이 어떤 좀비인지 그걸 잘 모르겠다.

한마디로 무지하게 무섭다. 총을 들고 있다고 해서 간단히 극복할 수 있는 상황이 아니다.

투투툭— 투투투— 투투툭—.

네 명의 병사가 나름 열심히 3점사를 날렸는데, 달려드는 좀비들의 파도는 별로 이기 빠지기 않고 그대로 몰려온다

'이게 정말 제대로 짠 작전 맞아? 개죽음 작전 같은데…….'

병사들의 얼굴에는 당혹감이 가득했다.

그 특수 요원인지 뭔지는 계속 이보다 훨씬 더한 압박감을 느끼면서 이 주변을 누비는 걸 반복했단 말인가…… 아까는 좀비들도 몇 배나 더 많았는데…….

탕, 탕, 탕, 타앙— 탕, 탕— 투투투— 투투둑— 투투둑— 탕, 타앙—.

진우와 두 병사가 지원사격을 해 주는 소리가 요란하게 울렸다. 그리고 앞서 달려오던 좀비들 10여 마리가 순식간에 나동그라진다.

철퍽—.

빗물이 고여 있던 웅덩이를 좀비의 시체가 때리자, 물이 사방으로 튄다.

"거리가 충분합니다! 가까이에 있는 놈부터 잡으면 됩니다!"

한차례 더 근접해 온 좀비들을 잡고 나서 진우가 큰 소리로 외쳤다. 진우가 꿀 팁을 알려 줬지만, 강 소위와 함께 있는 병사들의 멘탈은 아직도 회복되지 않았다.

가까이에 있는 놈부터 잡으라니…… 말이 쉽지, 불과 60미터 안쪽에서 좀비들이 저렇게나 떼를 이루어 달려드는데…….

방아쇠를 당기면서도 도무지 확신이 서지 않는다.

투투투— 탕, 탕, 탕— 투투둑— 탕— 투투둑—.

진우와 두 병사는 이를 꽉 물어 가며 전방의 좀비들을 쓰러뜨리고, 동시에 아홉 시 방향을 지원했다.

여기가 제일 힘든 구간이라는 건 애초부터 알고 있었다. C동 옥상에 있는 소대 이상 규모의 병력과 합류만 하면 그다음부턴 쉬워진다.

그롸아아아—.

열두 시부터 세 시까지 90도에 걸쳐 방사형으로 몰려오는 좀비들. 하지만 이제 정말로 그 규모가 확연하게 줄었다. 지형지물을 이용해서 싸운다면 진우 혼자서도 물리칠 수 있을 것 같아 보였다.

"잘하고 있습니다! 나머지 맡아 주십쇼! 저희는 이제 돌파하겠습니다!"

강 소위와 네 명의 병사가 어느 정도 평상심을 회복하자, 진우가 큰 소리로 외쳤다. 측면의 좀비들 수도 꽤나 줄어서 이제 충분히 싸울 수 있는 규모다. 해보겠다는 자신감과 용기만 있으면 저 정도는 문제가 되지 않는다.

진우는 두 명의 사수와 두 명의 근접전 스페셜리스트, 한 명의 짐꾼을 이끈 채 전방의 C동 건물을 향해 돌진했다.

탕, 탕, 타앙— 탕, 탕—.

재빨리 총구의 방향을 바꿔 가며 앞쪽의 좀비들을 처리하던 진우가 15도 우측을 가리켰다.

"두 시 쪽으로 나가야 돼! 더 이상 벽에 붙지 마!"

철책을 따라 달려가고 있던 여섯 명의 선발대는 즉각 방향을 바꿔 사선으로 뛰어나가기 시작했다. 지형적으로 유리한 고지를 굳이 포기해 가면서 방향을 바꾼 이유는, 건물에서 뛰어내리는 좀비들에게 덮쳐지지 않기 위해서다.

그롸아악— 그르르르—.

C동의 2, 3층 복도를 점령하고 있던 좀비들이 가까이 다가온 진우 일행을 보고 흥분해 크게 울부짖는다. 그러고는 창문을 박살 내며 아래로 몸을 내던졌다.

와장창— 쨍그랑—.

유리 조각의 비가 쏟아지고, 그 사이사이에 끼어 좀비들도 떨어져 내렸다.

쿠웅—!

요란한 소리를 내며 땅바닥에 나뒹굴던 좀비들이 부러진 뼈를 덜그럭거리며 다시 일어나서 뛰어온다.

"으아! 어느 쪽부터 쏴야 돼?"

양방향에서 좀비들에게 에워싸이게 되자, 구 상병이 당황해하며 외쳤다. 유빈이 작전을 설명해 줄 때, 뛰어내리는 놈들이 있을 거라는 이야기는 했었지만, 막상 그 상황이 닥치고 나니 압박감이 확 그를 덮쳤다.

복도에서 몸을 내던진 좀비들이 애초에 예상했던 것보다 훨씬 많다. 게다가 가깝다.

"그냥 네 방향 집중해! 여긴 우리한테 맡기고!"

맹수처럼 네발로 달려드는 좀비의 머리통을, 그보다 훨씬 더 무서운 맹수의 표정으로 후려갈기며 보안관이 소리를 질렀다. 까짓것, 많다고 해 봐야 열댓 마리. 그중에 반은 추락하면서 관절이 부러진 상태다. 그러니 태권 소녀와 나눠서 상대를 하면 크게 어려울 것이 없다.

"으아아!"

황 일병의 입에서 비명과 기합의 중간 정도 되는 소리가 흘러나왔다. 방아쇠를 당기고 있는데도 불안해서 오줌을 지릴 것만 같다. 아니, 어쩌면 이미 약간은 흘러나왔는지도 모르겠다.

세 방향에서 포위라니…….

힐끔 엿본 등 뒤에서는 보안관과 태권 소녀가 좀비들에 둘러싸인 채 육박전을 벌이고 있다. 까딱 실수 한 번만 하면 물려서 저세상행인데…… 저 둘은 마치 몸 전체에 갑옷이라도 두른 듯 거침없는 움직임을 보인다.

"젠장, 이건 딱 보니까 어제 죽은 놈인데……."

멀쩡한 군복을 입은 좀비가 세 발로 뛰어 달려드는 모습을 보며 보안관이 혀를 찼다. 모두 다 구해 주는 거라고 생각했었는데, 그들이 도달하기 전에 이미 낙오되어서 물린 놈들이 있는 모양이다.

사연은 안됐지만, 그렇다고 봐줄 수는 없는 일.

보안관은 해머를 높이 치켜들었다.

빠가각―.

보안관의 해머에 강타당한 군복 좀비가 왼쪽으로 날아간다. 태권 소녀는 딱히 당황하지도 않고 날아오는 좀비의 시체를 피하며 곧바로 풀스윙을 휘둘렀다.

까앙―.

뒤통수를 정통으로 맞은 또 다른 좀비의 시체가 바닥에 나뒹군다. 그사이 보안관은 절룩거리며 뛰어오는 놈의 턱을 저 멀리 날려 버렸다.

두 친구에게 뒤를, 두 병사에게 앞을 맡긴 진우는 C동 입구에서 몰려나오는 좀비들을 잡았다.

탕, 탕, 탕, 타앙— 탕, 탕—.

1층과 계단 주변에 있던 놈들이 잔뜩 뛰어나오다가 진우가 쏜 총알에 미간을 관통당한 채 나자빠졌다.

"아아아~! 어어어!"

C동의 옥상 끝에 모여서 구경하는 사람들의 입에서는 쉬지 않고 탄성과 걱정의 목소리가 울렸다. 건물 안에 정말 어지간히도 많은 놈들이 몰려 있었다는 걸 새삼 느끼게 되자 온몸에 소름이 돋는다.

그 많은 놈들이 한꺼번에 뛰어나가는 모습도 엄청나지만, 입구에서 몇 미터 내에 그것들의 발을 묶어 놓은 채 모조리 쏴 죽이는 저 특수 요원의 능력도 정말 대단하다.

특수 요원의 몸이 살짝 방향을 바꾸고 총이 발사되면, 어김없이 좀비 한 마리가 바닥에 뻗는다. 그리고 구경하는 사람들이 그 명중을 확인하는 동안에 특수 요원은 벌써 다른 좀비를 향해 방아쇠를 당겼다. 게다가 가끔 한 번씩은 몸을 뒤로 돌려 다른 병사 둘을 돕기까지 한다.

"들어가자!"

입구와 1층 계단 주변을 어느 정도 마무리 지은 진우가 외쳤다. 보안관과 태권 소녀도 뛰어내린 좀비들을 거의 다 처리한 상황이었다.

진우와 두 근접전 캐릭터가 앞장을 서서 건물 안으로 진입했고, 구 상병과 황 일병은 계속 3점사를 날리면서 뒷걸음질로 합류했다.

"최대한 빠르게 올라간다! 주변에서 뛰어다니는 놈들만 잡아!"

진우가 탄창을 갈아 끼우며 외쳤다. 어차피 옥상까지만 올라가면 40명가량의 병사들이 있다. 건물 안에 있는 모든 좀비들을 잡고 또 동시에 사방에서 밀려드는 놈들을 모두 상대하는 것보다는, 일단 합류한 뒤 분대 단위로 조를 짜서 소탕하는 편이 효율적이다.

게다가 이 건물은 계단도 세 개나 되기 때문에 한번 좀비들과 숨바꼭질을 하기 시작하면 끝도 없이 시간이 늘어지게 된다.

탕, 탕, 탕, 탕, 타앙— 탕, 탕, 탕—.

한 층을 오를 때마다 진우는 양쪽 복도에서 덤벼오는 놈들을 향해 5.56㎜탄을 퍼부어 주며 동료들이 합류할 수 있도록 만들었다.

그 덕에 여섯 명의 선발대는 순식간에 3층을 돌파했고, 어느새 옥상으로 이어진 계단에 설 수 있었다.

"아! 진짜 지겨워! 여기도 이걸 다 치워야 되네!"

옥상 계단 주변에 쌓아 놓은 장애물들을 보며 보안관이 한숨을 내쉬었다. 객관적으로 볼 때 그리 힘에 부치는 일은 아니지만, 이제 여정이 다 끝났다고 생각한 순간에 새로 나타난 퀘스트니까 하기 싫어지는 게 당연하다.

탕, 탕, 투투둑— 투투투— 탕, 타앙—.

진우와 두 병사는 3층 복도와 아래층 계단에서 올라오는 놈들을 쓰러뜨리느라 여념이 없다. 유빈은 등에 메고 있던 가방에서 탄창을 꺼내 든 채 기다리다가 손을 내미는 사수에게 전달해 준다.

"으랏차!"

묵직한 철제 책상들을 아래로 집어 던져 버린 보안관이 장갑을 낀 손으로 옥상 문을 쾅쾅! 두들겼다.

"열어요! 구조대입니다!"

"왔다! 아우! 정말 왔어!"

철문 바깥쪽에서 환호하는 목소리들이 들려온다. 금방이라도 울음이 터질 것 같은, 그런 목소리다.

02

몇 초 지나지 않아 바깥쪽에서 잠겼던, 긴 쇠 빗장이 빠지는 소리가 끼리릭,

들렸다. 문이 살짝 열리며 그 틈으로 찬란한 빛이, 그리고 기쁨에 들뜬 사람들의 웅성거림이 쏟아져 들어온다.

"빨리 와!"

보안관과 태권 소녀가 먼저 문을 밀고 나가며 진우에게 말했다.

한눈에도 강하다는 것을 알 수 있는 보안관의 몸!

그걸 가까이에서 본 사람들은 또 가벼운 탄성을 내질렀다.

저 근육 좀 봐…… 키도 엄청 크네…… 인상 쩐다…….

한마디씩 뭐라고 감탄하는 걸 듣는 게 싫지 않다.

타앙— 탕, 탕— 탕, 탕—.

진우는 부근에 몰려 있던 좀비들을 모두 처리한 뒤, 여섯 명의 선발대 중 가장 마지막으로 옥상 문 밖으로 뛰어나갔다.

콰앙—.

진우가 빠져나오자마자 C동의 병사들은 문을 다시 닫고 쇠 빗장을 채웠다. 그러고는 앞에 무거운 걸 잔뜩 끌어와 받쳤다.

"휴우~."

겨우 한숨 돌릴 틈을 얻은 진우는 이마의 땀을 훔쳐 냈다. 그동안 옥상의 수백에 달하는 사람들은 두 손을 꼭 맞잡은 채 진우와 보안관을 번갈아 보고 있다.

두근! 두근! 두근!

수많은 사람들의 심장이 기대로 가득 차 빠르게 뛰는 소리가 들려오는 것만 같다.

"구조대입니다! 지금부터 저희의 지시에 침착하게 따라 주시면 단 한 분의 낙오자도 없이 모두 이 건물을 빠져나갈 수 있도록 하겠습니다."

진우가 앞으로 나서서 큰 소리로 말했다. 뒤에 선 두 병사는 믿어도 좋다는 표정을 지으며 고개를 끄덕였다.

"와아아! 와아아아~!"

빼곡하게 모여 있던 사람들이 감격에 겨워 온몸을 떨며 함성을 질렀다. 탄약 배달을 받았을 때조차도 반신반의했는데, 이렇게 구조대로 뛰어 올라온 걸 보니 살았다는 것이 절절하게 실감되었다.

환호성은 주변의 다른 건물들에서도 우렁차게 울렸다. 한 건물에서 다른 건물로 구조대가 옮겨 간 것이 처음인 데다가, 이제 남아 있는 좀비들의 수가 얼마든지 퇴치 가능한 규모로 보였기에 모두가 한마음으로 기뻐했다.

이제…… 조금만 기다리면 모두가 다 구조될 수 있다는 믿음이 불길처럼 번졌다.

"고맙습니다…… 정말…… 고맙……습니다…… 흐으윽~!"

앞줄에서 기뻐하며 펄쩍펄쩍 뛰던 사람들이 감정을 이기지 못하고 마침내 흐느끼며 쓰러진다. 살아남았다는 것에 감격해 무릎을 꿇은 채 우는 사람들을 보고 있자니, 진우 일행의 가슴도 뜨거워졌다.

과연 무엇을 위해서 지금까지 쫄쫄 굶고 비를 고스란히 맞아 가며 목숨을 건 싸움을 했었는지도 다시 한번 확실히 알게 되었다.

사람들을 살렸다. 보안관, 유빈, 그리고 다른 친구들과 함께. 모른 척 외면하고 지나갔더라면 꼼짝없이 죽었을 사람들을…… 그것도 700이나 되는, 엄청나다면 엄청난 수를…….

"하아~ 하아~."

어젯밤 비에 놀라 과호흡을 했을 때와는 또 다른 식으로 가슴이 벅차올라서 진우는 몇 번이나 크게 숨을 몰아쉬었다.

이런 감정…… 이런 식의 호응…… 영웅 놀이…….

다 위험하다는 걸 알고 있다. 그렇게 잘 알고 있으면서도 막상 기쁨의 눈물을 흘리는 사람들을 보고 있자니 엄청나게 감동적이고 기뻤다. 가지고 있던 실탄의 절반을 쓴 것도 이제 더 이상 아깝지 않아졌다.

"정말 다행입니다. 크흑……."

황 일병이 갑자기 울먹이며 눈물을 닦는다. 녀석의 감정은 진우의 것보다 몇 배나 더 예민하게 반응한 모양이다.

사람들이 내미는 손을 잡으며 구 상병도, 태권 소녀도 눈시울이 붉어졌다. 그 감동의 도가니에 찬물을 끼얹은 건 유빈이었다.

"저기…… 아직 끝나지 않았어요. 그러니까 그렇게 우느라 체력을 다 빼앗기면 안 돼요. 일어나셔서 좀 진정하세요."

쓰러져서 흐느끼던 사람들을 다독거려 일으킨 유빈은 수감자 숙소 쪽 난간으로 걸어갔다. 뭐든지 때려 부숴서 던지려 했던 곳답게 옥상의 여기저기에는 부서진 돌 조각과 파편들이 정신없이 널려 있다. 난간도 절반 정도밖에 남아 있지 않을 만큼 심하게 파손된 상태다.

"아, 다행이다. 저 아저씨들 다시 건물 안으로 잘 들어갔구나."

유빈은 수감자 숙소 옥상에서 강 소위와 나머지 병사들의 모습을 확인하고 안도의 한숨을 내쉬었다.

강 소위는 확성기 든 손을 열심히 흔들며 자신이 살아남았음을 적극적으로 알리고 있다.

"자, 계획대로 저쪽 군인들은 지원만 해 주고 일단 빠졌어. 이제 여기 사람들이랑 나가 보자고. 90퍼센트쯤 온 것 같기는 하지만, 그건 아직 10퍼센트 남았다는 말이기도 하니까, 다들 조금만 더 힘내자."

친구들에게 돌아온 유빈은 세게 손뼉을 쫙, 친 다음 양 손바닥을 비비며 말했다. 남아 있는 좀비가 100마리든 한 마리든 간에 물리면 끝이라는 점에서는 차이가 없다.

선발대의 나머지 인원들도 겨우 격앙된 감정에서 빠져나와 원래대로의 눈빛으로 돌아왔다. 유빈은 가방에서 탄창을 꺼내 각자의 전술 조끼에 다시 채워 넣도록 했다.

건너편 건물의 강 소위는 확성기를 꽉 움켜쥐고 '진우 특수 요원'의 지시에 따르라는 명령을 열심히 떠들어 대는 중이다. 그런데 사실 그의 그런 명령이 없어도 여기 모든 병사들은 진우의 말에 죽는시늉이라도 할 것 같은 기세다.

병사들은 존경에 가까운 눈빛으로 진우를 우러러보고 있다. 다들 그의 활약을 지켜봤으니 당연한 일이다.

"아까 탄창을 우선 지급받고 좀비들 저격하셨던 병사, 어떤 분들이십니까?"

진우가 물었다. 병사들은 쑥스러워하며 손을 들었다. 일단 그들부터 차출했다. 실탄의 수가 제한되어 있는 상황이기 때문에 아무에게나 덥석 탄창을 제공해 줄 수는 없는 노릇이었다.

유빈은 차출된 여섯 명의 사수를 모아 남아 있는 실탄의 수를 확인하고, 각자에게 탄창 두 개가 돌아갈 수 있도록 분배했다. 한때는 묵직했던 박 소위의 탄창 가방도 이제는 거의 비어 버렸다.

2천 발이 거의 다 소모되어 간다. 아직 진우의 개인 총알 천 발가량이 더 남아 있고, 태양 그룹 놈들에게서 빼앗은 9㎜ 총알도 있지만, 그건 아껴 두고 싶다.

남아 있는 좀비들의 수는 이제 그리 많지 않다. 주차장에 남은 좀비들을 다 더해 봐도 100마리 이하다. 그나마도 대부분 발전기에 단단히 홀려서 그 주변에 몰려 있는 놈들이니까 즉각적인 위협은 아니다.

하지만 건물 내부에 들어가 있는 놈들까지 다 찾아내서 사살해야 하니까, 실탄을 최대한 효율적으로 써야 한다.

"이동 요령은 간단합니다. 진우와 저 두 친구, 그리고 아까 탄창 받은 여섯 명이 중앙 계단과 그 주변의 길을 트면서 내려갈 거예요. 한 층을 다 정리하고 나면 경비 삼아 두 명씩을 남겨 두고 그 아래로 갑니다. 1층까지 다 정리하고 나면 소리로 알리면 되고요."

모든 병력을 다 모이게 한 뒤, 유빈이 작전을 설명했다. 진우는 진우대로 여섯 명의 C동 사수에게 진압하러 내려갈 때의 진형과 각 병사가 담당해야 하는 임무를 일러 줬다.

보안관과 태권 소녀는 옥상의 반대쪽에서 민간인들을 모아 놓고, 아래로 내려갈 때의 요령과 순서에 대해 이야기했다. 그렇게 세 팀으로 나누어 10여 분에 걸쳐 작전 브리핑을 했고, 모두들 열심히 들었다. 각자의 목숨이 걸린 일이다.

"자, 그럼 내려갑니다! 준비됐습니까?"

작전에 대해 설명을 마친 진우가 병사들에게 물었다.

"네! 준비됐습니다!"

구 상병을 비롯해서 총 여덟 명의 병사가 목이 터져라 외쳤다. 오후 내내 좀비들을 사살해 왔던 사람들만 모아 놨기 때문에 파괴적인 본능이 그들의 몸 전체로 끓어오른다.

"여십쇼!"

장전된 것을 확인한 진우가 총구를 겨누며 외쳤다.

끼이익―.

빗장이 빠지는 소리. 그리고 문이 열린다.

탕, 탕, 탕― 탕, 탕―.

천둥 같은 총성이 울리고, 좀비들의 시체가 바닥에 나뒹군다. 진우를 앞세운 총 아홉 명의 병력이 계단을 따라 내려간다.

투투둑― 투투둑― 탕, 탕―.

3층 복도 전체를 뒤흔드는 요란한 총소리. 사람들은 몸을 움찔움찔할 만큼 놀라면서도, 기대와 희열이 가득한 얼굴로 열린 문틈을 주시했다.

그들이 그렇게 문을 열어 놓고 기다릴 수 있는 것은, 바로 그들의 앞을 지키고 서 있는 보안관의 넓은 등에 대한 신뢰 때문이다. 그의 단단한 팔뚝과 거대한 해머는 사람들의 마음속에 막연한 환상을 불러일으키기에 충분했다.

"구 상병! 황 일병! 여섯 시 엄호!"

진우는 두 병사에게 배후를 맡기고, 나머지 병사들과 함께 3층을 쓸었다. 계단이 세 개나 된다는 점에서 알 수 있듯이 워낙에 큰 건물이다. 하지만 진우는 여덟 명의 사수를 이끌고, 마치 물살이 휩쓸듯이 빠르고 매끄럽게 각 방을 훑었다.

병력 규모가 커지자 확실히 좀비 진압도 한결 쉬워졌다. 30여 분 만에 진우는 1층까지 모두 정리를 마칠 수 있었다.

"1층 클리어!"

1층 중앙 계단에 남겨진 두 명의 병사가 큰 소리로 외쳤다. 그 소리를 받아 2

층과 3층의 병사들도 소리를 질렀다.

"2층 클리어!"

"3층 클리어!"

전 층의 좀비들이 깔끔하게 정리된 것을 확인한 진우는 구 상병과 황 일병을 이끌고 주차장으로 나갔다. 이제 곧 민간인들이 건물 밖으로 탈출하기 시작할 테니까, 미리 이곳을 정리해 둬야 한다.

그롸아아아—.

탕, 타앙—!

포효하며 달려드는 좀비 두 마리를 단 두 발로 처리한 진우는 발전기 쪽으로 총구를 돌렸다. 그 주변의 열기를 만끽하며 미친 듯이 뛰어다니고 있는 좀비들을 처리하기 위해서다.

타앙—.

긴 메아리를 남기며 발사된 총알은 남아 있는 100여 마리 중 한 놈의 머리를 꿰뚫고 날아갔다. 왼쪽 관자놀이 주변이 박살 난 좀비가 힘없이 고꾸라진다. 그것을 시작으로 진우의 총구가 정신없이 돌아간다.

타앙— 탕, 탕, 탕—.

남아 있는 놈들은 발작이라도 일으킨 것처럼 빠른 움직임을 보였지만, 진우의 총알을 피할 수는 없었다.

두 대의 발전기 주변은 순식간에 좀비들의 무덤으로 변해 버렸고, 뇌수가 터져 나온 좀비들의 시체가 수북하게 쌓여 갔다.

투투둑— 투투투— 투투투— 투투두—.

진우의 좌우를 맡은 구 상병과 황 일병도 바쁘게 주변을 경계하며 이따금씩 나타나는 좀비들을 향해 3점사를 날렸다. 2시경에 총알을 배달하러 나왔을 때의 그 숨 막히던 상황과 달리, 이제는 바닥에 누워 있는 좀비들의 숫자가 뛰어다니는 놈들의 열 배 이상 된다.

"치워! 다 오른쪽 구석으로 밀어서 쌓아!"

전 층이 클리어되었다는 소식을 듣고 내려온 C동의 병사들은 일단 옥상으로 통하는 계단을 막아 뒀던 장애물들부터 치웠다. 장애물들을 복도 한쪽에 차곡차곡 쌓아 벽으로 만든 병사들은 다시 좀비들을 밀어 길을 텄다.

계단과 복도에 아무렇게나 쓰러져 있는 좀비들의 시체를 한쪽으로 쌓아 모으는 동안, 각 층에 두 명씩 배치된 경비 병력이 엄호를 해 준다.

"어흐으~."

들어 옮기려던 좀비의 시체에서 팔이 끊어져 나가면서 바닥으로 떨어지자, 병사 하나가 미간을 찌푸렸다.

물론 좀비들과 얼굴을 맞대고 싸우는 것보다는 비교할 수도 없을 만큼 안전한 작업이지만, 그래도 여전히 괴롭기는 하다. 코가 떨어져 나갈 것 같은 악취는 둘째 치더라도, 그 모습과 촉감이 끔찍하다.

물려 뜯기고, 유리에 찢기고, 총에 맞아 구멍이 뻥 뚫린 시체들, 그리고 뚫린 부분들마다 흘러나오는 각종 체액과 장기들. 덕분에 바닥은 이루 말할 수 없이 미끄럽다.

"우우욱~!"

발을 헛디디며 좀비들의 시체 사이에 엎어졌던 병사가 욕지기를 참지 못하고 텅 비어 있던 위를 게워 낸다. 그래 봐야 하루 이상을 꼬박 굶었던 터라 위액 정도밖에는 나오지 않는다.

"야, 이 새끼야! 구석으로 가서 토해! 길 어지럽히지 말고!"

"아, 아닙니다! 이제 진정됐습니다!"

구역질을 하던 병사는 군복 소매로 얼른 눈물과 콧물을 닦아 내고 다시 좀비 시체 더미에 달려들었다. 겨우 다시 새 생명을 얻게 되었는데, 이까짓 시체들쯤이야!

병사들은 땀을 뚝뚝 흘리면서 시체들을 옮겼다.

옥상에서는 부안관과 태권 소녀가 문 앞에 딱 버티고 서서 아래의 작업을 지켜봤다. 수백의 사람들이 한꺼번에 빠져나가야 하므로 중간에 멈춰 서서 기다리지 않도록 작업이 어느 정도 마무리된 다음에 출발해야 한다. 사람들은 보안관의 등 뒤에 서서 어깨너머로 아래층을 기웃거렸다.

"괜찮을까요? 저 사람들……."

몇 명의 여자들이 보안관의 등 근육을 짚으면서 걱정스러운 듯 물어본다. 보안관이 자신 있게 대답했다.

"그럼요, 걱정하지 않아도 돼요. 진우가 이미 다 잡아 놓고 지나간 길이니까요. 그리고 설사 한두 마리쯤 나타난다고 해도 그까짓 건 문제없어요. 그보다는 좀비 시체들 보고 놀라서 멈추지만 마요. 뒤에서 떠밀리면 크게 다치니까."

"네. 머리로는 이해하겠는데…… 그래도 무섭네요. 좀비 시체를 그냥 지나칠 수 있을지……."

여자들은 보안관의 셔츠나 팔을 꽉 붙들고 늘어졌다. 보안관을 바라보는 시선에는 신뢰가 가득하다. 그녀들의 손과 얼굴을 보고 있는 태권 소녀의 눈에서는 레이저가 쏘아져 나올 기세다.

"얘 움직이는 거 방해되면 안 되니까 손 짚지 말아요."

태권 소녀는 냉정을 가장하며 보안관에 대한 여자들의 접촉을 철저히 차단했다. 매정하게 들릴지 모르지만, 사실이기도 했다.

물론 계단 아래쪽에만 집중하고 있던 곰탱이 같은 보안관은 여자들 간의 미묘한 주도권 다툼에 대해서는 전혀 모르고 있다.

"가요!"

보안관과 태권 소녀가 앞장을 서서 계단을 걸어 내려가자, 미리 다섯 줄로 맞춰 뒀던 민간인들이 그 뒤를 따라 우르르 걷는다. 맨 마지막에는 병사들 10여 명이 호위하듯 따랐다.

200명 가까운 사람들이 한꺼번에 계단을 뛰어 내려가는 동안, 각층에 배치해 뒀던 경비들은 혹시 나타날지 모르는 좀비에 대비하기 위해 신경을 바짝 곤두세웠다.

타앙— 탕, 탕, 탕—.

건물 바깥쪽에서 총소리가 울릴 때면 민간인들의 긴 줄이 한 번씩 움찔하며 멈춰 선다. 미처 멈추지 못하고 앞서 달리던 사람에게 부딪치는 사람들도 있다.

"조심해요! 너무 서두르지 마! 넘어진다고!"

계단 아래로 떨어질 뻔한 사람들을 부축해 주며 보안관이 외쳤다. 두 팔을 뻗어 서너 명을 받아 내는 그의 힘이 아니었다면, 자칫 큰 사고가 날 수도 있었을 상황. 태권 소녀도 비틀거리는 사람들을 몇 명이나 받쳐 줬다.

"진정하고 한 걸음씩 떼요! 불안한 건 알겠는데, 빨리 나가 봤자 좋을 거 하나도 없어!"

줄 뒤쪽을 향해 사자후를 내지른 보안관은 다시 앞장서 걷기 시작했다. 그제야 민간인들의 행렬도 조금 진정이 됐다.

"오른쪽! 오른쪽으로 가요! 저쪽으로!"

입구에서 미리 대기하고 있던 유빈이 사람들을 수감자 숙소 쪽으로 몰았다. 그들보다 먼저 밖으로 나온 병사들은 아무렇게나 뻗어 있는 좀비 시체들을 치우며 최소한의 길을 만들어 주고 있었다.

"이쪽으로!"

잠시 대피해 있던 강 소위 측 병력들도 민간인들과 함께 마중을 나왔다. 수감자 숙소 안에 보관되어 있던 공구들을 가지고 나온 그들은, C동의 병사들과 힘을 합쳐 쉘터 본관 주변에 새로 철책을 치기 시작했다.

비록 기존의 기둥에 레이저 와이어만 걸쳐 두는 허술한 철책이라고는 해도 민간인들에게는 최소한의 안전과 안정감을 부여해 줄 수 있다.

"저기 사람들이 모인 곳으로 가세요! 저쪽입니다!"

유빈은 손을 쭉쭉 뻗으며 열심히 안내를 했다. 그사이 진우와 두 병사는 벌써 주차장 전체 소탕을 끝내고, 쉘터 본관인 체육관 내부에 진입해 있었다.

"그롸아아—."

어두컴컴한 본관 내부를 배회하고 있던 좀비들은 진우 일행을 발견하자 아가리를 쩍 벌린 채 달려들었다.

투투둑— 투투투— 투투투—.

구 상병과 황 일병이 즉각적으로 반응하며 3점사를 날렸다. 좀비들은 쇄골 위쪽이 엉망으로 박살 난 채 뒤쪽으로 나동그라졌다. 근거리의 좀비들을 둘에게 맡긴 진우는 멀리 위층 스탠드에서 뛰어다니고 있는 좀비들을 하나씩, 하나씩 잡았다.

탕— 탕— 탕, 탕—.

머리가 뚫린 좀비들이 비틀거리다가 아래로 떨어져 내렸다.

쿠웅—.

좀비의 시체가 마룻바닥을 때리자, 요란한 소리가 체육관 내부를 울린다. 체육관의 크기에 비해 남아 있는 좀비들의 수는 그렇게 많지 않았다. 세 명의 사수는 순조롭게 체육관을 가로질러 나아갔다.

"짐 대충 치우고 내려와요!"

4층으로 올라간 진우는 바리케이드가 쳐진 외부 계단을 두드리며 외쳤다. 이제나저제나 하는 심정으로 계단 주변을 지키던 네 명의 병사가 함성을 지르며 난간에 매달려 천천히 아래로 내려온다.

"어제…… 그 좀비들 잡아 주신 분이시죠! 맞죠?"

쉘터 옥상에서 마침내 탈출한 네 병사는 감격한 표정을 지으며 물었다. 진우는 대답 대신 고개만 끄덕였다.

"정말! 정말 고맙습니다! 진짜 생명의 은인입니다! 감사합니다!"

동시에 남자 네 명에게서 격렬한 포옹을 당한 진우는 쑥스럽고 당황스러워하며 그들의 등을 두드려 줬다.

그들은 뭐라고 더 감사의 표현을 해야 할지 모르겠다는 듯, 입술을 꽉 깨물며 주먹을 꽉 쥐었다. 어제 석양이 질 무렵부터 아침까지…… 그 긴 시간 동안 계단 주변에 어슬렁거리는 좀비들을 모조리 잡아 준 사람이다.

"정말 다행입니다, 이렇게 구조할 수 있어서. 그리고 새벽에는 이 친구들이 담당했었습니다."

진우는 구 상병과 황 일병에게 공을 돌리고 모두를 진정시킨 뒤, 다시 체육관 계단을 타고 1층으로 내려왔다. 그들이 체육관 정문 쪽을 향해 달려가고 있던 순간!

크롸아아아—.

좀비 한 마리가 3층의 중대장실 유리창을 깨고 몸을 던진다. 다른 병사들이 본능적으로 움츠릴 때, 진우는 얼른 총구를 위로 들어 올렸다.

그런데…… 좀비는 번지점프를 하듯 허공에 대롱대롱 매달려 있다.

"뭐야?"

하늘에 떠 있는 녀석의 미간에 일단 총알부터 한 방 먹여 넣은 뒤, 진우는 놈을 좀 더 자세히 살펴봤다. 좀비의 발목에는 굵은 케이블이 얽혀 있었다.

지직—.

좀비의 시체가 아래쪽으로 확 미끄러지는가 싶더니, 갑자기 커다란 쇳덩이가 창문 밖으로 곤두박질쳤다.

콰앙—.

좀비의 발목에 케이블로 얽혀 있던 대형 통신 장비가 무게를 이기지 못하고 마룻바닥에 함께 떨어져 내리며 박살이 난다. 좀비의 시체도 덩달아 그 위로 떨어졌다.

"으앗!"

진우와 병사들은 깜짝 놀라 뒤로 몸을 던졌다. 산산조각 난 쇳조각들은 사방으로 튀었다.

땡그렁—.

바로 근처까지 날아온 파편이 요란한 소리를 내며 뒹군다. 마룻바닥을 뚫고 박힌 것들도 있다.

"하아~ 하아~ 괜찮아요?"

머리를 싸맨 채 납작 엎드려 있던 진우가 다른 병사들에게 물었다.

"아…… 네…… 하하하, 와, 놀라라."

방금 구조받은 네 명의 병사가 환하게 웃는다. 그 어려운 고비를 다 넘기고 하마터면 떨어지는 기계장치에 깔려 허무하게 목숨을 잃을 뻔했다. 구 상병과 황 일병도 어처구니없어하며 미소를 지었다.

"어우~ 그 새끼, 혼자 뒈질 것이지…… 뭘 저런 걸 다 달고 떨어져?"

척추가 접힌 좀비의 시체에게 한마디 해 준 뒤, 진우와 병사들은 체육관 문을 열고 이미 승리의 분위기로 가득한 주차장을 향해 뛰어나갔다. 생환한 네 병사와 그들을 구한 영웅을 향해 뜨거운 환성이 쏟아졌다.

"하하하! 하하하!"

진우의 뒤를 따르는 여섯 명의 병사는 모두 환하게 웃고 있었다. 방금 전 추락해서 완전히 박살 난 물건이 이 쉘터에서 잠실과 교신할 수 있는 유일한 통신 장비였다는 걸 몰랐기 때문에 그들은 그렇게 밝은 미소를 지을 수 있었다.

이제 건대는 잠실과의 모든 소통 경로가 끊어졌다.

건대 쉘터 구하기 작전은 그 이후로도 한동안 계속되었다. 쉘터 본관 주변에서 작업조가 새로 철책을 치고 체육관 내의 시체들을 정리하는 동안, 진우는 여덟 명의 병사를 이끌고 D동과 E동을 차례로 훑었다.

입구 부근에 담배 깡통을 던져 놓고 그 연기로 좀비들을 유인한 뒤, 차분히 저격하면서 진입을 시도했다.

그 후로는 비슷한 패턴의 반복이었다. 신속하면서도 침착하게 각층의 좀비들을 제압하고 옥상까지 올라가 사람들의 뜨거운 환영을 받는다.

"구조대입니다!"

진우가 이 한마디를 내뱉는 순간, 감격해 있던 사람들은 오열하거나 환호성을 내지른다. 그 뜨거운 분위기는 마치 꽃미남 아이돌의 콘서트장을 방불케 했다.

그리고 그들을 진정시켜 아래로 내려온다. 군인들은 진우가 이끌고, 구조된 민간인들은 보안관과 태권 소녀가 인솔했다. 돌덩어리와 좀비 시체로 가득한 주차장의 끔찍한 풍경 때문에 잠시 발이 얼어붙는 민간인들도 있었지만, 대부분은 큰 말썽을 일으키지 않고 보안관의 지시에 따라 주었다.

"저 사람이 진우 요원 맞지?"

진우의 뒷모습을 보며 민간인들도, 군인들도 한목소리로 수군거린다. 강 소위가 어찌나 열심히 '진우 요원의 지시를 따르라'고 외쳐 댔는지, 쉘터 내에는 '진우'라는 이름을 모르는 사람이 없게 되어 버렸다.

탕, 탕, 타앙—.

쉘터의 지하실에서 울린 세 발의 총성을 마지막으로 건대 쉘터에 난입했던 좀비들은 모두 처리가 끝났다.

"하아아~!"

전 구역의 수색을 마친 진우는 주차장으로 걸어 나와 긴 한숨과 함께 피로가 쌓인 눈 주변을 꾹 눌렀다. 이렇게 혹사를 하는데도 아직 멀쩡하게 버텨 주는 눈에게, 또 손에게 그저 고마울 뿐이다.

시간을 확인해 보니 어느새 저녁 8시가 가까워졌다. 어제저녁부터 거의 꼬박 24시간, 간간이 비를 맞아 가며 눈을 붙이거나 휴식했다고는 하지만, 실질적으로 잠이 들었던 건 다 합쳐서 한 시간 정도도 안 된다.

그 24시간 동안 쉘터 구석구석을 누비며 적어도 600마리는 넘을 좀비들을 죽였고, 700명에 가까운 사람들을 살렸다.

"고생 많았어."

진우는 구 상병과 황 일병, 그리고 C동에서 합류시킨 병사들을 치하했다. 그들의 협력이 없었다면, 이렇게 단시간 내에 쉘터 전체를 다 구해 내지 못했을 것이다.

"진우 요원님이야말로 고생 많으셨습니다!"

병사들을 정렬시킨 뒤, 구 상병이 경례를 붙인다. 마주 경례를 하면서도 진우는 엄청 멋쩍었다. 이병이라는 걸 감추고 팔자에도 없는 요원 노릇을 하고 있자니, 어째 영 불편하다.

"정말 대단하구만, 단 하루 만에…… 겨우 다섯 명이…….."

진우의 모습을 먼발치에서 바라보던 강 소위가 유빈에게 말했다. 유빈도 고개를 끄덕였다.

"저도 하루밖에 안 걸릴 거라고는 생각 안 했었어요. 진우, 저놈이 그냥 괴물인 거예요. 저놈은 제가 최고치로 잡고 있던 목표보다 두 배 정도는 해 준 것 같아요. 물론 돌을 깨고 집어 던져 준 사람들도 다 고맙지만요."

둘이 이야기를 나누고 있는 동안에도 주차장에서는 시체들을 한쪽으로 모으는 작업이 한창 진행되는 중이었다. 말이 쉽지, 천 마리에 달하는 좀비 시체들을 들어 나르는 것만으로도 엄청난 큰일이다.

당연히 민간인들도 돕고 나섰다. 훼손된 시체들을 보고 구역질을 하는 사람들도 있었지만, 다들 눈물을 글썽이면서도 뭔가 한 사람의 몫을 하려고 애를 썼다.

그들은 더 이상 군인들에게 모든 걸 미루려 들지 않았다. 난간을 깨서 던지며 좀비들에게 맞섰던 경험 이후, 이 쉘터의 민간인들에게 일어난 변화다.

땅— 땅—.

체육관 내부에서는 외부에서 떼어 온 철책들로 창문과 출입문을 보강하고 있다. 도로 북쪽에서의 진입을 막을 수 있는 방법이 전혀 없기 때문에 쉘터 건물 자체만이라도 좀비들을 버텨 낼 수 있도록 하기 위해서다.

아직 쉘터의 남쪽에는 여러 겹의 철책이 그대로 유지되고 있다는 게 그나마 위안을 받을 만한 사실이었다.

"손전등, 양초 다 모아 왔습니다."

일군의 병사들이 박스 가득 조명을 사용할 수 있는 물건들을 가져와 내보인다.

"작업하는 장소에 비치하고 일몰 이후에 즉각 사용한다."

명령을 내린 뒤 강 소위는 유빈과 함께 아직도 뜨거운 열기를 뿜어내며 돌아가고 있는 두 대의 발전기 앞으로 걸어갔다.

김 중사에게서 받은 키를 꽂고 스위치를 내리자, 우우웅— 하는 소리와 함께 가동이 멈췄다. 이 발전기에 홀려 몰려들 좀비 걱정은 이제 더 이상 하지 않아도 된다.

"사람들이…… 불 켜 달라고 난리가 날 텐데…… 워낙 무서운 경험을 했지 않나."

전원 램프가 꺼진 발전기들을 보며 강 소위가 걱정스럽게 중얼거렸다. 유빈은 냉정하게 말했다.

"플래시 주변에 모여서 참으라고 하세요. 그냥 막연히 불안한 게 위험한 것보다 훨씬 낫습니다."

"훗, 그야 맞는 말이긴 하지……. 그런 것보다…… 있지, 너무 고마움이 크니까 어떻게 보답을 해야 할지도 잘 모르겠다. 내가 할 수 있는 모든 걸 다 해도, 유빈 군 일행이 해 준 일의 만분의 일도 못 갚을 테니까 말이야."

강 소위는 진심으로 말했다. 그런 말을 하는 것조차 부끄러운 기분이 들 지경이다. 하지만 유빈은 손사래를 치며 곤란한 표정을 짓는다.

"저한테는 그런 말씀 하지 않으셔도 돼요. 저야 뭐…… 사실 별로 한 것도 없어요. 그냥 짐 들고 왔다 갔다 한 정도…… 그런데 진우나 보안관, 혜주한테는 지금 저한테 해 주신 말씀 따로 이야기해 주세요. 쟤들도 기뻐할 거예요. 아…… 맞다! 저는 무전 좀 보낼게요. 수정이 누나랑 친구들이 엄청 걱정하고 있을 테니까."

"허…… 한 게 없다고?"

유빈의 뒷모습을 보며 강 소위는 고개를 설레설레 저었다. 빼어난 능력의 친구들이 마음껏 활개를 칠 수 있도록 이 모든 그림을 그려 놓고서도 저렇게 말을 하다니……. 강 소위는 좀비들의 악취가 가득한 공기를 흠뻑 들이마시면서 가슴을 쭉 폈다.

어제는 핏빛으로 보였던 석양이, 오늘은 장밋빛으로 물들어 있다.

03

다시 한 시간여가 지났다. 민간인들과 군인들은 청소를 마친 체육관 입구 주변에 모였다. 이미 해는 져 버린 뒤였지만, 플래시를 여러 개 켜 놓은 덕에 그다지 어둡다는 생각은 들지 않았다.

체육관 내에서는 음식물들을 정리해서 배급하고 있었다. 불을 피우지 않아야 하기 때문에 제대로 된 요리는 기대할 수 없었지만, 24시간 이상을 굶은 사람들의 위는 그런 것을 가릴 상황이 아니었다.

그러나 김 중사도, 강 소위도 통신 수단이 완전히 사라졌다는 걸 아직 깨닫지 못하고 있었다. 일단 쉘터에 철책을 두르고, 먹을 것을 찾는 것에만 온통 정신이 팔려 있었기 때문이다.

긴급 구조 요청 따위가 먹힐 리 없으니, 자구책 마련이 더 시급했던 것이다.

"진우 요원을 위하여!"

생명수처럼 달콤한 물을 받아 들고 마시던 민간인들 사이에서 누군가 큰 소리로 외쳤다. 곧바로 여기저기에서 물병을 들어 올리는 손들이 쑥쑥 튀어나왔다.

"진우 요원을 위하여!"

"특수 요원을 위하여!"

건배사를 외치는 유행은 빠르게 번져 갔고, 잠시 뒤에는 민군을 가리지 않고 모두가 한목소리로 '특수 요원을 위하여'라는 구호를 목청껏 외쳐 댔다.

"어우, 어째 분위기가…… 민망해지는데?"

생라면을 깨물어 먹고 있던 진우가 쑥스러워 고개를 숙인다. 바로 그 순간, 수많은 손이 뻗어 와 진우를 들어 올렸다.

"어! 어어!"

진우는 바보 같은 소리를 내며 어쩔 줄을 몰라 한다. 기마전의 기수처럼 그를 어깨에 올리고 으샤으샤, 신나게 소리를 질러 내는 것은 김 중사와 몇 명의 병사들이었다.

당연히 진우의 주변으로 수많은 사람들이 몰려들었다. 그들은 자신들을 구해 준 사격의 신을 들어 올리고, 쓸고, 어루만졌다.

"진우! 진우! 진우!"

엄청난 환성과 함께 진우를 태운 기마는 쉘터 주변을 빙 돌았고, 구름처럼 모여든 사람들도 그 곁을 따라 돌며 환호한다. 술 한 잔도 마시지 않았는데, 다들 완전히 취한 사람들처럼 신이 났다.

물론 진우만 인기를 독차지한 것은 아니었다. 보안관의 주위에도, 태권 소녀의 주변에도, 심지어 별로 큰 활약을 하지도 않은 삼식이의 곁에도 들뜬 사람들이 모여들었다. 제자리를 지키고 있는 것은 경계 근무에 배정된 병사들 정도뿐이었다.

"어쩜 그렇게 잘 싸워요?"

"무슨 운동 하셨는데, 몸이 이렇게 좋아요?"

"해머가 무기예요? 왜 총은 안 쏴요? 계급이 뭐예요?"

보안관의 주변에는 그의 근육과 압도적인 무력에 매료된 사람들이 몰려들어서 정신없이 팔과 가슴을 쓸어 댄다. 여자들만 그렇게 해 주면 그나마 좀 낫겠는데, 중년의 아저씨들도 한 번씩 가슴을 눌러 보고, 복근을 확인한다.

태권 소녀는 걸 크러시의 대상이 되었고, 동시에 수많은 군인들의 뜨거운 눈빛을 받았다. 그녀가 길게 쭉 뻗은 다리로 좀비들을 걷어차고, 배트로 대가리를 날린 게 어지간히 강렬한 인상을 줬던 모양이다.

삼식이는 뭐…… 말할 것도 없다. 여자, 여자, 여자들이 온통 그를 에워싸고 있다. 아저씨들이 주로 다가와서 악수를 청하는 유빈의 주변과 너무도 비교되는 광경이다.

후드 티와 수건으로 얼굴을 감추고 있던 제니는 복장에 걸맞게 닌자처럼 숨어 있었다.

"유빈아! 좀 어떻게 해 줘 봐! 나 어지러워!"

여전히 사람들의 어깨 위에 실려 근처를 지나던 진우가 엄살을 부린다. 유빈과 제니는 크게 웃었다. 유빈이 엄지손가락을 치켜세워 보이며 소리쳤다.

"즐겨! 그것도 영웅의 역할이야!"

"안 즐거워! 무섭단 말이야!"

진우는 간절하게 소리쳤지만, 흥분한 사람들은 그를 내려 줄 생각이 없다. 퍼레이드는 계속 이어졌다.

다들 살아남았다는 것을 만끽하는 중이었고, 그렇게 살 수 있도록 해 준 친구들에게 뭐든지 해 주고 싶어 했다. 적어도 오늘 밤만은 그들이 건대의 영웅이고, 왕이다.

"아...... 어쩐지 좀 장난치고 싶어지는 분위기네요. 확 후드도 벗고 수건도 벗어 버릴까요?"

유빈의 곁에 바짝 붙어 서 있던 제니가 귓속말로 악마 같은 장난기를 드러냈다. 유빈은 애원하듯 두 손을 모으며 대답했다.

"제발 참아 줘라. 이렇게 사람들 흥분해 있는데 네 정체까지 드러나면 나는 도저히 감당 못 한다."

"후후후, 농담이에요. 저도 그냥 조용히 있고 싶어요."

제니의 웃음소리를 들으며 유빈은 시계를 확인했다. 9시 반. 이제 슬슬 군자역 우회로로 가서 페인트 좀비들의 방향을 바꿀 불을 질러 줘야 할 시간이다. 그리고 그 부근에서 기다리고 있는 일행들을 데리고 오면 된다.

그다음에는...... 좀 자고 싶다. 어제 새벽에 일어난 이후, 꼬박 하루하고도 절반을 뛰어다녔더니 정말이지, 죽을 것 같다.

"보안관, 불 지르고 올게!"

유빈은 보안관에게 다가가서 소리를 질렀다. 사람들에게 둘러싸여 있던 보안관이 걱정스러운 표정을 지었다.

"혼자 가게? 좀 있다가 나랑 같이 가!"

"아니, 아니...... 차 가지고 갈 건데, 위험할 것도 없고...... 어차피 사람들 실어 오려면 나 혼자 가는 게 나아! 그냥 알려만 준 거야! 걱정할까 봐!"

뭐라고 할 말이 더 남은 것 같은 표정의 보안관에게 걱정하지 말라는 손짓을 해 주고 유빈은 돌아섰다. 그가 가방들을 챙기고 있자, 제니가 쫓아와서 물었다.

"어디 가요, 오빠?"

"응? 차 타고 가서 불 지를 건데, 수정이 누나 쪽 사람들도 몇 번에 나눠서 태우고 오려고."

유빈은 묵직한 탄창 가방을 들어 올리며 대답했다. 사실 페인트 좀비들이 몰려오기까지는 아직도 꽤 한참의 시간 여유가 있다. 그가 서두르는 진짜 이유는 진우가 가진 탄창의 절반을 군자역 쪽에 숨겨 두기 위해서다.

강 소위나 고 하사는 좋은 사람 같지만, 지금 여기에는 총알 없는 총을 가진 군인들이 잔뜩 있다. 그리고 철책 바깥에서는 언제 좀비들이 몰려올지 모른다. 그러니 당연히 총알에 대한 욕심이 생기기 쉽다.

그걸 빤히 알면서 총알을 들고 다니는 건 서로에게 못 할 짓이다. 그래서 유빈은 절반을 뚝 떼어 숨겨 두려 했다. 배고픈 사람 앞에 음식을 흔들면서 침 흘리지 말라고 해 봐야 좋은 소리 못 들으니까.

"잘됐다! 나도 같이 데려가요!"

제니는 반가운 목소리를 내며 자동차 쪽으로 걸어간다. 유빈은 그녀의 손을 잡아 세웠다.

"아니, 그냥 여기 진우랑 보안관이랑 같이 있으면 좋겠는데. 딱히 위험하지는 않지만, 그렇다고 일부러 나들이 갈 만한 데도 못 되잖아."

"오빠."

제니는 어처구니없다는 듯 한숨을 내쉬면서 입을 열었다.

"나, 지금 이 복장…… 이 긴팔 후드 티 푹 뒤집어쓴 채로 하루 종일 지냈어요. 오빠는 반팔 티 입고도 땀났죠? 내 등이랑 목이 어떨 것 같아요? 비 맞아서 축축한데, 이제는 푹푹 찌기까지 해요. 아마 땀띠가 장난 아닐걸요? 그리고…… 이 수건."

제니는 자신의 코와 입을 가리고 있는 수건을 펄럭거리면서 말을 이었다.

"오빠가 얼굴 가리라고 해서 군말 않고 계속 마스크처럼 쓰고 있었어요. 비 맞을 때는 수건이 물에 흠뻑 젖어서 물고문당하는 줄 알았어요. 쉰내는 또 얼마나 나는지 알아요? 그래도 그냥 이렇게 여기에 있으라고 할 거예요? 잠깐이라도 코 내놓고 숨 쉬고 싶다고요. 후드 티도 벗고요!"

숨 쉴 틈도 없이 몰아치는 제니의 공격에 유빈은 눈만 멀뚱멀뚱하며 아무 대답도 못 했다. 평소답지 않은 사나운 말투여서 놀랐고, 다 맞는 말이어서 뭐라 받아칠 수도 없다.

확실히…… 여기로 온 이후 제니에게 거의 신경을 써 주지 못했다. 그런데 단 한 가지, 수건에 관해서는 좀 억울하다. 자기가 쉬내 좋다고 가져가 놓고 갑자기 왜 또…….

유빈은 힘없이 고개를 끄덕였다.

"그래, 네 말이 맞네. 같이 가자. 차 안에서라도 좀 쉬어."

"진작 그럴 것이지!"

제니는 매서운 눈초리로 유빈을 쏘아보고 나서 얼른 문이 없는 조수석에 올랐다. 유빈은 탄창 가방과 검은 군복에게서 빼앗은 총 가방을 뒷좌석에 넣고, 시동을 걸었다. 라이트를 켜고 후진을 하는 동안에도 제니는 안전벨트를 맨 채 아무 말 없이 앞만 똑바로 쳐다보고 있었다.

"후아! 후아!"

유턴을 한 자동차가 게이트가 있던 자리를 통과하자, 제니는 그제야 후드를 벗고 수건을 목 아래로 내렸다. 그러고는 크게 숨을 들이쉬었다.

"아 참, 덥다고 했지? 에어컨 틀어 줄게. 이제 그만 화 풀어."

유빈은 에어컨 스위치를 조절해 줬다.

후우웅―.

차가운 바람이 약간의 곰팡내와 함께 뿜어져 나온다. 제니는 곧바로 도리질을 했다.

"화요? 나 화 안 났는데?"

"아니…… 조금 전에 엄청 뭐라고 했잖아. 땀띠 나서 미칠 것 같다고…….''

"에이, 그거야 차에 안 태워 줄까 봐 연기한 거죠. 대표 오빠랑 처음 도망 나와서 그 속옷 가게 2층에 숨었을 때에는 후드 티 뒤집어쓰고, 모자에 마스크까지

하고서 며칠을 버텼는데, 이까짓 하루쯤 뭐가 힘들어요. 후훗!"

제니는 뻔뻔한 얼굴로 대답하며 해죽 웃어 보였다. 유빈은 여우에 홀린 사람처럼 멍해져서 고개를 끄덕였다.

"으아, 그래도 덥기는 하네요. 엄청 축축하고······."

제니는 후드 티를 펄럭거리며 한숨을 내쉬었다. 땀에 젖어 얼굴에 달라붙어 있는 그녀의 머리카락만 봐도 지난 하루 동안 그녀가 얼마나 더위와 싸웠는지 잘 알 수 있었다. 유빈은 브레이크를 밟아 잠시 자동차를 멈췄다.

"안에 셔츠 입고 있지? 후드 티 잠깐이라도 벗고 바람 좀 쐐."

"알았어요. 잠시만!"

제니는 얼른 벨트를 풀고 후드 티를 벗었다. 받쳐 입은 티셔츠도 땀에 흠뻑 젖어 있다. 잠시 황홀한 표정을 짓던 제니는 다시 벨트를 잠그며 말했다.

"춥바알! 아 참, 근데 오늘 며칠이에요?"

"오늘?"

유빈은 브레이크에서 발을 떼며 시계를 봤다. 전자시계에 표시된 날짜는 8월 16일이었다.

"8월 16일······ 이제 다 저물어 가네······ 아!"

대답하던 유빈은 그제야 제니가 왜 날짜 같은 걸 물어봤는지 깨달았다. 사자자리 제니의 생일, 8월 16일. 제니가 혀를 날름 내밀며 웃었다.

"헤헤헤— 맞습니다!"

"그래······ 생일이었구나. 전혀 생각도 못 했네. 좀비 죽이는 데만 정신이 팔려서······."

"하하, 고마워요. 모르는 게 당연한 거예요. 사람들이 죽을 뻔했는데 생일이 다 뭐람? 이렇게 잘 끝났으니까 그냥 이야기한 거예요. 그럼 축하할 게 두 가지니까 더 좋잖아요."

제니는 조금 부끄러워하며 괜히 유빈의 팔을 찰싹, 때렸다.

"생일 축하해. 보안관이 알면 엄청 속상해하겠는걸. 뭐라도 선물을 해 주고 싶었을 텐데…….”

유빈은 천천히 속도를 올리며 말했다. 제니는 좌석 깊숙이 기대며 대답했다.

"보안관 오빠는 벌써 선물 줬어요. 기억나요? 그 노란 꽃. 지금도 가끔 생각나요. 복지 센터에 두고 오지 않았으면 좋았을 텐데."

그때를 생각하니 유빈의 입가에도 미소가 지어졌다. 아직 한 달도 지나지 않았는데 처음 제니를 만나서 함께 생활했던 때를 생각하니, 아주 아득한 옛날인 것만 같다. 유빈은 고개를 끄덕이며 대답했다.

"아아, 그랬지. 그런데 너무 아쉬워하지 마. 보안관은 네가 원하기만 하면 언제라도 또 그런 화분을 만들어 줄 거야."

"뭐라고요? 잘 안 들려요!"

제니가 목소리를 높여 물었다. 조수석 문이 아예 없는 차라 속도를 조금만 높여도 바람 소리가 엄청나다. 유빈은 속도를 줄이며 대답했다.

"네가 원하기만 하면 보안관은 언제라도 또 그렇게 꽃을 선물해 줄 거라고!"

유빈의 말을 들은 제니는 잠시 그의 얼굴을 바라보았다. 그러고는 조금 더 바짝 붙어 앉았다. 여전히 그녀의 목에 부적처럼 걸려 있는 수건의 쉰내가 바람을 타고 날아와 유빈의 코를 찌른다. 유빈은 미간을 찡그리며 말했다.

"제니야…… 그 수건 좀 뒷자리로 던지면 좋겠는데. 냄새가…….”

"그럼 오빠는요?"

"응?"

유빈이 되물었다. 말이 겹쳐져서 제대로 알아듣지 못한 게 아니었다. 그냥 당혹스러운 질문에 대한 바보 같은 반응이었다.

하지만 제니는 그가 못 알아들었다고 생각했는지 다시 한번 좀 더 큰 목소리로, 조금 더 천천히 물었다.

"오빠도 내가 원하면 언제라도 꽃을 선물해 줄 건가요?"

제니의 질문을 들은 유빈은 잠시 멍한 얼굴로 전방만 주시했다. 이런 곤란한 이야기는…… 그냥 못 들은 척해도 되는 법이 있었으면 좋겠다.

"끄응~."

앓는 소리를 내며 고민하던 유빈은 제니를 쳐다보지도 못하고 기가 죽은 목소리로 대답했다.

"그럴 용기…… 없을 거 같은데……."

"용기요? 하! 무기도 없이 가방 하나만 메고 좀비 사이로 뛰어다니는 사람이 꽃 선물할 용기는 없다고요? 그게 그렇게 무서운 일이에요?"

제니는 어처구니없다는 듯 헛웃음을 지었다. 화가 날 법한 대답이었는데도 아직 바짝 다가앉아 있다. 그 시선을 마주하기 어려워서 유빈은 뻐근한 눈 주위를 문대며 말했다.

"꽃 선물 자체가 무서운 건 아니지만, 네가 원하면 언제라도…… 라는 조건이 용기를 필요로 하는 거니까……."

"겁쟁이!"

"……겁쟁이인 것 맞아. 생일인데 그렇게밖에 말 못 해서 미안해."

유빈은 선선히 고개를 끄덕이며 인정을 했다.

"맞는 말인데…… 그걸 긍정하고 나니, 어쩐지 우울해지는 것 같다. 젠장……."

"와아, 비겁해. 이렇게 차가운 말을 하면서 또 치사하게 내가 제일 좋아하는 표정 짓는 것 좀 봐. 완전 선수라니까."

제니는 유빈의 턱 끝을 손가락으로 쥐고 가볍게 흔들며 자기 쪽으로 얼굴을 돌렸다.

"선수? 이렇게 장난감 취급을 당하는 선수도 있나?"

운전 중인 유빈은 얼굴이 돌아가면서도 시선으로만은 전방을 주시하려고 애를 쓰며 물었다.

"네가 제일 좋아하는 표정? 그게 뭔데?"

"바로 지금 이 표정이요. 뭐가 그렇게 걱정이 많은지 눈썹에 저절로 힘이 들어가 있잖아요. 눈은 겁먹은 강아지처럼 축 처졌고."

유빈의 미간에 생겨난 주름을 손가락으로 펴며 제니가 말했다. 유빈은 다시 정면으로 고개를 돌렸다.

"에이, 그게 뭐야……. 난 또 내가 엄청 멋있는 표정이라도 짓고 있는 줄 알았네. 그건 그냥 인생 자체가 걱정인 사람 얼굴이잖아."

"그런 표정으로 먼 데를 보면서 뭔가 골똘히 생각에 잠겨 있는 얼굴을, 옆에서 보는 게 좋다고요."

"그, 그게 무슨 말이야, 도대체? 뭐가 그렇게 복잡해? 어떤 상황을 말하는 건지도 모르겠어."

귀찮다는 듯 투덜거리면서도 유빈은 속으로 안도의 한숨을 쉬었다. '그럴 용기가 없다'고 한 대답…… 유빈으로서는 꽤 미안해하며 한 말이었는데, 이렇게 농담을 하는 걸 보니 정작 제니는 별로 개의치 않는 눈치다.

"애들한테 연락해야겠다. 자동차 소리 들었을 거야."

신입 일행이 몸을 숨기고 있는 건물이 시야에 들어오자, 유빈이 허리띠에 끼워져 있던 무전기를 꺼냈다. 제니가 유빈의 손을 탁, 잡으며 말했다.

"내려오라고 하지 말고, 그냥 '불 지르고 올게, 기다려!'라고 해요. 나는 아직 숨도 실컷 못 쉬었는데, 저기 있는 여자들 만나게 되면 또 수건으로 얼굴 가려야 한다고요. 알았죠?"

"응? 하지만…….

이 어색한 분위기를 바꾸고 싶었던 유빈이 망설이자, 제니가 애교 가득한 코맹맹이 소리를 낸다.

"아이잉~ 생일이잖아요. 생일 선물 하는 셈 치고, 그렇게 해요."

"……생일 선물?"

"네. 잘 생각해서 대답해요. 나 총 있어요."

기어 박스 근처에 놓아둔 MP5를 장난스럽게 두들기며 제니가 말했다. 유빈은 고개를 끄덕였다. 불 지르는 데 같이 가는 걸 생일 선물이라고 치는 건 좀 이상하지만, 편하게 숨 좀 쉬어 보겠다는데야…….

"규영아, 나야. 잘 있지?"

유빈은 무전기의 송신 버튼을 누르고 말했다. 곧바로 답이 돌아왔다.

— 치이이익, 아! 형! 네! 잘 있…… 요. 형은요? 치익, 다들 괜찮아요? 저기…… 자동차 오는 게 보여요! 치이익.

"아, 그 차, 내가 타고 있어. 좀비들 다 잡았고…… 다들 잘 있어. 그러니까 걱정하지 말고 조금만 더 기다려. 사거리에 불만 지르고 와서 그리로 올라갈게. 알았지?"

— 치익, 진짜요! 와! 다행이다! 치익, 네! 기다릴게요, 형! 조심해요! 치익.

유빈은 그러겠다는 말을 전하고 무전을 끊었다. 제니는 그제야 좌석에 기대며 만족한 미소를 지었다.

"자, 이제 둘이서 불장난을 하러 가요!"

제니는 문이 없이 뻥 뚫려 있는 조수석 바깥쪽으로 팔을 쭉 펴서 내밀고, 손으로 바람을 가른다. 온몸으로 바람을 만끽하고 있는 그녀에게 유빈이 말했다.

"어어, 위험해. 손 내밀지 마."

"하하하, 겁쟁이! 뭐가 위험해요! 이 길에 우리밖에 없잖아요. 나란히 달리는 차도 없고, 뒤에서 달려오는 차도 없다고요!"

밝게 웃는 제니의 웃음소리가 도로 뒤편으로 날아가 흩어진다. 그녀의 말처럼, 모든 것이 멈춰진 고요한 도시 속에서 오직 그들만이 빠르게 움직이고 있었다.

04

끼이익—.

군자역 사거리에 도착한 유빈은 자동차를 오른쪽 방향 쪽으로 비스듬히 세웠다. 하이 빔의 환한 조명을 받은 사거리의 모습은, 불타 죽은 자동차들의 공동묘지 같다.

검게 그을린 자동차들의 차체가 거의 두 블록에 달할 만큼 죽 이어졌고, 그 사이사이에는 불과 열기에 끌려왔다가 타 죽어 버린 좀비들의 시체도 섞여 있었다. 페인트 좀비들이다.

"와아, 끔찍하네요. 왜 저렇게 불을 좋아하는 걸까요?"

불에 탄 좀비 시체들을 보며 제니가 눈살을 찌푸린다. 유빈은 라이트를 켜 둔 채 자동차의 열쇠를 빼며 고개를 저었다.

"글쎄…… 잘 모르겠어. 어쩌면 불이 종족 보존에 도움이 된다고 생각하는 걸지도……. 어쨌거나 저놈들이 불을 좋아한다는 걸 알게 돼서 다행이지, 뭐. 당장 이 페인트 좀비들만 해도 만약에 이렇게 불을 질러서 방향을 틀지 못했으면, 상황이 꽤 심각해졌을 거야."

유빈은 진우의 탄약 가방과 총 가방을 넣고, 어제 불 지르고 남았던 재료가 든 배낭과 빠루를 꺼낸 뒤, 트렁크의 문을 닫았다.

이 주변에 살아 있는 사람이 없을 확률이 거의 100퍼센트일 테니, 사실 이렇게까지 꼼꼼할 필요는 없다.

하지만 그래도 위험 요소는 제거해 두는 편이 낫다. 다른 것도 아니고, 진우의 총알과 총이니 더 각별하게 신경을 써야 한다.

유빈은 플래시로 사거리의 오른쪽 방향을 꼼꼼히 비춰 봤다. 예상했던 대로 위험 요소는 없다. 여기에 남겨져 있던 좀비 무리들은 이미 불에 타 죽어 버렸으니까.

동시에 태울 만한 재료도 별로 마땅치가 않았다. 이미 대부분의 차량들이 한 번씩 화염에 휩싸였던 터라 거기에는 불을 못 놓는다. 비가 온 직후라서 더 그렇다.

"가게를 찾아보자. 불에 잘 탈 만한 물건이 많은 가게로."

"응, 그래도 돼요. 제가 이렇게 총으로 든든하게 지켜 주고 있으니까. 진우 오빠가 인정한 명사수랄까요?"

제니가 옆구리에 찬 MP5를 내보이며 말했다. 유빈은 제니와 함께 좀 더 깊숙이 걸어 들어갔다.

빵집, 휴대폰 가게, 음식점, 커피 전문점 따위의 현시점에서는 아무 쓸모 없는 가게들을 지나니, 몇 개의 가구점과 이불 가게가 나타났다.

"오, 좋다! 여기."

넓은 매장 가득 꽉꽉 들어차 있는 이불들을 보며 유빈은 만족한 표정을 지었다. 게다가 근처의 다른 매장들도 가구점. 이만한 재료라면 아주 큰 불을 지를 자신이 있다.

콰창—.

빠루로 이불 가게의 유리문을 부순 유빈은 플래시 불빛을 앞세우고 가게 안으로 들어갔다. 제니도 그의 등 뒤에 바짝 붙어 걸었다.

"웃차!"

유빈은 벽 진열대에 차곡차곡 쌓여 있던 이불을 바닥으로 끌어 내렸다. 그중 몇 채는 바람이 잘 통하는 곳까지 끌고 가 얼기설기 쌓았고, 몇 채는 따로 빼서 가게 바깥쪽으로 던져 뒀다. 저것들은 가구점에 불을 지를 때, 사용할 계획이다.

이불을 어느 정도 어질러 놓은 뒤, 유빈은 배낭에서 라이터 기름통을 꺼내 가게 여기저기에 뿌렸다. 그러고는 제니와 함께 밖으로 빠져나와 팸플릿 뭉치에 불을 붙였다.

화르륵—.

라이터를 가져다 대자마자 종이 뭉치에서 붉은 불꽃이 피어오른다. 유빈은 활활 타오르는 종이를 이불 더미 근처에 던져 넣었다.

"우와아~!"

금세 커다랗게 번져 일렁일렁 타오르는 불길을 보며, 제니가 어린아이처럼 감탄했다. 수천만 원, 어쩌면 수억 원에 달할지도 모르는 양의 이불들이 순식간에 화염에 휩싸여 검은 연기를 내뿜는다.

"쿨럭! 쿨럭! 으아, 더 보고 있고 싶은데, 연기가 너무 매워요."

몇 차례 기침을 한 제니는 목에 걸고 있던 수건을 다시 끌어 올려 입과 코 주변을 막았다.

그 쉰내 나는 수건을 또…….

유빈은 보고 있는 것만으로도 이마가 찌푸려지는 것 같았다.

"뒤로 물러나. 그리고 그 수건은 이제 버리자, 제니야. 이따가 애들 있는 건물로 가면 아래층 슈퍼에서 내가 새 수건으로 구해다 줄게. 아니면 차라리 마스크를 쓰든가. 오다 보니 약국 있더라."

"안 버려요. 불안할 때 오빠 냄새 맡고 있으면 안정감이 든단 말이에요. 어제랑 오늘 내내 이게 얼마나 큰 의지가 됐다고요."

뒤쪽으로 물러나면서 제니가 말했다. 저런 쉰내가 내 냄새라니…… 반항하고 싶었지만, 제니가 워낙 단호해서 유빈은 더 말하지 않았다.

이불 가게의 불이 어느 정도 안정세로 접어들었다 싶어졌을 때, 두 사람은 미리 꺼내 놓은 이불을 질질 끌고 가구점 쪽으로 위치를 옮겼다.

화륵—!

라이터 기름을 적신 이불을 불쏘시개 삼아 불을 지르자, 나무와 솜이 가득한 가구점은 순식간에 뿌연 연기와 뜨거운 불길로 뒤덮였다.

그렇게 한 가게씩 건너 세 가게를 불덩어리로 만들어 놓고 난 후에야 유빈은 조금 마음이 놓였다.

날름거리는 불꽃이 옆 가게들로 번져 나갈 기미가 보인다. 이 불길은 페인트 좀비들이 닥쳐들 새벽을 한참 지난 뒤에도 꺼지지 않고 타오를 것이다.

"이제 가자."

붉은 화염에 뒤덮인 거리를 보며 유빈이 말했다. 제니도 고개를 끄덕인다. 두 사람이 자동차를 세워 둔 곳까지 물러났을 때에는, 그 부근까지도 환해질 만큼 이미 불이 크게 번져 있었다.

"잘 타네요. 원래 법대로라면 우리 지금 얼마나 큰 죄 저지른 걸까요?"

제니가 뒤를 돌아보며 물었다. 유빈도 멈춰 섰다. 기세가 사나워진 불꽃은 바람을 타고 춤을 추며 사방으로 불똥을 날린다.

"원래 법대로? 그러면 방화잖아. 그것도 여러 군데에 여러 번 질렀으니까 연쇄 방화. 음…… 적어도 몇 년은 살아야 하지 않을까? 방화에 대한 처벌이 꽤 세다고 하더라고."

"그런 건 어떻게 알았어요? 화염병 만들 때, 얼마나 감옥에 갇혀 있게 될지도 같이 찾아봤어요?"

"그때는 눈이 돌아가 있어서 그런 생각은 하지도 않았어. 그리고 미성년자였고. 법 이야기는 나중에 어디선가 주워들은 거야."

유빈은 트렁크에 짐들을 다시 넣으며 대답했다. 제니에게 차에 타라고 하자, 제니가 입을 가렸던 수건을 벗으며 손을 든다.

"……잠깐만요. 우와, 제 수건에 재 붙은 것 좀 봐요. 완전 새까맣게 됐네. 얏! 날아가라!"

제니는 장난스럽게 웃으며 수건을 털었다. 유빈은 곁에 서서 멀뚱멀뚱 기다렸다. 그때였다. 제니가 갑자기 방향을 바꿔 옆으로 확 턴 수건이 유빈의 눈가를 때렸다.

"아옥!"

유빈은 눈을 감싸 쥐고 가벼운 비명을 질렀다. 대단한 부상은 아니지만, 예상치 못하고 있다가 눈을 얻어맞았으니 눈앞에 별이 돌고, 눈물이 찔끔 난다.

"어머, 어떡해! 맞았어요? 괜찮아요?"

제니가 깜짝 놀라 묻는다. 유빈은 한 손으로 눈을 비비며 대답했다.

"아니, 아니…… 별거 아니야. 그냥 스친 거야."

"어디 봐요. 어머…… 다쳤나 봐……."

유빈의 볼에 손을 얹은 제니가 걱정스러운 목소리로 말했다. 유빈은 괜찮다는 대답을 하려고 했다. 사실 이렇게 호들갑을 떨 일도 아니다.

"걱정하지 않아도…… 엇!"

쪽, 소리와 함께 입가에 스친, 달콤하고 부드러운 감촉.

유빈은 바짝 얼어붙었다. 제니의 입술이 그의 입술과 잠시 포개졌다. 어떻게 반응해야 할지 모를 만큼 너무 당혹스러워서 좋은 줄도 모르겠다.

유빈은 따끔거리는 눈에 힘을 주어 억지로 떴다. 그의 눈앞에는 제니의 장난기 가득한 얼굴이 있다.

"하하하하! 오빠한테서 생일 선물 받았다!"

제니가 과장되게 환한 웃음을 지으며 말했다. 불빛을 옆으로 받은 그 모습이 어찌나 예쁘면서도 애잔한지…… 유빈은 가슴이 꽉 막히는 것 같았다.

어째서 저렇게 아름다운 아이가 나 같은 바보 때문에 자존심 같은 것도 다 버리고 도둑 키스까지 하게 된 걸까…….

제니의 손을 잡은 유빈은 천천히 그녀를 당겨 꼭 끌어안았다.

쿵쿵— 쿵쿵— 쿵쿵—.

제니의 심장박동이 맞닿은 가슴을 통해 고스란히 느껴진다. 심장 뛰는 소리조차 사랑스럽다.

하아아~ 유빈은 크게 숨을 들이쉬었다. 그렇게 비를 맞고 땀을 흘렸는데도 그녀에게서는 맑은 물 냄새가 난다.

잠시 아무 말도 없이 그녀의 머리카락을 쓸어 주고만 있던 유빈이 그녀의 귓가에 속삭였다.

"생일 축하해."

"……네."

작게 대답하는 제니의 목소리에 조금 전의 그 당돌한 모습은 없다. 유빈은 크게 숨을 몰아쉬고 다시 이야기했다.

"내년 생일에도 이렇게 같이 있을 수 있으면 좋겠다."

"……같이 있자, 라고 말해요."

유빈의 어깨에 볼을 묻은 제니가 말했다. 목덜미에 닿는 그녀의 숨결을 느끼면서 유빈은 고개를 끄덕였다.

"그래, 내년 네 생일에도 이렇게 같이 있자. 꼭 살아남아서."

"네."

잠긴 목소리로 대답한 제니가 조금 사이를 두고 물었다.

"그때도…… 이렇게 겁쟁이일 거예요?"

하아~ 난감한 질문이다. 유빈은 뭐라고 대답해야 할지 생각해 봤다. 아닐 거라고 말할 자신은 없었다. 보안관이 제니를 좋아한다는 걸 빤히 알고 있는데…….

유빈 역시 제니가 못 견디게 좋지만, 보안관의 마음도 몸도 다치는 건 원치 않는다. 차라리 자신의 가슴이 찢어지는 편이 낫다.

마음은 그런데…… 정작 자신의 두 팔은 제니를 꼭 끌어안고 있다. 이 이상한 상황을 뭐라고 설명해야 하는 걸까? 위선?

"괜찮아요. 그 대답은 내년에 해도 돼요."

유빈의 침묵이 길어지자, 제니가 그의 등을 토닥거리며 말했다. 두 사람은 말없이 잠시 더 꼭 끌어안고 있었다. 시간이 흐르는 게 아까울 만큼 달콤했고, 동시에 조금 슬펐다.

이렇게 좋은데 그걸 드러낼 수 없다는 게…… 언제 또 이렇게 꼭 껴안아 볼 수 있을지 장담할 수 없는 상황이…… 그리고 내년 여름이라는 말이 너무도 멀고 거창하게 느껴지는 현실이, 그들의 마음을 묵직하게 만든다.

"갈까?"

조금만 더 그녀를 안은 채 있고 싶다는 욕망을 억지로 꾹 누르며 유빈이 물었다. 제니의 고개가 천천히 끄덕여지는 게 느껴진다.

유빈은 정말 힘들게 몸을 뗐다. 서로 얼굴을 마주하게 되자 볼이 빨갛게 달아오른 제니는 부끄럽다는 듯 이마를 가렸다. 위험할 정도로 사랑스러운 모습이다.

"신데렐라가 돌아갈 시간이네요."

제니는 손에 꼭 쥐고 있던 수건을 묶어 다시 목에 걸고, 뒷자리에 던져 놨던 후드 티를 걸쳤다.

귀찮고 불편하더라도 건대를 벗어날 때까지는 이렇게 변장을 하고 주목을 받지 않는 편이 낫다.

"머리 조심해."

조수석에 제니를 앉힌 유빈은 운전석 문을 열고 들어가 시동을 걸었다. 사거리 오른편에 질러 둔 불은 건물들의 2, 3층까지 번져서 주변 하늘을 온통 훤하게 밝히고 있었다.

"저게 벽난로고, 우리는 지금 별장에 막 도착한 거라면 정말 좋을 텐데."

타오르는 불길을 바라보면서 제니가 중얼거렸다. 별장은커녕 변변한 집도 한 번 가져 보지 못한 유빈이지만, 사실은 그 역시 비슷한 상상을 하는 중이다.

"물론 지금도 충분히 감사해요. 어제부터 오빠가 아래로 내려갈 때마다 너무 무서웠거든요."

제니는 유빈의 옆얼굴을 쓸며 나지막한 목소리로 말했다. 유빈은 그녀의 손등에 자신의 손을 얹고 몇 번 토닥거려 준 뒤, 기어를 후진으로 바꿨다.

이제 돌아갈 시간이다. 친구들에게로, 그리고 재투성이의 냉혹한 현실로.

"오늘부터 우리 1일이라고, 혜주 언니한테만 살짝 이야기해도 돼요?"

후진으로 차를 돌리고 있을 때, 제니가 물었다. 조금 전까지의 부끄러운 소녀가 아니라, 다시 장난꾸러기로 돌아간 목소리였다. 유빈은 쓸쓸하게 웃으며 핸들을 틀었다.

"아니…… 그건 좀…… 내년 생일까지 겁쟁이로 있어도 봐준다더니……."

"하하하, 또 그 표정 짓는다. 하여간…… 네에, 나도 알아요. 티 내면 안 된다는 거. 왜 그렇게까지 해야 하는 건지는 잘 모르겠지만."

제니는 유빈의 볼을 한 번 쿡, 찌른 뒤, 두 손을 얌전히 무릎에 올려놓았다. 마치 이 정도의 거리를 유지하면 되느냐고 묻는 듯이.

자동차의 속도가 올라가자 그녀의 긴 갈색 머리카락이 바람에 정신없이 휘날린다. 마치 처음 만났던 벌판에서의 그 모습처럼, 사람의 혼을 다 빼놓을 기세다.

'예쁘다.'

유빈은 그 말을 정말 하고 싶었지만, 애써 입을 꾹 다물고 조용히 차를 몰았다. 여기서 더 감정을 고조시키는 건 현명한 일이 아니다. 마냥 가슴이 시키는 대로 살 수만은 없다.

05

규영과 신입이 기다리고 있는 건물에 차를 세우고 유빈이 올라갔을 때, 제일 먼저 그를 맞은 것은 삼숙이였다. 그런데 반응이 별로 호의적인 것 같지는 않았다.

"으르르— 얼— 얼—!"

삼숙이는 녀석답지 않게 이를 드러내고 사납게 짖어 대다가 또 앞발로 유리창을 두드려 댔다. 이게 열리기만 하면 콱 깨물어 주겠다고 다짐하는 것 같은 기세였다.

랜턴 조명을 등지고 있는 녀석은 지옥에서 온 악마견, 그 자체다. 처음으로 보는 녀석의 난폭한 모습에 유빈은 당황해하며 손을 내저었다.

"야! 나야, 나! 수상한 사람 아니고, 진우 친구라고!"

그래도 소용이 없다. 삼숙이는 어지간히 분이 안 풀리는지 계속 문을 긁으면서 으르렁거렸다. 이래서야 문을 열기가 망설여진다.

저 커다랗고 날카로운 이빨…… 스치기만 해도 살점이 떨어져 나갈 것 같다. 누가 좀 말려 줬으면 좋겠는데, 짐 정리에 여념이 없는 신입과 임수정은 이쪽의 심각성을 잘 모르는지 별 반응이 없다.

"뭐 해요, 오빠? 개랑 눈싸움하는 것도 아니고."

유빈이 문손잡이를 꼭 붙잡고 쭈볏거리자, 뒤쪽에서 기다리던 제니가 물었다. 유빈은 얼빵한 얼굴로 대답했다.

"아니…… 저 새끼 때문에 들어가기가 좀…… 계속 진우 기다리다가 내가 오니까 화난 거 같아…….”

"어휴, 그럼 달래 주면 되지. 비켜 봐요."

제니는 유빈을 물러나게 하고 서슴없이 문을 열었다.

어어…… 조심해. 물리면…….

유빈이 바보 같은 소리를 늘어놓는 동안에 제니는 박수를 두 번 짝짝, 치고 삼숙이를 향해 팔을 벌렸다.

"삼숙아! 언니한테 와! 진우 오빠 보러 가자!"

얼ㅡ.

삼숙이는 짧게 한 번 짖고, 얼른 제니에게 안겨 그녀의 손을 핥았다. 뭉뚝하게 뿌리 부분만 남은 녀석의 꼬리가 엄청 빠르게 씰룩거린다. 제니는 녀석의 얼굴을 쓸면서 웃어 준다.

"어이구, 그랬어? 진우 오빠 보고 싶었어? 아이, 착해."

좋아서 펄쩍펄쩍 뛰는 그 모습을 보고 있자니, 그냥 애완견이다. 유빈도 자신이 괜히 겁을 먹었던 건가 하는 생각이 들었다.

"야, 인마. 너 조금 전에 왜 그렇게 짖었어? 난 놀랐잖아."

유빈이 손을 뻗어 녀석의 머리를 한 번 쓰다듬어 주려고 하자, 헥헥거리며 재롱을 떨던 삼숙이가 고개를 홱 돌리며 또 으르, 이를 드러낸다.

이번엔 붉은 잇몸까지 고스란히…… 눈도 어지간히 사납게 뜬다.

"알았어, 알았어…… 안 건드릴 테니까 진정해."

유빈은 손을 들어 올리며 천천히 녀석의 옆을 돌아 일행들 쪽으로 걸어가 인사를 건넸다. 좀비들을 다 잡았다는 것과 보안관, 진우, 태권 소녀가 지금 건대에서 왕처럼 퍼레이드를 하고 있다는 소식 따위를 간략하게 전하고, 이동할 순서에 대해 일러 줬다. 민간인 여자들, 부상자, 그리고 친구들의 순이다.

"내려갈 준비 후딱후딱 해요! 딱 나오라 그러면 나올 수 있게! 자기만 편하겠다고 늑장 부리다가 다른 사람 피해 주는 꼴은 난 못 봐주니까!"

신입은 권위적인 목소리로 민간인 여자들에게 말했다. 완장질이 아주 체질인

놈처럼 자연스럽다. 임수정이 제니에게 다가가서 이야기를 나누는 동안, 유빈은 사무실 벽장 속에 총알 가방을 몰래 숨겼다. 그렇게 다급한 일을 다 하고 나서야 규영이에게 다가가서 머리를 쓰다듬어 줄 수 있었다.

"다친 사람이나 아픈 사람 없었고?"

"네. 저 군인 아저씨들이 계속 앓기는 했는데…… 저기 초희라는 연예인 여자 있잖아요, 그 누나가 워낙 열심히 돌봤어요. 붕대 갈고 약 발라 주다가 미안하다고 하면서 막 울고…… 나머지는…… 그냥 다른 누나들은 얌전히 밥 먹고 조용히 있었어요. 수정이 누나랑 같은 쉘터에서 지냈었으니까 안면 정도는 있는지 물어보고 싶은 거 있으면 수정이 누나한테 물어보더라고요."

"호, 그래?"

유빈은 초희를 한 번 돌아봤다. 부상병들 옆에 지키고 앉은 그녀는 죄인처럼 고개를 푹 숙이고 있다.

"삼숙이는? 저놈은 말썽 피우지 않았고? 지금 보니까 엄청 성질이 날카로워졌네."

유빈은 손가락으로 등 뒤의 삼숙이를 가리키며 물었다. 그의 질문을 들은 규영이는 잠시 생각해 보더니 고개를 저었다.

"아뇨. 우리는 걔 성질나 있는 줄도 몰랐는데요? 그냥 평소랑 똑같았어요. 이름 부르면 오고, 밥 잘 먹고, 건데 쪽으로 난 창문 조금 열어 주면 거기 창틀에 발 올려놓고 조용히 구경하고. 한 번도 큰 소리 낸 적이 없어요."

"그래? 근데 왜 나한테 갑자기 저러지? 내가 혹시 쟤가 싫어하는 냄새를 묻혀 왔나?"

유빈은 자신의 팔과 어깨, 셔츠에 번갈아 코를 대 보며 킁킁거렸다. 불을 질렀을 때 밴 재 냄새에 찌든 땀 냄새가 좀 섞였을 뿐, 그 외에 별다른 건 없다.

그가 그렇게 바보처럼 냄새를 맡고 있는 걸 보던 규영이 잠시 망설이다가 엄청 미안한 표정을 지으며 말했다.

"저기요, 형. 내가 볼 때에는 냄새 때문에 그런 게 아니에요. 그냥 쟤한테 있어서 형 서열이 자기보다 낮은 거예요. 개는 서열을 엄청 중요하게 여기는 동물이거든요."

디이잉—.

충격. 유빈은 입을 다물지 못하고, 멍한 눈으로 규영과 삼숙이를 번갈아 돌아봤다. 삼숙이는 제니와 임수정의 사이에서 아주 신이 나 있다.

이럴 수가…… 내가…… 개보다 서열이 낮았다니…….

그런 게 아니라고 부정하고 싶지만, 곰곰이 생각해 보면 다 앞뒤가 들어맞는다. 저 개새끼는…… 한 번도 자신에게 순종적인 애교를 부리지 않았던 것 같다.

"와, 젠장…… 하다 하다 이제는 개한테까지 깔보였다니……."

유빈은 머리를 긁적이면서 중얼거렸다. 분하기는 하지만, 단기간 내에 처리할 수는 없는 문제니까 일단은 돌아와서 해결해야겠다고 생각했다.

"내려가요! 여자분들이니까 여섯 분 한꺼번에 다 타셔도 될 것 같아요. 금방이니까 좁더라도 끼어 앉으세요."

민간인 여자들에게 다가간 유빈이 말했다. 어차피 짐도 없는 사람들이니, 그동안 먹던 음식 정도나 싸 가지고 가면 된다.

여자들은 신입의 눈치를 힐끔 본 뒤에, 그가 근엄하게 고개를 끄덕이는 걸 확인하고 나서야 유빈의 뒤를 따라 계단을 내려왔다.

참, 이놈이나 저놈이나 우습게 보기는 매한가지다. 유빈은 속으로 한숨을 내쉬었다. 자신을 좋아해 주는 건 제니와 친구들밖에 없나 보다.

어쨌거나 유빈은 여섯 명의 여자를 승용차 안에 꽉꽉 눌러 태우고, 건대 쉘터에 데려다주었다. 여자들은 엉망으로 변한 쉘터의 모습에 잠시 놀라는 것 같았지만, 이내 소리를 지르며 자기 일행들에게 달려가 안겨 기뻐했다. 그들 역시 누군가의 가족, 친구, 연인들인 것이다.

이후에도 유빈은 두 번이나 더 쉘터와 군자역의 건물 사이를 왕복했다. 좀비들에게 돌을 깨서 던지다가 다친 사람들을 돌보고 있던 고 하사에게 두 명의 부상병과 초희를 인도해 주고, 마지막으로 제니, 규영이, 신입, 임수정, 그리고 삼숙이를 태웠다.

그때까지도 군자역 우측에서는 뜨거운 열기와 함께 벌건 빛이 뿜어져 나오고 있었다.

삼숙이가 얼마나 기뻐했는지를 굳이 설명할 필요가 있을까?

건대에 도착하고 차 문이 열리자마자 미친 듯이 달려간 삼숙이는 수많은 사람들 속에서 기가 막히게 진우를 찾아냈다.

조금 전에야 겨우 사람들의 가마에서 해방되어 넋 놓고 바닥에 주저앉아 있던 진우도 벌떡 일어나 녀석을 반겼다.

"삼숙아!"

얼— 얼—.

진우와 삼숙이는 싸구려 멜로 영화의 두 주인공처럼 서로를 부르며 핥고 보듬고 생난리를 쳤다. 고개를 이리저리 흔들 때마다 삼숙이의 침이 사방으로 튄다. 어둠 속에서 얼핏 잘못 보면, 꼭 삼숙이가 진우를 잡아먹는 것 같다.

"어이구~ 하여간에 뜨겁네, 뜨거워. 개 없는 사람 서러워서 살겠나."

태권 소녀와 함께 친구들을 맞던 보안관이 그 모습을 보며 중얼거렸다. 둘 다 사람들에게 얼마나 시달렸는지, 좀비들과 싸울 때보다도 더 지쳐 보인다. 유빈이 주변을 두리번거리며 물었다.

"삼식이는 안 보이네?"

"모르겠어. 이 건물 안 어딘가에 있는 건 확실한데, 계속 눈에 띄었다 안 띄었다 반복하는 중이야. 아주 제철 만났지."

보안관이 생각하기도 귀찮다는 듯 고개를 저으며 대답했다.

"아……. 유빈은 자신이 바보 같은 질문을 했다는 걸 깨달았다. 아까 불을 지르러 가기 전에 녀석을 에워싸고 있던 수많은 여자들이 떠올라서다.

돌을 깨서 좀비들한테 집어 던지는 동안에도 주변의 여자들과 그렇게 분위기가 좋았는데…… 이렇게 기쁘고 흥분된 상황에서야 뭐, 말할 필요도 없는 일이다.

"근데 우리까지 여기에서 자야 되냐? 나는 쉘터라고 해서 좀 그럴듯한 데인

줄 알았는데, 완전 난민 수용소네. 딱 보니까 똥 쌀 데도 마땅치 않겠구만. 아, 좀 비 썩은 내도 장난 아니네. 우린 그냥 원래 있던 그 건물로 돌아갈까?"

신입이 체육관 내부를 훑어보며 말했다. 어둑한 랜턴 불빛들을 중심으로 수많은 사람들이 빽빽하게 모여 있는 현 상황은, 그의 싸가지 없는 말과 별로 큰 차이가 없었다. 총알도, 물도, 화장실도 부족해 보인다.

"그러게. 우리가 외부에 나가 있는 게 오히려 더 나을 것 같기도 하고."

규영이와 이야기를 나누고 있던 태권 소녀도 신입의 말에 동의하는 눈치다.

"하지만 만약에 진우 오빠랑 보안관 오빠가 없다는 걸 알게 되면, 이 사람들 엄청 불안해하지 않을까요? 굉장히 많이 의지하던데······."

제니는 갑자기 영웅이 사라진 다음에 사람들이 느낄 충격에 대해 걱정했다. 신입의 말도, 제니의 말도 둘 다 옳다. 어차피 계속 운명을 같이하며 함께 갈 수 없는 사람들이다.

당장 내일이라도 이 사람들의 안전이 확실해지기만 하면 자신들은 잠실로 이동해서 테라를 구하러 떠나야 한다.

"이 사람들은 그럼 어떻게 되는 거야? 당장 임시방편으로 좀비들을 다른 방향으로 돌리고는 있지만, 계속 그럴 수 있다는 보장도 없고······."

태권 소녀의 질문에 유빈은 고개를 갸웃거렸다. 그가 상상할 수 있었던 한계는 좀비들을 모두 잡고, 생존자들을 모두 가장 보강이 잘된 건물에 모아 두는 것까지이다. 그 뒤에 국군에서 어떤 조처를 취할 것인지에 대해서는 생각한 바가 없다.

"아무래도 강 소위님이랑 이야기 좀 하고 오는 게 낫겠다."

유빈은 꼼짝도 하기 싫은 몸을 억지로 일으켰다. 삼숙이에게 꼭 붙잡혀 있던 진우가 위층을 가리켰다.

"아, 강 소위님이랑 김 중사님, 3층에 계시겠다고 하더라. 거기에 작전 회의실인지 뭔지가 있다고."

"알았어. 더 늦기 전에 만나 봐야지. 아 참, 쟤⋯⋯ 오늘 생일이야. 이제 10분

정도도 안 남았지만."

계단으로 뛰어가던 유빈은 뒤를 돌아보고 제니를 손가락으로 지목하며 말했다.

"정말? 아, 맞다! 우와, 축하해!"

태권 소녀와 보안관, 임수정이 제각기 한마디씩 하며 손뼉을 쳤다. 제니는 쑥스럽게 웃으며 고개를 꾸벅 숙였다.

"덕분에 살아서 이렇게 생일을 맞았습니다."

친구들이 제니를 중심으로 모여 웃는 걸 잠시 더 지켜본 유빈은 다시 걸음을 옮겼다. 지키고 있는 군인에게 고개를 숙여 인사를 하고 통과한 유빈은 3층으로 올라갔다.

거기에는 서너 명의 군인들이 모여서 심각한 표정으로 이야기를 나누고 있었다. 플래시 몇 개로 밝혀 둔 조명은 어둑하다.

"오, 잘 왔어."

유빈을 보자, 강 소위와 김 중사는 반가움이 가득한 얼굴로 맞았다.

"불을 지르러 갔었다고 하던데, 그럴 거면 우리 병사들이라도 몇 명 데려가지 그랬어."

강 소위가 말했다.

"아⋯⋯ 예⋯⋯."

유빈은 어색하게 웃었다. 저렇게 걱정해 주는 사람들에게 당신들 몰래 진우의 총알을 감춰 두기 위해 혼자 갔노라고는 할 수 없는 일이니까.

"그냥⋯⋯ 오늘은 다들 기뻐하고 있는 중이라 저 혼자 갔어요. 그렇게 위험한 일이 아니기도 했고요."

"안 위험할 리가 있나, 좀비들이 언제 어디로 들이닥칠지 모르는데. 내일부터는 우리 쪽에서 담당할게. 우리도 아직 가용한 차량이 있어. 군자역 쪽이지?"

"네. 사거리에 가면 어느 방향에 불을 질러야 하는지 보일 겁니다. 워낙 다 새까맣게 타 있을 테니까요. 확실히 해 두려면 열세 시간 정도 주기로 한 번씩 불을 지르면 될 거예요. 근데…… 그렇게까지 하실 필요가 있으려나요? 구조 요청을 하시면 내일이라도 잠실에서 이동 수단을 보내는 거라고 생각했었는데…….”

유빈이 의아한 표정을 지으며 물었다. 강 소위와 김 중사가 거의 동시에 고개를 저었다.

"아니, 지금 상황에서 그 정도로 신속한 구조를 기대하는 건 어려워. 우리 몇백 명 때문에 장갑 트레일러 운용 일정을 변경해 줄는지도 잘 모르겠고. 바랄 수 있는 건 그저 공중에서의 실탄 보급 정도야. 그건 헬리콥터로 실어다 주면 되는 거니까.”

"그렇군요. 그럼 그 실탄은 언제 가져다준다고 하던가요?”

"그게 말이지…… 이야기가 좀 길어지는데…….”

강 소위는 곤란해하며 뒤쪽의 테이블을 가리켰다. 유빈은 플래시를 움직여 텅 빈 테이블과 그 너머의 깨진 유리창을 비춰 보았다.

뭔가 무거운 게 놓여 있던 자국도 보이고 케이블이 복잡하게 얽혀 있는데, 정작 테이블은 텅 비었다. 그리고 파편 몇 조각만 겨우 남은 유리창.

"거기에 있던 게 '전술용 다자간 고속 통신 접속 제어기'라고…… 잠실과 교신 가능한 신형 통신 장비였는데, 좀비들이 뭔 지랄을 하다가 그랬는지 3층 아래로 떨어져서 아주 박살이 나 있더라고. 체육관 옥상에 설치해 둔 이 안테나선만 남았지.”

강 소위는 가벼운 한숨을 내쉬며 말했다. 유빈은 이해할 수가 없었다.

"아니, 저희 같은 애들도…….”

거기까지 말하던 유빈은 아차 싶어 힐끔 눈치를 봤다. 다행히 그 방에 있는 사람들은 그들이 특수 요원 같은 게 아니라는 걸 이미 다 알고 있는 눈치다. 유빈은 말을 계속했다.

"그냥 보통 사람들이라고 해도 각자 작은 무전기를 하나씩 구해서 들고 다니는 때에, 이 큰 쉘터에…… 무전기가 하나뿐이었다고요?”

"설마 그럴 리야 있겠어? 여기에 하나, K-2 전차에 하나, 그리고 담벼락 받고 자빠져 있는 트럭에 하나, 이렇게 세 대를 배치했지. 전차는 잠실로 가 버렸고, 트럭은 총알을 뒤집어쓰고 벽도 들이받아서 만신창이고, 그리고 이건 좀비가 동반 자살을 해 버린 거야. 젠장, 나도 말하면서 안 믿기는군. 이렇게 운이 없을 수가 있나?"

강 소위는 끊긴 안테나 케이블을 손으로 빙빙 돌리면서 말했다. 잠시 미간을 찌푸린 채 생각에 잠겨 있던 유빈이 물었다.

"그런데도 강 소위님 표정은 그렇게까지 심각해 보이지는 않네요? 무슨 다른 방법이 있는 거죠?"

"하하하, 아…… 유빈 군, 진짜…… 하하!"

강 소위는 유빈을 향해 엄지를 치켜세우며 웃었다.

"엄청 위태로운 상황인 척해서 장난 좀 쳐 보려고 했는데, 안 통하네. 하여간…… 응, 그 말이 맞아. 군용 무전기는 다 박살이 났는데, 다행히 민군 협력 업체에서 지급하고 간 무전기는 남아 있더라고. 이놈들은 중계기를 얼마나 많이 달아 놨는지, 우리 것보다 더 빵빵하게 잘 들려. 조금 전에 그쪽에다가 요청을 했어. 건대가 실탄 부족으로 고사 상황이란 걸 잠실에 대신 좀 전해 달라고."

"민군 협력 업체요? 으음…… 그런 것도 있군요. 그러면 일이 어떻게 진행되는 건가요?"

유빈은 그 업체가 어디인지까지는 생각해 보지 않았다. 굳이 생각해야 할 이유가 없는 일이다.

음, 강 소위는 덥수룩하게 자란 턱수염을 북북 긁으면서 설명을 시작했다.

"업체 쪽에서 잠실에 무전을 보내는 건 즉각 할 수 있는 일이니까, 아마 지금쯤은 잠실에서도 우리 상황을 알고 있을 거야. 하지만 이런 야간에는 헬리콥터가 잘 안 뜨거든. 아무래도 사고 가능성이 높으니까. 아마 내일 오전에 탄약 준비해서 정오경에는 싣고 오지 않을까? 보급이 원활하지 않다고는 하지만, 설마 총알 아끼려다가 사람 죽이겠어?"

다행이다……. 유빈은 이제 이 지독한 임무가 끝났다고 생각하며 안도했다.

지금 시간이 이미 자정. 그리고 총알이 오는 건 내일 정오. 겨우 열두 시간만 기다리면 이 사람들도 무장을 갖출 수 있고, 그러면 웬만한 돌발 사태 정도는 충분히 자력으로 대처할 수 있을 것이다.

발전기를 팽팽 돌린다거나, 대형 솥에 물을 끓이는 것 같은 미친 짓만 하지 않으면, 갑자기 몰려든 좀비들에게 포위될 가능성도 높지 않다.

목숨을 걸고 구해 낸 사람들이 무사히 안정을 찾을 수 있게 된 것 같아, 유빈의 기분도 꽤 좋았다.

"정말 잘됐네요."

유빈이 말했다. 강 소위도 고개를 끄덕거린다.

"그래, 잘됐지. 이게 다 유빈 군과 친구들 덕분이야……. 내려가기 전에 나랑 캔 커피 한잔하자고. 지금 워낙 없는 살림이 되어 버렸지만, 그 정도 대접은 할 수 있어."

강 소위는 박스에서 캔 커피 두 개를 꺼내 든 뒤, 유빈의 부축을 받으며 회의실 밖으로 나왔다.

체육관 외부까지 걸어 나온 뒤, 주변에 아무도 없는 것을 확인한 강 소위가 캔 커피의 먼지를 닦아 건네며 조용히 물었다.

"유빈 군 일행은 어떻게 할 계획인가? 잠실로 간다고 했었지?"

"네."

유빈은 커피를 마시면서 대답했다. 하루 종일 실온에 방치된 뜨뜻미지근한 캔 커피였지만, 당분과 카페인이 보충되자 그래도 한결 기운이 난다.

"그래서 말인데…… 어차피 우리도 사흘 뒤에 출발이야. 우리랑 같이 장갑 트레일러로 이동하는 건 어때? 유빈 군 일행이 워낙 뛰어나다는 건 잘 알지만, 아무래도 잠실까지 간다는 건 위험스러운 일이니까 말이야."

강 소위가 가벼운 미소를 지으며 말했다. 딱히 진우를 붙잡아 두고 싶다거나 하는 것처럼 보이지는 않았다. 정말 순수한 호의에서 하는 말 같았다. 당연히 그 방법이 더 편하고 안전하다.

하지만 유빈의 계획은 모든 사람들이 다 이동해서 잠실에 정착하는 게 아니다. 일부는 여기에 남고, 소수의 인원만이 잠실로 가서 테라를 몰래 데리고 나오는 거다.

'진우 요원'을 왕처럼 숭상하는 이 사람들과 함께 요란하게 잠실에 입성했다가는, '몰래' 빠져나온다는 것의 난이도가 엄청나게 올라가 버릴 것이다. 게다가…… 진우는 신분도 좀 걸린다.

"고마운 말씀이긴 한데, 저희는 따로 들를 데가 있어서요."

유빈은 정중하게 거절을 했다. 강 소위는 그럴 줄 알았다는 표정이다.

"그래. 그럼 내일 오후까지라도 여기에 있어 줘. 일단 잠실에 요청은 1만 발 정도를 해 뒀거든. 요청한 대로 다 지급해 주지는 않겠지만, 만약 조금이라도 여유가 있게 보급이 오면 진우 군에게 얻어 쓴 실탄은 갚고 싶어."

실탄을 갚아 주겠다는 제안은 꽤나 의외였고, 솔깃했다. 유빈은 조금 놀라서 강 소위에게 물었다.

"그렇게 마음대로 총알을 주셔도 되는 거예요? 다른 분들이 알게 되면……."

"부사관들과는 의견을 맞췄어. 생명의 은인한테 그 정도는 당연히 갚아야 한다고 다들 말해 주셨고. 그래 봐야 겨우 빌려 쓴 걸 돌려주는 것뿐이지만, 그래도 최소한의 도리라고 할까. 아, 물론 실제로 지급된 양이 2천 발이나 3천 발 수준이라면 이 약속은 못 지켜."

강 소위가 말했다. 아마 그들끼리 꽤나 진지하게 논의를 했던 모양이다. 그렇게까지 말을 한다면 이쪽에서도 굳이 거절할 이유는 없어 보였다.

진우가 자신의 총알 절반을 뚝 떼어 내놓을 때, 얼마나 힘들어했는지 유빈은 옆에서 지켜봤다. 진우에게는 총알이라는 게 그만큼 중요한 물건이다.

"네, 그러면 그렇게 알고 있을게요. 고맙습니다."

유빈이 고개를 꾸벅 숙이며 말했다. 강 소위는 황송하다는 표정을 지었다.

"고맙긴, 그거야말로 이쪽에서 할 말이지."

강 소위와 헤어진 유빈은 계단을 내려와 친구들이 기다리고 있는 체육관의 구석으로 향했다. 친구들은 작은 플래시를 중심으로 모여 앉아 제니의 생일과 오늘 그들이 겪었던 싸움에 대해 이야기를 나누고 있었다.

"뭐래? 다른 데 가서 자도 된대?"

유빈이 가까이 다가가자 신입이 물었다. 진우는 조금 다른 걸 물었다.

"여기 구조는 어떻게 진행될 계획이라고 하셔?"

유빈은 진우의 옆에 끼어 앉았다. 삼숙이에게 녀석이 그토록 사랑하는 진우와 자신이 친하다는 걸 자주 보여 줘야 그 서열인지 뭔지가 좀 올라갈 것 같아서 일부러 그 자리를 골랐다.

"음, 뭐, 나가서 자는 거는 굳이 안 될 건 없을 것 같던데. 그리고 구조는 아니고, 내일 점심때쯤이면 헬리콥터가 총알 가져다줄 거라고 그러시네. 총알만 넉넉히 있어도 사흘 뒤에 이동할 때까지 충분할 거야. 말이 사흘 뒤지, 실제로는 이틀 밤만 더 버티면 되는 거잖아. 이동을 밤에 하지는 않을 테니까."

유빈의 대답을 들은 친구들은 잠시 어디에서 이 밤을 보낼 것인가에 대해 의견을 나눴다. 규영이나 신입은 불편하고 좁은 체육관보다 한적한 건물로 가고 싶어 했고, 보안관과 진우는 이 밤 동안만이라도 여기에서 다른 사람들을 지켜 주고 싶은 눈치였다. 자신들이 구해 낸 사람들이라는 묘한 유대감이 있는 것이다.

"그럼 각자 자기 자고 싶은 데서 자면 되지, 뭐. 자동차도 있겠다, 이동도 금방인데."

이야기가 길어지는 것 같아서 유빈은 절충안을 내놓았다. 어차피 하룻밤인 데다가 가장 위협이 되는 페인트 좀비들의 방향을 돌려놨으니, 그건 별로 걱정이 되지 않는다.

"총알이 좀 여유 있게 오면, 강 소위님이 너한테 총알을 갚고 싶대."

유빈은 진우에게 귀엣말을 해 줬다. 진우도 반색을 한다.

"오, 그래? 잘됐다. 그럼 이왕 손 내미는 김에 K-2도 하나만 달라고 해 볼까?"

"총은……."

유빈이 좌우를 한 번 더 둘러보고 나서 속삭였다.

"벌써 챙겨서 네 총알이랑 같이 넣어 놨어. 그, 박 소위라는 사람이 쓰던 거 있지? 그건 임자 없는 거니까."

말을 마친 유빈은 공연히 쑥스러워 헛기침을 했다. 어차피 체육관 내부가 꽤나 시끄러워서 주변 사람들에게 그들의 말이 들릴 일은 없었다.

체육관의 동쪽에서는 고단했던 어제의 몫까지 깊은 잠에 빠져 있는 사람들이 코를 골아 댔고, 서쪽에서는 아직도 흥분이 다 가라앉지 않은 사람들끼리 모여 앉아 이야기꽃을 피우는 중이다.

"우리는 내일 오후에 여기에서 나갈 거야. 그러니까 떠날 준비를 미리 해 두자고. 삼식이는 아직도 안 왔냐?"

유빈은 주변을 둘러보다가 뒤늦게 삼식이의 부재를 깨달았다. 만약 이렇게 안 보이는 게 다른 사람이었다면 꽤나 걱정스러웠겠지만, 삼식이는 다르다. 녀석이 뭘 하고 있는지 친구들이라면 다들 잘 알고 있다.

"아까 저쪽에 잠깐 있었어. 꺅— 꺅— 거리면서 여자들 웃는 소리가 들리더니, 또 금방 사라지더라."

태권 소녀가 지하로 난 계단을 가리키며 말했다. 유빈, 진우, 보안관은 설레설레 고개를 저었다. 생일을 맞은 건 제니인데, 파티는 엉뚱한 새끼가 하고 있다.

"근데, 누나는……."

유빈이 임수정 쪽으로 시선을 돌리며 말을 꺼냈다.

"이런 걸 물어보는 게 어떨지 모르겠는데요, 누나는 여기에도 일행이 있잖아요."

"음, 그렇지. 선택을 해야 하는 순간이네."

뭘 물어보는 건지 알겠다는 듯 임수정이 고개를 끄덕였다. 고 하사와 함께 있으려면 내일 건대에 남아야 하고, 이 친구들을 따라가려면 떠나야 한다. 둘 중 한쪽과는 이별을 할 수밖에 없는 상황이다.

"나도 고민하고 있어. 근데 선택하기 전에 물어보고 싶은 건, 내가 너희들과 함께 있으면 짐이 되지 않는 걸까 하는 거야. 나는 너희들하고 나이 차이도 많이

나고, 또 처음부터 일행도 아니었으니까 조금은 불편한 점이 있을 테고…….”

임수정은 늘 그렇듯이 차분하게 말했다. 제니와 태권 소녀가 도리질을 했다.

“아니에요, 짐이라뇨. 그리고 불편할 게 어디 있어요. 언니처럼 조용하고 배려심이 깊은 사람이랑 같이 지내는데…….”

“훗, 그렇게 말해 주니까 조금 안심이 되네. 고마워. 저기…… 내일 떠나기 전까지 좀 더 생각을 해 보고 결정할게. 그래도 되는 거지?”

임수정의 말에 다들 고개를 끄덕였다. 그녀가 알려 주지 않았다면 테라를 찾아 나서는 일도 없었을 것이고, 그랬더라면 진우와 이렇게 함께 있지도 못했을 것이다.

군자역 같은 곳에 굳이 올 필요가 없었을 테니까 고 하사를 구하는 것도, 건대 사람들을 돕는 것도…… 다 일어나지 않았을 일들이다.

“하아암~.”

잠시 더 이야기를 나누던 친구들의 입에서 결국 하품이 터져 나왔다. 장장 40시간 이상을 전혀 못 자고 계속 뛰어다녔으니 당연한 일이다.

“좀 자요. 우리 그냥 여기 있을게요.”

유빈이 억지로 눈을 비비고 있는 걸 보며 규영이 말했다. 임수정도 그렇게 하라고 권한다.

“그래…… 그럼, 조금만 누워 있을게. 다시 돌아가고 싶으면 깨워.”

유빈은 못 이기는 척하고 쪼그려 누웠다. 진우도, 보안관도 그 곁에 웅크린다. 잠시 후, 여기저기서 코 고는 소리가 울리기 시작했다.

“하아, 젠장.”

신입이 한숨을 쉰다. 이 냄새나고 좁은 건물이 정말 짜증 나게 싫었지만, 그냥 꾹 참기로 했다. 저렇게 고단히 자는 녀석을 깨우기는 아무리 그리고 해도 쉽지 않다. 그리고 사실, 다른 건물에서 혼자 자게 될까 봐 그게 무섭기도 했다.

Chapter 75
규모 여섯 접근 중!

01

같은 시각, 밤톨은 잠실 쉘터의 동남쪽 외곽에서 경계 근무를 서고 있었다.

"야, 저쪽 다시 비춰 봐."

밤톨은 종합운동장 사거리 방향을 가리키며 명령했다. 서치라이트를 담당하고 있는 병사들이 얼른 그의 손가락이 가리킨 쪽으로 라이트를 돌린다.

밤톨은 눈을 가늘게 뜨고 환한 빛으로 덮인 도로와 가로수들을 노려보았다. 움직이는 것은 없었다.

"왜 그러십니까, 조 병장님?"

무전병이 걱정스러운 얼굴로 물었다. 민구에게 오발 사고를 냈던 그 녀석이다. 밤톨은 고개를 저었다.

"아무것도 아니야…… 나무가 흔들린 걸 보고 착각했었나 봐. 야, 라이트 다시 천천히 돌려."

"네, 알겠습니다!"

라이트 담당 병사들은 다시 조명의 방향을 움직인다.

'젠장.'

밤톨은 이마에 흘러나온 땀을 닦았다. 이중, 삼중으로 쳐진 철책 내부에 초소가 있지만, 이렇게 칠흑 같은 밤에 불빛이라고는 전혀 없는 도시를 노려보고 있는 것은 무지하게 스트레스를 받는 일이다. 바람에 깃발만 날려도 심장이 얼어붙는 것 같을 때가 한두 번이 아니다.

게다가 요즘은 그들의 신경을 날카롭게 만드는 존재가 또 하나 늘었다. 어디서 그렇게 덩어리를 크게 불려 왔는지 모르겠지만, 끝도 잘 보이지 않을 만큼의 대규모 좀비들이 이따금씩 잠실 지구대 근처까지 접근해 온다.

아직 철책에 달라붙은 적은 없지만, 그래 봐야 그 거리라는 게 불과 500미터 남짓이다. 500미터면 좀비들 뜀박질로 채 1분도 걸리지 않는다.

"조 병장님, 그거 걱정하시는 거 아닙니까? 엄청 많은 신흥 강자 좀비들. 걔들 요새 엄청 가까이 오던데 말입니다."

고문관 끼가 다분한 김 이병이 옆에서 함부로 주둥이를 털어 댄다.

"야! 이 새끼야! 입에 담지도 말라고! 재수 없게시리!"

밤톨은 녀석의 얼굴을 노려보며 욕설을 내뱉었다. 하여간, 지금까지 살아남은 게 용한 놈이다. 장갑 트레일러가 뒤집혀서 좀비들과 싸웠을 때에도 이 새끼가 등 뒤에서 총을 쏘고 생지랄을 하는 바람에 아주 간이 콩알만 해졌었다.

"근데 저희는 언제까지 여기에서 근무합니까, 조 병장님?"

무전병이 물었다.

"왜? 집에 가고 싶냐? 외박증 하나 끊어 달라고 할까?"

밤톨은 싱거운 농담을 하면서 라이트가 비추는 방향을 따라 시선을 옮겼다.

"에이, 그런 말씀이 아니잖습니까. 다른 애들 다 철로 쪽으로 이동하는 분위기인데, 우리 중대만 계속 여기 잔류하고 있는 것 같아서 걱정이 되지 말입니다. 벌써 여기만 해도 병력이 없지 않습니까?"

무전병은 등 뒤를 가리키며 말했다. 굳이 돌아보지 않아도 밤톨 역시 알고 있다. 한때 북적거렸던 병력들이 지금은 다 빠져나가고 썰렁한 공터만 남아 있다는 것을.

매일 장갑 트레일러가 병력과 자재를 싣고 철로 쪽으로 이동한다. 덕분에 한 분대가 경계해야 하는 영역도 예전보다 훨씬 늘어났다.

대이동인지 뭔지, 여단장의 변덕에 맞춰서 여단 전체가 아주 바쁘게 돌아가고 있는데, 외곽 경비 담당인 그들에게는 아직도 이동 일정이 전달되지 않았다.

아마 맨 마지막 날까지 여기에서 이 모양으로 죽 때리다가 문을 닫고 가게 할 모양이다.

"아아, 몰라, 이 새끼야. 그냥 우리는 까라면 까고, 구르라면 구르면 돼. 설마 우리만으로 여기를 사수하라고까지야 하겠냐?"

밤톨은 귀찮다는 듯 대꾸했다. 여단장 휘하 높으신 분들이 철로 쪽으로 싹 다 빠져나가 버린 뒤라, 병사들의 불안감이 더 커지는 것도 무리는 아니다.

"아닙니다! 좀 더 빠르게 뛰어야 합니다!"

멀리 야구장과 주경기장 사이의 주차장에서는 이 늦은 시각까지도 이동 연습을 하는 소리가 쩌렁쩌렁 울린다. 아마도 내일 오전에 출발하는 백인조들인 듯하다.

조명으로 밝혀진 곳에서 개미처럼 작은 사람들이 우르르 몰려다니는 게 보인다. 속도가 어지간히들 안 난다.

"아~ 심란하다. 저런 사람들 데리고 뛰라고 하면 속 터질 텐데…… 나는 이 새끼 하나만 감당하기에도 돌아 버릴 것 같은데 말이야."

밤톨은 김 이병의 하이바를 톡톡, 두들기며 중얼거렸다. 민간인들과 함께 이동한다는 게 얼마나 짜증스러운 일인지, 그는 이미 경험을 해 봤다.

"그래도 그 칼잡이 아저씨 같은 사람이 많이 걸리면 좋지 않습니까?"

김 이병이 말했다. 민구를 지칭하는 거다. 밤톨은 녀석의 얼굴을 빤히 쳐다봤다.

"야! 그런 사람이 몇이나 돼? 없어!"

심지어 민구 본인조차도 이제 예전 같은 움직임은 못 보인다. 다 그놈의 오발 사고 때문이다.

"그러고 보니까, 그 아저씨는 벌써 이동했습니까? 어휴~ 이동할 수 있을지 모르겠습니다. 저 때문에 몸이 그 모양이 된 거라 신경이 쓰이는데 말입니다."

무전병이 한숨을 쉬며 말했다. 밤톨은 고개를 저었다.

"아직 이동 안 했어. 그…… 내가 개인 물품 보관소 애들한테 말해서 그 형님 이동하게 되면 맡겨 놓은 칼을 한 자루라도 좀 돌려주라고 했거든. 근데 아직 그대로 있나 보더라고."

밤톨은 어차피 민구가 더 이상 칼을 휘두르지 못할 거라고 생각하면서도 선물을 하고 싶었다. 그가 마지막으로 본 민구의 모습은 제대로 서 있기도 고통스러워하는 환자였다.

그렇게 밤톨과 병사들이 잡담을 늘어놓고 있을 때, 서치라이트 담당 병사들의 다급한 목소리가 들렸다.

"조 병장님! 조 병장님!"

"왜 그래?"

"저, 저기!"

외마디 소리밖에 내뱉지 못할 만큼 병사들은 바짝 쫄아 있었다. 밤톨은 라이트가 고정된 방향으로 시선을 돌렸다.

이런 씨발, 밤톨의 입에서 욕설이 흘러나온다.

좀비들, 엄청난 수의 좀비들이 올림픽로 방면에서 접근해 오고 있었다. 거리는 400미터 이내. 이미 이전까지의 근접 기록이었던 잠실 지구대를 넘어섰다.

"야, 라이트 좀 천천히 좌우로 훑어 봐. 그 옆으로 오글거리는 건 다 뭐냐? 그림자야?"

지시를 받은 병사들은 라이트의 방향을 돌려 가며 올림픽로 주변 전체를 천천히 비췄다.

"하아~!"

모든 병사들의 입에서 거의 동시에 탄식이 흘러나왔다.

올림픽로를 가득 메운 채 걸어오는 모습만으로도 기가 질리는데, 그 좌우 블록의 모든 골목에도 놈들이 꽉 들어차 있다. 아파트 건물 사이사이에 좀비들의 그림자가 일렁인다.

"저게 지금…… 얼마나 되는 겁니까? 규모 여섯이라는 게 저 정도입니까?"

김 이병이 입을 제대로 다물지 못하고 중얼거렸다. 밤톨이 보기에도 최소 10만 단위는 되는 것 같다.

2미터 정도의 높이로 쌓아 둔 사대에서도 끝이 보이지 않을 정도로 긴 좀비의 행렬이 두 블록을 가득 채운 상태로 이어져 오고 있다.

"하아, 젠장…… 이제 그냥 돌아라, 좀. 더 붙지 말고."

점점 가까이 다가오는 좀비들의 선두를 노려보며 밤톨이 애원했다. 외부 게이트 앞에서 전차가 지키고 있다고는 하지만, 저 정도 규모라면 전차 한두 대의 화력으로 저지해 볼 수 있는 수준이 아니다.

병력의 주축이 철로 쪽으로 옮겨 가 버린 지금, 잠실 쉘터에서 동원할 수 있는 최대 병력이라야 대대급 이하다. 상대가 될 리가 없다.

"조 병장님, 발포합니까? 이미 지근거리까지 접근했는데 말입니다."

조준을 마친 채 계속 기다리고 있던 K-3 사수가 물었다. 녀석의 목소리가 덜덜 떨린다. 밤톨은 망설여졌다. 바로 100미터를 앞두고 돌아가 버릴 수도 있는데, 공연히 이쪽에서 먼저 자극을 했다가 긁어 부스럼을 만들까 봐 두려운 것이다.

그도 그럴 것이, 상대는 규모 여섯, 10만. 엄청난 숫자다. 놈들이 마음먹고 달려들면 크레모어 저지선이든 대인지뢰 구역이든 간에 아무 도움도 안 된다.

"전차는…… 전차는 어디에 있어?"

밤톨은 전차가 배치되어 있는 아시아 공원 쪽으로 고개를 돌렸다. 엔진 소리는 들리는데, 왜 아직까지 아무 대응을 하지 않고 있는지 모르겠다.

"반대 방향으로 순찰 중인 거 아닙니까? 소리가…… 멀어지는 것 같은데 말입니다."

무전병이 말했다. 밤톨의 귀에도 그렇게 들린다.

하아~ 하아~.

분대원들의 숨소리가 점점 커지고 가빠졌다. 그사이에도 규모 여섯짜리 좀비들은 점점 더 가까워지고 있다.

"거리 300."

라이트를 비추고 있던 병사가 보고했다. 외부 철책을 기준으로 그어 놓은 야광 기준선 안으로 좀비들이 걸어 들어온 것이다. 모든 분대원들의 시선이 밤톨에게 쏠린다. 이제 그의 결정에 달렸다.

"하아~!"

크게 숨을 들이쉬어 목소리를 가다듬은 밤톨이 입을 열었다.

"동상 넘어오면 발포한다."

병사들이 고개를 끄덕였다. 250미터 지점 도로변 화단에 설치되어 있는, 오륜을 들고 있는 사람들 동상이 마지노선이다. 그것보다 더 접근할 때까지 발포하지 않으면 대응할 시간이 너무 짧아진다.

좀비들은 야속할 정도로 거침없이 접근해 왔다. 성큼성큼 걸음을 뗄 때마다 거리는 1미터씩 팍팍 줄어든다. 이를 앙다문 채 가늠자를 노려보고 있는 병사들의 얼굴에는 식은땀이 줄줄 흘러내리고 있다.

물론 그들이 이 자리에서 죽을 일은 없다. 만약 좀비들이 정말로 돌진해 온다고 해도 두 개의 폭발물 구간이 있고, 삼중의 철책도 있으니까, 그사이에 퇴각하면 된다.

하지만…… 퇴각한다고 해서 무슨 답이 있는 건지…… 어차피 저 큰 규모가 단 한 점이라도 뚫고 들어오기 시작하면, 그때부터 보병이 할 수 있는 건 많지 않다. 코브라 헬기라도 편대 단위로 떠 준다면 모를까.

"후우~ 후우~."

가늠자 안에 들어온 좀비의 모습이 점점 커질수록 병사들의 긴장감은 올라갔다.

이제 260미터 정도나 남았을까? 동상이 바로 코앞이다.

투툭— 투투투투— 투투투투투—.

한 박자 빠르게 울려 대기 시작한 K-3의 총성에 분대원들은 깜짝 놀라 덩달아 방아쇠를 당겼다. 잠실 쉘터 외곽의 동남쪽 사대는 순식간에 요란한 총소리로 뒤덮였다.

투투투투— 투투둑— 투투두— 투투투투투—.

탄피가 정신없이 튀고, 화약 연기가 자욱해진다. 밤톨은 가늠자에서 눈을 떼고 좌우로 시선을 돌렸다.

동상까지 아직 10여 미터 남아 있는 상황. 대가리가 터져 자빠진 좀비들의 시체도 그 부근에 널려 있다. 저 멍청한 K-3 사수가 먼저 사격을 시작한 모양이다.

하지만 이제 와서 사격 중지를 외칠 수도 없는 노릇. 밤톨은 될 대로 되라는 심정으로 다시 방아쇠를 당겼다.

투투투투투투— 투투툭— 투투두— 투투투투—.

도로를 가로질러 날아가는 빨간 불꽃들. 그리고 머리에 구멍이 뚫린 좀비들이 픽픽 쓰러진다. 특별히 조준을 섬세하게 할 필요도 없었다. 사방이 온통 다 좀비들로 덮여 있으니까.

높이만 맞춘다면 눈을 감고 당겨도 두 발 중에 한 발은 좀비에게 꽂힐 것 같은 상황이다.

'젠장! 젠장! 이런 씨발!'

밤톨은 이를 악물고 속으로 욕설을 내뱉었다. 좀비들이 워낙 많아서 아무리 쏴 봐야 줄어드는 기미도 보이지 않는다. 딱 크레모어가 터지는 순간까지만 이 자리를 지키리라 마음을 먹었다.

첫 번째 폭발음이 들리자마자 퇴각을 명할 거다. 어차피 몇 분 더 쏘고 있다고 해서 결과가 달라지지는 않을 테니까.

그런데!

250미터 지점을 통과한 좀비들은 크게 원을 그리며 방향을 오른쪽으로 틀었다. 자신이 조준하고 있던 좀비의 머리가 오른쪽으로 놀아가는 걸 본 밤톨은 방아쇠울에서 손가락을 빼고 큰 소리로 외쳤다.

"사격 중지! 사격 중지! 야! 방아쇠에서 손 떼! 이 새끼들아!"

몇 번이나 같은 말을 반복한 뒤에야 분대원들은 정신을 차리고 사격을 잠시 멈췄다. 그들의 전방에서는 근접 직전에 진행 방향을 우로 튼 좀비들이 아주 길고 긴 퍼레이드를 하고 있었다.

자신들의 동료 수십 마리가 사살당했다는 것도 전혀 모르는 눈치다. 아니면 신경 쓸 가치조차 없다고 판단을 했든가…….

어쨌든 좀비들은 아슬아슬하게 잠실 쉘터를 비껴가고 있었다.

"어허어~ 후우우~."

어찌나 많은지 시야 밖으로 다 빠져나가는 데만도 한 시간이 넘게 걸렸다. 그 동안 밤톨과 분대원들은 마음을 졸이며 그 모습을 지켜보고 있었다.

병사들의 한숨 소리가 크게 울린다. 오늘로 여기가 끝나는 줄만 알았다. 밤톨도 마찬가지다.

"이거…… 위에다 보고해야 하는 거 아닙니까?"

김 이병이 울먹이며 물었다. 밤톨이 녀석에게 되물었다.

"뭐라고 보고를 해? 규모 여섯이 근접해 왔었는데 몇 방 갈겨 주니까 그냥 가버렸다고? 그래 봐야 눈이나 깜빡할 것 같아?"

"아니…… 그래도…… 점점 가까워지니까 말입니다……."

"그래그래…… 네 말이 맞다. 근무 교대할 때 구두로라도 보고는 해야겠네."

밤톨은 눈에 들어간 식은땀을 짜내며 고개를 끄덕였다. 물론 그래 봐야 위에서 뭔가 조처를 할 거라고는 기대되지 않는다.

02

다음 날인 17일 오전. 이미 용산 철로로 이동해 있던 김 준장의 앞에는 두 가지 보고서가 올라와 있었다. 둘 다 그의 결정을 요하는 매우 중요한 사안이었다.

"규모 여섯이라······."

첫 번째 보고서를 뒤적거리면서 김 준장은 날카로운 콧대를 문질렀다.

"규모 여섯, 그러면 10만이 넘는다는 건데······ 잘못 본 것 아니야? 사병 애들이 겁먹고 긴장해서 그냥 규모 오 정도 되는 놈들을 보고 난리 쳤을 가능성은 없어? 그럴 수도 있다고. 사람이라는 게 무서워지면 이성적인 판단이 잘 안 되잖아. 응, 잘 안 된다고, 판단이."

그의 넋두리를 듣고 있던 참모들은 고개를 저었다.

"그렇지는 않은 것 같습니다. 워낙 본 병사들도 많았고, 장교들도 여럿 됩니다. 게다가 결정적으로······ 영상으로 기록된 화면을 봐도 그 규모가 대충 맞는다고 합니다."

"흠······ 그래? 본 사람이 여러 명이라 이거지?"

김 준장은 미간을 찌푸리며 한숨을 내쉬었다. 규모 여섯의 좀비들······ 골 아픈 존재들이 아닐 수 없다. 여의도와 강남 쪽에 규모 칠이 존재한다는 보고만 받았지, 실제로 그가 야전에서 조우했던 최대 규모는 오 중반 정도였다.

그 정도를 쓸어 내는 데도 꽤나 애를 먹어야 했다. 공격 헬기와 전차가 없었다면 엄청난 병력 손실이 있었을 것이다.

하지만 지금은 공격 헬기의 지원을 받을 수 없다. 운용 가능한 헬기라고 해 봐야 수송용 헬기나, MD500 정도의 작은 헬기들 정도가 전부다. 쏟아부을 수 있는 화력의 한계가 있다.

"역시 디코이를 좀 더 오래 유지했어야 하는 거였나 보구만······. 디코이가 효과가 있는 게 맞았나 봐. 하여간 염병할 새끼들 때문에······."

볼펜을 두드리며 생각에 잠겨 있던 김 준장이 욕설을 내뱉었다. 디코이란 좀비들을 그쪽으로 유도하기 위해 야간에 조명을 밝혀 뒀던 몇 개의 건물들을 말한다.

잠실 쉘터에서 1킬로미터 정도 떨어진 곳에 몇 군데를 마련해 놓고, 발전기를 돌려 야간에 그 주변을 환하게 밝혔었다.

 빛과 음파가 좀비들을 유인할 거라고 굳게 믿었기 때문에 놈들의 눈과 귀를 혼란스럽게 하겠다는 취지에서 중저음 확성기까지 간간이 틀었는데, 보급이 끊기고 당장 유류가 아쉬워지자 어쩔 수 없이 가동을 중지했었다. 그 대가가 이렇게 돌아오는 것 같아 김 준장은 영 마음이 불편했다.

 "10만…… 10만 이상이 쳐들어오면, 저지한다는 게 가능할 것 같지가 않아. 응, 힘들 거라고. 주력 병력도 다 이쪽으로 옮겨 온 상태고, 전차도 그렇고…… 야구장 내부로 들어가서 농성하는 것 외에는 대처할 수 있는 방법이 없을 것 같은데…… 어때? 그렇지 않나?"

 김 준장이 참모들에게 물었다. 물론 아무도 명확한 대답을 하려 들지 않는다. 공연히 나섰다가 책임질 언행을 하고 싶지 않은 것이다.

 다들 소위로 임관했을 때에는 나름 총기가 빛나는 군인이었을 텐데, 한 계급씩 승진할 때마다 입이 무거워지는 이상한 병이라도 도는 것 같다. 결국 결정은 김 준장의 몫으로 남겨졌다.

 "잠실에 남아 있는 민간인이 얼마나 되지?"

 결정을 내리기 전에 김 준장은 다시 한번 민간인의 수를 확인했다. 참모들이 서류를 넘겨 가며 수치를 확인하고 대답했다.

 "오늘 정오가 지나면 1만 5천 정도 남는 걸로 알고 있습니다."

 "1만…… 그러면 3분의 2 정도가 이미 이동을 마쳤다는 거잖아……. 이동 페이스를 좀 올려 봐. 오늘 최대한으로 이동시켜 보라고. 장갑 트레일러도 민간인 이동에 적극 활용하고. 그리고 좀비들은…… 동남쪽에 추가로 방벽부터 한 겹 더 치라고 해. 기존 철책에서 50미터 정도 안쪽으로."

 난데없는 김 준장의 제안에 참모진들은 당황스러워했다.

 "여단장님, 그럼 이쪽에서 다시 잠실로 철책 구축 공사를 추진할 병력을 보내는……."

 김 준장은 참모들의 말을 끊으며 책상을 쾅! 두드렸다.

"하, 참 답답한 소리! 진짜⋯⋯ 누가 그런 정식 공사하라고 했나? 방벽이라고 했잖아! 철책이 아니라, 방벽! 주차장에 방치되어 있는 차량들이라도 끌어다가 차벽이라도 치라고! 그러면 없는 것보다는 나을 거 아냐? 그⋯⋯ 차량들을 이중 삼중으로 세워 두고, 그 위에 레이저 와이어라도 깔아. 그런 게 아무래도 다만 얼마쯤은 시간을 벌어 줄 수 있을 거라고. 안 그래?"

"그, 그렇습니다! 지당하십니다!"

"그래, 지금 어차피 전면전은 안 돼. 그러니까 궁여지책이라도 내보라는 거야. 이동 속도를 높이고, 임시 방벽을 보강해. 그거 외에 별도로 추가 대응은 하지 않는다. 어차피 버리고 갈 곳인데, 거기에 화력을 낭비할 수는 없지. 낭비하면 안 된다고. 그다음에⋯⋯ 태양 그룹 이동 건인데⋯⋯ 하, 참나, 이거 마음에 안 들어⋯⋯."

태양 그룹으로 보내 달라는 민원이 많다는 보고서를 보며 김 준장은 가볍게 한숨을 내쉬었다. 김 준장은 서명했다는 사람들의 수를 대충 눈으로 훑고 나서 서류를 탁탁, 두들기며 물었다.

"이 사람들⋯⋯ 전에 그 사건에 대해서 잘 모르나? 왜, 민간인 하나가 죽도록 두들겨 맞았잖아? 여자들도 머리끄덩이 좀 잡히고 그러지 않았나?"

"네. 다들 잘 알고 있습니다. 워낙에 여단장님께서 속 시원하게 해 주셨다고, 쉘터 내에 칭송이 자자했답니다. 그런데도 또 도보 이동보다는 그게 낫다고 생각하는 사람들이 꽤 많은가 봅니다. 정상적인 판단이 잘 안 되는 모양입니다."

참모들은 그 짧은 대답 안에도 아부를 섞어 넣었다. 김 준장은 답답하다는 듯 보고서를 노려봤.

태양의 수용 시설 분위기가 강압적이고 폭력적일지 모른다는 걸 알면서도 그 쪽으로 가고 싶어 한다는 건, 이쪽으로 도보 이동하는 것이 그보다 더 두렵다는 말이다. 매서운 눈빛 아래에서 지방이라고는 하나도 없는 그의 턱선이 오늘따라 더욱 날렵해 보인다.

"애 엄마들이나 노약자라고 여기 적혀 있는데, 장갑 트레일러로 이동시켜 줄 수 있다고 좀 달래 봤어? 이제 병력, 유류 수송이 대충 마무리 단계니까 오늘부터는 그걸 활용할 수 있잖아? 아, 아니다. 잠깐만…….."

말을 끊은 김 준장은 콧날을 매만지며 생각에 잠겼다.

하긴…… 그렇게 해서 무사히 선로까지 도착한다고 해도 어차피 이 사람들은 300킬로미터 이상의 도보 이동을 견디기 어려울 것이다. 부상자들, 노약자들, 아이 엄마들…….

애초부터 예상 손실 범위 내에 속한 사람들…… 그런 사람들이 자기 살길을 찾아가게 해 달라고 애원하는데, 계획대로 움직이다가 죽으라고 강요하는 건 못 할 짓이다. 게다가 규모 여섯짜리 좀비들은 자꾸 접근해 온다고도 하고…….

"태양 놈들하고는 이야기해 봤어? 전에 그 폭력 사건에 대해서는 뭐라고 해?"

김 준장은 태양 그룹과 친분이 있는 참모에게 물었다. 참모는 눈치를 슬슬 보며 대답했다.

"깊이 반성하고 있다고 했습니다. 여단장님께 꼭 사죄를 드리고 싶다는 말도 전했고요. 그 폭행에 가담했던 직원은 강등한 상태라고…….."

그래? 고개를 갸웃거리던 김 준장은 보고서들을 한쪽으로 밀어놓았다. 하긴 놈들이 헬기 가격으로 지불한 대가가 얼만데, 그렇게 하고도 교훈을 얻지 못했으면 그건 인간이라고 할 수도 없다.

이쯤이면 타협을 해 줘도 괜찮을 것 같다. 가뜩이나 산재한 고민거리들이 많은데, 언제까지 이것만 들여다보고 있을 수는 없는 일이다.

"일단 장갑 트레일러 이동으로 유도해 보고, 그래도 태양 그룹행을 고집하면…… 그때는 더 이상 군에서 안전을 보장해 줄 수 없다는 걸 고지한 후에 허가해 주는 걸로 하지. 뭐, 어쩌겠어?"

"네. 알겠습니다, 여단장님. 말씀하신 대로 전하겠습니다."

그렇게 해서 잠실의 수뇌부에서는 두 가지 결정이 내려졌다. 사실 그것 외에는 달리 뚜렷한 대안이 없기도 했다.

여단장의 명령이 내려진 뒤, 잠실 쉘터의 대민 지원 센터는 그 전보다 더욱 북적였다. 태양 그룹으로의 이동이 허가되었다는 것을 전해 들은 사람들은 로또라도 맞은 것처럼 기뻐하며 환호성을 내질렀다.

장갑 트레일러를 이용해서 보다 안전하게 이동이 가능하다고 군인들이 아무리 설명을 해 봐야 그런 걸 들으려 하지도 않았다. 그들의 머릿속에는 오로지 태양 그룹의 양복 입은 직원들과, 그들이 타고 왔던 헬리콥터 생각들뿐이었다.

"가지 마! 그러지 말고 그냥 우리랑 같이 가자! 장갑 트레일러인지 뭔지도 태워 준다고 하잖아. 전에 보니까 태양 그룹 직원들 막 사람 때리고 그러더구만. 그런 데를 왜 가려고 해?"

"그 사람 난동 피운 건 생각도 안 하고 때렸다고만 하네. 막말로 여기에서 군인들한테 그 정도 진상 짓을 했어 봐. 그랬으면 그 사람만큼 안 두들겨 맞았을 것 같아? 나는 그래서 오히려 더 마음에 들어. 불량배들이랑 말 안 듣는 놈들은 개 패듯 패야지, 그래야 다른 사람들한테 피해를 못 준다고!"

다른 사람들이 말려 봐야 소용이 없다. 한번 태양 그룹으로 굳어 버린 마음은 어지간한 일 따위로는 흔들리지 않았다.

어떤 사람들은 메이저가 민구를 더 심하게 때려 주지 못한 것에 불만을 품기도 했다. 물론 그 사건을 직접 목격했던 사람들은 아니다.

"줄을 서서 사물함 번호를 적어 주세요! 이름 다 쓰셨으면 짐을 챙겨 동쪽 게이트로 나가서 대기하시면 됩니다. 거기, 밀지 마세요!"

대민 지원 센터의 병사들은 짜증을 꾹 참으며 사람들을 단속하기 위해 애를 썼다. 이렇게 들떠 있으면 백인대를 짜서 이동하려고 하고 있던 다른 사람들에게도 피해를 준다.

"몇 시에 와요? 응? 태양 그룹에서 언제 와 주신대요?"

"시간을 조율 중입니다! 분명하지는 않지만, 점심시간 이후에는 아마 도착할 거라고 생각합니다."

 병사들의 대답을 들은 사람들은 앞다투어 데스크로 몰렸고, 싸움을 하듯 서류 위쪽에 자기 이름을 먼저 쓰려고 몸싸움을 벌였다. 자신의 힘으로 살아남아야 한다는 것에 두려움을 느낀 사람들이 점점 더 많이 대민 지원 센터 앞으로 모여들었다.

 "젠장, 왜들 이래, 진짜. 저런 사람들은 그냥 뛰어가도 충분하겠구만……."

 500명이 넘는 사람들을 줄 세워 정리하던 병사가 짜증스럽다는 듯 중얼거렸다. 겉보기에는 건장한 남자들도 태양 그룹으로 가는 헬기에 타고 싶다며 아이를 동반한 여자들과 줄 다툼을 하고 있다.

 그 줄에는 어제 우연히 젠킨스의 독백을 들어 버린 그 야구 모자의 남자도 서 있었다.

 "성함이랑 사물함 번호 적으시고, 이 줄 따라 나가시면 됩니다! 아, 혹시 함께 이동하고 싶은 일행 있으십니까? 그러면 그분들이랑 함께……."

 "일행 없습니다."

 병사들의 설명에 야구 모자는 고개를 저었다. 그는 혼자 살아남았고, 그리 사교적이지 않은 성격 탓에 이 쉘터에서 지내는 내내 별다른 친구도 만들지 않았다.

 밥을 혼자 먹을 때 외롭지 않았다고 하면 거짓말이겠지만, 솔직히 말해서 찌질한 사람들과 어울리고 싶은 마음이 없었다. 타일러 젠킨스도 몰라볼 만큼 찌질한 사람들과는 특히…….

 직업상 외국 경제지를 즐겨 읽던 야구 모자는 이미 젠킨스에 대해 알고 있었고, 그래서 뒤늦게 잠실에서 그를 봤을 때 깜짝 놀랐었다.

 세상에, 이런 거물이 나와 같은 공간에 있다니…….

 이것을 운명적 기회라고 느낀 야구 모자는 늘 젠킨스의 주변을 먼발치에서나마 맴돌았다. 언젠가 어떤 계기가 만들어지면, 젠킨스와 친분을 쌓아 보겠다고 생각했었다. 그렇게 하면 이 좀비 사태가 어느 정도 정리되었을 때, 그 거구의 엄청난 인맥을 통해 신분 상승의 발판을 마련할 수 있을 거라고 기대하면서.

그런데…… 그는 젠킨스와 좀처럼 가까워질 수 없었다. 이미 말했듯이 야구 모자는 사교성이 부족했고, 젠킨스는 음식과 테라 외에는 관심이 없었다.

게다가 젠킨스의 이웃으로 사나운 흉터 남자까지 가세해 버린 뒤로는 다가가 말을 건넨다는 것 자체가 엄청 난도 높은 일이 되어 버린 것이다.

그러던 중에 야구 모자는 젠킨스의 분노에 가득 찬 독백을 들었고, 테라의 비밀에 대해 알게 되었다. 황당하기 그지없는 놀라운 비밀을…….

야구 모자는 그제야 젠킨스와 테라가 그토록 긴밀하게 붙어 다니는 이유를 알 수 있을 것 같았다. 세계적인 제약 회사 겸 의료 기기 회사의 간부와 좀비 면역자…….

그야말로 돈이 뚝뚝 떨어지는 조합이 아닐 수 없다. 얼마나 큰 이권이면 폭력배까지 개입해 버렸겠는가.

비밀을 알고 나서 야구 모자가 느낀 가장 큰 감정은, '분함'이었다. 그의 바로 앞에서 엄청나게 커다란 파이가 나누어지려 하고 있다.

면역자인 테라가 커다란 한 덩이를 먹을 테고, 젠킨스는 말도 못 하게 큰 액수를 챙길 것이고, 하다못해 폭력배인 흉터 남자도 보호세 명목으로 뭔가를 요구하는 듯 보였다.

비밀을 알고 있는 것들끼리 쉬쉬하며 장래 발생할 이익을 챙기려고 하고 있는데, 야구 모자 본인에게는 단 한 푼도 생길 가능성이 없다. 그 역시도 비밀을 알고 있는데…… 그건 너무 억울하고 분하다. 불공평하다.

하지만 그에게는 직접 세 사람의 사이에 개입해서 자신의 몫을 요구할 만한 용기도, 흉터 사내로부터 자신을 보호할 배짱도 없었다. 누군가에게 털어놓고 힘을 빌릴 만한 친구도 없었다.

그러니 야구 모자로서는 그저 분할 뿐이었다. 돈이 되는 엄청난 비밀을 알고 있는데, 그걸 돈으로 만들 수 있는 방법이 없다.

테라는…… 군인들의 우상이고 여신이니까, 군인들에게 이야기하는 것은 별

의미가 없다. 그리고 사실 군은 그에게 이익을 보장해 주지 않는다.

그렇게 분하고 답답하고 안타까울 때, 태양 그룹으로 이동할 수 있다는 소식이 들려온 것이다. 그래서 그는 지원했다. 태양 그룹에서는 당연히 그의 정보에 관심을 가질 것이고, 대가를 지불해 줄 것이다.

'만세!'

셸터 동쪽 주차장에서 다른 사람들과 함께 태양 그룹의 헬리콥터가 오기를 기다리며 야구 모자는 마음속으로 몇 번이나 만세를 불렀다.

이제 그에게 기회가 왔다. 일생일대의 빅 찬스! 수용소에 도착해서 자신의 방을 안내받게 되면 직원에게 말하리라.

면역자에 대해 알려 줄 수 있다고. 하지만 그 소중한 정보에 대한 정당한 대가는 좀 받고 싶다고…….

그러면 직원은 이렇게 말하겠지.

'그, 그건 제 수준에서 말할 수 있는 문제가 아니군요……. 기다려 주십시오.'

직원은 좀 더 권한이 있는 간부에게로, 그 간부는 더 고위 간부에게로 자신을 안내할 것이다. 이사 정도 되는 사람들을 만나면 그때 입을 열자고, 야구 모자는 다짐했다.

보답으로는…… 후훗, 백신 관련 사업의 주식 2퍼센트와 태양 그룹 해외 영업부의 부서장을 맡겨 달라고 하면 만족할 수 있을 것 같다. 어차피 백신이 나오면 이 지긋지긋한 좀비 세상도 종말을 고하게 될 테니, 그는 새로 건설되는 시대에 귀족처럼 살아가면 된다.

"크크큭."

성공한 자신의 미래를 상상하는 것만으로도 즐거워져서 야구 모자는 무릎 사이에 얼굴을 박고 킥킥거렸다. 햇살에 뜨겁게 달궈진 아스팔트에 앉아 있어도 괴롭다는 생각이 들지 않을 만큼, 그는 들떠 있었다.

03

보안관 일행은 건대 쉘터의 주차장 구석에 모여 앉았다. 주변에서는 좀비 시체들이나, 여기저기 던져진 돌을 치우는 평탄화 작업과 철책 보강 작업이 한창 진행 중이다.

헬기가 착륙할 때 혹시라도 문제가 없게 하기 위해서인데, 생각보다 시간이 꽤 걸렸다. 민간인과 군인들이 한데 힘을 합쳐 일을 하고 있는데, 가만히 구경만 하고 있는 게 어지간히 뻘쭘하다.

하지만 보안관 일행이 도우려고 나설 때마다 만류하는 사람들이 열댓 명씩 따라붙는다. 사람들은 그들이 일하는 걸 원치 않았다. 그저 편하게 쉬시란다. 덕분에 성미에 안 맞는 강제 휴식을 취하고는 있지만, 마음이 편치는 않았다.

"점심 먹을 때쯤에는 온다고 하지 않았어?"

한 모금 정도밖에 남지 않은 물병을 흔들면서 보안관이 물었다.

"그러긴 했었는데…… 뭐가 계획대로 잘 안 되는가 보네."

주변 지도를 살피며 잠실로의 이동 계획을 점검하던 유빈도 고개를 들고 걱정스러운 표정을 지었다.

점심시간은 이미 아까 지나갔고, 벌써 오후 2시 반이 넘었는데 총알을 실은 헬기는 올 기미가 없다. 프로펠러 소리 같은 거라도 좀 들렸으면 싶지만, 사방 어느 쪽을 둘러봐도 하늘은 고요하다.

"야, 그 강 소위라는 사람이 너한테 구라 친 거 아니냐?"

신입이 물었다. 유빈은 녀석의 얼굴을 빤히 쳐다보다가 되물었다.

"뭐가 생긴다고 그런 구라를 치겠어?"

"그야 모르지. 저러다가 갑자기 와 가지고, '아, 유빈 군, 미안한데…… 총알 조금만 더 빌리지. 어차피 이따가 갚으면 되니까……' 뭐, 이럴 수도 있고."

신입은 나름 진지하게 연기까지 해 가며 대답했지만, 유빈은 그러려니 흘려

들었다.
 그래도 은근히 걱정이 되기는 한다. 꼭 총알 천 발을 돌려받고 싶어서 그러는 건 아니다. 이러다가 정말로 해가 질 때까지도 지원이 오지 않으면, 그때는 어떻게 해야 하는지…… 그것이 걱정스럽다.
 "아무래도 좀 더 시간 걸릴 것 같지? 끄응~ 그러면 나는 그사이에 잠깐……."
 보안관의 넓은 어깨에 기댄 채 꾸벅꾸벅 졸고 있던 삼식이가 눈을 비비며 일어나려 한다. 보안관과 진우와 유빈이 동시에 녀석을 붙잡아 앉혔다.
 "이제 그만해, 새끼야. 너 그러다가 진짜 죽어."
 "하하하, 죽기는 왜 죽어. 그냥 친구들 좀 사귀는 것뿐인데."
 삼식이는 뻔뻔하게 웃으며 대꾸했다. 어제 밤을 거의 꼴딱 새우다시피 놀고 나서도 아직 뭔가 더 해 보겠다는 의욕이 남아 있다는 게, 친구들로서는 그저 놀라울 뿐이다.
 "탄약 받자마자 바이바이 하기도 좀 민망할 것 같기는 하다."
 진우가 멀리 북쪽 철책의 경비병들을 쳐다보며 말했다. 구 상병과 황 일병도 그 무리에 끼어 있다.
 그들이 그렇게 이야기를 나누고 있을 때, 강 소위가 난처한 얼굴로 다가왔다.
 "참, 이거…… 미안해서 뭐라고 해야 할지를 모르겠군. 헬기가 왜 이렇게 안 오는지…… 조금만 더 기다려 줘. 혹시 해서 무전으로 물어는 봤는데, 확실히 전달했다고 하니까 말이야."
 강 소위는 몇 번이나 미안하다는 말을 반복하고 나서 작업 현장으로 돌아갔다. 그가 미안해할 일은 아니지만, 난감하기는 했다. 지금은 괜찮지만, 만약 더 늦게까지 시간을 잡아먹고 나면 보안관 일행도 오늘 잠실로 출발하기는 텄다.
 그렇다고 해서 총알도 변변히 없는 이 많은 사람들을 그냥 놔두고 갈 만큼 매정하지도 못하다. 그럴 거였으면 애초부터 구조를 위해 그렇게 애를 쓰고 목숨을 내걸지도 않았을 것이다.
 또 두 시간이 넘게 지났다. 아무 하는 일 없이 앉아서 남들이 일하는 걸 가만히 지켜보는 것도 은근히 고역스럽게 느껴지기 시작했다. 코스트코에서 워낙 편히 지냈던 시간들의 부작용이랄까, 답답하다.

"아, 군대…… 씨발, 좆 구려. 약속 졸라 안 지키네."

담배를 마음대로 못 피우는 것 때문에 신경이 날카로워진 신입이 인상을 찌푸리고 성질을 버럭 냈다. 그때, 이미 시간은 5시가 지났다.

"야, 신입. 짜증 그만 부려! 나도 별로 기분 좋지 않기는 한데, 누군들 좋아서 이러겠냐. 오줌 싸고 온다. 줄이 좀 짧았으면 좋겠는데."

보안관이 신입을 달래 주고 건물 안으로 들어갔다. 화장실을 한 번 가려고 해도 줄이 워낙 길어서 20분은 우습게 기다려야 하고, 게다가 비위생적이다. 단체 생활이란 게 불편하기 짝이 없다.

투투투투투— 홍홍홍홍— 투투투투—.

그제야 아주 작게 프로펠러 소리가 들려온다. 친구들은 소리를 좇아 서쪽 하늘로 고개를 돌렸다. 손톱만큼 작게 보이는 두 대의 헬리콥터가 건물들 사이로 다가오는 중이다.

근데 어째…… 뭔가 낯이 익은 게 있다.

"아, 오래 기다렸지! 이제 오나 봐! 하하하, 작업이 되게 밀려 있었나 보네. 어휴우~ 난 진짜…… 안 오면 어쩌나 해서 간이 요만해졌었다니까! 군에서 안 오고 저기에서 오네."

강 소위와 김 중사도 진우의 어깨에 팔을 얹으며 웃었다. 친구들의 얼굴이 일제히 굳어 가는 걸 보며 김 중사가 물었다.

"왜? 헬기가 이렇게 가까이 나는 거 보는 게 처음인가? 하하, 바람이 엄청나지?"

친구들은 서로 얼굴을 마주 보았다. 처음 보는 게 아니라 너무 낯이 익어서 문제다. 저 검은색 기체, 그리고 헬리콥터 아래에 달려 있는 이상한 그물…… 죽음의 그림자가 짙게 드리워진 새끼들.

민관 협력 업체…… 태양 그룹에서 쓰는 빨간 주사기…… 그걸 전해 준 건 건대에서 온 임수정…….

유빈은 아뿔싸 하는 표정을 지으며 강 소위에게 물었다.

"……민관 협력 업체라는 데가 태양 그룹이었던 거예요?"

"엉? 어떻게 알았어? 응, 맞아…… 왜?"

강 소위가 고개를 끄덕인다. 바짝 긴장한 친구들의 모습을 보며 그도 뭔가 이상하다는 걸 눈치챘다.

"하아~ 이거 어쩌지?"

유빈은 난감하다는 듯 얼굴을 쓸어내렸다. 친구들은 모두 눈꼬리가 치켜 올라가 있다.

"티 내지 말고 가만히 기다리다가, 헬기가 내리면 싹 다 죽여 버리자. 그게 제일 확실해."

진우가 아무렇지도 않다는 말투로 끔찍한 이야기를 했다. 강 소위와 김 중사는 소스라치게 놀랐다.

"뭐! 뭐? 싹 다 어떻게 한다고? 죽여? 안 돼! 무슨 큰일 날 소리를 하는 거야?"

진우의 표정이며 분위기가 정말로 그렇게 할 기세여서 더욱 당혹스러웠다. 이 친구의 솜씨라면 말릴 틈도 없이 끝나 버릴 것이다.

"쟤들이 어떤 애들인지 모르시죠? 저놈들은 사람 잡아다가 좀비 밥으로 준다고요."

태권 소녀가 말했다. 강 소위와 김 중사는 갑자기 이 친구들이 왜 이러는지 도무지 이해할 수가 없었다.

"아니, 그게 무슨 말도 안 되는…… 저기, 착각하고 있는 거 아니야? 저 사람들 태양 그룹 직원들이야. 정식으로 군이랑 협력하고 있는 업체라고. 우리도 그동안 저 헬리콥터를 통해서 계속 물자 보급도 받았고……."

강 소위가 고개를 저었다. 유빈이 그의 눈을 똑바로 쳐다보며 말했다.

"우리 말을 믿으셔야 돼요. 강 소위님이 말씀하시는 그 태양 그룹이 바로 그놈들입니다. 사람 사냥해서 좀비 밥으로 주는 개새끼들이라고요. 제 이 얼굴…… 왜 이렇게 멍투성이가 됐다고 생각하십니까. 바로 저놈들이 한 짓이에요."

강 소위와 김 중사는 아무 말도 하지 못하고 서로 얼굴을 마주 봤다.

이 친구들이 갑자기 단체로 미쳤을 리는 없으니, 허튼소리는 아닐 것이다. 하지만…… 그렇다고 해서 이 황당한 이야기를 온전히 믿는다는 것도 무리다.

"증거도 있어요. 휴대폰 화면으로 찍은 건데…… 야, 그것 좀 꺼내 봐."

태권 소녀가 유빈에게 손을 내민다. 유빈은 도리질을 했다.

"안 가지고 왔어. 누굴 보여 주려고 그걸 갖고 다녀? 괜히 망가지기나 하지. 하여간 강 소위님, 저 새끼들은 인간 같지 않은 놈들이에요. 내리자마자 전부 체포해 버리세요."

유빈이 강 소위에게 다짐하듯 말했다. 혼란스러워진 강 소위는 눈만 껌벅거렸다.

도대체 이 이야기를 얼마나 믿어야 하는 걸까?

이 어린 친구들에게 목숨을 빚진 것은 맞지만, 그렇다고 해서 이 친구들이 죽이자고 하는 놈들을 다 죽일 수는 없다.

군의 최우선 협력 업체 직원들을, 그것도 지원을 요청받아 출동한 사람들을 사살한다는 건 정말 말도 안 되는 일이다.

투투투투투투—.

그렇게 강 소위가 마음을 정하지 못하고 있는 동안에 두 대의 헬리콥터는 주차장에 내려앉았다. 강 소위는 화들짝 놀라 진우부터 찾았다. 조금 전 말처럼 갑자기 달려들어서 다짜고짜 승무원들을 다 쏴 죽여 버릴까 봐 무서웠던 것이다.

"지, 진우 군은?"

하지만 진우는 이미 바람처럼 어디론가 모습을 감춘 뒤였다. 하늘이 노랗게 되어 버린 강 소위는 유빈의 어깨를 꽉 잡고 말했다.

"진우 좀 말려! 자네들이 하는 말을 다 믿는다고 해도 여기서 죽이는 건 안 돼! 태양 그룹과의 관계가 틀어지면 나 하나 총살당하는 걸로 감당이 안 되는 큰일이라고! 저기에서 보급을 받는 다른 쉘터까지, 수만의 사람들 목숨이 달려 있어! 알겠나!"

"위험하지 않으면 먼저 죽이지는 않을게요."

그 정도라도 유빈의 약속을 얻어 낸 강 소위와 김 중사는 그제야 억지로 얼굴을 펴고 헬리콥터 쪽으로 걸어갔다. 헬리콥터 주변에 몰려든 민간인들은 구조받을 것이란 기대에 차서 펄쩍펄쩍 뛰고 있다.

마음 같아서는 병사들에게 유빈 일행을 감시하라고 하고 싶었지만, 병사들이 그 명령을 따를지조차 자신이 없었다. 그리고…… 유빈 일행이 진심으로 나서면, 병사들 몇 명으로는 감당이 안 된다는 것도 잘 알고 있다.

"어떻게 하실 겁니까, 강 소위님? 저 친구들 말, 어디까지 믿어야 합니까?"

걷는 동안 김 중사가 정면에서 눈을 떼지 않은 채 물었다. 강 소위도 옆을 돌아보지 않으며 조용히 대답했다.

"모르겠어요…… 허튼소리 할 녀석들은 아니지만…… 일단 탄약만 받고 조용히 보내죠. 자세한 건 그다음에 이야기해도 되지 않겠습니까?"

거기까지 이야기를 했을 때, 태양 그룹 직원들이 웃는 낯으로 악수를 청해 왔다.

"아이구, 고생 많으셨습니다. 하하하, 얼마나 놀라셨습니까? 하늘에서 내려오면서 보니까 아주 난리도 저런 난리가 없었을 것 같던데요. 우와, 철책이 다 무너졌네요."

양복을 입은 직원이 말했다. 강 소위는 어색한 미소를 지었다. 자주 보던 얼굴들이고, 자주 보던 검은 군복들인데, 유빈의 말을 듣고 나니 완전히 다르게 보인다.

모두 다섯 사람이 내렸다. 양복을 입은 사람 하나, 나머지는 사설 경비 병력들.

"저…… 우리가 요청한 건 잠실에 연락을 좀 해 달라는 거였는데, 왜 이렇게 직접……."

강 소위는 양복쟁이에게 물었다. 양복쟁이는 천연덕스럽게 대답했다.

"잠실이 요즘 정신없습니다. 알고 계시겠지만, 철로 쪽으로 이동한다고 해서 다들 거기에 집중하는 분위기고요. 연락을 드렸는데, 오히려 저희한테 부탁을 하시더라고요. 다만, 한 2천 발 정도라도 전달해 주면 안 되겠냐고요. 번거롭지만 이왕 돕는 일이니까, 저희 시설로 옮겨 가기 원하시는 분들 계시면 모시고 갈 겸해서 이렇게 왔습니다."

"2천 발이요? 요청한 건 만 발이었는데……."

강 소위가 말했다. 실탄의 양이 너무 차이가 나서 민간인을 옮기겠다는 말은 귀에 들어오지도 않았다. 양복쟁이는 허허, 하고 웃으며 어처구니없다는 반응을 보였다.

"2천 발도 저희로서는 엄청 신경 쓴 겁니다. 요즘 사방에서 실탄을 요구하는 통에 남부의 저희 공장이 거의 24시간 돌아가고 있는데도 물량을 못 맞춰요. 그런데 사실…… 2천 발이면 어느 정도 방어는 되지 않을까 싶기도 한데요. 그리고 정 힘드시면 민간인분들은 저희가 모셔 가겠습니다. 아, 물론 가시고 싶다는 희망자만 받습니다."

강 소위는 녀석의 얼굴을 빤히 쳐다보았다. 유빈의 말을 듣고 나서 그런지, 녀석이 하는 말들이 모두 다 사기처럼만 느껴진다.

혹시…… 잠실로 무전을 하지 않은 건 아닐까? 일부러 우리를 곤란하게 만들고, 민간인들을 데려가서 정말 유빈의 말처럼 좀비 밥으로 주려고…….

근데, 대체 좀비 밥이라는 게 뭐야? 그런 짓을 해서 뭐를 얻을 수 있지?

강 소위는 흐르는 땀을 닦았다. 머릿속이 너무도 혼란스러워서 뭐가 진실이고, 뭐가 거짓인지도 분간이 안 간다. 옆에 서 있던 김 중사가 얼굴이 벌게져서 입을 열었다.

"전에도 우리가 보호하고 있던 수감자들을 데려가셨던데…… 그거 곤란합니다. 민간 기업이 그렇게 임의로……."

"임의요? 하하하, 그렇게 할 수가 있나요? 저희 마음대로 아무렇게나 하는 거 아닙니다. 에이, 그렇게 말할 게 아니라 아예 통화를 해 보시죠. 잠실에서 뭐라고 하는지 들어 보시면 알 겁니다."

양복쟁이는 흰 이를 드러내고 웃으며 강 소위와 김 중사에게 헬기 쪽으로 가자는 손짓을 했다. 두 군인은 잔뜩 긴장한 채 그의 뒤를 따라갔다.

그렇게 세 사람이 헬기를 향해 멀어졌을 때, 남아 있던 네 명의 검은 군복 중 한 놈이 입을 열고 나직이 지껄였다.

"잡아갈 놈들 많네요. 어제까지만 해도 앞으로 어떻게 해야 하나 싶었는데……."

"음!"

메이저는 입을 삐쭉거리고 웃으며 짧게 대답했다. 사람이 죽으란 법은 없나 싶은 지난 24시간이었다. 특히 잠실에서 정식으로 수용 요청을 받았을 때에는 환호성을 지르고 싶었다.

어젯밤만 하더라도 그와 오 박사는 직원들 중 어떤 놈들을 어떻게 남의 눈에 띄지 않도록 실험체로 삼아야 할지에 대해 이야기를 하고 있었다. 그런데 오늘은 아주 풍년이 났다. 잠실에, 건대에…… 앞으로 한동안 실험체 걱정은 하지 않아도 될 것이다.

"저, 저년들을 다 끄, 끄, 끌고 가야 하는데……."

한쪽에 몰려 서 있는 민간인 여자들을 보며 메이저는 군침을 삼켰다. 파멸의 마녀, 그 쌍년 때문에 샘플들을 다 빼앗겨서 스트레스를 풀 곳이 없었는데, 오늘 밤에는 아주 화끈하게 놀아도 될 것 같다.

"어, 저년 저거…… 저것도 꽤 새끈합니다. 근데 저년이 왜 저렇게 빤히 쳐다봐?"

주변을 둘러보던 섀도 실드 대원이 체육관 쪽에 시선을 둔 채 중얼거렸다. 팔다리가 길쭉길쭉한 계집애 하나가 그들에게서 시선을 떼지 못하고 있다.

"하아아~."

태권 소녀는 숨을 몰아쉬었다. 그녀는 자신의 눈을 믿을 수가 없었다. 헬리콥터에서 내려 강 소위와 이야기를 나누는 무리 중에 그놈이 있다. 예전 동료들을 모두 데려간 그 개자식이…… 꿈에서도 잊지 못했던 그 새까만 얼굴의 범인이 지금, 자신과 같은 공간에 와 있다.

태권 소녀는 천천히 녀석을 향해 걸어갔다. 다른 검은 군복 놈들이 자신을 빤히 노려보는 것 따위는 신경 쓰이지 않았다. 그녀의 시선은 오로지 한 사람, 메이저에게만 고정되어 있다.

"혜주야, 왜 그래?"

유빈이 만류하는 손을 뿌리친 태권 소녀는 메이저의 앞에 가서 섰다.

"야!"

태권 소녀가 메이저를 불렀다. 메이저는 그녀를 한 번 힐끔 보더니, 이내 몸을 틀어 시선을 피했다. 태권 소녀는 다시 불렀다.

"야! 너! 안 들리냐?"

안 들릴 리가 없다. 하지만 메이저는 애써 다시 고개를 돌렸다. 이곳으로 오기 전에 절대 말썽 피우지 말아 달라고 오 박사가 신신당부를 했던 걸 기억하고 있기 때문이다.

그 역시 이미 김 준장에게 호되게 한 번 홍역을 치른 경험이 있어서 민간인들과 부딪쳐 큰 소리를 내고 싶지는 않았다. 이미 잠실에는 더 이상 얼씬거릴 수 없게 되었는데, 여기에서마저 사건을 일으킬 수는 없는 노릇이다.

"미친년인가? 바, 바, 반말을 찍, 찍, 찍, 찍찍 하네?"

그렇게 받아친 메이저는 자리를 피하기 위해 걸음을 뗐다. 태권 소녀는 그의 앞을 다시 막아섰다.

"나 기억하지?"

"모, 모, 몰라, 미친년아. 너, 너 같은 년."

"기억 못 한다는 게 더 열받네. 어차피 죽여 버릴 만큼 열받아 있지만. 야, 자세 잡아라. 나중에 비겁하니 뭐니 하지 말고."

태권 소녀는 메이저를 노려보며 말했다. 메이저는 같잖다는 듯 코웃음을 한 번 치고 옆으로 비켜선다.

"분명히 경고했다."

말을 마친 태권 소녀는 벼락같이 뒤돌려 차기를 날렸다.

휘이익, 매섭게 바람을 가르는 소리가 울린다. 하지만 메이저도 만만치 않았다. 그는 재빠르게 몸을 틀어 아슬아슬하게 태권 소녀의 발차기를 피했다.

"아, 지, 진짜 이런 씨발년이…… 조, 조용히 사, 살아 보려고 하는데……."

메이저는 침을 탁, 뱉으며 뒤로 물러났다. 대신에 세 명의 섀도 실드 대원이 나섰다.

"아니, 이 아가씨가 왜 이래! 난동 피우지 마요!"

섀도 실드 대원들은 큰 소리를 질러 주의를 끈 뒤, 메이저와 태권 소녀의 사이에 끼어들었다. 주변 사람들이 웅성거리기 시작한다.

"그래, 어차피 너희도 다 같은 놈들이지."

태권 소녀는 칼날처럼 날카로운 발차기로 첫 번째 섀도 실드 대원의 턱을 돌렸다. 그러고는 연속 동작으로 두 번째 놈의 복부를 걷어찼다.

180도 몸을 회전시켜 세 번째 킥을 하려는 순간에 메이저가 치고 나왔다.

파악—.

메이저의 로우 킥이 태권 소녀의 정강이를 노리고 들어온다. 물론 그 정도에 당할 만큼 태권 소녀는 무르지 않다. 그녀는 얼른 허벅지를 들어 올렸다.

그때, 세 번째 섀도 실드 대원이 그녀의 측면에서 태클을 시도했다.

"윽!"

태권 소녀의 중심이 흔들렸다. 태권 소녀는 자신의 다리를 붙잡고 늘어지는 세 번째 놈의 등을 때리면서, 어떻게든 넘어지지 않으려고 안간힘을 썼다.

그때, 완전히 다운되지 않았던 두 번째 놈이 뒷걸음질을 치고 있는 태권 소녀의 발을 걸어 당겼다.

"으윽!"

중심을 잃고 쓰러진 태권 소녀의 입에서 안타까운 신음이 터진다. 허벅지에 올라탄 세 번째 놈을 뿌리치려 하는 동안에 두 번째 놈이 그녀의 오른팔을 잡는다.

"이익! 익!"

태권 소녀는 어떻게든 놈의 얼굴을 후려쳐 보려고 왼손을 열심히 휘둘렀다. 하지만 등이 땅바닥에 닿은 상태에서는 위력 있는 펀치를 뻗기 어렵다. 두 번째 놈은 팔로 얼굴을 가드하면서 태권 소녀의 오른팔을 오금에 끼고 당겼다.

 사람들의 시선이 금세 그들을 향해 집중되었다. 휴식하던 민간인들도, 작업을 하던 병사들도 그쪽으로 고개를 돌렸다.

 헬리콥터에서 이야기를 나누고 있던 강 소위와 김 중사도 화들짝 놀라 뛰기 시작했다. 몇몇 병사들이 그들을 태권 소녀에게서 떼어 놓기 위해 달려온다.

 "혜주야!"

 유빈의 안타까운 목소리가 들린다. 메이저는 누워 있는 태권 소녀를 깔보며 거만한 표정으로 중얼거렸다.

 "아, 지, 진짜 미친년일세. 좆도 아닌 년이."

 저 낯짝을 아주 박살을 냈어야 하는데!

 분한 마음을 이기지 못한 태권 소녀의 심장이 미친 듯이 뛴다. 너무 흥분해서 앞뒤 가리지 않았던 게 잘못이다. 거리를 벌려 가며 싸웠어야 했는데…….

 메이저는 징그러운 시선으로 그녀를 위아래로 훑으며 씨익 웃었다.

 "너, 너는 우, 운 조, 좋은 줄 알아, 이 개년아. 구, 구, 구경하는 사, 사, 사람들만 어, 없었으면…… 커흐흑!"

 제멋대로 지껄이고 있던 메이저의 말이 끊기고, 그의 몸이 공중으로 부웅 떠올랐다. 빙글거리며 밉살맞게 웃고 있던 얼굴은 순식간에 처참하게 일그러졌다.

 보안관이다.

 보안관의 오른손 어퍼컷이 메이저의 왼쪽 옆구리를 송곳처럼 파고들어서 깊숙하게 찔러 올리고 있었다.

 으드득, 거짓말처럼 강한 힘에 의해 허공에 들려진 메이저의 갈비뼈 부근에서 기분 나쁜 소리가 울려왔다.

 "꺼어억―!"

 제대로 숨도 쉬지 못하는 메이저의 몸이 다시 땅에 떨어지기도 전에 보안관의 팔꿈치가 휙 돌며 녀석의 얼굴을 때렸다.

피식, 날카로운 팔꿈치에 찢긴 눈꺼풀이 벌어지며 빨간 피가 솟고, 충격을 고스란히 받은 코뼈는 그대로 부러져 버렸다.

쿵—.

메이저는 낙법조차 쓰지 못하고 뻗어 버렸다. 녀석의 등이 땅에 닿기도 전에 보안관은 태권 소녀의 허벅지에 올라타고 있던 세 번째 놈의 복부를 향해 엄청난 기세의 싸커 킥을 날렸다.

뻐억—!

단 일격! 그걸로 충분했다. 녀석의 몸은 동그랗게 말린 채 옆으로 날아갔다. 보안관은 발차기를 한 그 기세대로 몸을 날려 두 번째 놈의 얼굴에 무릎 차기를 꽂아 넣었다.

"으아앗!"

두 번째 놈은 뒤늦게나마 태권 소녀의 팔을 놓고 방어를 해 보려 했지만, 팔과 무릎은 뼈의 크기와 가해지는 힘 자체가 다르다.

"크허헉!"

허무하게 가드가 뚫린 두 번째 놈은 얼굴이 피투성이로 변한 채 뒤로 나가떨어졌다.

"……보안관!"

태권 소녀가 몸을 일으키며 외친다. 보안관은 그녀의 앞을 떡 막아서며 사자후를 내질렀다.

"뭐야, 이 개새끼들아! 누가 연약한 여자한테 깝치래!"

헬리콥터에 타고 있던 섀도 실드 대원들도 뭔가 심상치 않게 돌아간다는 걸 깨달았다. 승무원이 잠실로 다시 연락하기 위해 무전기에 손가락을 뻗을 때, 그의 코앞에 검은 총구가 겨눠졌다.

"아냐, 아냐. 그대로! 두 손 머리! 너도!"

진우는 승무원들과 헬기에 대기하고 있던 대원들에게 총을 겨눈 채 말했다.

"저, 저거 뭐야? 저 새끼!"

두 번째 헬기의 승무원들이 깜짝 놀라 총에 손을 뻗으려 할 때, 네 개의 총구가 그들 앞에 함께 모습을 드러냈다.

"움직이지 마. 군대가 우습냐?"

진우가 옥상에서 구조했던 네 명의 병사였다. 두 대의 헬리콥터는 순식간에 제압되었다. 이제 보안관이 마음대로 놀게 해 주면 된다.

04

"일어나, 이 새끼야!"

보안관은 배에 발차기를 맞고 구역질을 하고 있는 세 번째 놈을 억지로 일으켜 세웠다.

그가 봤던 광경에서는 혜주의 허벅지를 짓누르고 있던 이놈이 제일 나쁜 놈이었다. 보안관은 곧바로 녀석의 얼굴에 스트레이트를 꽂아 넣었다.

빠악―!

언제 봐도 아찔한 그의 펀치!

세 번째 놈은 눈의 흰자를 내보이며 바닥에 나뒹굴었다.

"응? 뭐냐고! 오줌 누러 간 그 짧은 사이에!"

화가 나서 견딜 수 없다는 듯 소리를 지른 보안관은 바지 지퍼를 올리며 메이저를 향해 다가갔다. 밖이 시끄러워지는 바람에 지퍼를 올릴 틈도 없이 내달려 왔던 것이다.

"크흑! 으으~!"

메이저는 당혹스러워하며 뒷걸음질을 쳤다. 살면서 헤아릴 수 없이 많은 싸움을 해 봤지만, 이렇게 아픈 펀치는 처음 맞아 봤다. 단 한 방이었는데 갈비뼈에 금이 가고, 옆구리 근육이 다 파열된 것 같다.

게다가 저놈…… 아무리 방심하고 있었다고는 해도 다가오는 기척을 눈치채기도 전에 이미 공격을 마칠 만큼 빠르다.

"보안관! 놔둬! 그 새끼는 내 거야!"

태권 소녀가 다시 소리쳤다.

"응?"

일단 몇 대 두들겨 주고 나서 대화를 하려던 보안관은 그녀를 돌아보며 손을 멈췄다. 태권 소녀는 몸에 묻은 먼지를 털어 내며 말했다.

"저놈이 바로 그 새끼야. 우리 애들 다 데려갔던 새끼."

그 말을 듣자마자 보안관은 화를 이기지 못하고 곧바로 백핸드를 휘둘러 메이저의 얼굴을 후려쳤다. 하지만 메이저는 얼른 가드를 올려 그의 공격을 팔로 막아 냈다.

"어쭈? 막아?"

보안관은 입을 앙다물고 다시 손을 들어 올렸다. 이런 개새끼는 따귀를 때려서 죽여도 시원치 않다.

"그만해! 제발 그만!"

뒤늦게 뛰어온 강 소위와 김 중사가 그들 사이에 끼어든다. 양복쟁이도 얼굴이 파랗게 질려서 항의를 한다.

"아니! 이거 너무하시는 거 아닙니까? 저희는 잠실에서 요청을 받고 구조를 해 드리러 왔는데, 이게 무슨 짓입니까? 민간인 통제를 이렇게 하셔도 되는 거냐고요?"

"구라 치지 마. 어차피 잠실에 이야기하지도 않았잖아."

유빈이 말했다. 양복쟁이가 고개를 젓는다.

"뭐라고요?"

"거짓말하지 말라고! 무슨 속임수를 써서 이 사람들을 데리고 가려고……."

"유빈 군! 제발!"

강 소위가 애원하는 표정을 지으면서 유빈의 말을 끊었다. 그는 얼굴에 흘러내린 식은땀을 닦으며 이야기를 계속했다.

"거짓말은 아니야. 조금 전에 잠실 쉘터 통제실과 무전 통화했어. 태양 그룹으로 이동을 원하는 민간인이 있으면 보내 주라고, 오늘 여단장님이 허락하셨다더군. 이분들 말이 맞아."

"왜…… 왜 그런 바보짓을…… 이 새끼들이 어떤 놈들인지……."

유빈은 이해할 수가 없었다.

이놈들에게 공식적으로 허락을 해 줬다고?

그건 말이 안 된다. 강 소위는 유빈이 더 말을 잇지 못하도록 그의 두 손을 꼭 잡고 간곡하게 말했다.

"이게…… 우리 쉘터만의 문제가 아니라니까. 잠실에서 태양 그룹 쪽으로 이동하는 사람들도 그렇고, 앞으로의 보급도 그렇고…… 나는 이 사람들에게 협조를 해야 하는 처지야."

유빈의 말문이 막혔다. 김 중사는 병사들과 함께 쓰러져 있던 섀도 실드 대원들을 부축해 일으킨 후, 고개를 숙여 사과를 하고 있다. 유빈은 한숨을 몰아쉬었다. 이런 불합리, 도저히 납득할 수 없다.

하지만…… 명령이 내려왔다는 데야…….

"그게 무슨 상관이야!"

친구들이 어떻게 대처해야 할지 몰라 당황하고 있을 때, 보안관이 나서서 큰 소리로 외쳤다. 모두의 시선이 그에게 쏠렸다.

"군인들이 이 새끼들이랑 뭔 거래를 했는지 난 그런 건 몰라! 내가 아는 건, 이 개새끼들 네 명이 내 여자 친구를 성추행했다는 거야! 당신들도 다 봤잖아! 남자 새끼들 넷이 달려들어서 약한 애 하나를 눕히고 낄낄거리는 거!"

민간인들도, 군인들도, 메이저도 난감한 표정을 지었다.

"여, 여자 친구였구나…… 아무리 그래도…… 더 때려야 속이 풀리겠나, 광훈 군? 중재를 좀 하고 싶어."

강 소위가 진땀을 흘리며 물었다. 생명의 은인들에게 배은망덕하게 굴고 싶지는 않지만, 이렇게 정식으로 협조하라는 명령이 내려진 상태에서 명령에 불복종하는 것은 또 커다란 문제가 된다.

고개를 저은 보안관은 메이저를 지목하며 말했다.

"중재 같은 건 안 받아. 가해자인 이 새끼랑 피해자인 혜주랑 결판을 지으면 돼."

사람들 다 보는 데서 여자랑 싸우라고? 이게 무슨…… 아니, 그것보다도 왜 이야기가 갑자기 그렇게 돼? 가해자라니! 맞은 건 나라고!

메이저는 어처구니가 없어서 보안관을 돌아봤다. 보안관의 표정은 단호하고 사납다. 타협의 여지 따위는 애초부터 존재하지 않는 것 같은 얼굴이다.

"그래, 와라. 나한테 이기면 그냥 보내 준다."

태권 소녀도 고개를 좌우로 꺾으며 다가온다. 메이저와 섀도 실드 대원들은 이 상황을 믿기가 어려웠다.

도대체 왜? 군인들이 개입했는데도 이 시비가 끝나지 않고, 계속되고 있지? 여기는…… 군인이 전혀 통제를 하지 못하는 곳인가?

"지금…… 장난치는 겁니까? 보급과 구조라는 중요한 사업을 추진하고 있는데, 민간인이 끼어들어서 이렇게 소란을 피우도록 그냥 방치하실 거냐고요?"

양복쟁이는 주변에 모여든 병사들을 돌아보며 말했다. 보통 이 정도 되면 군인들이 나서서 저 덩치 큰 근육 덩어리와 그 일행들을 한쪽으로 밀어내야 정상이다.

하지만 여기는 분위기가 완전히 달랐다. 병사들은 오히려 적의가 가득한 눈으로 섀도 실드 대원들을 노려보고 있다. 방금 전, 자신들이 이 건대 쉘터의 영웅 중 한 사람을 건드렸다는 것을 태양 그룹 직원들만 모르고 있는 것이다.

"이래서야 추후에 또 지원을 나올 수 있겠습니까? 군에서 저희 직원들의 안전을 보장해 주셔야지요!"

일반 병사들에게 하소연해 봐야 소용없다는 걸 깨달은 양복쟁이가 강 소위를 향해 거칠게 항의한다. 강 소위가 대답할 말을 고르고 있는 동안에 보안관이 먼저 나서서 녀석의 말을 받아쳤다.

"안전 보장해 줬지! 근데 누가 성추행하래? 이 개새끼야! 엉뚱한 소리 하지 마! 이 세상 어디에서 그딴 걸 해도 모르는 척하고 봐줄 것 같아!"

양복쟁이는 자기도 모르게 어깨를 움츠렸다. 보안관의 목소리가 어찌나 크고 사나운지, 호통치는 걸 듣는 것만으로도 심장에 무리가 오는 것 같다. 하지만 양복쟁이는 이런 협상의 프로로서 투입된 인물이다. 말주변이라면 자신이 있다.

"아니…… 자꾸 성추행이라고 하시는데…… 그게 무슨 소립니까? 그런 적 없습니다……. 오해예요. 막말로 증거가 있습니까? 하지만 우리는 폭행당한 증거가 있습니다. 이거 심각한 문제예요."

달변의 양복쟁이가 뱀 같은 소리를 늘어놓았다. 그때, 규영이가 휠체어 바퀴를 밀며 다가왔다. 그러고는 카메라를 들어 보였다. 언젠가 블로그에 올리겠다는 야망으로 녀석이 항상 몸에서 떼어 놓지 않던, '15세 여름 어쩌고저쩌고' 하는 그 카메라다.

"이 사진이면 증거로 충분할 것 같은데요?"

규영이 내민 카메라의 액정에는 보안관이 개입하기 직전의 상황이 찍혀 있었다. 극적인 순간을 아주 잘 찍은 사진이었다. 사진 속의 인물은 모두 네 명. 모두 한데 뒤엉켜 있다.

마운트 포지션을 차지하기 위해서 태권 소녀의 허벅지를 끌어안고, 다리 사이에 머리를 처박고 있는 놈, 태권 소녀의 팔을 잡아 자신의 허벅지 쪽으로 끌어당기는 놈, 그리고 빙글거리며 내려다보는 메이저.

태권 소녀는 머리칼이 헝클어진 채 입을 벌리고 있다. 마치 살려 달라고 울부짖는 것처럼 보인다.

"이…… 이건 너무 악의적으로 편집된…… 이 장면만 보면 그런 오해를 살 수도 있겠지만…… 어쨌든 이만하면 서로 된 거 아닙니까? 여기 장교님께서도 중재하시겠다고 하셨고……."

양복쟁이가 당혹스러워하며 다소 기가 죽어 말을 더듬자, 보안관이 고개를 저었다.

"네가 뭔데 됐다, 안 됐다를 마음대로 판단하는 거야? 저 장교도 마찬가지야. 어차피 이 일에 아무 상관 없는 남이야. 나는 하나도 해결 안 됐어. 자, 지금부터 너희들이 선택할 수 있는 건 두 가지야."

보안관은 메이저와 양복쟁이를 향해 으르렁댔다.

"혜주랑 싸워서 이기고 돌아가든지, 아니면 여기 갇히는 거다. 이 개새끼들아, 빨리 선택해."

"두, 둘 다 시, 시, 싫다면?"

메이저가 숨을 헐떡거리며 물었다. 보안관은 녀석의 눈을 똑바로 노려보며 대답했다.

"그럼 나한테 존나게 맞는 거지."

보안관의 도발을 들은 메이저의 얼굴에서 경련이 일었다. 도저히 참아 낼 수 없는 수준의 모욕.

이 새파랗게 어린 새끼가 감히…….

메이저는 이를 악물었다. 총만 휴대하고 있었으면 당장에라도 쏴 죽여 버리고 싶다.

하지만…… 이미 그들이 타고 온 헬기는 군인도 아닌 놈에 의해 완전히 장악당한 상태고, 그는 맨손으로 이 상황을 헤쳐 나가야만 한다.

섀도 실드 대원들과 양복쟁이는 그의 눈치만 보고 있다. 대장으로서의 권위가 철저히 짓밟혀 버린 메이저는 미간을 찌푸린 채 괴로운 숨을 내뱉었다.

이 상황에서 어떻게 대처하는 것이 가장 멋지게 보일지는 메이저도 잘 알고 있다. 이 근육 덩어리를 지목하고 그와 맞싸워 박살을 내 주면 된다.

그런데 문제는, 도저히 그렇게 할 자신이 없다는 것이다. 몸은 솔직하다. 딱 두 대를 맞았을 뿐인데도 이 짐승 같은 녀석의 주먹을 보면 간이 조마조마해진다.

서로 나이프를 들고 진검 승부를 하자고 해 볼까…….

메이저는 잠시 그런 유혹에 빠졌다. 서로 무기를 들면 이 덩치가 가지고 있는 강펀치의 위력은 반감된다. 어차피 칼날이 주 무기가 될 테니까. 자신은 칼을 쓰는 싸움에 익숙하다.

'아니…… 그래도 힘들 것 같아.'

진검 승부를 제안하려던 메이저는 이내 그 생각을 접어 버렸다. 지금 숨만 쉬어도 욱신거리는 왼쪽 옆구리와 갈비뼈…… 어딘가 심각하게 잘못되었다.

팔꿈치에 맞아 찢긴 오른쪽 눈은 순식간에 퉁퉁 부어올라 있다. 눈이 자꾸 감기는 것도 문제지만, 피가 흘러나와 시야를 가린다.

그리고 코…… 부러진 코 때문에 호흡이 가쁘다. 이런 상황에서 나이프를 들고 목숨을 건 싸움을 벌인다고? 그건 미련한 짓이다. 결국 메이저는 쉬운 길을 택하기로 했다.

"그, 그, 그렇게 피, 피가 보, 보고 싶나? 조, 좋아. 여, 여, 여자한테 소, 손대고 싶지는 않지만, 계속 조, 졸라 대니 어쩔 수 없지."

전술 조끼를 벗은 메이저는 부러진 코뼈를 잡고 조금이라도 방향을 제대로 돌려 보려 애를 쓰며 말했다.

여자 때리기…… 지난 한 달 동안 그가 최선을 다해서 수많은 피해자들을 대상으로 실력을 쌓아 온 종목이다. 여자의 얼굴을 전력으로 때릴 때, 망설이거나 힘을 빼지 않을 자신이 그에게는 있었다.

"야! 여기 봐!"

보안관이 손가락을 튕기며 메이저를 불렀다. 돌아보니 보안관의 옆에는 카메라를 든 규영이 있다. 아마 증거를 남기기 위해 동영상 모드로 녹화 중인 것 같다. 보안관이 말했다.

"서로 합의하고 싸우는 거다. 알지?"

훗, 미친놈. 메이저는 고개를 끄덕이고 나서 물었다.

"루, 룰이 뭐야?"

보안관은 태권 소녀를 한 번 돌아보고 나서 대답했다.

"맨손 싸움. 그거 외에는 없어."

"그, 그, 그럼 저년을 주, 죽여 버려도 되나?"

메이저가 도발적으로 물었다. 보안관은 무표정한 얼굴로 대답했다.

"흥, 꿈꾸고 있네."

"크크크, 야, 그, 그런데 너희 뒤, 뒷일은 새, 생각 안 하나? 구, 구조해 줄 사람을 이렇게 대, 대, 대접하면 저 민간인들 모, 목숨은 어, 어떻게 감당하려고."

메이저는 마지막으로 한 번 허세를 부리며 협박을 해 봤다. 보안관은 메이저의 말이 다 끝나기도 전에 그의 허리를 걷어차며 말했다.

"네 모가지 걱정이나 해, 이 새끼야. 남 걱정하지 말고."

그 발차기조차도 바람처럼 빠르다. 충격을 받은 메이저는 비틀거리며 태권 소녀의 앞으로 밀려 나갔다.

"윽!"

메이저는 가드를 올리며 기습에 대비했다. 하지만 태권 소녀는 그렇게 빈틈 따위를 노리고 싶은 마음이 조금도 없다.

"준비됐냐?"

태권 소녀가 메이저를 노려보며 물었다. 메이저는 대답하지 않고, 숨을 골랐다. 이년…… 몇 번 보지는 못했지만, 계집년 주제에 발차기가 꽤나 날카롭다. 그의 새도 실드 부하들 중 가장 무술 실력이 좋은 놈들과 붙인다고 해도 승부를 장담 못 할 정도는 된다.

하지만 그래 봐야 여자. 여자치고는 키가 크다고 해도 170 남짓, 몸무게도 결코 60킬로그램이 넘지 않을 터였다.

메이저는 그녀보다 키가 10센티 가까이 크고, 몸무게는 25킬로그램 이상 더나간다. 두 대를 맞고 한 대를 때려도 그가 유리하다.

"서, 서, 선수는 양보하지. 머, 먼저 들어와."

메이저는 찢긴 오른쪽 눈 주변으로 가드를 높이 올린 채 말했다. 부러진 코도 그렇고, 피가 흐르는 눈꺼풀도 그렇고, 몇 번만 집중적으로 쪼이면 견디기 힘든 통증과 함께 기능의 마비가 올 상태. 분명 이년도 거길 노릴 것이다.

"으랴앗!"

태권 소녀는 기합 소리와 함께 풀쩍 뛰어 거리를 좁히면서 날카로운 옆차기를 연속으로 날렸다. 메이저는 왼손으로 그녀의 공격을 뿌리치고, 고개를 젖혀 피했다.

'존나게 빠르군…….'

메이저의 이마에 땀이 맺혔다. 무릎이 접힌 채 날아온 발차기는 각도를 제멋대로 바꾸며 채찍처럼 휘갈겨 댄다.

"으랴압!"

기회를 엿보던 메이저는 태권 소녀의 발을 옆으로 밀면서 그녀의 품 안으로 뛰어들었다. 아까 새도 실드 놈들과 몸싸움을 할 때에도 이년은 근접해 온 적에 훨씬 더 약한 모습을 보였다.

빠악―.

팽이처럼 몸을 돌린 태권 소녀가 뒤돌려 차기를 뻗었다. 겨우 팔로 막아 낸 메이저는 지릿지릿하게 저린 팔을 문지르며 뒤로 물러났다. 가드를 내려서 막지 않았더라면 명치에 그대로 꽂힐 뻔했다.

"이익! 익!"

이후에도 메이저는 몇 번이나 태클을 하려는 시늉을 하다가 다시 물러나기를 반복했다. 그는 저년의 머릿속에 태클이라는 한 단어가 계속 불이 켜진 채 박혀 있기를 원했다.

그리고 다시 날아든 태권 소녀의 발차기! 하지만 태클을 의식한 탓에 자세는 온전하지 않다.

휘이익―.

눈앞으로 바람을 가르며 지나가는 발차기를 피한 뒤, 메이저는 빠르게 몸을 회전시켜 돌려차기를 날렸다. 이 싸움 내내 그가 선보인 첫 발차기였다.

빠악―.

태권 소녀의 가드에 발차기가 막히며 요란한 소리가 났다. 메이저의 얼굴에

회심의 미소가 번진다. 애초부터 이 발차기를 막아 내지 못할 것이라 기대하지는 않았다. 그저 충격을 주기만 하면 된다.

"윽!"

전투화 뒤꿈치에 팔을 걷어차인 태권 소녀는 미간을 찌푸리며 뒤로 물러났다. 보안관에 비할 바는 못 되지만, 90킬로그램에 육박하는 근육질 남자의 발차기는 강력했다. 그 흔들리는 틈을 타서 메이저는 재빨리 로우 킥을 날렸다.

쫙―.

태권 소녀의 허벅지에 제대로 감긴 로우 킥은 가죽 허리띠로 후려친 것 같은 맑은 소리를 냈다. 태권 소녀의 몸이 휘청한다. 기울어진 그녀의 옆구리에 메이저의 훅이 날아가 꽂혔다.

"으윽!"

태권 소녀는 몸이 확 틀어진 채 밀려났다. 인정하기는 싫지만…… 이놈, 꽤 한다.

"이야앗! 으아앞!"

한번 승기를 잡은 메이저는 쉬지 않고 펀치를 날리며 몰아쳤다. 태권 소녀는 가드를 바짝 올린 채 그 주먹들을 어깨와 팔로 받았다. 거리를 벌려야 하는데, 중심을 잡기도 힘들다.

빠아악―.

메이저가 내지른 강력한 스트레이트가 태권 소녀의 가드를 뚫고 가슴을 때렸다. 엄청난 통증! 태권 소녀의 몸이 휘청하고 뒤로 밀린다.

"크으윽!"

가까스로 다시 몸을 추스른 태권 소녀의 등에 단단하고 넓은 것이 닿았다. 보안관의 가슴이다.

"아니, 나 아직…… 싸울 수 있어!"

혹시라도 보안관이 끼어들려고 하는 걸까 봐 걱정이 된 태권 소녀는 다급하게 외쳤다. 보안관은 평온한 어조로 말했다.

"누가 뭐래?"

보안관은 태권 소녀의 어깨를 가볍게 두드리며 한마디를 더했다.

"이길 수 있어."

"나도 알아."

태권 소녀는 고개를 끄덕이며 다시 메이저 쪽으로 다가갔다. 메이저는 입을 벌린 채 호흡을 고르고 있었다. 녀석도 몸이 성치 않은 상태에서 조금 전의 소나기 펀치를 휘두르느라 꽤나 많은 체력을 소모한 상황이다.

"흐아아!"

태권 소녀는 오른발 로우 킥으로 첫 스텝을 뗐다. 메이저는 얼른 발을 들어 그녀의 공격을 피했다. 태권 소녀는 로우 킥을 날렸던 발을 내디디며, 그 회전력을 살려 왼발 돌려차기를 했다.

다시 한 발 뒤로 물러나 그 발차기를 피한 메이저는 태권 소녀가 아직 중심을 잡기 전에 공격을 해 보려고 달려들었다.

그것이 태권 소녀가 기다리던 반응이었다. 돌려차기의 탄력을 그대로 살린 태권 소녀는 몸을 부웅 띄운 채 오른발로 녀석의 목덜미를 감아 찼다.

빠각!

제대로 들어간 발차기가 통쾌한 소리를 만들어 냈다. 메이저는 거인에게 패대기쳐진 사람처럼 바닥에 쭉 뻗었다. 태권 소녀는 틈을 놓치지 않고 빠르게 그 위로 올라탔다.

"이이익! 이익!"

메이저는 충격을 받은 상태에서도 풀 마운트 자세를 허용하지 않으려고 발악을 한다. 태권 소녀는 녀석의 팔을 잡아 아래로 내리고, 다리를 움직여 위치를 잡았다.

"하아~ 하아~."

마침내 메이저의 복부에 올라탄 태권 소녀는 숨을 헐떡이면서, 얼굴을 가린 녀석의 팔을 잡아 벌렸다. 그리고는 벌어진 틈 사이로 오른손 정권을 찔러 넣었다.

퍽— 퍽— 퍽—.

주먹이 얼굴을 때리는 단조롭고도 잔인한 소리. 메이저의 얼굴에서 코피가 튀고, 이빨은 온통 붉은 피로 물들었다. 메이저의 가드는 점점 허물어지고, 주먹을 꽂아 넣는 태권 소녀의 파운딩은 그 기세를 더했다.

"크흑! 컥! 으읍…… 그, 그만! 졌어!"

메이저는 얼굴을 감싸 보려 애를 쓰며 비명처럼 항복 선언을 내질렀다. 하지만 태권 소녀는 이를 꽉 깨문 채 계속 주먹을 뻗었다.

"우리 애들! 어떻게 했어! 응? 어떻게! 했냐고! 개새끼야! 살려 내! 살려 내!"

한마디를 내뱉을 때마다 한 방씩, 15년 이상을 단련해 온 주먹이 무방비로 노출된 메이저의 얼굴을 망치질하듯 두들겼다. 그동안 그녀를 못내 괴롭히던 자책과 분노의 감정이 천 프로의 집중력으로 함께 실린 혼신의 펀치다.

그의 광대뼈는 이내 움푹 함몰되었고, 얼굴 전체가 피로 물들었다. 태권 소녀의 주먹 역시 살갗이 벗겨지고 피로 점철되었다.

"……뒈진 후에 애들 만나면 미안하다고 사과는 해라."

태권 소녀가 주먹을 높이 들어 올리며 말했다. 이미 의식을 잃은 메이저는 피거품을 흘린 채 숨만 헐떡이고 있다. 그때, 누군가 태권 소녀의 팔목을 잡았다.

"응?"

흥분이 가라앉지 않은 태권 소녀가 매서운 눈으로 돌아본다. 그녀의 팔목을 붙잡은 것은 김 중사였다. 김 중사는 고개를 저으며 말했다.

"이제 그만. 이제…… 더 때리면 이 사람 죽어요."

"놓으세요. 원래 그러기로 하고 시작한 싸움이에요. 동영상으로 증거도 남겨 놨잖아요."

태권 소녀가 말했다. 김 중사는 크게 한숨을 내쉰다.

"이 싸움…… 애초 시작된 이유가 성추행 아니었습니까? 성추행한 사람을 때릴 수는 있지만, 죽인다는 건 말도 안 돼요. 압니다, 알아요. 사실은 우리가 모르는 무슨 사연이 더 있다는 거. 하지만 국군이 지켜보고 있는데 민간인들끼리 때려죽이는 건 안 됩니다. 그러면 체포해야 해요. 지금까지 지켜보고만 있었던 것도, 우리로서는 많이 양보한 거라는 걸 좀 알아주세요. 이렇게 부탁합니다."

김 중사는 난감하고도 간절한 표정으로 말했다.

"왜 아저씨가 미안하다고 해요? 정작 이 새끼들은 뻔뻔하게 고개 쳐들고 있는데……."

"여기에서 사망 사고가 나면 우리 책임이니까요. 이 사람들은 그냥 민간인들도 아니고, 군에서 엄청나게 많이 의존하는 기업 소속입니다. 단순히 우리 쉘터가 더 이상 여기 도움을 못 받는 걸로 끝나는 문제가 아니에요. 나 하나 영창 가는 게 두려워서 이러는 게 아니라고요."

김 중사는 손을 내밀었다. 태권 소녀는 잠시 망설였다. 꼭 죽이고 싶었던, 죽여 버려도 시원치 않을 악마 같은 새끼가 자신의 손아귀 안에 들어 있다. 무방비로 놓여 있는 저놈의 관자놀이를 몇 대만 더 후려치면 죽일 수 있다.

하지만 함께 목숨을 걸고 싸웠던 이 군인들을 모두 곤란한 처지로 만들어도 좋을 만큼 그 복수라는 것이 의미가 있을까? 이놈을 죽여 버리는 게 그만한 가치가 있는 일일까…….

태권 소녀는 결국 김 중사의 손을 잡고 일어섰다.

"잘했어."

보안관은 여전히 분노로 들썩이고 있는 태권 소녀의 어깨를 안아 주며 말했다. 그사이, 섀도 실드 놈들이 달려와 기절한 메이저를 부축해 일으켰다.

"야! 양복!"

헬기 쪽으로 달려가려는 양복쟁이를 보안관이 불러 세웠다. 양복쟁이가 돌아보자 보안관은 규영의 카메라를 가리켰다.

"괜히 구라 쳐 봐야 소용없어. 싸우기 전부터 다 찍어 놨으니까."

양복쟁이와 섀도 실드 대원들은 보안관을 노려보다가 다시 걸음을 옮겼다.

한편, 헬리콥터에서는 진우가 섀노 실드 놈늘과 승무원들을 대상으로 삥을 뜯고 있었다. 물론 돈은 아니고, 무기와 총알을 빼앗는 중이다.

"총알 더 숨겨 놨을 것 같은데…… 헛수고하지 말고 내놔."

진우가 조금의 미안함도 없이 헬기 안을 뒤진다. 없다고 발뺌을 해 봐야 소용이 없다. 삼숙이가 코를 대고 킁킁거리며 귀신같이 다 찾아낸다. 개새끼가 덩치는 또 어찌나 큰지, 덤벼 볼 마음조차 안 든다.

"너희들…… 얼굴 다 봐 놨는데, 겁도 안 나냐? 이런 짓 하고 뒷감당이 될 것 같아?"

무기와 실탄을 다 압수당한 섀도 실드 대원 한 놈이 진우를 따라온 네 명의 병사에게 협박조로 물었다. 병사들은 같잖다는 듯 웃었다.

"마음대로 해. 하나도 안 무서워. 우리는 벌써 그제 저세상 갔다 온 놈들이야."

그 말은 진심이었다. 진우가 아니었다면 그들은 벌써 48시간 전에 좀비가 되어 버렸을 것이다. 그때 그 감동을 생각하면 열 번 영창을 가더라도 진우의 부탁을 들어줄 용의가 있다.

"두고 보십시오! 이 일 반드시 책임 물을 겁니다!"

모든 무기를 압수당하고 돌아가는 헬기가 이륙할 때, 양복쟁이는 전형적인 악당의 대사를 내뱉었다.

"저 새끼들, 저렇게 보내면 안 되는데……."

하늘로 떠오른 헬리콥터들을 보며 유빈이 중얼거렸다. 강 소위가 난감해하며 물었다.

"뭘 더 어떻게 하고 싶어서 그런 말을 해…… 지금도 나는 엄청나게 당혹스러워."

"잠실에서 사람들을 못 데려가게 하세요! 끌고 가서 다 죽인다고요!"

"나한테 그런 힘이 있으면 벌써 그렇게 했겠지! 하지만 나는 그냥 일개 소위야! 장교 중에 가장 말단이라고! 이런 계급사회에서 까마득히 높은 곳에 떠 있는 별이 정한 일에 왈가왈부할 수가 없어! 자네가 그 동영상을 지금 가지고 있다고 해도 마찬가지야! 어떻게 그걸 여단장에게 보이겠나? 이렇게 발이 묶여 있는데!"

강 소위는 안타깝다는 듯 중얼거리면서 고개를 저었다. 정확히 표현하면 강탈한, 2천 발이 조금 넘는 탄약과 무기를 얻었다고는 하지만 그 정도로는 모자란다.

당장 저녁 시간에 남쪽 철책으로 접근해 오는 좀비들만 상대하더라도, 2천 발쯤은 금세 증발해 버릴 것이다. 더 이상의 보급은 기대할 수도 없는데 이제 어떻게 해야 할지 그저 막막해서 강 소위는 깊은 한숨을 내쉬었다.

"온다, 온다."

잠실 쉘터의 동남쪽 철책에서는 긴장한 병사들이 계속 같은 말을 되뇌고 있었다. 자신들이 그 말만을 반복하고 있다는 것조차 눈치채지 못할 만큼 병사들의 머릿속은 하얗게 지워져 있었다.

그롸아아아아ㅡ.

도로 저 멀리에서 행진해 오는 좀비들의 포효 소리가 주변 건물들에 부딪쳐 메아리치며 쩌렁쩌렁 울린다.

규모 여섯. 압도적인 숫자였다. 사방 어디를 둘러봐도 다 좀비들이다.

"하아~ 하아~ 이런 씨발…… 왜 해도 지기 전부터 저 지랄이지? 밤에만 오는 것 같더니……."

병사들은 겁에 질린 눈으로 전방을 노려보면서 조준을 했다. 이미 거리는 250. 어제의 접근 기록이 깨졌다. 이놈들…… 오늘은 정말 무슨 사달을 낼 기세다.

"발사!"

좀비들이 230미터 이내까지 접근해 왔을 때, 병사들은 일제히 방아쇠를 당겼다. 이제 방향을 틀 수 있는 공간도 없다.

투투투투투ㅡ 투투투ㅡ 투투ㅡ 투투투투투ㅡ 투투둑ㅡ.

수십 정의 개인 화기가 불을 뿜는다. 그렇게 쉬지 않고 총알을 날려 봐야 날리는 기차에 토마토를 던진 정도밖에 피해를 주지 못했다. 좀비들이 뛰어오는 속도를 더욱 높였다.

잠실 쉘터 철책 앞의 넓은 사거리는 온통 좀비들로 가득 덮여 갔다. 이미 전차의 포격으로도 제압이 불가능한 상태! 놈들의 울음소리가 심장을 찌르는 듯하다.

그와아아악— 끄르르르—.

150미터 이내까지 놈들이 접근해 왔을 때, 설치해 둔 부비트랩이 작동하고 크레모어가 폭발했다.

콰쾅!

수천, 수만 개의 파편을 맞고 잘려 나간 좀비들의 시체가 사방으로 튄다. 그래도 놈들은 달려오는 속도를 줄이지 않았다.

콰아앙— 퍼엉! 콰아앙—.

지뢰 구간을 지나면서 폭사하는 좀비들은 더욱 늘었다. 잠실의 동남쪽은 금세 뿌연 연기로 자욱하게 덮였다.

"최대한 잡아! 아직 괜찮아!"

병사들은 퇴각하고 싶은 욕망을 꾹 누르며 열심히 좀비들의 머리를 날렸다. 아직…… 철책이 몇 겹이나 있다. 그러니 아직은 안전하다.

크와아아아아아!

앞서 달려온 좀비들이 외부의 철책에 몸을 날리며 울부짖었다.

끼이이잉—.

놈들의 무게를 이기지 못한 철책에서 쇠가 휘는 소리가 났다.

"저기야! 저쪽! 몰리지 못하게 잡아!"

병사들은 달라붙은 놈들의 대가리를 겨누고 계속 방아쇠를 당겼다. 그래 봐야 그저 발버둥일 뿐이다.

드드득!

철망이 뜯기는 소름 끼치는 소리가 총소리 사이에 울리자, 병사들이 일순 얼어붙었다. 외부 철책에 아주 작은 틈이 벌어진 것이다. 뜯겨 나간 철책 사이로 좀비의 팔이 쑥 뻗어 들어온다.

놈은 가죽이 찢겨 뼈가 드러난 팔을 크게 휘두르며 울부짖었다.

그롸아아아악—!

Chapter 76
째깍째깍!

01

철책을 뚫고 들어온 좀비의 팔!
병사들은 사격을 잠시 멈출 만큼 커다란 충격을 받았다.
"허! 아…… 안 돼!"
여기저기서 안타까운 탄성이 터져 나온다. 철책에…… 지난 한 달 동안 한 번도 침범당하지 않은 잠실 쉘터 동남쪽의 철책에 균열이 생겼다. 그것은 불길한 징조였다.
그롸아아아!
좀비는 철책 너머로 손을 뻗으며 미친 듯이 울부짖어 댔다. 그 바로 뒤를 이어 수많은 좀비들이 철책을 향해 몸을 날린다.
콰창! 콰창!
철책의 격자무늬 철망들이 요란한 소리를 내며 요동쳤다.
좀비가 팔을 들이민 곳은 외부 철책이고, 병사들의 사대는 내부 철책 안쪽. 10여 미터의 거리는 아직 확보되어 있지만, 쫙 벌린 좀비들의 아가리를 보고 있노라면, 여유 같은 건 생기지 않았다.

투투투— 투투둑— 투투투—.

다급해진 병사들이 바쁘게 방아쇠를 당겼다. 매캐한 화약 연기가 주변을 가득 메우고, 고막은 터져 나갈 것만 같다.

"열한 시! 열한 시에 붙었어! 갈겨!"

사방에서 지원을 요청하는 목소리가 정신없이 울리고, 병사들은 이리저리 총구를 돌리며 미친 듯이 3점사를 날렸다. 하지만 그들이 쓰러뜨리는 좀비의 수보다 새로 철책에 달라붙는 좀비들의 수가 몇 배나 더 많다.

지뢰밭을 통과하고, 총알을 맞아 가며 뛰어오는 동안 엉망으로 훼손된 좀비들의 체액과 살점이 철망을 가득 메운다.

이젠 어떤 놈이 살아 있는 좀비인지, 어떤 놈이 이미 뒈져 버린 것인지조차 파악이 안 될 만큼 철책 주변은 좀비들로 완전히 덮여 버렸다.

애애애앵— 애애애앵—.

쉘터 이곳저곳에 설치되어 있는 스피커에서는 비상사태를 알리는 날카로운 사이렌이 울리기 시작했다. 주차장과 경기장 사이에서 이동 연습을 하고 있던 백인대 민간인들은 깜짝 놀라 제자리에 멈춰 섰다. 그들을 인솔하고 있던 병사들도 마찬가지다.

탁탁탁탁— 탁탁탁—.

부우우웅—.

5분 대기조 병사들이 뛰어오는 전투화 소리, 병력을 실은 트럭의 엔진 소리가 더해져서 잠실 쉘터의 동쪽은 더욱 혼란스러워졌다.

그러는 동안에도 동남쪽을 지키고 있던 병사들은 쉬지 않고 방아쇠를 당겼다. 비관적인 것은, 그렇게 열심히 쏴 대는데도 사태는 별로 진정되는 기미가 없다는 사실이다. 외부 철책 바로 앞부터 시야 끝의 저 먼 도로까지, 어디를 바라봐도 좀비들이 우글거린다.

끼이이이잉— 꾸우우웅—.

수많은 좀비들의 체중이 한꺼번에 실리자 철책의 기둥이 안쪽으로 휘며 섬뜩

한 소리를 냈다. 콘크리트에 단단히 박아 뒀던 볼트가 뜯겨 나가기 시작한다. 그에 따라 병사들의 얼굴에서는 빠르게 핏기가 빠져나갔다.

"뒤쪽부터 막아! 더 오지 못하게 허리를 끊어!"

지휘관들이 소리쳤다.

텅텅텅텅텅— 텅텅텅텅텅—.

학생 체육관 옥상에 설치되어 있던 사대에서 K-4가 요란한 소리를 내며 유탄들을 날렸다. 조준 목표는 철책에서 300미터 이상 떨어진 도로. 좀비들의 행진이 한창 진행 중인 곳이다.

고속으로 날아간 유탄들이 폭발할 때마다 목표 근처 반경 10미터 이내에 있던 좀비들의 신체가 이리저리 잘려 날아간다.

실로 어마어마한 위력이지만, 그것으로도 진정시킬 수 없을 만큼 좀비들의 파도는 도도하게 밀려 들어왔다.

대인 살상용 고폭탄이 터져 움푹 팬 자리는 이내 다른 좀비들에 의해 메워졌다. 10만 이상의 좀비들을 다 쏴 죽이려면 적어도 만 발 이상의 유탄을 명중시켜야 한다. 그것도 중복적인 살상이 없을 때나 가능한 일이다.

투투투투투투투— 투투투투— 투투투투—.

K-3 사수들도 300미터 지점을 긁어 댔다. 불꽃이 선을 그으며 날아간 자리에는 머리가 터지고 팔다리가 찢긴 좀비들이 뒤로 날아가 떨어지지만, 그 역시 임시방편에 지나지 않는다. 좀비 행렬의 허리가 끊기기 전에 뜨거워진 총열이 먼저 망가질 상황이었다.

크르르르릉— 부르르르르—.

남쪽 도로로 빠져나간 소수의 좀비들을 깔아뭉개며 두 대의 K-2 전차가 접근해 왔다. 백인대의 이동을 지원하기 위해 서문 탄천 방향에 배치되어 있던 전차들 중 두 대가 긴급히 투입된 것이다.

우우웅—.

전차의 포탑이 회전하며 주포가 사거리 쪽을 겨냥한다. 그러고는 콰앙! 122㎜

주포가 불을 뿜는다.

음속을 돌파하여 요란한 소리를 내며 날아가던 포탄은 1킬로미터 뒤쪽의 거리를 불바다로 만들었다.

콰앙—.

두 번째 전차의 주포도 곧바로 불을 내뿜었다.

투투투투투— 투투투투—.

포탑 위의 K-6 중기관총도 쉴 새 없이 12.7㎜ 총탄을 쏘아 댔다. 빨간 불꽃들이 노을 지는 저녁 하늘을 가르며 도로의 먼 끝을 향해 날아간다.

"멍 때리고 있지 마! 빨리빨리 움직여!"

대대 지원 화기와 K-3 기관총, 그리고 전차들이 시간을 벌어 주는 동안 내부 철책의 병사들은 철책을 보강하기 위해 미친 듯이 뛰어다녔다.

보강이라고 해 봐야 트럭과 승용차들을 몰고 와서 철책과 나란하게 세워 두는 것밖에 없다. 이렇게 하면 철책이 완전히 무너지는 것을 어느 정도 지연시킬 수 있기 때문이다.

물론 어디까지나 '방지'가 아니라 '지연'이다. 이제 동남쪽의 철책 두 개가 무너지는 것은 시간문제일 뿐, 피할 수 없는 기정사실이 되었다.

"아으, 씨발. 돌아 버리겠네!"

꿀 같은 잠을 설치고 뛰어나온 밤톨도 다른 병사들과 함께 작업에 투입되어 진땀을 흘리고 있었다. 제발 오지 말아 달라고 어젯밤 잠들기 전에 그렇게 간절히 빌었는데, 이 개같은 좀비 새끼들은 하루도 못 참고 결국 쳐들어와 버렸다.

"거기 비켜! 차 대야 돼!"

사대에 올라 방아쇠를 당기고 있던 병사들에게 트럭을 몰고 온 운전병이 소리를 지른다. 병사들이 피한 자리에는 트럭이 철책에 맞춰 평행 주차를 했다.

혹시라도 철책을 들이받아 넘어뜨리거나 하면 큰일이 나는 상황이라, 운전병들은 그 어느 때보다도 진지하게 핸들을 돌렸다.

부우우웅— 우우웅—.

수십 대의 차량들이 정신없이 교차한다. 주차를 마친 트럭과 내부 철책 사이에는 레이저 와이어가 얼기설기 둘러졌다. 그래 봐야 너무도 어설픈 저지선이다.

그러는 동안 외부 철책은 거의 다 무너져 내려 버렸고, 성미 급한 좀비들은 철망을 밟고 뛰어올라 내부 철책 쪽으로 달려오고 있다.

투투투— 투투두— 투투둑—.

병사들은 차량의 지붕에 올라가 달려드는 좀비들을 향해 3점사를 날렸다.

퍼버벅— 퍽— 퍽—.

갈비뼈가 터져 나가고 턱이 날아가도 머리가 남아 있는 한 좀비들은 다시 벌떡 일어나 뛰어온다. 그 끔찍한 모습은 그야말로 지옥도. 병사들의 이성을 마비시키고 오금이 저리도록 만들기에 충분하다.

크롸아악—!

내부 철책 안쪽의 병사들을 향해 두 팔을 내뻗는 좀비!

이제 정말로 놈들과 철책 하나를 사이에 둔 채 대치하게 되었다. 병사들은 파랗게 질린 얼굴로 계속 방아쇠를 당겼다.

레이저 와이어에 긁혀 피를 철철 흘리면서도 자신이 다쳤다는 것을 느끼지 못할 만큼, 오로지 시각과 청각만이 극도로 예민해져 있다.

"철수! 뒤로 빠져! 2차 저지선으로 이동!"

철책 보강 작업을 마친 시점에 퇴각 명령이 내려졌다. 병사들은 분대 단위를 이루어 60여 미터 뒤에 설치된 2차 저지선 쪽으로 내달렸다. 학생 체육관과 제2수영장 사이를 버스나 트럭 같은 대형 차량들로 막아 벽을 세워 둔 곳이다.

크르르르릉—.

병사들이 모두 철수한 뒤, 통로로 사용되던 빈칸은 장갑차가 막아서며 메웠다. 이제 잠실 쉘터의 영토는 여기까지로 줄어들어 버렸다.

"하아~ 하아~."

피 말리는 전투 내내 호흡하는 것조차 잊고 있던 병사들이 가쁜 숨을 몰아쉬며 바닥에 아무렇게나 쓰러졌다. 자연스럽게 그들의 임무는 막 도착한 야간 경비조들에게 인계되었다.

투투투투— 투투투— 투투둑—.

버스 위로 올라가 자리를 잡은 병사들은 내부 철책 바깥쪽의 좀비들을 향해 계속 총알을 날렸다. 그러나 방아쇠를 당기고 있는 병사들 중 누구도 이렇게 해서 저 밀려오는 좀비들을 전부 처치할 수 있다고 생각하지는 않았다. 그냥 시간을 조금이라도 더 벌어 보려는 발악일 뿐이다.

퍼엉— 퍼엉—.

두 대의 전차도 연신 포탄을 쏘아 댔고, 그럴 때마다 까마득히 먼 도로의 끝에서 불길이 피어오른다. 그 광경이 병사들에게는 힘이 되기는커녕 오히려 사형선고처럼 느껴졌다. 그들의 시력으로는 잘 보이지 않을 만큼 먼 곳에도 좀비들이 가득한 것이다.

"자! 저쪽 그만 신경 써요! 지금 당장 무너지지 않을 거고, 우리는 어차피 몇 분 뒤에 나갈 겁니다! 그러니까 우리 연습에만 집중하면 됩니다!"

2차 저지선에서 150미터 정도 떨어진 주차장에서는 병사들이 백인대 민간인들을 향해 큰 소리로 외쳐 대는 중이었다.

아직 호흡도 제대로 맞추지 못한 상황이라 갈 길이 바쁜데도, 불안해진 민간인들은 자꾸 동남쪽 게이트 쪽을 돌아보며 멍하니 서 있다.

"빨리빨리 나가! 시간 끌지 말고 빨리!"

좀비들이 몰려오는 방향과 정반대에 있는 서쪽 게이트에서는 백인대 민간인들과 그들을 인솔하는 병사들을 5분 단위로 내몰고 있었다. 아직 준비가 다 갖춰지지 않은 상태라는 것을 알지만, 그렇게 기다려 줄 여유조차도 없다.

크르르르릉— 크르르릉—.

민간인들이 탄천과 맞닿은 산책로로 뛰어나가면, 호위를 위해 전차가 풀숲 위를 내달린다. 그렇게 해도 여기저기 산재한 좀비 무리들을 모두 처리할 수 없다는 게 안타까운 현실이다.

"얼마나 버틸 것 같아? 여단장님께 뭐라고 보고하냐고!"

종합운동장에 위치한 사령부에서는 남아 있던 하급 장교들이 무전기를 붙잡고 핏대를 세웠다. 들어오는 정보들이 너무 단편적이고 부정확해서 현 상황을 제대로 파악한다는 게 꽤나 힘이 든다.

"공중 지원 왜 안 와? 야! 너 교신한 거 맞아?"

"MD500 두 대 용산에서 떴답니다! 2분 내에 도착한다고 했습니다!"

"철책 근처에 쏘지 말고 허리 끊으라고 해! 허리! 도로를 날려도 돼!"

그들은 동원할 수 있는 모든 방어책을 다 동원해 보려 애를 썼지만, 애초에 가지고 있는 밑천이 너무 적었다.

현재 잠실에 남겨진 병력은 대대 규모 이하. 공중 지원을 오는 것도 겨우 두 대의 소형 헬기.

탑재할 수 있는 무기는 대당 로켓포 두 문씩, 7연발이니까 모두 합쳐 28발이다. 10만을 전멸시키기에는 턱없이 부족하다.

정말 운이 좋아서 도로가 폭발하고 아래로 푹 꺼져 준다면 좀비들이 몰려드는 속도를 잠시 멈출 수는 있을 것이다.

"18일 02시가 고비랍니다!"

얼마나 버틸 수 있겠냐는 질문에 뒤늦게 대답이 돌아왔다. 18일 02시면 내일 새벽이다. 무전기를 잡고 있던 장교가 인상을 쓰며 다시 물었다.

"고비라는 게 뭐야? 그 시각을 넘기면 안정세로 돌아설 거라는 소리야?"

"그 시각 이후로는 버틸 수단이 없답니다!"

동남쪽 저지선과 교신을 하고 있던 병사가 대답했다. 장교는 미간을 찌푸리며 한숨을 내쉬었다.

"너무 빠듯해……."

지금 시각이 19시 24분. 앞으로 여섯 시간 반 만에 잠실에 있는 모든 민간인들과 병력들이 퇴각을 마쳐야 한다. 그 수를 다 합치면 적어도 5천 명은 될 것이다.

조금 있으면 해가 진다. 그때부터는 한 시간에 500명 이동도 쉽지 않다.

암흑 속에서 좀비들에게 방어선이 뚫리는 걸 상상하는 것만으로도 장교의 목덜미는 얼음장처럼 차가워졌다. 장교는 입술을 한 번 꽉 깨물어 기합을 넣고 큰 소리로 명령을 내렸다.

"장갑 트레일러 계속 운행하라고 해! 그리고 너! 태양 그룹에 연락해! 인원 수송 속도 올려 달라고! 통보했던 것보다 더 많이 받을 수 있는지도 물어보고!"

"난리 났군."

흡연 구역에서 담배를 피우고 있던 민구가 야구장 내부에서 정신없이 뛰어다니는 사람들을 보며 중얼거렸다.

심상치 않은 상황이다. 오늘 오후까지만 해도 이곳에는 질서라는 게 있었다. 하지만 조금 전, 요란한 총소리가 들려온 이후부터는 모든 것이 대혼돈에 휩싸여 버렸다.

총소리가 가까이에서 울려 댄 건 이전에도 여러 번 겪었지만, 이번은 분위기가 완전히 다르다. 군인들이 야구장을 돌며 빨리 밖으로 나가라는 소리를 외치고 있다. 정말로 막장까지 몰린 모양이다.

"다들 나가세요! 여기 비웁니다! 태양 그룹으로 가실 분들은 2-1 게이트로 나가시고! 용산 철로 가실 분들은 2-3 게이트로 가셔서 종합운동장을 향해 뛰어야 합니다! 거기! 나가세요! 실제 상황입니다!"

어쩔 줄 몰라 하며 웅크리고 있는 민간인들을 향해 병사들은 악을 써 댔다. 같은 말을 계속 큰 소리로 외쳐 대느라 그들의 목소리는 갈라져 있고, 눈에는 핏발이 어렸다.

"군인 아저씨…… 왜 그래요, 갑자기……."

겁에 질린 사람들이 울먹이며 묻는다. 병사들은 그들이 잡는 손을 뿌리치며 그저 나가라는 소리만 반복했다. 일일이 대답해 주고 설명할 시간이 없다.

"비켜! 좀 비켜 봐!"

사물함 주변에서는 자신의 물건을 챙기려는 사람들이 서로 밀치고 당기며 대단한 난전이 벌어지고 있었다. 그 와중에 남의 물건을 훔치려는 얼간이들까지 가세해서, 그 일대는 발 디딜 틈조차 없다.

"태양 그룹! 이쪽! 이쪽!"

"용산 철로, 이쪽!"

길목마다 안내를 맡은 병사들이 큰 소리로 방향을 일러 준다. 태양 그룹으로 보내 달라는 사람들이 갑자기 늘어나면서 길목이 꽉 막혔다.

민간인들은 비명을 내지르며 뛰어다니고, 난리 통에 부모와 떨어진 꼬마들은 울음을 터뜨렸다. 야구장 내부는 순식간에 아수라장으로 변해 버렸다.

"이게 뭐야……."

야구장 건물 내부로 돌아온 민구는 호주머니 속에 든 칼을 매만지며 한숨을 내쉬었다. 시계까지 내주고 기껏 이 싸구려 칼을 샀는데 기동이 놈이 오기도 전에 잠실 쉘터는 문을 닫게 생겼으니, 복수고 뭐고 다 텄다. 그 밉살스러운 놈의 목을 딸 생각에 설레던 자신이 바보처럼 느껴진다.

"젠장, 그 새끼 명줄 한번 길구만……."

민구는 분한 마음을 꾹 누르고, 어떻게 해야 할지를 생각했다. 지금 담배 두어 갑을 꺼내기 위해 사물함에 가서 시간을 허비하는 건 바보짓이다.

"꺄아악!"

태양 그룹 이동 희망자 줄에서 들려오는 날카로운 비명. 거기에 호통 소리와 욕설이 더해진다. 새치기를 하려다가 붙잡힌 사람들이 집단으로 린치를 당한다. 인정이고 매너고 모두 실종되어 버렸다.

두들겨 맞는 여자의 비명 소리를 듣자마자 민구의 얼굴에 떠오르는 얼굴이 있었다.

"그 계집애는……."

민구는 사람들을 헤집고 다니며 테라를 찾았다. 태양 그룹으로 가지 않을 거라고 했으니, 분명 용산 철로로 가는 줄에 서 있을 것이다. 아니면 예전처럼 모든 걸 포기한 놈들에 의해 화장실로 끌려가 버렸을지도 모른다.

"대체 어쩌자는 거냐…… 응? 뭘 어쩌고 싶어서 이러는 거냐고."

사방으로 눈을 돌리며 테라를 찾는 동안 민구는 대체 무슨 생각을 하고 있는 건지 스스로에게 물었다.

아무리 예쁘장한 계집애라고 해도 어차피 남이다. 그런데 지금 그는 마치 잃어버린 첫사랑이라도 찾는 사람처럼 다급하게 그녀를 찾아 헤매고 있다.

민구 본인도 자신의 입장을 정확하게 모르겠다. 사랑이나 동정 같은 한두 마디로 딱 떨어지게 설명할 수 있는 감정은 아니다.

그저…… 그 착하고 여리여리한 계집애가 누군가에게 짓밟히고 상처를 받는 일만은 보고 싶지 않았다. 확실히 말할 수 있는 건 그게 전부다.

그것이 자신에게 어울리지 않는 감정이라는 걸 잘 알면서도, 민구는 필사적으로 테라를 찾았다.

"젠장, 어디야…… 어디 있는 거냐?"

야구장 내부는 넓었다. 그리고 정신없이 뛰어다니는 인파를 누비며 그 조그만 계집애를 찾는다는 건 꽤나 힘이 드는 일이었다. 시간이 조금씩 흐르고 군인들의 목소리가 쉬어 갈수록 민구의 얼굴에는 초조함이 더해졌다.

하늘이 점점 더 어두워지고 있다. 지금 출발해서 줄을 선다고 해도 밤이 오기 전에 야구장 밖으로 나갈 수 있을까 말까.

쾅—.

화장실을 지날 때마다 민구는 자신도 모르게 문을 열어젖히고, 그 안에 테라의 모습이 없는지 확인했다. 그렇게 미친놈처럼 야구장 전체를 헤집고 다니던 끝에 민구는 겨우 테라를 발견할 수 있었다.

"거기 있었구나……."

민구의 입에서 한숨이 터져 나왔다. 테라는 두 명의 꼬마 아이를 품에 꼭 껴안은 채 겁먹은 눈으로 주변을 둘러보고 있었다. 두 꼬마 중 하나는 민구에게 주스를 가져다주며 삿대질을 해 대던 놈이다.

"아저씨!"

민구를 알아본 테라가 반가워하며 불렀다. 민구는 그녀에게 다가가 물었다.

"도망가지 않고 여기서 뭘 하고 있어? 이것들은 뭐야?"

"얘들…… 엄마를 잃어버렸어요. 아까 사물함 주변에 사람들이 몰렸을 때 헤어졌나 봐요. 두 분 다 아마 이 부근에 계실 텐데……."

테라가 말했다. 꼬마들은 눈물범벅이 된 얼굴을 그녀에게 비벼 대고 있다. 민구는 그녀의 팔을 잡아당겼다.

"군인들에게 맡기고 나가야 돼! 여기에서 이렇게 허비할 시간 없어!"

"아뇨…… 아저씨 먼저 나가세요. 이 애들 아무도 챙겨 주지 않을 거예요. 엄마랑 만나게 해 줘야 해요."

테라는 필사적으로 고개를 저으며 버텼다. 엄마랑 만나게 해 줘야 한다는 그녀의 말이 고아인 민구의 가슴을 송곳처럼 쑤신다.

"젠장!"

욕설을 내뱉은 민구가 테라에게 물었다.

"이것들 이름이 뭐야?"

"소영이랑 종민이에요."

테라가 여자아이와 남자아이를 가리키며 말했다. 민구는 속으로 꼬맹이들의 이름을 한 번 되뇐 뒤, 테라에게 말했다.

"한 발짝도 떼지 말고 여기 바짝 붙어 있어."

02

사람들에게 치이지 않도록 테라와 보따리 같은 꼬마들을 기둥 뒤에 밀어 놓은 민구는, 성난 파도처럼 몰려다니는 사람들 속으로 뛰어들었다.

마음 같아서는 그녀와 함께 움직이고 싶지만, 그렇게 하다가는 계속 서로 엇

갈리며 숨바꼭질을 하게 될 수도 있다.

"소영이! 종민이! 소영이! 종민이!"

팔을 위로 올린 민구는 큰 소리로 두 꼬마의 이름을 외치며 빠르게 걸었다. 그리고 이리저리 고개를 돌려 가며 혹시 반응하는 사람이 있는지 찾았다.

아무리 사방이 소음으로 덮여 있다 하더라도 아이를 잃은 여자라면 이름을 알아들을 수 있을 거라고 생각했다.

"윽!"

달려오는 사람들에게 옆구리를 부딪친 민구가 미간을 찌푸렸다. 총알에 맞아 날아간 부위에 불로 지진 것 같은 통증이 엄습해 온다.

이름에 반응하는 사람을 찾는 데에만 온 신경을 집중하느라 마주 오는 사람들을 피하기가 어렵다. 민구는 이를 악물고 고통을 참으며 다시 아이들의 이름을 외치기 시작했다.

"소영이! 종민이!"

그렇게 사람들을 거슬러 가며 걷기를 10분여, 마침내 민구의 외침에 반응하는 소리가 들려왔다.

"소영이! 우리 소영이 어디에 있어요?"

울부짖는 여자의 목소리! 민구는 고개를 돌렸다. 정신이 반쯤 나간 것처럼 보이는 여자 하나가 인파에 휩쓸리며 소리치고 있다.

"누가 소영이 불렀어요? 제가 소영이 엄마예요!"

여자는 눈물범벅이 된 채로 다시 외쳤다. 민구는 사람들 사이를 비집고 들어가 그녀의 팔을 잡았다.

"소영이 저쪽에 있어! 따라와!"

거기까지만 말하고 여자의 팔을 당기던 민구는 이 상황이 엄청 수상해 보일 거라는 걸 깨달았다.

험악한 얼굴의 사내가 다가와 갑자기 팔목을 잡고 따라오라고 하는 중이다. 게다가 자기 아이를 알 리가 없는 낯선 사람이. 누가 봐도 납득하기 어려울 수밖에 없다.

"테라가 데리고 있어! 종민이도 같이! 걔 엄마는 어디 있소?"

그제야 안심한 여자는 깊은 한숨을 내쉬고 나서 뒤쪽을 돌아봤다.

"종민이 엄마는 반대쪽으로…… 우리 자리 있던 곳으로 가 본다고 했어요…… 제가 이쪽을 찾기로 하고."

돌아 버리겠군, 가뜩이나 시간 여유가 없는데…….

민구는 끓어오르는 화를 꾹 눌러 참으며 말했다.

"앞장서! 당신들 자리라는 데로 갑시다."

"이쪽이에요!"

여자는 눈물을 닦아 내며 걸음을 뗐다. 워낙 혼잡하고 부딪쳐 오는 사람들도 많아서 길을 트는 건 민구의 몫이 되어 버렸다. 떨어지지 않기 위해 손을 꽉 잡고 따라오는 동안 조금씩 제정신을 되찾은 여자는 연신 고맙다는 말을 되풀이했다.

"됐어, 그런 이야기는. 종민이 엄마라는 사람이나 찾으라고."

감사 인사를 듣기 싫어서 민구는 차갑게 반응했다. 이 여자들이 여기에 갇히게 된 건 그가 지난달 14일 새벽에 저지른 일 때문이다. 그런 주제에 고맙다는 소리를 듣는다는 건 가당치도 않다.

"사물함에 가지를 말았어야 했는데…… 애기 물건이 꼭 필요해서 어쩔 수가 없었어요. 언제 보급을 받게 될지를 모르니까……."

여자는 죄인이나 된 것처럼 부끄러워하면서 자신들이 왜 사람들로 북적거리는 사물함에 갔어야 했는지를 이야기했다. 민구는 건성으로 고개만 끄덕이며 계속 소리를 질렀다.

"종민이! 종민이!"

그러는 사이에도 바깥에서는 각종 총소리들이 쉬지 않고 울려왔다.

타타타타타— 콰아앙— 텅텅텅텅—.

그 엄청난 소음에 홀린 사람들은 연신 비명을 지르며 이리저리 뛰어다닌다.

"아! 저기에 있어요!"

여자가 반색을 하며 펄쩍펄쩍 뛴다. 그녀가 누굴 가리키는 건지, 민구도 한눈에 알 수 있었다. 너 나 할 것 없이 공포에 질려 있는 수백 명의 사람들 중에서도 가장 상심이 크고 두려운 표정으로 주변을 두리번대고 있는 사람. 그가 종민이 엄마였다.

"종민이 엄마! 종민이 엄마! 여기야! 우리 애들 찾았어!"

여자가 큰 소리로 부른다.

"정말! 정말이야? 어딨어! 어디!"

종민이 엄마는 눈을 크게 뜨고 달려왔다. 사람들의 등쌀에 밀려 휘청거리는 그녀를 민구가 잡았다. 메이저에게 함께 두들겨 맞았던 터라 두 사람은 서로 안면이 있다.

"종민이는요?"

민구와 소영이 엄마를 번갈아 보며 종민이 엄마가 물었다. 그녀의 불안이 흔들리는 눈동자를 통해 고스란히 전달된다.

"테라가 B 구역에서 보호하고 있소! 빨리 갑시다!"

민구는 두 여자를 이끌면서 사람들의 사이를 헤집고 뛰었다.

이런 짓을 하게 되다니…….

민구는 지금 자신의 모습을 믿을 수가 없었다. 마치 한없이 선량한 인물이라도 된 양 아이를 잃어버린 여자들을 위해 진땀을 흘리고 있다. 사람들에 부딪쳐 시큰거려 오는 갈비뼈와 옆구리의 통증까지 참아 가면서…….

불과 한 달여 전만 해도 그의 삶은 이런 종류의 일들과는 거리가 멀었다.

"뭐야, 이 미친 새끼들!"

B구역에 도착한 민구는 욕설을 내뱉으며 달리는 속도를 높였다. 기둥 뒤에서 중년 사내 하나가 테라를 끌어안은 채 목덜미에 입을 맞추려 하고 있었다.

"이러지 마요!"

테라는 아이들을 꼭 감싸며 그를 밀어내 보시민, 힘에 부친다

"아니, 나쁜 거 안 해! 우리 그런 사람들 아니야! 그냥 뽀뽀 한 번만! 응? 추억으로 뽀뽀 한 번씩만 하자! 언제 죽을지도 모르는데."

사내는 흥분한 숨소리를 씩씩 내뿜으며 달려든다. 시선을 가리기 위해 일행으로 보이는 놈들 셋이 기둥 주변을 빙 둘러서 있다.

굳이 그렇게까지 하지 않아도 될 만큼 대부분의 사람들은 남의 일에 관심이 없었다. 오로지 출구를 향해 내달릴 뿐이다.

"꺼져!"

민구는 기둥 주변에 서 있던 놈들의 뒷덜미를 잡아채서 넘어뜨리고 중년 사내의 머리카락을 움켜쥐었다.

"아야야! 아아!"

머리채를 잡혀 목이 꺾인 중년 사내가 고통스러운 비명을 지른다. 민구는 녀석의 오금을 걷어차 무릎을 꿇렸다.

"아니! 저기! 나쁜 짓 하려던 게 아니에요! 그냥······."

당황한 사내가 변명을 늘어놓는다. 민구는 녀석의 목젖을 세게 후려쳤다.

"캑―!"

끔찍한 고통에 녀석은 감전된 것처럼 펄쩍 뛰어 올랐다가 자빠졌다. 사내는 목을 움켜쥔 채 온몸을 버둥거렸다.

"그냥 가요······ 저 안 다쳤어요."

몇 대 더 때려 주려는 민구의 팔을 잡으며 테라가 말했다. 민구는 한 움큼 뽑혀 나온 사내의 머리카락을 바닥에 버리고, 녀석의 엉덩이를 걷어찼다.

"큭!"

사내가 엉덩이를 움찔하며 비명을 지른다. 고통에 신음하는 사내를 내버려 두고 녀석의 일행들은 네발로 기어 도망을 쳤다.

테라를 때리거나 하지 않은 걸로 보아, 그리 나쁜 놈들은 아니다. 그냥 보통의 흔한 인간이 이 분위기와 총소리에 휩쓸려 살짝 돌아 버린 거다.

"종민아! 소영아!"

뒤늦게 쫓아온 아이 엄마들은 자신의 아이들을 확인하고 오열했다. 테라도, 두 여자도 모두 눈물이 가득 고였다.

"고마워! 고마워…… 고맙습니다……."

아이를 꼭 껴안은 엄마들은 테라와 민구에게 고개를 숙이며 어쩔 줄을 몰라 했다. 테라도 민구에게 고맙다는 인사를 연발한다.

하지만 아직 아무것도 끝나지 않았다. 이제야 겨우 지옥 속으로 뛰어들 준비를 갖춘 것뿐이다.

"인사는 나중에 해! 따라와! 빨리 나가야 돼!"

민구는 이제 다섯 명으로 늘어나 버린 일행을 데리고 다시 앞장을 섰다.

그가 살아오면서 경험한 바에 따르면, 이렇게 모든 게 엉망이 되었을 때 막차를 타는 놈들은 생명을 부지하기 어렵다. 얼마나 빨리 줄에 서는가가 생존을 결정하는 중요한 조건이다.

"비켜! 길 막지 마!"

태양 그룹으로 가는 헬리콥터에 오르기 위해 몰려든 사람으로 통로는 꽉 막혀 있었다. 민구는 어깨와 팔로 그들의 사이를 비집고 들어가며 소리를 질렀다.

옆으로 밀려나지 않기 위해 테라는 그의 손을 꽉 잡았다. 손아귀 안에 들어온 그녀의 손이 너무도 가늘고 또 작아서 민구는 새삼 놀랐다.

"어머! 종민이 엄마! 이리 와! 우리랑 같이 태양으로 가! 테라야! 너도 와! 뛰어서는 못 가!"

몇 명의 여자들이 테라와 두 아이 엄마를 발견하고 붙잡는다. 테라가 설득에 실패한 여자들이다. 민구는 그녀들의 손을 매정하게 뿌리쳤다.

"놔! 그렇게 죽고 싶으면 혼자 죽어! 다른 사람 끌어들이지 말고!"

놀라서 주춤거리는 여자들을 뒤로하고, 민구는 테라를 잡아당겼다. 테라는 입술을 꽉 다물고 아이 엄마들과 함께 구름처럼 모여 있는 인파의 사이를 뚫고 달렸다.

그들은 민구와 젠킨스가 누워 있던 자리를 지났다. 두 장의 돗자리는 사람들의 발자국을 잔뜩 뒤집어쓴 채 구석으로 밀려나 있었다.

"젠킨스 씨!"

출구 부근에서 젠킨스를 발견한 테라가 소리를 질러 그를 불렀다. 뒤를 돌아본 젠킨스는 반가움과 두려움이 섞인 얼굴로 서 있다. 대피령이 내려진 이후 그는 계속 테라를 찾았었다.

언제 어떻게 되더라도 마지막까지 그녀와 함께해야 한다. 그래야 실낱같은 희망이라도 가져 볼 수 있으니까…… 그녀를 JL로 데려갈 수 있다면 자신의 다리 하나쯤은 내줄 수 있다고 했던 그의 말은 거짓이 아니었다.

하지만 테라의 앞에 딱 버티고 서 있는 흉터 사내를 보자 젠킨스의 몸은 얼어붙었다. 이 난폭한 사내는 그를 벌레처럼 취급하며 폭력을 휘두른다. 지금도 그렇게 하겠다는 의지를 온몸으로 뿜어내고 있다.

"괜찮아요, 젠킨스 씨! 따라오세요!"

테라가 외쳤다. 그제야 젠킨스는 주춤거리며 그들을 따라 걷기 시작했다. 민구가 발을 멈추고 녀석을 노려보았다.

"어딜 따라와, 이 새끼야!"

젠킨스는 다시 멈췄다. 한국어는 모르지만, 멈추라는 의미였다는 것은 알 수 있다. 흉터 사내의 눈빛은 무시무시하다. 어쩌다가 테라는 이렇게 폭력적인 인간과 인연을 가지게 된 걸까…….

"아저씨, 제발…… 젠킨스 씨와 함께 가야 해요! 저 사람이 살아 있어야…… 약을 만들 수 있어요!"

테라가 민구를 향해 간곡하게 부탁했다. 함께 있는 아이 엄마들 때문에 백신이라는 말은 사용하지 못했지만, 약이라는 말만으로도 그가 충분히 이해할 수 있을 것이라 생각했다.

"저 사기꾼을 믿는다고? 그냥 다 거짓말이야! 저렇게 굼뜬 놈까지 끌고 갔다가는 우리도 위험해져!"

민구는 테라를 노려보며 고개를 저었다. 테라는 그의 사나운 눈빛을 피하지 않은 채 차분하게 대답했다.

"아저씨 말씀처럼 거짓말일 수도 있겠죠. 하지만 거짓말로라도 그런 말을 한 사람은 저 사람뿐이에요. 저는 그 말을 믿고 싶어요. 그리고…… 제가 들은 이야기 중에는 정말로 잘 알지 못하면 도저히 지어낼 수 없는 것들도 있었어요."

테라의 검은 눈동자를 바라보며 민구는 생각했다.

도대체 왜 이 계집애와 얽히면 평소처럼 매정해지지를 못하는 걸까…….

저 풍보 사기꾼을 데리고 가 봤자 좋을 일 따위는 하나도 없다는 걸 잘 알면서도, 민구는 결국 승낙할 수밖에 없었다.

"하지만 뒤처지면 안 챙겨 줘! 그냥 버릴 거야!"

"네, 알았어요. 젠킨스 씨! 와요! 같이 가재요!"

테라는 젠킨스에게 따라오라는 손짓을 했다.

오케이! 오케이! 젠킨스는 뒤뚱거리며 일행을 따라 뛰었다. 얼마 지나지 않아서 그의 호흡은 가빠졌고, 얼굴은 빨갛게 달아올랐다.

심장이 터질 것만 같다. 잠깐 멈춰 쉬고 싶다. 하지만 저 흉터 사내가 그의 사정 같은 걸 봐줄 인간이 아니라는 걸 잘 알기에, 젠킨스는 이를 악물고 달렸다.

"그 과자 상자를 버려요! 그것만 해도 훨씬 덜 힘이 들 거예요!"

보다 못한 테라가 말했다. 젠킨스는 옆구리에 끼고 있던 건빵 상자를 더 꼭 껴안으면서 고개를 저었다.

"안 돼! 얼마나 더 굶게 될지도 모르는데…….''

어제 좌절한 상태에서 폭식을 했기 때문에 건빵 상자는 이미 절반가량 비워진 상태였다. 그런데도 젠킨스의 위에서는 벌써부터 꼬르륵 소리가 나기 시작했다.

"용산 선로, 이쪽! 이쪽입니다!"

안내하는 병사들이 쉬지 않고 악을 써 댄다. 하지만 이미 출구로 이어진 계단 앞에는 수많은 사람들이 미처 내려가지 못하고 몰려 서 있었기 때문에 별도의 안내가 필요한 상황은 아니었다.

"밀지 마요! 넘어진다고!"

계단에서는 빨리 가려는 사람들과 앞에 막혀 더 내려가지 못하고 있는 사람들이 언성을 높이고 있다.

발도 제대로 딛기 어려울 만큼 많은 사람들이 몰려 있기 때문에 한 사람만 중심을 잃고 넘어져도 큰 사고로 이어질 수 있는 상황이다.

투투투투— 투투투투투— 투투투투—.

기관총 소리가 요란하게 울려 대며 사람들의 조바심을 자극한다. 민구와 테라 일행은 계단 손잡이에 바짝 붙어 서서 한 칸씩, 한 칸씩 아래로 내려갔다.

투투투투투투— 후우웅—.

쉘터의 북동쪽 공터에서는 태양 그룹의 검은 헬기가 사람들을 가득 실은 그물 베슬을 매달고 날아올랐다.

세 대의 헬리콥터가 쉼 없이 사람들을 실어 나르고 다시 돌아왔지만, 이송 희망자들 전부를 다 태양 그룹으로 이송하려면 앞으로도 꽤나 긴 시간이 필요할 것처럼 보인다.

"아이들! 노약자! 이쪽! 부상자! 이쪽!"

출구에서 기다리고 있던 한 무리의 병사들이 내려오는 사람들 중 이동이 어려워 보이는 이들을 선별해서 한쪽으로 줄을 세우고 있다. 당연히 소영이와 종민이도 그들의 지목을 받았다.

"거기, 아이와 보호자분들! 이쪽에 섭니다! 선로까지 장갑 트레일러로 이동시켜 드리겠습니다!"

두 엄마는 아이를 꼭 껴안은 채 머뭇거린다. 장갑 트레일러…… 분명히 매력적이다. 편하고 안전할 수 있다. 하지만…… 아이들을 찾아 준 이 사람들을 놔두고 자신들만 거기에 탄다는 것이 영 불편하다. 소영이 엄마가 물었다.

"저기…… 저분들은…… 저 사람들도 같이 가야 하는데……."

"그렇게 할 수 있을 만큼 공간에 여유가 없습니다. 아이들과 두 분만 해당됩니다! 빨리 저 줄에 가서 서십쇼!"

병사는 조금도 고민하지 않고 단호하게 대답했다. 그러나 테라를 바라보는 병사들의 눈빛만은 차갑지 못했다. 그녀까지는…… 테라까지는 장갑 트레일러에 태워 주고 싶다.

하지만 이렇게 지켜보는 눈이 많고 사람들의 마음이 조급할 때에는 예외적인 사례를 만들면 안 된다. 그랬다가는 명령에 권위도 서지 않게 되고, 질서나 규칙 따위가 일시에 와르르 무너질 테니까.

"가세요, 언니! 아이들 데리고 뛰기는 힘들어요."

망설이는 아이 엄마들에게 테라가 먼저 결론을 내려 줬다.

"하지만…… 그러면 너는 어떻게 해? 이렇게 난리가 났는데……."

"저는 괜찮아요! 저는…… 이 아저씨가 지켜 주실 거예요. 그러니까 걱정하지 말고 어서 가세요. 나중에 선로에서 만나요."

테라는 애써 미소를 지어 보이면서 그녀들의 부담을 덜어 줬다. 아이 엄마들은 테라의 손을 잡고 눈물을 글썽인다.

"그래, 꼭 살아서 만나자. 조심해. 그리고…… 정말 고마워. 아저씨, 고맙습니다."

여자들의 인사가 다 끝나기도 전에 민구는 테라의 손을 잡고 제1주차장 쪽으로 뛰었다. 일분일초가 아까운 상황에서 여자들의 눈물 바람을 봐 주고 있을 시간이 없다.

테라는 민구에게 이끌려 뛰면서도 몇 번이나 뒤를 돌아보며 아이들에게 손을 흔들어 주었다.

"헤엑~ 헤엑~ 왜 헤어진 거야? 저 사람들은 어디로 가는 거고?"

상황을 이해 못 한 젠킨스가 숨을 헐떡이며 물었다. 테라는 대답 대신 빨리 쫓아오라는 손짓을 했다.

야구장 외부는 내부보다도 사람이 더 많았다. 줄의 끝에 도착하자, 앞쪽에서 병사들이 외치는 소리가 들려왔다.

"열 명씩 섭니다! 열 명씩!"

민구는 가쁜 숨을 몰아쉬며 발돋움을 해서 앞쪽을 살폈다. 흰 줄에 열 명씩 세워 길게 늘어진 행렬은 까마득히 먼 곳까지 뻗어 있다. 이래서야 오밤중까지도 탈출하기는 틀렸다.

"젠장…… 막차 타고 싶지 않은데…….."

수많은 사람들의 뒤통수를 노려보고 있던 민구가 혼잣말을 중얼거렸다. 그때, 그의 뇌리를 스치는 아이디어가 있었다.

그가 들어왔던 그 출구로 나가서 지하철 선로까지 내려가 버릴까 하는 생각이었다. 지하철 안에는 괴물들이 그리 많지 않을뿐더러 속도도 느리다.

"따라와! 다른 데로 도망칠 수 있는지 살펴보자!"

민구는 테라의 손을 잡고 행렬을 빠져나왔다. 젠킨스가 가쁜 숨을 몰아쉬며 그들의 뒤를 따른다.

"젠장!"

서남쪽 철책 앞에 다가선 민구는 이를 바득, 갈았다. 철책 너머 도로는 이미 꽤나 많은 수의 괴물들에게 완전히 함락된 상태였다. 그가 가진 작은 등산용 나이프만으로는 도저히 뚫어 낼 수 없을 만큼의 엄청난 규모다.

그렇게 사람들이 어쩔 줄 몰라 하며 우왕좌왕하는 동안에도 시간은 속절없이 흐른다.

째깍째깍ㅡ.

내 칼이라도 찾을 수만 있다면…….

철책 너머 도로의 괴물들을 홀린 듯 바라보고 있던 민구는 개인 물품 보관소 쪽으로 시선을 돌렸다. 자신의 마세티만 손에 넣는다면 길을 트는 정도는 문제도 안 될 텐데……!

마세티가 너무 커서 안 된다면 쿠크리라도…… 하여간 제대로 날이 선 큰 칼이 필요하다. 일격으로 괴물의 목을 끊을 수 있는, 그런 칼이.

하지만 개인 물품 보관소는 셔터가 굳게 내려진 채 방치된 채다. 근처를 지키는 군인도 없다. 다들 어딘가에서 괴물들에게 총질을 하고 있거나, 아니면 사람들을 대피시키고 있는 모양이다.

"왜? 왜 이쪽으로 오신 거예요? 하아~ 하아~."

테라가 숨을 헐떡이며 물었다. 민구는 그제야 그녀를 돌아보았다. 사람들과 부딪치며 뛰어오느라 그녀의 가느다란 팔과 다리는 상처투성이가 되어 있다. 민구는 철책 밖의 지하철역 입구를 가리키며 말했다.

"지하철…… 지하철로 들어가야 돼. 거기로 가야 다들 살 수 있어."

"네? 지하철이 왜?"

민구의 말을 이해하지 못한 테라가 다시 물었다.

"저 아래로 내려가면 괴물들이 그리 많지 않아. 느리기도 하고. 한밤중에 강변을 뛰어다니는 것보다는 이쪽으로 가는 편이 훨씬 안전할 거야. 군인들…… 군인들에게 말해야 돼."

민구는 군인들을 찾기 위해 바쁘게 고개를 돌렸다. 사방에서 총소리는 울리는데, 정작 군인의 모습은 눈에 띄지 않는다.

잠시 후, 무장을 갖추고 뛰어나오는 한 무리의 군인들이 눈에 들어왔다. 민구는 그들을 향해 달려가며 외쳤다.

"잠깐! 잠깐만! 저기! 이쪽 도로에 있는 괴물들을 죽이고 지하철로 들어갑시다! 아직 그리 많지 않으니까 별로 어려울 것 없소!"

"네에?"

병사들이 눈살을 찌푸린다. 난데없이 튀어나온 민간인 놈이 갑자기 지휘를 하려 드니 어처구니가 없을 수밖에 없다. 게다가 엉뚱하게 지하철이라니…….

"선생님, 당황하신 건 잘 알겠지만, 다른 분들과 함께 병사들의 지시를 따르셔야 합니다. 그래야 보호를 받으실 수 있습니다. 이제 여기는 출입 금지 구역입니다. 곧 폭발물을 설치할 거니까 돌아가세요!"

인솔자로 보이는 군인이 민구를 타이르고 다시 뛰어가려 한다. 민구는 다급하게 고개를 저으며 그들의 앞을 가로막았다.

"그게 아니야! 이쪽이 훨씬 더 안전해! 당신들도 살아야 할 것 아냐? 기억해 보라고! 지하철역에서 괴물들이 나오는 걸 본 적 있소?"

그 말에 병사들의 표정이 흔들린다. 정말로 이 사내의 말처럼, 지하철역에서 좀비가 기어 나오는 꼴을 보았던 기억은 없다. 그런데…… 정말로 유심히 보았었냐고 묻는다면, 그건 또 그렇지는 않다.

철책을 향해 달려들 때를 제외하면 좀비가 어디로 가고 어디에서 오는지 관심조차 없었다. 어차피 그것들은 장벽 밖의 존재들이었으니까. 병사들은 서로의 기억을 공유해 보기 위해 술렁였다.

"야! 거기서 뭐 해! 이 새끼들아! 빨리 안 튀어와?"

2차 저지선 쪽에서 장교가 큰 소리로 호통치는 소리가 들려온다.

"네, 넷! 갑니다!"

병사들은 황급하게 그 장교를 향해 뛰어가기 시작했다. 그렇게 해서 민구의 설득은 실패로 끝이 나 버렸다.

"젠장, 바보 같은 놈들! 왜 자꾸 죽는 길로 가라고 하는 거야!"

동쪽으로 뛰어가는 병사들의 뒷모습을 보며 민구는 분통을 터뜨렸다. 여기에서 살아 나갈 수 있는 방법을 알고 있는데, 아무도 그의 말을 들어 주려 하지 않는다.

결국 지하 선로에 대한 미련을 버린 민구는 테라와 젠킨스를 이끌고 다시 제1 주차장을 향해 뛰었다.

그사이에 줄 선 사람들은 조금 더 늘어나 있었고, 그들 세 명은 가장 끝에 합류해야 했다. 이미 해가 거의 다 넘어가 버린 뒤여서 사방은 어두컴컴하다.

콰아아앙—.

동쪽에서 폭발이 일어날 때마다 그들이 있는 곳까지 섬광이 번뜩였다. 그리고 이 지독한 좀비의 악취. 사람들은 자기도 모르게 이를 딱딱 부딪칠 만큼 두려움에 사로잡혀 떨었다.

"테라 양, 이 줄을 따라가면 어디에 도착하게 되는 거지?"

양복 안주머니에서 꼬깃꼬깃 접은 지도를 꺼내 편 젠킨스가 테라에게 물었다. 테라는 어두운 그늘 아래서 한동안 지도를 쳐다보다가 한 점을 짚었다.

"아마 여기일 거예요. 유람선에서 내리자마자 철로로 이동한다고 했거든요."

그녀가 짚은 곳은 용산역에서 그리 멀지 않았다.

마지막 부메랑이 설치된 장소.

젠킨스는 지도의 축적에 맞춰 거리를 짐작해 봤다. 대략 1.5킬로미터 정도인 것 같다. 그렇다면 철로에 도착해도 부메랑까지 신호를 전달하기는 어려울 거다.

"으음……."

젠킨스는 머리를 긁적이며 생각에 잠겼다. 신호를 보내려면 철로에 도착한 뒤에 또다시 500미터 이상을 북동쪽으로 전진해야 한다.

그게…… 가능할까?

힘든 일이다. 하지만 이 행렬을 따라 서울을 벗어나 버리면 그때는 언제 또다시 부메랑이 있는 곳에 접근할 수 있을지 장담할 수 없다.

물론 무사히 철로까지 도착하지 못한다면, 이런 고민들은 전부 아무 소용이 없는 것들이다. 그래도 젠킨스는 오로지 지도를 바라보는 데 집중하기 위해 애를 썼다. 그렇게라도 하지 않으면 두려워서 미쳐 버릴 것 같았기 때문이다.

이런 식의 위험하고 원시적인 이동…… 그는 평생 해 본 적도 없고, 해낼 자신도 없다. 신체적인 조건을 놓고 본다면, 여기 모여 있는 수천의 사람들 중 그 자신이 가장 불리하다.

"야! 라이트 어떻게 된 거야? 여기 조명 다 밝혀!"

민간인 인원수를 헤아리고 있던 장교가 어딘가를 향해 소리쳤다. 잠시 후, 가로등과 서치라이트에 불이 켜지자 상황이 좀 더 명확하게 시야에 들어왔고, 사람들의 입에서는 탄식이 흘러나왔다.

수천의 사람들이 이동하기 위해 대기하고 있다. 이미 지칠 대로 지친 그들 대부분은 가방 하나조차 제대로 챙겨 나오지 못했다. 그런데 그들과 함께 이동할 병사들의 수는 60명도 채 안 되는 것 같다.

나머지 병력은 모두 동남쪽의 2차 저지선에서 좀비들과 대치 중이거나, 그 뒤쪽에 아주 허술한 3차 저지선을 설치하기 위해 분주하게 뛰어다니고 있다. 듬성

듬성 놓여 있는 바리케이드가 너무 무력해 보여서 사람들의 마음은 더욱 급해졌다.

"빨리빨리 나가요! 뒤에 사람 많다고!"

총소리에 놀라 가슴을 쓸어내릴 때마다 뒷줄 사람들은 앞을 향해 빨리 이동하라고 재촉해 댔다. 그래 봐야 줄은 별로 빠르게 줄어들지 않는다. 어떤 이들은 차라리 태양 그룹으로 가겠다며 자리를 이탈하기도 했다.

"열 줄씩 끊겠습니다! 네 명의 병사가 호위합니다! 여러분은 그냥 아무 생각 마시고 앞에서 달려가는 병사와 거리만 유지하시면 됩니다! 여기! 여기까지가 한 조입니다!"

군인들은 사람들 사이를 오가며 이동 요령에 대해 설명하고 있었다. 그들 역시 어지간히 마음이 급하지만, 유람선에 태울 수 있는 인원이 제한적이니까 무작정 막 내보낼 수는 없다.

'젠장, 이런 속도라면 새벽이 되어야 겨우 우리 차례가 오겠군…….'

민구는 초조한 표정으로 어금니를 꽉 깨물었다. 아이들을 찾아 주느라고 소모된 시간이 너무 길었다. 그렇게 여기저기로 뛰어다니지만 않았어도 줄의 중간쯤에는 설 수 있었을 텐데…….

크르르릉~.

정원을 초과해서 민간인들을 태운 장갑 트레일러가 서쪽 게이트를 통과해서 도로로 나간다. 민구가 구했던 꼬맹이들도 저기에 타고 있을 것이다.

장갑 트레일러를 타고 나섰다가 사고를 당해 본 경험이 있으니, 저게 무적이 아니라는 것은 잘 안다. 하지만 그래도 맨몸으로 달리는 것과는 비교할 수 없을 만큼 안전하다.

"걱정하지 마. 그 어린것들은 살아남을 거야."

걱정스러운 눈으로 장갑 트레일러를 바라보고 있는 테라에게 민구가 말했다. 그 말을 하고 나자 우습게도 기분이 조금 나아졌다. 말없이 고개를 끄덕이던 테라가 민구를 돌아보며 입을 열었다.

"죄송해요……. 제가 부탁하는 바람에 아저씨까지 늦으셨네요."

민구는 호주머니 속의 캠핑용 나이프를 만지작거렸다. 사람의 목숨은 빼앗을 수 있지만, 괴물들의 목을 자르기에는 턱없이 부족한 날 길이.

게다가 자신은 몸이 아직 온전치 못하다. 그러니 지금의 민구로서는 저 철책 밖으로 나갔을 때, 너무 많은 수의 괴물들과 만나지 않기를 바라는 수밖에 없다.

"아무도 안 죽으면 미안할 일도 없지."

민구는 나지막이 대꾸했다. 물론 허세였다.

03

"으아, 엄청나네…… 손이 이 지경이 될 정도였으면 맞은 사람 얼굴은……."

고 하사가 태권 소녀의 주먹에 약을 발라 주며 인상을 쓴다. 곁에서 플래시를 비추고 있던 병사도 얼굴을 찡그렸다.

태권 소녀의 두 주먹 너클 파트는 온통 살갗이 벗겨져 빨간 속살이 드러나 있었다. 그 부위에 두꺼운 굳은살이 박여 있는, 태권도 선수의 손이 이렇게 될 정도면 손가락뼈가 부러지지 않은 게 다행이다.

"윽!"

살갗이 벗겨진 부위에 소독약이 닿을 때마다 태권 소녀는 이를 악물고 신음을 삼킨다. 고 하사는 고개를 저었다.

"이렇게 아픈데 왜 이제야 의무실로 왔어? 싸움이 끝나자마자 찾아왔어야지."

"그냥…… 나을 거라고 생각했어요. 실제로도 별거 아니고. 제니가 하도 치료하라고 성화를 해 대서……."

"제니요?"

플래시로 비춰 주고 있던 병사가 깜짝 놀라 묻는다. 태권 소녀는 아차 싶어 입을 다물었다. 건대에 오기 전 제니를 보았던 고 하사와 강 소위를 제외하면 제니가 이곳에 있다는 걸 아는 사람은 없다.

"아니~ 쟤네, 쟤네들. 이 새끼야, 귓구멍이 어떻게 됐냐? 이 상황에서 제니가 왜 나와?"

당황스러운 상황을 고 하사가 단번에 수습해 주었다. 태권 소녀도 안심하고 이야기를 이었다.

"그리고 강 소위님하고 김 중사님 분위기도 좀 그래서……."

"분위기가 그렇다는 게 무슨 소리야? 태양 그룹 직원이 아니라, 회장이라도 너희들이 개새끼라고 하면 개새끼인 거지. 설마 강 소위님이 그걸로 뭐라고 했어?"

고 하사는 약을 바르던 손을 멈추고 물었다. 하루 종일 의무실 구석에 파묻혀 다친 사람들 뒤치다꺼리만 해 주느라 세상이 어떻게 돌아가는지 몰랐는데, 오늘 아주 대단한 난리가 났던 모양이다. 태권 소녀는 고개를 저었다.

"뭐라고 하지는 않았는데요…… 에, 그런 걸 뭐라고 해야 되나…… 하여간 걱정이 많아 보였어요. 민간인들한테 뭐라고 설명해야 할지도 모르겠다고 했고."

"그래? 섭섭했겠는데? 사실 너희가 우리한테 해 준 거 생각하면 뭐든지 오케이 해 줘야 하는 상황이긴 한데……."

고 하사는 가볍게 한숨을 내쉬며 재생 연고를 꺼냈다. 태권 소녀의 상처에 조심스레 연고를 발라 주며 고 하사는 말을 이었다.

"그냥, 좋게 이해 좀 해 줘. 이 조직이라는 게, 내가 하고 싶다고 해서 마음대로 할 수 없을 때가 많거든. 강 소위님도 진심은 너희들 편이었을 거야. 알지? 결코 은혜를 잊을 사람은 아니야."

"강 소위님 애 많이 쓴 거 알아요. 진우랑 같이 헬리콥터 잡고 있던 군인들한테 자기가 명령했다고 하라고도 말해 줬고요. 솔직히 처음에 김 중사님이 끼어들어서 말릴 때에는 좀 서운하기도 했는데…… 한 시간 정도 지나고 나니까 그분들 입장도 이해가 가고, 또 그 새끼 하나 때려죽인다고 해서 뭐가 얼마나 달라졌을까 싶기도 하고…… 뭐, 그러네요."

태권 소녀는 담담하게 대답했다. 그녀의 손에 정성껏 붕대를 감아 준 뒤, 고 하사는 알약을 몇 개 내밀었다.

"이거 한 이틀 정도는 끼니때마다 챙겨 먹어. 요즘 같은 때 곪기 시작하면 골치 아파진다. 그리고 붕대도 자주 갈아 줘야 돼."

"그럴게요. 고맙습니다."

태권 소녀는 약통을 주머니에 넣고 일어나며 고개를 꾸벅 숙였다. 고 하사는 장난스럽게 빙긋 웃고 자리에서 일어나 더 깊이 허리를 굽혔다.

"무슨 말씀, 나야말로 죽을 때까지 고마워해야 하는데."

"에이, 그러지 마요. 쑥스럽게…… 그건 그렇고, 아저씨도 좀 쉬셔야 할 것 같은데요. 얼굴이 완전 반쪽이에요."

"아아, 그렇게 보여? 뭐, 잘됐구만. 안 그래도 얼굴이 커서 걱정이었는데. 크크큭."

고 하사는 시커멓게 그늘이 진 눈 주변을 문지르며 웃었다. 정말 무사히 끝났다고는 하지만, 전쟁은 전쟁. 찢기고 깨진 사람들이 꽤나 많아서 하루에 두 시간도 눈을 붙이기가 어렵다.

그가 외면해 버리면 다들 생으로 앓아야 하니까 자꾸 무리하게 된다. 얼마나 바빴는지, 임수정의 얼굴을 볼 시간도 제대로 없었다.

"그래, 좀 쉴게. 하지만 혹시 조금이라도 아프면 곧바로 이리로 와. 내 걱정 하지 말고."

"훗, 벌써 다 나은 것 같아요."

태권 소녀는 붕대 감긴 손을 씩씩하게 들어 보이며 문을 나섰다. 체육관 밖에서는 친구들이 강 소위와 이야기를 나누는 중이었다.

"받으세요. 이게 있으면 강 소위님이 태양 놈들 때문에 처벌받으실 일은 없을 겁니다."

쿠스트코에서 막 돌아온 유빈이 강 소위에게 휴대폰을 내밀었다. 아무래도 진실을 군인들에게 알려야 할 것 같아서 일부러 진우와 함께 코스드고끼지 다

녀온 참이다. 강 소위는 아주 새것인 티가 물씬 나는 휴대폰의 동영상 재생기를 켰다.

— 그롸아아아— 그롸아아아—!

화면 안에서 양복을 입은 좀비가 울부짖고 있었다. 좀비가 크레인에 매달려 있는 남자의 옆구리를 물어뜯자, 빨간 피가 줄줄 흘러나온다.

"음!"

스너프 필름을 보는 것 같은 충격에 강 소위는 눈살을 찌푸렸다. 그러는 동안에도 좀비는 열심히 남자의 근육을 찢어 냈고, 잠시 뒤에는 내장이 흘러나왔다.

화면 안에 스마트폰의 프레임이 함께 찍힌 것으로 보아 원본은 아니었다. 원본 스마트폰으로 동영상을 재생시키고, 그것을 코스트코에 진열돼 있던 이 휴대폰을 이용해 찍은 것이다.

"끔찍하기는 한데, 이게 태양 그룹에서 인체 실험을 한다는 증거가 될까? 그냥 좀비가 사람을 잡아먹는 거잖아."

강 소위가 물었다. 유빈이 좀비를 가리키며 말했다.

"이거, 이놈 누군지 모르시겠어요? 태양 그룹 작은 회장이잖아요."

그래? 강 소위는 화면을 다시 쳐다봤다. 이 코, 이 턱 모양…… 말을 듣고 보니 그렇게 보이기도 한다. 그러나 이 정도는 닮은 사람이라고 발뺌을 해도 그만이다. 유빈이 다음 영상으로 넘어가라는 손짓을 하며 말했다.

"그리고 그 뒤에 보시면 어떤 아저씨가 쭉 읊는 동영상도 있어요. 태양 그룹 용산 본사라고 건물 여기저기 찍고, 그다음에 작은 회장 좀비 찍고, 자기들이 뭘 하는지도 말해요."

강 소위는 다음 영상을 재생시켰다. 신 차장이 자신의 얼굴과 건물을 번갈아 가며 찍은 동영상이다. 미리 언질을 들은 일이지만, 실제로 영상을 본다는 건 적잖이 충격적이었다.

세상에, 어떻게 사람의 탈을 쓰고 이런 짓을…… 그것도 굴지의 대기업이라는 놈들이…….

이런 놈들이 협력 업체랍시고 민간인들을 데려간다고 생각하니, 그게 너무 아찔해서 강 소위는 이를 악물었다. 이건 확실히 증거가 될 수 있을 것 같다.

"그럼 이 영상은 이 사람에게서 받은 건가?"

"네."

"이 사람은 지금 어디에 있나? 이 동영상도 좋지만, 증인이 함께 있으면 더 좋을 텐데."

강 소위의 말을 듣고 있던 보안관이 고개를 저었다.

"죽었어요. 아까 그 새끼들처럼 검은 군복 입은 새끼들이 쏜 총에 맞아서."

"……그렇군."

강 소위는 무겁게 고개를 끄덕였다. 민간 기업 놈들이 사람을 마음대로 쏴 죽였다는데도 그리 놀랍지가 않다.

"이건…… 내가 잠실에 도착하는 대로 꼭 문 대위님께 전달하겠어. 다른 분들이라면 어떨지 모르지만, 문 대위님은 믿을 수 있는 분이니까……. 좀 더 일찍 이런 걸 알았으면 좋았을걸. 하필 잠실도 다 비우는 분위기라고 해서 민간인들도 태양으로 엄청 넘어갔을 텐데……."

강 소위의 말을 듣고 있던 유빈과 친구들이 깜짝 놀랐다.

"뭐라고요? 잠실을 비워요?"

"아, 그렇다고 하더라고. 이동한다는 건 알았어도 그렇게 임박하게 움직일 줄은 몰랐는데, 나도 아까 태양 그룹 헬리콥터 무전기로 교신하면서 그 얘긴 처음 들었어. 잠실에 있던 민간인들…… 다 서울보다 훨씬 남쪽으로 이동시키는 거거든……."

친구들 모두의 얼굴에 당황한 기색이 비쳤다. 테라를 데리고 나와야 하는데…… 만약에 잠실까지 갔는데 테라를 만나지 못한다면…… 그때는 어떻게 해야 할지 막막해진다. 게다가…….

"만약에 테라가…… 태양으로 갔으면 어떻게 해?"

태권 소녀가 중얼거렸다. 그렇게 되면 조용히 데리고 나온다는 게 거의 불가능해진다. 아니, 그보다 벌써 끔찍한 일을 당했을까 봐 두렵다.

"아니요, 언니. 테라는 절대로 태양 그룹으로는 가지 않아요."

제니가 단호하게 고개를 저었다. 그녀들이 작은 회장을 증오하고 있다는 사실을 모르는 태권 소녀가 다시 물었다.

"그걸 어떻게 확신할 수가 있어?"

"그냥 알아요. 걔도 나만큼 태양 그룹을 싫어하니까요. 믿어도 돼요."

제니가 말했다. 조금의 의심도 없는 것 같은 태도다. 강 소위는 그제야 의문이 해소됐는지 연신 고개를 끄덕였다.

"그렇구나. 테라를 만나러 가는 거였구나……. 나도 참 바보군. 이쪽에 제니 양이 있는 걸 봤으면서도 자네들이 잠실에 가겠다고 하는 이유를 몰랐으니…… 생각해 보면 당연한 거였는데 말이야. 만약 테라 양이 태양으로 가지 않을 게 확실하다면, 걱정하지 않아도 돼. 테라 양이 어디쯤 있는지는 잠실 병사들 전체가 다 잘 알고 있을 테니까."

하지만 계획이 완전히 틀어져 버린 친구들의 마음은 바빠졌다. 잠실로 가서 몰래 테라를 데리고 나온다는 것이 원래의 계획이었으므로.

강만 건너서 지하철 선로를 이용해 돌아오면 되는 일이었는데, 만일 그녀가 서울을 벗어난 상태라면……. 그럼 코스트코에서 너무 멀어진다. 이동 경로가 길면 당연히 여러 사람의 눈에 띌 수밖에 없고, 결국엔 조용한 탈출이라는 게 불가능해질 거다. 안전 문제도 심각해진다.

"안 되겠어! 지금이라도 가 보자!"

보안관이 배낭을 어깨에 걸치며 말했다.

"잠깐만, 어디를 간다는 거야? 잠실에? 이렇게 밤늦은 시간에?"

강 소위가 깜짝 놀라 물었다. 보안관은 당연하다는 투로 대답했다.

"네. 한시라도 빨리 가야 조금이라도 덜 멀어졌을 때 만나죠."

"그건 너무 무모해. 아무리 광훈 군이나 진우가 뛰어나다고 해도 지금 이렇게 깜깜한 밤이야. 플래시 불빛 범위밖에는 안 보인다고. 그런데…… 잠실까지 그

먼 곳을 어떻게 가겠다는 거야?"

보안관이 멈칫한다. 생각해 보니까 밤에 좀비들이랑 싸웠던 기억은 그리 많지 않은 것 같다.

유빈도 강 소위의 말에 일리가 있다고 생각했다. 밤중에 복지 센터 뒷산을 오르다가 레이저 와이어에 다리를 크게 다쳤던 경험도 그에게 신중하라고 충고한다.

"어차피 잠실에서도 일몰 후에는 이동을 하지 않을 테니까, 내일 동이 튼 이후에 출발해도 달라지는 건 없을 것 같은데."

강 소위는 간곡하게 보안관을 설득했다. 그는 이 용기가 흘러넘치는 다혈질 영웅이 혹시라도 잘못될까 봐 두려웠다.

물론 강 소위는 지금 잠실이 완전히 궤멸 직전이라는 사실 같은 건 전혀 모르고 있다. 그저 이동 계획이 순조롭게 진행되고 있다고만 생각했다.

"밤에 움직이는 건 힘들기는 해. 나는 좀비가 안 보여도 좀비들은 내가 어디에 있는지 정말 귀신같이 알거든. 뭐, 그렇다고 못 싸울 만큼 난도가 높아지는 건 아니지만…… 웬만하면 피하는 게 현명하지."

진우가 말했다. 유빈은 보안관의 어깨에서 배낭을 벗겨 내고 그를 달랬다.

"보안관, 미리 준비 다 해 놓고 있다가 내일 해 뜰 때 출발하자. 해 뜰 때라고 해 봐야 이제 몇 시간 안 남았어. 그 짧은 시간 동안 무슨 일이야 있겠냐?"

04

"후우우~!"

오 박사는 또 한숨을 내쉬었다. 막 마취에서 깨어나 병실 침대에 비스듬히 기대 누워 있는 메이저의 꼴을 보고 있자니, 답답해서 견딜 수가 없다.

안와 골절에 광대뼈 골절이 동시에 일어나면서 까딱했으면 안구가 함몰될 뻔했다. 찢긴 눈두덩의 상처는 열두 바늘을 꿰맬 만큼 크고 깊었다.

부러진 이에 찔려 엉망으로 찢어진 메이저의 입술은 보랏빛으로 퉁퉁 부어올라 있다. 고막도 나갔고, 턱뼈에도 금이 쭉쭉 가 있다. 부러진 코뼈를 원래대로 돌려놓기는 했지만, 짓뭉개진 모양새는 참담하다.

그리고 갈비뼈가 또 두 대, 옆구리 근육 염좌, 그 밖에 자잘한 손상은 다 헤아릴 수도 없다.

"도대체…… 자네, 왜 이래? 무슨, 마가 낀 것도 아니고…… 멀쩡하던 사람이 쉘터라는 데에만 갔다 하면 이렇게 부상을 입고 돌아오냐고."

오 박사는 고개를 내저으며 말했다. 실력이 없는 놈들도 아니고, 태양 그룹 사설 경비 업체 대장을 맡을 정도의 인물이 이 꼴이 된 걸 보니 속이 터진다.

게다가 동행했던 직원이 보고한 바로는, 메이저를 이 꼴로 만들어 놓은 게 여자란다. 이 소문이 퍼지면 회사 내의 기강이 심하게 흔들릴 것이다.

여자한테 맞아 초주검이 된 대장. 그건 진짜 난감한 일이다. 메이저의 무력은 오 박사가 이 본사를 장악하는 데 있어 중요한 역할을 담당한다.

"짜, 짜, 짜증 나니까, 그따위 소, 소리 하려면 나가."

팔에 수액 주삿바늘을 꽂은 채 양주병을 기울이고 있던 메이저가 짜증을 부린다. 급하게 의료팀으로부터 수술을 받은 터라 그의 얼굴은 온통 꿰맨 자국투성이다. 메이저가 다시 양주병을 입에 대려 하자 오 박사가 그의 팔을 잡았다.

"술은 그만 마셔. 마취 풀린 지 얼마나 됐다고. 몸이나 좀 회복시킨 후에……"

"모, 모, 몸? 몸은 아, 아픈 것도 아니야! 내, 내, 내 이 속! 이 가, 가슴속이 지금 어, 어떤지 알아?"

메이저는 오 박사의 손을 밀쳐 내고 양주를 들이켰다. 계집년에게 맞아 이 꼴이 되었다는 것도 쪽팔린 일이지만, 그를 정말로 괴롭히는 것은 근육 덩치 놈에게서 느꼈던 공포다.

단 두 방…… 옆구리에 꽂힌 훅과 팔꿈치 돌려 치기. 그것만으로 그는 전의를 잃었다. 그래서 놈이 가지고 노는 대로 이리저리 끌려다녔다.

그 계집년도 나름 셌지만, 이미 싸움을 하기도 전에 승부가 기운 상황이었다. 그년이 마운트 자세로 올라와서 무릎으로 옆구리를 죄는 순간, 숨이 막히고 정신이 아득해지는 것 같았다.

그리고 결국 힘 한번 제대로 못 써 보고 이 꼴로 겨우 살아 돌아온 것이다.

"씨발…… 내 새, 새, 새끼들이 보, 보고 있었는데……."

메이저는 비통한 표정을 지으며 담배를 물었다. 찢어진 그의 입술 사이로 양주가 주르륵 흘러내린다. 말려 봐야 소용이 없을 것 같아서 오 박사는 더 입을 떼지 않았다.

"열받는 거 이해해. 이해하는데…… 그냥 덮어 버리자고. 아마 자네, 요즘 너무 무리했나 봐. 피곤해서 몸이 무거웠던 거지. 그래도 오늘 잠실 덕에 좋은 일 있었으니까, 그저 생각하면서 참아."

후우우~ 길게 연기를 뿜어낸 메이저가 오 박사에게 물었다.

"자, 자, 잠실? 거, 거기에서 며, 몇 명이나 데려왔는데, 조, 조, 좋은 일이라는 말까지 나와?"

애초에 수용 요청이 들어왔던 인원의 수가 500명 정도라는 걸 메이저도 알고 있다. 꽤 많아 보이지만, 파멸의 마녀 쌍년에게 조공을 몇 번 바치고 나면 그걸로 또 끝이다.

그런데 오 박사는 빙글거리며 고개를 저었다. 다시 생각해 봐도 믿기지가 않는다는 표정이다.

"아, 웃어서 미안해. 자네가 몸이 이렇게 됐는데…… 그냥 너무 어처구니가 없어서 말이야. 자네 마취되어 있던 동안 무슨 일이 있었냐면, 잠실이…… 풋! 잠실이 지금 거의 궤멸 직전이야. 완전히 무너졌어. 그래서 지금 이 시간에도 헬리콥터 네 대가 쉬지 않고 돌아. 베슬에 태워 달라고 하는 놈들 수천 명이 주차장에 줄을 쫙 서 있거든."

메이저는 멍한 얼굴로 오 박사를 바라보았다.

이게 지금 무슨…… 수천 명이라고? 그것도 여기 오고 싶어 난리가 났다고?

거짓말 같은 이야기였다.

"그, 그, 그래서 데, 데려온 새끼들은 어, 어디다가 놔뒀어? 그, 그렇게 마, 마, 많은 놈들 가둘 자, 장소가 없을 텐데……."

"지하 주차장에 처박아 놨어. 여자들은 지하 2층, 남자들은 지하 3층. 셔터로 딱 나눠 놨지. 발상의 전환을 하니까 가둬 놓기에는 거기만 한 데가 또 없더라고."

"씨발, 그, 그럴 줄 알았으면 거, 건대 같은, 조, 조, 좆 같은 데를 가, 가는 게 아닌데."

메이저는 입술을 찡그리며 담배 연기를 내뱉었다.

"그러게, 이런 일이 있을 줄 누가 알았나……."

오 박사도 고개를 끄덕인다. 양주를 한 모금 더 들이켜던 메이저가 불현듯 뭔가를 깨달았다.

"그, 그, 그러면 거, 건대 새끼들 누, 누, 눈치 볼 일도 어, 없다는 말이잖아!"

응? 무슨 소리인가 싶어 되물으려던 오 박사도 메이저의 말뜻을 알아듣고 생각에 잠겼다. 건대는 지금 무전이 끊겨 있는데, 잠실은 무너졌다.

다시 말해 건대 놈들은 아무것도 모르는 채로 이동 수단이 오기만을 기다리고 있을 것이다.

"거, 건대 새끼들을 싸, 싹 다 주, 죽여 버려도 아, 아무도 신경 아, 아, 안 쓸 것 아니야? 마, 맞지?"

"……정말 그렇게 됐구만. 상황은 그렇게 되기는 했는데…… 그 많은 병력을 어떻게 죽이려고? 총알도 다 빼앗기고 왔으니, 그쪽에서도 반격을 할 텐데?"

"자, 자, 자네, 이, 이상한 거 마, 많잖아. 벼, 벼, 병균이나 도, 독가스 같은 거."

메이저는 망설이지 않고 대답했다. 그의 말을 듣고 나서도 오 박사는 별로 놀라지 않았다. 무식하니까 용감할 수 있는 거다. 오 박사는 자신의 지위를 안정적으로 유지하기 위해 그 무지하고 가학적인 용맹이 필요했다.

그리고 필드에서의 인간을 상대로 한 가스 실험 같은 건, 그에게도 흥미가 동하는 이야기였다. 이런 때가 아니면 언제 그런 짓을 해 볼 수 있겠는가.

"그래…… 그 정도는 할 수 있겠지…… 헬리콥터에서 유탄 발사기로 쏘면 될 거고. 거리가 얼마나 되지? 건대에서 여기까지가?"

"대, 대충 시, 시, 십 킬로미터 정도."

메이저는 고민 없이 대답했다. 매일 헬리콥터로 인간 사냥을 다니는 동안 서울의 지리와 대강의 거리가 머릿속에 새겨져 버렸다.

"꽤 되는군. 그러면 가스 정도는 양 조절을 해 가면서 써도 될 것 같은데…… 어떤 걸 원해? 그냥 다 가스로 죽일 거야?"

오 박사가 물었다. 안경 렌즈 너머 그의 눈은 새로운 장난감을 찾아낸 악마처럼 빛났다.

"그, 그래. 저, 저, 전부 다 주, 죽여 버…… 아니다. 자, 자, 잠깐만."

증오에 가득 차서 중얼거리던 메이저가 말을 멈추고 고민했다. 그 계집년과 근육 덩치를 그런 식으로 손쉽게 죽여 버린다는 건 너무 아깝다.

손맛을 보고 싶다. 그 건방진 계집애가 온몸에 피멍이 든 채 묶여서 살려 달라고 빌고, 그러다가 또 저주의 욕설을 퍼붓는 꼴을 보고 싶다.

근육 덩치는…… 그건 일단 잡아 온 뒤에 어떻게 천천히 고통을 줘 가며 죽일지 생각하는 것만으로도 즐거울 것이다.

자신의 몸이 다 나을 때까지 매일 놈을 조금씩 고문하고 약해지게 만든 후에, 섀도 실드 대원들이 지켜보는 가운데 진검 승부를 벌이는 것도 괜찮을 것 같았다.

"새, 새, 새, 생각이 바뀌었어. 그, 그 가스 중에 기, 기, 기절만 하는 걸로 해 줘."

"음, 실레인도 있지만, 불산 가스를 권장하고 싶군. 좋은 게 뭐냐면, 접촉된 피부를 괴사시키거든. 호흡은 막히고, 살은 녹아 들어가고…… 생지옥일 거야."

오 박사는 미소를 지으며 대답했다. 메이저가 고개를 젓는다.

"아, 아니…… 그, 그, 그렇게 다치게 하면 안 돼. 그건 내, 내가 처, 처, 천천히 할 테니까 기, 기절만 시키는 거."

"음, 뭐 그렇다면 메톡시플루렌이나 할로테인, 펜타닐 변형 화합물…… 이런 걸 써야겠군. 재미는 확 줄어들겠지만."

"지, 지금 가, 갈까?"

기분이 좋아진 메이저는 아직 반 이상이 남은 수액의 주삿바늘을 뽑고 벌떡 일어났다. 빙글~ 땅에 발을 딛자마자 눈앞이 핑 돈다. 마취제에 진통제, 그리고 술까지 들어갔으니 어지럽고 정신이 몽롱할 수밖에 없다. 오 박사는 그를 부축하면서 쓴웃음을 지었다.

"이거 봐, 지금 대목이라니까. 잠실에서 샘플들은 싣고 와야 할 것 아니야."

아~! 메이저는 잊고 있었다는 듯 고개를 끄덕였다.

"그, 그, 그래. 내, 내일 가자, 내일."

그렇게 말한 메이저는 병실 문 쪽으로 비틀거리며 걸어 나갔다. 오 박사가 그의 뒤를 쫓으며 물었다.

"어디 가려고 그래? 누워 있어!"

"아, 아, 아니야! 계, 계집년들 세, 세, 세 명 정도만 데려올게. 소, 손이 근질거려서…… 내일까지 시, 심심풀이는 있어야지."

"그 손으로?"

오 박사는 믿을 수 없다는 표정을 지었다. 메이저는 왼손의 손가락이 두 개나 부러져서 깁스를 하고 있다.

"나, 나는 오, 오른손잡이니까."

메이저는 왼손을 들어 보이며 복도를 지나 엘리베이터 앞에 섰다. 막무가내다.

"젠장……."

오 박사는 욕설을 내뱉으면서 그의 뒤를 따라갔다. 마음 같아서는 억지로라도 병실에 눕혀 두고 싶은데, 오늘 하루 메이저가 워낙 더러운 일진을 겪었다는 걸 알고 있기에 그냥 내버려 뒀다.

저렇게 해서라도 기를 좀 살려야 한다. 기가 죽은 사냥개는 아무짝에도 쓸모가 없으니까. 그렇지만 저 상태의 인간을 샘플들 틈으로 혼자 보낼 수는 없는 노릇이다.

"어이, 너희, 나 좀 따라와."

오 박사는 복도를 지키고 서 있던 섀도 실드 요원 둘에게 수행을 명령했다.

메이저는 엘리베이터 단추를 제대로 누르지 못해서 계속 바로 옆의 벽을 눌러 대며 해롱거리고 있다. 진통제와 술이 그의 몸 안에서 아주 적극적인 시너지를 일으키는 모양이다.

"너희 대장 지금 많이 취했으니까 너희가 챙겨야 돼. 여자들 골라서 올라간 다음에 수갑에 묶는 것도 너희가 마무리하고 내려와."

아래로 내려가는 엘리베이터 안에서 오 박사는 섀도 실드 대원들에게 당부를 했다. 메이저는 어림도 없다는 듯 고개를 저어 댄다.

"뭐, 뭔 소리야…… 왜 그, 그 그렇게까지 한다는 거야? 내, 내, 내가 그, 그 정도 통제 못 할 것 같아?"

메이저는 엘리베이터 문이 열리자마자 가장 앞장서서 복도로 뛰어나갔다. 오늘 오후에 잠실에서 데려온 민간인들을 가둬 둔 곳이다.

지금이야 진통제 효과 때문에 저렇게 펄쩍거리고 뛰어다니지만, 내일 아침 약 기운이 떨어져 갈 때쯤에는 아마도 죽는다고 비명을 지를 것이다. 얼굴의 뼈들이 워낙 많이 다쳤다.

"어이! 기다려! 무리하지 말라니까!"

복도 중간의 방문 앞에 서서 번호 키를 누르고 있는 메이저를 향해 오 박사가 외쳤다. 하지만 메이저는 미친놈처럼 열심히 번호 키를 눌러 댄다.

띠리릭—.

잠겨 있던 문이 열리는 소리.

신기한 일이었다. 그렇게 커다란 엘리베이터 단추도 제대로 누르지 못하던 주제에 비밀번호는 또 어떻게 잘 맞춰 눌렀다니…… 오 박사는 쓴웃음을 지었다.

"어? 이, 이, 이 방이 아니네?"

방 안으로 들어선 메이저는 불쾌하다는 듯 바닥에 침을 탁, 뱉었다. 다물어지지 않는 입에서 튀어나온 타액이 제대로 떨어지지 않고 턱 끝에 걸려 주르륵 흐른다.

방 안에는 발가벗겨진 채 두 손이 뒤로 묶인 남자들이 잔뜩 몰려 서 있다. 여자 방이 아니라 남자들을 가둬 둔 방으로 잘못 들어온 것이다.

"제, 제, 젠장, 여, 여, 옆방인가?"

메이저는 머리를 꾹 눌러 두통을 참아 내고 비틀거리며 벽을 짚었다. 그가 그렇게 몸을 추스르지 못하는 사이에 민간인 남자들 몇 명인가가 그에게 다가와 애원하기 시작했다.

"선생님! 저희 좀! 저희 좀 살려 주십쇼! 저희가 무슨 잘못을 했다고 이런 취급을 하십니까? 저희 그냥 선량한 이송 희망자입니다."

"어어? 이, 이것들이 더, 더럽게……."

자신에게 달라붙는 민간인 남자들을 노려보며 메이저는 인상을 잔뜩 찌푸렸다. 뒤늦게 쫓아 들어온 섀도 실드 대원들이 진압봉을 휘두르며 남자들을 뒤로 밀어낸다.

"꺼져, 이 새끼야! 달라붙지 말라고!"

"어윽! 으윽! 살려 주세요!"

팔에 피멍이 들고 귀가 찢겨 나가 피를 질질 흘리면서도 민간인 남자들은 애원을 멈추지 않았다.

태양 그룹이 운영하는 난민용 쉘터가 있다고 해서 따라왔더니, 이런 곳에 옷을 다 벗겨서 처박아 뒀다. 그런 후, 한 번도 문이 열리지 않았다. 몇 시간 만에 처음으로 누군가 사정해 볼 사람이 찾아왔는데, 그냥 이렇게 보낼 수는 없다.

"도대체 왜 이러는 겁니까? 우릴 어떻게 하고 싶어서 이래요?"

머리를 두들겨 맞아 피를 흘리고 쓰러진 남자가 메이저를 노려보며 울부짖었다. 두 팔이 뒤로 묶여 있는 터라 저항조차도 해 볼 수 없다는 게 너무 분하다. 이럴 줄 알았더라면 태양 그룹 같은 데로 오지 않았을 텐데…….

"어떻게 하고 싶냐고? 그걸 정말로 알고 싶어? 아닐 텐데?"

오 박사가 천천히 걸어와 남자의 얼굴을 발로 밟으며 물었다. 남자가 어떻게든 벗어나 보려 애를 쓰지만, 오 박사는 집요하게 그의 볼을 짓이기며 빙글빙글 웃었다.

"여기에서는 너처럼 말이 많은 놈을 좀비 밥으로 주지."

"왜? 왜 그런 짓을 해? 흐! 흐으으!"

신음하는 남자의 눈에 눈물이 맺힌다. 분하고, 아프고, 무섭다. 오 박사의 한마디를 들은 민간인들은 순식간에 입을 다물었다. 일단 말이 많은 놈으로 찍히지 말아야겠다고 생각하는 모양이었다.

"저, 저…… 선생님!"

겨우 좀 사태가 진정되었는가 싶었을 때, 뒤쪽에서 한 남자가 필사적으로 소리를 지르며 사람들 사이를 비집고 나왔다. 테라와 젠킨스의 대화를 엿들은 야구 모자다.

"이 새끼…… 먼저 뒈지고 싶어서 아주 지랄이 났네."

앞으로 뛰어나오다가 결국은 발이 걸려 넘어진 야구 모자를 보며 오 박사는 혀를 끌끌 찼다.

어째 이번에 잡아 온 놈들은 나사가 좀 빠졌는지, 유난히 징징대는 놈들이 많은 것 같다. 이쯤에서 하나 정도 본보기를 보여 줘야 할 모양이다. 지금 시끄럽게 군 이놈으로.

"야, 저 새끼 이 앞으로 끌고 와. 일단 세 번 기절할 때까지 좀 패자."

오 박사가 명령했다. 섀도 실드 직원이 야구 모자의 머리채를 꽉 움켜쥐고 질질 끌었다.

"아아악! 으으!"

야구 모자는 고통 때문에 비명을 질렀다. 하지만 그러는 와중에도 그는 필사적으로 자신이 가진 궁극의 비밀 무기를 내던졌다.

"제가 엄청난 걸 알아요! 좀비에 물리고도 안 죽은 사람을 압니다! 제발! 때리지 마세요! 으아!"

"잠깐! 잠깐 멈춰 봐!"

오 박사가 급하게 소리를 쳤다. 야구 모자를 후려갈기기 위해 곤봉을 치켜올린 섀도 실드 대원이 손을 멈춘다. 진통제에 취해 있던 메이저조차도 순간적으로 제정신을 찾고 똑바로 서 있다. 오 박사는 야구 모자에게 몸을 숙여 물었다.

"너 지금 뭐라고 했어? 다시 말해 봐."

"흐으으~! 흐으으! 제가…… 좀비에 물리고도 살아남은 사람을 압니다! 잠실에! 잠실 쉘터에 있어요!"

야구 모자는 숨을 헐떡이며 외쳤다. 그러면서도 그는 그것이 누구인지는 밝히지 않았다. 아직 행복하게 살 수 있는 기회가 있다고, 야구 모자는 믿었다.

"그게 누군데?"

오 박사가 차가운 목소리로 다시 물었다. 야구 모자는 도리질을 했다.

"이, 일단 이 방에서 내보내 주세요! 그리고 저는 살려 주신다고 약속해 주세요! 그러면…… 그러면 이름을 알려 드리겠습니다!"

"거짓말하면 재미없어. 나는 농담 같은 거 키우는 사람 아니야."

"압니다! 네! 맹세할 수 있어요!"

흐음~. 오 박사는 야구 모자의 얼굴을 빤히 쳐다봤다. 그저 이 자리를 모면하기 위해 이런 종류의 거짓말을 할 확률은 극히 낮다. 그런 게 목적이라면 주로 자신의 혈연이나 학연, 아니면 신분 따위를 들먹일 테니까.

만약 이 말이 진짜라면…… 그래서 살아 있는 면역자를 손에 넣을 수만 있다면…… 그렇다면 머지않아 파멸의 마녀, 그 개같은 년의 코를 납작하게 만들어 줄 수 있다. 그 생각을 하는 것만으로도 오 박사의 입가에는 미소가 지어진다.

오 박사는 섀도 실드 직원들에게 손짓을 했다.

"어이, 저분 일으켜 드려. 다치지 않도록 조심해서."

05

오 박사는 야구 모자를 데리고 나와 바로 위층의 소회의실로 들어갔다. 놈의 손을 풀어준 섀도 실드 대원들이 뒤에서 감시하고 있는 동안, 오 박사는 냉장고에서 콜라를 꺼내 줬다. 그 정도 대접은 해 줘야 이놈이 안심하고 입을 열 것 같아서다.

"이, 이, 이제 마, 마, 말해…… 우, 우리도 바빠!"

콜라를 급하게 벌컥대는 야구 모자에게 메이저가 말했다. 어찌나 구미가 당기는 이야기인지, 여자 생각마저 깨끗이 지워졌다.

면역자가 아직 잠실에 있을 때 가서 데려와야 편하다. 물론 이미 철로로 이동했다고 하더라도 반드시 데려올 거다. 무슨 수를 써서라도!

긴 선로는 쉘터처럼 화력이 집중되어 있지 않다. 마음만 먹는다면 군을 상대로라도 기습을 할 수 있다.

"그래, 정보가 맞기만 한다면 우리도 그냥 입 싹 닦고 있지는 않아. 당연히 그에 맞는 보상도 해 줘야지. 음, 전에도 이런 제보 했던 사람이 하나 있었는데, 그 양반은 지금 남부에서 이사까지 올라가 있어."

오 박사도 특유의 뱀 같은 미소를 지으며 아무렇지도 않게 거짓말을 늘어놓았다. 이미 이전에도 면역자가 있었다는 말에 조금 놀란 야구 모자는 조심스럽게 물었다.

"그…… 그러면 저도 이사까지는 가능한 건가요?"

이미 한 번 속아 놓고서 또 속고 싶은 거냐?

오 박사는 놈을 비웃으며 고개를 끄덕였다.

"정보가 맞는다면 그렇지. 말해 봐. 누구야, 그 물렸다는 사람? 아직 잠실에 있어?"

"네. 제가 아까 여기로 오기 전에 한 번 확인하고 헬리콥터에 탔습니다. 있었어요. 찾기도 엄청 쉬워요. 다들 아시는 사람이니까요."

야구 모자는 입술을 핥으며 말했다.

"면역자라는 건 어떻게 알았어? 직접 본 거야?"

"그…… JL이라는 회사 아시죠? 거기 최고위 연구 책임자가 타일러……."

"그래, 알아! 타일러 젠킨스. 사이코패스 천재. 그게 뭐? 잠실 이야기 하는데 그 사람이 왜 나와?"

야구 모자의 말이 길어지는 것 같아서 짜증이 난 오 박사가 놈의 말을 자르며 다그쳤다. 야구 모자는 주눅이 들어 몸을 움츠리며 대답했다.

"그 사람이 한 말을 들었습니다. 아, 지금 그 사람도 잠실에 있거든요."

"젠킨스가? 잠실에?"

"네. 그 사람이 테라하고 늘 붙어 다니면서 이야기를 했었는데…… 하루는 막 흥분해서 소리를 지르는 거예요. 네가 물렸다는 걸 말했냐! 그리고…… 테라의 물렸던 발가락에서는 무한…… 뭐라더라 아, 기억났어요. 증식과 파괴가 반복되고 있다는 말도 하면서."

"지금 뭐라고 했지? 무한 뭐라고?"

너무나 아찔한 이야기에 오 박사는 혹시 자신이 잘못 들은 것인가 싶어 되물었다. 그의 표정에서 반가움을 느낀 야구 모자도 들뜬 목소리로 말했다.

"무한 증식과 파괴가 반복되고 있다고 했어요. 물린 발가락에서 증식이요. Proliferation!"

야구 모자는 'Proliferation'을 필요 이상 굴려 발음하며 자신의 어학 실력을 강조하기 위해 노력했다. 그렇게 하면 해외 영업 이사의 꿈을 이룰 수 있을 것 같아서였다.

"으으~!"

오 박사는 자기도 모르게 신음을 흘리며 몸을 벌떡 일으켰다. 둘의 행방을 찾기 위해 비상을 걸 시간이다.

상처 부위에서의 무한 증식과 파괴?

이 멍청한 놈이 뒈지기 싫어 급조한 이야기라기에는 너무도 구체적이고 독특하다. 오 박사 자신조차 한 번도 상상해 본 적 없는, 그런 개념. 하지만 야구 모자의 말을 듣자마자 그는 그것이 얼마나 면역자다운 독특한 특성인지를 깨달을 수 있었다.

미스터 배인지 뭔지, 그 마녀 년이 달고 다니는 놈과는 차원이 다르다. 사실 타일러 젠킨스가 인정할 만한 면역자라는 것만으로도, 이미 연구할 가치는 충분하고도 남는다.

젠킨스와 면역자, 대단한 보물을 한꺼번에 둘이나 손아귀에 넣을 수 있는 기회가 왔다. 그러기 위해서는 총력을 기울여야 한다. 건대 쉘터에 수면 가스 쏠 궁리 따위나 할 때가 아닌 것이다.

오 박사는 일단 야구 모자 녀석이 잠실을 떠나던 시점에서부터 확인을 시작했다.

"그래…… 당신이 잠실을 출발하기 직전에도 젠킨스가 그 면역자와 함께 있는 걸 봤다는 말이지?"

오 박사의 질문에 녀석은 고개를 끄덕인다. 오늘 잠실에서 이놈들을 태워 왔던 시간이 오후 3시에서 4시경, 그 이후로 난리가 났다고 했으니 아홉 시간가량이 지났다. 당연히 젠킨스가 아직까지도 그대로 잠실에 남아 있다는 보증은 없다.

선로로 이미 이동했을 수도 있고, 어쩌면 야간의 혼란 속에서 벌써 이곳으로 실어 와 지하 차고 안에 가둬 놨을지도 모르는 일이다.

면역자를 수색하러 잠실로 출발하기 전에 먼저 그것부터 확실히 해 둬야 한다. 오 박사는 인터폰을 누르고 명령했다.

"나, 오 박사다. 지하 주차장으로 가서 거기 넣어 둔 민간인들 중에 외국인이 있는지 찾아봐. 백인에 키도 꽤 크고, 엄청나게 비대한 중년 남자니까 눈에 확 띌 거야. 아, 그리고 혹시 그 사람 일행도 있었는지도 확인하고."

거기까지 말한 오 박사는 고개를 돌려 야구 모자에게 물었다.

"이봐, 당신 면역자 얼굴도 기억하지? 그 인상착의 좀 설명해 봐."

오 박사의 말을 들은 야구 모자는 무슨 소리를 하는 거냐는 표정을 지었다.

"인상착의가 뭐에 필요해요? 테라라니까요. 테라가 면역자예요. 그…… 검은 미니 원피스를 입었는데요, 멀리서 다리만 봐도 한눈에 알 수 있어요."

"테라? 그게 뭐야?"

오 박사가 미간을 찌푸렸다. 그러나 옆에 앉아 있던 메이저가 피식거리며 웃었다. 프랑켄슈타인 같은 그 얼굴이 좋아하는 모양은 기괴했다.

"하, 하, 한국 사람이 테, 테, 테라를 몰라? 크흐흐흐!"

TV도, 연예 뉴스도 거의 보지 않는 오 박사가 어리둥절한 표정을 짓자 메이저는 다시 설명을 해 줬다.

"가, 가수 피, 피, 핑크 펀치는 들어 봤지? ㄲ, 끝내주는 년들 두, 둘 있어. 아, 기, 기, 길게 이야기할 것도 어, 없었네. 여, 여기에 있잖아."

메이저는 야구 모자에게 주었던 콜라 캔을 돌려 인쇄된 사진을 오 박사 쪽으로 향하게 했다. 오 박사는 안경을 끌어 올리고 캔을 살폈다. 여자 아이돌 둘이 웃고 있는 사진과 이벤트에 응모하라는 문구가 새겨져 있다.

메이저가 말했다.

"두, 두, 두 년 중에 까, 까, 까만 머리가 테라야. 아냐, 돼, 됐어! 내가 차, 차, 찾으면 되니까."

메이저는 무슨 이유에선지 갑자기 기운이 펄펄 나서 테이블을 쾅, 때리고 일어났다. 하지만 한 걸음을 제대로 떼지도 못하고 의자와 함께 뒤로 나동그라졌다. 진통제와 술에 취해 버린 몸이 도무지 말을 듣지 않는 모양이다.

"으! 아으! 이, 이게 왜, 왜 이래? 끄응!"

메이저는 의자를 붙잡고 일어나 보려 애를 쓴다. 그 모습을 보며 오 박사는 이 수색에서 메이저가 아무 역할을 할 수 없다는 걸 깨달았다.

하긴…… 마취가 풀리자마자 진통제 범벅이 된 몸으로 이만큼이라도 돌아다닌 것이 오히려 대단한 일이다. 오 박사는 다시 인터폰을 눌렀다.

"지하 2층에 가둬 둔 여자 중에 테라라는 사람이 있는지 확인해 봐. 중요한 일이니까 건성으로 하지 말고 확실히 해! 하나하나 얼굴을 확인하라고! 아까 이야기했듯이 지하 3층에서 뚱뚱한 백인 남자도 찾아보고! 그리고 헬리콥터들에 연락해서 지금 자신이 태우고 있거나 태우기 위해 기다리는 민간인들 중에 테라가 있는지, 현재 위치 어딘지 확인하고 최대한 서둘러서 돌아오라고 해! 돌아오면 출발하지 말고, 내 명령 기다리라고 하고!"

명령을 마친 오 박사는 이마에 달라붙은 머리카락을 쓸어 넘겼다. 기대와 흥분으로 가슴이 벌렁거린다. 이렇게 좋을 수가……

마음 같아서는 나가 있는 헬리콥터들에게 당장 구조고 뭐고 다 그만두고 테라와 젠킨스만 찾아 데리고 오라고 하고 싶다. 하지만 군인들의 눈치를 봐야 하니 일단 나가 있는 헬리콥터들까지는 정상적인 운행인 척해야 한다.

"출동 준비해! 경비에 필요한 최소한의 인원만 여기에 두고 섀도 실드 요원 전원 출동한다. 만일의 사태에도 대비해야 하니까 완전무장하라고 하고!"

메이저를 부축해서 의자에 앉히는 섀도 실드 대원들에게 명령을 내리고, 오 박사는 거추장스러운 가운을 벗어 던졌다.

"지, 직접 나가게? 저, 저, 전투가 버, 벌어질지도 모르는데, 내, 내가……"

메이저는 몸을 가눠 보려고 안간힘을 쓴다. 오 박사는 그의 어깨를 두드렸다.

"자넨 좀 쉬어. 아까부터 그러라고 했잖아. 애들 와서 부축해 주라고 할 테니까 두어 시간만이라도 푹 자 둬. 술도 마시지 말고! 혹시 선로로 옮겨 가 버렸으면 전투를 해야 할 텐데, 그때도 자네가 이런 상태면 힘들어!"

문을 열고 나가려던 오 박사가 야구 모자를 힐끔 돌아본다. 야구 모자는 잔뜩 기대에 찬 표정으로 가슴이 부푼 채 그의 입이 열리기만을 기다리고 있다.

오 박사는 야구 모자를 가리키며 섀도 실드 대원들에게 말했다.

"이거, 8층 식사실에 넣어 둬."

식사실?

낯선 단어를 들은 야구 모자는 주변의 눈치를 살폈다.

무슨 뜻이지? 식당을 여기에서는 식사실이라고 부르나?

그곳에서 수많은 희생자들이 X-1에 마비된 상태로 작은 회장 좀비의 먹잇감이 되었다는 건 전혀 짐작조차 하지 못했다.

"작은 회장을 데려가 버려서 식사실에는 이제 아무것도……."

야구 모자의 양팔을 잡고 일으키며 섀도 실드 대원들이 물었다. 오 박사는 고개를 끄덕였다.

"알고 있어. 좀비는 나중에 넣으면 되니까, 일단 크레인에만 걸어 놔."

좀비? 크레인?

별로 적절하지 않은 단어가 또 나오자 야구 모자의 눈이 흔들린다. 오 박사는 그에게 빙긋 웃어 보였다.

"축하한다. 네가 오늘 막 시작된 페이즈 2 실험 대상 1호야. 테라인지 뭔지 데려오면 첫 혈청을 너한테 주사해 줄게."

그러고 나서 그는 엘리베이터를 향해 바쁘게 걸음을 옮겼다. 손목시계를 보니 시간은 자정을 막 지났다. 빨리 준비를 갖추고 출격해야 한다.

"왜 이래요! 이러지 마세요! 살려 주신다고 했잖아요! 으윽! 억! 윽!"

야구 모자가 섀도 실드 대원들로부터 두들겨 맞으며 내지르는 비명이 고요한 복도를 뒤흔든다. 물론 그렇다고 해서 그를 동정하거나 도울 사람은 아무도 없었다.

"야! 여기 다시 연결해! 이 개새끼야! 빠졌잖아! 똑바로 하라고!"

밤톨은 악을 써 가며 병사들을 독려하고, 다시 전방으로 총구를 돌려 방아쇠를 당겼다.

투투투— 투투둑— 투투투—.

군데군데 파괴되고 무너진 내부 철책 사이로 꾸역꾸역 좀비들이 밀려 들어온다.

찢어진 철책을 비집고 들어와 막아 놓은 차량들 사이로 기어 나오는 좀비들. 놈들이 머리를 들이미는 족족 바람구멍을 뚫어 주고는 있지만, 도무지 끝이 보이지 않는다.

그리고 점점 놈들이 들어오는 구멍이 많아진다. 이래서야 아무리 쏴 봐야 소용이 없다. 잠실 쉘터는 이제 곧 무너진다. 외부 철책 안으로 좀비의 팔이 뚫고 들어왔을 때부터 이미 예상하고는 있었지만, 그 시간이 너무 빨리 다가왔다.

콰아아아앙—.

총알 세례를 받던 차량이 폭발하며 화염에 휩싸였다. 그 부근에 달라붙어 있던 좀비들의 살이 익어 가는 악취가 바람을 타고 실려 왔다.

으읍! 밤톨은 치솟아 오르는 구역질을 가까스로 삼켰다. 불탄 좀비의 악취는 평소보다 몇 배나 강해지는 것 같다.

그롸아아아아— 크롸아악— 카아악—.

머리와 옷에 불이 붙은 좀비들이 주차장을 가로질러 달려오다가 사살되어 쓰러졌다. 불이 활활 타오르고 있는 내부 철책 일대는 이제 따로 조명을 비추지 않아도 될 만큼 훤하다.

"도화선 연결 마쳤습니다!"

병사들이 외쳤다. 차량으로 벽을 만들어 놓은 2차 저지선을 버리고 퇴각하기 전에 차량들 밑으로 소량의 화약과 휘발유를 연결해 뒀다. 좀비들이 여기를 통과할 때 폭파시켜서 놈들의 전진 속도를 조금이나마 지연해 보겠다는 계산이다.

"퇴각! 3차 저지선까지 퇴각해! 퇴각!"

확성기를 든 장교가 고함을 쳤다. 2차 저지선 차량 위에서 좀비들을 향해 사격하고 있던 병사들이 순차적으로 뛰어내린다.

투투둑— 투투투— 투투둑—.

탄창을 다 비울 때까지 3점사를 날린 밤톨도 그의 분대원들과 함께 자동차 아래로 뛰어내렸다.

"빠진 새끼 없지? 응?"

밤톨은 분대원들을 챙긴 뒤, 그들을 기다리고 있는 1톤 트럭 짐칸에 올랐다.

부우우웅―.

인원을 채운 트럭은 곧바로 주차장을 내달려 야구장 쪽으로 접근했다. 거기에서 아직 빠져나오지 못한 병사들을 싣고 실탄을 지급받은 뒤에 제1주차장으로 이동하는 것이 그들의 동선이다.

"야! 여기 있던 사람들은 다 어디 갔어?"

텅 빈 제2주차장을 지나오면서 밤톨이 물었다. 태양 그룹으로 이동하기 위해 헬기를 기다리던 민간인들이 잔뜩 줄을 서 있었는데, 지금은 아무도 보이지 않는다. 시끄럽게 귀를 울리던 헬기의 프로펠러 소리도 뚝 끊겼다.

"퇴각하기 전에 올림픽 주경기장으로 옮겼습니다! 이제 그쪽에서 태운답니다!"

"아, 그래! 그럼 우리는 어떻게 퇴각해? 장갑 트레일러 어디로 온다고……."

고개를 끄덕이며 탄창을 교체하던 밤톨이 깜짝 놀라 옆을 돌아봤다. 대답한 상병의 얼굴이 낯이 익었다.

"야! 너! 너…… 민간인 물품 보관소에 있던 놈 아니야? 왜 여기에 있어?"

"예? 아니, 그야…… 지원 명령을 받아서…… 지금 좀비들이 뛰어다니는데 민간인 물품 지키고 앉아 있는 게 무슨 의미가 있겠습니까?"

상병은 당연하다는 투로 답했다. 밤톨은 다시 물었다.

"그러면 너! 그전에 내가 부탁한 칼 가방 전달했어? 얼굴에 칼자국 난 아저씨가 이동할 때, 조용히 전달하라고 했잖아!"

"못 했습니다! 제가 근무 서고 있을 때에는 그분이 안 왔습니다!"

"야이 씨! 줘야 한다니까! 꺼내 놓고라도 나오지! 분명히 찾으러 왔을 텐데!"

밤톨은 답답해서 가슴을 치며 방방 뛰었다. 이동 시에 칼 가방을 전달해 주는 것으로 자신과 분대원들이 짊어진 마음의 빚을 갚고 싶었는데, 그게 다 터져 버렸다.

여기로 옮겨 오면 치료를 받을 수 있다고 호언장담을 했던 것도 깨끗이 무산

됐는데…… 이러다가 만약 그 남자가 죽기라도 하면 그게 온전히 자신들의 책임이라고 느껴질 것이다.

"야! 너! 열쇠 갖고 있어? 보관소 셔터 열쇠?"

밤톨은 상병에게 손을 내밀었다. 상병은 주머니에 손을 넣고 잠시 망설인다. 밤톨은 녀석에게 소리를 질렀다.

"야! 네 말대로 물건 지키고 있어 봐야 뭐 할래? 이제 여기 몇 시간 안 남았는데!"

그 말을 듣고서야 상병은 밤톨에게 열쇠를 건네준다. 밤톨은 열쇠를 꼭 쥐고 입술을 꽉 깨물었다.

어차피 실탄을 지급받고 나면 그들이 가야 하는 위치는 제1주차장. 철로로 이동하는 사람들이 줄을 서 있는 곳이다. 운이 좋으면 칼 가방을 전달해 줄 수도 있다.

"야! 얘들 다 태우고 물품 보관소 쪽으로 돌아와! 어차피 가는 길에 있잖아!"

트럭이 잠실야구장 앞에 멈추자마자 밤톨은 운전병에게 그 말을 외치고 트럭에서 뛰어내렸다. 대기하고 있던 병사들이 차량에 오르는 동안 밤톨은 트럭의 헤드라이트 불빛에 의존해 정신없이 내달렸다.

"하아~ 하아~!"

물품 보관소에 도착한 밤톨은 헐떡이며 자물쇠를 열고 셔터를 들어 올렸다. 칼 가방은 보관소 앞쪽에 따로 빼놓아져 있었다.

삐죽하게 삐져나와 있는 마세티 손잡이에 강민구라는 이름표가 붙어 있다. 이름표 따위가 없었어도 누구의 것인지 너무 확연히 알 수 있는 물건의 자태이다. 밤톨은 가방을 챙겨서 재빨리 밖으로 뛰어나왔다.

부우우웅―.

어느새 대기 인원들과 탄약을 다 실은 트럭이 그를 향해 달려오는 중이다.

(다음 권에서 계속)